KB186980

제국의 식민지 창가

-일제강점기 〈唱歌〉 교과서 연구-

김순전

박경수 사희영 박제홍 장미경

김서은 유 철 서기재 김경인

共著

제이앤씨
Publishing Company

1. 『제국의 식민지 창가』 발간의 의의

본 연구서는 일제강점기에 교육된 〈唱歌〉 교과서를 심층적으로 연구 분석하여, 일제의 조선 식민지 교육 과정과 왜곡된 한국근대교육 실태를 재조명함으로써 그에 대한 대응논리를 구축하고자 함에 있다.

교과서는 국민교육의 정수精髓로, 한 나라의 역사진행과 불가분의 관계성을 지니고 있어, 어느 시대든 교과서 입안자의 의도는 물론이려니와 그 교과서로 교육받은 세대世代가 어떠한 비전을 가지고 새 역사를 만들어가려 하였는지를 알아낼 수 있다. 이에 소멸되거나 산재되어 있는 일제강점기 공교육의 기반이 되었던 교과서를 일일이 찾아내어 원문구축과 번역에 이어 이를 심도있게 연구하는 일은 '敎育을 百年之大系'로 삼고 공교육을 계획하는 현 시점에서의 국가교육정책 측면에서도 매우 중요한 일일 것이다.

주지하다시피 한국의 근대는 일제강점기를 전후한 시기와 중첩되어 있어 정치, 경제, 사회, 문화, 교육 등등 모든 방면에 이르기까지 일제의 영향을 배제하고는 생각하기 어렵다. 이는 특히 교육부문에서 두드러지게 나타난다. 근대교육을 여는 시점에서부터 일본의 간섭이 시작됨에 따라 한국 근대교육은 채 뿌리를 내리기도 전에 교육정책과 교

육과정의 수립은 물론, 공교육을 위한 교과서까지도 일제에 의해 입안
되고 편찬되었다.

 한국이 일본에 강제 병합되고 백여 년이 지나버린 오늘날, 그 시대
를 살아온 선인들이 점차 유명을 달리함에 따라 민족의 뼈아픈 기억은
점차 희미해져 가고 있다. 국가의 미래를 그려보기 위해서는 지금 우
리가 서 있는 시점에서 지나간 길을 되짚어 보는 작업이 우선시되어야
함에도 후세들은 급변하는 세계정세를 따르는데 급급한 나머지 이러
한 작업을 부차적인 문제로 취급할까 우려된다.

 일제강점기 교과서의 체계적인 연구가 이루어지지 않는 한, 그 시대
에 대한 객관적 평가는 불가능하다고 본다. 이러한 의미에서 일제강점
기 조선아동의 무의식의 세계를 지배하였던 〈唱歌〉 교과서에 대한 심
층적이고 다각적인 연구는 필연적이라 할 것이다. 이는 과거의 뼈아픈
역사의 재음미라기보다는 아직까지도 제대로 정리되거나 연구되지
않은 기초학문분야에 대한 정리와, 일본 국수주의자들의 식민지발전
론과 같은 논리를 불식시키는 이론적 토대의 확립과, 그 내용의 허구
성을 바로잡을 수 있는 충분한 토양이 되기 때문이다.

 이상과 같은 문제의식에 기초하여 일제강점기 조선총독부에 의해 편
찬된 관공립 초등학교용 〈唱歌〉 교과서 『新編唱歌集』(1914, 全1卷), 『普
通學校唱歌書』(1920, 全4卷), 『普通學校補充唱歌集』(1926, 全1卷), 『みく
にのうた』(1939, 全1卷), 『初等唱歌』(1939~41, 全6卷), 『ウタノホン』(1942,
全2卷), 『初等音樂』(1943~44, 全4卷) 등 총19권의 〈唱歌〉 교과서를 중심
으로 진행한 그간의 연구 결과물을 한 권의 연구서로 출판하고자 한다.

 〈唱歌〉 교과서에 수록된 곡을 살펴보면 가장 일본적인 색채가 농후
한 선율을 취하고 있는데다가 율격 또한 '와카和歌'나 '하이쿠俳句'의 기
본율격'에서 파생된 7·5조의 일본식 율격을 취하고 있다. 이러한 음

악적 구조가 문명의 기치를 내건 동화정책의 일환으로 조선인의 정서에 침투되었다. 또한 가사내용을 보면 〈修身〉 교과서와 〈國語〉 교과서에 수록되어 있는 운문에 곡조를 붙인, 이를테면 〈修身唱歌〉나 〈讀本唱歌〉가 상당수 수록되어 있어 교육의 순환성을 드러내고 있으며, 일반 산문일 경우 7·5조 율격의 詩語로 축약하여 악곡을 붙인 것도 이에 못지않다.

식민지 공교육제도에서도 가장 기초적인 교육기관인 초등학교에서의 唱歌교육은 식민지교육의 최고 목표인 '同化' 혹은 '皇民化' 측면에서도 매우 효과적이었다. 이들 내용의 대부분이 식민지 동화교육의 핵심이라 할 수 있는 '국가 이데올로기' 혹은 '천황 및 천황가와 관련된 내용'이라는 점에서 일본정서의 이식에 매우 유효하였기 때문이다. 이는 아동기에 배우고 따라 불렀던 노래야말로 아동기 바로 그 자체였던 만큼, 그 백지의 영혼에 입력된 기억이 어떤 형태로든 인간의 思考에 크게 작용한다는 말과 상통한다. 인간의 라이프사이클 중 노년기에 들어 기억력이 급격히 감퇴되거나, 혹은 치매 등으로 대부분의 기억을 잃었다 해도 아동기에 배우고 따라 불렀던 노래만큼은 생생하게 기억한다는 사실에서도, 또 그것이 일평생의 정서세계나 행동양식을 좌우하게 된다는 사실에서도 쉽게 알 수 있는 부분이다. 일제가 초등학교 〈唱歌〉 교과서에 식민지 교육정책의 핵심을 담아 황국신민육성을 꾀하였던 것도, 식민지 말기로 갈수록 〈唱歌〉과의 비중이 점차 커져갔다

---

1 7·5조 전통은 일본 고유의 詩歌 형식인 5·7·7조(片歌), 5·7·5·7·7조(短歌), 5·7·5·7·5·7~5·7·7조(長歌)의 '和歌' 음수율에서 파생된 5·7·5의 17음만으로 이루어지는 '俳句' 음수율에 근거한다. 明治이후 서양음악 도입에 따라 화양절충(和洋折衷)되어 일본식 율격으로 정착된 7·5조의 율격은 이러한 '하이쿠'의 음수율에서 기인한다. 그것이 때로는 4·3·5조나 3·4·5조로 분화되거나 음수를 가감하는 율격으로 나타나기도 하지만, 전체적인 리듬 안에서 7·5조의 율격으로 그 자리를 굳혀갔다.

는 것도 바로 이러한 까닭에 연유한다 할 것이다.

이처럼 식민지 초등음악교육은 실로 일제가 식민지 지배질서 확립을 위하여 추진하였던 문화정책 중에서도 매우 큰 비중을 차지하고 있었다. 무엇보다도 접근성의 유리함과 반복 가창 구전됨으로써 신속하고 지속적인 효과를 얻을 수 있다는 점에서 일제는 이의 효과적인 운용을 위하여 각종 법령으로 뒷받침하였고 이를 시스템화 하였던 것이다. 이 모든 음악적 시스템이 일제의 식민지 교육정책에 따라 근대 한국의 초등음악으로 정착되어 오늘날까지 이어지고 있다는 사실은 실로 안타까운 현실이 아닐 수 없다.

최근 일본에서는 국가주의를 애국심으로 환원하여 찬양하려는 움직임이 다시 태동하고 있는데, 이같은 일본의 자세에 대해 감정적이 아닌 실증적인 자료 제시의 필요성을 느낀다. 본 연구서는 근대 한국 식민지화를 위한 일제의 치밀한 전략, 국가의 유용성에 따른 조선인의 황국신민화의 진행방식, 왜곡된 한국 근현대의 여러 가지 문제점에 대한 보다 체계적이고 실증적인 토대를 마련하였다는 데 의미를 부여할 수 있을 것이다.

2. 일제강점기 초등음악교육의 전개와 〈唱歌〉 교과서

2.1 식민지 초등음악교육의 전개

한국에서 초등학교 음악교육의 역사는 통감부에 의한 '학교령시행기'[2]인 1906년 8월 이후 시작되었다고 보는 것이 보편적이다. 1906년 8

---

2 대한제국은 1906년 4월부터 각종 '勅令'과 '學部令'을 공포하였다. 그 중 음악교과와 관련된 법령은 〈고등여학교령시행규칙〉(1906.4 학부령 제9호), 〈보통학교

월 공포된 〈普通學校令〉에 의하여 한국 초등학교에 〈唱歌〉교과목이 설정되었기 때문이다. 이 법령에 "時宜에 따라 唱歌科目을 채택할 수 있도록"하는 조항을 둠으로써 비로소 초등교과목에 '창가'과목이 배정되어 공식적인 음악교육이 시작되었다. 그러나 당시의 음악교육 환경은 열악하기 그지없었다. 교육법령에 의하여 〈唱歌〉과가 배정되기는 하였지만, 음악교과직제도 없었으며, 이를 운영할 만한 여건도 되지 못했다. 음악교사는 물론이고 음악교사양성기관조차 없었으며 음악교과 도서와 음악교육 기자재 또한 전혀 갖추어지지 않아, 그야말로 '時宜에 따라' 운영할 수밖에 없는 처지였다. 때문에 당시 학교음악은 교과목표에서부터 명칭, 과정, 음악교과용도서, 음악교사양성방침 등 음악교육에 관련된 제반 사항은 통감부가 정한 방향에 따를 수밖에 없었다.

일본의 초등학교 예능과 음악의 기초가 된 것은 1891년 11월, 〈文部省令〉에 의해 개설된 소학교의 〈唱歌〉과 이다. 당시 〈小学校教則大綱〉 제10조를 보면 "唱歌는 귀 및 발성기를 연습시켜, 용이하게 歌曲을 부를 수 있게 함과 아울러 音樂의 美를 분별하여 알게 하고 덕성을 함양하는 것을 요지로 한다."는 것으로 〈唱歌〉과의 목적을 명시하고 있다. 이어서 1900년 8월, 개정된 〈小學校令〉의 〈小學校令施行規則〉 제9조를 보면 "창가는 평이한 가곡을 부를 수 있게 함과 아울러 음악의 미를 기르고 덕성의 함양에 도움 되는 것을 요지로 한다."고 기록되어 있는데, 이 조문은 그대로 조선에서 〈普通學校令施行規則〉이 되었다.

한국 초등학교에서 공식적으로 음악교과서가 사용된 것 또한 1906년 학교 교육제도가 일본식으로 개편된 이후이다. 그러나 〈唱歌〉 교과

령)(1906.8 칙령 제44호), 〈보통학교령시행규칙〉(1906.8 학부령 제23호), 〈고등학교령시행규칙〉(1906.8 학부령 제21호), 〈사범학교령〉(1906.8 학부령 제20호)이다.

서는 대한제국 학부에서 직접 편찬하지 않고 일본에서 사용한『尋常小
學唱歌』(1906)를 수입하여 1908년 '학부인가교과도서'로 지정하여 사
용하였다. 그러니까 관공립학교에서 처음 사용된『新編敎育唱歌集』은
일본에서 만들고 일본에서 사용한 음악교과서를 그대로 옮겨온 것에
불과하다.

일제강점기 이전에 조선의 공교육에 사용한 최초의 음악교과서는
1910년 5월 20일 대한제국 學部에서 편찬한 한글판『普通敎育唱歌集』
이다.『普通敎育唱歌集』은 한국에서 발행한〈唱歌〉교과서로서는 최초
의 것이라고는 하나, 이 역시 일본 교과서에 수록된 곡에서 선별하여
번역 출간한 것이어서, 일본 전래동요나 明治기 서양음악을 도입하여
화양절충和洋折衷된 곡, 일본정서가 뚜렷한 곡들이 번역 수록되어 있다.
〈唱歌〉로서 일본적 정서에 흡수 동화시키고자 한 이같은 의도는 책머
리의 '例言'에 내포되어 있다.

> 一 本書는普通學校, 師範學校, 高等學校, 高等女學校等其他一般諸學校
>   에셔敎授할目的으로써編纂혼者이라
> 二 本書는敎師用又는學員, 學徒用으로使用홈을得홈이라
> 三 本書는學校에셔敎授홀쑨아니라家庭에셔使用홈도亦可홈이라[3]

위 '例言'의 대상을 보면 보통학교는 물론이려니와 사범학교, 고등
학교, 고등여학교를 포함한 모든 학교의 학생과 교사용이라 명시되어
있어 보통학교 학도만을 위한『普通敎育唱歌集』이 아님을 표명하고
있으며, 심지어는 가정에서도 사용함을 목적으로 하였던 만큼, 기존의

---

3   學部(1910)『普通敎育唱歌集』韓國政府印刷局, p.1

음악관련 서적을 일소하려는 정책적 측면을 드러내고 있다. 여기에 식민지 음악교육의 통제와 일본식 정서주입이라는 이중의 의도가 담겨 있음을 알 수 있다.

1910년 8월 합병이후부터는 식민지 초등음악교육목적에 따라 조선총독부가 편찬한〈唱歌〉교과서를 관공립학교를 중심으로 사용하게 하였다. 이는 4차례에 걸친 시기별〈朝鮮敎育令〉(이하, 교육령)의 초등학교 규정에 구체적으로 드러나 있다. 1910년 8월 합병이후부터는 식민지 초등음악교육목적에 따라 조선총독부가 편찬한〈唱歌〉교과서를 관공립학교를 중심으로 사용하게 하였다. 이는 4차례에 걸친 시기별〈朝鮮敎育令〉(이하, 교육령)의 초등학교 규정에 나타나 있다. 주요 요지만 살펴보자면,〈1차 교육령〉시기에는 아동의 미적 감각과 덕성함양에 중점을 두었고, 난해한 가사에 대해서는 설명을 덧붙여 大義를 이해할 수 있도록 하였다.〈2차 교육령〉시기는 문화정치가 시행되었던 까닭에〈1차 교육령〉시기에 비해 다소 완화된 면을 보여주고 있다. 그러다가 중일전쟁(1937)을 계기로 본격적인 전쟁기로 접어든〈3차 교육령〉시기에서부터 크게 일변한다. 기존의 규정에 '황국신민으로서의 情操를 涵養하는데 적절한 것을 취하도록' 하는 규정을 더하여〈唱歌〉과목 역시 황국신민으로의 연성이 크게 부각되었다.

식민지 초등음악교육규정의 획기적인 변화는 태평양전쟁을 앞두고 교육체제의 전면 개편을 위하여 공포한〈國民學校令〉의〈國民學校規定〉에서 찾아볼 수 있다. 이 시기는 무엇보다도 '二世國民의 國民化를 위한 國民音樂의 創造'에 그 목적을 두고 있어 가사 및 악보를 취하는 것에서부터 발음과 청음연습, 예민한 청각육성이 실전에 대비한 교육임을 말해주고 있다. 특히 '축제일 등의 창가(의식창가)에 대한 주도면밀한 지도로 애국정신 앙양'을 도모하는 내용의 규정을 삽입하여 실전을 대비한 정신교육을 강조한 것도 간과할 수 없는 부분이라 하겠다.

식민지 초등음악교육의 목적이 고스란히 담겨 있는 시기별 음악교육에 관한 법령 및 규정을 세심히 살펴보면, 그들의 음악적 정서이식을 전제로 하는 각 규정 공히 음악교육을 통하여 문명국으로 흡수 형식의 同化로부터 식민지 말기로 갈수록 전쟁동원을 위한 황국신민화를 꾀하고 있었음을 알 수 있다.

2.2 일제강점기 〈唱歌〉 교과서와 주당 교수시수

조선총독부는 각 교육령의 시기별 음악교육규정을 바탕으로 〈唱歌〉 교과서를 편찬하였고 이를 공교육 현장에서 교육함으로써 의도된 교육목적을 점진적으로 달성해 나갔다. 무엇보다 주목되는 점은 사용언어의 표기일 것이다.

일제강점기 조선총독부에 의해 발간된 〈唱歌〉 교과서는 강점초기 일본어에 익숙하지 못한 식민지 아동의 접근성을 고려하여 『新編唱歌集』 (1914)과 『普通敎育唱歌書』(1920) 1학년용에 한하여 한글표기 곡을 일부 수록하였을 뿐, 대부분이 일본어표기로 되어 있다. 다만 〈2차 교육령〉시기에 보충교재로 발간한 『普通學校補充唱歌集』(1926)에 23곡을 수록하였던 것은 3·1운동 이후 조선총독부의 정책방향이 문화정책으로 선회하였던 까닭에 조선인의 정서를 감안한 것으로 볼 수 있겠다.

〈3차 교육령〉 이후의 〈唱歌〉 교과서는 전면 일본어표기로 되어 있어 한글표기 곡은 전무하다. 이는 본격적으로 그들의 음악적 장치에 언어적 이데올로기 주입을 획책하고 있었음을 말해주고 있다. 각 교육령 시기별 〈唱歌〉 교과서의 편찬과 수록곡에 대한 사항을 〈표 1〉로 정리하였다.

〈표 1〉 조선총독부 발간 〈唱歌〉 교과서의 편찬사항과 수록곡 분류표

교육령	교 과 서 명	발행년월	일본어창가		조선어 창가(%)	계
			의식창가(%)	일반창가(%)		
1차	新編唱歌集(전학년)	1914 3.	6(6.8)	29(70.7)	6(6.8)	41
	普通學校唱歌書(1學年)	1920. 3.	1(5.0)	11(55.0)	8(40.0)	20
	普通學校唱歌書(2學年)	〃	2(10.5)	17(89.5)	-	19
	普通學校唱歌書(3學年)	〃	6(26.1)	17(73.9)	-	23
	普通學校唱歌書(4學年)	〃	6(26.1)	17(73.9)	-	23
2차	普通學校補充唱歌集	1926. 1.		37(61.7)	23(38.3)	60
3차	みくにのうた(전학년)	1939. 3.	11(100)	-		11
	初等唱歌(1學年)	〃	-	25(100)		25
	初等唱歌(2學年)	〃	-	25(100)		25
	初等唱歌(3學年)	1940. 3.	-	25(100)		25
	初等唱歌(4學年)	〃	-	25(100)		25
	初等唱歌(5學年)	1941. 3.	-	25(100)		25
	初等唱歌(6學年)	〃	-	25(100)		25
4차 〈국민학교령)포함	ウタノホン 一年(1學年)	1942. 9.	1(4.8)	20(95.2)	-	21
	ウタノホン 二年(2學年)	1942. 10.	2(9.1)	20(90.9)	-	22
	初等音樂(3學年)	1943. 3.	6(21.5)	22(78.5)	-	28
	初等音樂(4學年)	〃	6(21.5)	22(78.5)	-	28
	初等音樂(5學年)	1944. 3.	7(24.1)	22(75.9)	-	29
	初等音樂(6學年)	〃	7(24.1)	22(75.9)	-	29
총 수록곡			61(12.1%)	406(80.6%)	37(7.3%)	504

간과 할 수 없는 것은 일본적 정서와 제국주의적 성격이 가장 두드러진 儀式唱歌를 위와 같이 전 시기 각권에 공통 수록하여 국체인식은 물론, 군국일본을 위한 충성심을 유도하였다는 점이다. 모두 3편으로 구성된 『新編唱歌集』의 제1편은 「君が代」, 「一月一日」, 「紀元節」, 「天長節」, 「勅語奉答」, 「卒業式」 등 6곡의 의식창가가 수록되어 각 학년 공히 교육되었다. 『新編唱歌集』이 전학년용인데 비해, 학년별 교육의 필요성에 의해 전4권으로 편성된 『普通學校唱歌書』에는 제1학년용에

『君ガヨ』1곡, 제2학년용에는「君が代」와「天長節」2곡, 제3학년과 4학년용에는「君が代」,「一月一日」,「紀元節」,「天長節」,「勅語奉答」,「卒業式」등 6곡이 수록되어 있다. 이는 조선아동이 다니는 보통학교의 교육과정이 4년제이면서도 실제로는 3년으로 단축된 학교가 많았기 때문에 3년 과정에서 의식창가를 모두 익힐 수 있게 하려는 조선총독부의 의도였을 것이다.

내선일체와 황민화에 교육목적을 두었던 〈3차 교육령〉시기에 별책으로 발간된『みくにのうた』(1939, 전학년용)는 기존의 儀式唱歌에「神社參拜唱歌」와 당시 제2의 國歌로까지 불렸던「海ゆかば」, 군가적 성격을 띤「愛國行進曲」등을 새로이 추가함으로써 전쟁에 대한 의기를 고취시키기도 하였다. 그러다가 〈국민학교령〉과 〈4차 교육령〉시기에는 다시 각 학년별로 적게는 1곡 많게는 7곡까지 반복 수록하여 교육함으로써 의식교육의 지속성을 유지하였다.

베네딕트 앤더슨이『상상의 공동체』에서 "아무리 가사가 진부하고 곡이 평범하다 하여도 國歌를 부르는데서 同時性을 경험할 수 있다."[4]고 하였듯이, 학교에서 배워 실생활에까지 연계하는 儀式唱歌는 각기 다른 장소이거나 서로 모르는 사이일지라도 同時性, 즉 일체감을 유발함과 아울러 전파성 지속성 등 초등음악교육의 효과를 배가하였다. 가장 일본적인 의식창가를 통하여 조선아동에게 일본정서를 심어주고, 아울러 반복 가창 혹은 제창하게 함으로써 교육의 극대화를 꾀하였다.

이와 더불어 교육된『初等唱歌』(1939~1941)의「愛馬進軍歌」,「國民進軍歌」,「空の勇士」,「興亞行進曲」,「太平洋行進曲」등이나,『ウタノホン』(1942)의「兵たいさん」「ヒカウキ」,「軍カン」,「テツカブト」,「おもちゃの戰

---

4 베네딕트 앤더슨·윤형숙 역(2002)『상상의 공동체』나남출판, p.188

車」,「兵たいさん」 등, 『初等音樂』(1943~1944)의 「忠靈塔」,「戰友」,「大東亜」,「少年戰車兵」,「肇國の歌」,「落下傘部隊」 등등 군가적 성격이 농후한 단원은 궁극적으로 황국신민양성, 즉 전쟁동원을 위한 인력양성을 목적으로 하였음을 알 수 있다. 이어서 각 교육령별 주당 교수시수를 살펴보겠다.

〈표 2〉 각 교육령 시기별 주당 교수시수

시기 과목/학년	제1차 조선교육령				제2차 조선교육령						제3차 조선교육령						국민학교령과 제4차 조선교육령					
	1	2	3	4	1	2	3	4	5	6	1	2	3	4	5	6	1	2	3	4	5	6
창가								1	1	1			1	1	2	2	5	6	2	2	2	2
체조	3	3	3	3	3	3	3	남3 여2	남3 여2	남3 여2	4	4	3	3	남3 여2	남3 여2	* 이 시기는 예능과의 음악 과목으로 변경.					

〈표 2〉를 보면 이전 통감부 시기에는 '時宜에 따라' 적절하게 운용하였던 〈唱歌〉과가 〈1차 교육령〉기에는 〈體操〉과와 더불어 각 학년에 주당 3시간씩 배정되었으며, 〈2차 교육령〉기에는 4학년부터 독립교과로서 시간이 배정되어 있음을 알 수 있다. 그것이 〈3차 교육령〉기에 접어들면서 〈體操〉과목과 더불어 중요성이 부각됨에 따라 시수도 늘어나게 되었다. 1, 2학년은 〈體操〉과와 더불어 4시간씩 배정되었으며, 3학년부터는 독립교과목으로서 1시간을, 5학년부터는 2시간으로 증가 배정하였다.

앞서 언급하였듯이 〈국민학교령〉시기 교과목 체제가 일변하게 됨에 따라 예능과로 개설된 6과목(음악, 습자, 도화, 공작, 가사, 재봉) 중 분화 독립된 '음악'과목으로서 저학년에 5~6시간, 3학년부터는 2시간씩 배정하고 있다.

위에서 알 수 있듯이 초기의 〈唱歌〉과는 〈體操〉과와 더불어 적절하

게 운용할 수 있도록 시수배정을 하고 있어, 특히 〈體操〉과목과의 연계
를 주장하고 있었다. 그것이 식민지 말기로 갈수록 〈體操〉이외의 타과
목과의 연계성을 고려하면서도 독립된 교과목으로서 별도로 시수배
정을 하여 그 중요성을 부각하였다.

일제의 식민지 정책은 〈唱歌〉과목의 장점을 통하여 이처럼 유효적
절하게 운용되고 있었다. 식민지 교육목적에 따라 제정된 교육법령,
그에 따라 편찬된 교과서와 배정된 수업시간에 의하여 식민지 조선아
동은 그들의 음악적 정서 안으로 서서히 편입되어가고 있었던 것이다.

3. 본서의 특징 및 성과

본 연구진이 심혈을 기울여 출간한 『제국의 식민지 창가』는 『조선
총독부 편찬 초등학교 〈唱歌〉 교과서 대조번역』에 이은 의 또 하나의
쾌거이다. 본 연구서는 통감부기~식민통치기 전반에 걸쳐 조선아동
에게 교육된 〈唱歌〉 교과서를 대상으로 다음과 같은 주제성을 가지고
접근하였다.

(1) 조선총독부의 교육정책과 〈唱歌〉 교과서를 전체적으로 파악하고
    조선교육령에 따른 교과서 편찬의도를 유기적으로 고찰함으로
    써 일제가 제시하는 식민지 교육정책을 심층적으로 고찰하였다.
(2) 〈唱歌〉 교과서에 수록된 의식창가로서 초등학교에서 시행된 각
    종 의식행사와 창가와의 상호규정相互規定에 의한 보완, 제약, 상
    승 등의 상관작용에 따른 황민화를 위한 이데올로기 강화 측면
    을 살펴보았다.

(3) 일제강점기 전 기간에 걸쳐 조선아동의 무의식의 세계를 지배하였던 〈唱歌〉를 통해 조선아동이 '국가(천황) 지킴이'로 재생되어 가는 과정을 살펴보았다.

(4) 일제의 전략적 쇼비니즘에 착안하여 제국의 군국화 과정에서 전의고취를 위한 군가교육의 실상과 이를 통하여 군인으로 훈련되어가는 '국민'의 정체를 구체적으로 파악하였다.

(5) '식민지 경제형 인간 만들기 프로젝트'라는 주제에 접근하여 〈唱歌〉 교과서에 나타난 근대 실업교육의 실상과, 일제에 의해 강제된 후방국민의 역할을 심층적으로 연구하였다.

(6) 타교과목과 연계차원에서 일제강점기 통제와 군사교육의 수단으로 교수된 체육(체조)과 연계하여 조선아동의 신체활동 및 음악교육이 어떻게 전개되어 갔는지, 또 그 결과는 어떠했는지를 살펴보았다.

(7) 교과서에 실린 삽화에는 시대의 흐름과 교육정책 입안자의 강력한 메시지가 반영되어 있다. 본 텍스트인 〈唱歌〉 교과서의 '삽화' 구조를 읽어냄으로써 일제가 목적한 교육적 효과를 심층적으로 파악하였다.

(8) 정치적 '공간'을 규정한 지리교육 대용의 〈唱歌書〉가 내포한 지리적 경계와 역사적 정치적 의도에 대한 연구와, 근대 식민지철도를 바라보는 한일 양국작가의 시각을 심층적으로 고찰을 시도하였다.

본 집필진은 일제의 조선에 대한 완전한 식민지화를 위하여 치밀하게 기획하고 발간하였던 〈唱歌〉 교과서를 통하여 위와 같은 다각적인 연구 성과를 도출해 내었다. 이 연구의 결과물을 집대성한 본 연구서의 특징 및 성과는 다음 각 항으로 정리하였다.

(1) 본 연구서는 그동안 한국근대사에서 배제되어 온 일제강점기 초
등학교용 〈唱歌〉 교과서를 다층적, 종합적으로 파악하여 식민지
교육과 관련된 연구의 이정표를 제시하였다.

(2) 본 연구서는 일제강점기 〈唱歌〉 교과서에 수록된 곡의 상당수가
일본 〈唱歌〉 교과서에서 선택 수록한 것들이라는 점에서 양국 음
악교육의 실상은 물론이려니와, 그것이 식민지인에게는 어떻게
왜곡되어 교육되었는지를 체계적으로 정리하였다.

(3) 본 연구서는 일제강점기 식민지 교과서의 흐름과 변용 과정을
파악함으로써, 일제에 의해 기획되고 추진되었던 근대 한국 공
교육의 실태와 지배국 중심적 논리에 대한 실증적인 자료로 제
시할 수 있다.

(4) 본 연구서는 한국 근대초기의 실상에 학제적으로 접근함으로써
단절과 왜곡을 거듭하였던 한국 근대사의 일부를 복원하고 재
정립할 수 있는 계기를 마련할 수 있을 뿐만 아니라, 근대에 대
한 연구방법론을 구축할 수 있다.

(5) 일제강점기 조선총독부에 의해 편찬된 〈唱歌〉 교과서는 80% 이
상이 일본어로 인데다 축약된 詩語로 기술되어 있는 관계로 국
내 연구자들의 접근을 어렵게 하였다. 『조선총독부 편찬 **초등학
교 〈唱歌〉 교과서 대조번역**』에 이은 본 연구서의 출간은 연구자
들의 연구영역에 대한 외연을 확장하는데 일조할 수 있는 典範
을 제시하였다.

(6) 본 연구서는 한국 근대초기 교육의 실상과 식민지 음악교육의
실체는 물론, 단절과 왜곡을 거듭하였던 한국근대사의 일부를

재정립할 수 있는 계기를 마련함으로써 다각적인 학제적 접근을
용이하게 할 것이다.
(7) 본 연구서는 그간 한국사회가 지녀왔던 문화적 한계의 극복과,
나아가 한국학 연구의 지평을 넓히는데 일조할 것이며, 일제강
점기 한국 초등교육의 거세된 정체성을 재건하는데 기여할 수
있을 것이다.

본서는 개화기 통감부기 일제강점기로 이어지는 역사의 흐름 속에
서 한국 근대교육의 실태는 물론이려니와, 일제에 의해 왜곡된 갖가지
논리에 대응하는 실증적인 자료를 제공함으로써 연구자들의 연구기
반을 구축하였다고 자부하는 바이다. 이로써 그간 단절과 왜곡을 거듭
하였던 한국근대사의 일부를 복원·재정립할 수 있는 논증적 자료로
서의 가치창출과, 일제에 의해 강제된 근대 한국의 음악교육 실상을
재조명할 수 있음은 물론, 한국학의 지평을 확장하는데 크게 기여할
수 있으리라고 본다.

2014년 8월

전남대학교 일어일문학과
교수 김순전

무의식을 지배하는 唱歌

제국의 식민지 창가

Ⅰ. 「숫자노래(数え歌)」 변화를 통한 日帝의 군국주의 교육*

박제홍·김순전

1. 서론

음악은 인간의 삶과 매우 밀접한 관계를 가지고 있다. 즉 삶의 喜怒哀樂이 들어있어 의식적으로든 무의식적으로든, 인간의 정서와 행동에 영향을 끼치고 있다. 특히 아동이 부르는 동요에는 아동의 정서가 깊이 숨어져있다. 그 중에서도 전래동요는 아동들 사이에서 자연 발생적으로 생겨서 아동들의 정서에 맞는 언어로 표현한 아동들의 노래이다. 그러나 우리가 어렸을 때 자주 불렀던 「아침바람」에서 '셋셋세'가 서로 손바닥을 치기위한 준비동작을 뜻하는 일본어이다. 이처럼 일제

* 이 글은 2014년 6월 한국일본어교육학회「日本語教育」(ISSN : 2005-7016) 제68집, pp.231-247)에 실렸던 논문「숫자노래(数え歌)」를 통한 日帝의 국민교화 -일본·조선·대만 초등학교 唱歌書를 중심으로-」를 수정 보완한 것임.

강점기 유입된 와라베우타(일본 전래동요)가 해방이 된지 70년이 된 오늘에도 그대로 전승되고 있다는 것은, 일제의 문화침탈이 우리의 일상까지도 깊게 파고들었다는 것을 시사하고 있다.

지금까지의 조사에 의하면 일본 전래동요 〈숫자노래〉에 관한 한국과 일본의 선행연구는 하나도 없었다. 대신 한일의 전래동요 관련 비교논문이 한국에 몇 편 있고, 일본에서는 와라베우타에 관한 논문이 있을 뿐이다. 한국에서는 홍영자의 「한국의 어린이가 부르고 있는 일본의 와라베우타(전래동요)」(1996)에서는 한·일 전래동요 각 15곡을 채집하여 가사와 선율을 중심으로 유형별 비교분석을 통해서, 일본의 영향이 많았다는 것으로 분석하고 있다. 강영애의 「한국과 일본 전래동요의 고찰-한국경상도와 일본 중부지역을 중심으로-」(2006)에서는 조사 70세 이상의 한·일 할머니들의 노래를 채집하여 조사한 결과 조선의 전래동요가 가사나 선율에서 약간의 공통점이 발견됐으나 우려할 사항이 아니라고 논하고 있다. 또 그는 강경애의 「한·일 양국에서 선별된 전래동요의 비교」(2002)는 한·일 양국의 초등학생을 대상으로 전래동요 5곡을 채록하여 아동들의 선호도를 살펴본 결과 일본의 아동보다 한국의 아동들이 전래동요를 더욱 좋아한 것으로 파악했다. 한편 일본에서는 시바사키 쥰코芝崎淳子의 「소학교 음악교육에 있어서 와라베우타의 教材化에 관한 과제와 전망」(2010)에서 지금까지 학교교육에서 소외받아온 와라베우타를 적극적으로 교재화 필요성을 역설했다. 저서로는 고이즈미 후미오小泉文夫의 『와라베우타 연구』(1969)에서는 1961년부터 1969년까지 9년간 일본의 각 지방에서 채집한 230여곡을 분류 비교하여서 연구자에게 자료를 제공해줌으로써 본격적인 일본 전래동요 연구의 시발점이 되었다.

현재 우리나라 유치원의 유아들이 부르고 있는 "하나하면 할머니가

지팡이 짚고서 잘잘잘"의 「잘잘잘」은 일제시대 때 만들어진 일본식
〈숫자노래〉이다. 일본의 노래 형식에 우리 정서에 맞는 가사를 붙인 것
이다.[1] 그러나 "일곱하면 일본인이 칼 싸움 한다고 잘잘잘" 또는 "일곱
하면 일꾼들이 나무를 밴다고 잘잘잘"로 노랫말이 시대의 변화에 따
라 바뀌져 불려졌다. 이처럼 일본 전래동요 〈숫자노래〉가 일제강점기
를 거치면서 다양한 한글의 〈숫자노래〉로 노랫말의 변용이 이루어져
오늘에 이르렀다고 할 수 있다. 따라서 본고에서는 1887년부터 1957
년까지 약 70년간까지 일본의 초등학교의 창가서에 계속 실린 대표적
인 와라베우타(일본 전래동요) 중의 하나인 〈숫자노래〉의 내용을 분석
하고자한다. 이를 통해 일제의 국민교화 정책이 시대별로 어떻게 이루
어졌는가를 파악할 수 있을 것이다. 또한 식민지 조선과 대만에서는
어떻게 변화하고 수용되었는지를 비교분석하여 일제가 식민지 조선
과 대만에 대한 식민지정책의 차이점도 간접적으로 확인할 수 있을 것
이다.

2. 일본 전래동요(童歌)와 「숫자노래」의 탄생

일본 전래동요의 사전적인 의미는 "어린이 놀이 속에서 자연 발생
적으로 만들어져서 전달 된 것이나 놀이 속에 도입된 기성곡의 총칭.
어린이 유희노래라고도 한다. 주요한 전승매체로는 1. 어린이 집단 2.
부모 3. 조부모 4. 매스미디어 5. 유치원 · 보육원 · 학교가 있지만 현재
1. 2. 3은 약체화 되어 있다."[2]고 서술되어 있다. 매스 미디어가 현재와

---

1 홍양자(2000)『전래동요를 찾아서』우리교육, p.137
2 林英男(2000)『日本民俗大辭典 下』株式會社吉川弘文館, p.840

같이 잘 발달되어 있지 않은 당시의 상황을 고려해 볼 때 학교교육 특히 창가唱歌를 통해서 아동들에게 전달되어 정착되었다고 생각된다.[3]

유희노래인 일본 전래동요童歌의 유형은 1. 암송하는 노래となえうた 2. 그림그리기 노래絵かきうた 3. 잔돌・구슬치기おはじき・石けり 4. 공기・깃털치기お手玉・はねつき 5. 공치기まりつき 6. 줄넘기・고무줄놀이なわとび・ゴムなわ 7. 가위바위보・묵찌빠 놀이じゃんけん・グーチョキパーあそび 8. 손뼉 치며 부르는 노래お手あわせうた 9. 신체놀이からだあそび 10. 술래놀이鬼あそび 등 10가지로 분류되어 있다.

이 중에서 「숫자노래」는 '1. 암송하는 노래となえうた'에 속하면서도 전래동요童歌의 중요한 위치를 차지하고 있었다. 〈숫자노래〉는 수를 세며 그 두음頭音으로 시작하여 노래하며 전개시켜 가는 노래로, 일본의 풍부한 어휘語彙・음독音讀이 서로 연결되어 놀이로 부르는 동요로, 일본노래에서 큰 비중을 차지하고 있다. 현대에도 일본어의 특질로써, 전화번호・역사연대표 등의 숫자를 외우는데 이 두음頭音을 잘 연결하여 이용하고 있다.

한편 숫자의 상징성을 서양의 종교적인 분야로 살펴보면 기독교의 성서인 성경의 영향이 크다고 할 수 있다. 성경에 나오는 중요한 상징 숫자들 중 중요한 몇 개를 언급한다면 1・3・7이 될 것이다. 이 숫자들은 모두 홀수로서 더 이상 나누기가 불가능한 숫자들이다. 1은 유일신 하나님을 상징하고, 3은 신의 영원함 그리고 삼위일체를 상징한다. 7은 신의 창조적인 힘을 상징하거나 무한한 하나님의 자비하심 그리고 하나님의 전능하심을 상징한다. 그리고 7은 신성한 숫자로 하나님의 천지창조에서 7일째 되는 날은 쉬신 성스런 날이다.[4] 또한 자연에 의

---

3 고이즈미 후미오(小泉文夫), 최혜홍양자 옮김(1997) 『일본 전래동요(와라베우타) 연구』(1997) 민속원, p.276

한 숫자 상징을 살펴보면 4는 4계절, 또는 동서남북의 4방향, 5는 다섯
손가락, 12는 열두 달을 상징한다.

일본에서는 메이지시대 이전부터 아동들이 부른 아래의 〈숫자노래〉
에서도 12로 끝나고 있다. 그러나 이 노래는 단순히 숫자의 상징을 일
본의 고유명절인 설날과 연결시켜 아동과 서민들이 설날의 풍습 등을
다음과 같이 노래하고 있다.

> 一つとや　一夜(ひとよ) 明ければ にぎやかで にぎやかで お飾り立て
> たる 松飾(まつかざ)り 松飾り
>
> (하나 하면, 하룻밤 지나면 화려하고 화려하게 아름답게 꾸민 가
> 도마쓰 가도마쓰)
>
> 二つとや　二葉(ふたば)の松は 色ようて 色ようて 三蓋松(さんがいま
> つ)は 上総山(かずさやま) 上総山
>
> (둘 하면, 두 잎 소나무는 색깔 좋고 색깔 좋으니 세가지 소나무
> 는 가즈사산 가즈사산)
>
> 三つとや　皆様子供衆(しゅ)は 楽遊(らくあそ)び 楽遊び 穴一(あない
> ち) こまどり 羽根をつく 羽根をつく
>
> (셋 하면, 모든 어린들은 즐거운 놀이 즐거운 놀이 동전 넣기 팽
> 이치기 깃털치기를 하네 깃털치기를 하네.)
>
> 四つとや　吉原女郎衆(よしわらじょろしゅ)は 手まりつく 手まりつく 手
> まりの拍子の 面白や 面白や
>
> (넷 하면, 요시와라 유녀들은 공치기하네 공치기해 공치기 박자
> 가 재미있구나 재미있어)

4　권오연(1997) 「음악의 관계 체계로서의 숫자상징에 대한 연구」 이화음악논집,
　　p.12

五つとや　いつも変わらぬ 年男 年男 お年もとらぬに 嫁をとる 嫁を
　　　　　とる

(다섯 하면, 언제나 변치 않는 축제주제 남자 축제주제 남자 나이
　　　　　도 젊은데 부인을 맞이하네 부인을 맞이해)

六つとや　むりよりたたんだ 玉だすき　玉だすき 雨風吹けども まだ解
　　　　　けぬ　まだ解けぬ

(여섯 하면, 억지로 결혼한 옷소매 끈 옷소매 끈 비바람이 불어도
　　　　　아직 풀리지 않네 아직 풀리지 않네)

七つとや　何よりめでたい お酒盛り お酒盛り 三五に重ねて　祝いま
　　　　　しょ　祝いましょ

(일곱 하면, 무엇보다 경사스럽네 술따르세 술따라 삼삼오오 모
　　　　　여서 축하하세 축하해)

八つとや　やわらこの子は 千代の子じゃ 千代の子じゃ お千代で育て
　　　　　た お子じゃもの お子じゃもの

(여덟 하면, 어머나 이 아이는 영원한 아이　영원한 아이 아닌가
　　　　　오랜 세월 기른 아이로다 아이로세)

九つとや　ここへござれや 姉(あね)さんや 姉さんや 白足袋(しろたび)
　　　　　雪駄(せった)で ちゃらちゃらと ちゃらちゃらと

(아홉 하면, 여기에 계신 아가씨야 아가씨야 하얀 버선발에 설피
　　　　　신고 바스락 바스락 걷네)

十とや　　歳神様(としがみさま)の　お飾りは　お飾りは　橙(だいだい)
　　　　　九年母(くねんぼ) ほんだわら ほんだわら

(열 하면, 오곡신 장식은 장식은 등자나무 향귤나무 모자반 모자
　　　　　반)

十一とや　十一吉日(きちにち) 蔵開(くらびら)き 蔵開き お蔵を開いて

祝いましょ　祝いましょ
(열하나 하면, 십일 길일 창고 열어라 창고 열어라 창고를 열어서
　　축하하세 축하해)
十二とや　十二の神楽(かぐら)⁵を　舞い上げて　舞い上げて　歳神様
　へ　舞納(まいおさ)め　舞納め
(열둘 하면, 십이의 가구라(무악)를 춤으로 추워 춤으로 추워 오
　곡신에게 춤을 바치세 춤을 바쳐)⁶
　　　　　　　　　　　　　　　　　(필자번역, 이하 동)

위와 같이 도쿄지방에서 대대로 전래된 작자미상의 「숫자노래」는
서민(町人, 조닝)들의 일상이나 아동들의 놀이가 주요한 노래의 주제였다.
'하나'와 '둘'에서 설날 집집마다 대문 앞에 세워 신을 맞이하는 가도
마쓰門松를 노래하고, '셋'에서는 아동들의 전통 놀이인 동전 넣기, 팽
이치기 등이 묘사 되어 있다. '넷'에서는 요시와라吉原 유녀들의 공치기
를 노래하고 있는데 상당히 친근감 있게 그려지고 있다. '다섯', '여섯',
'일곱'에서는 젊은 남녀의 결혼 생활모습을 해학적으로 묘사하고, '여
덟', '아홉'에서는 아동의 장수와 아가씨의 아름다움을 회화적으로 나
타내고 있다. '열', '열하나', '열둘'에서는 오곡신에 대한 제사를 통해
풍년을 비는 것으로 마무리 하고 있다.

5　十二座(じゅうにのざ)와 같은 뜻으로 이즈모(出雲)神社에서 발생하여 에도(江戸)時
　代、민간神社의 祭礼를 행할 때 연주된 춤. 우스꽝스러운 못난이 익살꾼 탈을 쓴
　익살스런 춤이 특징이다. 日本国語大辞典출전
6　도쿄에서 전래된 와라베우타(童歌)로 작자미상임.(필자번역)

3. 국민교화 수단으로서 변용된 「숫자노래」

메이지明治 정부는 1872년 〈學制〉를 공포하였는데 이 때 唱歌가 소학교 교과 과목의 하나로 지정되었다. 그러나 창가교육을 위한 준비가 아직 갖추어지지 않아서 창가는 "당분간 이것을 제외 함"이라고 하여 실시하지 않았다. 문부성은 미국의 음악교육 관계서적을 수집하는 등의 준비를 위해 1875년 이자와 슈지伊沢修二를 미국으로 유학시켰다. 1879년 미국에서 돌아온 이자와 슈지는 문부성에 건의하여 음악연구서(후의 동경음악학교)를 설치하였다. 1881년부터 1884년까지 일본 음악과 서양음악의 장점을 뽑아서 만든 최초의 창가서인 『小學唱歌集 初編』3권을 편찬하였다. 이교과서는 소학교, 사범학교, 중학교 겸용으로 〈숫자노래〉는 들어있지 않았다. 1887년 『小學唱歌集』의 자매편으로 편찬한 『幼稚園唱歌』에서 와라베우타(일본 전래동요)인 〈숫자노래〉는 원곡을 약간 바꾸고 가사는 완전히 바꿔서 마지막 29과에 다음과 같이 게재 되었다.

一つとや。人々(ひとびと)一日も。忘(わす)るなよ。忘(わす)るなよ。はぐゝ
みそだてし。おやのおん。おやのおん。

(하나 라. 사람들아 하루라도 잊지 말아요 잊지 말아요 소중하게 길러
준 부모의 은혜 부모의 은혜)

二つとや。二つとなきみぞ。山桜(やまざくら)。山桜(やまざくら)。ありてもか
をれや。きみがため。きみがため。

(둘 이라. 더없이 소중한 산 벚꽃 산 벚꽃 모든 향기를 뽐어라 그대를
위해 그대를 위해)

三つとや。みどりは一つの。幼稚園(えうちゑん)。幼稚園。ちぐさにはなさ

け。あきの野辺(のべ)。あきの野辺(のべ)。

(셋 이라. 자연은 하나의 유치원 유치원 온갖 화초에 꽃피어라 가을의
　　들판 가을의 들판)

四つとや。世(よ)に頼(たのも)しきは。兄弟(きやうだい)ぞ。兄弟(きやうだい)
　　ぞ。たがひにむつびて。世をわたれ。よをわたれ。

(넷 이라. 세상에 믿을 것은 형제로다 형제로세 서로 협력하여 세상을
　　살아가라 세상을 살아가)

五つとや。空言(いつはり)いはぬが。幼子(をさなご)の。幼子(をさなご)の。
　　まなびのはじめぞ。よくまもれ。よくまもれ。

(다섯 이라. 거짓말 하지 않는 것이 어린이. 어린이의 배움의 시작이니
　　잘 지켜라 잘 지켜)

六つとや。昔をたづねて。今をしり。今をしり。ひらけやとませや。わが国(く
　　に)を。わがくにを。

(여섯 이라. 옛 것을 탐구하여 현재를 아네 현재를 알아 개화시키세 부
　　강시키세 우리나라를 우리나라를)

七つとや。なゝつの宝(たから)も。何(なに)かせん。何(なに)かせん。よきと
　　もよき師(し)は。身(み)のたすけ。みのたすけ。

(일곱 이라. 칠보(七寶)[7]인들 무슨 소용 있으랴 무슨 소용 있어 좋은 친
　　구 좋은 스승은 내몸에 보물 내몸에 보물)

八つとや。養(や)しなひそだてよ。姫小松(ひめこまつ)。姫小松(ひめこま
　　つ)。ゆきにもいろます。そのみさを。そのみさを。

(여덟 이라. 기르고 돌보세 작은 소나무 작은 소나무 흰눈에도 푸르른
　　그 절개 그 절개)

---

7 불교에서 말하는 일곱까지 보석은 金, 銀, 瑠璃(유리), 玻璃(수정), しゃこ(자개), 珊
瑚(산호), 瑪瑙(석영)를을 일컫는다.

　九つとや。心(こゝろ)は玉(たま)なり。磨(みがき)みよ。磨(みがき)みよ。ひ
　　かりはさやけし。秋(あき)の月(つき)。あきの月。

　(아홉 이라. 마음은 구슬이라 갈아보세 닦아보세 빛은 청명하다 가을의
　　달 가을의 달)

　十とや。とよはたみはたの。朝日(あさひ)かげ。朝日(あさひ)かげ。いよいよ
　　くまなし。きみがみよ。きみがみよ。

　(열 이라. 아름다운 구름 사이로 아침햇살. 아침햇살 이윽고 빠짐없이
　　비추네 천황의 치세 천황의 치세)

〈『幼稚園唱歌集』(1887) 第29 「数へうた」〉

　위의 가사에서 두드러진 특색은 부모님의 은혜를 천황에 충성으로
치환하여 수신과목의 특징인 덕성함양을 목적으로 한 국민교화였다.
특히 지금까지 에도시대부터 전래된 풍속적〈숫자노래〉를 메이지정부
는 덕육을 강조하는 가사로 바꿔서 제도권인 학교교육에 이식하여 정
착시키는 역할을 하였다. 이를 통해 일본 전래동요의 전통적인 멋은 희
미해지고 메이지정부에서 강조한 천황의 충량한 신민육성으로 변용되
었다.

　1892년 이자와 슈지가 문부성의 검정을 받아 최초의 言文一致唱歌[8]
인『小學唱歌』(6권)를 편찬하였는데「숫자노래」는 1학년 마지막과(17

8　堀内敬三・井上武士(1991)『日本唱歌集』岩波書店, pp.251-252
　　1884년 국어학자 모쓰메 다카미(物集高見)가 '언문일치'를 앞장서서 주장하자
　　1888, 1889년부터 소설가 山田美秒는 언문일치창가를 試作하고, 소설에서는 山
　　田美秒, 二葉亭四迷, 尾崎紅葉등이 실천하였다. 1903에는 帝國敎育會 내에 '언
　　문일치회'가 결성되어 호토토기스(ホトトギス)파의 寫生文과 자연주의파의 소설에
　　이르렀고 1907년 전후 언문일치체가 확립되었다. 1892년에 출판된 伊沢修二의
　　『小學唱歌』에는 언문일치의 창가가 다수 들어있지만 언문일치창가의 보급에 가
　　장 공적이 있는 이는 田村虎藏(당시, 東京高等師範學校敎官)이다.

과)에 다음과 같이 등장하고 있다.

一つとや、ひとゝ生(う)まれて忠孝(ちうかう)を　かきては皇国(みくに)の人(ひと)でなし

(하나 하면, 사람으로 태어나서 충효를 소홀이 하는 것은 황국의 사람이 아니라)

二つとや、ふた親(おや)兄弟(きやうだい)うちそろひ　たのしく暮(くら)すも君(きみ)の恩(おん)

(둘 하면, 어버이 형제 모두 함께 즐겁게 사는 것도 천황의 은혜)

三つとや、みなみな日々(ひゞ)日々(ひゞ)つれだちて　うれしく學(まな)ぶも親(おや)のおん

(셋 하면, 모두모두 날이면 날마다 다함께 즐겁게 배우는 것도 부모의 은혜)

四つとや、よみかき算盤(そろばん)よく覚(おぼ)え　体操(たいさう)唱歌(しゃうか)も習(なら)ふべし

(넷 하면, 읽기 쓰기 주판 잘 익히고 체조 창가도 배워야하네)

五つとや、いつもたふとき先生(せんせい)の　教(をしへ)のことばをよく守(まも)れ

(다섯 하면, 항상 존귀한 선생님의 가르침의 말씀을 잘 지켜라)

六つとや、無病(むびやう)で勉強(べんきやう)卒業(そつげふ)し あっぱれよき子(こ)といはるべし

(여섯 하면, 무병으로 공부하고 졸업하면 훌륭하고 좋은 어린이라 말할 수 있을지니)

七つとや、なにを成(な)すにも学問(がくもん)の　たすけによらでは叶(かな)ふまじ

(일곱 하면, 무엇을 성취하는데도 학문의 도움이 없이는 이루지 못하리라)

八つとや、やまと心(ごゝろ)をやしなひて 君(きみ)と国(くに)とに、つくすべし

(여덟 하면, 일본정신을 길러서 천황과 나라에 진력을 다해야하네)

九つとや、この身(み)のもとたる父母(ちゝはゝ)の 名(な)をもあらはせ名(な)を あげて

(아홉 하면, 이 몸의 뿌리인 부모의 이름도 알리세 이름을 높여서)

十とや、とつくに人(びと)もあふぐまで 皇国(みくに)のほまれをあげよかし

(열 하면, 다른 나라 사람도 공경할 때 까지 황국의 명예를 드높일 지어라)

〈『小學唱歌』(1892) 第1卷 17과 「数へうた」〉

(주의) 이 노래는 학동에게 국가교육의 취지를 알리기 위해 만든 것으로 우선 忠孝에서 시작하여 家族, 朋友 및 師弟間의 道德에 미치고, 이어서 勤學 成務의 필요를 나타내고, 마지막으로 국가에 대한 마음가짐을 나타낸 것이다. 이 언사는 가능한 유아도 알기 쉽도록 하려고 노력하였지만 가끔 어려운 문구가 섞여 있다면 창가 할 때 교사가 친절하게 자세히 설명해주기를 바란다. 이 곡의 작자는 모르지만 예로부터 일본사람의 口碑(구비)로 전해 내려온 유명한 곡이다.[9]

라고 부기하여 교사에게 설명하도록 지도하고 있다.

　이것은 이자와 슈지가 이전에 펴낸 『幼稚園唱歌』(1887)보다 충량한 신민의 자세를 강조하고 있다. 천황과 황국을 상징하는 '황국의 사람', '천황의 은혜', '천황과 나라', '황국의 명예' 등이 많이 등장하는 특징을 가지고 있다. 이것은 1890년 〈교육칙어〉의 발포에 따른 시대상을 그

---

9 海後宗臣(1978) 『日本敎科書大系 近代編 第25卷 唱歌』 講談社, p.71

대로 적용한 것으로 판단된다. "우리 臣民이 忠孝의 도리를 다하고 世世에 그 미덕을 다함은 국체의 정화이니, 교육의 연원도 또한 실로 여기에 있노라"[10]라는 교육칙어의 1단의 내용이 숨어있다. 그리고 "열하면, 다른 나라 사람도 공경할 때 까지 황국의 명예를 드높일 지어라"는 교육칙어 제3단의 "이 도리는 실로 우리 황조황종의 유훈이시니 자손과 신민이 모두 준수할 것인 바, 이것은 고금을 통해 틀림이 없도록 하고, 이것을 국내외에 베풀어야 어긋나지 아니할 것이니라."[11]와 일맥상통하고 있다.

1910년 문부성편찬 최초의 창가서인 『尋常小學讀本唱歌書』에 〈숫자노래〉가 처음으로 실리게 되었는데 가사는 1887년에 출판된 『幼稚園唱歌集』에 들어있는 것을 그대로 채록하였다.[12] 2년 후 1911년부터 1914년까지 최초로 각각 학년별로 6학년용으로 문부성에서 편찬한 국정교과서인 『尋常小學唱歌』(1912)에 실리게 되었다. 1932년 새롭게 『新訂尋常小學唱』로 개편되었으나 〈숫자노래〉는 가사의 변화가 없이 그대로 실려 있다. 1941년 3월 〈국민학교령〉에 따라 제V기 〈初等科音樂〉이 나오기 전까지 30여 년간 아래의 동일한 〈숫자노래〉가 교과서에 들어있고 노래 불러졌다.

> 一(ひと)つとや、人々(ひとびと)忠義(ちうぎ)を第一(だいいち)に あふげや高(たか)き君(きみ)の恩(おん) 国(くに)の恩(おん)。
>
> (하나 하면, 사람들이 충의를 제일로 하여 우러르세 드높은 천황의 은혜 나라의 은혜)

---

10 김순전외 공역(2005) 『일본초등학교수신서제III기』 제6학년 25과 「교육에 관한 칙어」 제이앤씨, p.231
11 위의 책, p.234
12 文部省(1910) 『尋常小學讀本唱歌』 國定敎科書共同販賣所, p.1

二(ふた)つとや、二人(ふたり)のおや御(ご)を大切(たいせつ)に　思(おも)へ
やふかき父(ちゝ)の愛(あい)　母(はゝ)の愛(あい)。

(둘 하면, 두 분 부모님을 소중하게 새겨두세 깊은 아버지의 사랑 어머
니의 사랑)

三(みっ)つとや、みきは一(ひと)つの枝(えだ)と枝(えだ)　仲(なか)よく暮(くら)
せよ兄弟(あにおとゝ)　姉妹(あねいもと)。

(셋 하면, 같은 뿌리에서 나온 줄기와 줄기 사이좋게 살아보세 형제자
매여)

四(よっ)つとや、善(よ)き事(こと)たがひにすゝめあひ　惡(あ)しきをいさめよ友
(とも)と友(とも)　人(ひと)と人(ひと)。

(넷 하면, 좋은 일은 서로 권하고 나쁜 일은 충고하세 친구끼리 사람끼리)

五(いつ)つとや、いつはりいはぬが子供(こども)らの　學(まな)びのはじめぞ慎
(つゝし)めよいましめよ。

(다섯 하면, 거짓말은 하지 않는 것이 아이들의 배움의 시작이라 삼가
하세 훈계하세)

六(むっ)つとや、昔(むかし)を考(かんが)へ今(いま)を知(し)り　學(まな)びの
光(ひかり)を身(み)にそへよ 身(み)につけよ。

(여섯 하면, 옛 것을 존중하여 미래를 알아 형설의 공을 갖추어서 몸에
익히세)

七(なゝ)つとや、難儀(なんぎ)をする人(ひと)見(み)るときは 力(ちから)のかぎ
りいたはれよあはれめよ。

(일곱 하면, 어려움에 처한 사람을 볼 때는 힘닿는 대로 돌보세 긍휼히
여기세)

八(やっ)つとや、病(やまひ)は口(くち)より入(い)るといふ。飲物(のみもの)食
物(くいもの)気(き)を附(つ)けよ 心(こゝろ)せよ。

(여덟 하면, 만병은 입으로 들어온다 하니 먹을 것과 마실 것에 주의하
　　세 마음에 두세)

九(こゝの)つとや、心(こゝろ)はかならず高(たか)くもて　たとひ身分(みぶん)は
　　ひくゝとも軽(かる)くとも。

(아홉 하면, 포부는 최대한 높게 가져라 비록 신분은 낮거나 천할지라도)

十(とお)とや、遠(とう)き祖先(そせん)のをしへをも守(まも)りてつくせ家(いえ)
　　のため国(くに)のため。

(열 하면, 옛 조상의 가르침도 지켜나가세 가문을 위해 나라를 위해)

〈「尋常小學唱歌 第3學年」〈20かぞへ歌〉1912,
『新訂尋常小學唱 第3學年』〈27かぞへ歌〉1932[13]〉

위의 가사의 내용은 〈교육칙어〉 2단의 덕목에 초점을 맞춘 것으로
충의와 용기(하나), 부모에게 효도(둘), 형제우애(셋), 친구와 사이좋
게(넷), 인격향상(다섯), 학문에 힘쓸 것(여섯), 이웃을 널리 사랑(일곱)
할 것을 노래하고 있다. 〈교육칙어〉 제2단을 살펴보면,

　너의 신민은 부모에게 효도하고, 형제간에 우애하며, 부부가 서로 화목
하고, 친구 간에 서로 믿으며, 스스로 공손하고 검소하게 행동하여 널리
사랑을 베풀고, 학문에 힘쓰고, 일을 배움으로써 지능을 개발하고, 인격
향상에 노력하여 공익을 넓히고, 사회의 의무를 다하며, 항상 나라의 헌
법을 중시하고 준수하며, 만일 유사시에는 충의와 용기를 가지고 천양
무궁한 황운을 도와야 할지니라. 이와 같이 하면 오로지 짐의 충량한 신
민이 될 뿐만 아니라 또한 충분히 너의 선조의 유풍을 현창하리라.[14]

13　김순전외 공역(2013)『초등학교唱歌교과서 대조번역 上』제이앤씨, pp. 313-317
14　김순전외 공역(2005)『일본초등학교수신서제Ⅲ기』제6학년 제25과 「교육에

주로 충량한 신민이 되기 위해서 아동들이 반드시 갖추어야 할 덕목을 나열하고 있다. 「尋常小學唱歌」,『新訂尋常小學唱』의 〈숫자노래〉는 이자와 슈지가 이전에 펴낸『幼稚園唱歌』(1887)와『尋常小學唱歌』에 비해 개인의 덕목에 초점을 맞추고 있어서 천황의 상징성이 약화되어 있다는 특징을 가지고 있다.

태평양전쟁(1941)이 발발하자 〈국민학교령〉에 따라 새롭게 교과서가 개편되었는데 전시체제에 맞게 편찬한 것이 국민학교 1, 2학년용의 〈ウタノホン上・下〉(1941)과 국민학교 3・4・5・6학년용의 〈初等科音樂〉(1942)이다. 여기에 〈初等科音樂〉 卷二 4학년 17과 〈숫자노래〉에서는, 이전의 곡이 추상적인 개념의 국민교화이었다면, 직접 아동이 실천할 수 있는 구체적인 행동에 초점을 맞추고 행동의 실천을 요구하는 것으로 아래와 같이 바뀌졌다.

一つとや、ひとりで朝起き、身を清め、日の出を拝がんで、庭はいて、水まいて。

(하나 하면, 스스로 일찍 일어나 몸을 깨끗이 동방에 요배하고 마당 쓸고 물 뿌리고)

二つとや、ふだんにからだをよくきたへ、み国にやくだつ人となれ、民となれ。

(둘 하면, 평소에 몸을 잘 단련하여 황국에 유용한 사람이 되자 신민이 되자)

三つとや、身支度きちんと 整へて、ことばは正しくはきはきと、ていねいに。

(셋 하면, 의복은 단정하게 차려입고 말은 또랑또랑 바르고 정중하게)

관한 칙어」 제이앤씨, p.232 에서 재인용

四つとや、よしあしいはずに、よくかんで、御飯をたべましよ、こころよく、行

儀よく。

(넷 하면, 음식 가리지 않고 잘 씹어 밥을 먹읍시다 기분 좋게 예의바르게)

五つとや、急いで行きましょ、左側、道草しないで学校に、お使ひに。

(다섯 하면, 서둘러 갑시다, 좌측으로 해찰 부리지 말고 학교도 심부름도)

六つとや、虫でも、草でも、気をつけて、自然の姿を調べませう、学びま

しょう。

(여섯 하면, 곤충이나 풀이라도 주의 깊게 자연현상을 관찰합시다. 배

웁시다)

七つとや、仲よくみんなでお當番、ふく人、はく人、はたく人、みがく人。

(일곱 하면, 사이좋게 다 같이 청소당번 닦는 사람, 쓰는 사람, 터는 사

람, 광내는 사람)

八つとや、休みの時間は 元気よく、まり投げ、なは飛び、鬼ごつこ、かくれ

んぼ。

(여덟 하면, 쉬는 시간은 활기차게 공 던지기, 줄넘기, 술래잡기, 숨바꼭질)

九つとや、心は明かるく、身は輕く、進んで仕事の手傳ひに、朝夕に。

(아홉 하면, 마음은 밝게 몸은 가볍게 자진하여 일을 도우세 아침저녁

으로)

十とや、東亞のまもりをになふのは 正しい日本の子どもたち、わたしたち。

(열 하면, 동아의 수호를 짊어질 자는 일본의 올바른 아이들, 우리들이

로세)   〈『初等科音樂』(1941) 二年 17과 「かぞへ歌」〉[15]

아침에 일어나서의 동방요배와 스스로 청소하고 몸을 단련하여 국

---

15 김순전외 공역(2013) 『초등학교唱歌교과서 대조번역 下』 제이앤씨, pp.269-271
    에서 재인용

가에 유용한 신민이 될 것을 강조하고 있다. 단정한 복장, 간결한 음식, 힘찬 복창復唱 등은 아동을 미래의 충량한 군인으로 기르기 위해 갖추어야 할 키워드이다. 풀벌레는 군대의 야영에서 겪어야 할 사항이고 자기가 맡은 일을 협동하여 하는 군대의 단체행동에 필요한 당번의 필요성을 역설하고 있다. 특히 체육에 의한 건강이 이전의 唱歌書에 비해 강조되어 있다. 마지막 열에서 동아시아를 위해서 아동들의 어깨에 달려 있다고 함으로써 아동을 미래 의 황국신민 전사로 양성하려는 의도를 잘 나타내주고 있다.

　이와 같이 대동아공영권이라는 슬로건아래 아동들에게 전쟁의 필요성과 전쟁을 미화하였지만 연합군의 공격에 의하여 일제는 1945년 8월 15일 무조건 항복하기에 이른다. 패전 직후 발표된 '신일본건설의 교육방침'에 따라 음악교과서도 군국적인 내용의 교재가 삭제된 소위 먹물로 지운 교과서를 사용하게 되었다. 1947년 〈교육기본법〉, 〈학교교육법〉이 공포되고 〈學習指導要領(試案)〉이라는 형태의 최초의 학습지도요령이 만들어졌다. 음악 교육의 목표가 패전 전의 '덕성함양'과 '국민적 정서순화'에서 '높은 미적인 정서를 풍부하게는 하는 인간성 양성'으로 바뀌었다. 1947년 문부성에서 편찬한 「4학년 음악」의 〈숫자노래〉는 1958년 〈學習指導要領〉이 새롭게 개정될 때까지 아래와 같이 실려 있다.

　　一つとや、ひとりではやおき、みをきよめ、日の出をおがんで、にわはい
　　　　て、水まいて。
　　(하나 하면, 스스로 일찍 일어나 몸을 깨끗이 동방요배하고 마당 쓸고
　　　　물 뿌리고)
　　二つとや、ふだんにからだを　よくきたえ、いつでもにこにこ、ほがらかに、

元気よく。

(둘 하면, 평소에 몸을 잘 단련하여 항상 싱글벙글 명랑하고 활발하게)

三つとや、みじたくきちんと　ととのえて、ことばは正しく、はきはきと、ていねいに。

(셋 하면, 의복은 단정하게 차려입고 말은 또랑또랑 바르고 정중하게)

四つとや、よしあしいはずに、よくかんで、たのしくごはんをたべましょう、ぎょうぎよく。

(넷 하면, 음식 가리지 않고 잘 씹어 즐겁게 밥을 먹읍시다, 예의바르게)

五つとや、いそいでいきましょ、左がわ、道くさしないで　学校へ、おつかいに。

(다섯 하면, 서둘러 가세. 좌측통행 해찰하지 말고 학교도 심부름도)

六つとや、虫でも、草でも、気をつけて、なんでもくわしくしらべましょう、学びましょう。

(여섯 하면, 곤충이나 풀이라도 주의 깊게 무엇이나 자세하게 관찰합시다 배웁시다.)

七つとや、なかよくみんなで お當番、ふく人、はく人、はたらく人、みがく人。

(일곱 하면, 사이좋게 다 같이 청소당번 닦는 사람, 쓰는 사람, 터는 사람, 광내는 사람)

八つとや、休みの時間は　よくあそび、まり投げ、なは飛び、鬼ごつこ、かくれんぼ。

(여덟 하면, 쉬는 시간은 잘 놀아라 공 던지기, 줄넘기, 술래잡기, 숨바꼭질)

九つとや、心は明かるく、身はかるく、進んでしごとの　てつだいに、朝夕に。

(아홉 하면, 마음은 밝게 몸은 가볍게 자진하여 일을 도우세 아침저녁으로)

十とや、年月かさねて よく學び、心も、からだも、のびのびと、すこやかに。
(열 하면, 형설의 공 쌓아서 잘 배워서 몸도 마음도 무럭무럭 건강하게)
〈『四年生 音楽』(1947) 17과「かぞえ歌」〉

　　1941년『初等科音樂』二학년 17과「숫자노래」와 비교해서 겉으로
는 큰 변화가 없는 것같이 보이나 "평소에 몸을 잘 단련하여 황국에 유
용한 사람이 되자 신민이 되자"가 "평상시에 몸을 단련하여 항상 싱글
벙글 명랑하고 활발하게"로 바뀌져 있다. 이는 패전 후 개인의 자아발
전적인 행동에 초점을 두어, 전시의 군국적인 이미지를 불식시키려는
의도에 따른 것으로 볼 수 있다. 여덟에서 "쉬는 시간은 활기차게"가
"쉬는 시간은 잘 놀고"로 "잘 씹어 밥을 먹읍시다."라는 것이 "잘 씹어
즐겁게 밥을 먹읍시다."로 바꾸었다. 전시에 여러 가지 물자보급에 어
려움으로 음식의 질이 좋지 않아도 나라를 위해 꾹 참고 건강하게 열
심히 먹어야 한다는 당위성을 강조하고 있다. 그러나 패전 후에도 얼
마 되지 않는 기간이기에 음식물의 질과 공급은 획기적으로 나아지는
데에는 많은 시간이 필요했다. 궁여지책으로 선택한 것이 즐겁게 먹자
로 가사를 변경하였다. 지금까지의 경우는 가능한「初等科音樂」에 나
오는 가사를 대부분 그대로 두고 크게 문제시 될 수 있는 것만을 골라
서, 가사를 부분적으로 바꾼 경우이다. 그러나 마지막 열에서는 전체
적으로 바꾸진 않으면 안 될 핵심적인 부분인 "동아의 수호를 짊어질
자는 일본의 올바른 아이들, 우리들이로세."가 "세월이 지나도 잘 배
워서 몸도 마음도 무럭무럭 건강하게"로 바꾸어서 대동아를 짊어지고
나갈 일본아동에서 건강하고 튼튼하게 자라는 아동이 될 것을 주문하
고 있다.
　　이상과 같이 〈숫자노래〉는 1887년「幼稚園唱歌集」에서부터 1957년

「4학년 음악」까지 약 70년간 와라베우타(일본 전래동요)의 대표적인
노래로 자리매김 되었다. 일본의 교과서에 등장한 〈숫자노래〉의 1절
가사를 발췌하여 표로 정리하면 다음과 같다.

〈표 1〉 일본 唱歌書에 나오는 「숫자노래」 1절 가사 내용

서 명	가사 내용 (1절)	편찬년도
幼稚園唱歌集 (第29번곡)	人々(ひとびと)一日も。忘(わす)るなよ。忘(わす)るなよ。 はぐゝみそだてし。おやのおん。おやのおん。	1887
小學唱歌 (第1卷 17과)	ひと〻生(う)まれて忠孝(ちうかう)を かきては皇国(みくに)の人(ひと)でなし	1892
尋常小學讀本 唱歌	人々(ひとびと)一日も。忘(わす)るなよ。忘(わす)るなよ。 はぐゝみそだてし。おやのおん。おやのおん。	1910
尋常小學唱歌 (第3學年 20과)	人々(ひとびと)忠義(ちうぎ)を第一(だいいち)に あふげや高(たか)き君(きみ)の恩(おん) 国(くに)の恩(おん)	1912
新訂尋常小學唱歌 (第3學年 27과)	人々(ひとびと)忠義(ちうぎ)を第一(だいいち)に、あふげや、 高(たか)き君(きみ)の恩(おん)、国(くに)の恩(おん)。	1932
初等科音 (樂2학년 1)7	ひとりではやおき、みをきよめ、 日の出をおがんで、にわはいて、水まいて。	1941
四年生 音楽17	ひとりで早起き、身を清め、 日の出を拝んで、庭はいて、水まいて。	1947

위의 도표에서 알 수 있듯이 「숫자노래」는 1887년 처음으로 『幼稚
園唱歌集』에 실린 이후 초등학교 唱歌 교과서에 계속 등장하고 있음을
알 수 있다. 1912년 편찬된 『小學唱歌』 이전에는 이자와 슈지가 작사
한 가사가 사용되었다. 이후 문부성 편찬 국정창가서도 계속하여 「숫
자노래」는 한 번도 빠지지 않고 등장하는 전래동요(와라베우타, 童歌)의 핵
심노래로 자리 잡았음을 알 수 있다. 이와 같은 사실은 패전 후에 편찬
한 편찬 『四年生 音楽』에도 삭제되지 않고 나옴으로써 증명할 수 있다.
1절 가사의 변화는 1887년 『幼稚園唱歌集』과 『尋常小學讀本唱歌』와

동일한 가사이고, 또한 1912년『尋常小學唱歌』와 1932년『新訂尋常小學唱歌』도 동일하였다. 그러나『初等科音樂』과『四年生 音樂』은 1절은 같으나 부분적으로 다른 가사로 구성되어 있다.

4. 식민지 조선, 대만에서의 「숫자노래」 변천

조선에서의「숫자노래」는 1920년 조선총독부에서 편찬된『普通學校唱歌書』4학년 9과에 최초로 실린다. 이어『初等唱歌』에서 동일하게 똑 같은 가사로 실리게 된다. 1941년 〈국민학교령〉에 따른 교과서 개편에 따라 조선에서도 일본의『초등과 음악』17과에 실린 것과 같이 동일한 학년과 동일한 과에 실려 있다. 이와 같은 사실에서〈숫자노래〉를 통한 조선에서의 창가는 일본의 문부성 교과서의 형태를 그대로 준용해서 편찬 하였다.

대만의 경우에는 대만총독부가 창가서로 최초 편찬한『公學校唱歌集』[16](1915)에 46개 곡이 수록되어 있는데 여기에「숫자노래」가 들어 있다. 그러나 필자가 직접『公學校唱歌集』을 입수할 수 없어서 부득이 참고서적을 찾던 중 오카베 요시히로岡部芳広가『植民地臺灣における公學校唱歌敎育』에서 1921년도 臺北師範學校附屬公學校 발행의「公學校敎授細目」에서 4학년에「숫자노래」가 실려 있다.[17] 그러나 오카베 요

---

16 岡部芳広(2007)『植民地臺灣における公學校唱歌敎育』明石書店, p.64『公學校唱歌集』은 한권에 6학년분의 교재 46곡이 들어있어 분량으로는 빈약했지만 처음으로 출판된 臺灣 獨自의 창가교과서로 의의가 크다고 할 수 있다.

17 위의 책,『公學校唱歌集』의 46곡 중에 32곡이 들어 있는데 각 학년별로 살펴보면 1학년에는「日の丸の旗」,「君が代」,「亀」,「繩跳び」,「犬」,「蛙と猫」,「蘭の花」,「人形」2학년에는「花」,「せんたく」,「月」,「たこ」,「時計の歌」,「さあ遊びませう」第3학년에는「二宮金次郎」,「天長節」,「こだま」,「運動會」,「紀元節」,「汽車」,「花咲爺」

시히로의 저서에도 정확한 악보가 없어서 가사의 내용을 알 수 없었다. 다행히 1913년도부터 발행한『公學校用國民讀本』권8의 제9과에 「숫자노래」로 다음과 같이 실려 있다.

一つとや、人々忠義を第一に あふげや高き君の恩、国の恩。

(하나 하면, 사람들이 충의를 제일로 하여 우러르세 드높은 천황의 은혜 나라의 은혜)

二つとや、二人の親御を大切に、思へや深き父の愛、母の愛。

(둘 하면, 두 분 부모님을 소중하게 새겨두세 깊은 아버지의 사랑 어머니의 사랑)

三つとや、みきは一つの枝と枝、なかよく暮せよ、兄おとゝ、姉いもと。

(셋 하면, 같은 뿌리에서 나온 줄기와 줄기 사이좋게 살아보세 형제자매여)

四つとや、善きこと互にすゝめあひ、惡しきをいさめよ、友と友、人と人。

(넷 하면, 좋은 일은 서로 권하고 나쁜 일은 충고하세 친구끼리 사람끼리)

五つとや、いつも心を正直に、いつはりいはぬが人の道、身の寶。

(다섯 하면, 언제나 마음을 정직하게 거짓말 하지 않는 것이 사람의 도리 자신의 보배)

六つとや、無益のつひえを倹約し、をしまずつくせや、人のため、国のため。

(여섯 하면, 무익한 낭비를 검약하여 아낌없이 전력을 다하세 남을 위해 나라를 위해)

七つとや、なんぎをする人見る時は、いたはりたすけよ、ねんごろに、親切に。

제4학년에는 「始政記念日」, 「夕立」, 「勅語奉答」, 「一月一日」, 「六氏先生」, 「数え歌」 제5학년에는 「桜井の別」, 「日本の国」 제6학년에는 「金剛石」, 「農工商」, 「臺灣の風景」 등이 있다. pp.92-93참조.

(일곱 하면, 어려움에 처한 사람을 볼 때는 위로하며 돌보세 공손하게
　　친절하게)

八つとや、休むひまなくめぐりゆく、時計の針にならへ人、まなべ友。

(여덟 하면, 쉴 틈 없이 돌아가는 시계 바늘에 익히세 사람들이여 배우
　　세 친구들이여)

九つとや、ことばをつしみ身を修め、おきてを守りて分を知れ、程を知れ。

(아홉 하면, 말을 삼가고 몸을 수양하세, 규칙을 지키고 분수를 알고 정
　　도를 아세)

十とや、ときはにさかゆる御代にあひ、楽しき渡りありがたや、ありがたや。

(열 하면, 영원히 번영하는 천왕의 치세를 만나, 즐거운 세상살이 고마
　　워라 고마워)

〈『公學校國民讀本』(1913) 卷8의 9과 「数へ歌」〉

　1913년 대만총독부에서 편찬된 『公學校用 國民讀本』 권8 9과에 실려
있는 〈숫자노래〉의 1절부터 4절까지는 일본과 조선의 가사와 대부분
동일하나 5절부터는 10절까지는 전부 바뀌어져 완전히 다른 가사가 등
장한다. 이와 같은 대만의 가사는 조선이나 일본에서는 한 차례도 나오
지 않고 있다는 것이다. 따라서 일본, 조선, 대만의 창가서에 나오는 〈숫
자노래〉의 가사 차이 변화를 구체적으로 살펴보면 아래와 같다.

〈표 2〉 일본(1912, 1932), 조선(1918, 1940)과 대만(1915)의 숫자노래 가사 비교

구 분		내　용
일본, 조선	다섯	거짓말 하지 않는 것이 아이들의 배움의 시작이라 삼가하세 훈계하세
대만	다섯	언제나 마음을 정직하게 거짓말을 하지 않는 것이 사람의 도리, 자신의 보배

구 분		내 용
일본, 조선	여섯	옛 것을 존중하여 지금을 알아 형설의 공을 갖추어서 몸에 익히세
대만	여섯	무익한 낭비를 검약하여, 아낌없이 전력을 다하세 남을 위해, 나라를 위해
일본, 조선	일곱	어려움에 처한 사람을 볼 때는 힘닿는 대로 돌보세 긍휼히 여기세
대만	일곱	어려움에 처한 사람을 볼 때는 위로하며 돌보세, 공손하게 친절하게
일본, 조선	여덟	만병은 입으로 들어온다 하니 먹을 것과 마실 것에 주의하세 마음에 두세
대만	여덟	쉴 틈 없이 돌아가는 시계 바늘에 익히세 사람들이여 배우세 친구들이여
일본, 조선	아홉	포부는 최대한 높게 가져라 비록 신분은 낮거나 천할지라도
대만	아홉	말을 삼가고 몸을 수양하세, 규칙을 지키고 분수를 알고 정도를 아세
일본, 조선	열	옛 조상의 가르침도 지켜나가세 가문을 위해 나라를 위해
대만	열	영원히 번영하는 천왕의 치세를 만나, 즐거운 세상살이 고마워라 고마워

'여섯'에서 일본이나 조선의 경우는 '溫故而知新'과 '螢雪之功'으로 옛것을 존중하고 열심히 공부하자고 암시했는데, 대만의 경우는 쓸데 없는 낭비를 없애 남과 나라를 위해 검소하게 지낼 것을 훈시하고 있다. '여덟'의 경우에도 일본과 조선에서는 음식에 주의하여 개인위생에 유의하자는 내용이나 대만에서는 시계바늘처럼 쉬지 않고 배우고 익히자고 강조하고 있다. '아홉'에서는 비록 신분이 낮거나 천할지라도 꿈은 크게 가질 것을 요구하고 있다. 그러나 대만에서는 자기의 분수에 맞게 말을 삼가고 수양하라는 문구로 바꿔져 있다. 가장 변화가 심한 것은 마지막 '열'에서 그 절정을 이룬다. 일본과 조선에서는 옛 선조들의 가르침을 배워서 가문과 나라를 위해 훌륭한 어린이가 되라고 훈시하고 있다. 그러나 대만에서는 천황을 만나서 고맙게 살아가고

있다는 것을 강조하는 대목은 특이한 경우라 할 수 있다.

대만이 조선보다 15년 빨리 식민지로 되었으나 본격적인 대만의 식민지교육이 시작 된 것은 34년이 지난 1919년 〈제1차 대만교육령〉이 발포되고 난 이후이다. 일제가 조선을 1910년 강점시키자마자 1년 후 바로 1911년 〈조선교육령〉을 발포 하여 황국식민화 교육을 실시한 것과는 매우 다른 경향이다. 이는 일제가 조선과 대만에 대한 식민지 경영의 중요성에 큰 차이를 보여주고 있다는 의미이다. 대만에서는 1896년도부터 〈국어전습소규칙〉을 제정하여 일본어학습 위주의 일본어 보급에 치중한 無方針主義라고 부를 정도의 소극적인 식민지교육을 시행하였다. 초창기의 대만에 대한 소극적인 식민지교육정책은 중일전쟁 이후부터는 조선의 식민지정책과 연동하여 실시되었다. 조선민족은 단일 민족이고 고래부터 일본과 왕래가 빈번하였기에 일제는 동조동근, 내선융화라는 슬로건을 내세운 동화정책을 실시하였다. 반면 대만은 本島人(대만인), 소수의 蕃人(대만의 원주민) 등 단일민족도 아니고 일본과의 왕래도 별로 없어서 일제는 단순히 일본어교육을 통한 식민지정책에 집중하였다. 따라서 일제의 식민지 차별정책은 우수한 문화를 지닌 조선민족에게는 강력한 민족말살정책을 대만에서는 일본어보급을 통한 소극적인 동화정책으로 대만인에게 시혜를 베푸는 형태를 취했다.

이상 조선, 대만의 창가서에 나오는 〈숫자노래〉 가사의 차이를 통해서도 조선과 대만에 대한 일제의 차별정책의 하나의 요인을 찾아 확인 할 수 있었다.

5. 결론

에도江戸 시대부터 아동들이 따라 부른 와라베우타(일본 전래동요)인 〈숫자노래〉는 설날이나 일본의 전통이나 세태풍속에 관계된 다양한 가사로 불리어졌다. 그러나 1890년 〈교육칙어〉 발포 무렵 이자와 슈지伊澤修二가 덕목과 관계된 가사를 통해 아동들에게 덕육중심의 교육을 가르치는데 활용하였다. 1911년 唱歌書가 국정교과서의 정식교과목으로 편찬된 제Ⅱ기부터 〈숫자노래〉는 각 시대에 맞게 국민교화를 위해 가사를 바꿔서 채용하였다. 특히 1941년 〈국민학교령〉이 발포된 태평양전쟁시기에는 동아시아를 방어하는 미래의 아동전사로 육성하고자 했다.

또한 일제의 식민지 조선과 대만의 唱歌書에 나오는 〈숫자노래〉를 분석한 결과, 조선에서는 일본의 〈숫자노래〉 그대로 충의를 다하자고 조선총독부편찬 唱歌書와 동일하였다. 그러나 대만에서는 개인의 덕목에 초점이 맞추어진 것으로 볼 때, 일제가 대만보다는 조선에 대해서 더욱 강력한 동화정책을 실시하고 있다는 것을 유추할 수 있었다. 따라서 조선에서는 唱歌書가 동화이데올로기의 수단으로까지 이용되었던 것을 알 수 있었다.

일본에서의 〈숫자노래〉는 1887년 「幼稚園唱歌集」에서부터 1957년 「4학년 음악」까지 약 70년간 계속 등장하면서 각각의 시대에 맞는 교육방침을 아동들에게 교수시키는 역할을 하였다. 결국 일제의 황민화교육이 와라베우타(일본 전래동요)인 〈숫자노래〉를 통해서도 이루어졌다는 사실을 본 연구에서 확인할 수 있었다. 지금까지의 식민지연구의 하드부분은 거의 완성되었으나 구체적인 소프트부분에서는 다양한 자료수집과 연구가 앞으로도 계속 이루어져야 할 것이다.

제국의 식민지 창가

Ⅱ. 초등학교 儀式과 唱歌의 相互規定*

박경수

1. 머리말

한국 초등학교 음악교육의 시작은 1906년 8월 〈普通學校令〉 이후로 보는 것이 보편적이다. 이에 앞서 기독교계 학교에 '찬미가'라는 교과를 두었거나 특정 사립학교에 '창가'과를 두어 음악교육을 하기도 하였지만 이는 특수한 경우에 한정되었을 뿐, 공교육으로서의 음악교육은 〈普通學校令〉에 의거 초등교과목에 '唱歌'과가 설치된 것에서 비롯되기 때문이다. 그러나 당시 음악 교육적 환경은 열악하기 그지없었다. 교육법령에 의하여 '창가'과목이 배정되기는 하였지만, 운영할 만

---

* 이 글은 2013년 3월 한국일본어문학회 「日本語文學」(ISSN : 1226-0576) 제56집, pp.143-163에 실렸던 논문 「일제강점기 초등학교 唱歌와 儀式의 상관성 -行事와 唱歌의 相互規定을 중심으로-」를 수정 보완한 것임.

한 음악교과 직제도 없었으며, 음악교사는 물론 음악교사양성기관조
차 없었다. 음악교과 도서와 음악교육 기자재 역시 또한 갖추어지지
않아, 그야말로 '時宜에 따라' 운영할 수밖에 없는 처지였다. 때문에 한
국의 학교음악은 교과목표에서부터 음악교사양성에 이르기까지 음악
교육 관련 제반 사항은 통감부가 의도한 일본의 그것을 따를 수밖에
없었다. 그 기초가 된 것이 1891년 11월, 일본 〈文部省令〉에 의해 개설
된 小學校의 '唱歌'과이다.

　일본에서 창가교육의 목적은 "창가는 귀 및 발성기를 연습시켜, 용
이하게 歌曲을 부를 수 있게 함과 아울러 음악의 美를 분별하여 알게
하고 덕성을 함양하는 것을 요지로 함"(〈小學校敎則大綱〉 제10조)에
있었다. 이 내용이 1900(M33)년 8월 "唱歌는 평이한 가곡을 부를 수
있게 함과 아울러 音樂의 美를 기르고 덕성의 함양에 도움 되는 것을
요지로 함"(〈小學校令施行規則〉 제9조)으로 개정'되었으며, 이 조문은
그대로 〈普通學校令施行規則〉이 되어 한국 초등음악교육에 적용되었
다. 이시기 일본 근대식 음악교육제도와 함께 화양절충和洋折衷된 일본
식 음악이 아무런 여과 없이 수용되었고, 서서히 정착되어감으로써 한

1　여기서 우리는 흔히 사용하고 있는 음악교과목으로서의 '창가'와 '음악'을 구분
　해 볼 필요가 있을 것이다. '창가(唱歌, singing)'와 '음악(音樂, music)'이란 용어
　는 일본이 서양 학문을 도입하여 번역하는 과정에서 파생된 용어이다. 1869(M2)
　년 우치다 마사오(內田正雄)가 네덜란드 교육법규를 번역하여 펴낸『和蘭學制』
　에서 '唱歌'라는 용어를 사용하였으며, 뒤이어 1873년(M6)년 사자와 타로(佐沢
　太郎)가 프랑스 학교제도를 소개한『佛國學制』에서 '唱歌'와 '音樂'이란 용어를
　자세하게 설명함으로써 일반화되었다. 여기서 '唱歌'는 주로 소학교에서 '歌唱'
　즉 노래 중심인데 비하여 '音樂'은 중학교 이상의 이론과 기악도 포함하고 있어
　'唱歌'보다는 수준 높은 용어로 쓰이고 있었다. 요컨대 서양학제를 따라 초등학
　교 저학년에 적용한 것이 '창가'였으며, 고학년 이상에 적용한 것이 '음악'이었다
　고 볼 수 있다. (노동은(1976)『한국근대음악사』한길사, pp.589-590 참조)
　본고에서는 시기별 교육법령에 따라 시대적 용어로서 혹은 교과목과 교과서 명
　칭으로서의 '창가(唱歌)'로, 일반적인 용어 혹은 〈國民學校令〉 이후 현재까지 사
　용되고 있는 교과목과 교과서 명칭으로서의 '음악(音樂)'으로 한다.

국근대음악의 근간을 이루게 되었다.

강점이후 일제가 초등교육에서 가장 중점을 두었던 부분은 조선인의 동화同化차원에서 일본국체를 인식시키는 것이었다. 이같은 교육의 실상은 특히 초등교육현장에서의 의례儀禮나 의식儀式을 통하여 철저하게 이루어지고 있었는데, 일본에서 근대국민국가의 성립 이후 행해진 의례나 의식은 천황 혹은 천황가와 분리하여 생각할 수 없을 만큼 유기적인 관계성을 지니고 있었다. 그것이 초등교과과정에서의 '의식교육'을 위한 '의식창가'에서 더욱 두드러지게 나타나게 되었고, '의식창가'는 학교에서의 의례·의식은 물론이려니와 전 국민의 정신적 통합이 요구되는 행사 때마다 제창됨으로써 거국적 이데올로기를 창출해 내는 教化의 장치가 되었다. 그럼에도 이와 관련된 부분적인 연구로는 식민지기 초등음악교과서에 관련된 극소수의 연구[2]가 있지만, 이들 연구는 음악적 차원의 연구이거나 시대 흐름을 개괄한 연구로, 주제별 연구에까지는 미치지 못하고 있음이 파악되었다.

이에 본고는 일제강점기 이러한 교육목적 하에서 조선총독부가 편찬한 초등학교용 음악교과서 전권[3]에 수록 교육된 '의식창가'를 통하여 식민지 조선아동의 의식교육의 실상에 밀착해보고자 한다. 이로써

---

2 천영주(1996)「일제 강점하 음악교과서 연구」한국교원대 석사논문
   박은경(1999)「일제시대의 음악교과서 연구」「한국음악사학보」제22
   임혜순(2001)「일제시대의 초등음악교과서 연구」이화여대 석사논문
   高仁淑(2004)『近代朝鮮の唱歌敎育』, 九州大學出版會

3 일제강점기 조선총독부가 편찬한 음악교과서는『신편창가집』(1914) 1卷 ;『보통학교창가서』(1920) 4卷 ;『보통학교 보충창가서』(1926) 1卷 ;『みくにのうた』(1939) 1卷 ;『初等唱歌』(1939~1941) 6卷 ;『ウタノホン』(1942) 2권 ;『初等音樂』(1943~1944) 4권으로 모두 전19권이다. 본 연구서는 이를 주 텍스트로 함에 있어, 텍스트의 인용문은 이의 대조번역서인〈김순전 외(2013)『조선총독부 편찬 초등학교〈唱歌〉교과서 대조번역』(上)(中)(下), 제이앤씨〉의 번역문으로 할 것이다. 이에 따라 텍스트 인용문의 서지사항은 예를 들어 上卷 165페이지에 수록된「日章旗」일 경우 인용문 말미에〈(上)-「日章旗」, p.165)로 표기하기로 한다.

황민화를 위한 이데올로기 강화 측면과 교화과정은 물론, 이의 상호규정相互規定에 의한 보완, 제약, 상승 등의 상관작용, 나아가서는 식민지 교육정책의 궁극적인 목적까지도 살필 수 있으리라고 본다.

2. 식민지 초등음악교육의 요지와 儀式唱歌

한국 공교육에서 공식적으로 '창가'과가 설치된 것은 전술한대로 통감부기 〈普通學校令〉(1906)에 의하여 학교 교육제도가 일본식으로 개편된 이후이다. 이 시기 관공립학교에서 공식적으로 음악교과서가 사용되기 시작하였는데, 처음 사용된 교과서는 일본의 음악교과서를 그대로 옮겨온『심상소학창가尋常小學唱歌』와『신편교육창가집新編教育唱歌集』이었다. 이후 조선인의 음악교육을 위해 대한제국 學部에서 여러 차례의 숙고 끝에 발간한 것이『보통교육창가집普通教育唱歌集』(1910.5)이었는데, 이 또한 일본 전래의 노래 혹은 明治기 유입된 서양음악을 화양절충和洋折衷한 일본정서가 뚜렷한 일본 교과서에 수록된 곡을 그대로 변역 번안한 것에 불과하였다. 책머리의 '例言'에 이의 발간 목적을 명시하고 있음은 본 교재를 통한 식민지교육정책의 진행방향을 예시하고 있어 주목된다.

　一　本書는普通學校, 師範學校, 高等學校, 高等女學校等其他一般諸學校
　　　에셔敎授할目的으로써編纂흔者이라
　二　本書는敎師用又는學員,學徒用으로使用흠을得흠이라
　三　本書는學校에셔敎授흘쑨아니라家庭에셔使用흠도亦可흠이라[4]

　이는 기존의 사립학교 음악교재 및 기존의 음악관련 서적을 일소하
려는 정책적 측면과 함께, 본 교과서를 통하여 일본적 정서로의 흡수
同化를 획책하고 있었음을 말해주는 부분이라 하겠다.

　일제의 본격적인 초등음악교육은 강점이후 4차례의 〈朝鮮敎育令〉의
초등학교 규정에 구체적으로 드러나 있는데, 각 규정 공히 그들의 음악
적 정서 이식을 전제하고 있어, 음악교육을 통하여 일본국으로 흡수형
식의 동화, 나아가서는 황국신민화를 꾀하고 있었음이 파악된다. 각 교
육령시기별 음악교육에 관한 법령의 내용을 〈표 1〉에서 살펴보겠다.

〈표 1〉〈朝鮮敎育令〉 시기별 음악교육 규정[5]

교육령	법적근거	주 요 내 용
1차 1911. 8.23	보통학교규칙 13조 조선총독부령 제100호 (동년 10.20)	* 창가는 평이한 가곡을 부를 수 있어야 하며, 심정을 순정하게 하고 덕성을 함양하는 것을 요지로 한다. * 창가는 단음창가를 가르쳐야 하며, 가사 및 악보는 平易雅情하여 아동의 심정을 쾌활순미하게 기를 수 있는 것을 선택하여야 한다. * 창가를 가르칠 때에는 난해한 가사에 대하여 설명을 덧붙이고 그것의 大義를 了解할 수 있도록 하여야 한다.
2차 1922. 2.4	보통학교규정 17조 조선총독부령 제8호 (동년 2.20)	* 창가는 平易한 가곡을 부를 수 있어야 하며, 또한 미적인 감각을 기르고 덕성을 함양하는 것을 요지로 한다.
3차 1938. 3.3	소학교규정 26조 조선총독부령 제24호 (동년 3.15)	* 창가는 平易한 가곡을 부를 수 있어야 하며, 심정을 순정하게 하고 덕성을 함양하는 것을 요지로 한다. * 심상소학교에서는 단음창가를 부를 수 있어야 하며, 점차 나아가서는 평이한 복음창가를 불러도 무방하다. * 가사 및 악보는 平易하면서도 단아하고 바르게 하여 아동은 심정을 쾌활순미하도록 해야 한다. * 가사는 될 수 있는 대로 황국신민으로서의 情操를 함양하는데 적절한 것을 골라서 취하도록 한다.

4　學部(1910)『普通敎育唱歌集』韓國政府印刷局, p.1
5　〈표 1〉은 일제강점기에 실시된 조선교육령의 각 규정을 근거로 필자가 정리하였음.

교육령	법적근거	주 요 내 용
4차 (국민 학교령 포함) 1943. 3.8	국민학교규정 15조 조선총독부령 제90호 (동년 3.31)	* 예능과의 음악은 가곡을 바르게 가창하고 음악을 감상하는 능력을 길러서 황국신민으로서의 정조를 순화하는 것으로 한다. * 초등과는 평이한 단음창가를 부과하며, 적절하게 輪창가 및 중음창가를 추가하고 음악을 감상시키도록 해야 한다. * 또 악기지도도 할 수 있으며, 창가와 관련하여 적절하게 악전의 초보를 가르쳐야 한다. * 가사 및 악보는 국민적이어서 아동의 심정을 쾌활, 순미하게 하고 덕성을 함양하는데 기여하도록 해야 한다. * 아동의 음악적 자질을 계발하여 고상하고 우아한 취미를 함양하며 국민음악창조의 토대가 되도록 해야 한다. * 발음과 청음의 연습을 중시하여 자연적인 발성에 따르는 올바른 발음을 하도록 하며, 또한 음의 고저, 강약, 음색, 율동, 화음 등에 대하여 예민한 청각을 육성하도록 해야 한다. * 축제일 등의 창가에 대해서는 주도면밀한 지도를 하여 경건한 念을 기르며, 애국의 정신을 앙양하도록 힘써야 한다. * 학교 행사 및 단체행동과의 관련에 유의하여야 한다.

규정상 표면에 드러나 있는 음악교육의 요지를 보면, 〈1, 2차 교육령〉시기에는 아동의 미적 감각과 덕성함양에 중점을 두었다. 그러다가 중일전쟁(1937)직후 〈3차 교육령〉시기는 황국신민연성의 입장에서 '唱歌'과목 역시 '황국신민다운 情操를 涵養하는것'을, 〈4차 교육령〉시기는 '국민음악 창조'에 그 목적을 두고 있어, 각 규정 공히 그들의 음악적 정서이식을 전제하고 있으며, 식민지 말기로 갈수록 전쟁을 위한 국민음악으로 변용되어 가고 있었음이 파악된다. 이는 '창가'과 교수시수의 변화에서도 두드러진다.

〈표 2〉 각 교육령 시기별 주당 교수시수

시기 과목 \ 학년	제1차 교육령				제2차 교육령						제3차 교육령						제4차 교육령					
	1	2	3	4	1	2	3	4	5	6	1	2	3	4	5	6	1	2	3	4	5	6
창가								1	1	1			1	1	2	2	5	6	2	2	2	2
체조	3	3	3	3	3	3	3				4	4					이 시기는 예능과에서 분화된 '음악'과목임					

통감부 시기에는 '時宜에 따라' 적절하게 운용하였던 '창가'과가 〈1차 교육령〉기에는 '체조'과와 더불어 각 학년에 주당 3시간씩, 〈2차 교육령〉기에는 4학년부터 독립교과목으로 시간을 배정하였다. 〈3차 교육령〉시기부터는 '창가'의 중요성이 보다 부각된 때로, 이 시기의 '창가'는 '체조'과목과 더불어 1, 2학년에 4시간씩, 그리고 5학년부터는 독립교과목으로 2시간을 배정하였다. 그러다가 〈4차 교육령〉시기가 되면 예능과로 개설된 6과목(음악, 습자, 도화, 공작, 가사, 재봉) 중 분화된 '음악'과목으로서 저학년에 5~6시간, 3학년부터 2시간씩 배정되어 현격한 증가추세를 보이고 있다.

교육적 의도에 따라 제정된 교육법령, 그에 따라 편찬된 교과서와 배정된 수업시간 등을 통하여 일제는 식민지 조선의 아동을 그들의 음악적 정서 안으로 편입시키고자 하였다. 무엇보다도 그러한 의도가 가장 두드러진 것은 각 음악교과서에서도 별도의 장르로 묶어 우선 배열하였거나, 별도의 책으로 엮어내기까지 한 '의식창가'일 것이다.

식민지 조선에서의 '의식창가'에 대한 본격적인 교육은 1914년 발간된 『新編唱歌集』(全一冊) 第一篇에 의식창가 6곡을 수록한데서부터 시작된다. 다음은 조선총독부 발간 초등학교 음악교과서 전권에 수록된 의식창가에 대한 구체적인 사항이다.

〈표 3〉 조선총독부 발간 초등음악교과서에 수록된 의식창가

곡명	주제	新編唱歌集 전학년	普通學校唱歌書 1	2	3	4	みくにのうた 전학년	ウタノホン 1	2	初等音樂 3	4	5	6	계(중복포함)
君がよ	천황치세 찬양	●	●	●	●	●	●	●	●	●	●	●	●	12
1月1日	새해맞이 감사	●			●	●	●			●	●	●	●	8
紀元節	건국기념일	●			●	●	●		●	●	●	●	●	9
天長節	천황탄생일 축하	●		●	●	●	●			●	●	●	●	9
勅語奉答	교육칙어 응답	●			●	●	●			●	●	●	●	8
卒業式	졸업식	●			●	●								3
明治節	明治천황 찬양						●			●	●	●	●	5
神社參拜唱歌	신사참배 권유						●							1
海ゆかば	천황을 위한 죽음 유도						●							1
仰げば尊し	졸업식						●							1
蛍の光	졸업식 의식						●							1
愛國行進曲	천황에의 충성심						●							1
昭憲皇太后御歌-金剛石·水は器	메이지천황 황후 쇼켄황태후의 가르침											●		1
明治天皇御製	메이지천황 어록												●	1
계		6	1	2	6	6	11	1	2	6	6	7	7	61

〈표 3〉에서 보듯 별책으로 발간된 『みくにのうた』(1939)는 기존의 의식창가에 〈3차 교육령〉의 교육목적에 부합하는 의식창가를 새로이 추가 수록하고 있으며, 뒤이어 『ウタノホン』(1942)에 1~2곡, 『初等音樂』(1943)에는 다시 각 학년 공히 6~7곡씩 수록하여 학교행사와 연계하여 교육함으로써 식민지기 내내 반복교육 형식을 취하고 있다.

일본적 정서와 제국주의적 성격이 가장 두드러진 위와 같은 의식창가는 國體의 이식은 물론 군국 일본을 위한 충성심을 유발하는데 더욱 효과적이었을 것이다. 그 때문에 전 학년과정에서 공히 교육하게 하였으며, 또 각종 의식과 행사를 통하여 점진적으로 신체와 정신에 각인시키고 이념화시켜 나아갔던 것이라 하겠다.

3. 초등학교 行事와 儀式, 儀式唱歌

일본에 있어 근대국민국가의 성립 이후 행해진 의례나 의식은 天皇 天皇家와는 분리하여 생각할 수 없을 만큼 유기적인 관계성을 지니고 있음은 이미 전술한 바 있다. 이는 明治정부를 구상한 위정자들이 통합된 국민국가를 표상할 수 있는 가시적 상징으로서 그 중심을 천황과 천황가에 두었기 때문일 것이다. 당시 위정자들은 이를 통하여 국민통합을 얻어내려 하였으며, 본격적인 '국가 만들기'의 일환으로 국가적인 행사를 기획하기에 이르렀다.

1889년 기원절(2.11)을 기하여 거행된 〈메이지헌법 발포식〉은 일본 최초의 거국적인 국가의례요 의식이었다. 이는 明治천황과 황후의 결혼 25주년을 기념하는 '은혼식대축전'(1894.3.9)과 일본 최초의 황실 결혼식(1900.5.10, 황태자 요시히토(嘉人, 大正천황)의 혼인식으로 이어졌는데, 明治정부는 이러한 의례 의식을 통하여 긴박한 국제사회의 흐름 속에서 국가의 번영을 과시하는 한편 그들의 정당성을 국내외에 과시하고자 하였다. 또 하나 거국적인 의례 의식으로 1912년 7월의 明治천황의 장례식을 들 수 있다. 국가의 안녕과 영원성의 상징이었던 明治천황을 불멸의 천황위로부터 분리시키는 의례 또한 근대천황의 이미지를 만든 위정자들에 의하여 진행되었다. 이의 전 과정을 시시각각 보도함으로써 전 국민의 오감과 시선을 의례의 중심지로 집중케 하였는데, 여기서 빼놓을 수 없는 것이 바로 의식창가였으며, 이 때 불린 의식창가는 민중들은 물론 아동의 심상心象에까지 국민적 동시성과 일체감을 부여하면서 국민교화를 위한 장치로 되었다.

이같은 국가적 의례 의식은 〈교육칙어〉(1890)를 필두로 이후에 새로 제정된 각종 교육법령에 의해 공교육 현장에서 실행되기에 이른다. 이

는 당시의 일본이 서양의 앞선 교육을 추수하고 있었음에도 국민교화
만큼은 국가적 애국심 발양에 유효한 쪽으로 경도되어 보다 강고한 국
가주의적 색채를 드러내고 있었음을 말해준다. 그것이 강점을 전후하
여 식민지 동화정책의 일환으로 운용되었으니, 식민지조선에서 초등
음악교육의 근거는 바로 여기서부터 시작되었다고 볼 수 있겠다.

3.1 음악적 요소에 의한 기반의 확충

세계 각국의 국가國歌나 민요民謠를 들어보면 그 민족만이 공감할 수
있는 음악의 특성이 현저하게 나타난다. 이는 민족의 삶을 음악에 담
아 오랜 세월에 걸쳐 표현하고 전달하고 소통시킴으로써 그들만의 민
족정서를 형성하게 되기 때문일 것이다. 이러한 음악적 정서는 음악을
구성하는 음악적 요소에 그대로 내재되어 있다 할 것이다.

일제는 실로 강점 이전부터 그들의 음악적 정서와 요소가 내재되어
있는 교과서를 식민지 조선에 강제함으로써 문명국으로의 흡수형식
의 동화를 유도하였다. 여기에 음악을 만드는 기본적 구성요소인 음
계, 리듬, 박자, 형식 등에서 일본의 그것이 가미되었음은 말할 것도 없
다. 그 중에서도 음계와 박자는 음악을 만드는 기본적인 뼈대가 되기
때문에 그 중요성을 더한다.

먼저 음계 부분을 살펴보면, 음악교과서에 실린 곡 대부분이 요나누
키ㅋナ拔き 장음계[6]의 곡조로 되어 있음을 발견한 수 있다. 이는 일본 근
대음악의 발전과정에서 중대한 역할을 하였던 이자와 슈지伊澤修二[7]의

----

6 요나누키 음계란 明治시대에 수용된 서양의 장음계인 '도 레 미 파 솔 라 시 도'
를 'ㅂフ ミ ㅋ イ ム ナ ㅂ'라 부르고 여기에서 제4음인 'ㅋ(파)'와 제7음인 'ナ(시)'를
뺀(단음계의 경우 '레'와 '솔') 다섯 음 '도 레 미 솔 라'로 된 음계를 말하며, 요나
누키 장음계란 이 5음 음계에서 서양의 기능화성의 원리를 합한 음계를 일컫는다.
7 이자와 슈지(伊澤修二 1851~1917))는 1875년 정부의 파견유학생으로 미국 메

음악교육론에 근거한다. 그는 장음계에 바탕을 두고 창작을 많이 하는 국가가 최선진국으로 부각되었음을 강조하면서, "용장활발勇壯活潑하고 쾌활한 정이 넘쳐나는 장음계 악곡을 권장할 것"[8]을 주창하였다. 이자와의 이러한 충군애국적 차원의 음악교육론은 1890년 〈교육칙어〉 발포 후 천황을 정점에 둔 국체주의적 政敎一致의 음악교육현장에서 상당한 영향력을 발휘하게 되었다. 이러한 요나누키 장음계의 곡이 강점을 전후하여 한국에 유입되어 오늘날 한국초등교과서에까지 관계하고 있음[9]은 통감부 이후 일제에 의한 식민지음악교육의 영향일 것이다.

일본음악의 근간을 이루는 박자는 2박자계가 주종을 이룬다. 이는 전통 발현악기인 고토箏나 샤미센三味線이 항상 2박자로 연주되고 있는 것에서도 쉽게 이해할 수 있듯이 일본음악이 전통적으로 2박자류의 필연성을 지니고 있음을 말해준다.

일본리듬의 특징은 2박자 리듬으로 구성된 것이다. 일본의 2박자 리듬은 중국리듬과 유사하지만 3박자 리듬으로 구성된 한국리듬과는 뚜렷이 구분된다. 2박자 리듬은 고토箏음악과 샤미센三味線음악에서 지배적

사추세스州 Bridge Water사범학교에 유학중 음악교육의 중요성을 깨닫고, 당시 문부대신 다나카 후지마로(田中不二麿)에게 메가타 타네타로(目賀田種太郎 1853~1872)와 공동으로 건의서를 보내어, 음악감독기관인 '音樂取調掛'를 설치(1879)와 정부차원의 음악교육을 실행하게 한 장본인이다. 귀국 후 이자와는 음악교사의 육성과 창가교재의 편집을 목적으로 설립된 '音樂取調掛'의 책임자로 있으면서 그의 스승인 음악교육가 메이슨(L. W. Mason)을 초빙하여 창가집의 편집과 전습생의 교육 등을 의뢰하여 일본근대음악교육의 기틀을 세워나갔다. 그 후 동경사범학교 교장, 音樂取調所長, 文部省 편집국장, 東京音樂學校 교장을 지낸 바 있다.(上沼八郎(1988)『伊澤修二』吉川弘文館, p.213 참조)

8 伊澤修二(1971)「音樂と敎育との關係」『洋樂事始』平凡社, pp.106-107 참조
9 윤극영 작곡의「고드름」, 홍난파 작곡의「퐁당퐁당」과「고향의 봄」, 박태준 작곡의「새나라의 어린이」등이 그것이다.

이고, 가가쿠雅樂에서는 대체로 4박자 리듬이 많이 쓰였으며, 노能음악에서는 8박자 리듬이 우세하다.[10]

2박자계는 일본 전통의 '와카和歌'나 '하이쿠俳句'의 기본율격[11]인 7・5조나 5・7조로 쉽게 발전이 가능하며, 장・단음계의 서양음악, 말하자면 2/4박자나 4/4박자에 가사를 붙일 때 가장 자연스럽게 어울릴 수 있는 율격이다. 그것이 明治期 창가발전에 힘입어 4・3・5조나 3・4・5조로 분화되거나 음수音數를 가감하여 여러 조로 나타나기도 하지만, 전체적인 리듬 안에서 7・5조의 율격으로 그 자리를 굳혀갔다.

합병 직전(1910.5.20)에 발간된『普通敎育唱歌集』에 수록된 대부분의 곡이 말해주듯 2박자류의 필연성을 지닌 7・5조 율격은 문명의 기치를 내건 동화정책의 일환으로 학교교육에 투입되었는데, 이로 인하여 3박자 계통, 즉 굿거리장단이나 자진모리장단(8/12박)의 율격이 해체[12]되기에 이르렀다.

악보의 표기법 또한 간과할 수 없는 부분이다. 그 대표적인 예는『新編唱歌集』(1914)의 서양식 오선악보와 노랫말 사이에 숫자보數字譜 표기가 되어 있다는 점에서 찾을 수 있다. 이는 샤미센기보법[13]에서 근거

---

10 송방송(1989)『동양음악개론』세광음악출판사, p.68
11 일본 詩歌의 형식을 대표하고 있는 '와카'는 5・7・7조의 片歌, 5・7・5・7・7조의 短歌, 5・7・5・7・5・7~5・7・7조의 長歌로 나누어 볼 수 있으며, 여기서 파생된 것이 5・7・5의 17음만으로 이루어지는 '하이쿠'이다.
12 우리가 익히 알고 있는 2/4박자나 4/4박자 그리고 3/4박자는 2박자류이며, 한국 민중들의 가장 대표적인 굿거리장단이나 자진모리장단은 3박자류에 속하는 12/8박자계이다. 물론 한국에도 2박자류에 속하는 3박자계(3/8)로 세마치장단, 4박자(4/4)계로 단모리장단 등이 없는 것은 아니지만 이것은 3박자류의 4박자계인 12/8박자가 중심축을 이룬 구조이기 때문에 일본장단의 특징인 2/4박자나 4/4박자로 쪼개지지는 않는다.(노동은(1976) 앞의 책, p.616, pp.624-625 참조)
13 일본의 샤미센기보법(三味線記譜法)은 원래 문자보였는데, 메이지 이후 서양음악의 영향을 받은 음악 연구자들에 의해서 숫자화 되었다. 1899년 음향학자인

하는 일본식 악보표기법으로, 1900년대 초기 발행된 일본의 창가집에서 사용되었던 것인데, 강점이후 총독부가 편찬한『新編唱歌集』에서 사용하고 있다.『新編唱歌集』에 실린「勅語奉答」과「卒業式」의 첫 소절을 살펴보자.

위 악보에서 보듯 숫자보는 0에서 7까지의 숫자, 그리고 점이나 직선기호로 표시된다. 여기서 0은 쉼표를 의미하며, 1에서 7의 숫자는 移動도법으로 '도 레 미 파 솔 라 시'의 階名과 상응하므로, 1은 그 調의 으뜸음 '도'음을, 2는 '레'음, 3은 '미'음을 가리킨다. 또한 숫자위에 점은 한 옥타브 위의 음계를 말하며, 숫자 밑의 점은 한 옥타브 아래 음계를 말한다. 음표는 숫자 밑에 직선을 그어 표기하는데, 숫자 밑의 직선이 한 줄이면 8분 음표, 숫자 밑의 직선이 두 줄이면 16분음표가 된다. 이는 음표의 꼬리 수와 같다고 하겠다. 그리고 숫자 옆의 점은 그 음표의 1/2의 음가를 더하면 된다는 표시이다. 식민지 음악교과서에 '샤미센기보법'에서 근거한 숫자보를 사용하였다는 것 또한 음악적 요소에

다나카 쇼헤이(田中正平)가 독일에서 귀국한 후 호가쿠(邦樂)연구소를 설립하여 문자보였던 샤미센 음악을 오선보로 역보하기 시작하였으며, 그의 제자인 요시즈미 고사부로(吉住小三郎)는 산용숫자를 사용한 종서보(縱書譜)를 만들었다. 또한 기네이에 야시치(杵家八七) 4세는 이 숫자보에 서양음악에서 사용하는 박자 분할방법을 응용하여 세 줄의 선위에 숫자로 샤미센의 간도코로(勘所)를 표시하여 횡서(橫書)로 된 샤미센문화보(三味線文化譜)를 고안했다.(星旭 著·崔在倫 譯(1994)『日本音樂의 歷史와 鑑賞』현대음악출판사, p.208)

의한 同化의 획책이었음은 말할 나위도 없다 하겠다.

　일제강점기 학교교육이 전부였던 시절 이러한 요소가 내재된 초등음악교과서는 유소년기 아동의 음악적 정서를 교육하는 가장 기본적인 교재라는 점에서 그 중요성을 더하고 있다. 특히 식민지 전 기간에 걸쳐 빠짐없이 수록된 의식창가에는 이러한 음악적 요소들이 기조를 이루고 있으며, 가사내용에서도 일본 제국주의적 성격을 일층 드러내고 있다. 이러한 음악적 풍토가 식민지 조선의 음악교육에 그대로 적용되어 강점기 내내 반복되고 계승되어 한국 근대음악으로 토착화되어가고 있었던 것이다.

3.2 초등학교 行事와 儀式唱歌

　합병 후 일제가 가장 먼저 시행하고자 하였던 것은 식민지 조선인에게 일본 국체를 인식시키는 것이었다. 그 실천사항 중 가장 큰 비중을 차지하고 있었던 것이 바로 조선에 유례가 없었던 천황과 천황가를 인식시키는 축제일[14]에 관한 의식이었다. 초등학교에서의 의식은 크게 둘로 나누어 볼 수 있는데 그 하나는 국체의 이식에 주안점을 둔 축제일의식이며, 다른 하나는 학교라는 카테고리 안에서 일반적으로 행해지는 의식이라 할 것이다.

　일본에서 소학교 축일대제일의 학교의식에 관해서는 〈小學校令〉(1890) 제15조에 근거하며, 뒤이어 발포한 〈文部省令〉(1891.6) 제4호의 〈小學校祝日大祭日儀式規定〉 제1조에 "紀元節, 天長節, 神嘗祭 및 新嘗

14　1910년 10월 총독부 내무부 학무국에서 제시한 축제일은 ①四方拜(1.1), ②元始祭(1.3), ③孝明天皇祭(1.30), ④紀元節(2.11), ⑤神武天皇祭(4.3), ⑥天長節(11.3), ⑦神嘗祭(11.17), ⑧新嘗祭(11.23), ⑨春季皇靈祭(춘분일), ⑩秋季皇靈祭(추분일)이다.(매일신보사(1911)「敎授上の注意幷字句訂正表」〈附錄〉祝祭日略解 《每日申報》 1911.3.2. 3면)

祭의 날에는 학교장, 교원 및 생도 일동이 식장에 참가해서 의식을 행할 것"과, "학교장, 교원 및 생도는 祝日大祭日에 상응하는 창가를 합창한다."고 명시함으로써 학교에서의 의식창가교육에 대한 당위성을 제시하고 있다.

이같은 의식교육은 합병직후 자국으로의 흡수형식의 同化정책을 취하면서 즉각 실행에 옮긴 정책 중의 하나였다. 여기에 제시된 축제일은 말할 것도 없이 일본 천황가와 관련된 축제일이며, 강점초기 '점진적 동화주의와 충량한 제국민의 양성'이라는 초등교육목적에 따라 일본국체를 이식시키기 위한 성격의 축제일[15]이었다. 이는 강점 직후 총독부가 임시로 하달하여 가르치게 한 '字句訂正表'와 '教授上의注意'에 잘 나타나 있는데, 예를 들면 '황실에 관한 것'[16]을 가르칠 때, "대한제국 황실 대신 일본 황실을 봉대하도록" 하였으며, '축제일에 관한 것'을 가르칠 때, "구한국 경축일은 이미 폐지되었은즉 지금부터는 대일본제국의 국민으로서 당연히 제국의 축제일을 준수할 것"을 지시하여 천황가와 축제일의 인식에 큰 비중을 두었던 것에서 분명해진다. 아울러 "축제일에는 반드시 일장기를 게양하여 성의를 표하도록" 가르치게 함으로써 천황가와 축제일, 일장기의 삼위일체를 꾀하여 식민지 조선인에게 일본 국체를 인식시키고자 하였다.

이후 1922년 2월 공포한 〈2차 교육령〉을 보면, 축제일에 관한 학교에서의 의식을 〈보통학교규정〉제43조에 "기원절, 천장절축일 및 1월 1일에는 직원과 아동을 학교에 소집하여 다음과 같이 식을 거행한다."[17]

15 김순전·박경수(2007)「동화장치로서『普通學校修身書』의 '祝祭日' 서사」「日本研究」한국외국어대 일본연구소, p.41
16 日韓併合의 結果로 朝鮮人의 奉戴ㅎ는 皇室은 大日本 天皇陛下, 皇后陛下及皇族인 事(매일신보사「教授上의注意」《每日申報》1911.2.26, 3면)
17 〈제2차 조선교육령〉의 〈보통학교규정〉 제43조(1922(T11)년 2월 20일 조선총독부령 제8호)

는 내용을 명시하고 이를 법령화하였다. 학교에서의 축제일의식은 '①
기미가요 합창 ② 교육칙어 봉독 ③ 칙어성지의 취지 회고 ④ 축제일
해당 창가의 합창'의 순으로 진행하도록 되어 있는데, 의식 순서에서
빼놓을 수 없는 것이 바로 의식창가일 것이다. 「기미가요」 합창으로
시작하여, 칙어봉독 후의 「칙어봉답」의 제창, 마지막으로 축제일에 해
당하는 창가를 제창하게 한 것으로 보아, 학교의식은 창가제창으로 시
작하여 창가제창으로 마무리되고 있음을 알 수 있다. 경건한 마음으로
가사에 담긴 의미를 생각하면서 부르는 의식창가는 한목소리로 제창
한다는 점에서 식민지교육 목적을 충족시키고도 남음이 있을 것이다.
여기에 의식창가의 중요성이 내포되어 있다 하겠다.

　살펴본바 의식창가에는 일본적인 음악과 리듬, 박자, 음계 등을 통
해 나타난 일본적인 문화이입은 차치하고 가사내용만 보더라도 편향
된 음악교육의 실상이 그대로 드러나 있다. 식민지 전 기간에 걸쳐 발
간된 음악교과서의 각권에 빠짐없이 수록되어 그 중요성을 실감케 하
는 「君が代」의 경우,

　　　천황의 성대는 / 천대만대에 걸쳐 / 조약돌이 바위가 되고 /
　　　이끼가 낄 때까지　　　　　　　　　　〈(上)-「君(キミ)がよ」, p.45〉

라는 노랫말로, 천황의 치세가 영원무궁할 것을 찬양하며 절대적인 신
성을 부여하고 있다. 이같은 내용의 「君が代」는 오쿠 요시이(奧好義,
1858~1933)와 하야시 히로모리(林廣守, 1831~1896)가 1880년(M13)
『고킨슈古今集』(905)에 수록된 시에 곡을 붙여 11월 초연한 이래, 1893
년(M16) 문부성 고지에 의거 사실상의 국가國歌로서 인식되어 왔던 곡
이다. 교육법령의 의식순서에 명시되어 있는 대로 「君が代」는 학교는

물론이거니와 관공서 및 그 밖의 공식적인 의례나 의식에서 가장 먼저
제창케 하여 국가(천황)에 대한 충의 앙양을 유도하였다. 학교장이 〈敎
育勅語〉를 봉독한 후에 부르게 한 「勅語奉答」 또한 천황의 이름으로 공
포한 칙어에 대한 찬양 일색이다.

> 아― 소중하여라 대칙어 / 말씀하신 취지를 마음에 새기고 /
> 조금도 어기지 않으리라 언제나 / 아― 소중하여라 대칙어
>
> 〈(上)-「勅語奉答」, p.53 ; (中)-「勅語奉答」, p.45〉

사상의 통제와 교육을 통한 절대복종이라는 강한 메시지가 담겨있
는 「勅語奉答」은 천황의 말씀을 최상급으로 여기고 언제 어디서나 받
들어 지키는 것이야말로 '최고의 선善'임을 의미하고 있다. 축제일 해
당일에 부르는 의식창가로서 「紀元節」과 현 천황의 탄생을 기리는 「天
長節」을 살펴보자.

> 1. 천세 만세 걸쳐 흔들림 없이 / 나라의 근간을 세우셨네
>   드높은 위광을 우러러보며 / 축하하라 모든 이여 오늘 이날을
> 2. 천지간에 구분 없이 / 천황의 권세 정해졌네
>   멀고 먼 그 옛날을 사모하면서 / 축하하라 모든 이여 오늘 이날을
>
> 〈(上)-「紀元節」, p.49, 229, 285[18]〉

오늘같이 좋은날은 천황폐하가 / 이 세상에 태어나신 좋은날이라

---

18 인용한 「紀元節」은 강점초기에 사용된 『신편창가집』과 『보통학교창가서』에 수
록된 내용이며, 『みくにのうた』이후의 교과서에는 문무성 창가집의 내용을 그대로
수록하고 있어 차이를 보인다.

오늘같이 좋은날은 서광이 / 비추기 시작하는 좋은날이라

온누리에 비치는 천황 치세를 / 경축하라 모든 이여 모두 다함께

온누리에 미친 은혜 천황 치세를 / 경축하라 모든 이여 모두 다함께

〈(上)-「天長節」, p.231 外 (中)(下) 同一〉

　　초대 神武天皇의 등극을 기리는 「紀元節」도 그렇지만, 당시 천황의
생일을 축하하는 「天長節」과 한 해의 시작점에서 부르는 「一月一日」
도 역시 천황의 치세를 찬양하는 내용으로 일관되어 있다. 새해를 맞
는 것도 천황의 은덕임을 강조하며, 천황의 치세가 영원히 지속되기를
기원하는 마음을 담아내었다.

　　제국일본에게 의식창가의 의미는 단순히 행사 때나 기념일에 제창
되는 노래로서 그치는 것이 아니었다. 이노우에 다케시井上武士가 "의식
창가는 일본의 오랜 역사가 담겨 있으며 일본국민의 전통적 정신이 흐
르고 있다."[19]고 하였듯이 의식창가에는 천황가를 주축으로 一系의 계
통을 세우려는 의지가 역력히 드러나 있음이 파악된다.

　　행사와 창가의 상호규정에 의하여 식민지조선의 교육현장에서 실
시된 의식교육이나 의식창가는 궁극적으로 日本國體를 조선인에게 이
식시키기 위한, 내면화 교육의 장치였다 할 수 있겠다. 이것이 초등교
과과정에서 충실히 진행됨으로써 조선아동의 정신과 신체에 고착되
어가고 있었던 것이다.

3.3 行事와 儀式을 통한 국가관 형성

　　우리는 앞서 '의식창가'가 근대국민국가라는 국가장치 속에서 국민

19　井上武士(1940)『國民學校藝能科音樂情義』教育科社(東京), pp.286-287 참조

통합을 위한 교화의 장치로서 그 역할을 담당해 왔음을 살펴본바 있다. 〈1, 2차 교육령〉시기 창가교과서에 공히 수록되었던 「君がよ」, 「1月1日」, 「紀元節」「天長節」, 「勅語奉答」등이 그것인데, 그것이 식민지교육에 있어서는 천황과 천황가에 대한 절대적 가치관의 주입과, 차후 국가적 목표를 수행해 가는데 유효적절하게 이용하고자 하였음이 파악되었다.

일제는 실로 이러한 의식용 창가를 통하여 만세일계의 천황가에 대한 정통성과 정당성을 주장하였으며, 이로써 내선일체를 유도하고 군국주의 국가관 형성을 위한 의식교육에 이용하고자 하였다. 이를 위한 의식교육의 강화는 〈3차 교육령〉시기 별책으로 편찬된 『みくにのうた』에 새로이 수록된 의식창가에서 더욱 두드러지게 나타난다. 당시 초등학교 일과표에 신사참배일로 정해진 날(매월 1일과 15일) 반드시 불러야 했던 「神社參拜唱歌」는 전형적인 7 · 5조 율격으로 국가유공자들의 사후세계를 제시하고 있다.

> 1. 이 고요한 神社에 진좌하시어 / 천황 치세의 번영을
>   영원무궁토록 변함없이 지켜주신 / 신의 위광 존엄하여라
> 3. 이 신 앞에 공손히 참배하여 / 천황과 백성에게 평안하라고
>   일편단심으로 기원하는 / 우리의 진심을 들어주세요.
>
> 〈(中)-「神社參拜唱歌」, p.59〉

「神社參拜唱歌」는 이처럼 국가유공자들의 사후세계를 신격화 하고 미화하는 서사구도를 취하고 있어 가창자로 하여금 국가가 수행하는 전쟁에 목숨을 담보할 것을 암시하고 있음을 알 수 있다.

『みくにのうた』를 보면 기존의 의식창가에 특히 전쟁의지를 고취시

키기 위한 軍歌적 성격을 지닌 唱歌를 새로이 의식창가에 편입시켰다
는 점이 주목된다. 이 시기는 무엇보다도 전쟁에서 필승의 의기를 고
취시키는 군가가 대세였는데, 이러한 성격의 의식창가로는 일본 '제2
의 國歌'적 성격을 띤 「愛國行進曲」을 들 수 있다. 중일전쟁 당시 가사
공모를 통하여 채택한 「愛國行進曲」은 2/4박자 사장조에 ♪ ♪♪ ♪/♪
♪ ♩/♪ ♪ ♪ ♪/♩ ♪ 리듬이 반복되면서 다분히 전투적인 느낌을 담고
있으며, 가사 내용도 황국의 번영과 발전을 위해 충성을 다하리라는
굳은 신념을 드러내고 있다.

> 1. 보라! 동해의 하늘 밝아오고 / 아침 해 드높게 빛나니
>   천지의 정기 발랄하고 / 희망은 약동한다 대일본
>   오— 청명한 아침 구름에 / 우뚝 솟은 후지산 자태야말로
>   금구무결 흔들림 없는 / 우리일본의 자랑이어라
> 2. 일어나라! 만세일계의 천황을 / 서광으로 영원히 받들어
>   우리들 신민 모두 다 함께 / 천황의 위광에 부응하는 큰 사명
>   나아가라 온 우주를 내집삼아 / 온 세계 사람을 이끌어
>   온전한 평화 건설하세 / 理想은 꽃으로 피어 향기나리라
> 3. 앞으로 수 없이 우리들에게 / 시련의 폭풍우 몰아친다 해도
>   단호히 사수하라 그 정의 / 나아갈 길은 오직 하나 뿐
>   아— 유구한 신대神代로부터 / 울려 퍼지는 발걸음 이어받아
>   대행진해 가는 그 곳까지 / 황국이여 영원히 번영할지라
>
> 〈(中)-「愛國行進曲」, p.67〉

이 같은 내용의 「愛國行進曲」은 모리카와 카라오森川辛雄의 시에 곡을
붙여 만들어 일본인들에게 선풍적인 인기를 얻었던 행진곡풍의 노래

로, 동 시기『初等唱歌』에 실린「愛馬進軍歌」,「國民進軍歌」,「日本海海戰」,「興亞行進曲」,「太平洋行進曲」 등의 군가와 더불어 교육되었다.

태평양전쟁 중에 가장 부각되었던 의식창가는「海ゆかば」일 것이다.『만요슈万葉集』에 실린 오토모노야카모치大伴家持의 詩에서 가사를 취하여 4/4박자 다장조 못갖춘마디로 시작하는「海ゆかば」는 천황, 즉 국가를 위해서 기꺼이 죽음의 길을 택하겠다는 각오를 담고 있다.

> 바다에 가니 물에 잠긴 시체 / 산에 가니 잡초 우거진 시체
> 천황 곁에서 죽을 수만 있다면 / 후회하지 않으리
>
> 〈(中)-「海ゆかば」, p.61〉

이같은 내용의「海ゆかば」는 1942년 12월에 국민가로 지정되어 '제2의 國歌'로 불리면서 대대적인 보급 활동에 의해 전국적으로 퍼져나갔다. 학교, 공장, 음악회, 기타 모든 공공장소에서의 회합이 있을 때마다 국민의례 다음이나, 해산 직전에 반드시 제창하게 하였다.[20] 이러한 점에서 軍歌적 성격과 함께 의식창가의 본질에 더 한층 밀착해 있음을 보여주고 있다 하겠다.

군국일본의 예찬과 개인의 희생을 강요하는 천황숭배사상을 기조로 하는 가사歌詞의 의미를 음미하면서 경건하게 부르는 의식창가는 한 목소리로 제창한다는 점에서 동시성과 일체감을 유도하여 군국주의 국가관 형성에 크게 기여하였을 것임은 자명하다. 때문에 국가의 의례나 의식으로부터 학교에서의 의식과 행사, 그 밖의 모든 행사나 회합에 이르기까지 의식창가 제창을 반드시 시행해야 할 의무규정으로 두었던 것이다.

20　高橋健二(1943)「國民皆唱運動의 實踐」「音樂之友」1943.3, p.51

4. 맺음말

　행사와 창가의 상호규정에 의하여 식민지 교육현장에서 더불어 실
시된 의식교육이나 의식창가는 궁극적으로 日本國體를 조선인에게 이
식시키기 위한 황국신민교화를 위한 장치였음이 파악되었다.

　일제강점기 학교교육이 전부였던 시절 사용되었던 음악교과서에
수록된 의식창가는 음악의 뼈대가 되는 음계와 박자 그리고 악보표기
법에 이르기까지 가장 일본적인 음악적 요소들이 기조를 이루고 있었
으며, 가사의 내용 또한 제국주의적 성격을 일층 드러내고 있었다. 이
러한 성격의 의식창가를 공교육 현장에서 수없이 반복 교육하고 행사
와 더불어 제창할 것을 강제하였던 것은 일본국체의 이식과 천황에 대
한 충성심 유도에 있었다.

　아동기 신체와 정신에 각인된 음악적 정서나 노랫말이 일생동안 지
워지지 않는다는 점이나, 또 그것이 무의식중에 전파되고 후세에게까
지 계승된다는 것을 감안한다면, 식민지 초등교육현장에서 각종 의식
행사와 접목하여 시행하였던 창가교육은 실로 일제의 식민지 초등교
육목적에 가장 부합되는 교육이었다고 할 수 있겠다.

　군국일본의 예찬과 개인의 희생을 강요하는 천황숭배사상을 기조
로 하는 의식창가는 경건한 마음으로 가사내용을 음미하면서 한 목소
리로 제창한다는 점에서 국가관 형성에 크게 작용하였을 것이다. 때문
에 국가의 의례나 의식으로부터 학교에서의 의식과 행사, 그 밖의 모
든 행사나 회합에 이르기까지 의식창가 제창을 반드시 시행해야 할 의
무규정으로 두었던 것이 아닐까 여겨지는 것이다.

Ⅲ. 3·1 운동 이후 창가로 표상된 문화정책*

장미경·김순전

1. 무단정치기에서 문화정치기로

3·1 운동 후 일제는 조선인에 대한 동화정치를 융화로 바꾸었고, 〈음악교과서〉에서도 조선인의 정서가 동반되는 가사로 수정하였다. '무단정치'기를 지나 '문화정치'기에 해당하는 〈2차 조선교육령〉[1]시기에는 새로운 교과서의 편찬에 착수하여, 보통학교용 도서 25종 19편을 완성하였는데 그 중 유일한 창가교과서가 『普通學校補充唱歌集』(이하

* 이 글은 2013년 6월 한국일본어문학회 『日本語文學』(ISSN : 1226-0576) 제57집. pp.195-214에 실렸던 논문 「3·1 운동 이후 日帝의 문화정책 -『普通學校唱歌書』와 『普通學校補充唱歌集』을 中心으로-」를 수정 보완한 것임.
1 1922년 문화적인 지배방침에 의해 조선교육령이 회유적인 내용으로 개정된 후, 일제가 감행한 아시아 대륙침공의 병참기지로 한국을 지목하고 전시체제를 한국에 적용했던 때까지를 〈2차 조선교육령〉 시행기라 일컫는다.

『보충창가집』)이다.

교과서는 교육과정을 구현하는 학습자료로 이용되는 도서이며,[2] 교육이념, 정책을 반영하고 있다. 특히 音과 旋律, 歌詞로 구성되어 있는 음악은 호소력을 갖고 있기에 국민교화에 이용되기 쉽다. 조선인 초등교육을 직시한 조선총독부는 일본인 심상소학교를 모델로 보통학교의 규정을 개정했으며, 창가교육정책을 통하여 조선인의 음악감각을 통제하게 되었다.

새로운 교육령에 의해 교육연한이 6년으로 늘어남에 따라, 창가교과서의 추가편찬이 행하여져, 기존의『보통학교창가서』를 보충하는 형태로『보충창가집』이 간행되었던 것이다.『보충창가집』은『보통학교창가서』이외에도 현상모집으로 다수의 조선인이 참여하였으며,『普通學校用國語讀本』(이하「국어독본」)의 내용도 일부 들어 있다.

본 내용에서는 일제의 문화정책 배경과 전개, 〈2차 조선교육령〉이 조선식민정책에 끼친 영향 아래 편찬된 1920년대의 '음악교과서'인『보충창가집』의 가사를 분석하여, 일제의 식민지 정책이 어떤 양상으로 변해 가는지 확인하려 한다.

조선교육 현실에서 조선총독부에 의해 받아들여진 일제의 문화정책이 어떤 모습으로 음악교과서에 반영되었는지를 조명할 것이다. 역사적 사실의 자료로 이 시기에 사용되었던 교과서에서 교육목표나 내용 등을 직시할 수 있기 때문에 일제강점기 음악교육의 상황을 보다 정확하게 밝혀내리라 여겨진다. 또한 참고로 한『普通學校用國語讀本』의 내용을 분석하여, 일제의 조선식민지 정책이 어떻게 '동화'에서 '융화'의 양상으로 가는지 구명할 것이다.

---

2 최종진(1984)『음악과 교육론』선일문화사, p.58

2. 『보통학교창가서』에서 『보통학교보충창가집』으로

일제는 조선인과 일본인의 차별적인 교육이 3 · 1 독립운동 발발의
원인 중 하나로 인식하고, 조선인의 감정을 완화시키기 위해 교육령의
일부를 개정하였다. 일본인이 주로 다니는 초등학교는 6년제인데, 조
선인은 4년제를 다녀야 하므로 상급학교에 진학하기 위해서는 따로 2
년 과정을 이수하여야만 한다. 그래서 조선총독부는 이런 불평등한 차
별구조를 없애기 위하여 기존의 보통학교를 2년 연장하여 6년으로 하
였다. 이와 같은 갑작스러운 교과과정의 연장으로 총독부 산하에 '교
과서 조사위원회'를 설치하여 교과서 개정 편찬 작업에 착수하였다.

〈1차 조선교육령〉기 당시에 일본에서는 문부성 편찬의 국정창가교
과서가 발행되었다. 조선에서는 『보통학교창가집(제1집)』이 나올 때
까지는 잠정적으로 일본의 최초 노래집인 『尋常小學唱歌集』을 사용하
였다.

『보통학교창가서』의 특징은 제1학년용에 일본의 창가 8곡을 번역
하여 실은 것을 시작으로, 일본의 『심상소학독본』에서 10곡, 『심상소
학창가』에서 25곡, 일본의 창가를 그대로 싣거나 혹은 직역하여 수록
한 것이 대부분을 차지하고 있다. 따라서 『보통학교창가서』는 일본의
학교 창가를 조선에 보급시키기 위한 중요한 매개체가 되었다. 『보통
학교창가서』의 출판은 1920년이었으나 그 작성 시기는 '문화정치'기
에 들어가기 전이기 때문에 이 시기의 정책이 충분히 들어가지 못하
였다.

1917년에 작성된 〈교수상의 교수 지침〉 중 "여하한 학교든지 특히
필요한 日式唱歌를 주로 하여 수편을 新作하고, 내지(일본)에서 행하
는 창가 중 雅醇한 것, 약간을 더하여 본서를 작성함."[3]이, 1922년 〈창

가에 관한 조항)에서는 "작사곡 보급에 힘을 더하여 약간의 조선 창가
를 더하였다."⁴로 수정 되었다.

1922년 2월 15일 조선총독부령 제 8호로 공포된 규정에서 창가에
관한 조항(제17조)은 다음과 같다.

> 본서는 최초 일본 창가를 주로 본부에 의해 수편을 새로 작사하여 소학
> 교에서 행하는 창가 약간을 더하여 전 1편으로서 간행하였을 뿐 개정
> 의 결과 전 4권으로서 각 학년에 1권씩을 배당하는 그의 교재로서 작사
> 곡 보급에 힘을 더하여 약간의 조선 창가를 더하였다.⁵

따라서 일본의 학교 창가를 조선에 보급시키기 위한 중요한 매체로
서 이용하려는 의도 아래 만들어졌다고 말할 수 있다.⁶ 〈2차 조선교육
령〉으로 교육기간이 늘어남에 따라 교과서의 개정만이 아니라 수업시
수까지 변경해야만 했다. 4차례의 조선교육령의 정책에 따라 창가의
내용이나 주당 교수 시수⁷는 변화가 생겼다.

〈1차 조선교육령〉에서는 창가가 체조시간과 같이 병행되어 주당 3
시간으로 배당되었다. 〈2차 조선교육령〉에는 1학년은 체조와 함께, 그
이후 학년은 창가만 따로 하여 독립된 교과로 되었는데, 체조는 주당 3
시간씩 배정되었다.⁸ 음악시간은 〈3차 조선교육령〉부터 늘어났으며,

---

3 小田省吾《每日申報》, 1917.06.26 ~1917.07.1면
4 朝鮮總督府學務局「現行敎科書編纂の方針」『使料集成』第18卷 所收
5 朝鮮總督府學務局「現行敎科書編纂の方針」『使料集成』第18卷 所收
6 高仁淑(2004)『近代朝鮮의 唱歌敎育』九州大學出版會, p.113
7 〈1차 조선교육령〉에서는 12시간이 〈2차 조선교육령〉에서는 8시간으로, 〈3차 조
   선교육령〉에서는 14시간, 〈4차 조선교육령〉에서는 19시간으로 변해갔다. 〈2차
   조선교육령〉에는 1학년은 체조와 함께, 2학년부터는 창가만 따로 하였다.
8 〈2차 조선교육령〉중에서 5년제 보통학교에서는 창가는 1, 2학년은 3시간이었다.
   3, 4, 5학년은 1시간씩이었고, 4년제에서도 1, 2학년에는 3시간씩, 3, 4학년은 1시

〈4차 조선교육령〉에는 전시체제교육에 맞춰 군사교육의 도입을 위한 방책 중 하나로, 1, 2학년에 무도와 함께 진행되었고, 군가 위주인 음악으로 수업시수가 늘어났다.

『보충창가집』은 다른 교과서에 비해 조선 아동의 상황에 배려해서 편찬을 했기에 느리게 출판되었다. 현상모집한 곡에 조선인이 작사를 했다지만 일본인이 작곡을 했기에 조선의 어린이들이 창가를 노래함으로 내면으로는 일본적인 정서에 동화하는 역할을 부여해 주었다.

다음은 『보충창가집』 편찬에 대한 설명이다.

1. 본서는 보통학교에 있는 창가과의 보충교과서로서 편찬된 것
2. 본서의 교재는 (1)本府에 있는 새롭게 현상 모집한 가사에 곡을 부친 것
3. 본서의 교재는 가르치는 상황에 맞게 순서를 바꾸고, 또 어느 정도 학년에 따라 변경하는 것도 무난함.[9]

이어서 『보통학교창가서』와 『보충창가집』 수록곡의 가사 내용 분석이다.

〈표 1〉『보통학교창가서』와 『보통학교보충창가집』의 가사내용 분석

창가서 명	편수	일본상징[10]	조선상징	자연	동심	교훈
『보통학교창가서』	70	16	5	19	10	20
『보통학교보충창가집』	60	×	12	15	19	13

간씩 수업을 하였다.(김경자외 4인(2005)『한국근대초등교육의 좌절』교육과학사, pp.80~82)
9 高仁淑(2004) 앞의 책, p.115 재인용
10 『보통학교창가서』에 수록된 70편의 노래 중 일본을 상징하는 것으로는 「君ガヨ」 「日ノマルノハタ」「桃太郎」「天長節」「富士山」「紀元節」「勅語奉答」「明治天皇御製」

『보충창가집』특징은 음악교육이 갖는 정치적 혹은 반일적 성격을 의식하여『보통학교창가서』에 있던 日帝를 상징하는 것이 전면 배제되었고, 문화정책의 일환으로 조선적인 것이 추가로 등장하였다는 것이다. 물론『보통학교창가서』가『보충창가집』보다 10편이나 더 많이 수록되었지만 초등학생을 대상으로 하는 음악교과서이기에 자연을 나타내고, 동심이 가득 찬 내용이 더 들어 있는 것은 당연할 것이다.

〈표 2〉『보충창가집』의 가사 내용의 출전과 사용언어

구 분	1학년 (일본어/한국어)	2학년	3학년	4학년	5학년	6학년	계
현상모집		7	4	6	5	7	29
보통학교창가서	4		2	2	2	3	14
국어독본	4	1	4				9
조선어독본	2	2		1			4
외국곡				1	2		3
조선전래동화					1		1
함 계	10(4/6)	10 (4/6)	10 (7/3)	10 (8/2)	10 (7/3)	10 (9/1)	60 (39/21)

위의 표를 보면 현상모집으로 된 노래가 29편으로 절반 정도의 비중을 차지하고 있고, 다음으로『보통학교창가서』에서 그대로 가져온 14편은 저학년 위주로 편성되어 있었다.

외국곡 3편은「간다면」(조선어)〈4-9〉[11]와「나무심기木う爲」〈5-4〉(일본어),「방학의 작별」〈5-9〉(조선어)이 있으며,〈5-6〉「제비」는 조선의 전래동화 '흥부와 놀부'라는 동화에서 모티브를 따온 것이다. 대부분 저학년은 조선어 위주의 가사로 구성되어 있으며, 고학년으로 갈수록

「日本の國」「水師營の會見」「日本海海戰」「金剛石水は器」등이 있다.
11 〈학년-차례〉의 순서임. 이하 동

일본어로 편재되어 있어, 학년에 따른 일본어의 비중이 다름을 알 수
있다.

3. 교과서 속의 '朝鮮'

『보충창가집』의 가사 내용 중 가장 두드러진 특징은 '조선'적인 것을
다수 취급하여 조선과 일본의 융화교재로 전환하고 있다는 것이다.

3.1 인물로 제시된 이미지

인물을 주인공으로 한다는 것은 그 인물의 됨됨이와 교훈적인 부분
을 동시에 아동들에게 인식시키고자 함이다. 『보통학교창가서』에는
주인공으로 나온 인물로는 니노미야 긴지로二宮金次郞, 정민혁鄭民赫 등으
로 일본인과 조선인이 각각 1명씩이다. 그런데 『보충창가집』에서는
니노미야 긴지로는 빠져 있고, 성삼문, 석탈해, 호공이 추가로 등장하
고 있다.

먼저 두 교과서에 공동으로 실려 있는 정민혁을 살펴보겠다.

1. 아침에는 산에서 땔감을 하고 / 저녁에는 마을에서 짐을 나르며
   어린 몸으로 일하여 / 어머니를 봉양하는 기특함이여

3. 가난한 자나 병든 자를 / 위로하고 도와주려고 물품을 건네니
   타의 모범으로 지금도 여전히 / 존경받고 있는 고귀함이여.

〈(上)-「鄭民赫」, p.435〉

정민혁은 『보통학교창가서』에서도, 조선총독부 편찬 『수신서』〈Ⅰ

-8-12, 13)에도 나와 있는데, 어머니께 지극한 효도를 다 하였고 항상 절약하는 모범적인 인물이다. 하인의 사치를 꾸짖고, 분에 넘치는 행동을 하지 못하게 하였다. 가난한 사람을 도와주는 검약정신을 내세워 아동에게 철저히 근검하고 효행하는 어린이상을 만들기 위하여 재차 인식시키고 있다. 그러면 많은 사람들 가운데 평범한 조선 농부인 정민혁을 선택한 이유는 무엇일까?

> 예화의 선택에 대하여 편집상 가장 고심한 것은 내지인 행적은 대개 明治 이전에 속하는 것이기에 그 내용을 조선인이 이해하기 어려운 점이 적지 않을 것이다. 조선인의 事蹟이 저명한 자는 모두 관리, 학자들이 많고 일반인에게는 적고 또 있다고 해도 원만한 모범인물을 채택하기에 족한 인물은 매우 드물어서 각 道에 조회해서 지방의 모범인물의 행적을 조사하고 다시 정선하여 여동현의 처(충남), 강호선(황해도), 정민혁(전북)의 사적을 채용하기로 했다.[12]

이렇게 여러 인물 가운데 니노미야 긴지로를 빼고, 조선 농부인 정민혁을 모범인물로 내세운 것도 유화정책의 하나라 생각되며, 정민혁 말고 조선시대 사육신 중의 하나인 성삼문이 나오고 있다.

1. 배움의 길 지팡이 되어 / 지식의 창고 열쇠가 되는 /
   우리의 한글은 누가 만들었나
2. 왕명을 받들어 요동에 / 학자 찾아가기를 13번 /
   고심을 거듭한 성삼문

---

12 小田省吾(1917)「朝鮮總督府編纂教科書概要」朝鮮總督府, p.10

3. 아녀자의 문자라 업신여겨져 / 세월 흘러서 5백 년 /

공적은 문장(한글)으로 꽃 피었네   《(上)-「成三問」, p.457》

성삼문은 한글의 창제를 위해 여러 학자들과 연구하는 한편, 요동遼
東에 유배되어 있던 명나라의 한림학사 황찬黃瓚을 13번이나 방문하여
음운音韻을 질의하고 돌아왔다. 여기서 2절의 "왕명을 받들어 요동에
학자를 방문하기를 13번"은 바로 그런 내용을 설명한 것이다. 당시의
교통사정을 생각할 때 한글을 만들기 위해 엄청난 수고와 노력을 아끼
지 않은 것이다. 그렇게 국제적 학문 교류와 독창적 자체 연구의 결과
로 만들어진 것이 바로 우리말인 훈민정음이니 가히 역사에 남을 만하
지만, 일본어를 전면적으로 교육시키려고 한 일제가 성삼문을 교과서
에 노래로 실었다는 것은 '회유적인 문화정책'의 일환으로 대단히 고
심했던 흔적이 아닐까 생각된다. 또한 그 이면에는 역사적 인물인 성
삼문이 정치적으로는 일본과 이해관계가 없기 때문에 채택이 된 것
같다.

역사 인물이 있는 반면에 신화적인 인물도 『보충창가집』에 등장하
는데 신라시대의 석탈해가 노래의 주인공으로 나와 있다.

1. 작은 금상자에 담겨져 / 멀리 멀리 바다로 흘러간 /

석탈해는 어디로 가나 / 금관국을 떠다녀도 /

사람들 이상히 여겨 가까이 않네.

3. ······ 그 이름도 드높은 신라왕   《(上)-「昔脫解」, p.461》

금으로 만든 함지나 배는 아기의 신분이 예사롭지 않음을 암시하는
데 이런 내용은 『국어독본』에 자세히 나와 있다.

신라의 왕으로 석탈해라는 분이 있었습니다. (중략) 왕은 탈해가 커다란 알에서 태어났다 하여 "불길하다. 바다에 버려라."고 엄하게 명하셨습니다. 어머니는 울면서 그 알을 비단으로 싸서 보물과 함께 상자에 넣어 바다로 흘려보냈습니다. (중략) 상자는 다시 흘러 흘러 신라국에 도착했습니다. (중략) 그로 인해 신라왕은 탈해를 불러 정사를 상담하셨습니다. 탈해는 2대의 왕을 모신 후, 62세로 왕위를 계승하였습니다.....　　　　　　　　　　　　『국어독본』〈Ⅲ-6-8〉「昔脱解」

　『국어독본』의 내용을 보면, 탈해가 버려져 바다로 흘러 처음 도착한 곳은 금관국이었다. 그러나 그 곳에서는 아무도 거들떠보지 않아 상자에 담긴 채 다시 흘러 신라에 도착하였고, 신라국 어느 할머니의 손에 양육되었다고 서사하고 있다. 이것은 당시 금관국은 임나일본부가 있었던 그들의 나라라고 여기고 있었기 때문에 버려진 알을 금관국에서 거두게 되면 교육정책당국인 조선총독부가 의도한 일선동조의 의미가 퇴색될 것을 염려하여, 금관국이 아닌 신라로 하였을 것이다.[13] 노래 가사 중 "함지에 담겨서 어디로 간다."는 탈해의 출생에 대한 의문점을 갖게 하는 것이고, 3절의 "왕의 후예"는 아버지의 존재에 대해서 뒷받침하는 부분이다. 범상치 않은 집안의 자손임을 암시하는 대목이 모두 노래로 압축되었다. 또『보충창가집』에는 역시 신라를 배경으로 하는 「鷄林」이라는 노래가 나온다.

　2. 충신 호공의 기쁨이란 / 나뭇가지에 걸려 있는 금빛상자 /
　　아래서 지켜주는 은빛 닭 / 상자 열어보니 김알지金閼智 /

13　박경수・김순전(2008)「『普通學校國語讀本』의 神話에 應用된〈日鮮同祖論〉導入 樣相」『일본어문학』제42집 일본어문학회, p.418

하늘에서 내려주신 왕자라네

3. 계림팔도 명성도 드높은 / 금성金城의 옛 이야깃거리 /

시림에서 닭이 우네 / 금방울 은방울 /

하늘 높이 낭랑하게 울려 퍼지네   〈(上)-「鷄林」, p.427〉

설화적인 배경[14]을 갖고 창가에서 「계림」이라는 노래로 나오는데,
위의 노래 2절에 나온 '호공瓠公'은 『국어독본』에도 나온다.

옛날 어느 곳에서 그곳의 우두머리의 아내가 자식을 낳았습니다. (중
략) 마침내 신라의 왕이 되었습니다. 이 사람의 신하로 호공瓠公이라는
사람이 있었습니다. 이 사람도 일본사람으로 커다란 호리병을 허리에
차고 바다를 건너왔다고 합니다.[15]

                         〈『국어독본』 〈Ⅰ-4-22〉 「알에서 태어난 왕」〉

여기서 재미있는 점은 김알지나 석탈해는 알에서 태어나 불길하다
는 예감 때문에 궤짝에 담겨 버려졌고, 누군가 돌보아 주었거나 발견
한 사람이 신라인이었다는 것이다. 무엇보다 중요한 점은 탄생지가 일
본이라는 암시와 나중에는 둘 다 신라 왕위에 오른다는 점이다. 여기
에는 신비한 탄생으로 인해 학생들의 궁금함을 유발시킬 수가 있고,

14　여기에서 시림은 경상북도 경주시 교동에 있는 경주김씨 시조의 발상지이다. 『삼
국사기』에 따르면, 신라 제4대 탈해왕(脫解王) 9년 3월 밤, 왕이 금성(金城 : 지금
의 경주)의 서쪽 시림 가운데에서 닭 우는 소리를 듣고 신하에게 살펴보게 했다.
신하가 가보니 금궤 하나가 나뭇가지에 달려 있고, 흰 닭이 그 밑에서 울고 있었
다. 신하가 돌아와 이 사실을 알리자 왕은 날이 밝는 대로 그 궤짝을 가져오게 해
열어보니 속에 총명하게 생긴 어린 사내아이가 있었다. 왕은 이를 기뻐하며 아이
이름을 '어린이'를 뜻하는 알지(閼智)라 부르고, 금궤에서 나왔으므로 성을 김씨
(金氏)라고 했다.

15　인용문의 번역은 김순전 외(2009) 『초등학교 일본어독본』, 제이앤씨에서 발췌.

나라의 중심인물이 된다는 신화적인 내용에 호기심을 높일 것이다. 그
러나 출생지에 대한 신비로움과 호공瓠公은 일본倭에서 온 귀화인이라
는 것 등을 교사들은 자연스럽게, '日鮮同祖論'을 내세워 양국의 혈연
적 교류를 설명하였던 것이다. 이어서 '內鮮一體'로 연결시켜, 신라를
많이 거론하는 것을 알 수 있다. 그런 정책에 따라 김알지나 석탈해가
창가의 가사로 제시되었던 것이다.

> 新羅國等의 王子來朝事件이突如히 續出홈과 如흔觀이有ᄒ얏슴은, 日本
> 書紀의 古傳이 神勅의 關係에 申ᄒ야 中斷된 所以에 不外홀 뿐이라...日
> 本紀의 斷片에 據ᄒ야 其事實如何를 硏究ᄒ면,出雲系神의 諸豪族이, 對
> 韓政治의 指導者되얏던 것은, 容疑홀 것이 無홀듯ᄒ도다.[16]

양국 교류에 있어 신라국의 왕자 아마노히보코天日槍가 일본으로 건
너가서 살았던 이야기나, 신공왕후가 그 후손이라는 이야기는 신문이
라는 매체를 통하여 당시 조선인에게 양국의 혈연적 교류를 입증하려
고 하였다. 이것은 同血論이라는 정책으로 후손들은 양 민족은 하나일
수밖에 없다는 식으로 내선일체를 주장하고 있었던 것이다. 그런 정책
에 김알지나 석탈해가 창가의 가사로 제시되었던 것이다.

3.2 歷史와 地名의 혼용

교과서 편찬의 경향은 창가교과서에도 반영되어 있는데,[17] 이것은
『보충창가집』에 나오는 지명이나 역사적 내용들의 변화에도 관계가

---

16 「我國史와國體」《매일신보》, 1918.1.7, 1면
17 上田崇仁(1999)「植民地朝鮮における言語政策と『國語』普及に關する硏究」廣島大
    學博士學位論文, p.33

있다.

『보통학교창가서』에서는 일본의 후지산과 牧丹臺, 경성이 수록되어 있지만 『보충창가집』에서는 후지산이 빠져 있고 대신, 부산, 압록강, 두만강, 금강산 등 조선의 자연이나 지명이 첨가되어 있다. 특히 조선총독부가 있는 경성은 『국어독본』『보통학교창가서』『보충창가집』에 모두 수록되어 있었다.

경성은 조선총독부가 있는 곳으로 인구는 약 30만 정도입니다. 시가지 주변에는 옛날 성벽이 있어 지금도 문이 몇 개인가 남아 있습니다. (중략) 시내에는 조선총독부를 비롯하여 관공서, 학교, 병원, 은행, 회사 등 커다란 건물이 있습니다.　　　　〈『국어독본』〈Ⅰ-5-27〉「京城」〉

1. 백악 남산이 마주 선 / 가운데에 번화한 경성은 /
　인구 25만 명이 살고 있는 / 우리 총독부가 있는 곳.
　　　　　　　　　　　　　　　　　〈(上)-「京城」, p.251〉

1. 백악 남산이 마주 선 가운데에 / 번화한 경성은 /
　인구 28만 명이 살고 있는 / 우리 총독부가 있는 곳.
　　　　　　　　　　　　　　　　　〈(上)-「京城」, p.465〉

『보통학교창가서』와 『보충창가집』에서 "경성은 경부·경원·경의선의 교통 중심지로, 조선의 가장 큰 도시"라고 교통의 요지임을 설명하였다. 당시 철도는 일제가 내세운 중요한 국책산업이었고 일본과의 연결통로였으며, 그 중심부에 경성이 있었던 것이다. 하지만 가장 중요한 키워드는 『국어독본』, 『보통학교창가서』, 『보충창가집』에서 총

독부가 있는 곳을 강조한 것이다. 또한 인구수의 표기가 각각 다르게
나타나 있는 것도 흥미로웠다.『보통학교창가서』에서는 25만의 경성
인구가『보충창가집』에는 28만 명으로 인구수의 증가를 알 수가 있다.
먼저 편찬된『국어독본』에 오히려 더 많은 인구수가 기록되어 있는 것
으로 보아 당시 정확하지 않은 인구조사가 실시되어 있음을 알 수 있
다. 경성 이외에 큰 도시인 부산은 일본과의 교통을 연결하는 곳으로
일제가 중요시한 지역이다.

1. 큰 배 작은 배가 드나들고 / 기차소리 끊이지 않는 /
   여기야말로 내지內地로 연결되는 / 동아시아의 관문 부산항
2. 길다란 잔교의 큰 선창 / 먼 바다에 나부끼는 검은 연기 /
   화물 승객 헤아릴 수 없고 / 상업이 번창하는 부산항.

〈(上)-「釜山港」, p.465〉

부산은 일본과의 연결이 국제선이 아닌 국내선의 연결로 보았던 것
이다. 부산은『국어독본』의 〈Ⅰ-4-16〉「조선」, 〈Ⅰ-4-17〉「기선」에도
나와 있다.

부산은 조선의 가장 남쪽에 있는 조선 항구로 일본에 가기 위해서는
여기에서 배를 타는 것이 가장 편리합니다.

〈『국어독본』〈Ⅰ-4-16〉「조선」〉

이것은 부산항입니다. 커다란 기선에 올라 타 있습니다. 배웅하러 온
사람들이 잔교 위에 서 있습니다. 바쁜 듯이 짐을 운반하고 있는 사
람도 있습니다. (중략) 이 기선은 10시간 지나면 시모노세키에 도착

합니다.   〈『국어독본』〈Ⅰ-4-17〉「기선」〉

　『국어독본』에서 2단원으로 나온 부산은 일본을 가기 위한 좋은 항구라는 이미지가 제시되었는데『보충창가서』에서는 그러한 목적은 **빼고**, '동아시아의 관문'임을 강조하였다. 조선을 소유한 일본이 동양의 선두주자로 나서고 있음을 은연중에 제시하였고, 그러한 역할에 부산이 포함된 것이다. 이처럼 '경성' '부산' 등 근대적인 지명을 노래하고 있는 반면에『보충창가집』한 면에서는 조선의 역사적인 지역을 나타내는 가사도 있다.

> 1. 고려의 옛 수도 황폐해져 / 비추는 달빛 변함없건만 /
>   흘러간 그 세월 5백 년 / 그 옛날 모습 지금 어디에
> 2. 아침에 바라보는 높은 누각이여 / 화려했던 오랜 시절의 흔적 /
>   저녁노을에 가막가치 이리저리 날고 / 그 옛날 영광 지금 어디에
> 4. 만월대 그림자 희미하고 / 한恨은 길어라 선죽교善竹橋 /
>   성루의 나뭇가지 세찬 밤바람에 / 영화롭던 그 옛날 아련해지네
>   〈(上)-「高麗の舊都」, p.431〉

　고려의 도읍지를 서사하는 歌詞에 나온 만월대는『보통학교창가서』나『보충창가집』에 단독으로 나와 있다. 도읍지에 대한 설명은 고려 말고도 삼국시대의 백제를 나타내는 노래도 있다.

> 1. 때는 삼국시대 먼 옛날 / 백제 왕조 말 경 / 6대째 도읍지였던 땅은 /
>   지금의 충남 부여 지역 / 자— 찾아가 보자 그 자취를
> 8. 흥망성쇠 모두 것 꿈과 같아서 / 그 세월 여기에 일천 년 / 정들었던

산과 강이여 / 영원히 전하리 이 세상 끝까지 / 옛도읍지 하늘과 땅
지켜보리라   〈(上)-「百濟の舊都」, p.451, 455〉

〈5-3〉「고려의 옛 도읍」과 〈6-3〉「백제의 옛 도읍」에서는 지금 역사
적인 곳으로만 남아 있는 고려와 백제의 도읍지를 설명했다. 『보충창
가집』에서는 『보통학교창가서』에 나와 있지 않은 조선의 역사를 가르
치려고 하였다. 백제는 일본과 교류가 잦았던 나라였기에 아동들에게
일본과 조선의 긴 역사의 연결고리를 설명하였을 것이다. 이런 역사적
인 고장 말고도 조선의 자연이 『보충창가집』에 수록되어 있다.

1. 백두산에서 시작되어 서쪽으로/ 많은 산들과 계곡 험한 곳을/
   멀리 멀리 돌아 2백리 남짓 / 아- 일본 제일의 압록강
2. 초산창성 의주를 비롯 / 수많은 도읍들도 / 이 강줄기 따라 /
   청일, 러일 전쟁의 격전지로 / 유명한 곳도 이 강기슭

〈(上)-「鴨綠江」, p.439〉

이 압록강에 대한 가사는 『국어독본』에 나와 있는 조선의 지세를 설
명하는 부분과 같은데 백두산을 첨가하여 노래하였다.

우리들은 조선에 살고 있으므로 특히 조선의 지리를 잘 알고 있지 않으
면 안됩니다. (중략) 압록강은 일본 제일의 큰 강으로 길이가 180리나
됩니다. 이외에도 대동강, 한강, 낙동강, 금강 등도 꽤 큰 강입니다. 압
록강과 두만강의 발원지에 장백산맥이 있고, 그 산맥에 백두산白頭山이
라는 높은 산이 있습니다.   〈『국어독본』〈Ⅰ-5-3〉「조선의 지세」〉

역시『국어독본』에서 180리 길이가『보충창가집』에는 2백 리의 길이로 늘어져 있다. 그러나 '일본 제일의 강'이라는 똑같은 강조로 일본의 자연임을 인식시키고 있다. 압록강의 발원지인 백두산은『보충창가서』에 나와 있는데 현상모집으로 한글로 되어 있다.

> 一. 거룩다저北에웃쑥서잇서、 / 흰구름을헤치고구버보면서、
>   半島의모든뫼를어루만지는、 / 崇嚴한白頭山은朝鮮의名山。
> 三. 깁고맑은하날못을머리에이고、 / 羊羊한鴨綠豆滿일워주면서、
>   千古의 大森林을씌고서잇는、 / 雄壯한白頭山은朝鮮의名山。
>
> 《(上)-「白頭山」, p.421〉

백두산과 압록강은 조선을 대표하는 자연이고, 민족의 정기를 심어주는 곳이라는 강한 메시지를 연상시키게 하고 있다. 압록강은 일본의 강으로, 백두산은 조선의 산으로 노래하였다.

> 一. 萬事의根本인 나의 一身을、 / 强健케하량이면 鍛鍊할지라。
>   便하게만자라난 弱質의몸은、 / 무슨일 當한째에 堪耐못하네。
> 二. 豆滿江의어름과 白頭山의눈、 / 平地갓치밟아서 갓다와보세。
>   못갈것이무엇인가 가면가겟지、 / 目的地를 未達하면 男子아닐세。
>
> 《(上)-「冬季遠足」, p.474〉

방학을 맞이하는 학생들에게 강한 체력을 기르기 위해서 두만강 얼음과 백두산의 눈을 평지 같이 밟는 강인한 체력을 기르라고 가르치고 있다. 학생들에게 두만강과 백두산은 강인함의 상징으로 남자라면 한번쯤은 갔다 와야 할 곳으로 인식시키고 있다. 이외에도 조선의 대표적인 자연으로는 금강산이 나와 있다.

> 1. 1만 2천 봉우리를 내려다보며 / 드넓은 하늘에 솟아오른 비로봉 정
>   상 / 호랑이인가 사자인가 신선일까 귀신일까 / 솟아 있는 모습 신기
>   하구나 만물상
> 3. 이것이야말로 조선의 금강산 풍경 / 금강산을 보지 않고 천하의 경
>   치를 / 논하지 말라. 모두 가서 구경이나 하세 / 비할 데 없는 자연의
>   조화를   〈(上)-「金剛山」, p.473〉

조선의 속담에 '금강산을 보지 않고는 천하의 경치에 대해 말하지 말
라'는 말이 있다. 정말로 이 속담대로 금강산의 경치는 세상에 유래가
드문 것이다. 금강산은 강원도 동쪽에 있으며 1만 2천 봉우리가 있다고
한다.   〈『국어독본』〈Ⅰ-7-3〉「우리나라의 경치」〉

『국어독본』에 나와 있는 금강산에 대한 설명 그대로 노래로 만들었
다는 것임을 알 수 있다. 『국어독본』에서는 '우리나라의 경치'라는 목
차가 『보충창가집』에서는 '금강산'으로 바뀌어 있을 뿐이다. 백제와
고려에 대한 노래는 모두 현상모집으로, 역사적인 지명을 새롭게 수록
한 것인데 고학년에 집중적으로 배치되어 있다.

「경성」「부산항」「압록강」「금강산」등은 모두 『보충창가집』에 수
록되어 있고 「백두산」만이 현상모집된 곡이다. 조선의 지역을 설명하
는 곡들은 『보충창가집』에 그대로 수록되어 있다는 것을 알 수 있었
다. 교과서란 자국의 언어와 정서를 기초로 자국의 실정이 반영된 것
이어야 하며 이는 그 나라의 풍속과 됨됨이物情에 적당한 내용으로 되
어 있어야 어린 사람을 깨우칠 수 있다고 주장했다.[18] 압록강에 대한

가사는 일본어로 나타내 일본의 한 부분임을 강조하고 백두산은 현상
모집된 것이기에 조선의 자연임을 나타내 조선어로 수록되어 있다는
것에서도 주목할 필요가 있을 것 같다. 내선일체에 대한 접근은『보충
창가집』에 나온 다음의 노래에서도 알 수 있다.

> 1. 수염이 긴 할아버지 / 긴 담뱃대를 손에 들고 / 언제나 툇마루에서
>   뻐끔 뻐끔 / 둥글게 연기를 내뿜고 있네
> 2. 수염이 긴 할아버지 / 어린이들 상대로 즐겁게 /
>   내지內地와 조선의 이런저런 / 옛날이야기를 들려주네
>
> 〈(上)-「お髭の長いおじいさん」, p.393〉

할아버지가 긴 담뱃대로 연기를 내뿜으며, 긴 수염을 어루만지면서
아이들에게 옛날이야기를 들려주는 내용을 그린 이 노래는 사랑방의
풍경이 보이는 것처럼 친숙한 상황이 연상된다. 그런데 여기서 중요한
것은 2절의 "내지와 조선의 이런저런 옛날이야기"라는 대목이다. 어
린이들이 모여서 할아버지에게 일본과 조선의 옛날이야기를 듣는 장
면에서 내선일체 정책이 나타내는 부분이기도 하다.

4. 창가서에 반영된 '문화정치'

지금까지『보통학교창가서』와『보통학교보충창가집』을 분석하여
일제의 문화정책이 〈창가서〉에 어떻게 반영이 되었는지 살펴보았다.

18　이종국(2002)『한국의 교과서 변천에 관한 연구』일진사, p.99

새 교육령에 의해 교육기관이 4년에서 6년으로 늘어나자 새로운 교과
서의 편찬이 이루어졌는데 음악교과서로는 『보통학교보충창가집』이
속해 있다. 『보통학교보충창가집』은 기존의 『보통학교창가서』를 보
충한 것인데 여기에 현상 모집한 노래와 『보통학교국어독본』에서 내
용을 따온 노래들로 구성되어 있었다.

  '문화정치' 아래 편찬된 『보통학교보충창가집』은 조선 아동의 상황
을 고려하여 편찬하였기 때문에 다른 교과서에 비해 늦게 출판되었다.
하지만 많은 창가서 중에서 다수의 조선인이 참가하여 조선인의 정서
를 담은 유일한 창가집이라는 특징이 있다. 조선인에 대한 교육방침에
도 변화를 가해, 조선인의 감정을 다소 배려하여, 보통학교에서 사용
된 '일본어교과서'에서도 조선인의 정서가 동반되는 가사와 고유성으
로 수정되어졌다. 절반의 곡이 조선인을 상대로 현상모집에 의해 만들
어진 창가집이었지만, 대다수 일본인 작곡가의 곡을 붙였기에 일본정
신이 간접적으로 투영되었을 것이다.

  『보통학교창가서』에는 총 70편의 노래가 수록되어 있지만 그 중에
서 일본을 상징하는 것이나, 의식에 관한 창가는 16편이나 들어 있다.
하지만 『보통학교보충창가집』에서는 일본을 상징하는 것은 단 한 편
도 수록이 되어 있지 않고 '조선을 상징'하는 가사가 12편이나 수록되
어 있다. 그 조선을 노래로 나타낸 곡도, 조선의 산과 강, 古都 등을 제
재로 하였지만 일부는 일본에 속한 영토임을 나타내는 부분도 있었다.
『보통학교보충창가집』에는 「고려의 옛 수도」 「백제의 옛 수도」 「금강
산」 등의 조선역사와 관련된 지명이 채택되었는데 주로 고학년용 교
과서에 편재되어 있었다.

  3·1운동 이후 '동화'에서 '융화'의 코드로 조선인물을 등장시켰는
데, 조선인으로 근면한 농부인 정민혁과 한글 창제에 힘쓴 성삼문을

노래하였다. 또한 신화적인 인물인 '석탈해' '김알지' '호공'이 나왔지만, 출생에 대한 의문점을 나타내며 '일본의 후예'임을 암시하여 同血論(日鮮同祖論)을 내세워 內鮮一體를 연결하여 교화시켰다.

겉으로는 조선인의 감정에 호소하여 조선인, 조선지명, 조선역사 등을 다수 등장시켜 『보통학교창가서』보다 훨씬 유연한 교과서로 비춰지고 있으나, 내적으로는 식민지 동화정책의 기조가 융화로 변하고 있다는 것을 '음악교과서'에서 포장하여 아동들에게 교화시키고 있음을 알 수 있다.

또한 창가는 아동의 감정과 창의성을 개발하는 목적으로 해야 하는데 계몽, 선도, 교화가 주된 목적인 것처럼 보여 음악교과서라기보다는 '국어교과서'나 '수신교과서'의 아류라는 성격도 강하였다. 그렇지만 『보통학교창가서』에 비해 일본을 직접적으로 나타내는 부분이 그다지 수록되지 않고 '조선적'인 것을 많이 채택하였기에 일본의 문화정책에 따른 정책을 일부 시행하고 있었음을 알 수 있었다.

제국의 식민지 창가

전략적 쇼비니즘

제국의 식민지 창가

Ⅰ. 초등학교 음악에 투영된 日本軍歌*

박경수·김순전

1. 日本軍歌의 意味

동서양을 막론하고 '군가'는 예로부터 '군대'라는 공동체의 단결력 과시는 물론 군인들의 사기를 앙양시키는 필요불가결한 수단으로 이용되어 왔다. 그런 까닭에 '군가'란 보편적으로 군인들의 전투의식을 고취시키기 위하여 군대 내에서 부르는 노래, 혹은 군악(행진곡으로 대표되는 기악곡)으로 정의되고 있다. 그러나 우리가 보편적으로 인지하고 있는 군가와, 日本軍歌는 그 의미부터가 다르다. "현대 일본에서 군가의 존재의의를 묻는다면, 오늘날 평화의 초석을 구축하였던

* 이 글은 2012년 8월 일본어문학회 「日本語文學」(ISSN : 1226-9301) 제58집, pp.367-388에 실렸던 논문 「조선총독부의 초등학교 음악과 軍歌의 영향관계 고찰」을 수정 보완한 것임.

영령에 대한 진혼가이다."는『大日本軍歌集』홈페이지 첫 면의 글이
말해주듯 日本軍歌는 현재까지도 '평화의 초석을 구축하였던 영령에
대한 진혼가'로서 막중한 의미부여와 함께 끈질긴 생명력을 유지하고
있다.

　메이지明治 초기부터 탈아脫亞를 추구하였던 일본은 여러 식민지를
거느리고 있는 서구 열강의 대열에 합류하기 위하여 주변국의 침략을
도모하였다. 이 과정에서 만들어진 日本軍歌가 군대는 물론, 전쟁수
행을 위한 국민 양성을 목적으로 초등교육에 투입되기에 이른다. 그
것이 한일합병 이후 식민지〈唱歌〉교과서에 수록 교육됨으로써, 조선
아동의 세뇌장치가 되기에 이른다. 그럼에도 日本軍歌의 초등학교 교
육과 관련한 연구는 전무하다. 이에 본고는 일제강점기 조선총독부
편찬 초등학교 음악교과서 전권에 수록된 日本軍歌(이하 軍歌)¹를 발
췌하여 軍歌가 식민지 초등교육에 어떠한 기능을 하였는지, 또 그것
이 조선아동의 정서형성에 어떻게 작용하였는지에 중점을 두고 고찰
해보려고 한다.

1　『日本大百科全書』(1994, 小學館)를 보면, "메이지 이후 제작된, 군대의 사기를 높
　이고 국민의 애국정신을 고양시키기 위한 노래"를 통틀어 日本軍歌로 정의하고
　있다. 그런가 하면『日本陸海軍辭典』에서는 "육군軍歌집인『雄叫』나 해군의『海
　軍軍歌集』과『吾妻軍歌集』에 수록되어 군대에서 불린 것을 正規軍歌로, 그 밖의
　것은 모두 非正規 私製軍歌"로 분류하면서, 현재 일본에서 軍歌로 여겨지는 대다
　수는 正規軍歌와 非正規 私製軍歌(國民歌謠나 戰時歌謠, 혹은 전쟁영화의 주제가
　등)를 포함하고 있음을 명기하고 있다. 이에 따라 본고에서도 日本軍歌의 범위를
　明治국민국가의 탄생 이후부터 일본군대가 해체된 1945년까지로 하고, 위의 正
　規軍歌는 물론, 非正規 私製軍歌, 즉 國民歌謠, 戰時歌謠, 전쟁영화 주제가 등을
　포함하여 '軍歌'로 총칭한다.

2. 식민지 초등음악교육과 日本軍歌

한국 공교육에서 공식적인 음악교육의 시작은 통감부에 의한 '학교 령시행기'인 1906년 8월 이후로 보는 것[2]이 보편적이지만, 일본의 경우 藝能科 음악의 기초는 이보다 15년 앞선 1891년 11월, 〈文部省令〉에 의해 개설된 '小學校'의 '唱歌'과에서 비롯된다. 〈小學校敎則大綱〉제10 조와, 1900(M33)년 8월 개정된 〈小學校令〉의 〈小學校令施行規則〉 제9 조는 창가과의 목적이 명기되어 있는데, 이 조문은 그대로 통감부기 〈普通學校令施行規則〉(1906)이 되었고, 합병이후 4차례에 걸친 〈조선 교육령〉에 의하여 점차 강화되어 간다.

규정상 표면에 드러나 있는 음악교육의 요지를 보면 〈1, 2차 교육령〉 시기는 '아동의 미적 감각과 덕성함양'에 목표를 두었으나, 중일전쟁 (1937)을 계기로 음악교육 또한 군사적 목적을 위한 방향으로 굴절되어가기에 이른다. 〈3차 교육령〉시기는 '황국신민다운 情操를 涵養하는 것'에, 〈4차 교육령〉시기는 '國民음악 창조'에 그 목적을 두고 있었음이 그것이다. 군국 일본의 군사적 목적 달성에 가장 유효한 '國民음악'으로 軍歌가 부각되게 된 것이다. 다음 〈표 1〉은 각 시기별 초등음악교과서에 수록된 軍歌를 발췌 정리한 것이다.

---

2 통감부가 설치되고 1906년 4월부터 각종 '勅令'과 '學部令'이 공포되었는데, 그중 〈보통학교령〉의 "時宜에 따라 '창가'과목을 채택할 수 있도록"하는 조항에 의하여 초등교과목에 '창가'과가 배정되었으므로, 이를 음악과 공교육의 시작으로 보는 것이 일반적이다.

<표 1> 조선총독부 편찬 초등음악교과서에 수록된 **軍歌**

교육령	교과서명 / 학년	1	2	3	4	5	6
1차	新編唱歌集 (1914)-전학년	6.水師營の會見 13.日本海海戰					
	普通學校 唱歌書 (1920)				6.水師營の會見 13.日本海海戰	―	―
2차	普通學校 補充 唱歌集 (1926)					―	―
3차	みくにのうた (1939)-전학년	8.海ゆかば 11.愛國行進曲					
	初等唱歌 (1939~41)	6.ヘイタイサン 18.ヒカウキ	9.てつかぶと 16.すいへいさん	16.軍旗	12.愛馬進軍歌 22.軍神西住大尉 24.廣瀬中佐	5.國民進軍歌 7.日本海海戰 9.我は海の子 11.空の勇士 20.北滿の野 25.アジヤの光	5.護れ大空 8.軍艦 16.興亞行進曲 20.水師營の會見 25.太平洋行進曲
4차	ウタノホン (1942~)	11.ヘイタイ ゴッコ 20.ヒカウキ	5.軍カン 6.テツカブト 15.おもちゃの戰車 17.兵たいさん				
	初等音樂 (1943~44)	-----	-----	7.こども愛国班 8.軍犬利根 14.潜水艦 16.軍旗 19.みもん袋 22.三勇士	14.入営 18.廣瀬中佐 20.少年戰車兵 20.九勇士 22.北のまもり	4.忠靈塔 8.戰友 10.大東亜 13.橘中佐 16.空の勇士 20.白衣の勤め 22.山本元帥	4.日本海海戰 7.われは海の子 9.肇國の歌 11.落下傘部隊 18.水師營の會見 22.アジヤの光

　　교과서에 수록된 軍歌는 대체적으로 저학년과정에서 병사에 대한 동경심을 유도하였으며, 고학년으로 갈수록 직접적인 참여를 유도하는 내용으로 되어있다. 형식면에서 보면 일반 창가와 마찬가지로 2박자계(2/4박자, 4/4박자, 6/8박자, 12/8박자)가 주류를 이루며, 대다수가

행진곡풍의 용장쾌활한 느낌을 주는 율격과 리듬을 사용하고 있다. 이 외의 日本軍歌만의 구체적인 특징은 군가 연구자 호리우치 게이조堀內 敬三의 언급에서 두드러진다.

> 日本軍歌는…. 음악형식에서 보면 창가의 一種이며 가사의 양식에서 보면 新體詩의 흐름에 연접한다. 그러나 唱歌와는 다른 軍歌의 선율에는 일본인적인 색채가 농후하여 新體詩의 常例보다도 내용에 과격함과 절실함이 있다. (중략) 군가가 표현하는 것은 적개심이며 국민의식의 流露인가하면, 의외로 인간의 심성을 찌르는 일본인다운 가요의 기본이 이 안에 형성되어 있다"[3] (번역 밑줄 필자, 이하 동)

초등음악교육은 실로 일제가 식민지 지배질서 확립을 위하여 추진하였던 문화정책 중에서도 매우 큰 비중을 차지하고 있었다. 위와 같은 내용을 내포하고 있는 軍歌가 학교교육과 지속적인 반복가창을 통하여 내면화되었을 때, 그 감정이 일생동안 이어지리라는 것은 말할 나위도 없었을 것이다. 일제가 목적한 식민지 아동교육은 軍歌를 통하여 보다 효율적으로 진행되어갔던 것이다.

3. 팽창하는 제국 – 대동아를 향한 進軍

메이지 초기부터 일본은 유럽과 같은 선진제국을 꿈꾸며 자국의 영토 확장을 도모하였는데, 이의 추진과정에서 치러진 청일전쟁은 조선

---

3 堀內敬三(1977)『定本日本の軍歌』実業之日本社, p.15

의 식민지화를 위한 대단히 큰 프로젝트였다.

 청일전쟁을 전후하여 제작 보급된 무수한 軍歌는 신문기사에 의존하였던 당시 유일한 음성미디어로서, 차후 러일전쟁까지도 기획하고 있던 일본사회에 거국적인 전쟁분위기 조성과, 전 국민의 戰意 고양에 막강한 영향력을 행사하였다. 때문에 이 시기 문부성은 軍歌集 발간을 장려하고, 이를 〈문부성검정제〉로 하여 〈唱歌〉과에 투입하였다. 이러한 음악교육정책이 昭和기에 들어 점차 구체화되어 가다가, 〈3차 교육령〉이후의 교과과정에 그대로 반영되었다. 「日本海海戰」을 비롯한 이전의 軍歌를 리메이크하는 한편, 대륙과 세계로의 진출을 위한 진군적 성격의 軍歌를 새로 만들게 하여 교과서에 수록한 것이 그것이다. 여기에 날로 팽창해가는 제국 위상의 선전과, 피교육자로 하여금 戰意를 불러일으키게 하려는 의도가 내포되어 있음이 파악된다. 이를 테마로 한 軍歌를 간략하게 〈표 2〉으로 정리하였다.

〈표 2〉 제국의 위상과 진군을 테마로 한 軍歌

구분	단원명	출 처	내 용
전쟁 상황 묘사	日本海海戰	(a)-13, (b)-4-13, (e)-5-7, (g)-6-4	해군성 의뢰로 제작된 해군군가로, 러일전쟁 당시 치열했던 일본해 해전의 승리를 노래함.
	空の勇士	(e)-5-11, (g)-5-16	중일전쟁 당시 치열했던 공중전의 승리를 노래함
	北滿の野	(e)-5-20	대동아 수립을 향한 병사의 애환. 가족을 떠나 이역 북만주땅에서의 전투와 개척과정을 노래함
	北のまもり	(g)-4-22	남양으로 전진하는 일본을 위하여 북쪽 전선 수비병의 충직한 방어임무 수행을 노래함

구분	단원명	출 처	내 용
진군, 행진곡	愛國行進曲	(d)-11	중일전쟁 당시 대륙으로 전진하는 군인과 후방국민에게 필승의 의기를 고취시키기 위한 행진곡풍의 군가
	愛馬進軍歌	(e)-4-13	
	國民進軍歌	(e)-5-5	
	興亞行進曲	(e)-6-16	
	太平洋行進曲	(e)-6-25	태평양전쟁의 승리를 향한 진군 행진곡
	大東亜	(g)-5-10	대동아공영권을 위하여 합심하여 나아가자는 내용

강한 일본해군력을 자랑하기에 적합하였음인지 「日本海海戰」은 강점초기부터 일제말기까지 지속적으로 수록 교육되고 있었다. 이는 승전국 일본의 자긍심과 함께 피교육자의 자발적인 공감을 유도하기 위함이었을 것이다. 이 시기는 이처럼 전쟁에서 필승의 의기를 고취시키는 軍歌가 대세였는데, 그 중에서도 「愛國行進曲」, 「愛馬進軍歌」, 「國民進軍歌」, 「興亞行進曲」, 「太平洋行進曲」 등은 진군적 성격을 지니고 있어 더 주목된다.

모리카와 가라오森川辛雄의 시에 곡을 붙여 만들어 일본인들에게 선풍적인 인기를 얻었던 「愛國行進曲」의 경우 2/4박자 사장조에 ♪♪♪ ♪♩♪♪♩♩/♪♪♪♪/♩♪ 의 리듬이 반복되면서 용장쾌활함과 아울러 전진, 진보, 혹은 전투적인 느낌을 주며, 가사도 날로 전진하는 황국 일본을 찬양하는 내용을 담고 있다. 이 곡은 「海ゆかば」와 더불어 각종 의식에서 '제2의 國歌'로서 강제성을 띠고 불려졌다. 육군성이 선정한 「愛馬進軍歌」 역시 2/4박자 사장조에 ♪♪♪♪/♪♪♪♪/♪♪♪♪/♩♪ 의 리듬이 반복되면서 더욱 박진감을 준다. 광활한 중국대륙에서 치러진 전쟁에서 신속한 이동과 운송은 물론 인간과 호흡을 맞춰 전투에까지 참여한 軍馬 역시 軍歌의 소재로 손색이 없었을 것이다. 승리의 개가부분인 6절을 인용해 본다.

6. 너의 등에 일장기를/ 세우고 입성, 이 개가

병사에 지지 않은 눈부신/ 공적은 영원히 잊을 수 없어라.

《(中)-「愛馬進軍歌」, p.347》

총알이 빗발치는 전쟁터에서도 죽음을 무릅쓰고 주어진 임무를 완수해 낸 愛馬에 대한 휴머니즘 이면에는 주인에 대한 동물의 충성심을 빗대어 군국일본에 대한 충군애국심을 유도하며 애니미즘으로 승화하려는 의도가 엿보이는 부분이라 하겠다.

「國民進軍歌」 역시 육군성이 선정한 軍歌이다. 2/4박자 내림마장조로, 붓점 리듬과 악센트를 적절히 사용하여 박진감과 용장함을 드러낸 행진곡풍의 軍歌이다. 가사 내용을 보면 출정하는 군인은 말할 것도 없고, 남녀노소 병약자 등 후방 모든 국민이 합심하여 대륙으로, 또 대양으로 진군하자는 내용으로 되어 있다.

한편 문부성이 선정 수록한 「興亞行進曲」은 4/4박자, ♪ ♩ ♪ ♩ ♩ / ♩ ♩ / ♩. ♪ ♩ ♪ ♪/ ♩ ♪ 의 리듬으로 비교적 굵직한 느낌을 주며, 아시아의 맹주 일본의 위상을 세계만방에 드높일 것이라는 내용으로 일관하고 있다. 이어서 해군성이 선정한 「太平洋行進曲」은 위의 「興亞行進曲」과 같은 붓점 리듬을 절충하여 박진감을 더하며, 가사의 내용도 바다의 국민, 바다의 아들로서 기필코 태평양을 제패하리라는 다짐을 노래하고 있다. 이러한 행진곡풍의 軍歌는 황국 일본의 번영과 발전을 위해 충성을 다하리라는 굳은 신념을 주 내용으로 하고 있으며, 박진감을 주는 선율과 리듬을 사용하고 있어 가장 軍歌다운 軍歌라 할 수 있겠다.

이 시기 진군적 성격을 띤 軍歌는 모두 軍과 官이 선정한 軍制 혹은 官制軍歌로서 4~6학년 과정에 수록되었다는 점은 戰時학습의 전형을 보여준다 하겠다. 대동아 進軍의 원동력은 바로 일사불란한 행동과 자발적인 공감의 유도해 낼 수 있는 이러한 진군적 성격을 지닌 軍歌에 있었던 것이 아닐까 여겨지는 것이다.

4. 전쟁영웅을 통한 충군 애국심 발양

日本에서의 軍歌는 크게 두 가지 성격을 띠고 있었는데, 하나는 전쟁 자체를 전하기 위한 상황묘사 중심의 것이었고, 다른 하나는 출전 병사나 일반국민의 사기를 고무시키기 위한 선전선동의 것이었다. 전자가 부각되었던 청일전쟁과 러일전쟁 시기의 軍歌는 특히 전쟁 상황을 묘사하는 전황 보고의 성격이 강했다. 그러나 시간이 흐를수록 전자를 겸한 후자 성격의 軍歌가 주류를 이루게 되는데, 이는 전쟁 당사자인 일본이 국민의 의지와 감정을 전쟁으로 몰아갈 필요성이 절실했기 때문이었다.[4] 그런 만큼 이러한 목적을 달성하기에 가장 적합한 軍歌는 전쟁당시 무공을 세우고 전사했던 영웅적 인물을 소재로 한 내용의 軍歌였다.

청일전쟁 당시의 영웅적 인물을 묘사한 대표적 軍歌로는 황해해전에서 전사한 미우라 토라지로三浦虎次郎의 무공을 다룬 「용감한 수병勇敢なる水兵」과 당시 622톤급 赤城艦 함장으로 청국의 주력함대와 싸우다 전사한 사카모토 소령을 묘사한 「사카모토 소령坂元少佐」을 들 수 있다. 그런데 이들의 무공은 시기적으로 차이가 있었음인지 식민지 음악교과서에는 반영되어 있지 않았다.

식민지 음악교과서에는 러일전쟁시기 활약하다 전사한 전쟁영웅부

---

4 박재권(2001) 「구 일본 및 한국 軍歌의 인물, 국가 관련 표현 비교 분석」 『일어일문학연구』 제39집, 한국일어일문학회, pp.251-252

터 수록 교육되었다. 러일전쟁 당시의 영웅적 인물로는 단연 육군대장 노기 마레스케(乃木希典, 1849~1912)와 육군중령 다치바나 슈타(橘 周太, 1865~1904), 해군중령 히로세 다케오(廣瀨武夫, 1868~1904)를 꼽을 수 있겠다. 이들의 무공은 동 시기 여타의 교과서에도 수록 교육 되었는데, 특히 노기대장의 충군애국을 노래한 軍歌는 식민지 초기부 터 말기까지 지속적으로 수록 교육되었음이 파악되었다. 전쟁영웅을 소재로 한 軍歌를 〈표 3〉에서 살펴보겠다.

〈표 3〉 전쟁영웅을 묘사한 **軍歌**

단원명	인물	전쟁시기	직함	출처	내 용
水師營の會見	노기 마레스케	러일전쟁	대장	(a)-6, (b)-4-6, (e)-6-20, (g)-6-18	러일전쟁 당시 러시아 장군과의 조약을 성사시킨 노기 대장의 충군애국을 노래함
橘中佐	다치바나 슈타	러일전쟁	중령	(g)-5-13	러일전쟁 당시 전사한 육군보병 중령 다치바나의 무공을 찬양
廣瀨中佐	히로세 다케오	러일전쟁	중령	(e)-4-24, (g)-4-18	러일전쟁 당시 여순항 대작전 시 행중 전사한 해군중령 히로세의 무공을 노래함
群神西住大尉	니시즈미	중일전쟁	대위	(e)-4-22	중일전쟁 때 부상을 무릅쓰고 혁혁한 공을 세우고 전사한 니시즈미 대위의 무공을 노래함
山本元師	야마모토 이소로쿠	태평양전쟁	원수	(g)-5-22	태평양전쟁 당시 해군을 진두지휘 하던중 사망한 해군연합함대 야마모토 사령관의 가르침을 본받아 태평양전쟁을 승리로 이끌자는 내용
三勇士	사쿠에, 기타가와, 에노시타	만주사변	병사	(g)-3-32	만주사변 당시 파괴통을 안고 철조망으로 돌진 자폭하여 혈로를 개척한 세용사의 무공을 찬양
九勇士	아홉명의 병사	태평양전쟁	병사	(g)-4-20	태평양전쟁 당시 비행기와 함께 산화한 공군 특별공격대 아홉 용사의 무공을 찬양

오랫동안 문부성 창가로, 혹은 소학창가에 수록 교육되었던 軍歌
「水師營の會見」의 주인공 노기대장은 러일전쟁 당시 러시아 장군 '스
테셀'과의 단독면담으로 조약을 성사시킨 업적과, 明治천황 장례식 당
일 부인과 함께 할복자살함으로써 충군애국의 표본이 된 인물이다. 또
요양遼陽성 공략작전을 지휘하던 중 병사들과 함께 전사한 다치바나 중
령은 「橘中佐」의 주인공이 되었다. 이어서 여순항 봉쇄작전에서 전사
한 히로세 중령은 충군애국은 물론, 부하사랑의 휴머니즘을 보여준 지
휘관으로 모범이 된 케이스다.

러일전쟁의 상징적 인물로 육해군 지휘관 노기대장과 다치바나, 히
로세 중령을 들었다면, 그로부터 30여년 후인 중일전쟁 때 혁혁한 공
을 세우고 전사한 니시즈미 대위西住大尉를 묘사한 「軍神西住大尉」, 태평
양전쟁 당시 해군을 진두지휘 하던 중 솔로몬 제도의 부겐빌섬 부근에
서 미군 항공대의 격추로 사망한 야마모토 이소로쿠山本五十六 사령관을
노래한 「야마모토 원수山本元師」는 시기적으로 식민지 아동에게 훨씬 현
실감 있게 접근하고 있다. 천황의 명령을 받들어 전쟁터로 나가는 장
면을 그린 4절과 전사하는 장면을 추상적으로 묘사한 5절을 살펴보자.

4. 미국 영국을 치라는 천황의 말씀 / 삼가 받들어 나아가네 태평양
   무적함대 거느리고 / 바로 섬멸하네 적 주력함대
5. 몸은 진두에 앞장서서/ 아아 남쪽바다 하늘 끝
   선홍빛 구름에 물들어 산화하는 / 무인의 귀감, 군신이여

〈(下)-「山本元師」, p.357〉

초등학교에서 교육된 이 '唱歌'가, 무인들의 무공을 칭송하는 '軍歌'
로 특유의 절묘한 선율과 어우러져 戰意를 고취시키고, 일반 민중들에

게는 '流行歌'로서 널리 확산되었다.

그러나 군 간부들의 충군애국정신에 중점을 둔 이들의 무공이 식민지 아동에게 얼마만큼 실효성을 거두었을지는 미지수다. 식민지 초기 계획된 초등교육 목적이 "일본인 자제에게는 학술, 기예의 교육을 받게 하여 국가융성의 주체가 되게 하고, 조선인 자제에게는 덕성의 함양과 근검을 훈육하여 충량한 국민으로 양성해 나가는 것"[5]에 있었던 만큼, 실질적으로 식민지 조선아동에게 모범을 삼고자 하였던 軍歌는 천황(국가)을 위해 자폭도 불사하는 「삼용사三勇士」와 「아홉 용사九勇士」였을 것이다.

「삼용사」[6]는 1932년 2월 만주사변 당시 상해 묘항진廟港鎭공방전에서 파괴통(탄약)을 안고 철조망으로 돌진하여 자폭함으로써 진입통로를 개척한 공병 용사 3명의 무공을 짧고 간결하게 노래하는 가운데 식민지 교육목적을 고스란히 담고 있어 주목된다.

1. 천황을 위해 나라를 위해 / 웃으며 출전했네 삼용사
2. 철조망도 토치카도 / 거칠게 무엇이냐 폭약통
3. 몸은 이슬로 산화되어도/ 명예는 남았네 묘항진

〈(下)-「三勇士」, p.205〉

식민지말기 음악교과서에 수록된 「삼용사」는 한도막 형식(8마디)의 3부합창곡으로 되어 있어 여럿이 함께 하모니를 구사하며 쉽게 부

5 정혜정·배영희(2004) 「일제강점기 보통학교 교육정책연구」『교육사학연구』 제14집, 서울대학교 교육사학회, p.167
6 사쿠에(作江), 기타가와(北川), 에노시타(江下)로 알려진 이들의 무공은 당시 매스컴을 통하여 널리 홍보됨은 물론, 타 교과서에도 수록(『國語讀本』(《KⅢ-12-24) 「肉彈三勇士の歌」)된 바 있으며. 이미 「爆彈三勇士」「肉彈三勇士」등 당시 軍歌로 제작된 것만도 수십편에 달한다.(堀內敬三(1977) 앞의 책, p.272)

를 수 있는데다, 각 절마다 비장한 결의가 담겨 있어 가창자로 하여금
비장한 각오를 이끌어내기에 유효하다 하겠다. 같은 맥락에서 살펴볼
軍歌는 태평양전쟁 때 비행기와 함께 산화한 무명의 아홉 용사의 무공
을 소재로 한 「아홉 용사」이다.

> 1. <u>살아 돌아오지 않을 결심을</u> / 詩나 글로 써 남기고
>   육천 킬로의 바다를 건너 / 기습하는 하와이 진주만
> 2. 달빛도 푸르른 밤에 / 유리 습격에 성공의
>   개가를 보내고 두 번 다시 / 돌아오지 못한 특별공격대
> 3. 몸은 벚꽃처럼 산화되었지만 / 타오르는 충심은 영원토록
>   우리들 가슴에 되살아나리 / 황국을 지키는 아홉 용사
>
> 〈(下)-「九勇士」, p.279〉

　인용에서 보듯 「삼용사」가 군사작전 진행 중에 戰死한 것에 비해,
출전하기 전부터 비행기와 함께 자폭할 각오를 1절 첫 소절에 부각시
키고 있어 주목된다. 이는 전쟁에 출전하는 마음가짐은 곧 戰死하는데
있다는 것을 교훈하는 것으로, 「아홉 용사」야말로 소국민의 국민화에
중점을 둔 〈4차 교육령〉시기의 식민지교육과 조선아동의 교화를 위한
대표적 軍歌로 볼 수 있겠다.
　실로 한 차례의 전쟁이 끝나면 국가를 위해 싸우다 전사한 영령들에
대한 국가차원의 보상이 거론된다. 일본에 있어서 그 장치는 국가가
주관하는 '야스쿠니신사'이며, '軍神'이라는 명예일 것이다. 그런데 군
간부의 무공을 노래한 軍歌에 비해 하위계급 용사의 무공을 노래한 軍
歌「삼용사」와 「아홉 용사」의 가사에 사후의 국가적 보상에 대한 언급
이 없었던 점은 아이러니하다. 물론 정형화된 짧은 노래와는 달리 『國

語讀本』에서는 이들 세 용사를 "あゝ 軍神、肉彈三勇士"로 서술하고 있고, 아홉 용사 또한 같은 소재로 「空の神兵」 혹은 「空の軍神」이라는 단원에서 軍神으로 추앙할 것임을 시사하고는 있다. 그러나 조선인 비행神風 특공대원 양육을 염두에 두었던 시기의 초등음악교과서에 수록된 軍歌에는 "명예는 남았네ほまれは残る"와 "황국을 지킨 아홉 용사み国をまもる 九勇士"로만 맺고 있어 미묘한 차이를 보여주고 있다.

어쨌든 전쟁터에서 스스로 자폭 戰死한 이들의 결사정신은 일제의 식민지교육 목적에 가장 합당하였고, '국가가 기대하는 인간像'의 모범이 되기에 충분했을 것이다. 이를 통하여 점진적으로 國家의 기대를 주입시켜 나아감으로써 이시기 학교교육을 받은 조선아동은 日本軍歌를 배우고 따라 부르면서 '국가가 기대하는 인간像'까지도 敎化받게 되었던 것이다.

5. '小國民'의 '國民'化

근대국민국가에 있어서, 특히 전쟁을 수행중인 국가에 있어서 필수불가결한 것이 병력일 것이다. 여기에서 병력은 '國民化'에 중요한 관건이 된다. 이 경우 '國民'은 국가를 위해 죽을 수 있는 명예를 가진 사람과 그렇지 못한 사람이라는 두 가지 부류로 나뉘며, 전자는 '國民'의 자격이 주어지는데 반해 후자는 '非國民'이라는 비난에 직면하게 될 것이다.[7] 전시체제하에서 이러한 논리는 아동이라고 예외일 수는 없었다.

일본에서는 1890년 발포된 〈교육칙어〉에 의한 초등교육이 시작되

---

7 박경수(2011) 『정인택, 그 생존의 방정식』 제이앤씨, p.254

면서 아동을 '小國民'이라는 이름으로 규정하고 학교교육을 통한 '國民'化에 열을 올리기 시작하였다. '唱歌修業'을 통한 '軍歌敎育'도 그중의 하나이다. 〈청일전쟁〉 당시 '東京音樂學校' 교수 야마다 겐이치로 山田源一郎가 펴낸『大捷軍歌』[8]의 緖言의,

> 청일전쟁이 일어나 선전의 조칙을 발호함에 따라..... (중략) 특히 우리들 교육자에 있어서는 용감무쌍한 국민의 상속자다운 제2국민을 양성할 책임이 있기 때문에, 이 소국민이 분발하여 의용봉공의 장한 뜻을 일으키게 유도하고 적개심을 환기시킬 방법을 강구하지 않으면 안되므로 (중략) 오로지 군국의 교육자로서의 본분을 다하려는 의욕으로, 본『大捷軍歌』를 펴내게 되었다. 1894년 10월[9]

는 글에서 알 수 있듯이, 軍歌는 '국가의 목적에 부합하는 國民만들기' 수단의 하나로 학교교육에 투영되었던 것이다. 그것이 〈러일전쟁〉으로 이어지기까지 실로 軍歌敎育은 실제상황과 더불어 아동에게 國體와 國民意識을 심어주고, 이를 장차 전투력으로 활용하기에 가장 신속하고 유효한 수단이 되었다.

이러한 양상이 〈중일전쟁〉을 전후한 시기에는 식민지 초등교육에 노

---

8 『大捷軍歌』는 당시 東京音樂學校 敎授(후에 私立女子音樂學校 校長, 日本音樂學校 校長을 역임)였던 山田源一郎(1870~1927)가 1894(M27)년 11월 제1편을 펴낸 이후 1897(M30)년 1월의 제7편까지 약 40여곡의 軍歌를 수록하여 학생들에게 교육한 일본 최초의 軍歌集이다.(堀內敬三・井上武士 編(1999)『日本唱歌集』岩波書店, pp.250-251)

9 日淸戰爭起ルヤ宣戰ノ詔勅發セラレ次デ.... 〈略〉殊ニ我輩敎育者ニ在ツテハ勇武ナル國民ノ相續者タル第二國民ヲ敎養スル責任アルカ故ニ此小國民ヲシテ奮ヒ義勇奉公ノ壯志ヲ誘興シ敵愾ノ心ヲ喚起セシムル方法ヲ講セザル可カラズ因テ〈略〉聊カ軍國ニ於ケル敎育者タル本分ノ一端ヲ盡サント欲ス卽チ玆ニ本編ヲ草スル所以ナリ.... 明治二十七年十月 (山田源一郎(1894),『大捷軍歌』第一編, 序言 ; 海後宗臣 編(1978)『日本敎科書大系』第25卷 講談社, p.191)

골적으로 드러나게 된다. 1936년 8월 육군대장 출신 미나미 지로南次郞
가 제7대 조선총독으로 부임하면서 앞으로의 전쟁에 투입될 인적자원,
즉 병력과 노동력을 식민지 조선에서 해결하고자 하였기 때문이다. 이
를 위한 법적장치로 〈제3차 교육령〉이 공포됨에 따라 조선아동은 미래
의 '國民'이 되기 위한 '小國民'으로서의 교육을 강제받게 되었다. 구체
적인 사항은 이 시기 교육된 초등교육용 軍歌에 그대로 드러나 있다.

〈표 4〉 小國民의 '國民'化를 위한 軍歌

구 분	단원명	출 처	내 용
국가위상 정립	軍旗	(e)-3-16, (g)-3-16	일본 군기를 찬양
	アジヤの光	(e)-5-25	대동아의 완성과 아시아의 빛 일본을 찬양
	肇國の歌	(g)-6-9	신국 일본의 대동아의 완성과 천황의 은혜를 찬양
軍人에의 동경심 유도	ヘイタイサン	(e)-1-6, (f)-2-17	씩씩하게 행군하는 멋진 군인아저씨에 대한 마음을 노래함
	ヒカウキ	(e)-1-18, (f)-1-20	바로 머리 위에 가깝게 나타났다 사라지곤 하는 비행기에 대한 동경심
	てつかぶと	(e)-2-9, (f)-2-6	철모에 붙어있는 계급장을 보면서 군인을 동경함
	すいへいさん	(e)-2-16	나라를 지키는 씩씩한 해군아저씨를 동경
	おもちゃの戦車	(f)-2-15	장난감 전차를 타고 전차병 흉내를 냄
	軍カン	(f)-2-5	섬나라 일본에서의 군함의 역할을 노래함
	潜水艦	(g)-3-14	바닷속 잠수함의 역할과 일본해군의 강한 전투력
	軍犬利根	(g)-3-8	전투에 투입되어 활약하는 군견 도네의 활약과 충성심
	白衣の勤め	(g)-5-20	전쟁터에서의 간호병의 활약과 휴머니즘
	我は海の子	(e)-5-7, (g)-6-7	장차 해군병사를 꿈꾸는 용감무쌍한 어린이의 노래
	入營	(g)-4-14	입대하는 형을 보면서 대장부의 꿈을 키움
	少年戦車兵	(g)-4-19	적진을 향하여 포탄을 쏘아대는 다부진 소년전차병 묘사
	戦友	(g)-5-8	국가를 위하여 생사를 함께하자는 전우의 맹세
	落下傘部隊	(g)-6-11	공군 낙하산부대의 멋진 낙하장면을 노래함.

구 분	단 원 명	출 처	내 용
後方國民	こども愛国班	(g)-3-7	후방어린이의 근로보국
	ゐもん袋	(g)-3-19	위문대에 넣은 물품과 후방국민의 다짐
희생다짐	海ゆかば	(d)-8	국가(천황)를 위하여 죽음도 불사하리라는 내용. 희생 강요
	忠靈塔	(g)-5-4	국가를 위해 전사한 영령을 모신 충령탑 앞에서의 맹세

이 시기 교육된 초등교육용 軍歌를 보면, 저학년 교과내용은 병사에 대한 동경심이 압도적이며, 고학년의 경우 실전에 대비한 군사교육으로서의 軍歌였다. 그러니까 軍歌교육을 통하여 전시체제의 일상화와 유사시를 대비한 실전 연습을 겸하는 이중효과를 얻고자하였던 것이다.

내면의 국가관이 일본아동과는 다른 식민지 조선아동을 國民化(일본인화)하기 위해서 무엇보다 선행되어야 할 것은 세계로 뻗어가는 國家의 위상과 황실, 國歌, 國旗에 대한 인식을 심어주는 國家觀의 정립이었다. 국가의 위상과 국가관의 정립은 「軍旗」, 「アジヤの光」, 「肇國の歌」의 가사에 함축되어 있다.

중일전쟁 4주년과 〈태평양전쟁〉의 발발 조짐이 보일 무렵 일제는 결전태세를 더욱 공고히 하게 된다. 이러한 여파는 음악교육에 있어서 보다 진보한 國民音樂 보급의 주력으로 나타난다. 이는 "帝國이 염원하는 대동아공영권 확립을 위하여 정신생활에 있어 士氣를 고무시키는 진군나팔進軍喇叭음악"[10]을 말하며, 식민지 초등음악교육 목적을 '國民音樂 창조'에 두었던 〈제4차 교육령〉시기의 교육목표와 일치한다. 전시체제하에서 國民音樂을 충족시켜주는 음악은 단연 軍歌로, 이 시

---

10   김재훈(1941) 「총후의 건전한 음악」,《매일신보》 1941.7.2, 4면

기의 초등음악교과서에 수록된 軍歌는 실전에 대비한 훈련 성격의 군
가가 대세이며, 저학년의 경우 병사에 대한 동경심이 압도적이다.

    2. 총알을 맞아도 / 꿈쩍도 않는 철모 / 써보고 싶어라 철모

                                    〈(下)-「テツカブと」, p.103〉

    1. 장난감 전차戰車 전진하라 전진해

       나무로 쌓아 만든 참호 거침없이 넘어서

       우르릉 쿠르릉 전진하라 전진해   〈(下)-「おもちゃの戰車」, p.121〉

  실상 이러한 노래는 평상시라면 아이들이 놀이를 하면서 쉽게 부를
수 있는 동요에 불과하다. 총알을 맞아도 끄떡없는 계급장 달린 철모
를 자신의 머리에 써보고 싶어 하는 동심은 미래에 용감한 군인이 되
어 있을 자기모습을 상상하면서 직접 전차병이 되어보기도 할 것이다.
그러나 급박한 전시체제하에서 계획된 식민지 초등교육 목적에 의하
여 교육된 아동용 軍歌라는 점에서 문제성이 있다. 軍歌를 부르면서
하는 전쟁놀이는 유사시를 대비한 실제 전쟁연습의 성격을 띠고 있으
므로, 자연스레 전쟁을 체득하는 효과와 전시체제를 일상화 하는 효과
를 얻을 수 있을 것이다. 이는 처음에 단순히 놀이遊び로 배웠던 唱歌가
수없이 반복 가창하는 과정에서 의식화되어 軍歌로 변화해 가는 것과
같은 맥락이라 하겠다.

  후방 어린이의 마음가짐과 실천사항은 「위문대ゐもん袋」와 「어린이
애국반こども愛国班」에 잘 나타나 있다. 특히 여자어린이를 대상으로 한
「간호사의 본분白衣の勧め」은 전쟁참가형 여성을 유도하였다는데서 주
목된다. 전술한바 전쟁 중인 국가에서 國民의 자격은 국가를 위한 전

쟁에서 싸우다 죽을 수 있는 사람이라야 했다. 이는 비록 여성일지라도 전쟁참가형 여성이라야 國民의 자격이 주어진다는 말이 된다. 그런 의미의 軍歌가 바로 「간호사의 본분白衣の勧め」이다. 1절만 인용해 보겠다.

  1. 백의의 본분, 소녀이지만 / 전장터에 용감하게 나아가
    용사를 지키리 / 황국을 위해   〈(下)-「白衣の勧め」, p.353〉

전쟁이 장기화 되면서 병력부족을 절감한 일제는, 조선아동을 '小國民'이나 '第二世國民'이라는 미래지향적인 의미에서보다는 실제 사용할 수 있는 병력으로서의 교육을 꾀하였다. 그것이 〈제4차 교육령〉, 즉 〈國民學校令〉의 교육목적이었다. 이에 따라 4학년 이후의 교과서에 수록된 軍歌는 점차 아동 수준을 넘어서서 거의 실전에 참여하는 수준의 軍歌를 선보이고 있다. 입대하는 형을 전송하면서 뒤따라 입대할 것을 다짐하는 「입대入營」나 적진을 향하여 포탄을 쏘아대는 다부진 소년전차병을 노래한 「소년전차병少年戰車兵」도 그렇지만, 5학년 과정에 수록된 「전우戰友」는 이미 國民으로 호명되어 병사로서 전의를 불태우는 내용으로 서사되어있다.

  1. 잡초 무성한 시체, 천황의 / 방패로 출정하여서
    거세게 빗발치는 총탄 / 뚫고 나아가는 너와 나
  2. 죽는다면 한날 한시에 / 함께 하지 못하고 먼저 죽는다면
    유골을 들고 돌격하겠다고 / 맹세를 주고받은 너와 나
  3. 천황의 위광 두루 미친 대동아 / 일장기 깃발이 가는 곳
    원수 같은 적이 있는 한 / 무찌르고 말리라 너와 나

                                      〈(下)-「戰友」, p.325〉

이러한 각오와 마음가짐은 전사한 무명용사의 영령을 추모하는 장치인 '충령탑'에서 앞서간 선열들을 뒤따라 전사하리라는 맹세로 나타난다.

> 1. 용사들은 목숨을 바쳤네 / 용사들은 전쟁에 승리했네
>   그 영혼 미소 지며 여기에 있네 / 지금 우러르는 충령탑 드높아라
> 2. 용사들의 뒤를 이을 우리들이라네 / 용사들의 숭고한 공로를 기리며
>   분기하여 전투에 임하리라 / 지금 맹세하노라 충령탑 앞에서
>
> 〈(下)-「忠靈塔」, p.317〉

식민지 아동에게는 상관의 명령을 수행할 수 있을 정도의 기초지식과 일본을 위해 기꺼이 죽을 수 있는 군인정신만 있으면 족하다는 생각을 가지고 있었던 일제가 정작 목적하였던 교육은 이러한 軍歌를 감각적 차원에서 내면화시키는 것이었다. 「충령탑」은 바로 이러한 목적의식을 적확히 드러낸 軍歌라 할 수 있겠다.

日本軍歌가 식민지 공교육제도 안에서도 가장 기초적인 초등교육과정에 투입되었던 목적은 정작 '小國民의 國民化(조선아동의 일본인화)'에 있었다고 해도 과언이 아닐 것이다. 「唱歌」 또는 「音樂」과목에 편입되어 식민지기 내내 교육되었던 日本軍歌는 "일본적인 색채"에 "인간의 심성을 찌르는"듯한 "과격함과 적개심"이 더하여 조선아동을 감각적 차원에서 내면화시키기에 부족함이 없었다. 당시 초등학교에서의 軍歌교육의 궁극적 목적은 바로 이러한 점에서 찾을 수 있다 할 것이다.

6. 日本軍歌의 지속성

군국 일본에 있어서 軍歌교육은 실로 일본아동에게는 제국 일본의
위상과 자긍심을 심어주는 한편 小國民 육성의 한 방편으로 이용되었
으며, 이러한 日本軍歌가 강점 이후 '점진적인 同化'와 '국가유용성의
國民만들기'라는 교육목적에 의하여 식민지 조선아동에게 강제되었
다. 특히 중일전쟁 직후 〈3차 교육령〉에 의하여 개편된 「唱歌」교과서
에 수록된 軍歌는 국가의 기대에 부응하는 國民像을 심어주는데, 혹은
進軍의 열정을 유도해 내는데, 마침내 전쟁참여형 國民만들기에 매우
유효하였다. 이는 그 시절 교육받았던 세대의 '왜곡된 국가관에 의한
언행'이나, '회한' 또는 '고백' 등에서도 충분히 유추 가능한 부분일 것
이다.

와카의 7·5조 12음절이 한 행을 이루고, 다시 네 행이 한 연을 이루
는 엄격한 음수율의 형식의 가사, 그 가사와 완벽하게 조우하는 두 도
막 형식의 악절, 게다가 국민의 감정을 하나로 통일하는 데 필요한 절
호의 선율과 리듬이 어우러져 가장 기억하기 쉽고 간단히 즐길 수 있
는 악곡이라는 점에서 軍歌는 그 효용성을 더하였다. 여기에 천황제
이데올로기와 때로는 불타는 적개심이나 파괴력을 묘사하는 가사내
용이 합세하여 극단적인 思考, 즉 일본천황을 위하여 戰死할 각오까지
유도해 내었을 것이다.

日本軍歌가 일본국민들에게 오늘날까지도 "평화의 초석을 구축하
였던 순국영령에 대한 진혼가"로서의 자의적 의미가 부여되고 있는
것은, 어찌 보면 한 때 아시아를 제패하고 세계를 상대로 싸웠던 사실
에 대한 무조건적 공명이거나, 개개인의 유소년기 자체였던 그 시절
에 대한 향수가 아닐까 생각된다. 그러나 이같은 日本軍歌의 영향력

이 일본은 물론, 일본의 지배를 받았던 아시아 각국의 사람들에까지
트라우마로 지속되고 있음은 日本軍歌의 끈질긴 생명력과 일제에 의
해 주도면밀하게 시행된 음악교육의 잔상을 보여주는 증거라 할 수
있겠다.

Ⅱ. 戰意鼓吹를 위한 식민지말기 音樂敎育*

사희영 · 김순전

1. 1940년대 〈音樂〉 교과서

어렸을 때 부르고 익혔던 노래는 오래도록 사람들의 뇌리에 남아 있는 듯하다. 일본 노인들이 초등학교 시절을 회상할 때면 어김없이 '수사영의 회견水師營の会見'[1]이라는 노래를 부르며 감격에 겨워 당시의 감흥을 젊은 세대에게 이야기한다고 한다. 또한 古 박정희 대통령이 청와대에서 '히로세 중령廣瀨中佐'[2]이라는 창가를 비롯해 일본 군가를 애창했

---

* 이 글은 2013년 3월 한국일본어문학회 「日本語文學」(ISSN : 1226-0576) 제56집,
   pp.165-185에 실렸던 논문 「戰意鼓吹를 위한 식민지말기 音樂敎育」을 수정 보완
   한 것임.
1 일본군이 여순을 점령한 후 이뤄진 러시아군 스텟셀 사령관과 일본군 노기 대장
   과의 회견장 풍경을 서사한 〈國語〉교과서 조선총독부(KⅤ-5-2-12)와 문부성
   편찬(JⅤ-5-2-12)의 「수사영(水師營)」 단원을 노래로 만든 창가.
2 러일전쟁 당시 여순 항구를 기습하던 중 위험에 빠진 부하를 구하려고 돌격했다

다는 이야기나, 식민지 시대를 살았던 노인들이 당시 불렀던 창가들을 아직도 기억하는 모습은 음률을 통해 반복해서 듣고 불러진 노래들이 뇌리에 오래도록 기억되고 각인된다는 것을 의미한다고 할 수 있을 것이다.

기독교를 매개로 시작된 한국의 근대 서양음악 교육은 조선총독부에 의해 타의적으로 이루어졌다고 할 수 있다. 조선총독부의 교육편제안에 서양음악을 唱歌(1940년 이후는 音樂)라는 명칭과 함께 교과목으로 교육 제도권 안에 정착시키고 이용했기 때문이다.

〈조선교육령〉[3]에 맞추어 학교교육이 바뀌어감에 따라, 음악 교육도 교과서를 달리하며 시행되었다. 학교에서 학생들을 교육하기 위한 교과서는 교육목적에 맞추어 학습내용과 그 과정이 담겨져 있기 때문에, 당대 음악교육의 목적을 보다 명확히 파악하기 위해 〈音樂〉 교과서의 분석은 매우 필요한 것이라 할 수 있다.

이시기의 음악교육 연구를 살펴보면, 노동은의 『한국근대음악사』[4]를 들 수 있다. 노동은의 연구는 명확한 자료 제시와 함께 조선총독부 시기의 서양음악 수용과 통감부 시대의 음악교육을 체계적으로 정립한 것이라 할 수 있다. 그 외의 연구로는 음악교육과 관련한 김혜정의 「일제하 음악교육정책 연구-관·공립학교를 중심으로」[5]와 천영주의 연구[6]가 있다. 그러나 이 연구들은 음률에 중점을 둔 연구로, 가사에

가 죽은 히로세중령(廣瀬中佐)을 기리는 창가로, 조선총독부와 문부성 편찬 「國語」에(「히로세중령(廣瀬中佐)」〈KV-4-2-18〉, 〈JV-4-2-17〉) 시로 실려 있다.

3 1911년~1922년까지의 1차 조선교육령, 1922년~1938년까지의 2차 교육령, 1938년~1941년까지의 3차 교육령, 1941년~1945년까지의 4차교육령이 있다.
4 노동은(1995)『한국근대음악사』, 한길사
5 김혜정(1997) 「일제하 음악교육정책 연구관·공립학교를 중심으로」, 목원대학교 석사학위논문
6 천영주(1996) 「일제 강점하 음악교과서 연구」, 한국교원대학교 석사논문

대한 분석이 충분히 이루어지지 않아 가사내용과 관련한 교육목적 분석으로는 미흡하다고 여겨진다.

따라서 본고에서는 조선총독부 편찬 〈音樂〉 교과서 중 특히 전시하 체제에 해당되는 1940년대 발간된 〈音樂〉[7] 교과서의 가사를 중점적으로 분석하여 봄으로써 일제 강점기하에 시행되었던 음악교육의 목적을 파악해 보고자 한다.

2. 1940년대 朝鮮總督府 편찬 〈音樂〉 교과서 구성

조선총독부 편찬 제Ⅴ기 〈音樂〉 교과서는 문부성의 제Ⅲ기 〈音樂〉 교과서의 출판년도보다 1년씩이 늦은, 1942년에 『ウタノホン』(上)·(下), 1943년에 『初等音楽』三年·四年, 1944년에 『初等音楽』五年·六年이 각각 출판되었다. 조선총독부 편찬 〈音樂〉 교과서는 문부성 〈音樂〉 교과서를 참고하여 만든 것으로 상당한 단원이 동일하며 전체 가사가 일본어로 표기되어 있다.[8]

다음은 조선총독부 편찬 제Ⅴ기 〈音樂〉 교과서 목차이다.

7　김순전외 6인(2013) 『초등학교 〈唱歌〉 교과서 대조번역』 제이앤씨 중 조선총독부 편찬 제Ⅴ기 「音楽」(1942년~1944년) 교과서를 텍스트로 하겠다.
8　조선총독부 편찬 제Ⅴ기와 문부성 편찬 제Ⅲ기 〈音樂〉 교과서를 비교해보면, 『ウタノホン』(上)은 공통단원이 14단원, 『ウタノホン』(下)은 13단원, 『初等音楽』三年은 17단원, 『初等音楽』四年은 18단원, 『初等音楽』五年은 18단원, 『初等音楽』六年은 18단원 등 총 98단원이 동일 단원이다.

〈표 1〉 조선총독부 편찬 제Ⅴ기 〈音樂〉 교과서 목차(1942-1944)

	ウタノホン(上)一年 (1942)	ウタノホン(下)二年 (1942)	初等音楽 三年 (1943)	初等音楽 四年 (1943)	初等音楽 五年 (1944)	初等音楽 六年 (1944)
의식창가	君が代	君が代	君が代	君が代	君が代	君が代
		紀元節	勅語奉答	勅語奉答	勅語奉答	勅語奉答
			天長節	天長節	天長節	天長節
			明治節	明治節	明治節	明治節
			一月一日	一月一日	一月一日	一月一日
			紀元節	紀元節	紀元節	紀元節
					昭憲皇太后御歌 金剛石・水は器	明治天皇御製
1	ガクカウ	春ガ來タ	春の小川	春の海	朝禮の歌	敷島の
2	ヒノマル	ワタシハ二年生	ポプラ	作業の歌	大八洲	おぼろ月夜
3	カクレンボ	正月ノセック	天の岩屋	若菜	鯉のぼり	姉
4	ハト ポッポ	木ウエ	山の歌	機械	忠靈塔	日本海海戰
5	キシャゴッコ	軍カン	田植	千早城	赤道越えて	晴れ間
6	カヘル	テツカブト	なはとび	野口英世	麥刈	四季の雨
7	ウミ	タナバタサマ	こども愛国班	水泳の歌	海	われは海の子
8	タネマキ	花火	軍犬利根	山田長政	戦友	満洲のひろ野
9	ユフヤケコヤケ	オニゴッコ	秋	秋の空	揚子江	肇國の歌
10	モモタラウ	朝ノ歌	稲刈	船は帆船よ	大東亜	體錬の歌
11	ヘイタイゴッコ	エンソク	村祭	靖國神社	牧場の朝	落下傘部隊
12	オ月サマ	ウサギ	野菊	村の鍛治屋	聖徳太子	御民われ
13	ヒヨコ	富士ノ山	田道間守	ひよどり越	橘中佐	金剛石
14	オウマ	菊ノ花	潜水艦	入営	紅葉	渡り鳥
15	子牛	おもちゃの戦車	餅つき	グライダー	捕鯨船	船出
16	オカアサン	羽根つき	軍旗	きたへる足	空の勇士	今日よりは
17	オ正月	兵たいさん	手まり歌	かぞへ歌	母の歌	少年産業戦士
18	ユキ	たこあげ	氷すべり	廣瀬中佐	冬景色	水師営の會見
19	スズメ	ひな祭	ゐもん袋	少年戦車兵	小楠公	早春
20	ヒカウキ	羽衣	梅の花	九勇士	白衣の勤め	日本刀
21			さくらさくら	子守歌	桃山	太平洋
22			三勇士	北のまもり	山本元師	アジヤの光

위 표와 같이 조선총독부 편찬 제Ⅴ기 〈音樂〉 교과서는 의식창가를
제외하고 전체 128단원으로 구성되어져있다. 제Ⅳ기 〈音樂〉 교과서
의 경우 『의식창가みくにのうた』가 별도로 제작되어졌던 반면 제Ⅴ기에
서는 각 학년의 맨 앞에 단원번호 없이 배치되었고, 고학년으로 갈수
록 의식창가가 증가되어있다. 그러나 교사용 지침서를 살펴보면 실제
로는 1학년부터 의식창가 전체를 교수하였음이 확인된다.

제Ⅴ기 〈音樂〉은 당시의 전시체제 상황을 배경으로 한 때문인지 앞
의 다른 기수에 비해 군국주의 색채가 눈에 두드러진 것을 볼 수 있다.
이전 기수에서 볼 수 없었던 의식창가가 한곡에서 일곱 곡에 이르기까
지 각 학년에 포함되어 있으며, 전쟁과 관련한 단원들이 전 기수에 비
해 월등히 많이 포함되어 있기 때문이다. 이러한 내용을 단원을 통해
구체적으로 살펴보기로 하자.

3. 戰意鼓吹를 위한 〈音樂〉 교과서

3.1 전쟁영웅을 통한 병사의식 고취

식민지 말기의 교과서를 살펴보면 교육받는 아동들에게 친숙함을
더하고 실질적 모델을 제시하기 위해 다양한 인물들을 교과서에 담고
있는 것을 볼 수 있다. 『初等國語』에는 1학년부터 6학년까지 전체 228
단원 중 30단원이 인물을 포함하는 단원으로 구성되어[9] 13%정도를 차

---

9 「白兎」,「天の岩屋」,「八岐のをろち」,「少彦名神」,「つりばりの行くへ」,「ににぎのみこ
と」,「神の劍」,「田道間守」,「聖德太子」,「養老」,「菅原道真」,「日本武尊」,「光明皇
后」,「笛の名人」,「濱田彌兵衞」,「千早城」,「錦の御旗」,「ひよどり越」,「扇の的」,「弓
流し」,「弟橘媛」,「武士のおもかげ」,「ひとさしの舞」,「源氏と平家」,「御旗の影」,「永
久王」,「古事記」,「孔子と顔回」,「萬葉集」,「菊水の流れ」 등 총 30단원이 실려 있다.

지하고 있는데, 〈音樂〉에는 전체 128단원 중 33단원(군인 11명 33%)이
인물을 포함하는 구성으로 25%이상이나 차지하고 있음을 알 수 있다.

　같은 시기에 사용된 국어 교과서 『初等國語』와 〈音樂〉 교과서를 비
교해보면, 조선총독부는 〈音樂〉에 인물이 차지하는 단원을 더 많이 배
치하여 전쟁영웅을 신격화하는데 주력하였음을 알 수 있다. 어린 아동
들은 교과서에 등장하는 인물들을 통해 자신과 동일시하며 도덕적인
면이나 행동적인 면에서 동경하며 이상형으로 지향하게 된다. 교과서
에 등장하는 신격화된 전쟁영웅의 유형과 행동양상을 통해 아동들은
인지차원을 뛰어넘어 미래 자신이 추구해야 할 모범인물로서 그 행동
양상을 모방하고 답습하고자 하였을 것이다. 〈音樂〉에서 인물과 관련
한 단원을 추출한 것이 〈표 2〉이다.

〈표 2〉 제Ⅴ기 〈音樂〉 교과서에 등장하는 인물

학년	단　원	비고
ウタノホン(上)	10과 モモタラウ, 16과 オカアサン	2
ウタノホン(下)	2과 ワタシハ 二年生, 7과 タナバタサマ, 17과 兵たいさん	3
初等音楽 三年	3과 天の岩屋, 7과 こども愛国班, 13과 田道間守, 22과 三勇士	4
初等音楽 四年	5과 千早城, 6과 野口英世, 8과 山田長政, 12과 村の鍛冶屋, 13과 ひよどり越, 18과 廣瀬中佐, 19과 少年戰車兵, 20과 九勇士	8
初等音楽 五年	4과 忠靈塔, 12과 聖徳太子, 13과 橘中佐, 16과 空の勇士, 17과 母の歌, 19과 小楠公, 20과 白衣の勤め, 22과 山本元帥	8
初等音楽 六年	3과 姉, 7과 われは海の子, 10과 體錬の歌, 11과 落下傘部隊, 12과 御民われ, 15과 船出, 17과 少年産業戰士, 18과 水師營の會見	8

　각 단원의 중심이 되는 인물의 유형을 살펴보면, 실존인물과 역사적
인물 그리고 가상인물로 나뉜다. 실존인물 23명으로 군인(11), 아동

(7), 가족(3), 대장장이(1), 간호병(1)이 등장하고 있으며, 이외에도 역사적 인물(6) 및 가상인물(4)이 등장하고 있다.

등장인물에서 가장 많은 비중을 차지한 군인의 모습을 살펴보면, 러일전쟁 당시 여순 항구를 기습하던 중 위험에 빠진 부하를 구하려고 전진했다가 죽은 히로세廣瀬 중령, 러일전쟁 때의 군신으로 용감히 목숨을 바쳐 싸운 다치바나橘 중령, 태평양전쟁 때의 군신으로 진주만 공격에 성공한 후 기지 순시를 위해 비행기에 탑승했다가 격추되어 죽은 야마모토山本 원수를 노래하고 있다. 이처럼 군신으로 추앙되는 인물들을 주인공으로 설정하고 전쟁에 임하는 군인의 바람직한 마음가짐을 제시함은 물론 전쟁터에서 전사해야 참된 영웅임을 강조하고 있다. 특히 여순 요새를 공략했던 노기 마레스케乃木希典 장군의 「수사영 회견水師營の會見」을 통해 무사도 정신을 지닌 바람직한 황군을 형상화하고 있다.

> 3. 노기대장은 엄숙하게 / 은혜 깊은 천황의
>   큰 뜻 담은 조서를 전하니 / 스테셀은 황송해서 감사하더라
> 5. 자세를 가다듬고 말을 꺼내네 / "이번 전투에서
>   두 아들을 잃어버리신 / 각하의 마음이 어떠하시냐고"
> 6. "나의 두 아들이 제각각 / 값진 죽음이어서 기쁘다
>   이것이 바로 무가의 명예"라는 / 대장의 대답 힘이 넘치네

〈(下)-「水師營の會見」, p.423〉

이 단원에서는 두 아들의 전사를 슬퍼하기보다 오히려 무가의 명예로서 기뻐하는 모습을 통해 전쟁터에서의 죽음을 명예로운 죽음이자 영광의 죽음으로 그려내고 있다. 노기 마레스케는 전쟁에서 공을 세움은 물론, 메이지 천황이 죽자 천황의 장례일에 할복으로 순사하는 등

무사도정신을 행동으로 실천한 군인의 전형으로서 군신軍神으로 자리
매김 된 것이다. 노기 마레스케를 그린 「수사영의 회견」은 9절에 이르
는 긴 가사로 되어있다. 게다가 1분 동안에 사분음표를 112번 연주하
는 속도로 되어있어 곡의 분위기가 활기차고 경쾌하여 어린 아동들로
하여금 쉽게 따라 부를 수 있도록 되어있다. 특히 이 단원은 『初等國語』
와 연계하여 이야기 내용을 아동의 머릿속에 정리하여 즐겁게 부를 수
있도록 지도하라[10]고 되어 있어, 『初等國語』에 서술된 문장을 통해 이
미 전달된 내용을 리드미컬한 곡과 압축된 가사를 통해 반복 주입함으
로써 뇌리에 강한 인상을 남기도록 의도하고 있는 곡이다.

그런가하면 교육받는 아동 연령대의 아이들도 등장한다. 『初等音樂』
第六學年 17과 「소년산업전사少年産業戰士」의 경우를 살펴보면 어린 아동
들이 산업역군으로 일하는 모습을 노래하고 있다.

1. 아침에 비쳐오는 새벽녘 별빛 / 저녁에 밟고 오는 들길의 달빛
    생산 증산 우리들의 소임으로 / 괭이들고 낫을 가는 소년전사
3. 이 솜씨 이 기술 황국에 바쳐서 / 더욱 더 일으키세 동아의 산업
    생산 증산 우리들의 소임으로 / 웃으며 일하는 소년 전사

〈(下)-「少年産業戰士」, p.421〉

전시하 후방에서 소년들이, 전장에서 필요한 군수품을 만들기 위해
밤새워 일하는 산업역군의 모습을 형상화하는 것을 통해 일상생활의
전시화戰時化는 물론 어린아동을 무기생산의 일꾼으로 이용하며 전쟁
영웅들과 마찬가지로 후방의 훌륭한 전사들임을 암시하고 있다.

10 오지선(2003) 『한국근대음악교육』 예솔출판사, p.266

또한 『初等音樂』第三學年 7과 「어린이 애국반こども愛国班」에서는 어린 아동들이 애국반에 소속되어 궁성요배를 하는 모습과 대조봉대일大詔奉戴日을 맞아 손수레에 철 고물을 가득담은 삽화와 함께 생동감 있게 표현하고 있기도 하다. 저학년 아동의 눈높이에 맞추어 국가에서 필요로 하는 어린 아동들의 역할을 암시하고 있다고 하겠다. 이외에도 병사들을 간호하는 간호병을 등장시켜 여자아동에게는 간호병의 꿈을 심어주고 있다. 또 다른 등장인물로 겐무 신정을 도모한 구스노키 마사시게楠木正成와 같은 역대 무사들을 등장시켜 천황에게 충성하는 모범인물로 제시하고 있다. 이외에도 일본의 세균학자인 노구치 히데요野口英世, 태국의 지도자가 된 야마다 나가마사山田長政를 그려 일본제국주의 확장을 주도하는 인물로 설정하고 있기도 하다. 그런가하면 신라 왕손으로 일본 천황의 명을 받들어 충성을 다했으나 생전에 그 임무를 완성하지 못하자 슬퍼하며 천황의 묘 앞에서 죽었다는 다지마모리田道間守를 등장시켜 천황에 대한 절대적 충성심을 묘사하고 있다.

살펴본바와 같이 군신으로 추앙된 인물들이 〈國語〉나 〈修身〉 교과서뿐만 아니라 〈音樂〉에도 등장하고 있는데, 이는 전시체제에 필요한 '전쟁영웅'과 다방면에 걸친 '모범적 인물像'을 만들어 교과서에 탑재함으로써 어린 아동들의 국민교화에 적용하기 위함이었다. 아동에게 미치는 정신적 영향에 대해 일본 군국주의 연구가 와카쓰키 야스오若槻泰雄는 다음과 같이 적고 있기도 하다.

매일같이 '황공스러운 만방무비萬邦無比의 우리국체', '팔굉일우의 조국 정신', '건국 이래의 찬란히 빛나는 불패의 전통', '황공한 현인신'이라는 것이 수없이 반복되어 주입되었고 (중략) 일찍이 그것을 비판한 일이 없고 비판이나 의문의 말조차 들은 적이 없으며 (중략) '이길 수 없다', '질지

도 모른다'는 말을 입 밖에 낸다는 것은 황공스럽게도 천황폐하의 존엄
을 모독하는 용서받지 못할 행위가 되는 것으로 아무도 말할 수 없었다.[11]

열악한 군세에도 불구하고 일본이 무모한 전쟁을 도발하고 계속할
수 있었던 것은 강요된 정신력 때문이며, 소위 이런 일본정신大和魂은
아동기부터 세뇌되었기 때문이었을 것이다. 즉, 다양한 분야에 걸쳐
제시된 여러 모범인물은 아동들의 模範人物像으로 형상화되어 뇌리에
세뇌되고 각인되었으며, 특히 전쟁 참전 군인들을 영웅화하여 아이들
에게 황군 병사의식을 심어주고 있었던 것이다.

3.2 자연물에 담은 전쟁의 표상

독일의 나치스나 소련의 레닌 혹은 이탈리아의 무솔리니 등이 음악
을 정치에 이용한 것처럼, 일제 또한 식민지 음악교육을 국가정책에
맞추어 시행함으로써 국가정책의 보조수단으로 이용하였다. 〈音樂〉에
나타난 가사를 보면 군사정책을 국민에게 선전하고 지지를 얻어내기
위해 친숙한 자연물까지 이용한 것을 확인할 수 있다.

〈音樂〉에 나타난 이러한 단원들을 모아보면 〈표 3〉과 같다.

〈표 3〉 '菊'·'櫻'·'空'·'海' 단원 목록

학년	단 원	비고
ウタノホン (上)	7과 ウミ, 9과 ユフヤケ コヤケ, 10과 モモタラウ, 20과 ヒカウキ	4
ウタノホン (下)	2과 ワタシハ 二年生, 4과 木ウエ, 5과 軍カン, 7과 タナバタサマ, 8과 花火, 11과 エンソク, 14과 菊ノ 花, 16과 羽根つき, 20과 羽衣	9
初等音樂 三年	2과 ポプラ, 10과 稲(いね)刈(かり), 12과 野菊, 13과 田道間守(たぢまもり), 14과 潜水(せんすゐ)艦, 18과 氷すべり, 21과 さくら さくら	6

11 若槻泰雄 著・김광식 譯(1996) 『일본 군국주의를 벗긴다』 화산문화, pp.53-54

학년	단 원	비고
初等音楽 四年	1과 春の海, 5과 千早城, 7과 水泳の歌, 9과 秋の空, 10과 船は帆船よ, 11과 靖国(やすくに)神社 15과 グライダー, 16과 きたへる足, 20과 九勇士	9
初等音楽 五年	3과 鯉のぼり, 5과 赤道越えて, 7과 海, 10과 大東亜, 11과 牧場(まきば)の朝, 16과 空の勇士, 21과 桃山, 22과 山本元師	8
初等音楽 六年	1과 敷島の, 2과 おぼろ月夜, 3과 姉, 4과 日本海 海戦, 7과 われは海の子, 8과 満州のひろ野, 9과 肇国(はつくに)の歌, 10과 躰鏈(たいれん)の歌, 11과 落下傘(らくかさん)部隊, 13과 金剛(こんがう)山, 15과 船出, 20과 日本刀, 21과 太平洋, 22과 アジヤの光	14

다양한 장르의 문학작품에 등장하며 일본대중의 많은 사랑을 받아온 '벚꽃'이 천황과 국가를 위해 희생한 젊은 병사를 상징하는 것으로 그 미적가치가 이용되었다.[12] 특히 일제히 피었다가 순식간에 지는 벚꽃의 모습을, 전사한 젊은 병사들의 짧은 생명력에 비유 미화하여, 전투에 참전하여 목숨 바쳐 충성할 것을 암시하고 있다.

'벚꽃'과 관련해 많이 회자되는 야스쿠니 신사는 '유신전란'으로 전사한 지사들을 위령慰靈하기 위한 곳이었다.[13] 그러나 일제는 1930년대에 들어와 천황에게 충성을 다한 병사의 위패를 안치하는 장소로 변모시켰고, 그와 더불어 천황을 위해 죽은 병사들을 흩날리는 '벚꽃'으로 상징화 시켜갔다.

〈音樂〉에 나타난 '벚꽃'의 이미지를 인용해 보면 다음과 같다.

1. 아— 고귀하여라. 천황께 / 목숨을 바치고 황국을 위해
   세운 공적은 영원토록 / 빛나리라 야스쿠니의 신

---

12 오오누키 에미코 著·이향철 譯(2007)『죽으면 죽으리라』우물이 있는 집, p.65
13 오오누키 에미코 著·이향철 譯(2004)『사쿠라가 지다 젊음도 지다』모멘토, pp.203-204

2. 아— 황공하여라. 벗나무 / 꽃으로 산화하여도 충의의
   용맹스런 영혼은 영원토록 / 나라를 지키는 야스쿠니의 신

〈(下)-「靖国神社」, p.257〉

위의 곡은 천황과 나라를 위해 목숨을 바친 병사들을 노래하고 있는 곡이다. 그 내용을 살펴보면 죽은 혼령들을 "충성과 의리"에 가득 찬 "야스쿠니의 신"으로 신격화 시키고 있음을 알 수 있다.

이러한 '벗꽃'에 대해 음악 사회학자 기타자와 마사쿠니北沢方邦는 '벗꽃'과 같은 기호들이 사고체계를 지배하는 것과 연관하여 다음과 같이 언급하고 있다.

군국주의가 꽃피었던 시대에는 "꽃은 벗꽃, 사람은 무사花は桜木、人は 武士" (중략) 와 같이 벗꽃은 질 때의 그 멋스러움으로 인해 남성적인 〈야마토 다마시大和魂〉의 식물적 상징으로 여겨져 왔다. 표적을 향해 자폭해야 했던, 제트엔진을 단 특공기를 〈벗꽃〉으로 명명한 것도 그 때 문이다.[14]

일제는 '벗꽃'의 이미지를 이용하여 병사의 추상적 개념과 연결시 킴으로써 시공을 뛰어넘는 상징적 이미지를 구축했던 것이다. 또『初 等音樂』三年 21과의 「벗꽃 벗꽃さくらさくら」의 경우는 푸치니의 나비부 인 1막에도 등장하는 노래이자, 지금도 국제적 행사 때에 불리는 창가 로 현재의 음악교과서에도 실려 있는 곡이다. 이외에도『初等音樂』六 年20과「일본도日本刀」,『初等音樂』六年 22과「아시아의 빛アジヤの光」에

서도 '벚꽃'과 '일본칼'의 아름다움을 노래하고 있다. 일제는 피어있는
'벚꽃'은 살아있는 일본병사로, 지는 '벚꽃'은 전몰병사로 각각 상징화
하여 정치적 내셔널리즘에 이용하고 있었음을 알 수 있다.

일본 국민을 대표하는 꽃이 '벚꽃'이었다면, 국민과 차별화시키기
위해 도입된 것이 천황가를 상징하는 '국화'였다.

천황을 살아있는 현인신으로 만들어 일본 군국주의의 구심점으로
삼기위해 천황가의 문장인 국화꽃 역시 빈번히 사용하였다. 군대의 휘
장에 벚꽃을 새겨 병사의 이미지를 나타냈다면, 야스쿠니 신사의 휘장
이나 육해군 대장의 칼 혹은 훈장에 새겨 엄숙함을 담은 채 민중의 경
배를 강요한 것이 '국화'라고 할 수 있다. 루스 베네딕트가 "위장된 자
연으로서의 국화, 이상적인 아름다움으로서의 국화"라는 이중성을 거
론하며 천황이라는 상징 안에는 이 두 가지가 다 관여되어 있다[15]고 천
황과 연관하여 적고 있듯이, '국화'의 이미지를 이용해 천황의 존재를
부각시켰다.

나라시대 말기 당나라에서 처음 들어온 국화는 가마쿠라시대에 고
토바천황後鳥羽天皇이 국화모양의 직인을 사용하면서 천황가의 문양으
로서 쓰이기 시작했다. 특히 천황을 근대가족국가의 핵으로 만들기 위
한 작업으로 천황가를 상징화시키기 위해 '국화'를 황실문양으로 만
사용하도록 제한하는 등 1869년 내각의 공시에 의해 정착되어갔다. 일
제는 "16개 꽃잎의 국화꽃으로 된 일본 문장紋章엔 태양의 이미지와 나
침반의 이미지가 겹쳐 있는데, 그 중심에서 천황이 세상을 통치하고
우주의 모든 방향을 집약한다"[16]는 이미지를 만들어갔다. 오늘날에도
경찰서나 여권 등에 여전히 국화문양이 사용되는 것으로 천황의 상징

15 루스 베네딕트 著·박규태 譯(2008) 『국화와 칼』 문예출판사, p.384
16 홍기돈(2006) 『인공낙원의 뒷골목』 실천문학사, p.91

성을 알 수 있다. 그러한 국화이미지는 『ウタノホン』二年 14과 「국화꽃菊
ノ花」에도 잘 나타나 있다.

1. 어여쁜 꽃이여 국화꽃
   하양이나 노란색의 국화꽃
2. 고귀한 꽃이여 국화꽃
   우러러 받드는 문장의 국화꽃   《(下)-「菊ノ花」, p.119》

　제1절이 '국화'의 외형에 대해 노래한 것에 비해 제2절은 '국화'를
고귀함으로 환유 미화하며 천황가의 문양 즉 천황과 결부시키고 있다.
제3절은 이러한 천황이 일본 즉, 국체임을 상징적으로 암시하고 있다.
이것은 '국화'를 맑고 고귀한 이미지로 치장하고, 이러한 것에 천황의
이미지를 중첩시킨 후 다시 일본의 이미지로써 메이킹하고 있는 것이
다. 또 『初等音樂』四年 5과 「치하야성千早城」에서도 천황에 대한 충의의
마음과 함께 천황의 위광을 나타내는 데 "국화문양의 깃발菊水の旗"을
사용하고 있음을 확인할 수 있다.
　앞서 언급했듯이 국화문양은 교과서에서 등장하기도 하지만, 일반
사병들이 자신의 목숨을 지키기 위해 사용하는 3·8식 소총三八式步兵銃
에도 새겨져있어 천황에게 충성해야 하는 황군의 이미지를 일상에서
도 각인시키고 있다.
　〈音樂〉에는 전술한 '벚꽃'과 '국화' 뿐만 아니라 '하늘'과 '바다'의 이
미지조차 전쟁과 연관하여 나타내고 있음을 볼 수 있다. 태평양전쟁을
일으킨 일제는 해전을 치루기 위해 해군과 항공병의 전력 확충이 절실
하게 필요 하였다. 미래 항공병과 해군을 양산하기 위한 준비과정으로
각종 교과서에 항공병을 상징하는 '하늘'과 해군을 상징하는 '바다'의

이미지를 직접적으로 전쟁과 연관시켜 혹은 간접적인 상징적 이미지로 여러 단원에 걸쳐 서술하고 있다.

먼저 〈音樂〉에 나타난 '바다'의 이미지를 『初等音樂』四年 9과 「가을 하늘秋の空」에서 살펴보면 다음과 같다.

> 2. 높구나 높아 가을 하늘 / 일장기 새긴 글라이더
>   언덕위에서 날려보아요
> 3. 넓구나 넓어 가을 하늘 / 바다보다 푸르고 맑아서
>   마음도 상쾌한 가을 날씨   〈(下)-「秋の空」, p.253〉

위의 인용을 보면 '하늘'을 배경으로 일장기가 그려진 글라이더를 날리는 장면과 바다보다 파란 좋은 날씨를 노래한 듯 하지만 일장기 그려진 글라이더를 통해 비행하는 항공병의 모습을 묘사한다고 볼 수 있다. 이곡의 의도는 제3절에 "秋晴れ(맑게 갠 가을 날씨)"가 아닌 "日本晴(쾌청한 일본 날씨)"[17]를 사용한 것에서 잘 나타나 있다. 외형적으로는 '日本'이라는 단어를 사용해 내셔널리즘을 담아내고, 내부적으로는 "日本晴"의 단어 어원에 숨어있는 "일본제일"이라는 의미를 강조하고자 한 장치이다. 이러한 표현은 『ウタノホン』二年11과 「소풍エンソク」의 "하늘은 파란하늘 쾌청한 일본 날씨空ハ青空 日本ばれ"에 반복 제시되는 것을 통해서도 충분히 유추할 수 있다.

『初等音樂』四年 15과의 「글라이더グライダー」에서는 '하늘'을 배경으로 "단단히 붙잡은 조종간 드디어 하늘을 나는 독수리의 꿈을 아득히

---

17 전국시대 때 훌륭한 것이나 좋은 물건 등을 '천하제일' 혹은 '일본제일'이라고 말한 것에서 유래하여 에도시대에는 훌륭한 것을 칭하는 말이 되었으며, 현재는 구름 한 점 없는 쾌청한 날씨를 의미할 때 사용하고 있다.

신고しつかとにぎる操縦桿、やがて空ゆく荒鷲の夢をはるかにのせながら"라며 항공병을 노래하고 있다. 이러한 묘사는 명절놀이인 "하네츠키羽根つき"에서도 '하늘'을 통해 항공병을 연상하도록 유도하며 공군 이미지와 오버랩 시켜 보여주고 있다.

'하늘'이 주로 항공병과 같은 공군 이미지 구축에 이용되었다면, '바다'는 해군의 이미지를 구현해내는데 이용되고 있다. 청일전쟁 후 편성된 일본해군의 연합함대는 제국해군이라 불렸고, 천황에게 직속된 기관이었다. 열강간의 해군력 경쟁을 막기 위해 1921년 열린 워싱턴 군축회의에서는 영국, 미국, 일본의 해군비율이 규정되었으나, 일본은 1936년 1월 15일 런던 군축 조약을 결렬시키고 해군력을 증강하여 태평양전쟁을 일으켰다. 일제는 해군력 증강에 가장 핵심인 해군 인력을 확보하기 위해 〈음악〉 교과서조차 해군 홍보물로 동원하고 있었던 것이다.

〈音樂〉에 '바다'와 관련된 단원 『初等音樂』六年 7과 「나는 바다의 사내아이われは海の子」를 먼저 살펴보자.

> 1. 나는 바다의 사내아이 흰 파도 / 철석이는 해변의 솔밭에
>   연기 나부끼는 뜸집이야 말로 / 나의 그리운 고향집이어라
> 7. 나가자 큰 배를 타고 나아가 / 나는 획득하리라 바다의 부를
>   나가자 군함에 승선하여 / 나는 수호하리라 바다의 나라
>
> 〈(下)-「われは海の子」, pp.397-399〉

위의 곡은 바다에 대한 애틋한 마음을 노래한 곡이다. 어린 아동들에게 친숙한 어릴 적부터 놀던 바다를 노래하고 있다. 그러나 제4절에서 "정처 없는 뱃길 파도를 베개 삼아ゆくて定めぬ波まくら"라고 가보지 않

은 태평양 바다이자 어디에서 이뤄질지 모르는 해전에 대한 미지의 바다를 묘사하고 있다. 이러한 근거는 "나가자 군함에 올라타고 우리는 지킨다 바다의 나라"로 마지막 절에 묘사된 가사를 통해 이 단원에서 노래하고자 한 '바다' 의도가 직접적으로 나타나고 있기 때문이다. 이처럼 조선총독부는 유희 장소인 평화로운 '바다'를 군함이 떠있는 전쟁터 '바다'로 배치시켜 어린 아동들에게 '바다'를 통해 전쟁터 이미지를 상기시키고 있다.

이러한 것은 『ウタノホン』一年 7과 「바다ウミ」와 『初等音樂』四年 10과 「배는 범선이요船は帆船よ」에도 적나라하게 표현되어 있다. "바다에 배를 띄워 가보고 싶구나 다른 나라ウミニオフネヲウカバシテ、イッテミタイナ、ヨソノクニ"라며 다른 나라로 진출하고 싶다는 동경을 담아내고 있으며, 진출 장소를 전쟁터인 태평양으로 설정함으로써 '바다'를 통해 전쟁의 이미지를 중복시키고 있다. 또한 『初等音樂』五年 2과 「일본大八洲」과 『初等音樂』六年 15과 「출항船出」에서는 대동아전쟁으로 불렸던 태평양전쟁의 이미지를 '바다'를 통해 재현하며 이입시키고 있다.

3.3 사실적 묘사에 나타난 전쟁 리얼리티

지금까지 살펴본 것처럼 〈音樂〉에는 인물을 통해 전쟁을 미화하고 있었을 뿐만 아니라, 자연물의 이미지까지 도용하여 상징적으로 전쟁과 연관하여 서술하고 있었다. 그러나 이러한 묘사 외에도 노래가사에 직간접적으로 폭력성이 난무한 치열한 전투 상황을 담아내고 있기도 하다.

〈音樂〉에 나타난 전쟁 묘사 단원을 제시하면 〈표 4〉와 같다.

〈표 4〉 직접적 전쟁묘사 단원 목록

학년	단 원	비고
ウタノホン (上)	11과 ヘイタイゴッコ, 20과 ヒカウキ	2
ウタノホン (下)	6과 テツカブト, 15과 おもちゃの 戦車, 17과 兵たいさん	3
初等音楽 三年	7과 こども愛国班, 8과 軍犬利根, 14과 潜水艦, 19과 ゐもん袋, 22과 三勇士	5
初等音楽 四年	5과 千早城, 13과 ひよどり越, 14과 入営, 15과 グライダー, 18과 廣瀬中佐, 19과 少年戦車兵, 20과 九勇士, 22과 北のまもり	8
初等音楽 五年	4과 忠霊塔, 5과 赤道越えて, 8과 戦友, 10과 大東亜, 13과 橘中佐, 16과 空の勇士, 20과 白衣の勤め, 21과 桃山, 22과 山本元師	9
初等音楽 六年	4과 日本海海戦, 11과 落下傘部隊, 15과 船出, 16과 今日よりは, 17과 少年産業戦士, 18과 水師営の會見, 20과 日本刀, 21과 太平洋, 22과 アジヤの光	9

위에 제시된 단원을 살펴보면, 아동을 교육하는 교과서임에도 불구하고 군대잡지를 방불케 하는 제목의 단원들이 눈에 띈다.

제Ⅴ기 『初等國語』〈6-1-7〉에 등장하는 「일본해 해전日本海戦」[18]이 〈音樂〉 단원의 노래로 만들어진 것으로, 『初等音樂』六年 4과 「일본해 해전 日本海戦」은 『初等國語』의 내용을 함축 요약시킨 것으로 적 함대를 발견하고 쳐부수는 장면까지 노래하고 있다.

1. 적함이 보인다 다가온다 (중략)

2. 주력함대 앞을 차단하고 / 순양함대 뒤에서 추격하여

   포위하여 사격하니 / 순식간에 적함 흐트러진 것을

   수뢰정부대, 구축부대 / 놓칠쏘냐 뒤쫓아 공격하네

---

18 朝鮮總督府編纂(1944) 『初等國語』, 朝鮮書籍印刷株式會社 pp.48-55에서는 쓰시마섬 부근에서 벌어진 일본 연합함대와 러시아 발트 함대의 해전을 소재로 전투상황을 자세하게 서술함은 물론 승전한 후 천황의 은혜에 감사하는 모습까지 보고 감상문 형식으로 자세하게 서술하고 있다.

3. 동녘하늘 붉으스레 밤안개 걷히니 / 욱일승천하는 일본해 바다

이제는 어찌 피할 수도 없어 / 격침당해 침몰하고 가라앉기도 한다

적국 함대 전멸한다 / 일본만세 만만세

〈(下)-「日本海海戰」, p.389, 391〉

위의 인용문에서 볼 수 있듯이 러시아 함대를 발견하고 서서히 접근하여 주력함대와 순양함대가 포위하고 사격하는 모습, 도망가는 러시아 함대를 쫓아가 섬멸하는 모습을 자세하고 자랑스럽게 묘사하고 있다. 러시아 함대 16대가 격침되고 전사자 4,830명을 낸 이 전투를 노래로 만들어 부르게 함으로써 일본제국 해군의 위력을 홍보하고 미래 병사가 될 아동에게 전투에 대한 환상과 동경을 심어주고 있다. 더욱이 다른 교과목과 병행하여 반복 교육시킴으로 해서 아동들의 뇌리에 깊이 각인시키고자 한 것을 엿볼 수 있다.

바다에서 이뤄진 해군의 전투 모습을 제시한 것이 「일본해 해전」이라면 『初等音樂』五年 16과 「하늘의 용사空の勇士」에서는 공군의 전투 모습을 적나라하게 묘사하고 있다.

2. 덤벼드는 적 유인하여 / 쏘노라 사격솜씨 발휘하니

화염을 뿜으며 떨어져 가는 / 적기 순식간에 아홉 대 열 대

수직으로 그려지는 불기둥

4. 이때다 섬멸 소리도 없이 / 적의 진지 발아래 항복하는 것을

보고 미소 지며 개가의 / 기수를 돌리니, 동쪽 하늘에

찬란하게 떠오르는 아침 햇살　　〈(下)-「空の勇士」, p.341, 343〉

고사포탄을 쏘아대며 적의 기지를 공격하는 모습과 적의 비행기를

추락시켜 불길을 뿜으며 추락하는 장면, 승전의 기쁨을 만끽하는 광경
은 도저히 어린 아동을 가르치는 교과서라고 생각할 수 없는 서술이라
고 하겠다. 그러나 이러한 서술이 가능했던 것은 당시 교육이 일제의
권력아래 배치되어 있었기 때문이다. 구체적인 전쟁묘사는 교과서 뿐
만아니라 당시의 매스컴들과 함께 어린 아동들에게 리얼리티를 부여
하며 전쟁에 몰입하게 하고 있었다. 이외에도『初等音樂』四年 22과
「삼용사三勇士」,『初等音樂』四年 19과「소년 전차병少年戰車兵」,『初等音樂』
四年 20과「아홉 용사九勇士」,『初等音樂』六年 11과「낙하산 부대落下傘部
隊」등 상당수 단원들이 구체적이고 실감나는 전쟁장면을 현실감 있게
재현하고 있다.

한편 전쟁무기의 홍보를 방불케 하는 비행기, 군함, 잠수함, 철모, 군
기와 같은 다양한 무기들이 각 단원으로 등장한다. 이러한 단원은『初
等國語』와 연계하여 구체적으로 가르치고 있는데, 이는 미래 병사가
되어 참전하게 될 아동들에게 사전지식을 심어주는 전투 리허설과 같
은 역할을 하는 것으로 볼 수 있다.

이외에도 총알에 맞아도 꿈쩍 않는 철모를 묘사하며 써보고 싶다는
동경을 담아내고 있고, 군기軍旗를 천황이 내려준 육군의 징표이자 존
엄한 하사품으로 칭송하고 있으며, 글라이더를 통해 전투조종사의 꿈
을 심어주는 등 군사적 이데올로기를 이입시키는 과정을 되풀이 하고
있다. 그런가 하면『ウタノホン』一年 11과「병사놀이ヘイタイゴッコ」와『ウタ
ノホン』二年 15과「장난감 전차おもちゃの戰車」에서는 놀이를 통해 전쟁과
접목시켜 전쟁을 일상화하고 있다.

전쟁 무기의 제시를 비롯해 전쟁놀이를 통해 혹은 동물을 이용하여,
전시하 후방의 생활 더 나아가 구체적인 전투장면의 묘사에 이르기까
지 전쟁과 연관한 장면들을 형상화함으로써 간접적으로 전쟁을 체험

하게 하여 전쟁과의 거리감을 좁힘은 물론 리얼리티를 살리고 있다. 그렇게 함으로써 미래 병사가 될 아동에게 교과서에 기술된 전투가 미래 자신의 전투임을 각인시키는 장치로 활용되었다.

4. 〈音樂〉 교과서에 투영된 군국주의

교육의 수단이 되는 교과서는 교육목적을 구현하기 위해 사용되는 물리적 도구로서 매우 중요한 기능을 수행한다고 할 수 있다. 특히 1940년대의 〈音樂〉은 검정대상 교과목이 아니라, 총독부의 국정교과목으로 전환된 것을 의미하는 것으로 강제성을 띄고 있었다. 따라서 이 시기의 〈音樂〉은 일제의 교육의도가 철저하게 포함된 것이라고 볼 수 있다.

그러한 〈音樂〉의 각 단원은, 전시하라는 당대의 시대상황과 밀접한 연관이 있음을 알 수 있었다. 군국주의 색채를 띤 단원들이 많이 배치되어 있었기 때문이다. 특히 전쟁과 관련하여 구스노키 마사시게, 히로세 중령, 야마모토 원수 등 역사적 인물 혹은 당시 활약하던 군인들을 실제 예로 제시하면서 전쟁영웅의 신격화를 도모하며 軍神을 창조하고 있음을 확인할 수 있었다. 또 전쟁과 연관하지 않더라도 동질성을 부여하기 위해 병사를 동경하는 아동을 모범아동으로 등장시킴으로써 어린 아동의 사고를 끊임없이 군사적 가치에 종속시키고 있었다. 이러한 일제의 의도는 인간에 국한되지 않고 자연물까지 이용한 것에 잘 나타나 있었다. 짧은 시간 피었다 지는 순간의 아름다움을 가지고 있는 '벚꽃'을 병사들로, 우아함과 고고함의 상징인 '국화'를 천황의 이미지로 각각 상징적으로 정착시키고 있었다. 또한 '하늘'을 배경으

로 하여 항공병의 이미지를, '바다'를 이용해 해군의 막강한 전투력과
제국확장의 이미지를 담아내고 있었다. 이렇게 만들어낸 이미지를 정
착시키는 다음 작업으로 리얼리티를 살린 구체적인 전투장면을 삽입
하고 있었다. 전쟁에 대한 참혹감이라든가 인간성 상실과 같은 자기성
찰보다는 오로지 일본군의 활약을 미화하여 직간접적으로 묘사함으
로써 아동에게 전의를 고취시키고 있었다.

Ⅲ. 식민지말기 『初等音樂』에 서사된 軍國主義*

김서은·김순전

1. 음악교과서의 변용

플라톤은 음악이 인간의 본능을 각성하게 하는 힘을 지니고 있는 까닭에 음악교육을 통하여 국민들이 마음으로부터 국가의 질서를 따르게 할 수 있다고 보았다. 이는 곧 음악교육으로 인한 '음악의 수반적인 교육적 가치'가 인격형성에 영향을 미치는 여러 기능이 있음을 뜻하는 것이다.

본질적으로 음악은 인간의 정신활동 속에서 합목적을 이루며 유기적으로 진화하는 과정의 결과라고 할 수 있다. 그러나 '음악'을 '교육'

* 이 글은 2014년 5월 일본어문학회 「日本語文學」(ISSN : 1226-9301) 제65집, pp.285-306에 실렸던 논문 「식민지말기 『初等音樂』에 서사된 軍國主義」를 수정 보완한 것임.

으로 가져온다면, 음악은 그 자체로 울리며 의미를 만드는 '순수'한 교육적 재료로 쓰일 수 없다. 국가에서 원하는 교육목적을 달성하기 위해 만들어진 음악교과는 '음악'과 '공교육'의 유기적 상호보완 관계에 의한 사회적 실제이기에 이에 적합한 '음악에 의한 교육'이 교수·학습의 핵심이 되어야한다.[1]

또한 문화는 사회의 존재를 전제로 사회의 구성원으로써 일을 하는데 필요한 기술을 마련하는 것이라고 할 수 있다. 따라서 문화의 현상은 곧 시대의 표상表象이라고도 할 수 있다. 문화기대文化期待란 문화 그 속에서 태어난 개인에게 특정한 생활방식 또는 행동양식으로 행동할 것을 기대하고 요구하는 것을 말한다. 문화가 개인에게 이와 같은 문화기대를 갖게 하는 것은 사회질서를 유지하기 위한 사회통제이며, 보이지 않는 구속력을 가진다.

일제강점말기 일본은 1937년 중일전쟁과 1941년 태평양전쟁의 발발로 한반도를 전쟁수행의 정책지로 전환시킨다. 전시상황의 일본은 조선에서 인적 물적 자원을 공급시키게 하였으며, 사상적으로 일본인화同化하기에 모든 노력을 기울였다. 특히 일제는 병참기지화와 황국신민화정책을 선동 고무시키기 위해서 문화를 적극 활용하며 그 중에서도 음악을 수단으로 파악하고 시국가요를 제작, 보급하기 시작했다. 전장과 학교, 음악회장, 각종 집회, 신문방송, 레코드 등 음악으로 소통될 수 있는 곳이라면 어느 곳이든지 음악계를 지배체제에 개편시킨다. 이러한 문화와 음악교육의 특징을 파악하고 일제는 어린 아동들을 교육하는데 있어서도 '창가唱歌'[2]를 도입하여, 음악교과서에 의식창가와

1 윤성원(2010) 「음악교과교육의 영역과 역할 탐색을 통한 음악과 교육과정 성격 항의」 「음악교육공학 제11호」 한국음악교육공학회, p.4
2 창가는 1872년 8월 학제반포(學制頒布)이후부터 사용되어지고 있는 언어로, '악기에 맞추어 가곡을 바르게 노래하고 덕성의 함양과 정조의 도야를 목적으로 하

일본군가 등을 수록하여 식민통치를 위한 교육을 실시하였다.

　본고에서는 일제강점기 조선총독부가 마지막으로 편찬한 음악교과서인『初等音樂』을 통하여, 시대상황과 함께 음악교육이 어떠한 양상으로 변용變容되었는지 고찰해 보고자 한다.

　지금까지 일제의 음악교육에 관한 연구는 대부분 통감부기에 집중되어져있었다.[3] 이를 큰 줄기로 살펴보면 일제강점기의 음악교육에 관한 연구[4], 근대교육사에 대한 연구[5], 음악 교육과정 변천사에 관한 연구[6]가 있다. 최근의 연구로는 이러한 시대적 교육변천과정에 따른 음악교육을 망라해 정리한 권혜근(2010),「韓國 近・現代의 音樂敎育 硏究-韓・日 音樂 敎育課程의 比較」의 성균관대 박사논문을 들 수 있겠다. 이 논문은 통감부시기부터 조선총독부까지의 음악교육을 교육정책을 중심으로 고찰하여 현재 음악교육에 미친 영향관계까지 규명하고 있는데 의의가 있다고 할 수 있겠다.

　　는 교과서'라는 의미와 '그 과목에서 사용되어지고 있는 가곡'이라는 두 가지 의미가 있다. 교과목의 경우 1941년에 명칭이 '唱歌'에서 '音樂科'로 바뀌었다. (호리우치 게이조・이노우에 다케시 공저(1992)『日本の 唱歌』한국음악사학보, pp.187-188)

　3　대표적인 연구논문으로 김혜정(1998)「일제하 음악교육정책 연구」목원대학교 석사논문을 들 수 있겠다. 김혜정은 통감부와 조선총독부의 음악교육에 대해 연구하였으며 일본식 교육체제로 인해 음악교육에 미친 영향을 창가를 통해 살펴보고 있다. 이 외에도 이 시기를 중심으로 한 논문들은 일제의 창가도입으로 인한 전통음악의 변천과정에 중점을 두고 있다. 대표적인 논문으로는 김병선(1990)「韓國 開化期 唱歌 硏究」전남대 국문과 박사논문이 있다.

　4　오지선(2003)『조선근대음악교육』예솔, 노은희(1997)「일제시대의 음악교육정책」동아대 석사논문, 강은영(1997)「1920년대 사립학교 음악교육연구」목원대 석사논문, 조은령(2001)「일제시대의 음악교육기관을 중심으로 한 조선의 음악교육사 연구」성신여대 교육대학원이 있다.

　5　정재철(1985)『日帝의 對韓國植民地 敎育政策史』일지사, 오성철(2005)『식민지 초등교육의 형성』교육과학사, 함종규(2004)『조선교육과정변천사연구』교육과학사, 김영우(1995)『조선초등교육사』조선교육사학회 등을 들 수 있겠다.

　6　황미영(2005)「역사적 고찰을 통한 조선음악교육의 교육방향 제시」경원대 석사논문이 있다. 그러나 교육과정 변천에 따른 역사적 나열에 그치고 있다.

그러나 대부분의 선행연구들은 시대 흐름에 따른 음악교육에 대한 정책적 변화 등 통사적 관점에 초점을 맞추고 있어 당시 교육된 '창가'에 대한 미시적微視的고찰의 필요성을 느끼게 되었다. 특히 일제말기에 교육된 『初等音樂』 교과서에 관한 연구는 전무하다고도 할 수 있겠다.

따라서 본고에서는 일제 말 전시체제기에 아동들에게 교육되어 불려진 '창가'에 대해 집중적으로 분석해 보고자 한다. 이를 통해 일제 말 '軍國主義' 교육이 얼마나 깊숙이 문화와 교육에 스며들었는지 살펴 볼 수 있을 것이다.

2. 『初等音樂』의 특징

먼저 시대적 흐름에 따른 음악교육의 특징을 살펴보면 1910년 8월 29일에 조선총독부가 설치되면서 조선교육령이 공포되었다. 조선총독부의 교육 시기는 크게 4차로 나눌 수 있는데 제1차 교육시기의 음악교육은 창가의 목적이 덕성의 함양이 되도록 하는 것이었다. 제2차에 나타난 교육적 특징은 '시의時宜에 의한' 가설과목이었던 '창가'가 드디어 필수과목으로 채택되었다는 점을 들 수 있다. 제3차 교육의 특징은 황국신민화를 위한 교육으로 의식창가가 두드러지게 강조되었다. 제4차 시기에는 '창가'의 교과가 '음악'으로 교과명이 바뀌었고 예능과藝能科에 속하게 되었다.[7]

태평양전쟁이 점차 확대되자, 황국신민화 교육의 군사체제화가 급속히 추진되었다. 일본은 조선인을 군사적 목적으로 동원, 전시에 대

7 권혜근(2010) 「韓國 近·現代의 音樂教育 研究 – 韓·日 音樂 教育課程의 比較」 성균관대 박사논문, p.27

비한 교육을 효과적으로 추진하기 위해 1943년 제4차 교육령을 발표하였다. 몇 달 뒤에는 학교교육을 완전히 전시교육체제로 전환시켰다. 또한 군국주의적 국가체제에 따라 교육이라기보다는 군사 능력의 배양이라는 방향으로 추진되었다.[8] 이를 통해 교육은 완전히 군부의 통제 하에 편성되었고, 이는 민족말살정책의 황민화정책에서 학생을 병사로 동원하는 군사체계화로 바꿔 추진한 것이다. 실제로 일제는 교육의 군사체제화를 위해 1944년 4월 〈학생동원체제정비에 관한 훈령〉, 학도운동본부의 설치, 〈학도노동령〉 공포에 이어 1945년 3월 〈결단교육 조치요강〉 등의 각종 법령을 공포하여 학교교육을 전쟁수행의 수단으로 전락시켰다.

또한 일제는 '소학교'를 '國民學校'로 개명하였다. 國民學校라는 명칭을 통하여 초등보통교육의 통합적인 지표로서 '국민의 양성'을 표방하였다. 즉 초등학교 교육의 목적으로서 '皇國의 道에 따른 國民의 基礎的 養成'을 내세우고 본격적인 군국주의적 전제교육을 실행하기 시작한 것이다.[9] 이는 대동아전쟁으로 말미암아 인적, 물질적 소비와 보급에 있어 조선의 위치가 중요해짐에 따라 황민식민화교육을 한층 더 강화하기 위한 것이었다.

당시 보통학교 교과서의 음악시수를 보면, 음악은 1학년 때 체조와 함께 5시간, 2학년은 체조와 함께 6시간, 3 · 4학년은 음악만 2시간씩 배정되었다. 그리고 5 · 6학년은 남학생은 매주 1시간, 여학생은 2시간씩 배정되었다. 종래에는 남학생의 경우 매주 26시간이었던 창가와 체조시간이 國民學校에서는 37시간이나 되어 무려 11시간이나 증가하게 된다. 군사체제로 들어서면서 체련과에 관심이 커져 시수가 증가하

---

8 정재철(1985) 『日帝의 對韓國植民地 教育政策史』 일지사, p.463
9 진영은(2003) 『교육과정-이론과 실제』 학지사, p.87

게 되었고 음악교과는 예능과로 편입되었다.[10] 또한 당시 國民학교 규정 제15조를 보면,

> 예능과의 음악은 가곡을 바르게 노래하고 음악을 감상하는 능력을 양성하고 황국신민으로서의 정조를 순화하는 것으로 한다. 초등과는 평이한 단음창가를 부과하며, 적절하게 윤창(輪唱;돌림노래) 및 중음창가를 추가하고 음악을 감상시키도록 해야 한다. 또 악기의 지도를 할 수 있다. 창가와 관련하여 적절하게 악전의 초보를 가르쳐야 한다. 고등과는 그 정도를 높여서 이를 부과해야한다. 가사 및 악보는 국민적이어서 아동의 심정을 쾌활·순미하게 하고 덕성을 함양하는데 기여하도록 해야 한다. 아동의 음악적 자질을 계발하고 고상하고 우아한 취미를 함양하며 국민음악창조의 토대가 되어야 한다. 발음 및 청음의 연습을 중시하여 자연발생에 따라 올바른 발음을 하도록 하며, 또한 음의 고저, 강약, 음색, 율동, 화음 등에 대하여 예민한 청각을 육성하여야 한다. 축제일 등의 창가에 대해서는 주도면밀한 지도를 해서 경건한 이념을 기르며, 애국의 정신을 양양하도록 힘서야 한다. 학교행사 및 단체 행동과의 관련에 유의해야 한다.[11]

라고 명시하고 있어, 노래를 부르는 가창뿐 아니라 발음 및 청음훈련, 악기지도, 악전, 의식창가지도, 국민음악 창조의 고양 등 중요 항목이 포함되어 있음을 알 수 있다.

이것은 본격적인 음악교육이 시작된 것이라고 볼 수 있겠지만 음악교과는 '황국신민으로서의 정조'를 순화하기 위한 군국주의 선전고취

---

10 권혜근(2010) 앞의 논문, p.46
11 1943년 조선총독칙령 國民학교 규정 제 15조.

의 도구가 되었고 음악에 있어 가사歌詞는 될 수 있는 대로 황국 신민으로서 정조를 함양하는데 적당한 것을 선택할 것을 요구했던 것이다.[12]

그리고 이전시기와 달리 '발음 및 청음의 연습을 중시하여 자연발성에 따라 올바른 발음을 하도록 하며, 또한 음의 고저, 강약, 음색, 율동, 화음 등에 대하여 예민한 청각을 육성하도록 한다.'라는 항목이 추가되었음을 알 수 있다. 이와 함께 일상생활의 소리와 연관시켜 청음 능력을 키우도록 하였다.

이렇게 청음 즉 예민한 청각의 육성을 중시하게 된 이유는 단지 예술교육, 음악교육의 교육적 목적이 아니라 음악을 국방국가의 건설이라는 목적을 위한 하나의 수단으로써 이용하려고 한 것이다. 사실 그것은 히라데平出라는 해군대위의 요청에 따른 군부의 지시였다. 이는 당시 전쟁이 계속되는 상황에서 아군의 비행기인지 적국기인지, 대포소리는 어느 나라의 것인지, 어느 편의 군함 소리인지 분간할 수 있는 군사적 목적을 위한 절대 음감을 위한 청음 교육이 이루어졌음을 뜻한다.[13]

또한 내용에 있어서도 전쟁과 전쟁을 위한 노동착취를 위한 가사가 교과서의 수록곡의 대부분이라고 해도 과언이 아니다.

〈표 1〉 『初等音樂』의 내용에 따른 분류

구 분	3학년	4학년	5학년	6학년
의식창가	6	6	7	7
전쟁의식	5	12	14	12
노 동	5	3	3	3
그 외	12	7	5	7

---

12 오천석(1964)『한국신교육사』현대교육총서출판사, p.340
13 권혜근(2010) 앞의 논문, p.47

위의 표에서 알 수 있듯이 『初等音樂』교과서는 3학년부터 6학년을 대상으로 하고 있으며 의식창가는 별도로 하고 총22과로 구성되어 있다. 전시체제에 돌입한 시대적인 영향으로 3학년 이후 전쟁의식을 고취시키고 미화하는 단원이 50% 이상을 차지하고, 후방지원을 의미하는 노동력 착취를 위한 창가들도 눈에 띈다.

그 외의 곡들도 아동들의 일상이나 정조의 고취에 관련된 내용이라기보다는 일본의 연중행사, 찬양, 충성심 등을 고취시키는 내용이 포함된 제재곡들이다.

의식창가는 1893년 문무성에서 공포되었으며 도덕적 혹은 국가 사상통일을 위해 제정되었다. 이렇게 제정된 의식창가는 태평양전쟁의 마지막해인 1945년까지 52년간 조선반도를 포함한 일본 전 국민에게 노래 불려졌다. 『初等音樂』에는 일본의 국가인 「기미가요君が代」를 비롯하여 「칙어봉답勅語奉答」, 「천장절天長節」, 「메이지절明治節」, 「1월1일一月一日」, 「기원절紀元節」이 공통적으로 수록되어 있으며 5학년에 「금강석, 물은 그릇 나름金剛石·水は器」이, 6학년에는 「메이지 천황 지음明治天皇御製」이 수록되어져 있다. 앞서 언급한 國民學校令 규정에서도 볼 수 있듯이, 축제일의 의식창가에 대해 세심하게 배려되었다. 그러나 의식창가는 가사歌詞나 음부音符면에서 아동에게는 난이도가 높아서 흥미를 잃게 하기도 하였다. 그것을 극복하기 위해서 제4차 교육령의 초등학교 규정 제15조 제 6항을 보면 '발음 및 청음의 연습을 중시하여 자연발성에 따라 올바른 발음을 하도록 하며, 또한 음의 고저, 강약, 음색, 율동, 화음 등에 대하여 예민한 청각을 육성하도록 한다.'고 명시하여 청음교육을 중시하였다. 이는 앞서 언급한 것처럼 군사적인 목적도 가지고 있었으나 어려운 의식창가를 더욱 주의하여 부르도록 하려는 의도가 있었다. 의식창가는 애국정신을 함양시키고, 감정이나 행동에 통일성

을 주며, 단체훈련에 도움이 되기 때문이었다. 그리고 제일祭日이나 축
일에 의식창가를 부를 때 더욱 주의하여 부르도록 하기 위해서도 청음
교육을 중요시 하였던 것이다.[14] 이러한 목적을 두고 실시된 청음교육
의 강조는 『初等音樂』의 가장 큰 특징으로 꼽을 수 있겠다.

3. 전쟁동원을 위한 음악교육

청일전쟁(1894~1895) 이후에는 전쟁을 반영한 군가가 유행하였는
데, 러일전쟁(1904~1905) 이후에도 그 경향은 계속되었다. 1886년 8
월 소설가 야마다 비묘山田美妙가 발표한 「新體詩選」 속에 「戰景大和魂」
이라는 글에 동경음악학교 교관인 고야마 사쿠노스케小山作之助가 작곡
하여 「敵は幾萬」이라는 노래를 만들어 1891년 『国民唱歌集』에 수록한
다. 이것이 일본 군가의 선구가 된다.[15] 이렇게 시작된 전쟁창가는 전
쟁선동을 위한 것만이 아니라 일본에 대한 애국정신을 함양하는 역할
까지 담당했다.

아동기는 인성의 발달에 있어 매우 중요한 시기이다. 또한 아동에게
있어 음악은 개인의 행동과 깊은 관계를 맺고, 집단과 집단 간에 상호
작용을 하기 때문에 사회문화적 시스템을 이룬다. 이것은 음악적 행위
가 사회에 영향을 미치고 있음을 말하며, 동시에 사회가 음악적 행위
를 조건화시키고 있음을 말한다.[16] 이처럼 일제의 음악교육은 아동의

14　中村紀久二 外(1982)『復核国定教科書(国民学校期)解説』ほるぷ出版, pp.167-168
　　　참조.

15　호리우치 게이조, 이노우에 다케시 공저(1992)『日本의 唱歌』한국음악사학보,
　　　p.194

16　노동은(2002)『한국음악론』한국학술정보(주), p.447

정신과 행위뿐 아니라 사회적인 메커니즘으로 작용하여 식민성을 자아냈다고 할 수 있다. 더구나 이러한 음악교육은 중일전쟁 이후 음계의 사용에 있어 황국신민의 정조를 함양하기 위한 국민성과 전쟁에 참여하고 응원하기 위한 군가풍의 음계로 바뀌었기 때문에 일반화된 식민성이 더욱 전투적이고 파쇼적인 형태로 나타났다.[17] 따라서 군국교육을 목적으로 평화라던가 자연을 노래하는 창가가 없어졌고, 일본 천황을 숭상하는 내용이나 국가예찬, 전쟁미화 등의 가사가 중요시되었다.

『初等音樂』에는 특히 전쟁풍경을 적나라하게 드러내는 '전쟁창가'가 많이 등장하고 있는데, 이를 아동용 군가라고도 할 수 있을 것이다. 전쟁 관련 창가는 전시시국을 반영하는 가사歌詞에 천왕, 용사, 국민, 일장기日の丸, 대동아 등의 용어가 등장한다. 특히 〈3-7〉「어린이 애국반こども愛国班」에는 전쟁을 선전 선동하는 용어들이 노골적으로 가사歌詞로 사용되고 있다.

1. 큰북이 울리네 언덕 위 / 모여라 어린이 애국반

   아침 햇살 받으며 / 궁성 요배하세

2. 일장기 게양된 마을 사거리 / 모여라 어린이 애국반

   오늘은 대조봉대일 / 고철 모으기를 하세

3. 나팔이 울리네 솔밭 / 모여라 어린이 애국반

   건너편 언덕 학교로 / 모여서 서두르는 이슬길

〈(下)-「こども愛国班」, p.171, 173〉

---

17 이병담, 김혜경(2007)「조선총독부 초등학교 『창가』에 나타난 음악교육과 식민성」『일본어문학』 37집 일본어문학회, p.191

가사내용에 애국, 일장기, 천황폐하 등의 용어를 사용해 어린이들까지 총동원하여 전쟁을 위한 준비에 힘써야한다는 것을 강조하여, 선전선동하고 있음을 알 수 있다. 삽화에도 어린이들이 손수레에 철 고물을 실어 끌고 당기며 직접 전쟁에 참여하지 못하는 아동들에게 후방지원을 위해 전력을 다해 줄 것을 암시하고 있다.

애국반이란 1938년 7월 7일 조직된 국민정신총동원(이하 '정동'으로 줄임) 조선연맹의 각 부락 연맹과 관공서, 학교, 은행 기타 제 단체로 결성된 각종 연맹 산하에 10호 단위로 만들어진 조직을 말한다. 일본의 '정동'운동이 말단 조직 없이 출발한 것과 대조적으로 조선에서는 '정동'운동의 출범 직후부터 말단 행정 단위를 기본으로 하여 주민조직을 결성하는데 많은 노력이 집중되었다. 이렇게 일본보다 조직적으로 갖춰진 조직망으로 인해 애국반은 '조선정동운동의 일대 특색'으로 간주되었고, 이를 통해 생활 속의 주민실천운동이 더욱 활기를 띠게 될 것으로 기대되었다.

이렇게 말단에 이르는 '정동'의 조직망이 조선에서 이루어진 것은 무엇보다도 대륙침략정책의 수행에서 조선이 가진 위치, 즉 병참기지로서의 역할을 담당해야 할 조선에서 적극적인 협력을 이끌어 내야할 필요성이 절실했기 때문이다. 특히 인적 자원으로서의 조선인에 대한 요구는 단순한 복종이 아니라 자발적인 협력이었다. 애국반은 인적·조직적으로 동원 가능한 자원이 빈약했던 조선에서 총독부가 주축이 되어 만든 말단 조직이었다. 총독부는 애국반 단위를 통해 주민들에게 후방에서의 마음가짐과 임무에 대해 선전하면서 노동력과 자원 등을 체계적으로 동원하려고 하였다.[18]

---

18 방중기(2004) 『일제파시즘 지배정책과 민중생활』 연세국학총서, pp.415-417 참조.

그리고 당시 10세 전후의 아동은, 일본어 교육은 물론 황민화 교육 시행이 가능한 가장 유력한 조직이었기 때문에 '어린이 애국반'의 활동은 중요한 것이었다. 따라서 총독부에서 편찬한 음악교과서를 통해 노래로 자연스럽게 애국반 활동을 장려하고 있는 것이다.

이외에도 음악교과서에는 직접적으로 전쟁 의식을 고취하는 내용의 노래들이 절반 이상을 차지하고 있다.

> 1. 군기 군기 천황폐하가 / 친히 하사하신 존엄한 군기
>   우리 육군의 상징인 군기
> 2. 군기 군기 천황폐하의 / 말씀을 마음에 새기고 황국을 지키네
>   우리 육군의 생명인 군기　　　　　　　　　《(下)-「軍旗」, p.193》

인용문은 3학년 16과의 「국기軍旗」라는 단원이다. 전쟁을 수행함에 있어 천황폐하의 말씀과 호의를 받들어 마음에 새기고 조국을 지켜야 한다는 의지가 담긴 노래이다. 다음 인용문은 4학년 11과 「야스쿠니 신사靖国神社」의 1절이다.

> 1. 아― 고귀하여라 천황께 / 목숨을 바치고 황국을 위해
>   세운 공적은 영원토록 / 빛나리라 야스쿠니의 신
>   　　　　　　　　　　　　　　　　《(下)-「靖国神社」, p.257》

노랫말은 전쟁에 나가 목숨을 바침으로서 야스쿠니의 신으로 남아 나라를 위해 세운 공적이 영광에 빛난다는 전쟁수행을 위한 직접 동원에 나설 것을 시사하는 내용을 담고 있다. 2절에 나오는 '벚꽃나무'로 형상화되는 야스쿠니의 신들은 수많은 병사들의 죽음을 아무런 미련

없이 깨끗이 흩어지는 '벚꽃'으로 미화하면서 어린 학생들에게 천황
을 위해 기꺼이 죽음의 대열에 나서기를 고무하고 있다. 아동들은 이
러한 노래를 통해 전쟁에 나아가 전사가 되기를 야스쿠니의 신이 되기
를 꿈꿨을 것이다. 다음은 시대적인 흐름을 반영하는 5학년 10과 「대
동아大東亜」라는 단원이다.

> 1. 야자잎에 우는 바닷바람 / 봉우리에 빛나는 산의 눈
>   남십자성과 북두칠성 / 연결된 드넓은 대동아
> 2. 여기서 태어난 10억 인의 / 사람들 마음은 모두 하나
>   맹주 일본의 깃발 아래 / 맹세하며 수호하는 철통같은 진지
>
> 《(下)-「大東亜」, p.329》

이처럼 전쟁 노래에는 대동아 공영권 구축을 위한 당위성과 목표성
이 제시되어 있다. 특히 '대동아'라는 단어는 교과서 전반에 걸쳐 14번
이나 거론되고 있다.

'대동아공영권'이라는 단어가 공식적으로 등장한 것은 1940년 8월
1일 제2차 고노에近衛 내각의 외상 마쓰오카 요스케松岡洋右의 발언이라
고 한다. 마쓰오카는 "황도의 대 정신에 따라 먼저 일본(조선 포함)·
만주·중국을 일환으로 하는 대동아공영권의 확립"을 통하여 "공정
한 세계평화의 수립에 공헌"한다고 발표하였다. 마쓰오카가 천명한
이러한 독선적 외교이념은 1938년 11월 고노에 수상의 '동아신질서'
성명, 1940년 7월 〈기본국책요강〉에서 밝힌 대동아 신질서 건설 및 국
방국가체제의 완성 등과 맥락을 같이하는 내용이다. 마쓰오카가 '대동
아신질서'가 아닌 '대동아공영권'이라는 말을 사용한 것은 당시 독일
이 전승으로 유럽에 '신질서'가 건설되면서 영국, 프랑스, 네덜란드 등

의 식민지였던 동남아시아에 힘의 공백지대가 생겨났기 때문이었다. 이를 계기로 일본은 자원 확보를 위해 동남아시아를 지배하고자 하였으며 이때 자신들의 침략과 지배를 정당화하기 위해 채용한 것이 독일 파시즘의 지정학적 개념인 '광역경제권', '생존권', '자급자족' 등의 이론이다.[19]

일본은 이러한 대동아공영권 구축을 위한 선전으로 일본 자신을 '아시아의 해방 기수'라고 지칭하였다. 따라서 교과서에서도 '대동아'라는 단어를 언급하여 정당성과 당위성을 부여했다. 일제의 교육을 받은 아동들은 교과서와 노래를 통해 대동아공영권에 대한 정당성을 확보하여, 전쟁을 당연한 귀결로 받아들였을 것이다.

이외에도 4학년 14과 「입영入營」, 19과 「소년전차병少年戰車兵」, 5학년 8과 「전우戰友」, 16과 「하늘의 용사空の勇士」, 6학년 11과 「낙하산부대落下傘部隊」, 21과 「태평양太平洋」, 22과 「아시아의 빛アジヤの光」 등 전쟁을 정당화하고 전쟁 수행을 위해 목숨을 바쳐 지원병이 되기를 장려하는 노래들이 주를 이루고 있다.

또한 4학년 18과 「히로세 중령廣瀬中佐」와 5학년 13과 「다치바나 중령橘(たちばな)中佐」, 6학년 4과 「일본해 해전日本海海戰」, 18과 「수사영의 회견水師營の会見」 등은 가사에 이야기 형식을 빌려 대화체를 사용한 것을 특징으로 꼽을 수 있다. 이러한 이야기 형식의 대화체를 사용함으로써 아동들에게 흥미를 유발하고 '전쟁'이라는 소재를 재미있게 느끼도록 한 것을 알 수 있다.

3.1 '鐵'의 이중적 의미

『初等音樂』의 노랫말 전반에 걸쳐 '철鐵'라는 단어가 9회 정도 나오

19   김정현(1994)『일제의 대동아공영권 논리와 실제』역사비평, p.71

고 있는데, 주요 내용으로는 철, 무쇠처럼 단단한 일본의 군대로 상징되는 이미지와 철과 같이 굳은 의지를 표상表象하는 이미지로 중첩되고 있다. 그러나 이러한 의식적인 부분 이외에 군수물자에 필요한 '鐵'을 중요하게 여기는 일제 전시국책의 다중적 의미가 중의重意되어있는 것도 중요한 장치로 볼 수 있다.

'일본 전쟁경제에 있어 가장 기본적인 제약요소는 철강 생산의 빈약함에 있었다.'고 할 정도로 일본의 철강업은 원료의 해외의존도가 심했다. 1937년 7월 도발한 중일전쟁 초기에는 아직 미국과의 교역이 단절되지 않았기 때문에 그런대로 수요를 맞출 수 있었으나, 1940년 10월 미국산 고철의 대일 수출이 전면 금지되면서 철광석의 수요가 크게 증가하였다.

> 결전 하 항공기는 물론 함선 병기 등 직접 군수자재가 되고 또 온갖 중요산업의 근간적 자재인 철강의 급속 증산이 끽긴한 도를 더한 것은 이에 다언할 필요가 없으나 현하 조선의 철광채굴 사업 및 제철사업에 대한 국가의 기대는 비약적으로 가중되고 있어 우리는 그 실무의 중대성을 통감하여 필사적인 노력을 각오하고 있는 바이다.

인용문은 1944년 다나카田中增産 정무총감의 정례도지사회의에서의 '철의 긴급 대증산에 대하여'라는 요구서에서 발췌한 것이다.[20] 시대적 상황으로 볼 때 연합군의 해상봉쇄로 인해 종래 말레이시아나 필리핀 등지에서 수입에 의존하던 철광석의 수입길이 막혔고 설상가상으로 1944년에는 중국산 철광석마저도 운송이 두절되자 선택의 여지없

---

20 김인호(2000) 『식민지 조선경제의 종말』 신서원, pp.306-310 참조.

이 철의 수요는 조선의 몫이었다. 그러나 철의 증산정책에도 불구하고 철강이나 철광석은 운송력 감소, 원자재난 등을 겪게 된다. 전시체제기에는 이러한 철의 필요성이 절실해졌고 이것이 창가 교육에도 반영되어 있다.

〈3-7〉「어린이 애국반こども愛国班」에 나와 있듯이 '고철 모으기를 하세鉄くづあつめをいたしませう。'라는 구절을 통해서도 철이 얼마나 중요한 자원이었는지 알 수 있다. 실제로 당시 학교에서 사용하던 악기들까지도 전쟁수행을 위한 물자동원 명목으로 걷어갔을 정도로 '철'이 귀한 자원이었던 것이다. 전쟁 자원으로서, 철의 중요성을 인식시키기 위해 일반적 의미인 '鐵'이, 정신적이고 국가 봉공적인 차원의 상징적 의미로 차용되고 있음을 「지하야성千早城」 2절의 가사를 통해 알 수 있다.

　　2.　충의의 마음은 철보다 단단하다
　　　　수비는 구스노키楠木正成군 천여 명　　　　　〈(下)-「千早城」, p.243〉

　이 노래에 나오는 지하야성은 가마쿠라 막부 말기의 무장 구스노키 마사시게가 곤고산山 일대에 쌓은 산성 중 하나이다. 1333년에 천 여 명의 마사시게군은 방어의 중심이 된 지하야성에 버티며 성을 포위한 가마쿠라 막부의 대군에게 돌과 나무를 던지고 불 공격으로 대항하며 선전했다. 지하야성에 가마쿠라 막부 군의 발이 묶여 있는 사이, 닛타 요시사다가 동쪽 지방에서 군사를 일으켜 가마쿠라 막부를 멸망으로 이끌었다. 그 후 성은 남북조시대에 하타케야마 씨의 공격으로 함락되어 폐성이 된다.

　이러한 역사적인 사건을 노래하는 가사에 '鐵'이라는 이중적 장치를 삽입하여 무쇠, 강철과 같은 굳은 의지로 승화시켜, 아동들에게 철

의 중요성을 암시하였다는 점에서 전쟁수행을 위한 세심한 장치라고
할 수 있겠다.

3.2 '少年産業戰士' 만들기

일제는 1937년 중일전쟁을 목전에 두고 식민지 조선을 인적 · 물적
인 병참기지로 삼아 전시 총동원체제를 구축하기에 이른다. 일제는 조
선인들을 전장으로 내몰기 위해 '내선일체'를 구체화하며 소위 민족
말살정책을 단행한다.

당시 인적자원의 경우만 보더라도, 어린이와 노약자를 제외한 전 조
선인을 대상으로 하여 일본 · 남방 · 사할린에 강제 동원된 노동력만
73만여 명, 군인 · 군속 37만여 명, 군위안부 10~20만여 명이 동원되었
다. 동시에 일제는 조선어 사용 금지 · 신사참배 · 황국서사 · 황국요배
등을 통하여 정신적 동화를 획책하였으며 창씨개명을 단행하였다. 일
본어 습득과 황국정신 함양, 실업교육과 체육단련을 목적으로 하여 소
학교를 확충하고 교과서 내용을 개편하는 교육개혁을 단행하였으며
심지어 결혼장려책이라는 미명하에 혼혈 정책까지도 추진하였다.[21]

이러한 황민화정책의 목표는 징병을 통해 조선민중을 전장으로 동
원하는 것이었다. 중일전쟁 이후 1938년 2월 조선에서 실시한 '지원병
제도'의 목표는 "조선 민족이 가급적 빨리 皇國臣民으로서 천황을 도
울 정신적 존재가 되는 것"이었다. 또한 일본은 1941년 12월 태평양전
쟁을 도발하고, 조선인의 황민화 정도를 판가름할 겨를도 없이 '징병
제' 실시를 위해 '호적정비, 징병에 대한 계발 · 선전, 조선인 鍊成[22] 일

---

21 강창일(1995) 『일제식민지정책연구논문집』 중에서 「일제의 조선지배정책과 군
    사동원」 광복50주년기념사업위원회 학술진흥재단, p.137
22 鍊成이라는 용어는 '皇國臣民으로서의 자질을 鍊磨育成하는 것'을 뜻하며 1935
    년 文部省문서에서 처음 사용했다. 이것은 종래의 교육에 대한 비판, 革新원리를

본어 보급'을 강도 높게 추진했다. 그리고 이 시기 노동통제이데올로기는 '皇國勞動觀'-'國家主義的' 勞動觀-으로 표현되었다. 皇國勞動觀이란 바로 황국신민화였으며 이를 바탕으로 전쟁터, 공장, 광산에서 국가에 '봉사'하는 것으로 노동통제 이데올로기의 요체였다. '노동'은 수단이 아니라 목적이고 신성하며 노동의 신성함은 곧 국가에 봉사하기 때문이라고 규정했다. 이러한 노동통제이데올로기는 공장, 광산의 군대화를 가져와 노동자를 '황국전사産業戰士'로 개조해 전쟁 물자를 증산하려는 의도를 지니고 있었다.[23] 이는 6학년의 17과 「소년산업전사少年産業戰士」에 잘 나타나 있다.

1. 아침에 비쳐오는 새벽녘 별빛 / 저녁녘 밟고 오는 들길의 달빛
   생산 증산 우리들의 소임이라 / 괭이 들고 낫을 가는 소년전사
2. 기름투성이에 이마엔 땀범벅 / 흩어지는 불꽃에 빛나는 눈동자여
   생산 증산 우리들의 소임이라 / 쇠붙이 두드리며 단련하는 소년전사
3. 이 솜씨 이 기술 황국에 바쳐서 / 더욱더 일으키세 동아의 산업
   생산 증산 우리들의 소임이라 / 웃으며 일하는 소년전사

〈(下)-「少年産業戰士」, p.421〉

소년산업전사란 어린아동을 공장 등 산업현장에 내몰고 강제 징용하는 것을 의미했다.

전시체제기는 노동력동원정책으로 인해 유년노동자의 수가 급증했다. 특히 공장노동자 가운데 유년노동자가 차지하는 비율은 1931년부터 1943년 사이에 약 7.5배정도 증가하여 전체노동자의 증가비율보다

내포하는 것으로 文部省이 새롭게 만든 말이었다.
23 곽건홍(2001)『日帝의 勞動政策과 朝鮮勞動者』신서원, pp.218-220

높았다. 남성노동자 가운데 유년조동자의 비율은 1931년 2.8%에서 1943년 7.4%로, 여성노동자 가운데 유년노동자는 1931년 19.7%에서 1943년에는 무려 41.2%로 증가했다. 전체 공장노동자 가운데 유년노동자 비율은 1931년 8.2%에 머물렀으나 1942년 16.4%, 1943년 15.8%로 급증하여 일본이 조선에서 전시체제기에 노동력 동원을 위해 얼마나 혈안이 되었는가를 알 수 있다. 또한 공장 유년노동자는 연령별로는 14~15세가 대부분이었으나 12세 이하도 12%에 이르렀다.[24] 일본은 이 시기 유년노동자를 포함한 청소년 노동력을 최대한 동원해서 노동효율을 극대화하려 했으며 이러한 경향은 태평양전쟁 말기로 가면 갈수록 심화되었다.

가사歌詞에서도 알 수 있듯이 '생산, 증산'을 부르짖으며 16세 미만의 어린아동들에게 '기름투성이에 땀범벅이 되어도' 노동을 기뻐하며 웃으며 일할 것을 암시하고 있다.

그러나 현실에서 아동들의 노동력 착취는 가혹했고 어린이들의 노동시간도 13시간에서 최장 18시간을 육박하는 것이었다. 이러한 노동시간은 어른들도 견디기 힘들만큼 잔인한 노동력 착취였다.

또한 조선총독부가 노동능률을 향상시키는 가장 효율적인 방식으로 채택한 것은 생산현장을 군사적으로 편제하는 것이었다. 생산현장에서 '병영적' 노동통제방식은 근대적 공장공업이 발흥되기 시작한 1920년대부터 이미 일부 방직공장 등에서 행해졌으나, 군대식 노동규율이 본격적으로 관철되기 시작한 것은 1940년대 초에 이르러서였다. 즉 경례방법, 민첩한 동작의 요구, 직무에 대한 복종강요, 일부 광산이지만 부대편성과 훈련이 이루어졌다.

---

24 곽건홍(2001)『일제의 노동정책과 조선노동자』신서원, pp.273-280

　　1943년 조선총독부는 '産業軍團' 개념을 주창하고, 그해 9월에는 仕
奉隊를 조직하여 생산현장을 군대식으로 조직했다. 노동대중에게는
일사 분란한 지휘체계와 명령에 대한 절대복종이 요구되었으며, 일제
는 이를 바탕으로 노동대중을 '皇民化'하여 군수생산능력을 증강시키
고자 했다.[25] 이러한 군대식 노동통제방식은 일본이 조선에서 실시한
전시 노동정책의 특징이라고 할 수 있겠다.

　　일제는 이러한 식민지 상황에서 군대식 노동통제 아래 가치관이 채
확립되지 않았던 유년기 아동들을 '소년산업전사'라는 명칭으로 미화
하고 이를 노래로 만들어 주입식 교육을 시켰다.

　　이러한 '군국주의'적 교육은 음악뿐만이 아니라 국어(일본어) 등에
서도 함께 실시되었지만 문화적으로 선전 효과가 높은 노래를 이용한
교육은 파급효과가 훨씬 컸을 것이다. 아동들은 노래를 따라 부르며
야스쿠니의 신이 되는 낙하산부대나 공군이 되기를 꿈꾸고 직접 참전
하지 못한 아동들은 때로는 '소년산업전사'로 후방지원을 위한 애국
반으로 활동했을 것이다.

　　'소년산업전사'로 대표되는 아동의 노동 의무부여는 〈3-5〉「모내기
田植」에서 나라를 위해 쌀을 심고 농사를 짓는 것으로, 〈3-7〉「어린이애
국반こども愛国班」에서는 고철을 줍는 것으로, 〈3-19〉「위문대ゐもん袋」에서
는 조국의 땅 내음이 스며든 위문품을 보내는 것으로 제시하고 있다.
특히 「위문대ゐもん袋」의 마지막 가사 '위문편지 그림연극/ 그림책도 곁
들여/ 넣었습니다.ゐもんの手紙　紙しばゐ、/絵本もそへて/入れました'를 통해 위문품
을 소년병들에게 보내는 것임을 유추할 수 있다.

　　그리고 〈4-2〉「작업의 노래作業の歌」에서는 '추위도 더위도 잊어버리

25　전게서, pp.350-351

고 다함께 힘을 합쳐 일하자'는 가사를 삽입하여 근로·근면주의를 강조하고 있다. 〈4-12〉「마을의 대장장이村の鍛冶屋」에서는 '일찍 자고 일찍 일어나' 무쇠 같은 팔 근육을 자랑하며 일하는 노동자의 모습을 묘사하고 있다.

4. 軍國主義를 강조한 노랫말

지금까지 일제 말 마지막 음악교과서인 『初等音樂』의 교과 과정의 특징을 살펴보고 내용적인 면을 분석해 보았다.

먼저 〈제4차 교육령〉 시기에 교육된 『初等音樂』은 그 이전과는 달리 일상생활의 소리와 연관시켜 청음 능력을 키우도록 노력하였다. 이렇게 예민한 청각의 육성을 중시한 것은, 전장에서 아군기와 적기를 구분하고 총, 포 등 다양한 무기의 소리를 구분가능하게 하기 위한 절대음감이 요구되었기 때문이었다. 게다가 어려운 의식창가를 잘 부르도록 지도하기 위한 의도적인 목적도 있었다.

가사歌詞의 내용에서, 『初等音樂』에는 특히 전쟁풍경을 적나라하게 드러내는 아동용 군가라고도 할 수 있는 '전쟁창가'가 많이 등장하고 있음을 알 수 있다. 이러한 전쟁창가는 전시시국을 그대로 반영하는 노래로, 가사에 천왕, 용사, 국민, 일장기日の丸, 대동아 등의 용어가 다용되며, 전쟁에 관한 창가가 50% 이상을 차지하여, 일제가 시행한 '군국주의'적 음악교육이었음을 알 수 있다.

『初等音樂』의 가사歌詞에 '鐵'이라는 중의重意적 장치로 무쇠, 강철과 같은 굳은 의지를 표상表象하는 정신적인 측면에 아동들에게 자원으로서 철의 중요성을 인식시키고 있다. 이는 전시 국책으로 '鐵'을 중요한

군수물자로 승화시켜, 학생들에게 암시시켰기 때문에 더욱 세밀한 장
치였다고 할 수 있다.

　한편 일제는 조선 식민지 특징이라고도 할 수 있는 군대식 노동통제
아래 가치관이 채 확립되지 않았던 유년기 아동들을 '소년산업전사'
라는 장치의 노래를 만들어, 가창 교육시킴으로서 노동력 동원을 원활
하게 이행하려 했음을 알 수 있었다.

　일제 말기에 시행된 『初等音樂』에 의해 교육된 창가는, 음악성 고취
보다는 전쟁을 미화하고 정당화하는 선전 선동의 노랫말들로 장치되
었음을 알 수 있다. 즉 일제는 『初等音樂』의 창가교육을 통해 조선의
병참기지화를 위한 '軍國主義' 장치로 활용했다고 할 수 있을 것이다.

IV. 초등학교 음악의 도구화*

유 철·김순전

1. 서론

인간은 태어나는 순간부터 여러 가지 소리와 접하게 된다. 소리라는 수많은 매체를 통해 만들어지는 음악은 인간의 삶과 더불어 존재해왔으며, 특히 인간에게 있어 마음을 정화시켜주는 심리적인 대상이자, 표현의 수단인 동시에 삶의 일부이다.[1] 그러나 일제에 의해 시작된 조선의 창가교육은 오늘날과 같은 자유로운 표현의 방식과 음악적 감성이 철처히 무시되었다. 학교에서는 국가와 같은 노래를 가르치며, 오직 '軍'에 대한 긍정적인 이미지와 친근함을 내세워 아동들에게 보다

---

* 이 글은 2013년 5월 일본어문학회 『日本語文學』(ISSN : 1226-9301) 제61집, pp.561-582에 실렸던 논문「日帝末期 道具化된 初等音樂敎育 -朝鮮總督府 編纂 『ウタノホン』, 『初等音樂』을 中心으로-」를 수정 보완한 것임.
1 김성규(1984) 『유아음악세계』 세광음악출판사, p.56

친화적이고 거리낌 없이 접근하고자하는 정치적인 수단으로 악용되
었기 때문이다.

특히 일제는 1940년을 전후하여 전시체제가 되자 조선인 징병을 위
해 교육내용을 전면 수정하고, 교육받는 모든 이가 천황의 후예이므로
일본과 천황을 위한 방패막이가 되어줄 신체 건장한 젊은 청년을 육성
하고자 주력하였다.

이러한 정치적 성격은 당시 학교에서 활용한 모든 교과서 내용 속에
이데올로기로 장치되어 있었는데, 음악교과서인『ウタノホン』과『初等
音樂』역시 예외는 아니었다. 타 교과목에 비해 다소 등한시 되는 과목
이었음에도 불구하고, 어린 아동들을 '樂'과 함께 거리낌 없이 교수하
기가 용이할 것이다. 특히 노래가사를, 음을 통해 표현하는 '音樂'은 아
동들 기억 속에 부담없이 저절로 저장되는 장치로 아동의 뇌리에서 오
랫동안 머물러 무의식의 세계를 관장하였을 것이다. 특히 인격형성이
이루어지는 아동기부터 청소년기에 이르는 시기에, 음악교육이 미치
는 영향력은 어떠한 방식으로 어떻게 교육을 받을지의 여부에 따라 개
개인이 느끼는 감정과 감동은 수많은 경우의 변수를 낳을 수 있기
때문에 간과할 수 없는 부분이기도 하다. 일제의 식민 치하에서 교
사들은 바로 이러한 점을 염두에 두고 교육하였을 것이며, 조선인
아동들의 감성은 일제의 음악정책에 따라 인위적으로 조정되어갔을
것이다.

이와 같은 문제의식에 입각하여 일제말기 초등학교에서 사용한 '음
악교과서²'를 대상으로 당시 음악교육의 구체적인 실상을 파악하는

---

2 일제강점기 사용되었던 창가(음악)과과서는 1910년 합방 직후 편찬된『普通學校
唱歌集(1910)』,『新編唱歌集(1914)』,『補充唱歌集(1926)』,『みくにのうた(1939)』,
『初等唱歌(1939~41)』,『ウタノホン(1942)』,『初等音樂(1943~4)』을 말한다. 또한 이
교과서들은 일본인학교에서 활용한『尋常小學唱歌』와는 별도로 조선인 학교를

동시에 황국신민육성의 일환으로 삼은 특정곡은 무엇이며, 어떻게 가르쳤는지를 알아보고, 또한 「教師用教授書」에 필수곡으로 명시되어있는 노래를 통해 아동의 감정을 어떻게 자극했는지 『ウタノホン』과 『初等音樂』 교과서를 통해 살피고자 한다.

2. 일제강점기 창가교육의 흐름

일본은 1910년 조선총독부를 설치하여 식민통치를 시작하였지만, 그에 앞서 1905년에 이미 통감부가 설치되어 무단정치라는 정책으로 한국의 외교권과 군사권은 물론 교육권마저 장악하기에 이른다. 이때부터 해방되기까지 조선의 교육은 사실상 일제의 식민정책 일환으로 계획 및 진행되었다.

당시 조선에서의 음악교육의 실상은 시대적 조건을 미루어 볼 때, 학교교육을 통한 서양음악의 보급, 다시 말해 일본의 學校唱歌의 보급이라는 것은 양악의 수용과 보급에 있어서 절대적인 영향력을 가지고 있었다.[3] 강점초기 타 교과목과 비교하면, 합방직후인 1910년부터 보통학교에서 사용하기 시작한 『普通學校唱歌集』이 『新編唱歌集』(1914), 『普通學校唱歌書』(1920), 『補充唱歌集』(1926) 등 조선총독부에 의해 차례로 편찬되지만, 몇몇 곡이 추가 된 것을 제외하면, 20년 이상 동일한 교과서를 사용하였다. 따라서 이러한 상황을 볼 때, 강점초기 음악

위해 편찬·활용되었으며, 주 교육시간은 1938년까지는 주당 30분씩 2회(1시간), 이후에는 조선교육령의 개정과 함께 주 2~3시간 또는 많게는 5시간까지 부여하며 가르쳤다.
3 민경찬(2001) 「조선총독부의 음악교육과 일제강점기 때 부산에서 발간된 『唱歌教材撰集』에 관하여」 한국음악학학회, p.11

교육의 중요성은 매우 낮았을 것으로 생각[4]되며, 이를 뒷받침하는 근거는 다음 아래의 내용과 같다.

> 보통학교의 교과목은 수신, 국어, 조선어 및 한자, 산술, 이과, 창가, 체육, 도화, 수공, 재봉 또는 수예, 농업초보, 상업초보로 한다. 단 이과, 창가, 체육, 도화, 수공, 재봉 또는 수예, 농업초보, 상업초보 과목은 지역 상황(환경)에 따라 일정 기간 제외시킬 수 있음.[5]

위 내용을 통해 알 수 있듯이 조선에서의 창가교육의 시작은 선택과목이었던 만큼, 과목의 중요성은 매우 낮았음을 시사한다.

일제는 1919년 3·1운동이 일어나자 기존의 '무단정치'에서 '문화정치'로 격앙된 민심을 달래기 위해 회유책을 내세운다. 또한 '내지연장주의'를 부각시키면서 기존의 보통학교(조선인 4년제), 심상소학(일본인 6년제)의 학제와 학교규칙을 일부 개정하면서 6년제로 일원화시켰고, 창가교과목을 필수과목으로 지정[6]하고 조선인들의 불만을 완화시키는 조치를 취해 학교교육에 변화를 주기 시작했다. 그러나 '一視同人', '內鮮一體', '內鮮共學', '日鮮融和', '內地準據主義', '內地延長主義'라는 융화적인 정책을 취한 것은 조선인들의 지배방식을 달리

4 당시 국어(일본어)과목에서 활용한 교과서 『國語讀本』은 1910년 편찬되어, 1919년 3·1운동 이후 조선인의 강력한 저항에 못 이겨 문화정치를 표방하면서 1922년 개정, 1930년 만주사변 전후로 개정, 1938년 중일전쟁 및 〈3차 조선교육령〉기와 맞물려 개정, 1941년 마지막으로 개정되는 등 총 4차례에 걸쳐 개정될 정도로 학교교육에 있어서 가장 핵심교육이며, 중요한 교과목이었음. 이에 비해 창가교육의 중요성은 다소 배제되어 있다고 생각할 수 있다.
5 普通学校ノ教材ハ修身, 國語, 朝鮮語及漢字, 算術, 理科, 唱歌, 體操, 圖書, 手工, 裁縫及手藝, 農業初步, 商業初步,トス. <u>但シ理科、唱歌、體操、圖書、手工、裁縫及手藝、農業初步、商業初步ハ土地ノ狀況ニヨリ当分ヲ欠クコトヲ得</u>。〈普通學校規則〉1911.10.10 第六條, p.3
6 〈朝鮮教育令〉1922.2.4 勅令第十九號, 官報第2852號, p.109

하는 일종의 수단일 뿐이었다.

정책적인 변화 속에서 교육체제가 변화되어 갔으나, 창가교육이 확실한 중요 교과목으로 자리매김했다고 보기에는 다소 이르다. 그 이유는 학제가 4년제에서 6년제로 연장되었으나, 지역상황에 따라 3년제 또는 5년제로 구성되어 있는 학교도 존재하였으며, 타 교과목(국어)은 문부성 교과서 일부를(5·6학년 과정) 그대로 활용하여 사용하였지만, 창가교과목 역시 일본인이 활용하였던 교과서를 그대로 사용했는지 여부에 대해서는 지역 여건에 따라 다르기 때문이다. 그러나 확실한 것은 3·1운동 이후의 창가교과목은 기존의 교육방식과는 다르게 아동들에게 가르쳐야할 내용은 물론 교수 방법에 있어서도 많은 변화가 일어났다는 것이다. 이는 교사용 참고서의 내용을 통해 확인할 수 있는데, '일반적인 실제 문제'라는 장에서 언급하는 내용을 보면 창가교육을 주요 필수과목인 수신, 국어(일본어), 역사, 지리 등의 교과목과 아동들의 일상생활을 연계하여 교수하도록 권장하고 있는 부분이다.

> 수신, 국어, 역사, 지리, 이과 등 타 교과와 연결 가능한 것.
> 아동의 실생활과 관계있는 것이나 이에 밀접하게 관계한 것.
> 아동의 심리상태 또는 사상과 서로 일치할 수 있는 것.
> 아동의 흥미유발에 적합한 것.[7]

실제 〈1·2차 조선교육령〉의 〈보통학교규정〉에서 창가교과목과 관

---

7 豊川熊夫(1926)、『小學校·普通學校に於ける唱歌敎育の實際』, 大邱印刷合資會社, p.5 修身、國語、歷史、地理、理科及他敎科に連結せるもの。兒童の實生活に關係あるもの又は境遇に近きもの。兒童の心理狀態及思想に投合せるもの。兒童の趣味に適合するもの。

련 된 언급은 극히 일부이다. 그리고 창가교육에서 가장 중요하게 언급되어 있는 부분은 '심정을 순정케 하고 덕성을 함양'이라는 내용과 같이, 가장 기초적으로 습득해야할 교육이념을 공포[8]하고 있었던 점으로 보아, 1920년대에 들어서 창가교육이 보다 활발해져 가고 있었다는 것을 유추해볼 수 있다. 그러나 기초적인 습득이라 하더라도 대부분의 곡들이 일본적인 음악과 리듬, 박자 속에서 일본문화를 주입하고, 가사에 담긴 의미를 보더라도 편향된 음악교육의 실상이 드러나 있다. 교육당국은 조선총독부에서 편찬했거나 검정을 받은 창가교과서만을 사용하도록 하였다. 그 교과서는 일본에서 사용하는 교과서를 바탕으로 한 것이므로 일본의 교과내용이 바뀌면, 조선의 교과내용에도 영향을 미쳤지만, 조선인은 인격적으로나 자격 등 모든 면에서 일본인과 동등하지 못하였다는 것은 주지의 사실이다.

일본은 1930년대 후반에 들어서야 학교에서 사용되는 모든 교과서를 개편하기에 이른다. 이 때 비로소 창가교과서 또한 약 20년 동안 활용하였던 교재를 개편하게 되지만 이렇게 교육정책이 변화하게 되는 이유는 1930년을 기준으로 일본이 추구하고자 하는 군부의 정치적인 개입이 반영 되어 전시체제로 돌입하였기 때문이다.

따라서 1910년부터 1938년까지 창가교육의 목표는 '심정을 순정하게 하고 미감을 양하여 덕성의 함양에 자함'이었다면, 1939년부터는

---

8 朝鮮總督府令 第110號(1911、10月20日)、p.2 [第一次 朝鮮教育令期の普通學校規則] 第十三條 ：唱歌ハ平易ナル歌曲ヲ唱フルコトヲ得シメ心情ヲ純正ニシ德性ノ涵養二資スルコトヲ要旨トス 唱歌ハ平易ナル單音唱歌ヲ授ヶ其ノ歌詞及樂譜ハ平易雅正ニシテ児童ノ心情ヲ高潔純美ナラシムルヲ選フヘシ
朝鮮總督府令 第8號(1922. 2月5日)、p.2 [第二次 朝鮮教育令期の普通學校規則] 第十七條：唱歌ハ平易ナル歌曲ヲ唱フルコトヲ得シメ心情ヲ純正ニシ德性ノ涵養二資スルコトヲ要旨トス 唱歌ハ平易ナル單音唱歌ヲ授クヘシ 第四十三條：紀元節、天長節祝日及一月一日ニハ＜君が代＞ト其ノ祝日二相當スル唱歌ヲ合唱スル。

전시체제기에 접어들면서 '미감을 양하고 덕성의 함양에 자함'으로 바뀐다. 그리고 '황국신민으로서의 정조를 순화시킬 것'으로 내용 일부를 개정하였으며,[9] 이 시기부터는 조선인 징병을 위한 교육환경을 조성하게 된다.

1939년부터 1944년까지 『初等唱歌』 6권과 『ウタノホン』 2권, 『初等音樂』 4권이 편찬된다. 특히 중일전쟁과 더불어 개정된〈제3차 조선교육령〉을 통해서 전시체제를 준비하기 위해 본격적인 황국신민화 교육이 이루어지기 시작하는 시기이며, 이를 통해 '學園의 決戰體制'가 확립되었다고 단정하는 시기이기도 하다.[10] 창가 교과목뿐만 아니라 모든 교과목 또한 교육의 중점은 '미래의 전투 병사', '천황을 위해 목숨을 바칠 수 있는 忠' 등이 강조 되는 시기이다.

대부분의 교육이 '황국신민이 되기 위한', '일본을 위한', '천황을 위한' 등의 학교 교육을 통해서 '군인을 지향하는 아동'을 만들어 내는 것이 주된 교육목표라는 것을 노골적으로 나타내고 있는 것이다. 이러한 교육목표 아래 조선인의 징병정책은 학교를 다니는 학생뿐만 아니라 후방의 여성들 또한 정책대상에서 제외될 수는 없었다. 다음 내용은 조선인 학생들의 학부모를 포섭하기 위해 치밀한 정책들 중 거론된 내용이다.

특히 군대라는 곳이 어떠한 곳인지를 알아주었으면 하는 것은 우선 婦人들이다. 어머니이자, 할머니이기도 한다. 이러한 婦人들에게 군대에 대해 이해를 구하는 것이 가정 우선시되어야할 필수이며, 작년 겨울부

---

9   민경찬(1996)「조선총독부의 음악교육과 일제강점기 때 부산에서 발간된『창가교재찬집』에 관하여」계간낭만음악 제9권 제1호, pp.69-70
10 《每日申報》1943. 1. 17(3面)朝

터 약 100여명의 婦人들을 선정하여 경성으로 모시어 특별지원병훈련
소나 군부대 또는 인천에 위치한 공원工員양성소 같은 곳을 자주 견학시
키고 있다.[11]

이러한 정책을 통한 '後記'라는 평가에서는 당시 총독부에서도 매
우 성공적으로 평하고 있다. 후방의 여성(학부모)들에게 견학하도록
권장하여 훈련소생활의 규칙적이고 질서정연함을 알게 하고 이를 접
하게 된 어머니들은 우수한 시설과 환경여건에 만족해하며 감동을 느
끼게 되었다고 한다. 그리고 조선인 학부모들이 견학현장에서 없는
돈을 내놓으며 "약소하나 이 금액을 군부대를 위해 부디 활용해주십
시오", 또는 "이 돈으로 우리 아들들에게 좋은 쌀을 사다주시오"라는
말과 함께 기부하는 사람도 적지 않았다고 위 내용에 이어 서술하고
있었다.

따라서 일제강점 말기에는 앞서 언급한 바와 같이 조선인들을 징병
하기 위해 사회적으로는 학부모들에게 군부대의 실상을 직접 경험하
게 하여 자녀들에 대한 징병을 꾀하려하고, 학교에서는 학생들의 감성
을 자극하여 이중효과를 누리려는 정책을 펼치고 있었던 것이다. 다시
말해 유사시에 즉각 대응할 수 있는 학생으로서의 기초적인 군사적 능
력 배양[12]을 위한 군사교육이 절실했기 때문이다.

물론 앞서 언급한 내용들은 창가교육뿐만 아닌 모든 학교 교과목을

---

11 特に軍隊が如何なるものであるのかを知って頂きたいのは、先ずご婦人方である。お
母様方であり、お祖母様方である。そのご婦人方に軍隊を知って頂くといふことが、先
ず第一の必須事であり、昨冬から約百名位のご婦人方を選定して京城に送り、特別支
援兵の訓練所や軍隊やまた仁川にある工員養成所といったようなところを、よく見学し
て頂いている。朝鮮總督府(1944)『朝鮮徵兵讀本』第五障 p.220

12 朝鮮敎育會(1943)『學徒戰時動員體制確立要綱ニ関する件統將』『文敎の朝鮮』, pp.5-6

통해서 이루어졌으며, 전반적인 설명을 위해 창가 교과서의 편찬과 과
목의 중요성을 본장에서는 개략적으로나마 서술해보았다. 다음 장에
서는 이러한 교육환경을 바탕으로 일제말기 조선인을 징병시키기 위
한 내용을 '창가' 교과서를 통해 구체적으로 살피고자 한다.[13]

3. 군사교육의 도구로 장치화 된 음악교과

태평양전쟁이 점차 확대되자 황국신민화 교화를 위한 군사체제로
급속히 추진되었다. 일본은 조선인을 군사적 목적으로 동원, 전시에
대비한 교육을 효과적으로 추진하기 위해 1943년 〈조선교육령〉을 개
정하였다. 곧이어 '교육에 관한 전시 비상조치령'을 발표하여 학교교
육을 완전히 전시교육체제로 전환시켰다. 또한 군국주의적 국가체제
에 따라 교육이라기보다는 군사 능력의 배양이라는 방향으로 추진되
었다.[14] 이 시기부터 조선의 모든 아동들은 '천황을 위하여', '황국신민
을 만들기 위하여'라는 목적아래 미나미 지로南次郎 총독이 결의한 두
가지 목표, '첫째 조선에 폐하의 행복을 받들게 하는 것'과 '둘째 조선
에 징병제도를 실시하게 하는 것'을 실행하기 위해 교육뿐만 아니라
조선의 모든 것을 탈바꿈하려 하였다.[15]

이 시기의 특징은 학교명이 '국민학교'로 개칭되는데, 이 명칭의 개
칭목적 또한 '皇國臣民學校'라는 의미를 나타내는 '國民學校'로 개칭

---

13 본고는 일제말기에 해당되는 '창가' 교과서(『ウタノホン』, 『初等音樂』)를 대상으로
    연구 하였기에 일제강점 후기((3차 조선교육령) 1939년 이전)의 창가교육의 실
    태에 대해서는 간략하게 주요 핵심내용만 요약하였음.
14 장재철(1985) 「日帝의 大韓國植民地 教育政策史」 일지사, p.463
15 宮田節子(1997) 『朝鮮民衆と『皇民化』政策』 未來社, p.94

된 것이며, 수신교과 교수요지에는 일제의 군국주의정책을 아래 내용과 같이 더욱 강하게 나타내고 있었다.

> 國民科 修身은 '교육에 관한 칙어'의 취지에 따라 국민도덕의 실천을 지도하여 충량한 황국신민다움의 덕성을 양성하고 황국의 도의적 사명을 자각시키는 것으로 한다. 초등과에서는 근이한 실천의 지도에서 시작하여 도덕적 정조를 함양하고 구체적 사실에 따라 국민도덕의 대요를 터득케 하여 황국신민다운 자각과 신념을 심화시키는 데에 힘써야 한다. (중략) 우리나라의 정치, 경제 그리고 국방의 國體에 연원하는 곳을 터득케 해 입헌정치의 정신, 산업과 경제의 국가적 의의 및 국방의 본의를 명확히 해 준법, 봉공의 정신을 함양해야한다.[16]

이렇게 노골적인 교육의도를 내비친 시기에 초등학교 학생들을 위해 편찬된 창가교과서가 바로 『ウタノホン』과 『初等音樂』이 해당된다. 본 장에서는 일제말기에 사용된 『ウタノホン』과 『初等音樂』에 수록된 곡을 통해 어떤 통제와 군사동원정책을 실시했는지 여부를 고찰해보고 실질적으로 어떠한 내용을 어떻게 가르치고 이러한 내용들이 조선인 징병을 위한 하나의 수단으로서 자리매김하고 있었는지 여부를 타교과목과도 일부 연계하여 파악하고자 한다.

3.1 『ウタノホン』의 遊戱性으로 皇軍에 접근

조선총독부는 일제강점기 중후반부터 '동아 신질서건설'이라는 사명을 '협력'이라는 것을 노골적으로 강조하면서 군부의 '전력증강'이

---

16 권혜근(2010) 「韓國 近·現代 音樂敎育 硏究 : 韓·日 音樂 敎育課程의 比較」, 성균관대학교 박사학위논문, p.72

라는 방침을 확립하기에 이른다. 이러한 정세와 더불어 학교에서 실시되는 모든 교육은 군사화 되어가고, 교과목 구분 없이 전 교과목을 대상으로 군대식 성향으로 짙어져 갔다.

이 시기에 편찬된 창가교과서가 1939년까지 편찬된 교과서와 다른 점이 있다면 1·2학년 즉 저학년을 위한 창가 교과서 명칭을 다르게 하였다는 점이다. 이는 일본어 교과서에서의 『ヨミカタ』[17]와 마찬가지로, 저학년의 빠른 이해와 습득력을 높이기 위해 보다 쉽게 표현했다고 할 수 있을 것이다.

교재의 구성을 순서대로 나열하면 의식창가 5곡(君が代, 勅語奉答, 一月一日, 紀元節, 天長節, 明治節)과 그 외 20곡으로 총 25곡이 1학년 용에 수록되어 있으며, 2학년용 교과서에도 마찬가지로 의식창가(5곡)를 비롯하여 25곡이 수록되어있다. 그러나 1년 동안 이 25곡 전체를 가르치는 것은 아니었으며, 〈初等科各學年教材一覽表〉를 보면 20곡 중에서도 1·2학년 8곡씩을 필수 교재로 교수하도록 표시되어있으며, 기타 곡들은 가사만을 게재하고 명시되어있어 8곡을 우선적으로 가르치되, 교사 재량에 따라 필요한 기타 곡들을 선정하여 가르쳤을 것으로 생각된다. 먼저 이중에서 필수교재로 분류되어있는 1·2학년 곡들을 표로 나타내면 다음과 같다.

---

17 〈4차 조선교육령〉을 통해 편찬된 국어(일본어) 교과서로 1·2학년용은 『ヨミカタ』로, 이후 3학년부터는 『初等國語』로 표기되어 학년별로 구성되어 있다.

〈표 1〉 초등과 각 학년 교재 일람표[18]

구 분	1학년	2학년	비 고
의식창가	君が代		1·2학년 동일
	勅語奉答		
	一月一日		
	紀元節		
	明治節		
필수 교재로 지정되어 있는 곡	ガクコウ	春ガ来タ	
	ヒノマル ※심상소학창가 일부 개정	軍カン	
	ハトポッポ ※심상소학창가 일부 개정	花火	
	ウミ	朝の歌	
	ヘイタイゴッコ ※『ヨミカタ』내용 일부수정 사용	ウサギ	
	オツキサマ	菊の花	
	オウマ	兵たいさん ※심상소학창가 일부 개정	
	ヒカウキ ※『ヨミカタ』내용 그대로 활용	羽衣	

위〈표 1〉에 나타나있는 단원에서, 1학년 단원부터 필수곡을 살펴보면 가장 먼저 '학교'라는 곡이 나타나 있다. 이 곡은 기존에『普通學校唱歌集』에서는 한글로 표기되어있었으나,『初等音樂』에서는 일본어 표기로 바뀌었으며, 노래제목은 같으나 이 곡의 교수목적에서 큰 변화를 확인할 수 있었다.

一. 우리학교조흔곳에 여러조흔선성님게

18 『ウタノホン』1·2학년용 교과서는 교사용으로서 교수법상의 주의해야할 점, 필수적으로 가르쳐야할 내용이 명시되어 있어 분석하는데 용이하나, 3학년 이후인『初等音樂』교과서는 교사용이 아닌 악보와 노래가사로 구성되어 있어 일제말기 군사동원정책에 따른 교육전반적인 사회배경을 바탕으로 필자가 견해를 밝히는 것이므로 3학년 이후의 필수 일람표는 작성하지 않았음.

조흔말삼만히듯고 조흔일을만히배워

각석칙을읽어가며 글시습ᄌᆞ째ᄊᆞ하야

날과날로간단없시 조흔일을익혀보세   〈(上)-「학교」, p.140〉

1. 모두 함께 공부하자 즐거웁구나

　　국민학교 1학년

2. 씩씩하게 체조하자 하나 둘 셋

　　국민학교 1학년   〈(下)-「ガクコウ」, p.41〉

　이 두 곡의 노래 가사 내용을 비교해보면 앞서 언급한 「학교」의 내용을 함축하여 나타낸 것처럼 보일 수 있으나, 같은 제목에 비슷한 내용이지만 음계는 완전히 변하였고, 교수목적이 바뀌어 있음을 확인할 수 있었다. 1926년에 교사용 참고서로 편찬된 『普通學校·小學校に於ける唱歌敎育の實際』[19]에서는 「학교」라는 곡의 주요 교수목적은 단순히 '아동의 심정을 미화하도록 할 것'으로 나타내고 있으나, 「학교ガクコウ」에서는 1절은 '학교는 즐거운 배움의 터'임을 언급함과 동시에 'ミンナデ'라는 문구를 통해 '학교라는 곳이 단체생활의 시작임을 의식하게 할 것'과 2절의 가사를 통해서 '학교에서는 활발히 운동하여 신체를 건강하게 할 것'이라고 명시되어 있어 '단체생활'과 '건강함'을 강조한다는 것은, 이 학생들이 향후 징집되기 위해 활용될 병력으로서 가장 저학년 첫 시간에 배우는 곡을 통해 징집대상을 염두에 두고 있음을 암시하고 있다. 그리고 이 시기에는 제국신민으로 만 20세에 해당되는 남성은 병역에 복무하도록 되었으며,[20] 징병검사를 회피하거나 받지

19 豊川熊夫(1926) 앞의 책, p.21
20 兵役法 第一条 '帝国臣民タル男子ハ本法ノ定ル所ニヨリ兵役ニ服ズ'

않으려 한다면 회피 방법에 따라 100엔의 벌금을 부과하도록 명시되어 있다. 또한 당시 편찬된 조선인 군사교범의 戰陣訓을 보면 제1조 제4항 단결, 제5항 협동을 강조²¹하고 단체생활의 중요성을 강조하고 있는데, 이는 저학년부터 확실하게 '병역의 의무'를 인식시키려는 의도로 해석할 수 있을 것이다.

다음 「일장기ヒノマル」에서는, 일본인이 활용하던 창가교과서의 내용 일부를 개정하여 편찬하였는데, 제목만을 보아도 일본의 상징인 '히노마루'를 통해 맑은 하늘에 휘날리는 '히노마루'의 아름다움과 아침 해가 승천하는 모습을 그려낸 용맹함을 가르침과 동시에 국운의 隆昌을 암시하도록 가르치게 되어있는 곡이다. 이 또한 제국신민의 일원으로서 소속감을 심어주고 있는 노래라 할 수 있다.

이어지는 필수교재 곡으로 「병정놀이ヘイタイゴッコ」와 「비행기ヒカウキ」는 저학년 일본어 교과서 『ヨミカタ』에 수록되어있는 단원의 내용을 변용하여 만들어진 곡이다. 학교교육에 있어서 가장 주요교과목으로서 우선시 되었던 일본어 시간에 다루어진 내용을 통해 음악시간에도 '노래'讀本唱歌라는 즐거움을 더하여 반복학습의 효과가 이루어진 셈이다. 어린아동은 언어발달시기에 다양한 동요를 부르면서 언어나 정서적인 발달을 함께 병행해 나간다. 특히 이 노래처럼 노랫말이나 사진, 그림 등과 매칭 시켜 교육 받게 되는 학생들에게 심리적으로 미치는 영향은 대단히 크다고 생각 된다.²² 이 노래의 가사를 살펴보면 다음과 같다.

---

21 戰陣訓、その一、第四　軍隊は統率の本義に則り、隊長を核心とし、強固にして而も和気藹々たる団結を固成すべし。第五 共同 諸兵心を一にし、己の任務に邁進すると共に、全軍戰捷の為欣然として没我協力の精神を発揮すべし。

22 김미경(2008) 「노랫말과 그림카드 매칭이 언어발달지체아의 어휘력에 미치는 영향」 한국언어치료학회, p.1

1. 따따따따 따따따따 / 빵 빵 피웅 피웅 병정놀이

　　따따따따 따따따따 / 빵 빵 피웅 피웅 우리들은 용감하네

2. 따따따따 따따따따 / 빵 빵 피웅 피웅 돌진하세 돌진해

　　따따따따 따따따따 / 빵 빵 피웅 피웅 적병敵兵은 도망가네

〈(下)-「ヘイタイゴッコ」, p.60〉

　「병정놀이」를 통해서 군에 대한 친밀감을 조성하고 국어(일본어) 시간에 배운 내용[23]을 통해서 학생들이 군에 입대하면 자신들이 어떠한 병과에 지원할 것인가를 나타내고 병과별로 역할극 활동을 서사하고 있다. 歌詞에서 '우리들은 강하다', '적들은 도망간다'라는 표현으로 일본군의 우월성을 가사를 통해 아동들에게 승전을 고취하는 장치로 응용되고 있다. 특히 이 노래는 현재 일본에서 집약되어있는 『軍歌大典集』에도 군가로서 실려있기도 하다.

　「비행기」는 교수적 차원에서 내용을 검토해보았을 때 직접적인 국가적 이념이나 사상, 군사적인 언급은 없으나 이 시대의 '비행기'는 첨단과 빠름의 상징일 뿐만 아니라 군사력에 있어서도 공군의 위력은 대단하였기에 아동들의 동심을 자극하기에는 충분하였을 것이며, 교사 재량에 따라 학습을 받는 아동들이 받아들이며 꿈꾸는 감성은 많은 차이가 있었을 것으로 생각된다.

23　勇サンハ、オモチャノ　テッポウヲ持ッテ、「ボクハ　ホ兵　ダヨ。」ト　イヒマシタ。正勇サンハ、竹馬ニノッテ、「ボクハ　キ兵　ダヨ。」ト　イヒマシタ。太郎サンハ、竹ノ　ツツヲ　モッテ、「ボクハ　ハウ兵　ダヨ。」ト　イヒマシタ。太郎サンノ　弟ノ　次郎サンハ、小サイ　シャベルヲ　持ッテ、「ボクハ　工兵　ダヨ。」ト　イヒマシタ。勇サンノ　弟ノ　正次サンハ、三リンシャニ　ノッテ、「ボクハ　センシャ兵　ダヨ。」ト　イヒマシタ。ユリ子サン　ノ　弟ノ　秋男サンハ、ヲリ紙　グライダーヲ　持ッテ、「ボクハ　カウクウ兵　ダヨ。」ト　イヒマシタ。花子サント　ユリ子サンハ、「私タチハ　カンゴフニ　ナリマセウ。」ト　イヒマシタ。カタカタ　カタカタ、パンポン　パンポン、兵タイゴッコ〈『初等國語』「兵タイゴッコ」〉

2학년 『ウタノホン』에서는 「군함グンカン」이라는 곡이 필수교재로, 가사는 다음과 같이 서사하고 있다.

> 1. 나아가라 나아가 군함 / 일본의 나라 주위는 온통 바다
>   바다의 큰 파도 넘어서 나아가라
> 2. 나아가라 나아가 군함 / 일본의 나라의 영광을 수만리
>   바다 끝까지 빛나게 하라   ⟨(下)-「グンカン」, p.101⟩

이 노래를 가르치는 목적은, "일본은 '섬나라'로서 군함은 나라를 수호함에 있어 중요한 사명을 있다"는 것을 알게 하고, 군함의 위력을 통해서 국위를 빛내고 있음을 인식시켜 아동들에게 노래하도록 교수서에 명시되어 있다. 결국은 '섬나라'를 연호하는 황국신민으로서의 국민정신과 충국의 정서를 배양하는 노래로, 이 또한 향후 군사동원을 위한 숨은 장치가 엿보이는 노래라 할 수 있다.

「군인아저씨兵たいさん」에서는 가사를 통해 군 병사에 대한 용맹함을 알리는 노래이다. 노래가사를 통해 보병과 기마병의 모습을 묘사하면서 웅장하고 활발한 정신을 알게 하고 군인정신을 주입하여 충군애국의 이념을 가르치도록 교수서에 명시되어있다. 가사는 다음과 같다.

> 1. 총을 둘러 멘 군인 아저씨 / 발을 맞추어 걸어가고 있네
>   뚜벅 뚜벅 걸어가고 있네 / 군인 아저씨는 용감하지요
> 2. 말에 올라 탄 군인 아저씨 / 모래먼저 일으키며 달려오네
>   따그닥 따그닥 달려오네 / 군인 아저씨는 용감하지요
>   ⟨(下)-「兵たいさん」, p.125⟩

위 내용은 일람표에 명시되어있는 곡으로, 2학년 학생들에게 가르쳐야할 두 곡의 필수교재로서 포함되어 있다. 이외에도 2학년 교과서에 실린 20곡을 자세히 살펴보면 「テツカブト」, 「おもちゃの戰車」 등의 곡을 추가로 확인할 수 있는데, 이 노래들 역시 앞서 언급한 「兵たいさん」과 같은 군인정신을 각인하는 교수목적이 명백하다. 이것과는 다소 다르게 「菊の花」에서는 '황실문양의 의미를 알게 한다'라는 내용으로 직접적인 軍歌에 대한 언급은 없으나 皇國臣民으로서 기본적으로 갖추어야 할 사항을 가사를 통해 인지시키도록 교수서에서 명시하고 있다.

1, 2학년에서 활용하는 교과서 『ウタノホン』에서는 儀式唱歌를 제외한 총 40곡 중 약 8곡 정도가 군인정신에 대한 교수목적이 명확히 나타나 있는 것을 알 수 있었다. 뿐만 아니라 타 교과목(일본어, 기타 예능 과과목)과의 연계, 그리고 일본인이 활용하는 교과서의 내용을 일부 개정하여 조선인만을 위해 재활용하는 등, '국민적 情調 陶冶'와 '황국신민 연성'을 목표로 하여, 그에 걸 맞는 가사와 내용을 암기와 가창이 쉽도록 하였다.

이는 1943년에 개정된 조선교육령개정요강의 핵심 내용인 "군 간부 요원의 충족 및 노무동원계획의 수요에 부응"하기 위한 조치로서 고등·전문학교는 6개월씩, 대학은 3년에서 2년으로, 중등학교는 5년에서 4년으로 각각 수업연한이 단축[24]됨에 따라, 학생들의 졸업시기가 빨라지게 되어 의무적으로 진학하는 초등기관을 통한 조기교육의 중요성은 당연히 높아졌을 것으로 생각된다. 따라서 이러한 내용들이 밑바탕이 되어 조선인을 향후 징집하기 위한 군사교육의 시발

---

24 昭和16年 勅令924號(1943.2.17.) 「大學學部等ノ在学年限又ハ授業年限ノ臨時短縮ニ關スル件中改正ノ件」 p.1

점이라는 것을 저학년 음악교과서인『ウタノホン』을 통해서도 확인할
수 있었다.

3.2 초등학교의 군사교육을 위한『初等音樂』

1943년 전시체제가 가장 격동하던 시기에 출판 된『初等音樂』3 · 4
학년용과 1944년에 출판 된 5 · 6학년용은 교과서의 명칭이 기존의
'창가'에서 '음악'으로 바뀌었고, 일본에서 발간된『尋常小學唱歌』와
일부 새로 작곡한 곡을 제외하고는 내용이 거의 같으나 저학년보다는
고학년으로 올라갈수록 아동들의 일상생활이나 낭만에 관련된 내용
보다는 주로 일본의 연중행사, 찬양, 충성심이나 군사에 관한 내용이
대폭 증가하였다. 먼저『初等音樂』에 수록된 군사사상, 천황에 대한 충
성심 등을 주입시킬만한 단원을 추려내 보면 다음과 같다.

〈표 2〉『初等音樂』에 수록되어있는 군 관련 노래

3학년	4학년	5학년	6학년
軍犬利根	靖国神社	朝礼の歌	日本海海戦
田道間守	入営	忠霊塔	体錬の歌
軍旗	廣瀬中佐	赤道越えて	少年産業戦士
三勇士	少年戦車兵	戦友	日本刀
潜水艦	九勇士	空の勇士	太平洋
		白衣の勤務	
		山本元帥	

〈표 2〉를 보면 1 · 2학년에 비해 이데올로기적인 노래들이 대거 증가
하였으며, 이『初等音樂』에는 전시시국을 그대로 반영하고 있는 '전쟁
창가'로서 가사 내용에 천황, 용사, 국민, 일장기, 진군, 조국 등의 용어
가 대거 등장한다. 현재 군사교육기관에서도 이와 비슷하며 국가에 대

한 국가관, 충성관 등을 군인들에게 단기간에 함양시키기 위해 군가 교육 시 동작과 구절별 목소리 톤을 유효적절하게 조절하도록 교육하고 있으며, 전우애를 최대한 극대화시키기 위해 연평해전, 서해교전, 천안함 침몰 등의 영상물을 주기적으로 보게 하여, 자기 자신이 국가의 일원으로서 필요한 존재임을 깨닫게 하도록 지도하고 올바른 사생관을 심어주고자 지속적으로 교육을 실시하고 있다. 이러한 교육은 일제강점기에도 마찬가지라 할 수 있으나 특히 이시기에는 최고조에 달한 시기였음으로 일본군으로서의 사생관을 명시한 내용을 보면 다음과 같다.

'삶과 죽음을 관통한 사람은 숭고한 獻身奉公의 정신이다. 생사를 초월하여 일념으로 임무완수에 매진해야 할 것이다. 혼신의 힘을 다하여 영원토록 대의代議로 살아갈 것을 기뻐해야 할 것이라.'[25]

라고 조선인이 새겨야 할 군인정신에 대해 명시하고 있어, 일제는 아동에게 멸사봉공, 황국신민다운 사생관을 심어주기 위한 노래가 자연스레 늘어났을 것으로 생각할 수 있다.

학년별로 노래를 살펴보면, 3학년과정에는 5곡이 해당되는데 먼저 軍犬에 관련된 노래의 가사는 다음과 같다.

1. 가라는 명령에 쏜살같이 / 사랑스런 군견 쏜살같이

   따따따따 따따따따 따따따따 / 탕 탕 탕 빗발치는 탄환 속

---

25 第七、死生観　死生を貫くものは崇高なる獻身奉公の精神なり。生死を超越し一意任務の完遂に邁進すべし。心身一切の力を尽し從容として悠久の代議に生くることを悦びとすべし。朝鮮總督府(1944)『朝鮮徴兵讀本』

2. 저 개, 쏴라 쏴 마구 쏘아라 / 놓치지 마라 놓치지 마, 마구 쏘아라
   따따따따 따따따따 따따따따 / 탕 탕 탕 빗발치는 적의 탄환

   《(下)-「軍犬利根」, p.175〉

이 노래는 일본어교과서[26]에서도 다루고 있는 내용인데, 어느 날 중
국의 전장으로 출전하게 되면서 빗발치는 적탄 속을 가로지르며 부대
와 부대를 오가는 중요한 임무를 맡고, 적의 총알에 맞았어도 끝까지
사명을 다하고 죽는 군견軍犬 도네利根의 활약상을 내용으로 하고 있다.
이 노래는 군가조로 불리었으며, 전장에서 용감무쌍하게 활보하는 도
네의 당당하고 책임감 강한 임무에 대해 칭찬하고 있는 내용이다. 바
꾸어 생각해보면 자신이 기른 개가 전장터에서 천황과 일본을 위해 용
감하게 나아갈 수 있다는 것을 서사하고, 아동들의 동심에 작용하여
황국신민화 교육의 실현의 하나로 충성심과 사생관을 동시에 교수할
수 있는 철저히 계획된 노래로 꼽을 수 있다.

이어지는 노래 「三勇士」는 1932년 만주사변 전투에서 기타가와 스
스무北川丞, 에시타 다케지江下武二, 사쿠에 이노스케作江伊之助 3명의 일등병
이 임무완수를 위해 적 장애물을 향해 자신들이 끌어안은 파괴통을 점
화하여 돌진, 곧이어 대폭발음과 함께 적 방어진지인 철조망과 더불어
흔적도 없이 사라지면서 전사한 내용이다. 이들의 업적은 당시 고전하
고 있던 아군의 공격 돌파구를 마련해주었고, 3명 모두 군대에서 경이
로움의 표시인 2계급 특진을 받게 되었다. 이 노래 역시 일본어교과서
에서도 다루고 있는데, 3명의 공병 병사가 파괴통을 끌어안고 뛰어들
어 진지를 파괴하고 장열하게 산화하는 삽화를 넣어 아동에게 선행학

---

26 朝鮮總督府(1943)『初等國語』卷五 二十二課 p.178

습의 효과를 노린 암시를 하고 있다. 가사는 다음과 같다.

1. 천황을 위해 나라를 위해 / 웃으며 출전했네 삼용사
2. 철조망도 토치카도 / 거칠게 무엇이냐 폭약통
3. 몸은 이슬로 산화되어도 / 명예는 남았네 묘항진

〈(下)-「三勇士」, p.205〉

위 「三勇士」의 내용에는, 자신의 목숨은 '천황'의 것이며, 국가를 위해 언제든지 희생할 수 있다는 사생관을 드러내고 있다. 학생들에게 영웅담과 동시에 전투 성공사례를 교육함은 물론 진정한 황국신민의 바람직한 나아갈 바를 암시하기 위한 노래라 할 수 있다.

「忠靈塔」은 5학년 과정의 곡으로, 전장에 임하는 군인들을 용사라 칭하고 전투에 임하는 굳은 의지와 참전의 뜻을 나타내고 있으며, 천황과 국가를 위해 자랑스럽게 희생할 수 있는 마음가짐을 충령탑 앞에서 다짐하는 노래로, 자신을 충령탑에 모셔진 전사자들과 오버랩 기법으로 암시하고 있다.

1. 용사들은 목숨을 바쳤네 / 용사들은 전투에서 승리했네
   그 영혼 미소 지며 여기에 있네 / 지금 우러르는 충령탑 드높아라
2. 용사들의 뒤를 이을 우리들이라네 / 용사들의 숭고한 공로를 기리며
   분기하여 전투에 임하리라 / 지금 맹세하노라 충령탑 앞에서

〈(下)-「忠靈塔」, p.316〉

「忠靈塔」의 전반적인 분위기는 엄숙한 진혼의 곡조로 이루어져있는데, 충령탑 앞에서 출전하는 용사들이 결의를 다짐하는 마음을 묘사

하는 듯 엄숙하고 장중한 분위기라 할 수 있다. 학생들에게도 다소 의
식창가와 같이 진지한 분위기 속에서 가르쳤을 것으로 생각된다. 이는
'음악적으로 높은 정조를 감득하게 할 것'[27]이라는 5학년 창가교육의
목표를 나타내고 있는 노래라 할 수 있겠다.

　이밖에도 〈표 2〉에서 언급한바와 같이 군대와 전장을 찬양하는 많은
곡들, 그리고 조선인 징집을 위한 군 홍보역할을 하는 많은 곡들이 수
록되어 있으나, 본고에서 대표곡들을 필자가 선정하여 분석해 보았다.
이처럼 일제강점말기 음악교육의 실상은 군에 대한 아동들의 심신을,
군대와 전장의 찬양을 위한 왜곡된 음악교육으로 에스컬레이트업시켜,
선전 선동하여 황국신민으로서 천황과 나라에 충성심을 고취시키고,
군대와 전장에 자연스레 접근할 수 있도록 기제하여 皇音化하고, 나아가
조선인 학생들의 징병정책의 일환으로 장치하였을 것으로 사료된다.

4. 결론

　이상으로 일제강점 말기 군사교육의 장치로 작용되었던 창가과목
의 교육정책에 주목하여, 당시 창가과목의 텍스트였던『ウタノホン』과
『初等音樂』에 실린 곡의 가사歌詞분석을 통하여 실상을 살펴보았다.
　일제는 조선의 음악교육을 담당할 예비교사 또는 일선에서 음악교
육을 담당하고 있는 교사들에게 먼저 일본창가 그대로를 보급하고, 그
것을 조선의 아동들에게 보급하고자 하는 목적으로 강점초기 교육을
실시한다. 하지만 전시체제기로 들어서면서부터 일본의 교과 내용을

27　坪田信子(2010)「日本歌曲・歌詞背景の研究」仁愛大學校人間生活學部編, 第2號
　　p.140

일부 수정하거나 그대로 활용하여 조선인을 일본인으로 동화시켜 일본 정부가 황국신민화정책을 시행했다는 것은 주지의 사실이다. 조선인들의 음악적인 경험은, 일본인이 만든 창가가 기본 틀이 되어 조선총독부의 검정을 거친 이후 비로소 조선 학생들에게 보급 된 것이기 때문에 병력동원을 위한 황국신민화정책이 짙은 교육내용임에도 불구하고 학생들은 영문도 모른 채 그저 교사가 가르치는 노래를 반복하여 부르고 가사의 의미를 세뇌 당했을 것으로 사료된다.

앞서 언급했다시피 황국신민화정책은 타 교과와 더불어 세부적이고 자세한 내용을 언급함과 동시에 노래로서 함축된 의미를 전달하고 있었으며, 당시 교육에 있어서 학교에서 가르치는 〈修身〉, 〈讀本〉, 〈體操〉, 〈歷史〉, 〈地理〉 등의 교과목과의 상호 보완적인 관계를 유지 해왔다는 것은 일제의 교육정책이 대단히 치밀했다는 것을 증거하는 것이리라. 그리고 철저히 준비된 군인양성을 위한 징병정책 속에서 수업을 받은 학생들의 정서를 사로잡기에는 군부대, 군인들을 동경대상으로 삼아 노래가사와 작곡에 조선의 정서를 고려하여 만들어지고 다양한 교수방법을 통해 영웅화되어져, 아동들에게 천황 다음의 제2의 찬양 대상자로 여겨질 정도로 인식되었는지도 모른다. 또한 학부모에게도 조선인을 징병시키기 위한 정책을 펼침으로써 현장견학과 다양한 언론 보도를 통한 홍보활동을 통해 끊임없는 관심을 유발하여 학교 내외적으로 병행되는 징병정책의 실상을 파악할 수 있었다.

이상의 고찰로 인하여 이러한 군사동원정책의 근본적인 목적은 조선인의 '완전한 일본인화' 즉 '천황의 사람이 되는 것'을 의미하고, 천황의 神格化, 전장에서의 皇軍이라는 이름아래 일제의 의도적인 창가교육의 실태를 조선인 징병정책과 연계하였다는데서 본 연구의 의의가 있다고 생각된다.

제국의 식민지 창가

제3장

唱歌의 식민지 사회학

제국의 식민지 창가

Ⅰ. 일제의 식민지배를 위한 대중예술과 창가*

김서은·김순전

1. 일제의 식민지배와 대중예술

식민지 초기 일본은 창가와 대중가요, 그리고 영화라는 문화매체를 통해 조선과 대만을 비롯한 식민지로 자신들의 사상과 이념, 문화 등을 발신하였다. 특히 대중문화로서 가장 활용도가 높았던 영화는 식민지시기 사상이나 국책을 홍보하는 수단으로 변용 적용시켜 나갔다.

당시 서양으로부터 들어온 근대적 대중문화는 급속도로 전국으로 확산되었으며 일제는 규제와 검열 등을 통해 대중예술을 정치적 수단으로 전환하는 작업을 수행하게 된다. 특히 한국영화 근대성의 기원으

* 이 글은 2013년 12월 한국일본어문학회 「日本語文學」(ISSN : 1226-0576) 제59집, pp.246-267에 실렸던 논문 「일제의 식민지배를 위한 대중예술과 창가 교육」을 수정 보완한 것임.

로 여겨지는 1926년 나운규의 〈아리랑〉은 영화를 비롯해 주제가인 '아리랑'이 전국적으로 확산되면서 엄청난 반향을 불러일으킨다. 이는 레코드 음반 산업의 활성화에 불을 지피는 촉매제의 역할이 되기도 했다. 이러한 시대적인 흐름 속에서 조선총독부에서는 서양의 창가를 이용해 식민지 음악교육을 시행하려는 움직임이 일었고 교과서에는 일련의 사회적인 현상이 반영되었으리라 여겨진다.

최근 일제시기의 문화연구동향은 각종 문화매체가 제국주의 확산과 정당성 확보를 위한 고도의 전략적 기술에 의해 동원되고 보급되었다는 사실에 초점을 맞춘 면밀한 연구가 진행되고 있으며 다양한 문화매체가 제국의 우월성과 지배질서를 정당화하는 도구로써 이용되었음을 규명하고 있다. 이러한 연구의 흐름 속에서 제국일본의 문화매체가 조선과 대만을 필두로 하는 주변 식민지에 식민지배의 정당성과 민족적 우월성을 과시하고 세력 팽창의 일익을 담당했다는 문화정책에 대한 실증적 연구가 이루어지고 있다.[1] 더불어 출판 인쇄술과 영화, 연극 등의 대중문화매체가 식민지에 제국 혹은 황국 일본의 정체성을 선전하는 수단으로 이용되었다는 문화식민지에 관한 연구 또한 주목을 받고 있다. 그러나 이러한 연구들은 대부분 전시체제기라는 제한된 시기의 문화매체의 역할에 치중하고 있다. 또한 당시의 문화현상과 교과서의 영향분석을 시도한 연구는 전무하다고 할 수 있다.

따라서 본고에서는 식민지 초기부터 서양의 문화매체 중에서도 영화와 음악이 한국에 들어와 대중예술로 확산을 모색하던 시기에 사회적으로 어떠한 영향을 끼쳤으며 이러한 대중예술이 어떻게 식민지교육에 편입되어 가는지 그 양상을 살펴보고자 한다. 이를 통해 식민지

---

1 대표적으로 赤沢四郎(2001)『戦時下の宣伝と文化』現代史料出版 ; 戸ノ下達也(2008)『音楽を動員せよ』, 青弓社 등이 있다.

초기 한국 내에서 대중예술의 태동과 이러한 상황에서 당시 발행된 초
등학교 음악교과서인『新編唱歌集』(1914),『普通學校唱歌書』(1920),
『普通學校補充唱歌集』(1926),『의식창가(みくにのうた)』(1938)와 1939
부터 1941년까지 발행된『初等唱歌』(全6冊)에 어떻게 반영되었는지
조명해 보고자 한다.

2. 식민지기 대중예술의 확산양상

개화기에 전래된 외래음악이 처음부터 명확하게 각각의 장르별로
구분되어 인식된 것은 아니었으며 많은 외래음악들이 두루 '창가唱歌'
라는 명칭으로 통칭되었다. 따라서 창가라는 명칭은 당대에는 외래음
악의 노래를 대신하는 보통명사로 쓰이기도 했고 그 시대의 특수성으
로 인해 지금은 특정 시대의 외래음악을 의미하거나 혹은 한 장르의
명칭으로 사용되기도 한다. 개화기 이래 전래된 창가는 대체로 다음
세 갈래의 유통과정을 거쳐 전파되었다.

첫째는 교회나 학교를 통한 정규교육이나 학습과정을 통한 유통을
들 수 있다. 이러한 교육을 통한 학습과정에서는 정확한 악보가 바탕
이 되며 여기에는 당대의 전문 음악가들이 참여하였다.

둘째 口傳된 것들이 있다. 처음에는 교회나 학교의 외국인에 의해
전파된 노래가 대중이 수용하는 단계로 넘어가면서 흡사 민요와 같은
전파과정을 거치게 되는데, 이 과정에서 선율이나 장단의 변형이 일어
나고 노랫말 또한 여러 형태로 변화를 일으키게 되므로 구연자나 채록
자에 따라 여러 버전의 노래가 전래된다.

셋째 상업적 목적을 바탕으로 하는 대중매체에 의한 유통을 꼽을 수

있다. 음반과 각종 노래책이 그것이다. 노래책은 정규과정에서 전파되는 교과서나 찬송가와 비슷하지만 음악전문가에 의한 체계적인 출판이 아니라 비전문가인 출판, 인쇄업자에 의해 임의로 편집된 대중 서적이다. 따라서 교육이나 전도 등의 특정한 목적을 지니지 않는 순전한 상업적, 오락적 목적을 위한 출판물이며 대체로 대중사회에서 유행하는 음악의 노랫말을 수록하고 있다.

그에 비해 유성기음반은 당대의 명창, 가수에 의해 취입되었으므로 가장 실상에 가깝게 당대의 음악을 전해주는 매체라고 할 수 있겠다.

구한국 學部編纂 『普通敎育唱歌集』이 발행된 것은 1910년이다. 이전에도 창가는 상당히 광범위하게 보급되었겠지만, 官選 창가집이 발행되어 학교교육에 본격적으로 도입됨으로써 창가의 보급은 새로운 양상을 띠게 된다.

처음 학교교육에서 창가는 외래적인 새로운 음악을 차용함으로써 자연히 애국적이고 계몽적인 성격을 띠었다. 1913년에 취입된 '부모은덕가', '학도가', '권학가' 등의 음반은 새로운 음악형식과 피아노 등의 반주에 맞추어 새로운 창법으로 출발하지만, 총독부체제로 들어가면서부터 점차 식민지 교육과 아동 교육을 위주로 하는 동요로 변화하여 갔다.

한편 '일본축음기상회'의 레코드 목록을 보면 1920년대에 발매된 외래음반을 '讚頌歌', '唱歌, 童謠', '新流行歌及日本歌曲'으로 분류하고 있다. 이것은 초창기 창가로 통칭되던 외래음악이, 시간이 흐름에 따라 점차 학교교육을 근간으로 하는 창가, 교회를 중심으로 하는 찬송가나 서양음악, 그리고 민간에서 유행하는 유행가로 성격이 분화되어 가고 있음을 보여준다. 학교와 교회 중심의 창가는 정식교육에 의한 제도권 음악으로 볼 수 있다. 그에 반해 제도권 밖인 민간으로 흘러

다니던 창가는 한편으로는 세속적인 대중음악으로 퇴폐성을 띠기도 하고 다른 한편으로는 지하로 스며들어 민족적 의식을 고취시키는 독립·애국의 노래로 혁명성을 띠기도 했다.

창가는 학교교육을 담당하기도 하였으나 대중예술로서의 창가는 민간에서 유행되면서 새로운 대중음악으로 자리매김하게 된다. 민간에서 유행하던 창가는 1920년대 유성기음반에도 많이 취입되었는데, 1920년대 중반에 발매된 유성기음반에는 대중들이 즐겨 부르던 창가를 '新式唱歌'나 '新流行歌'란 이름으로 표기하여 학교 창가와 구분을 두었다.

초창기 외래음악 창법을 들어보면 창가나 동요, 신식창가나 유행창가 할 것 없이 모두 동일한 창가식 창법으로 불렀다. 즉 창가나 동요나 가곡이나 유행가나 할 것 없이 모두 동일한 창법으로 불렀기 때문에 노래의 성격자체를 구분하기 어려웠다.

예를 들어 윤심덕이 취입해 큰 파장을 일으킨 '死의 찬미'는 원곡의 출처나 창법으로 보면 서양음악으로 볼 수 있지만, 외래음악의 번안이라는 측면에서는 창가의 대표적인 작품으로 볼 수 있으며, 대중과의 소통이라는 측면에서는 유행가의 성격을 동시에 지니고 있는데, 이 작품을 심지어 대중가요의 효시로 보는 견해도 있다.

한편 대중음악도 식민지 조선에 절대적인 영향력을 지닌 일본음악 창법으로 변화하기 시작하였다. 일본음반의 대량유입은 학교교육과는 또 다른 일본음악에 대한 문화적 체험을 가능하게 하였다.[2]

살펴보았듯이 일본의 창가는 총독부의 학교교육과 민간을 통해 들어와 유행창가로 인기를 얻게 된다. 학교교육을 통해 일본 창가가 조

2 배연형(2006) 「창가음반의 유통」 『한국어문학연구』 제51집, p.58

직적으로 보급되면서 학교교육의 중심을 차지하는데, 이는 일제강점기 전 시기에 걸쳐 일본음악이 뿌리내리게 되는 밑거름이 된다. 이는 1930년대에 들어서 유성기음반이 크게 보급되자, 순식간에 일본음악으로 대중의 취향이 바뀐 것도 실은 조선총독부의 20년에 걸친 일본 창가 교육이 바탕이 되었기에 가능한 일이었다.

다음은 1920년대 음반에 수록된 「父母恩德歌」이다.

> 부모은덕가 창가올시다.
> 1. 산아 산아 높은 산아, 네 아모리 높다 한들
>   우리 부모 날 기르신 높은 은공 미츨소냐.
>   높고 높은 부모은덕 어찌하면 보답하랴.
> 2. 바다 바다 깊은 바다, 네 아모리 깊다 한들
>   우리 부모 날 기르신 깊은 은공 미츨소냐.
>   깊고 깊은 부모 은덕 어이하면 보답하랴.
> 3. 산에 나는 까마귀도 부모공경 극진한데
>   귀한 인생 우리들은 부보님께 어이할꼬.
>   넓고 넓은 부모은덕 어이하면 보답하랴.
> 4. 우리 부모 날 기를제 고생인들 어떠하며
>   뼈가 녹듯 수고하야 우리들을 길렀으니,
>   잊지 마세 잊지 마세. 부모 은덕 잊지 마세.
> 5. 굳고 굳은 바위 돌은 만년토록 변치 않네.
>   한 부모에 같은 자손 우애지정 바위같다.
>   우리들은 효도해서 부모은덕 갚아보세.

이처럼 부모의 은혜를 마음속 깊이 새겨, 효도해야한다는 啓蒙歌的

음반으로 발매되어 당시의 창가음반이 지니고 있던 계몽적인 성격을 보여준다. 다음은 교과서에 수록된 「學徒歌」를 레코드로 녹음한 것이다.[3]

　　제십팔 학도가올시다.

　　1. 청산 속에 묻힌 옥도 갈아야만 광채나네.

　　　　낙락장송 큰 나무도 깎아야만 동량되네.

　　2. 공부하난 청년들아, 너에 직분 잊지마라.

　　　　새벽달은 넘어가고 동천조일 비치운다.

　　3. 유신문화 벽두 초에 선도자의 책임 중코

　　　　사회진보 깃대 앞에 개량자된 의무 크다.

　　4. 농상공업 왕성하면 국태민안 여기 있네.

　　　　가급인족하고 보면 국가 부영 이 아닌가.

　　5. 문명기초 어데 있노. 학리 연구 응용일세.

　　　　실업과학 학습함이 금일시대 급선무라.

　　6. 애홉도다 우리 부형, 엄하도다 우리 선생,

　　　　부사교육 엄하온데 학문불성 할까보다.

　　당시 유통되던 음반들을 살펴보면 서양 음악부터 학교 창가까지 다양한 장르를 음반화해 창가보급에 힘썼음을 알 수 있다.

　　1926년 12월 최승일이 「라듸오·스폿트·키네마」라는 글에서 "사실상 映畵는 小說을 征服하엿다."라는 선언을 하였던 것은, 두 달 전 단성사에서 개봉한 영화 〈아리랑〉이 있었기 때문에 가능했다. 그리고 영

3　발췌한 노래들은 배연형(2006) 「창가음반의 유통」 「한국어문학연구」 제51집'에서 1920년대 레코드 목록과 가사를 발췌 인용한 것이다.

화 〈아리랑〉의 성공에는 '10전'[4]이라는 비교적 헐값으로 활동사진을 볼 수 있었기에 가능했던 수효의 폭발적인 관객이 있었기 때문이다.

나운규의 영화 〈아리랑〉은 일반적으로 한국영화의 근대성의 기원으로 평가된다. 그것은 아리랑에 이르러 비로소 근대적인 서사구조와 자각적 영화언어에 기초한 조선영화가 시작되었다는 데서 일차적인 근거를 찾을 수 있다. "아리랑이야말로 구극조舊劇調를 탈피脫皮한 첫 작품이었다."[5]는 평가도 그와 관련된 것이다.

이 영화는 나운규의 제안으로 그가 직접 쓴 각본을 일본인 쓰모리 슈이치津守━━가 제작자 요도淀에게 권고하여 조선키네마에서 제작한 영화다. 이 영화는 무엇보다도 당시의 농촌현실을 매우 사실적으로 포착하고 있다. 소작인과 지주(또는 지주의 대행자인 악덕 마름)의 대립구조가 선명하며 또한 정신이상자 영진의 반영웅으로서의 면모도 뚜렷하다.[6] 이러한 저항적 민족주의 영화텍스트는 1919년 3.1운동이후 시작된 문화운동에 큰 방향성을 제시한 것이며 조선인들은 이 영화에 열광했다.

나운규는 이 영화에서 커트백과 환상적인 몽타주를 사용했다. 당시 소련의 에이젠슈타인S.M.Eizenstein, 푸도프킨V.I.Poudvkin이 몽타주이론을

---

4 아리랑이 상영될 당시 10전이라는 입장료는 1920년대 중반 극장가에 있어서 최저의 입장료였다. 1910년대에 비해 1920년대 중반은 입장료가 매우 저렴해진 시기였다. 당시의 개봉관에서 특등석 30원에서 20원과 10원의 차등적인 입장료를 받고 있었는데 이러한 입장료는 1900년대, 1910년대 극장들에 비해 물가상승률을 고려하면 매우 낮아진 것이었다. 1900년대 원각사, 협률사, 장안사 등의 경우 특별상등 1원에서 15원으로 차별화되어 있었고 1910년대 경성고등연예관, 대정관, 우미관의 경우 각 극장마다 편차가 있지만 대개 1원부터 20전까지 차등화 되어 있었다.(여선정(1999) 「무성영화시대 식민도시 서울의 영화관람성 연구」 중앙대 석사논문, pp.9-11 참조)

5 김갑의 편저(2001) 『춘사 나운규 전집』 집문당, p.104

6 김미현 편집(2006) 『한국영화사 : 開化期에서 開花期까지』 커뮤니케이션북스, p.58

발표하여 세계영화계에 큰 영향을 끼쳤던 것을 생각하면 나운규가 당
시로서는 좀처럼 시도하지 못했던 커트백과 같은 고도의 기법을 사용
한 것도 예사롭지 않은 일이었다. 당시의 영화평론을 보면 〈아리랑〉의
줄거리는 표면적으로는 단순한 치정과 살인의 이야기지만 참신한 영
화기법과 심리묘사, 몽타주를 통해 영화를 예술의 경지로 끌어올렸다
고 쓰고 있다. 이때부터 아리랑의 노래는 전국적으로 확산되었으며 지
금까지도 민족의 노래로 남북한 모두에서 불리고 있다.[7]

　오늘날 '아리랑'을 대표하는 "나를 버리고 가시는 님은/ 십리도 못
가서 발병난다// 아리랑 아리랑 아라리오/ 아리랑 고개로 넘어간다"는
경기도 자진아리랑에서 파생된 본조아리랑이다.[8] 이 본조아리랑은 경
기자진아리랑을 기본으로 하여 서양악기를 사용하여 새롭게 편곡한
곡으로 나운규의 영화주제가로 만들어진 것이다. 영화 주제가 본조아
리랑은 나운규가 어린 시절에 고향 회령에서 남쪽으로부터 온 철도공
사판 노동자들이 부르는 아리랑을 듣고 감명을 받아 서울에 와서 이
노래를 다시 듣고자 했으나 확인이 안 돼 옛날 들었던 멜로디를 생각
해내서 가사를 짓고 악보는 단성사음악대에 부탁해 만들었다.[9] 이렇

7　호현찬(2007) 『한국영화 100년』 문학사상사, p.43
8　오늘날 한국에서 불리는 아리랑은 그 종류와 숫자가 매우 많다. 향토민요아리랑
　은 강원도 산간지방에서 전승되던 아라리(엮지 않은 정선아라리)와 엮음아라리
　(정선 엮음아라리), 그리고 자진아라리(강원도아리랑)가 있다. 통속민요아리랑
　은 경기긴아리랑, 경기자진아리랑이 대표적인데 소위 '雜歌'화한 아리랑이다. 통
　속민요아리랑은 경복궁 증수공사와 관련하여 생겨났다. 경복궁 증수공사에 강
　원도 산간의 목재가 징발되었는데 이를 운반한 뗏목꾼들 중에서 공사판에 직접
　동원되어 서울에서 오랫동안 묵는 경우가 있었다. 이들에 의해 강원도 산간의 향
　토민요 아리랑이 서울로 전파되었고 서울의 소리꾼들이 이를 경기도의 소리조
　로 세련되게 다듬어서 레퍼토리했을 것으로 추정하고 있다. 시기적으로 강원도
　향토민요 아라리에 자극받아 경기긴아리랑이 만들어졌으며 이어서 경기자진아
　리랑이 생겨나 주로 도시의 유흥가나 놀이판을 배경으로 크게 유행하였다. 이것
　이 잡가집 아리랑(타령)이다.(정우택(2004) 「아리랑 노래의 정전화 과정 연구」
　『大東文化硏究』第57輯, pp.290-291)

게 만들어진 아리랑은 무성영화에서 바이올린 반주로 연주되었다. 영화가 만들어질 당시에는 일본유행가를 번안한 '장한몽가', '이 풍진세월'[10], '시드른 방초' 등이 음반으로 발매되어 대중의 인기를 끌고 있었다. 새로운 풍조에 자극받아 들뜨고 열광하는 대중과 이들의 정서를 대변하는 문화가 도래하고 있었다. 옛것과 새것이 대립·교체하는 와중에 나운규 영화라는 근대적인 매체에 합당한 방식으로 주제가를 새롭게 서양악기의 반주로 만들어 낸 것이다. 따라서 기존의 잡가들이 소리꾼의 전문성을 강조한 것과 달리 본조아리랑은 그 생성에서부터 근대적 대중매체의 속성을 반영하여 단순하면서도 누구나 쉽게 부를 수 있는 대중매체로 정착되었다. 영화 주제가인 아리랑은 영화 〈아리랑〉의 창작 모티브가 되었고 영화의 발단—전개—갈등—대단원에 배치되어 스토리를 이끌었다. 관객들은 아리랑 노래를 부르며 영화의 내용과 감동을 회고하고 기억했다. 원래는 영화를 통해 주제가 본조아리랑이 전파되고 유행하게 되었지만 이후로는 노래의 유행이 역으로 영화의 흥행을 보장하기도 했다.

당시 나운규와 함께 활동했던 이경손은 "이 작품은 서울 장안을 설레게 했다. 〈아리랑〉이야말로 최초의 舊劇調를 탈피한 첫 작품이었다. 이 작품의 또 한 가지 장점은 관객의 심정을 만족할 만큼 포착한 점이었다."라며, 영화 아리랑이 한국영화의 새 지평을 열고 예술성과 대중성 양면에서 모두 성공했다고 평가했다. 영화의 여주인공이었던 신일선은 당시의 상황을 다음과 같이 회고했다.

9 『삼천리』(1937.1) 「'아리랑'등 자작 전부를 말함-나운규 대담」, pp.402-403
10 현재 '희망가'로 불려지고 있는 '이 풍진세월'은 1925년 박채선, 이류색이라는 가수가 '이 풍진 세월'이라는 제목으로 레코드 취입을 했다. 본고에서는 시대적 흐름에 따라 당시 유행되었던 레코드곡명을 그대로 따와 '이 풍진세월'로 표기 하였다.

'아리랑'이 개봉되자 서울 장안의 화제는 모두 이 영화에 집중했고 관객은 문자 그대로 장사진을 이루었다. 영화관 앞에 기마 순사가 동원되기도 그때가 처음이었고 관객이 밀린 단성사는 문짝이 부서지기까지 했다. 극장 안은 한번 들어가면 나올 수 없게 초만원이었고 어린애를 데려온 관객은 꼼짝할 수가 없어 그 자리에서 오줌을 뉘어야하는 등 큰 혼잡을 이뤘다. '아리랑'은 그 후에도 계속 인기를 끌어 전국 방방곡곡 안간 곳이 없고 심지어 극장이 없는 시골에서는 假設劇場까지 지어 관객을 웃기고 울렸던 것이다.[11]

"아리랑 아리랑 아라리요 아리랑 고개로 넘어간다. 나를 버리고 가시는 님은 십리도 못가서 발명난다." 우리 겨레의 민요요, 영화 '아리랑'의 주제가였던 이 노래는 영화 아리랑 이후로 八道江山에서 애창되었고 한 때는 조선총독부에서 禁唱令을 내리기까지 했었다.[12]

영화 〈아리랑〉은 1926년부터 1938년까지 서울에서만 19회에 걸쳐 재상영을 거듭했던 것으로 조사되고 있다.[13] 영화와 함께 본조아리랑도 전국적으로 지역과 신분, 세대와 남녀의 차별 같은 정치·사회·문화·지리적 격차를 넘어 전면적으로 전파, 확산되었다. 이전의 잡가 아리랑이 시정의 유흥공간에서 불려졌다면 본조아리랑은 지리적, 세대별, 성별, 계층별, 문화적 차이를 넘어 전면적으로 전파되어 갔다. 영화 〈아리랑〉과 주제가 본조아리랑은 국내를 넘어 일본 등 해외에서도 큰 인기를 끌었다.[14] 이러한 대중성을 바탕으로 '아리랑'은 연극, 무용,

11 김종욱 편저(2002)『춘사탄생 100주년기념 춘사 나운규 영화전작집』국학자료원, p.587
12 위의책, p.591
13 김갑의 편저(2001)『춘사 나운규 전집』집문당, pp.139-141

가요 등의 대중문화예술에서 재생산되었으며, 예술장르를 넘어 문화
계 전반에 영향을 주는 문화적 아이콘으로 급부상하였다.

　이처럼 시대의 아이콘으로 급부상한 영화 〈아리랑〉을 통해 조선에
서는 대중예술의 태동이 시작되었다. 그러나 같은 해 1926년부터 시작
된 〈활동사진필름검열규칙〉을 시작으로 일제는 한국 대중예술 발전에
제동을 걸게 된다. 한국무성영화의 시발점인 〈아리랑〉은 민족주의와
식민정책 갈등의 시발점이 된 것이다. 이 영화의 의의는 당시 조선인
전체를 충격과 흥분으로 몰아넣었다는데 있다. 이를 통해 대중예술의
파급효과를 느낀 일제는 한국적인 것을 제재制裁하고 일본적인 문화를
심기위해 영화와 음악을 적극 활용하는 계기로 삼게 된 것이다. 영화
에 대한 일본의 정치적 탄압과 검열을 둘러싼 태도에 대해 당시 한 신
문기자는 "반드시 팔을 꺾고 다리를 베어 병신을 만들어 놓아 무엇이
무엇인지 알 수 없게 만든다."[15]고 비유하기도 했다.

　〈아리랑〉이 만들어진 1926년에 일본정부는 〈활동사진필름검열규
칙〉이라는 법률을 제정하여 조선영화에 대한 검열을 체계화시켰다.
1930년 들어 일본이 중국대륙에 대한 군사적 공격에 나서게 되자 한국
내의 영화 활동은 더욱 부자연스러워졌으며, 1930년대 후반에는 일본
의 정책을 지지하는 정치적 선전영화를 제외하고는 사실상 영화제작
이 불가능해졌다.[16] 이는 영화뿐 아니라 대중예술계 전반에 해당된 것
으로, 1937년 6월 총독부는 '필름레코드인정규정'을 제정하여 영화 뿐
아니라 대중음악도 통제권에 두게 된다.

14　김종욱 편저(2002) 위의 책, p.585
15　《동아일보》1928. 2. 5일자
16　김미현 편(2006) 『한국영화사 : 開化期에서 開花期까지』, 커뮤니케이션북스,
　　p.51

3. 대중예술과 창가교육

일제는 식민지 초기를 거치면서 한국영화의 도화선이 된 〈아리랑〉
을 통해 대중예술의 폭발력과 그에 따른 규제와 대책마련에 힘썼다.
영화의 흥행과 함께 민족음악으로 급부상한 주제가 '아리랑'을 금지
시켰고 대체하여 일본 창가를 학교교육에 도입하여 대중예술을 학교
교육으로 편입시켜 문화를 정치적 수단으로 활용하기 위한 발판으로
삼게 된다.

이러한 시대적인 흐름 속에서 한국 대중예술 태동기에 일본 창가 교
육을 위한 교과서들이 등장하게 된다. 조선총독부는 1914년 3월3일자
로『新編唱歌集』(全1册)을 발행하였다. 그리고 1920년 3월25일자로
『普通學校唱歌書』1학년부터 4학년까지 창가집을 발행하였다. 이로써
처음으로 각 학년용 창가교재가 따로 만들어지게 된다. 이후 3·1운동
의 여파로, 1926년 1월15일자로『普通學校補充唱歌集』이 추가로 발행
되었다.

일제가 식민지조선의 초기통치에 있어서 무엇보다도 중요시 한 것
이 '國語' 즉 '日本語'와 '日本文化'의 보급이었다. 따라서 우선하여 일
본의 天皇과 忠誠의 敎化를 위한 '儀式唱歌'를 저항없이 반복적으로 부
르게 하여, 일본어를 보급함과 동시에 자연스럽게 일본문화를 이식하
였다. 다음은『新編唱歌集』의 서언을 인용한 것이다.

1. 本書는 보통학교(현재의 초등학교)와 그밖에 여러 학교의 창가 수
   업용도서로 사용하게 한 것임.
2. 本書는 이를 3편으로 나누어, 제1편은〈의식창가〉, 제2편은〈일반 창
   가〉, 제3편은〈조선어창가〉를 수록함.

3. 교사는 각 편의 창가에 있어서 그 난이도를 고려하여, 이를 각 학년
   에 적절하게 사용할 것.

4. 노래를 가르치기 전에, 반드시 歌詞의 의미를 약술略述할 것.

5. 제1편의 가사에는 역사적가나仮名를 사용하였는데, 읽기 어려운 것
   에는 옆에 표음적가나仮名를 부기附記하였고, 제2편에는 모두 표음적
   가나仮名를 사용하였음.

6. 本書에 있어서는 보통악보와 숫자악보数字譜를 倂記하였음.

서언에서 보는 바와 같이 의식창가와 일반창가 등 일본어 교육을 위
한 창가와 함께 조선의 창가를 포함하여 세부분으로 나누어 편찬한 것
은 아직 조선의 아동들이 일본어에 능숙하지 못하였기 때문으로 풀이
된다. 따라서 학년별로 구성되지 않고 학생들의 난이도에 따라 교사가
적절히 지도하도록 되어 있는 것이다. 그리고 오선지와 함께 숫자악보
가 함께 쓰인 것은 음악 기초지도로 활용하기 위함일 것이다.

또한 '노래하는 것을 가르치기 전에 반드시 의미와 내용을 가르치라'
고 되어 있는 항목을 통해서, 제1차 교육령 5조 "국민의 성격을 함양"하
라는 구절을 실천하고 있으며, 이러한 교수법 제시는 노랫말 중 식민지
교화의 목적 및 목표가 반영된 창가가 많기 때문이다. 조선어 창가는 당
시 레코드 음반의 유행에 따라 음반을 통해 익숙해진 계몽적 내용이 담
긴 노래를, 아동들의 흥미를 유발하기 위해 수록한 것으로 여겨진다.

한편 『新編唱歌集』에는 총 41곡의 노래가 수록되어 있는데, 이 가운
데 제1편에는 식민지 조선인 교화의 목적이 확연히 드러나는 「기미가
요君がよ」, 「1월1일一月一日」, 「기원절紀元節」, 「천장절天長節」, 「칙어봉답勅語奉
答」, 「졸업식卒業式」 등이 수록되어 '일본에 대한 찬양과 함께 충성심'을
강조하는 내용의 가사를 담고 있다.

특히 1890년 일본에서 공포된 '교육에 관한 칙어'를 창가로 만들어 황실과 국가에 봉사하고 황운의 부익에 도움이 되어야한다는 종속적 식민지 인간형을 제시하고 있다. 『초등학교수신서』 I 기 24과와 25과에 나오는 칙어봉답에 대한 내용을 살펴보자.

> 짐이 생각하건대 우리 황조황종皇朝皇宗이 나라를 여실 때에, 규모를 광활하게 원대하게 하시고 덕을 깊고 두텁게 세우신지라. 우리 신민이 충효의 도리를 다하고 억조일심億兆一心으로 세세에 그 미덕을 다함은 우리 국체의 정화이니, 교육의 연원도 또한 실로 여기에 있다. 너희 신민은 부모에게 효도하고, 형제간에 우애하며, 부부가 서로 화목하고, 친구간에 서로 믿으며, 스스로 공손하고 검소하게 행동하며 널리 사랑을 베풀고, 학문에 힘쓰고 일을 배움으로써 지능을 개발하고, 인격향상에 노력하여 공익을 넓히고, 사회의 의무를 다하며 항상 나라의 헌법을 중시하고 준수하며, 만일 유사시에는 충의와 용기를 가지고 봉사하여 천양무궁한 황운皇運을 도와야 할지니라. 이와 같이 하면 오로지 짐의 충량한 신민臣民일 뿐만 아니라 또한 충분히 너희 선조의 유풍遺風을 현창顯彰하리라.[17]

다음은 이를 바탕으로 함축적인 의미를 창가에 담아낸 「칙어봉답勅語奉答」이다.

> 아— 소중하여라 대칙어.
> 말씀하신 취지를 마음에 새기고
> 조금도 어기지 않으리라 언제나

아— 존엄하여라 대칙어   《(上)-「勅語奉答」, p.57〉

수신서에는 메이지 천황이 일본신민에게 하달한 이 내용을 일본인
뿐 아니라 조선인도 반드시 지켜야할 규율이라고 강요하였으며, 이는
'조선인을 일본인과 똑같이 여기신 고마운 생각이시니 밤낮으로 이 가
르침을 지켜 충량한 신민이 될 것을 명심해야 한다.'고 끝맺고 있다. 창
가에서도 이 부분을 강조하여 아침저녁으로 취지를 마음에 새겨야 한
다고 명시하고 있다.

이렇듯 제1차 조선교육령에서 칙어봉답의 중요성을 강조하며 명분
화하고 있는 것은, 일제가 식민지 조선인을 일본인으로 동화시키기 위
한 것이 선결과제였음을 반증하는 것이라고도 볼 수 있겠다. 실제로
당시 일본의 각종 교육칙령 속에서는 교육칙어의 기본이념이 명기되
지 않고 있었다. 일제는 자국의 교육령 속에는 명시하지 않던 황운부
익에 관한 사항을 조선교육령 속에서만 유독 강조함으로써 조선 식민
화가 시급하다는 의도를 보여주고 있다.[18]

이러한 의식창가 외에, 2편에 나오는 일반창가에서는 의도적으로
황실부익을 드러내놓고 있지 않지만, 일본의 상징인 '일장기', '벚꽃',
'후지산', '국화', '학' 등을 통해, 자연을 노래하는 듯하면서도 내용을
들여다보면 간접적으로 황실을 칭송하고 일제에 충실한 황국신민다
운 조선인을 육성하고자 하였음을 알 수 있다.

하얀 바탕에 빨갛게 둥근 태양 그렸네
아— 아름다워라 일본의 국기는

---

18 이혜영(1997) 『한국근대학교교육 100년사 연구(II)-일제시대의 학교교육』 한국
교육개발원

　　아침해 솟아오르는 기상이 보이네

　　아— 용맹스러워라 일본의 국기는 　　　　　　　〈(上)-「日の丸」, p.73〉

　　이렇듯 조선에서는 아직 생소한 일장기에 관한 노래를 아동들에게
부르게 함으로써 거부감 없이 일본을 받아들이게 하였다.

　　1. 가을 햇살에 빛나는 / 빛깔 향기 고귀한 국화꽃

　　　　이야말로 진정 꽃중의 군자로세

　　2. 씨앗을 전파하니 다른 나라의 / 사람들도 숭경하네 국화꽃

　　　　참된 이치로세 천황가의 문장 　　　　　　　〈(上)-「菊花」, p.105〉

　　일본 황실을 상징하는 '국화'를 통해 황실의 문장임을 노래하게 하
였으며, '학'을 통해서는 잘 통치되고 있는 천황의 치세를 노래하기도
한다. 이와 함께 일본아동들의 대표적인 전래동화인 〈a-2-7〉 「모모타
로モモタロウ」나 〈a-2-9〉 「꽃피우는 할아버지花咲爺」를 바탕으로 일본전통
의 문화 및 정서를 가르치고 있다.

　　1920년에는 『普通學校唱歌書』가 1학년부터 4학년용으로 처음으로
학년별 수준에 맞게 편찬 되었으나 내용적인 면에서는 사실상 이전의
『新編唱歌集』과 크게 달라진 면은 별로 없다. 그러나 편집상 달라진 점
이 있다면 1학년용에 수록된 20곡 중 8곡을 한국어로 번역하여 중복
수록하였으나 2, 3, 4학년용은 수록곡 모두 일본어 가사인 것을 특징으
로 들 수 있겠다.

　　이는 식민통치 10년 동안 일본어 교육에 어느 정도 성과가 있었음을
의미하는 한편 저학년 아동들에게 보다 효율적으로 일본어를 가르치
기 위한 대안이었음을 알 수 있다. 또한 1학년용에서 일본에 대한 찬양

이나 충성심 고취에 관련된 노래는 의식창가인 「기미가요」와 ⟨b-1-17⟩ 「일장기」뿐이다. 『普通學校唱歌書』는 제1차 교육령 시기에 편찬되기는 하였으나 1919년 3·1운동 이후 새로운 총독인 사이토 마코토斎藤実에 의해 편찬된 것으로 당시의 문화정책의 일환으로 조선을 회유하려는 의도를 엿볼 수 있다.

특히 ⟨b-2-19⟩ 「모란대牡丹臺」, ⟨b-3-2⟩ 「압록강鴨綠江」, ⟨b-3-8⟩ 「경성京城」, ⟨b-3-13⟩ 「부산항釜山港」, ⟨b-4-12⟩ 「금강산金剛山」 등 조선의 명승지와 관련된 창가가 다수 수록되었는데, 이는 조선인을 회유하려는 문화정치의 의도가 엿보이는 부분이라고 할 수 있겠다.

1. 백두산에서 시작되어 서쪽으로 / 많은 산들과 계곡 험한 곳을
   멀리멀리 흘러 2백리 남짓 / 아— 일본 제일의 압록강
2. 초산, 창성, 의주를 비롯 / 수많은 도읍들도 이 강줄기 따라
   청일, 러일 전쟁의 격전지로 / 유명한 곳도 이 강 기슭
3. 3천여척의 開閉橋를 / 건너니, 아래로는 푸르디푸른 강물에
   큰배, 작은배와 뗏목도 떠다니네 / 아- 일본 제일의 압록강

⟨(上)-「鴨綠江」, p.241⟩

그러나 내용적인 면을 살펴보면 ⟨a-2-27⟩ 「동포 칠천만同胞すべて七千萬」의 1절과 비슷한 맥락을 보이고 있다.

1. 북쪽은 사할린, 지시마千島에서 / 남쪽은 대만, 호코열도
   조선반도까지 / 우리 천왕이 다스리시는 나라
   일장기 휘날리는 / 동포 7천만 ⟨(上)-「同胞すべて七千萬」, p.117⟩

『新編唱歌集』에서는 식민지 조선을 무리 없이 일본에 편입시키기 위
해 창가를 통해 일본의 문화이식을 시도하였다면,『普通學校唱歌書』에
서는 표면적으로는 조선을 회유하는 듯한 모습을 보이지만 내용을 자세
히 살펴보면 조선은 결국 일본에 편입된 식민지라는 인식을 일괄적으로
적용하고 있음을 알 수 있다. 이러한 시대적인 정책 변화에 따라『新編唱
歌集』이 〈a-2-24〉「니노미야 긴지로二宮金次郞」 등 일본 인물들의 내용만
수록한 반면,『普通學校唱歌書』에서는 〈b-4-10〉「정민혁鄭民赫」을 통해 조
선의 인물도 소개하고 있는데 이것도 역시 회유정책의 성격이 강하다.

　　1.　아침에는 산에서 땔감을 하고 / 저녁에는 마을에서 짐을 나르며
　　　　어린 몸으로 일하여 / 어머니를 봉양하는 기특함이여
　　2.　부유해지고 가문이 번창해져도 / 부모가 살아계시던 그 시절을
　　　　언제나 잊지 않고 검소하게 / 살아가는 마음의 단정함이여
　　3.　가난한 자나 병든 자를 / 위로하고 도와주려고 물품을 건네니
　　　　타의모범으로 지금도 여전히 / 존경받고 있는 고귀함이여

　　　　　　　　　　　　　　　　　　　〈(上)-「鄭民赫」, p.321〉

　‘정민혁’을 칭송하는 이 노래는 인물만 조선인으로 내세웠을 뿐
〈a-2-24〉「니노미야 긴지로二宮金次郞」와 같은 모범적인 인간상으로 표
현되고 있다. 어려운 환경에서도 효행을 다하고 밤낮없이 일하여 재산
을 모아 다른 이들까지 구제한다는 모범적인 인간상으로 제시되는 니
노미야의 창가 가사는 정민혁의 창가 가사와 거의 일치하고 있음을 보
여준다. 따라서 정민혁으로 대체된 모범적인 인간상은 결국 일본인으
로 편입된 조선인상임을 알 수 있다.
　종래 4년이던 보통학교의 교육연한이, 식민지 교육이 본격적으로

시행되는 1926년에 6년으로 연장되자, 『普通學校唱歌書』에 각 학년에
10곡씩 보충하여 60곡을 수록한 『普通學校 補充唱歌集』이 발행된다.
이 보충창가집은 문화정책이 계속 이어지면서 조선에서 현상모집을
통한 가사와 『朝鮮語讀本』에 수록된 운문교재를 바탕으로 하여 조선
을 소재로 한 가사가 많은 것을 특징으로 꼽을 수 있겠다. 따라서 조선
어독본 등에서 운문을 발췌해 일본어 노래로 만들었기 때문에 노래에
나타나는 의성어, 의태어 등이 일본어에 없는 표현이 많다.

1926년은 영화와 음반 등 다양한 매체에서 조선에서의 대중예술이
태동하기 시작한 시기로 조선어노래 가운데 '토끼와 거북'같은 경우
음반을 통해서 이미 익히 알려진 곡이기도 했다. 보충창가는 대중예
술의 파급력을 인지한 일제가 시대의 흐름에 맞추어 발간한 것으로
보인다.

『補充唱歌集』은 조선의 창가가 전체창가의 35%를 차지하고 있는데
(총 60곡 중 21곡), 이는 한일합방 후 처음 선보인 『新編唱歌集』에서
7.3%, 『普通學校唱歌書』에서 9.4%를 차지한 것과 비교하면 압도적으
로 많음을 알 수 있다. 또한 창가서에 의식에 관한 내용이 대폭 축소되
어 있다. 그러나 『普通學校唱歌書』의 보충교재로 사용되었음을 고려
했을 때 실제적으로는 의식창가가 계속 교육되었음을 알 수 있겠다.

이 시기의 창가집은 일본의 통치가 무단정치에서 문화정치로 전환
되면서 다소 완화된 분위기를 형성하지만, 문화정치는 "식민통치의
완화를 의미하는 것이 아니라 오히려 회유를 통해 조선인의 반발을 줄
이기 위한"[19]것이었다. 또한 당시 조선총독부는 '내지연장주의'를 표
방하며 조선교육령을 개정하여 보통학교를 6년제로 만들었고 일본역

---

19 변태섭(1986) 『한국사통론』 삼영사, p.449

사와 지리를 신설하여 일본에 대한 애국심을 함양하도록 하였다. 이는 조선의 지명을 제목으로 내세우고 "일본제일의 강"이라고 노래하는「압록강」에 여실히 드러나 있다.

결국 이 시기의 창가서인『普通學校唱歌書』와『普通學校 補充唱歌集』은 표면상으로는 조선에 대해 노래하는 듯하지만 내용적인 면을 살펴보면 결국 조선은 일본의 속국이자 한 지역에 지나지 않으며 조선인은 식민지인으로써 천황에게 충성하고 일제정책에 순종하고 순응하여야 한다고 역설하고 있음을 알 수 있다.

이후 1938년 '황국신민된 정조를 함양한다'는 목적을 가지고 의식창가만을 따로 모아 만든『みくにのうた』와 1939부터 1941년까지 발행된『初等唱歌』(全6冊)를 들 수 있겠다. 의식창가집『みくにのうた』에 수록된「바다에 가니海ゆかば」라는 곡을 살펴보면 의식창가가 더욱 강화되었다는 것을 알 수 있다.

> 바다에 가니 물에 잠긴 시체 / 산에 가니 잡초 우거진 시체
> 천황 곁에서 죽을 수만 있다면 / 후회하지 않으리
>
> 《(中)-「海ゆかば」, p.61》

이 곡의 가사는『만요슈万葉集』卷18에 수록된 오토모노야카모치大伴家持의 장가長歌중의 한 절一節을 의식창가로 만든 것이다. '천황 곁에서 죽을 수만 있다면 후회하지 않으리'라는 가사를 제시하며 전쟁 수행을 위해 죽음을 불사해야한다는 황국신민의식을 자주 부르는 의식창가에 수록하고 있어, 교과서를 편찬에 내재된 정치적 의도를 살필 수 있다.

한편『初等唱歌』는 각 권 25곡씩 모두 150편의 창가가 수록되어 있는데 수록된 곡들은 조선총독부에서 편찬된 기존 교과서에 수록된 곡,

일본교과서나 일본창가집에 이미 수록되었던 곡, 조선총독부에서 일
본작곡가에게 위촉한 신작 등 3가지로 구성되어 있다.

〈표 1〉『初等唱歌』의 구성

학년	재수록 곡	일본교과서 및 창가	새로 만든 노래
1학년	4	14	7
2학년	4	13	8
3학년	3	13	9
4학년		14	11
5학년	2	17	6
6학년	2	16	7
합계	15	87	48
비율	10%	58%	32%

　이 시기부터는 전곡이 일본어로 되어 있으며 거의 대부분 일본이나
천황에 대한 찬양이나 충성을 강조한 가사들이다. 따라서 기존의 총독
부 편찬 창가보다 일본교과서에서 수록된 곡이 58%로 가장 높은 비율
을 차지하고 있다. 또한 고학년으로 올라갈수록 자연을 노래하거나 아
동의 실생활에 관련되는 곡이 적어지고 대동아의 주체로서 평화의 사
명을 가지고 나아가야한다는 노래들이 대거 등장하여 대륙침략을 정
당화하고 있다.

　일제는 〈아리랑〉으로 대변되는 조선민중의 민족주의에 민감하게 반
응하였다. 이에 따라 1920년대 영화, 레코드, 대중음악으로 대변되던
'조선의 대중예술'은 일제의 철저한 통제에 의해 금지되고 사장되어
갔으며, 일본의 정치적 색채가 짙은 교과서를 편찬하고 교육시킴으로
서 조선인들을 황국 신민화하는데 주력하였음을 확인할 수 있었다.

4. 식민지배교화를 위한 〈唱歌〉

식민지 초기 조선에서는 영화, 음악 등의 대중예술의 발달과 함께 영화와 음악이 상호 작용 발전하면서 전국적으로 폭발적인 파급력을 보여주며 독자적 대중예술의 태동이 시작된다. 그러나 일제는 이러한 사회현상을 통해 대중예술의 문화적 파급력을 인지하고 대중예술을 규제하고 제재制裁하면서 한편으로는 자신들의 사상과 이념, 문화, 정치적 목적을 알리는 도구로 삼게 된다.

〈아리랑〉으로 대변되는 조선이라는 키워드를 삭제시키고 조선인=일본인이라는 인식을 심어주기 위해 식민지 후기에 이르러 전쟁의 당위성을 알리는데 영화라는 매체를 활용했다. 더불어 식민지 전체시기를, 음악을 통해서는 조선인을 일본인화하기 위한 교화의 발판으로 삼았음을, 교과서에 실린 창가들을 통해 살펴 볼 수 있었다.

영화 〈아리랑〉을 통해 그동안 화류계의 비속한 '망국의 소리'였던 노래 '아리랑'은 숭고한 민족의 소리로 격상되게 된다. 그러나 '아리랑'의 폭발적 확산으로 이어진 민족정신 고취로 인해 일제는 속요의 통제와 학교교육에서의 일본식 창가의 강제로 조선의 대중예술을 억압하게 된다. 특히 식민지시기 본격적으로 시작된 학교교육을 통해 〈창가〉 교육이 강력히 시행되면서 조선의 소리는 억압되고 제국 일본의 소리로 편재되어 간다.

따라서 식민지 초기 조선 대중예술의 태동은 세상의 빛을 보기도 전에 일제에 의한 강력한 규제로 차단되었고 오히려 일본 대중문화 확산을 위한 시발점이 되고 말았음을 알 수 있었다.

제국의 식민지 창가

Ⅱ. 〈唱歌書〉에 표상된 朝鮮과 日本*

장미경·김순전

1. 노래 가사로 본 교육정책

본 연구에서는 일제강점기 초등학생용 〈唱歌書〉에 수록된 노래 중 '朝鮮'과 '日本'의 이미지가 표상된 歌詞를 분석하여, 음악교과서를 이용한 일제의 식민지조선 교육정책 변화를 고찰하고자 한다.

텍스트로 사용한 『신편창가집』(1914), 『보통학교창가서』(1920), 『보통학교보충창가집』(1926), 『초등창가』(1939), 『초등음악』(1942)은 조선총독부에 의해 편찬되어 조선의 초등음악교육에 적용되었다. 이 창가집들은 초등학교에서 중요시 한 교과서로 일제의 교육이념과 정

* 이 글은 2013년 9월 한국일본어문학회 『日本語文學』(ISSN :1226-0576) 제58집 pp.125-145에 실렸던 논문 「일제강점기 〈唱歌書〉에 표상된 朝鮮과 日本」을 수정 보완한 것임.

책을 반영하고 있으며 학습자료로 이용되는 도서이다.

운율과 리듬으로 된 창가는 아동들의 정서에 곧바로 전달이 되어 다른 교과보다 교육적 효과가 크기에 노래를 통해 교육된 어린이는 일제에 의해 의도적으로 정신을 디자인하는 역할을 수행하였을 것이다. 이러한 장치의 기능으로, 창가교육을 통하여 조선인의 정서를 통제하고 디자인된 국가관을 주입시켰다고 할 수 있을 것이다.

따라서 1914년부터 1942년까지 편찬된 〈창가서〉에 나와 있는 조선과 일본의 상징이 〈조선교육령〉 개정에 따라 어떻게 제시되었고 변용되었는지를 살펴보았다. 이 시기에 사용되었던 교과서에서 식민지 국가에 대한 교육목표나 내용 등으로 일제강점기 음악교육의 상황에 접근할 수 있으며, 일제가 조선에서 시행하고자 하였던 식민지조선의 교육정책을 이해할 수 있을 것이다.

2. 〈조선교육령〉에 따른 〈창가서〉 편찬

식민지 조선의 교육은 조선총독부에 의한 조선교육령 시행기와 짙게 연결되었고, 조선인의 감정을 완화시키기 위해 교육령의 일부를 개정하였다.

〈1차 조선교육령〉 당시 일본에서는 문부성 편찬의 국정창가교과서가 발행되었다. 일제는 그들의 식민지 교육의 기본적 특질인 동화同化와 차별差別을 기초로 한 황국신민화를 표방하며 그 구현을 창가서에 담아냈다. 조선에서는 『보통교육창가집』 제1집이 나올 때까지는 잠정적으로 일본의 최초 노래집인 『심상소학창가집』을 사용하기도 하였다.

〈2차 조선교육령〉시기는 3·1운동으로 인하여 조선 지배 방식이 무단정치에서 문화정치로 전환되고, 이 기간부터 음악교과의 중요성이 강조되어 창가교과는 보통학교 교과목으로 지정되고 전면적으로 실시되었다.[1] 조선교육령의 내용이 회유적으로 개정된 후 새로운 교과서의 편찬에 착수하고 보통학교용 도서 25종 19편을 완성하였는데 그 중에 유일한 창가교과서가 『보통학교보충창가집』(이하 『보충창가집』)이다. 『보충창가집』은 다수의 조선인들의 투고에 의한 현상모집으로, 조선인 참여전략도 창가교육의 특징이라 할 수 있을 것이다.

〈3차 조선교육령〉시기는 〈중일전쟁〉부터 〈태평양전쟁〉에 이르기까지 '황국신민화' 체제의 도구교과로, 황국신민으로의 국민적 정조를 도야하고 애국의 지성을 진작하며 국가, 단체의 정신적 통일고취에 취지를 둔 것인데, 『초등창가』와 『みくにのうた』가 이에 해당된다.

〈4차 조선교육령〉시기는 초등교육 기관의 명칭이 '소학교'에서 '국민학교'로 개칭되고 창가 교과도 '음악'으로 바뀌었으며, 『ウタノホン』과 『초등음악』 등이 있다. 이때는 태평양전쟁의 시작부터 패망 종결까지의 기간으로, 음악교육의 목적 역시 황국신민으로의 순화에 있었다.

이러한 〈창가서〉의 변천에 따라 '조선'이나 '일본'을 직간접적으로 표상하는 가사의 구체화는 〈표 1〉과 같다.

---

1 천영주(1997) 『일제 강점기 음악교과서 연구』 한국교원대 석사논문, p.18

〈표 1〉〈창가서〉의 '조선'과 '일본'의 상징적인 이미지

창가서명	총목차	조선 / 일본							
		자연	지명	배경	인물	풍습	설화동화	합계	비고(%)
신편창가집	41	0 / 1	×	0 / 2	0 / 1	0 / 5	0 / 2	0 / 11	0 / 100
보통학교창가서	70	2 / 1	5 / 0	0 / 3	1 / 2	0 / 1	0 / 1	8 / 8	50 / 50
보충창가집	60	×	8 / 0	×	3 / 0	×	2 / 0	14 / 0	100 / 0
초등창가	161	0 / 4	0 / 4	1 / 9	0 / 10	0 / 6	×	1 / 33	3 / 97
초등음악	128	1 / 3	0 / 4	0 / 7	0 / 13	0 / 4	0 / 2	1 / 33	3 / 97
계		3 / 9	13 / 8	1 / 21	4 / 26	0/16	2 / 5	24 / 85	24 / 76

『신편창가집』에서는 식민지 초기 단계로, 조선 실상의 파악이 부족한 데다 교육정책의 완만한 접목과 일본의 음악교과서를 참고로 했기에, 조선을 표상하는 것이 거의 없고, 일본문화의 제시가 많았음을 알수 있다.

『보통학교창가서』에서는 상징적인 요소로 '일장기'나 '후지산'을 들어 일본인으로서의 자긍심을 서서히 갖도록 하는 전초적인 역할을 하였으며, 일본의 대표적인 옛날이야기 「모모타로桃太郞」를 창가로 수록하기도 하였다. 이후 회유적 문화정책 시행으로 『보충창가집』에서는 조선에 대한 것으로만 수록되어 있음을 알 수 있다.

『초등창가』『초등음악』 등에서는 〈만주사변〉 이후 대륙침략의 야욕으로 조선 상징이 거의 사라졌지만, 전반적으로 노래를 통한 황민화 실현의 정치적 장치로 이용하려는 일본정신 주입을 의도하는 소재가 많았음을 알 수 있다.

3. 〈唱歌書〉에 서사된 '朝鮮'과 '日本'

본 장은 〈표 1〉의 '조선'적인 것과 '일본'적인 이미지를 분석하여 그
변화를 살펴보기로 한다.

3.1 地名 및 自然의 변화

공간이란 지형적 배치의 양상이 변화된다는 것이기에,[2] 공간은 식
민지에 있어서 가장 중요한 요소라 할 수 있다. 그 나라를 나타내는 지
명이나 자연은 스스로 체득하는 공간적인 의미와 시각적인 의미를 나
타내는 중요성으로 자주 등장함을 알 수가 있다.[3] 이러한 것들은 직접
창가교과서에도 반영되었는데, 지명이나 역사적 내용들을 나타내는
노래에도 관계가 있다.

〈표 2〉 〈창가서〉에 나타난 지명과 자연

창가서명	경성	동경	부산	舊都	후지산	금강산/백두산	江	기타(외국)	조선/일본
신편창가집					1				0 / 1
보통학교창가서	1		1	1(조선)	1	금강산 1 백두산 1	압록강		6 / 1
보충창가집	1		1	3(조선)		금강산 1	압록강		7 / 0
초등창가	0	3		2(일본)	3		스미다가와	3	0 / 9
초등음악				2(일본)	3	금강산 1		3	1 / 5

『보통학교창가서』와 『보충창가집』에서는 조선이, 『초등창가』와 『초
등음악』에서는 일본의 지명과 자연이 많이 노래되었다. 조선의 학생

---

2 이진경(2002) 『근대적·시공간의 탄생』 푸른숲, p.267
3 上田崇仁(1999) 「植民地朝鮮における言語政策と『國語』普及に關する研究」 廣島大學
博士學位論文, p.33

들에게 가장 먼저 알려주고 싶은 지명은 일본의 수도인 동경東京일 것
이다. 동경에 대한 노래는『초등창가』에 집중적으로 노래되었지만, 조
선의 수도인 경성은 큰 임팩트 없이『보통학교창가서』와『보충창가
집』에 각각 수록되어 있다.

  1. 아침 해 밝게 비추기 시작하니 / 녹음이 찬란한 니주바시二重橋
     1억 백성이 명랑하게 / 축복하는 수도, 대동경

〈(中)-「大東京」, p.449〉

  1. 백악 남산이 마주 선 / 가운데에 번화한 경성은
     인구 25만 명이 살고 있는 / 우리 총독부가 있는 곳

〈(上)-「京城」, p.251〉

  동경은 축복의 도시이고 과학의 힘으로 세계로 뻗어가는 세계적인
도시임을, 경성은 조선의 수도라 했지만 조선총독부가 있다는 점을 드
러내놓고 있다. 일본의 인구가 일억이라고 표시된 것은 곳곳이 식민지
지배국임을 과시하고 있는 당시의 상황이라 여겨진다. 경성은 (『보통
학교창가서』〈3-8〉「京城」)에서는 인구 25만 명, (『보충창가집』〈6-7〉
「京城」)에는 28만 명의 규모로 증가하였지만 동경과 비교하면 엄청난
숫자 차이로 동경의 이미지를 '大東京=미래지향적인 큰 도시'로 상상
할 수 있게 하였다.
  조선의 제일 큰 항구 도시인 부산은 일본과의 교통을 연결하는 곳으
로 일제가 중요시 한 지역이다.

  1. 큰 배 작은 배가 드나들고 / 기차 소리 끊이지 않는

여기야말로 내지內地로 연결되는 / 동아시아의 관문 부산항.

《(上)-「釜山港」, p.419〉

문화정책기의 창가서인 『보충창가집』에 실린 '釜山'은 이후의 〈창가서〉에는 「조선철도창가」 이외에는 실리지 않았다. 조선을 소유한 일본이 동양의 선두주자로 나서고 있음을 암시하였는데, 그러한 역할에 부산이 포함된 것이다. 이외에 역사적인 지명이 조선의 경우는 대부분 『보충창가집』에 편중되었음을 알 수 있다.

1. 고려의 옛 수도 황폐해져 / 비추는 달빛 변함없건만
    흘러간 그 세월 5백 년 / 그 옛날 모습 지금 어디에!

《(上)-「高麗の舊道」, p.431〉

8. 흥망성쇠 모든 것 꿈과 같아서 / 그 세월 여기에 1천 년
    정들었던 산과 강이여 / 영원히 전하리 이 세상 끝까지
    옛 도읍지 하늘과 땅 지켜 보리라!   《(上)-「百濟の舊道」, p.451〉

고려의 도읍지를 설명하는 가사에 나온 만월대는 『보통학교창가서』나 『보충창가집』에 단독으로 나와 있다. 〈5-3〉「고려의 옛 수도」와 〈6-3〉「百濟의 옛 수도」에서는 지금은 역사적인 곳으로만 남아 있는 고려와 백제의 도읍지를 노래하고 있다. 일본에서도 鎌倉幕府가 있었던 가마쿠라가 『초등창가』에 노래로 나와 있었다.

7. 역사는 길어라 7백 년 / 흥망성쇠 모두가 꿈과 같아서 /
    영웅의 무덤엔 이끼만 끼었네.   《(中)-「鎌倉」, p.445〉

2. 출전하여 멀고 먼 바다를 건너 / 돌아와서 문화의 꽃으로 피웠네
그 옛날의 영광을 지금 여기에 / 국위를 떨치는 대아시아

〈(下)-「挑山」, p.355〉

30년의 모모야마시대는 일본 역사상 중요한 전환기였으며 임진왜
란 · 정유재란을 일으켜 조선을 침범한 시기이기도 하다. 역사적인 사
건을 설명함으로 학생들에게 일제의 식민지국가를 합리화하려는 의
도도 있었을 것으로 추정된다. 또한 '국위를 떨치는 대아시아'라는 가
사에서 일본의 세계지향적인 야망을 엿볼 수 있다. 이외에도 일본 건
국신화의 주요 무대라 할 수 있는 지명 '가시와라橿原'와 전적지 '지하
야성千早城'이 『초등창가』〈3-23〉와 『초등음악』〈4-5〉에 나온다.
『보충창가집』에는 조선의 '옛 도읍지舊都'가 더 많이 실려 있는 반면
『초등음악』에는 일본의 현재 도시가 많이 실려 있는 것으로, 흘러가버
린 조선과 새로운 일본을 암시한다고 할 수 있을 것이다.
또한 대부분의 〈창가서〉에 후지산이 빠지지 않고 실려, 유난히도 일
본의 상징으로 강조하고 있음을 알 수가 있다.

1. 머리를 구름 위에 내밀고 / 사방의 산을 내려다보며
천둥소리도 아래에서 들려오네 / 후지산은 일본 제일의 산

〈(下)-「富士山」, p.211〉

4. 넓은 바다에 해는 떠오르고 / 흔들림 없는 후지산 봉우리 / 신의 뜻
대로 드높이 빛나는 / 천황의 나라 / 이야말로 세계에 비할 바 없는 /
우리 일본　　　　　　　　　　　　〈(中)-「すめらみくに」, p.469〉

『보충창가집』만 제외하고 대부분 수록된 '후지산'은 모두 다른 歌詞로 실려 있고, 학생들은 다각적인 시각에서 일본의 표상을 상징할 것이다. 단독으로는 후지산이 실린 것은 주로 1, 2차 교육령의 〈창가서〉에, 간접적으로는〈3, 4차 교육령〉시기『초등창가』에 집중적으로 나와 있음을 알 수 있다. (『초등창가』〈1-11〉「애국행진곡」)에서는 '우뚝 솟은 후지의 자태야말로 금구무결의 흔들림 없는 우리 일본의 자랑이어라' 라고 노래하고 있다. 후지산의 상징은 단지 일본뿐이 아니라 천황의 위업과 일본의 대표거리로 강조하고 있다. 일본의 상징이 후지산이라면 조선에서는 금강산을 말할 수 있는데, 금강산은〈창가서〉중에서 세 곡이 선정되어 있다.

> 4. 초겨울 찬바람 불면 금강산은 / 온 산이 은빛 겨울옷 /
>   겨울밤 밝은 달 하늘에 얼 때 / 일본해에 파도 높구나
>
> 〈(中)-「金剛山」, p.447〉

『보충창가집』의 '조선의 금강산 풍경'이란 가사에서도 알 수 있듯이 금강산의 자연 모습 그대로 노래한 데 비하여, 『초등창가』에서는 '일본해'라는 가사로 조선의 자연이 일본에 속해 있음을 암시하고 있다. 백두산도『보충창가집』에 조선의 자연임을 나타내고 있는데 조선어로 수록되어 있다는 것에서도 주목할 필요가 있을 것이다. 산과 달리 강에 대한 노래는 그렇게 많지는 않지만 일본의 강으로는 '봄이 화창한 스미다가와隅田川(『초등창가』〈5-24〉「꽃」)가 있다. 이에 비해 조선의 압록강은 단독목차로 되어 있다.

> 1. 백두산에서 시작되어 서쪽으로 / 많은 산들과 계곡 험한 곳을

멀리 멀리 돌아 2백 리 남짓 / 아— 일본 제일의 압록강

《(上中)-「鴨綠江」, p.439》

청일, 러일 전쟁의 격전지인 압록강에 대한 노래를 함으로 학생들에게 이 전쟁으로 일본은 국제사회에 주목을 받게 되었고, 극동의 신흥세력으로 인정받기 시작했음[4]을 암시할 것이다. 조선의 자연이 일본의 격전지였다는 것을 간접적으로 상기시키는 것이다.

이외에도 조선의 지명이나 자연은 『보통학교창가서』, 『보충창가집』에 집중적으로 수록이 되었으며 이후의 〈창가서〉에서는 일본의 자연만이 나오고 있다.

3.2 캐릭터의 변화와 이미지 변화

인물을 주인공으로 한다는 것은 그 인물의 됨됨이와 교훈적인 부분을 동시에 아동들에게 설명하고자 함이다. 인물은 노래인 경우에 어느 정도로는 부드럽게 전달되며 아동들에게 인물의 행적을 통하여 자기의 미래상과 연결시킬 수도 있는 것이다.

〈표 3〉 〈창가서〉에 나오는 '조선인'과 '일본인'

창가서	조선인 / 일본인						합계	조선의 비율(%)
	농부	학자	군인	설화적 인물	여성	기타	조선/일본	
신편창가집	0 / 1						0 / 1	0
보통학교 창가서	1 / 1		0 / 1				1 / 2	50
보충창가집	1 / 0	1 / 0		2 / 0			4 / 0	100

---

4 유모도 고이치 지음 · 연구공간 수유너머 동아시아 근대 세미나팀 옮김(2004) 『일본 근대의 풍경』 그린비, p.124

창가서	조선인 / 일본인						합계	조선의 비율(%)
	농부	학자	군인	설화적 인물	여성	기타	조선/일본	
초등창가	0 / 1		0 / 5	0 / 3	0 / 1		0 / 10	0
초등음악		0 / 1	0 / 7	0 / 3		0 / 2	0 / 13	0
계	2 / 3	1 / 1	0 / 13	2 / 6	0 / 1	0 / 2	5 / 26	

전체적으로 살펴보면 〈창가서〉에서는 비교가 안 될 정도로 일본인이 많이 등장하고 있음을 알 수가 있다. 특히 〈3차 조선교육령〉에 이르러서는 조선인은 전혀 나오지 않고 있다. 조선인물 부재라는 합리성 제기도 있지만 기수의 변함에 따라 인물의 유형 변화가 이루어진다.[5]

먼저 농부의 대표로는 일본의 니노미아 긴지로二宮金次郞, 조선의 鄭民赫을 들 수가 있다. 〈창가서〉에 가장 많이 등장하는 니노미아 긴지로는 가사를 약간씩 수정해 가면서 『신편창가집』『보통학교창가서』『초등창가』에 실렸는데, 조선총독부의 창가서에 제일 많이 실린 일본 농촌개혁가이다.

> 1. 땔나무하고 새끼 꼬고 짚신을 삼아 / 부모 일손 거들며 동생을 돌보며 / 형제가 사이좋게 효행을 다하는 / 모범은 니노미야 긴지로
>
> 〈(上)-「二宮金次郞」, p.243〉

> 2. 신분이 상승하고 가문이 번창해도 / 부모가 살아 계시던 그 시절을 / 언제나 잊지 않고 검소하게 / 살아가는 마음의 단정함이여
>
> 〈(上)-「鄭民赫」, p.435〉

5　朝鮮總督府 學務局(1921) 『現行敎科書の方針』, pp.4-6

니노미아 긴지로나 정민혁은 어려운 환경을 극복하는 것은 같지만, 니노미아 긴지로는 학문에 전념하고, 정민혁은 가난한 사람을 도와주는 검약정신 소유자로 내세우고 있다. 평범한 조선 농민이 『보통학교창가서』와 『보충창가집』에 각각 나왔다는 것은 정부정책에 순응하는 보통 조선인 중에서는 노래로 불릴만한 인물이 없다는 일제의 지론과 관련이 있을 것이다[6]. 정민혁에 이어 조선인으로는 사육신 중의 한 사람인 성삼문成三問이 등장한다.

1. 배움의 길 지팡이 되어 / 지식의 창고 열쇠가 되는 /
   우리의 한글은 누가 만들었나   〈(上)-「成三問」, p.457〉

일본어를 전면적으로 교육시키려고 한 일제가 성삼문을 단독으로 실었다는 것은 '회유적인 문화정책' 일환의 흔적이 아닐까 생각된다. 『보통학교창가서』나 『보충창가집』에 나온 조선인 학자는 일본과 이해관계가 없기 때문에 채택 된 것 같다. 일본인 학자로는 『초등음악』에 등장하는 노구치 히데요野口英世가 있다.

3. 뱃길도 먼 아프리카에 / 일본의 명예를 빛내고
   사람들의 생명을 구하려고 / 자신은 목숨을 버린 사람

                                            〈(下)-「野口英世」, p.247〉

'일본의 명예'를 빛내고 '세계에 이름을 알린' 히데요의 삶은 학생들에게 강한 감동을 주었을 것이다. 성삼문은 조선 내에서만 알려졌지만

---

6 박제홍(2008) 「근대한일 교과서의 등장인물을 통해 본 일제의 식민지 교육」 전남대 박사논문, p.26

히데요는 일본을 알린 세계적인 인물이라고 노래로 불려졌다. 조선인
은 조선에서만, 일본인은 세계라는 공간에서도 알려진 위대한 분임을
은연중에 제시하고 있다.

> 2. 정의로운 전투에 힘을 더해 / 공적은 드높구나 나콘왕 /
>   남쪽으로 남쪽으로 국위를 펼쳐가네 / 야마다 나가마사 일본남자.
>
>   〈(下)-「山田長正」, p.251〉

 일본의 명예를 세계에 알린 야마다 나가마사는 에도 초기의 해외 도
항자로, 1612년 태국으로 건너가 태국의 내란을 진정시키며 일본과의
교류를 꾀한 '일본남자'의 대표자였다. 〈창가서〉에는 실존의 역사적인
인물과 함께 신화적인 인물도 노래로 불려지고 있다.

> 3. 정직한 노파에게 구조되어 / 양산 기슭에서 지혜를 연마하는
>   석탈해는 왕의 자손 / 이윽고 학문을 이루어 칭송 받아
>   그 이름도 드높은 신라왕   〈(上)-「昔脫解」, p.461〉

 노래 가사 중 "함지에 담겨서 어디로 갔을까."에서 학생들은 석탈해
의 출생에 대한 의문점을 갖게 하는 것이고, 3절의 '왕의 후예'는 범상
치 않은 집안의 자손이고, 일본이 그 근원지라는 것을 암시하는 대목
이 모두 노래로 압축되었다. 또 『보충창가집』에는 역시 신라를 배경으
로 하는 「鷄林」이라는 노래가 나온다.

> 2. 충신 호공瓠公의 기쁨이란 / 나뭇가지에 걸려 있는 금빛상자
>   아래서 지켜주는 은빛 닭 / 상자 열어 보니 김알지金閼智

하늘에서 내려주신 왕자라네   《(上)-「鷄林」, p.425》

여기서 재미있는 점은 김알지나 석탈해는 탄생지가 일본이었지만
발견한 사람이 신라인으로 둘 다 신라 왕위에 오른다는 점이다. 또한
신비한 탄생으로 인해 학생들의 궁금증 유발과 나라의 중심인물이 된
다는 신화적인 내용에 호기심을 높일 것이다. 여기에 덧붙여 신라에서
탈해왕을 모신 호공瓠公이 일본倭에서 온 귀화인이라는 것 등을 자연스
럽게 '日鮮同祖論'으로 내세워 양국의 혈연적 교류를 근간으로, '內鮮
一體'의 논리를 조선아동에게 암시하는 것으로『보충창가집』에 집중
적으로 실려 있다.

　3.　천 년 만 년 여러 곳의 / 시조로 우러러 공경하고
　　　성인 태자의 은혜를 / 떠받들리이다 모두 다함께

                                          《(下)-「聖德太子」, p.333》

쇼토쿠태자는 백제와도 인연이 깊어 고대 한일의 역사교류에 대한
이야기를 들려줄 수 있는 적당한 인물이기에 노래로 만들어졌을 가능
성이 크다.

　3.　바위굴 문이 활짝 열렸습니다 / 온 천지에 빛나는 모습은 /
　　　아— 아마테라스오미카미   《(下)-「千の岩屋」, p.163》

일본 신화에서 태양의 여신이며, 일본 황실 조신祖神인 아마테라스오
미카미天照大神의 출현을 노래하며, 일본의 건국신화를 조선학생들의 머
리에 입력하려 하였다. 또한 일본은 태양신의 후손이라는 의미로 「肇

国의 노래」(『초등음악』〈6-9〉)에서도 일본의 옛 지명을 설명하여 천황
의 위광으로 빛나고 있다고 노래하였다.

식민지기 중반으로 넘어가는 준전시체제에 들어감에 따라 일제가
원하는 인물은 군인으로 바뀌어갔으며 이에 따라 〈창가서〉 중 『초등창
가』에서는 5명, 『초등음악』에서는 7명의 군인이 칭송되었다.

러일전쟁에서 전사한 일본 최초의 해군 군신인 히로세 다케오廣瀬武夫
중령의 희생정신을 창가로 인지시키고 있다.

> 3. 하는 수 없이 보트에 / 옮겨 타는 중령 / 날아오는 탄환에 /
> 홀연히 전사했네 / 여순旅順항의 원한은 깊어라 /
> 군신 히로세 그 이름 남았지만   〈(下)-「廣瀬中佐」, p.275〉

이 노래에서는 전쟁의 상황을 묘사하면서 히로세 중령의 최후 격전
장면을 그렸는데 역시 『초등창가』〈4-2〉에도 나온다. 해군의 군신으로
히로세가 있다면 육군의 군신으로는 다치바나 슈타橘周太 중령이 있다.

> 3. 황국을 위함이고, 육군의 / 명예를 위함이라 일깨워 준
> 말씀 중에 산화한 / 꽃다운 다치바나 중령이여 존엄하도다.
>   〈(下)-「橘中佐」, p.335〉

"나라를 위해." "명예를 위해" 산화한 군인들의 노래가 〈창가서〉에
나온 것은 장차 천황에게 충성 다하는 황국신민을 양성하기 위함으로
여기에서 교과서가 바로 국본주의적 성격을 갖고 있다고 할 수 있다.[7]

---

7 박규태(2006) 『'일본'의 발명과 근대』 이산, p.199

인물들 중에서 대부분 남성들은 한 개인으로 노래를 하였지만 여성
은 오로지『초등창가』(6-23)「야마우치 대위의 어머니」만 나왔을 뿐
이었다.

3.3 문화와 배경

우리는 어떤 사회에 속해 살아가는 한 그 사회의 문화에 호흡하며
살고 있다고 할 수 있는데 〈창가서〉에서도 일본을 상징하는 일본적인
소재와 정서가 침투해 있다.

〈창가서〉에는 커다랗게 확실시 되어진 자연 이외의 일본적인 배경
과 정서가 흐르고 있는 문화 중 풍습 및 놀이, 스포츠에 대해 살펴보고
자 한다.

〈표 4〉〈창가서〉에 나오는 일본적인 '배경' 및 '풍습'

창가서명	일장기	동화.설화	벚꽃	풍습	스포츠	의식	조선 / 일본
신편창가집	1	1	1			5	0 / 8
보통학교창가서	1	1	1	3		1	0 / 7
보충창가집							0 / 0
초등창가	1	2	2	3	2	8	0 / 18
초등음악	1	3	1	5		7	0 / 17

전반적으로 조선이라고 여겨지는 풍습이나 배경은 찾아볼 수가 없
었지만 일본적인 요소는 아주 많았다.『보충창가서』마저도 조선의 이
미지가 제시된 소재는 하나도 나오지 않았다. 자연 중 쉽게 일본적인
느낌을 느낄 수 있는 것은 아마도 벚꽃桜花일 것이다.

1. 해 뜨는 곳 일본 / 분발하여 일어서는 1억 국민의
    생기 있게 빛나는 벚꽃 / 찬란한 아시아 건설하세

희망의 빛, 대일본 　　　　　　　　〈(下)-「アジヤの光」, p.435〉

벚꽃은 『보충창가집』만 제외하고는 모든 〈창가서〉에 나온다. 『보통학교창가서』〈4-3〉「일본이라는 나라」에서는 "그중에서도 벚꽃은 요시노산 / 한눈에 들어오네 천 그루 만발하여 / 안개인 듯 구름인 듯 아름답도다."로 벚꽃으로 유명한 산을 노래하였다. 벚꽃은 근대국가 건설 과정에서 일본 지도층이 국민통합의 한 수단으로 나라꽃으로 내세우며 특별한 의미를 부여하려고 하였다. 태평양전쟁 당시 군국주의 세력은 '일본의 남아로 태어난 이상 조국을 위해 벚꽃처럼 아름답게 지는 죽음을 택하여 한다."고 국민을 세뇌시켰다.[8] 특히 『초등창가』〈1-1〉「애국의 노래」에서는 "후지산 높은 곳, 벚꽃이 피는 나라"로 벚꽃이 피는 후지산이 있는 나라에 태어난 것을 자랑스럽게 여기도록 하였다.

　노래로 만들어진 일본의 풍습으로는 고이노보리鯉のぼり와 히나마쓰리ひなまつり가 있다. 조선의 어린이들은 잉어 모양의 깃발을 단 장식물을 보면서 일본의 어린이날에 대한 이해를 할 것이다.

　1.　기와의 물결과 구름의 물결 / 겹쳐져 물결치는 공중을
　　　홍귤 향내 나는 아침바람에 / 높이 높이 헤엄치네 고이노보리
　　　　　　　　　　　　　　　　〈(下)-「鯉のぼり」, p.315〉

푸른 하늘에 나부끼는 '고이노보리'를 찬양하고, 일본 사내로 태어났다는 기쁨과 각오를 노래하고 있다. 이처럼 소년들을 대상으로 고이

8　황영식(2003)『맨눈으로 보는 일본』모티브, p.356

노보리가 있고, 여자 아이를 위한 축제로 '히나마쓰리'가 있다.

> 1. 히나마쓰리 히나마쓰리 / 오늘은 즐거운 히나마쓰리 /
> 모두다 즐겁게 놀아보아요 ⟨(中)-「ひなまつり」, p.207⟩

교사지도서에 나온 히나마쓰리를 보면 "일본 고유의 히나마쓰리를 노래로 부르고, 우애의 정을 쌓으며, 국민적 정서를 순화하는데 있다."[9]고 하였는데, 결국 맨 위에는 천황이 있음을 암시한다. 히나인형은 일본정부의 주도하에 1930년대 후방의 정신무장이 강요될 때 대량으로 조선에 보급하는 정책을 내렸는데 후방교육의 문화정치의 일환으로 볼 수 있다. 이외에도 여자어린이들의 놀이인 하네쓰키羽根つき가 『ウタノホン』⟨2-16⟩ 「羽根つき」에 나와 있다. 고이노보리나 히나마쓰리는 조선의 아동들에게 생소해서 지극히 일본적인 소재와 정서를 담은 창가들이라 할 수 있다.

다음은 일본의 전통적인 스포츠 스모에 대한 노래이다.

> 1. 검도 없고 총도 없고 철모도 없이 / 그래도 병사가 전쟁터에
> 임하는 각오로 당당하게 / 씨름판에 오르네 훌륭한 장사
> ⟨(中)-「相撲」, p.327⟩

스모는 세계에 널리 알려진 스포츠라는 인식으로 노래로 불려졌고, 조선의 스포츠는 실려 있지도 않았다. 이외에도 직접적이지는 않지만 일본을 상징하는 가사는 「애국행진곡」(『초등창가』⟨1-11⟩)에 나와 있

---

9 『ウタノホン 교사용』(1942) 조선서적인쇄(주), p.140

다. 특히『초등음악』이나『초등창가』에는 일본을 상징하는 것들이 많
아졌는데 (『ウタノホン』, 〈1-10〉「모모타로」)에서도 "이 기는 일장기 / 파
란 것은 푸른 바다 / 작은 배에 돛을 걸었다."고 노래하였다.

근대일본의 교육제도와 모모타로의 관계는 일찍이 국정교과서에
채록된 데서 시작한다.[10] 모모타로에 대한 이야기는 배경과 시대에 따
라 다르지만 근대에 들어와서는 '도깨비를 물리쳐 화를 제거하고, 황
국의 안녕을 꾀하여 한다.'는 교훈[11]으로 정착시켜, 〈창가서〉에서도 여
실히 보여주고 있다. 근대 학교교육을 받는 식민지 어린이들에게 일본
중심으로 선전하는 이데올로기적 정신적인 지주로 동화를 매개로 한
창가였다. 「모모타로」에서 나온 '히노마루'는 「모모타로」처럼 단독 목
차로도『보충창가집』을 제외하고 전부 수록되어 있다.

1. 하얀 바탕에 빨갛게 / 둥근 태양 그려서
    아— 아름다워라 일본의 국기는!   〈(上)-「日の丸」, p.165〉

이 외에도 일본을 상징하는 건물로 "천지와 함께 번영해 가는 일본
국의 수호신이여."(『초등창가』〈4-3〉「靖國神社」) 등을 들 수가 있다.
"동쪽하늘 붉어지고, 저녁안개 걷히고 하늘에 반짝이는 일본 해상."
(『초등창가』〈5-7〉「日本」), "신이 창조하신 나라"(『초등음악』〈5-2〉「大
八洲」)까지 일본을 알리고자 외연을 넓혀갔다.

일본을 간접적으로 상징하는 문화 및 배경에는 조선교육령 기간 동
안『보충창가집』을 제외하고는 골고루 나왔지만 역시 3, 4기 교육령시
기의 〈창가서〉에 집중되어 있음을 알 수 있다.

10 김효순(2005)『일본의 근대화와 일본인의 문화관』보고사, p.245
11 滑川道夫(1971)『桃太郎像の變容』東京書籍, p.65

4. 교육령에 따른 창가 가사의 변용

지금까지 일제강점기의 초등학생 〈창가서〉 중『신편창가집』(1914),
『보통학교창가서』(1920),『보통학교보충창가집』(1926),『초등창가』
(1939),『초등음악』(1943)에서 '조선'과 '일본'을 상징하거나 직간접적
으로 나오는 가사를 분석하여 교육령에 따른 일제의 식민지 정책을 살
펴보았다. 이 창가집들은 초등학교에서 중요시 한 교과서로 학습자료
로 이용되는 도서이기도 하지만 일제의 교육이념과 정책이 고스란히
반영되었다.

『신편창가집』에서는 아직 식민지 초기 단계여서 조선을 파악하지
못하고 일본의 음악교과서『심상소학창가집』을 참고로 하였기에 조
선 부분은 없고, 문화의 상징에서 일본의 이미지 제시가 높았음을 알
수가 있다. 풍습이나 놀이 부분이 대체로 일본을 알리는 소재로서 이
용되었고,「모모타로」를 노래로 구성하여 침략의 당위성을 간접적으
로 노래하기도 하였다.

『보통학교창가서』에서는 조선 지명이나 자연이 많이 노래되었으나
상징적인 요소로 일장기나 후지산을 들어 일본을 알리는 전초적인 역
할을 하였다. 조선과 일본을 소재로 한 것들은 비중은 같게 하였다. 조
선의 지명을 집중적으로 노래했으며 일본 쪽은 배경, 인물, 풍습 등 골
고루 노래로 만들었다.

『보통학교보충창가집』에서는 3 · 1 운동 이후 '문화정치' 하에서 편
찬되어 조선에 대한 비중이 급속도록 높아졌는데, 일본을 상징하는 것
은 단 한 편도 수록이 되어 있지 않았다. 조선을 제재로 하는 곡도, 조
선의 산과 강, 옛 수도 등이 나왔지만 일부는 일본에 속한 영토임을 나
타내는 부분도 있었다.

『초등창가』에서는 조선에 대한 이미지 제시가 거의 사라지고 일본 상징만 차지하고 있었다. 東京, 자연, 지명, 배경 풍습도 문화적인 고위성의 전제 없이 일본적인 내용이 대부분을 차지하고 있었다. 특히 전쟁이 막바지로 감에 따라 대부분 인물이 군인으로 설정되어 학생들에게 미래의 군인상을 제시하여 전쟁터에 나가도록 독려하였음을 알 수 있다.

『초등음악』에서는 금강산이 한 곡을 제외하고는 배경, 동화 등이 전부 일본으로 바뀌었으며 역시 전쟁터에서 전사한 군인 위주의 노래를 수록하여 군국주의 정책으로 이용하였다는 것이다.

따라서 일제강점기 〈창가서〉에 제시된 조선의 상징 가사의 경우는 (0(%) → 50 → 100 → 3 → 7)로 전반기에 『보통학교창가서』와 『보통학교보충창가집』에서만 나와 있지만 그 외는 거의 소재로 채택하지 않았고, 일본의 경우는(100(%) → 50 → 0 → 97 → 93)으로 『보통학교보충창가집』을 제외하고는 대부분 일본을 상징하는 소재나 정서를 담은 노래로 수록하였음을 알 수 있다.

제국의 식민지 창가

Ⅲ. 조선 독립창가의 생성 변용 연구*

김경인

1. 들어가며

1872년 일본의 학제반포 이후 불리기 시작한 일본창가는, 일본이
을사조약(1905)을 기점으로 조선의 식민지화를 구체화하기 시작한 이
래 일본의 교과서 유입과 새로운 편찬을 통해 조선의 음악교육에 절대
적인 영향을 끼치게 된다. 그런데 일제의 창가교육이 구체적으로 시작
되기 이전부터 사실상 찬송가와 더불어 일본의 창가 및 군가가 조선에
유입되어 '애국·독립창가'로 차용되었음은 주지의 사실이다. 하지만
1906년 학교의 교육제도가 일본식으로 개편되면서 그간에 불렸던 '애

---

* 이 글은 2014년 2월 일본어문학회 「日本語文學」(ISSN : 1226-9301) 제64집,
pp.479-501에 실렸던 논문 「조선독립창가와 일본창가의 상관성 고찰-『최신창
가집』과 『보통교육창가집』을 중심으로-」를 수정 보완한 것임.

국·독립창가'가 수록된 책들이 1909년의 〈출판법〉 제정과 동시에 발
매금지되거나 압수폐기처분 되는 등, 그 자취를 거의 찾아볼 수 없게
되었다. 그리고 1945년 광복 직전까지 학교령의 개정과 더불어 변화하
는 식민지정책에 걸맞게 편찬된 창가 및 음악교과서들이 조선의 음악
교육을 점령하게 되었다.

하지만 음악교육에 대한 일제의 그러한 강압 속에서도 '애국·독립
창가'가 그 명맥을 꾸준히 이어올 수 있었던 것은, 앞에서도 언급했듯
이 초기에는 찬송가와 일본의 창가 및 군가의 차용에 힘입어, 그리고
한일병탄 이후에는 일제의 교육창가 활용과 더불어 조선의 사립학교
및 독립운동단체들의 음악창작활동과 교육 때문이었을 것이다. 그런
데 안타깝게도 그러한 '애국·독립창가'들이 보존된 음악적 사료가 사
실상 거의 현존하지 않는 것이 현실이다. 그런 현실 속에서 거의 유일
하다 할 수 있는 사료가 1914년 만주의 광성중학교에서 대한제국 말기
부터 한일병탄 직후까지 불리던 '애국·독립창가'들을 수집하여 편찬
한 『최신창가집』¹인데, 이 역시 1915년 8월 치안을 이유로 발매금지
처분된 이래 흔적을 찾아볼 수 없다가 1996년 국가보훈처에서 일본 외
무성 외교사료관에 보관되어있는 자료를 발굴하여 복사를 거쳐 책으
로 간행한 것이 현재 전해지고 있다.

현재 『최신창가집』에 대한 연구는 크게 두 가지 성향으로 구분해볼
수 있는데, 민경찬(1997)²이나 최순배(2001)³의 연구와 같이 『최신창
가집』 자체에 대한 구성과 곡의 분석을 중심으로 한 것과, 노은희

1 국가보훈처(1996)『最新唱歌集附樂典』이하,『최신창가집』이라 함
2 민경찬(1997)『한국창가의 색인과 해제』한국예술종합학교 한국예술연구소,
   pp.348-391
3 최순배(2001)「항일운동기 창가의 연구 -『최신창가집』의 분석을 중심으로」동
   국대학교 석사논문, pp.54-56

(1997)[4]와 강환직(2010)[5]의 연구와 같이 일제식민지기를 전후한 음악
교육의 흐름 속에 위치한『최신창가집』의 음악적 및 민족적 의의를 고
찰하는 것이 두 번째이다. 특히 노은희는 재만在滿 민족학교의 음악교
육에 사용되었던『최신창가집』이 일본음악의 영향을 다수 받고 있다
는 점을 들어 일본의 통제하에 있었던 조선 내 학교교육이 어떠했을
것인가는 자명하다며 오늘날 우리 음악문화에 남아있는 식민교육의
잔재청산의 긴급성을 강조하고 있다. 하지만 음악적 자본이 지극히 미
비했던 일제식민지 초기에 조선의 민족지도자들이 일제 및 외래의 음
악적 자본을 빌려 애국·독립적 내용의 창가에 인용했던 것을 무턱대
고 비판할 수는 없으리라 생각한다.

어쨌든 이러한 두 가지 경향의 연구를 통해 우리는『최신창가집』자
체가 갖는 민족역사적 의의는 물론이고 음악적 특징까지 충분히 이해
할 수 있고, 그들 창가 중 다수가 어떤 식으로든 일본음악의 영향을 받
고 있음을 알 수 있을 것이다.

본고에서는 그러한 독립창가들이 일본창가와 구체적으로 어떠한
상관성을 가지고 있는지에 대한 구체적인 비교연구가 이뤄지지 않고
있다는 점에 초점을 맞춰『최신창가집』의 구성과 의의를 먼저 살피
고, 이 창가들이 영향을 받았을 대표적인 창가집으로 당시 일제에 의
해 편찬된 유일한 교육창가집이었던 학부學府편찬의『보통교육창가
집』(1910)을 설정하여 이 두 창가집이 어떠한 상관성을 갖는가를 살펴
볼 것이다. 그리고 그들의 상관성을 밝혀냄으로써 식민지기 초기 일본
이 조선의 식민지화를 위해 이용했던 창가가 조선의 애국·독립창가에

4 노은희(1997)『일제시대의 음악교육정책-음악교과서를 중심으로』동아대학교
    석사논문, pp.81-87
5 강환직(2010)「조선총독부 민족음악 통제에 관한 연구」「국악과 교육」제29집,
    pp.7-30

어떠한 영향을 끼쳤는지 고찰해보고자 한다.

2. 『최신창가집』의 의의와 구성

1911년 만주에 설립된 광성중학교光成中学校는 '학생들에게 현대과학적 지식뿐만 아니라 철저한 獨立精神과 愛國思想을 교육하여 후일 祖國獨立을 쟁취할 민족간부들을 양성'하겠다는 목적으로 민족독립운동가들이 세운 학교다. 학교는 그러한 목적을 달성하기 위해 교과목 중 '체육'과 더불어 '창가' 시간을 배정하고 창가교재로 1914년 7월 『최신창가집』을 발행하게 되는데, 이것은 한일병탄을 전후하여 불렸던 애국·독립창가들을 집대성한 창가집으로, 현재로서는 거의 유일하게 전해지고 있는 완전한 애국·독립창가집이라 할 수 있다[6]. 그런데 간도 총영사관의 대리 스즈키 요타로鈴木要太郎가 외무대신 남작 가토 다카아키加藤高明 앞으로 제출한 '最新唱歌集 發賣禁止に関する件'이라는 서류에 따르면 『최신창가집』은 '排日鮮人學校光成中學校に於テ発行'한 것으로 '배일적 내용뿐으로 심히 불온한 것으로 인정된다' 하여 발매금지를 요청한다고 되어있다.[7] 이 내용만 보더라도 『최신창가집』의 성격을 충분히 짐작할 수 있을 것이다. 그렇다면 『최신창가집』은 어떤 곡들이 어떤 형태로 구성되어있는가?

---

6   신용하(1987)의 「解題 島山 遺品 『舊韓末 愛国唱歌集』」(한국학보, vol.13)에 따르면, 도산 안창호의 유품으로 「구한말 애국창가집」(가칭)이 전해지고 있지만, 이는 표지부터 8면까지와 31면 이후가 떨어져나가 있어 명칭은 물론이고 간행연도 역시 1905~10년으로 추측될 뿐 정확히는 알 수 없다고 함.
7   구양근(1995) 「독립군의 항일노래모음 『최신창가집』」 『민족문제연구』 vol.8, pp.7-8 참조

『최신창가집』은 크게 두 부분으로 구성되어있는데, 서양음악의 이론에 대한 설명을 문답형식으로 실어놓은 '음악문답' 부분이 앞에 나오고, 구한말부터 1914년 무렵까지 불렸던 우리 민족의 중요한 창가들을 악보와 함께 적은 '창가집'부분이 뒤이어 나온다.

앞부분에 실린 '음악문답'은 크게 ① 總論 ② 音符論 ③ 拍子論 ④ 音階論 ⑤ 音程論으로 분류되어 음악이론의 기초부터 오르간 및 기악까지 문답식으로 비교적 자세하게 설명하고 있다. 그리고 '창가집'에는 152곡의 창가가 수록되어있는데, 이들은 기존의 창가집에 수록된 곡들을 재수록했거나 당시 구전되던 창가들을 음악전문가가 악보와 함께 기록한 것으로 보인다. 특히 학부편찬(1910)의 『보통교육창가집』과 김인식(1912년)이 편찬한 『교과적용 보통창가집』의 곡들이 현재로서는 재수록 확인이 가능한데[8], 민경찬(1997)에 의하면 이상준 편찬의 『최신창가집』(1918)과 『최신중등창가집』에 수록된 곡들이 이 창가집에 상당수(총21곡) 수록되어있다는 점을 들어 『최신창가집』의 발행연도가 잘못되었을 가능성 등의 문제를 제기하고 있는데[9], 광성중학교의 『최신창가집』에 '四二四七年 七月 二五日 發行'이라고 기재되어있는 것으로 미루어보아 발행연도를 의심할 여지는 없을 것으로 본다. 그리고 한일병탄 이후 심화된 일제의 출판에 대한 규제와 탄압으로 애국·독립창가를 수록한 다른 창가집들이 거의 대부분 압수·폐기되었기 때문에 다른 창가들의 정확한 출처는 여전히 확인할 수 없는 실정

---

8 『보통교육창가집』은 27곡 중 13곡(곡조차용까지 포함시키면 15곡)이, 『교과적용 보통창가집』은 31곡 중 20곡이 『최신창가집』에 재수록 됨.

9 민경찬(1997)『한국창가의 색인과 해제』한국예술종합학교 한국예술연구소, p.68 참조. 민경찬은 1914년 이전에 이상준의 다른 창가집이 있었거나, 먼저 작곡하여 불리던 자신의 곡들을 후에 『최신창가집』(1918)에 수록했을 수도 있다고 언급하며 '가능성은 희박하다'고 단서를 달고 있다.

이다.

어쨌든 『최신창가집』이 갖는 특징과 의의는 여러 가지가 있겠으나 그 중 첫째가는 특징은 역시 '애국애족의 메시지를 담은 애국·독립창가가 많다'는 것이다. 수록된 창가들을 주제별로 구분해보면 아래 표와 같다.

〈표 1〉『최신창가집』 수록곡 주제별 구분

구분	곡명(같은 곡명의 곡수)	합계(%)
애국애족	갈지라도, 거국행, 건원절(2), 격검, 격양, 경성(2), 고학, 공부, 국가(2) 국긔, 국민(2), 국심國心[10], 군軍[11], 깊이생각, 권학(4), 단군, 단심, 대한소년기개, 대한혼, 독립, 동지, 동주상제, 묘선혼, 맹진, 모험맹진, 민충정공 추도, 병식행보, 보국, 복수회포, 셕음惜陰[12], 수절守節, 시유변천, 애국(8), 야구, 영웅모범, 영웅추도, 예수군병, 우승기, 운동(8), 의무, 자유(2), 전진(2), 정신, 조상을 위해, 조국생각, 죽어도 못노아, 청년득심, 청년학우, 체육, 학도(3), 학생애국[13], 학생전진, 학생추도, 한반도, 혈성대(2), 희망, 환영(2)	84곡(55)
일상생활 및 기타	경부텰도[14], 긔차, 농민, 농부, 됴기朝起, 등산(2), 망향, 소제掃除, 수학여행, 시계, 신년, 심주心舟, 我의 학교, 我의 가정, 유희진행, 입은하나, 인택仁宅[15], 자장, 직업, 책지세責地勢, 태평양행, 컬넘버스, 행선行船	24곡(15)
자연	가마귀(2), 귀안, 관물생심, 녀름의 자연, 불여귀, 사시경, 사절, 셩토, 소천小川, 양춘가절, 엽葉, 月, 작대作隊, 추경秋景, 춘유春遊, 춘조, 해海	18곡(12)
효와 우정	감은, 고별, 만나생각, 부모은덕, 사의 은(2), 상사, 선우, 작별, 졸업(3), 찬양은덕, 표의, 학우, 효효效孝	16곡(11)
역사지리	강해江海, 관동팔경, 모란봉, 세계지리, 제국력사, 제국디리, 청산	7곡(5)
기념일	국문창립기념일, 단군기념, 학교기념	3곡(2)
합계	152곡	100

위의 표를 보면 애국애족에 대한 창가가 전체의 55%를 차지하고 있음을 확인할 수 있는데, 「학도」와 「운동」 그리고 「권학」을 애국·독립창가로 분류한 이유는 그 내용 때문이다. 이들 중 거의 대부분의 창가가 신체를 단련하고 학문을 닦아 애국하고 나라독립에 힘쓰자는 내용이고, 그런 의미에서 「야구」 역시 대표적 애국·독립창가로 꼽을 수 있다. 이 「야구」는 한때 「소년남자가」로 불리기도 하였는데,[16] 이는 원래 우리나라 대표적 독립운동가인 안창호의 작사에 의해 대성학교 운동가로 불리던 창가였다고 한다.[17] 직접 그 예를 살펴보자.

1. 대한청년 학생들아 동포형뎨 사랑하고

   우리들의 일편단심 용감하게 맹약하세

   화려하다 우리강산 사랑홉다 우리동포

10 p.122에 수록된 곡인데, 목차에는 누락되어있음.
11 악보만 있고 노랫말은 없음. 이에 대해 앞의 책 '해제'에 신용하 교수는 '가사가 명확치 않아서 후일 가사를 만들어 獨立軍의 창가로 활용하려고 曲만 수록해 둔 것이 아닌가 추측된다'라고 적고 있음
12 128페이지에 수록된 「학도(114)」와 곡조는 다르지만 같은 가사의 창가임.
13 『최신창가집』(1914)의 목차에는 '학도(산높고물맑은)'으로 표기되어 있지만 본문에는 제목이 「학생애국」으로 표기되어 있음
14 최남선의 「경부철도」 1절만을 싣고 있는데, 대부분의 창가들은 아무리 절수가 많은 것이라도 전곡을 싣고 있는 것에 비해 가장 마지막 곡으로 그 1절만을 수록하고 있는 것이 특징임.
15 『최신창가집』의 '해제'에서 신용하 교수는 이 곡에 대해 '이 책에는 「仁宅」이라는 제목의 노래가 악보와 함께 수록되어 있는데, 薛聰이 지은 「朝鮮古歌」라고 기록하였다. 당시 口傳하는 것을 편자가 채록하였을 터인데, 1편의 짧은 古歌라도 귀중한 우리로서는 전문가들이 반드시 연구해 볼 필요가 있다고 생각한다'고 적고 있어 이 곡의 중요성을 짐작케 함.
16 1909년 7월 21일자 『황성신문』에 '유학생 야구단에서 금일 하오 4시에 운동을 행하난대 소년남자라는 운동가를 용하니 기사의의 활발함이 금인감촉이기 좌에 특재하노라'라는 기사와 함께 노랫말을 싣고 있음.
17 송혜미(2007) 「한국개화기 창가의 변천에 관한 연구」 전북대 교육대학원, pp29-30 참조

　자나깨나 잇지말고 속히광복 하옵세다

4. 닛지마세 닛지마세 애국정신 닛지마세

　샹하귀쳔 무론하고 애국정신 닛지마세

　편할때와 즐거울때 애국정신 닛지마세

　우리들의 애국셩을 쥭더라도 니즐소냐

　〈후렴〉　학도야 학도야 우리 쥬의는

　　　　　삼쳔리 강산에 됴흔강토를

　　　　　<u>도덕을 빗우고 학문을 넓혀서</u>

　　　　　<u>우리학생들이 광복합세다</u>

〈『최신창가집』「학도」(33)[18]〉

1. <u>무쇠골격 돌근육 소년남자야</u> / <u>애국의 졍신을</u> 분발하여라

　다다랏네 다다랏네 우리나라에 / 소년의 활동시대 다다랏네

3. 츙녈사의 끌난피 순환 잘되고 / 독립군의 파다리 민활하도다

　벽력과 부월이 당젼하여도 / 우리난 조곰도 두려움 없네

　〈후렴〉　만인대덕 련습하여 우리젼공 세우세

　　　　　졀세영웅 대사업이 우리목뎍 아닌가

〈『최신창가집』「야구」(19)〉

　다음은 『최신창가집』의 42번째 곡으로 수록된 「운동」인데, 이는 1908년 4월 24일자 『황성신문』에 게재된 바 있는 평양의 학교연합에서 제정한 「운동가」를 재수록한 것으로 보인다. 다른 것이 있다면 한자를 한글로 대부분 표기하고 있고 몇 군데 가사를 바꿔 적고 있을 뿐

18　이하, 『최신창가집』의 창가는 '「제목」(수록된 순서)'의 형식으로 표기함.

이며 절을 따로 구분하고 있다는 점인데, 평양의 「운동가」와 함께 그 가사를 비교 해 보겠다.

<table>
<tr><td>

1. 대한국 만세에 부강기업은
국민을 교육홈에 전혀잇도다
우리는 덕을닥고 지혜길너셔
문명의 선도자가 되어봅시다
2. 사회샹 직책을 감당하려면
톄육의 완전함이 필요하도다
용감한 정신으로 뛰어나가셔
동모들과 같이 활동해보셰
6. 한반도 뎨국에 영광돌니고
우리학교 명예를 일층빗내세
<u>학도야 학도야 청년학도야</u>
<u>독립정신 애국성을 분발하여라</u>

〈『최신창가집』「운동」(42)〉

</td><td>

大韓國 萬歲에 富强基業은
國民을 敎育홈에 전혀잇도다
우리는 德을닥고 智慧길너셔
文明의 先導者가 되어봅시다
社會上의 職責을 堪當ᄒ랴면
體育의 完全홈이 必要ᄒ도다
勇敢흔 精神으로 뛰어나가셔
동모들과 갓치 活動해보셰
韓半島 帝國에 榮光돌니고
우리學校 名譽를 一層빗내세
學徒야 學徒야 靑年學徒야
忠君心 愛國性을 닛지말지라

〈평양의 「운동가」〉

</td></tr>
</table>

여기에서 한 가지 흥미로운 사실은 평양의 「운동가」가 1907년 4월 26일자 『황성신문』에 소개된, 학부가 당시 유행하던 민족주의적 운동가를 견제하기 위해 제정하여 각 학교들의 연합운동회 때 부르게 했다는 「운동가」를 1년여 뒤에 일부 수정하여 만든 창가라는 것인데, 학부의 「운동가」보다 가사의 내용을 평이하게 고친 것과 가사를 잘 정제하고 축약했다는 특징을 가지고 있다.[19] 이는 『최신창가집』의 창가들이

---

19 김병선(2007) 『창가와 신시의 형성연구』 pp.133-141 참조. 비교를 위해 학부의 「운동가」(1907)의 가사 일부를 여기에 소개한다.

여러 경로를 통해 유통되고 있던 창가들의 모음집이라는 사실을 확인
해주는 증거이기도 하다.

어쨌든 이상 세 편의 창가, 특히 밑줄 친 부분을 비롯한 노랫말을 보
았을 때 「운동」 등의 창가가 애국애족의 정신함양을 목적으로 만들어
지고 불렸을 것은 의심의 여지가 없음을 확인할 수 있다.

뿐만 아니라 효나 우정을 노래한 창가와 자연을 노래한 창가들에는
국권을 상실한 조국에 대한 애틋함과 독립을 바라는 굳은 의지를 서정
적으로 표현하고 있는 곡들이 많다. 그 예로 두견새를 노래한 「불여귀」
의 가사를 살펴보자.

   1. 공산명월 야삼경에 슲이우난 두견새는
      소래소래 불여귀라 고국산천 생각하고
      도라가기 지원이라 져달빛이 질때까지
      목에피가 마르도록 야몽송 뷸촐하니
      두견새야 무러보자 네에넉시 누구인지
   4. 뷸여귀 뷸여귀하니 네소래가 슲으고나
      만리소풍 대운날에 평화주의 홀노픔고
      <u>젹장군 영젹한후 대한</u>만세 부르다가
      捕獲中에 함낙하여 외토고혼 화작하니
      <u>고국산천 못잊어서 그와 우짓나냐</u>   〈『최신창가집』「뷸여귀」(68)〉

『최신창가집』에 수록된 창가를 주제별로 분류해보면, '東海물과 白

大韓帝國 光武日月 富强安泰는/國民敎育 普及홈에 專在社홈 일세/우리덜은 德會
을닥고 知能發上ㅎ여/文明開化 先導者가 되어봅세다//社會上의 許多事業 勘當ㅎ
랴면/內部外體 健康홈이 一大淸福응/工夫홀때 工夫ㅎ여 學問鍊習코/運動홀때 運
動ㅎ여 血脈流通케(생략)

頭山이 말고 달토록 / 한아님이 보우하사 우리나라 萬歲'로 시작되
는 현재의 애국가와 같은 노랫말의 「國歌」를 필두로 「國旗歌」, 「乾元節」
과 같은 의식창가에서 이 창가집과는 전혀 동떨어진 것처럼 보이는 「자
장가」[20]에 이르기까지 모든 창가들이 애국애족과 독립에 대한 염원을
노래하고 있다고 해도 과언은 아닐 것 같다.

이상의 애국애족의 주제를 가진 곡들 중 「갈지라도」, 「건원절」, 「권
학」, 「대한혼」, 「동지」, 「애국」, 「운동」은 1910년 5월 20일 학부가 편찬한
『보통교육창가집』에 게재된 곡을 그대로 옮기거나 그 곡조를 차용
하여 가사를 붙인 것인데, 다음 장에서는 이 『보통교육창가집』이 어
떤 창가집이며 『최신창가집』과 어떠한 상관성을 갖는지 살펴보도록
하자.

3. 『최신창가집』과 『보통교육창가집』의 상관성

『보통교육창가집』은 1910년 5월에 편찬·보급된 이래, 한일병탄 후
조선총독부가 『新編唱歌集』을 편찬하게 되는 1914년 3월까지 관공립
학교의 창가교육에 독보적인 존재로 군림하게 된다.

1910년 8월 29일, 일본은 자신들의 오랜 숙원이었던 조선의 식민지
화에 성공하여 조선의 국권은 물론이고 교육권까지 모두 자신들의 권
력 하에 두고 강점할 수 있게 되었다. 그간 조선의 반발을 염려하여 사
립학교의 애국 및 항일적 교육에 그나마 미온적인 조치를 취해왔던 일

20 앞의 책 본문의 창가집 146번째 곡으로 「자장」이 수록되어 있는데, 마지막 3절의
가사는 이렇다. '장하다 자장자장 얼른소학교/장하다 자장자장 벌써중대학/방사
동이 되고 영웅동이 되어라/우리나라 광복사업 에아라 자장'

본은, 한일병탄을 기점으로 그러한 민족적 사립학교의 폐교와 교과서 압수 및 폐간 등 강압적인 정책을 펼치게 된다. 또한 학교교과서는 당연히 조선총독부가 편찬한 일본어교과서로 대체되는데, 창가교과서만은 당분간 『보통교육창가집』이 사용되게 된다.

이 『보통교육창가집』에는 모두 27곡의 창가가 수록되어있는데 그 대부분이 일본의 창가를 우리말로 번안하거나 개작한 것들이다.

그런데 잊지 말아야할 것은 『보통교육창가집』이 한일병탄 이전에 출판된 것인 만큼 조선의 식민지화를 꿈꾸는 일제의 야욕을 노골적으로 表現하지 못했으리라는 점과, 당시 애국·독립창가들이 창궐하던 것을 막기 위해 학부가 서둘러 편찬한 창가교과서라는 점이다. 그런 만큼 기존의 곡들을 조선어로 번역하여 재수록한 경우가 대부분이고, 학교와 가정에서 사용할 수 있도록[21] 편찬된 것이라서 대중적이고 용이한 창가들을 수록하고 있다는 특징을 가지고 있다. 그러한 특징 덕분에 식민지기 초기의 애국·독립창가 집대성이라 할 수 있는 『최신창가집』에 절반에 가까운 15곡의 창가가 고스란히 재수록되었거나 그들의 곡조가 다른 애국·독립창가에 차용될 수 있었을 것이다. 그 15곡의 창가의 기본 출처를 알아보고 그 곡들이 『최신창가집』에 어떻게 활용되고 있는가를 고찰해봄으로써, 일본의 창가가 '애국·독립창가'로 혹은 적어도 미래의 독립운동가 양성을 위해 그대로 불렸거나 곡조가 차용되었음을 확인할 수 있을 것이다.

물론 『보통교육창가집』이 일제의 조선식민지화에 대한 야욕으로 일본 자국의 음악적 정서와 문화를 고스란히 반영해 만든 것이라는 사실을 부정할 수는 없겠지만, 앞서 언급한 대로 음악적 자본이 절대적

---

21 『보통교육창가집』 '例言 三'의 '本書는 學校에셔 敎授훌쑨아니라 家庭에셔 使用 홈도 亦可홈이라'

으로 궁핍했던 당시 조선의 상황을 고려한다면, 일제의 의도와는 별개로 일본창가의 재사용과 곡조차용은 어쩌면 독립운동의 한 방편이었음을 부정할 수 없으리라 생각한다.

아래 〈표 2〉²²는 『최신창가집』에 재수록되거나 곡조가 차용된 『보통교육창가집』 창가의 제목과 출처를 나타낸 것이다. 〈비고〉는 그 곡조만을 차용하여 부른 『최신창가집』의 창가제목들이다.

〈표 2〉『보통교육창가집』 창가의 재수록 및 곡조 차용곡

*( )안은 『최신창가집』에 수록된 순서

재수록 및 곡조 차용곡	출　　처	비 고
月	『国定小学読本　唱歌集』 상권(1904)의 제2곡인 「オツキサマ」의 곡조, 한국어가사는 일어독본 2권에 실린 것을 번역함.	가마귀(76)
時計(138)	『国定小学読本　唱歌集』 상권(1904)의 제9곡인 「とけい」의 곡조에, 한국어가사는 일본어가사를 약간 개작하여 번역함.	
工夫(131)	『小学唱歌集』 초편(1881) 제15, 16곡의 곡조에 한국어가사를 붙임. 「四節歌」와 곡조유사.	
四節歌(100)	「工夫」와 유사한 곡조로, 『小学唱歌集』 초편(1881) 15, 16곡에 실린 곡임. 가사는 다름.	
漂衣(23)	『教科適用　幼年唱歌』(1900)에 실린 「うらしまたろう」의 곡조와 유사. 가사는 다름.	
갈지라도(91)	Lowel Mason(1792~1872)의 곡조를 차용한 일본의 찬송가의 곡조를 재차용함.	권학(5) 동지(6) 애국(74) 졸업(84)
師의 恩(135)	같은 제목의 일본문부성 창가는 많지만, 곡조와 가사는 다름.	
善友(134)	메이지기에 만들어진 문부성창가 「南朝五忠臣」의 곡조로, 한국어 가사는 『国語読本』 제8권 제12과의 내용을 약간 개작함.	

22　이는 박은경(2001)의 「学部編纂 『普通教育唱歌集』 연구」(천안외국어대학논문집 창간호)와 민경찬(1997)의 앞의 책, pp.348-391을 참조하여 작성한 것임.

재수록 및 곡조 차용곡	출 처	비 고
學徒歌	『地理教育 鉄道唱歌』(1900)의 제2곡인 多梅稚작곡의 「鉄道唱歌」의 곡조에 한국어 가사를 붙임.	운동(42) 운동(44) 가마귀(75) 조상을 위해(81) 학도(114)
四時景(98)	작곡자 및 작사자, 출처 미상	
春朝(145)	J.P.Webster(1819~1875) 작곡의 「Sweet by and by」라는 찬송가의 곡조를 차용한 일본의 『高等小学唱歌 第一学年』상권(1906)의 창가를 차용함.	만나생각(10)
勧学歌(89)	1895년 일본에서 유행한 「勇敢なる水兵」라는 군가의 곡조를 차용.『教科適用 大捷軍歌』(1895) 제3곡. 가사는 다름.	
修学旅行(90)	『新編 教育唱歌』제4집(1896) 제19곡의 곡으로, 일본어 가사를 약간 개작하여 번역함.	
運動歌(101)	작자미상, 4/4박자, G장조, 요나누키 장음계	대한혼(9) 건원절경축(60) 학교기념(48)
卒業式(95)	『小學唱歌集』초편(1881)의 제20곡인 「蛍の光」의 곡조로,『尋常小学唱歌 第3學年下』(1906)의 「わかれの歌」에 차용됨.	국가(1)

『보통교육창가집』의 15곡의 창가들이 어떤 식으로『최신창가집』에 이용되고 있는가에 따라 세 가지로 구분할 수 있다.

　① 그대로 재수록한 곡 :「時計」「工夫」「四節歌」「漂衣」「師의恩」
　　「善友」「四時景」「春朝」「勧学歌」「修学旅行」

　② 재수록 및 곡조를 차용한 곡 :「갈지라도」「運動歌」「卒業式」

　③ 곡조만 차용한 곡 :「月」「學徒歌」

　재수록한 ①과 ②의 곡들 중에는 특히 배움을 강조하는 곡들이 많은데, 학문을 권한다는 뜻의「勧学歌」는 말할 것도 없고 촌음을 아껴 공부하자는「時計」「工夫」, 심지어는 열심히 운동하여 건강하자는「運動歌」까지 궁극적 목표를 공부에 두고 있다. 그 외에도 스승의 은혜를 잊지 말고 좋은 벗을 사귐으로써 현인군자되자는 내용 등, 그야말로 교육적 내용을 담고 있는 창가들로 애국·독립창가집인『최신창가집』에 고스란히 재수록되는 데 있어 전혀 손색이 없는 곡들임을 알 수 있다. 다만 재수록한『최신창가집』의 곡들이『보통교육창가집』의 그것과 가사와 악보 상의 표기에서 약간씩의 차이를 보이고 있는데, 악보에서 원곡(여기에서는『보통교육창가집』)과 다소 다른 부분이 눈에 띄고, 가사 역시 가능한 한 한자 대신 한글로 바꾸어 표기하고 있다는 차이점이 있다. 이러한 단적인 예를 보여주는 것이 아래 악보의「四節」(100)이다.

그 가사의 1절은 각각 아래와 같다.

1. 春色을 자랑ᄒᆞᄂᆞᆫ 죠흔 花園도 / 栽植곳 아니ᄒᆞ면 볼것 업도다
   春花와 갓흔 富貴 私情업ᄂᆞ니 / 學問을 培養코야 可히 어드리
   〈『보통교육창가집』「四節歌」〉

   春色을 자랑하난 죠흔 화원도 / 재식 곳 안이하면 볼것 업도다
   츈화와 같은 부귀 사졍 업나니 / 학문을 배양코야 가히 얻으리
   〈『최신창가집』「四節」〉

악보를 보면 16마디의 곡을 되돌이표도 없이 10마디 안에 모두 담

아낸 것과, 가사 역시 대부분 한글로 바꿔 표기하고 있음을 확인할 수 있다. 그런가 하면 3절의 '어려셔 工夫ㅎ기 힝혀 셜셔라/자라셔 事業ㅎ기 어려우니라'를 『최신창가집』에는 '어려셔 공부하기 행여 슬어셔/자라셔 사업하기 어려우니라'로, 또 '勞苦를 不憚ㅎ고 豫備홈이지'를 '로고를 불션하고 예비함이지'로 잘못 표기한 부분도 찾아볼 수 있었다. 여기에서 우리는 『최신창가집』을 편찬할 당시의 음악적 환경의 열악함을 또 한 번 절감할 수 있는데, 지면을 아끼고자 애쓴 흔적이 역력하고, 기존의 곡들을 필사하기 위한 자료를 충분히 갖추지 못한 상황에서 가사와 악보를 받아 적었을 가능성을 엿볼 수 있다.

여기에서 또 한 가지 눈여겨보아야 할 곡은 『보통교육창가집』 제27과에 수록된 「卒業式」이다. 「卒業式」은 원래 1881년 일본에서 출판된 『小学唱歌集 初編』에 제20곡 「蛍の光」라는 제목으로 실린 곡과 곡조가 같은데, 「蛍の光」는 원래 스코틀랜드 민요인 「Auld Lang Syne」의 곡조를 차용한 것이다. 일본에서는 이 곡조를 다시 『尋常小学唱歌 第3學年下』(1906)의 「わかれの歌」에 차용하였는데, 이 창가집은 『新編教育唱歌集』과 더불어 1906년부터 실시된 조선의 음악교육에 사용된 최초의 교과서이기도 하다. 이 점을 고려할 때 「卒業式」은 「わかれの歌」를 재수록한 것이라 볼 수 있겠다. 그러한 「卒業式」이 『최신창가집』에서는 「卒業」이라는 제목으로 95번째에 실려 있으면서, 동시에 첫 곡으로 실린 「국가」에 그 곡조가 차용되고 있다. 다만 박자가 전혀 다른데 「卒業式」이 4분의 4박자인 데 비해 「국가」는 8분의 4박자로 되어있다. 그 가사를 살펴보면 다음과 같다.

1. 螢の光、窓の雪 / 書読む月日、重ねつゝ
   何時しか年も、すぎの戸を / 開けてぞ今朝は、別れ行く

반딧불과 창가의 하얀 눈 / 책 읽던 날들이 쌓이고 쌓여
어느새 세월은 지나고 이 문을 / 열면 오늘 아침은 이별이구나

(小) 「蛍の光」

1. 동창에 공부하든 우리 학우들 / 세월이 여류하여 오늘 당했네
   보내는 자 가는 자 피차 나뉘어 / 석별하는 회포는 가이없도다

(보27) 「卒業式」 /(최95)「卒業」

동해물과 백두산이 마르고닳도록 / 하느님이 보우하사 우리나라 만세
무궁화 삼천리 화려강산 / 대한사람 대한으로 길이 보전하세

(최1) 「국가」

참고로 이상의 「국가」 가사는 현재 대한민국 「애국가」 가사와 4절 모두가 거의 동일한데, 현재 「애국가」의 작사자가 미상으로 되어있는 만큼 이상의 「국가」 역시 '작사자 미상'의 상태이다. 하지만 그에 대한 추론이 전혀 없는 것은 아니다. 애국가 작사자 후보로 여러 명의 민족 열사들이 거론되었지만 특히 윤치호설과 안창호설이 강력한 대립구도를 이루며 현재까지도 의견이 분분한 상황이다. 작사자가 누가 됐든 이상의 가사를 가진 「Auld Lang Syne」곡조의 애국가가 처음으로 불려진 시기를 1896년 12월로 보는 견해에는 크게 이견이 없는 듯 한데, 안익태가 애국가의 곡을 완성시킨 1935년까지 무려 40여 년을 「Auld Lang Syne」 곡조의 「국가」가 불렸다는 것만은 부정할 수 없는 사실이고, 그 곡조가 일본의 「蛍の光」를 통해 재차용되었을 가능성 역시 배제할 수 없다는 데에서 일제강점기 조선의 애국가가 일본의 영향을 받아 만들어지고 불렸다는 것만은 부정할 수 없으리라 생각한다.

그런가 하면 ③에 해당하는 『보통교육창가집』 제2과와 제18과에 수록된 「月」과 「學徒歌」는, 그 곡 자체가 『최신창가집』에 수록된 것은 아니지만 그 곡조의 일부가 『최신창가집』의 다른 곡들에 차용되고 있는 예이다. 먼저 『최신창가집』 76번째 곡인 「가마귀(까마귀)」(8마디, 4분의 2박자)는 김인식의 『교과적용 보통창가집』에 수록된 것을 재수록한 것으로 보이는데, 이 곡의 앞부분 6마디의 리듬이 『보통교육창가집』 제2과에 수록된 「月」(6마디, 4분의 2박자)의 것과 거의 비슷함을 확인할 수 있다. 또 『보통교육창가집』의 제18과에 수록된 「學徒歌」의 곡조는 『최신창가집』 42번째와 44번째 곡인 「운동」, 「가마귀」(75), 「조상을 위해」(81), 「학도」(114)에 차용되고 있음은 다음 악보에서 확인할 수 있다

〈『보통교육창가집』 「학도가」〉

〈『최신창가집』 「운동」(42)〉

　두 곡의 가사내용을 비교해보면 「학도가」는 「권학가」와 마찬가지
로 학문을 갈고 닦자는 내용의 창가인데, 이 곡조를 차용하여 만든 것
으로 보이는 「운동」(42, 44)의 내용 역시 교육의 중요성을 노래하고 있
지만 그것은 어디까지나 대한국 만세와 부강기업을 위해서라고 강조
하고 있다. 또 「가마귀」(75)는 『尋常小学読本唱歌』(1910)에 실린 「烏」
를 가사까지 그대로 옮긴 것인데, 이 곡의 곡조 역시 『보통교육창가집』
의 「학도가」의 곡조와 같고, 『최신창가집』 114번째 곡인 「학도」에도
그대로 차용되고 있다('보표난 87頁 가마귀가와 同'이라고 표기됨). 참
고로 이 「학도」(114)는 '학도야 학도야 청년학도야 벽상의 괘종을 들
어보시오'로 시작되는 곡으로 이토 히로부미를 사살한 안중근이 처형
당한 1910년 3월 이후 독립운동을 상징하는 국민가요처럼 널리 애창
되었으며, 같은 해 5월 학부가 편찬한 『보통교육창가집』에도 같은 제
목의 「학도」가 있음에도 이 곡(114)이 계속 불렸다고 한다.[23] 이상의
두 「운동」과 「조상을 위해」는 4분의 4박자로 4분의 2박자인 「학도」나
「가마귀」(75), 「학도」(114)와는 리듬과 박자에서 차이가 날 뿐, 곡조는
모두 『地理教育鉄道唱歌』(1900)의 제2곡인 오노 우메와카多梅稚 작곡의
「鉄道唱歌」와 같다.

　이상의 검토 결과, 독립창가의 모음집이라 할 수 있는 『최신창가집』
에 실린 창가들 중 모두 27곡(약18%)이 학부편찬의 『보통교육창가집』
의 창가를 재수록 하였거나 그 곡조를 차용하였음을 확인할 수 있
었다.

　그렇다면 일본군가의 영향을 받은 『최신창가집』의 창가로는 어떤
것들이 있을까? 앞에서 언급했듯이 독립창가 중에는 일찍이 찬송가뿐

23　박찬호(2009)『한국가요사 1』미지북스, pp.36-37 참조

만 아니라 일본군가의 곡조를 차용한 것들이 많았는데, 그 대표적인 예가 「勸學歌」이다. 이 창가는 『보통교육창가집』에 게재되었을 때부터 이미 일본군가를 차용한 대표적 창가로 알려진 곡으로, 독립창가의 모음집인 『최신창가집』에도 89번째 곡으로 고스란히 재수록되어 있다. 이 곡은 1895년에 발표된 대첩大捷군가로 청일전쟁에서 중상을 입었음에도 불구하고 적함의 정세를 물었다는 3등 수병인 미우라 도라지로三浦虎次郎의 用猛무쌍함을 노래한 「勇敢なる水兵」라는 군가의 곡조를 차용한 것이다.

그런가 하면 앞에서 언급한 바 있는 「소년남자가」, 즉 1909년 황성신문에 '留學生 野球團에서……少年男子라는 運動歌'라며 「야구단 운동가」로 소개된 창가가 『최신창가집』에는 「야구」(19)라는 제목으로 그대로 수록되어있는데, 이 창가의 곡조는 일본의 대표적 군가 중 한 곡인 「敵は幾万」의 곡과 많이 유사하다.

「敵は幾万」은 소설가인 야마다 비묘山田美妙가 1886년 발표한 시 「戦景大和魂」에 고야마 사쿠노스케小山作之助가 곡을 붙여 1891년에 『国民唱歌集』에 발표한 군가로, 태평양전쟁 중에는 대본영大本營 발표의 육군관계 테마곡으로 사용되었다고 한다.[24] 그러한 「敵は幾万」과 거의 비슷한 곡조를, 『최신창가집』에서는 「야구」외에도 「의무」(52)와 「운동」(94)과 같이 애국적 내용을 담은 창가에 차용하고 있다.[25]

「敵は幾万」과 「야구」의 악보를 비교하여 보면 다음과 같다.

---

24 長田暁二(1970) 『日本軍歌大全集』全音楽譜出版社 p.69 참조

25 민경찬(1997) 앞의 책, p.355, 364, 376에 따르면 '이상준 작곡, 이상준이 편찬한 『最新唱歌集』(1918)과 『最新中等唱歌集』(1922)에 수록된 〈運動家〉와 같은 곡. 그런데 일본의 小山作之助작곡·山田美妙작사의 〈敵は幾万〉(1891)라는 군가와 거의 비슷함'이라고 서술하고 있음

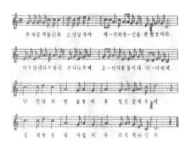

〈「敵は幾万」〉   〈「야구(19)」〉

　이상의 악보를 비교해보면 첫 소절만 약간 다를 뿐 이후의 곡조는 거의 비슷하다는 사실을 알 수 있다.

　그뿐만이 아니다. 일본근대음악의 형성에 일익을 담당했던 이자와 슈지伊沢修二가 작곡하여 일본의 건국을 기념하는 날인 2월 11일에 제창하던 의식창가 「紀元節」의 곡조가 『최신창가집』에 고스란히 차용되고 있는데, 그것도 민족단결을 노래하는 「단군기념」(93)과 조선의 여름 날씨에 일제를 물리칠 조선소년을 빗대어 노래한 「여름의 자연」(102)에 그 곡조를 차용하고 있다.

　다음은 『新編唱歌集』(1914)에 실린 「紀元節」과 「단군기념」의 가사이다.

　1. 천대만대에 걸쳐 흔들림 없이 / 나라의 근간을 세우셨네
　　드높은 위광을 우러러보며 / 축하하라 모든이여, 오늘 이날을
　2. 천지간에 구분없이 / 천황의 권세 정해졌네
　　멀고먼 그 옛날을 사모하면서 / 축하하라 모든이여, 오늘의 축일을

〈(上)-「紀元節」, p.49〉

1. 굳은마암 한갈같은 각방사람이 / 우리성죠 크신빛에 모혀들어서
   아모거나 같이하쟈 맹셰하던날 / 깁붐으로 노래하여 송츅합셰다

2. 끗침없난 어진바람 사해에불고 / 녹지안은 은혜이슬 팔역의받아
   영원히큰 참복락이 보편하던날 / 깁붐으로 노래하여 송츅합셰다

〈『최신창가집』, 「단군기념」〉

「紀元節」은 비록 군가는 아니지만 일본군가 못지않게 제국주의적
인 색채가 강한 일본의 의식창가라는 점, 그러한 의식창가의 곡조마저
조선의 민족정신과 독립에 대한 염원이 담긴 내용의 창가에 차용하였
다는 사실을 확인할 수 있다. 여기에서 당시의 독립창가들이 일제 식
민교육의 영향을 벗어나지 못했다거나 그 잔재라고 일축하기보다는,
당시 조선국민에게까지 교육되었을 일본의 의식창가를 대신하여, 이
미 귀에 익숙해졌을 그 곡조를 차용하여 만든 독립창가를 전파함으로
써 그 창가가 담고 있는 민족적이고 애국적인 내용이 국민의 뇌리에
보다 쉽게 각인될 수 있었으리라는 장점을 고려할 필요가 있으리라
본다.

지금까지 우리나라에서 최초로 발간된 창가집인 학부편찬『보통교
육창가집』(1910)에 게재된 창가들 중 15곡과 군가를 비롯한 일본의 몇
몇 창가들, 즉 일본제국주의적인 정서와 색체가 강한 창가들을 애국독
립창가로 재수록하거나 그 곡조를 차용하여 재창조한『최신창가집』
의 창가들을 살펴보았다. 이상에서 살펴본 예는 지극히 일부에 지나지
않고 또 자료의 미비로 전체를 확인할 수는 없다하더라도, 일본의 노
래를 애국·독립창가로 이용한 사례가 이밖에도 수없이 많을 것임은
이상의 사례들만 보더라도 충분히 예측할 수 있을 것이다.

4. 결론

이상으로 일제의 감독하에 있던 학부學部가 '지방 각 사립학교에서 편술하는 불량의 창가를 勿施케 한다'[26]는 목적으로 출간되었던 『보통교육창가집』의 창가들이 애국·독립창가의 집대성인 『최신창가집』에 재수록되거나 그 곡조들이 차용되었음을 확인해보았다. 이로써 일제의 출판 및 교육에 대한 탄압과 엄격한 규제는 말할 것도 없고 음악적 자본이 턱없이 부족했던 식민지기 초기의 조선에서, 민족의 자주독립과 애국정신 함양을 위해 부르던 애국·독립창가들이 어떻게 형성되고 유지될 수 있었는지를 충분히 파악할 수 있으리라 본다. 뿐만 아니라 日帝가 '불량한 창가'를 견제하고 조선인을 식민화하기 위해 만들고 가르쳤던 창가들을, 독립의지를 고취시키기 위한 애국·독립창가로 재창조 및 변용하여 불렀던 식민지기 당시 조선민족의 '반격反擊의 지혜'를 엿볼 수 있다.

서론에서 언급했듯이 창가뿐만 아니라 일본의 군가 역시 조선민족의 독립창가로 차용되어 불렸음은 주지의 사실이지만, 일제가 당시 애국·독립창가들을 압수·폐기해버린 관계로 그를 뒷받침해줄 자료들이 지극히 미비한 현실이 안타까울 뿐이다. 하지만 국가보훈처가 일본 내에 보존되고 있는 『최신창가집』을 찾아낸 것처럼 앞으로도 역사적인 사료들이 보다 많이 발굴될 수 있기를 바라며, 그로 인해 여전히 확인되지 못하고 있는 독립창가와 그들의 작사자 및 작곡자의 확인 또한 하루 빨리 이루어지기를 바란다.

---

26 황성신문(1910.1.9)은 '지방 각 사립학교에서 편술하는 불량의 창가를 勿施케 한다 함은 屢報한 바이어니와 교육에 관하여 普通的 唱歌를 학부에서 目下 편술중이라더라'는 기사를 실은 바 있음.

제국의 식민지 창가

Ⅳ. 1920년대 아동의 노래와 시의 의미*

서기재 · 김순전

1. 근대 아동이라는 존재

한국 근대의 아동은 어떤 존재였을까? 이를 살펴보기 위하여 아동을 대상으로 한 출판물이나 공연 등을 살펴보지 않을 수 없는데, 여기에는 교과서, 아동잡지, 아동문학, 그 외 구연동화와 아동극 등이 존재할 것이다. 한국 최초의 잡지인 『소년』(1908-11)은 최남선이 동경 유학 후 인쇄기계를 사들여와 출판되었다. 그러나 이 시점에서는 아직 아동을 위한 저작물로서의 아동문학에 대한 명확한 개념이 정립되지 못했다. 아동문학이 성인문학과 짝을 이루는 범주로 확산된 것은 방정

이 글은 2011년 12월 한국일본어문학회 「日本語文學」(ISSN : 1226-0576) 제51집, pp.227-251에 실렸던 논문 「근대 아동의 노래와 시의 의미-1920년대 교과서 창가를 중심으로-」를 수정 보완한 것임.

환의『어린이』이후라고 할 수 있다.¹ 방정환은 동심의 세계를 이야기, 노래, 그림의 세 가지로 나타내고 있는데², 이 요소들이 아동의 예술세계를 반영한다고 보고 있다. 여기에서 노래는 시의 세계를 의미하며,³ 이것은 예술적 요소 중 아동들에게 가장 가깝고 친숙하게 전해 질 수 있는 매개이다. 본 논에서는 아동 문학세계 중 '노래'의 분야에 초점을 맞추고자 한다.

근대가 요구했던 한국의 아동상은 창조적인 상상력을 맘껏 발휘하거나, 자신의 진로를 스스로 결정하고 나아가는 아동이 아니었다. 그 이유로 두 가지를 들 수 있는데, 먼저 아동의 창의정신과 개성을 존중하기 위한 대중적 인식이 마련되어있지 않았고, 또 한 가지는 일제치하라는 상황 때문에 자유로운 상상력을 구가할 수 있는 국가적 여건이 마련되어 있지 않았기 때문이다. 아동은 발견과 동시에 새로운 사상과 지식을 담아야 하는 계몽의 대상이 되었고, 때문에 한국의 근대 아동과 교육의 문제는 뗄 레야 뗄 수 없는 관계에 놓여있었다.⁴

그러나 여기에서 주지해야 할 사실은, 교실을 운용하는 중심에는 교사와 교과서가 존재하는 것이 사실이지만, 이를 수용하고 내 것으로 받아들이는 주체는 분명 그것이 나이가 어리든 그렇지 않든 학습자라는 것이다. 당시의 학습자는 수동적인 경향을 띠고 있기 보다는 스스로 흡수하고 적극적으로 자기화하는 최적의 조건을 마련하고 있었다.

1 원종찬(2010)『한국 아동문학의 쟁점』창비, p.37
2 방정환(1924.6)「어린이 찬미」『신여성』2권 6호, pp.66~67
3 박영기(2010)『한국 근대 아동문학 교육사』한국문화사, p.183
4 근대 아동문학의 교육의 형성과 전개에 관한 기존의 연구는 크게 근대 아동문학의 형성과 역사적 흐름을 짚은 연구, 근대 교육이 형성과 전개를 사적으로 고찰한 연구, 그리고 근대적 국어교육의 형성과 전개를 고찰한 연구, 마지막으로 개화기 일제강점기 초등 교과서를 분석 연구, 본격적인 아동문학에 관한 연구 등 크게 다섯 가지 범주로 나눌 수 있다.(주 3)과 같은 책, p.11)

때문에 교육은 일방적인 것으로만 이해 할 수 없으며 교육의 효과도 교육 정책을 운용하는 주체의 의도로만은 나타나지 않았을 것이다. 이에 본 논에서는 문화정치기라 불리는 1920년대에 사용되었던 교과서 창가[5]를 중심으로 아동에게 있어 노래 교육은 어떻게 이루어 졌으며, 이것이 당시의 학교 밖의 문학과 어느 정도의 거리를 가지는지 살펴봄으로써, 근대 아동의 존재 양식[6]을 알 수 있는 장을 마련하고자 한다.

2. 창가의 출발과 학교교육 속의 창가

근대에 아동이 발견되었다는 것은 주지의 사실이다.[7] 여기에서 '발견된 아동'은, 있는 그대로의 가치를 설명하고 존중해야 하는 존재이기 보다는 좀 더 나은 미래를 열 열쇠를 가리킨다. 그런 이유로, 아동들에게 반드시 '가르침'을 부여해야 한다고 믿으며 일정한 '목표'를 향해 달리게 했다. 따라서 이 발견된 아동을 논함에 있어서 '교육'의 문제를 빼놓을 수 없다.[8]

---

5 본 논에서는 朝鮮総督府편찬 창가교과서 『普通學校唱歌書』(1-4, 1920), 『普通學校補充唱歌集』(全一冊 1926)을 텍스트로 한다.
6 이 시기는 일제의 식민 통치 후 10년 정도 지난 후, 1919년 3.1 운동의 영향으로 '문화'적인 측면에서 어느 정도 자유로울 수 있었던 시기이며, 일본에 있어서도 1918년의 최초 아동 예술 잡지 『아카이도리』(赤い鳥) 발간과 동 시기 아동을 향한 관심이 확대되어 관련 미디어가 왕성하게 출판되었다.
7 柄谷行人(1985) 『日本近代文学の起源』講談社, pp.142-143
8 교육관련 연구사를 살펴보자면, 주요섭의 「아동문학연구대강」에서 특히 아동문학의 교육적 측면을 주장한 논고가 주목된다. 1930년대 등장하는 주요섭의 논의는 아동문학교육이 서구에서 진행되는 선진교육의 한 국면이 아니라 이제 신교육을 수용하고 근대적 교육을 지향하고자 하는 우리나라에서도 더 이상 지체할 수 없는 교육영역이라는 요구를 드러내고 있다. (중략) 그러나 주요섭 이후 현재까지 진행된 아동문학교육의 논의들은 아동 문학교육의 일반적 이론, 아동문학교육의 교재와 매체 교육과정, 교수-학습법 교육적 적용과 수용 반응 등의 활동

1920년대는 식민지 교육 기관인 보통학교 취학이 조선인 아동에게 있어서 직업선택이나 인생 설계를 하기 위해 중요한 의미를 가지기 시작했다. 따라서 조선인의 교육적 관심이 그 취학 여부에 향해 있었다.[9] 일본인 아동은 6년제 소학교에, 조선인은 4년제, 6년제 보통학교에 취학하고, 제도상 따로 공부했으며, 취학률도 학교의 설치 상황과 수업료 설정에 따른 민족 격차가 있었다.[10] 1920년대에는 각 지방에 조선인에 의한 공립보통학교신설·유치운동이 전개되기는 했으나, 학교인허가권을 장악하고 있었던 것은 식민지권력이었다. 예를 들면 학교 증설의 의사가 없는 경우에는 불허가가 되었던 사례가 적지 않았다.[11]

이러한 당시의 교육적 현실을 살펴 볼 때, 본 연구에서 다루고자 하는 교과서 창가의 식민성은 너무나도 자명한 사실이다. 따라서 창가 관련 선행 연구는 피식민지 조선에 교육되었던 창가의 내용의 식민성에 대해 밝히는 내용이 주류를 이룬다.[12]

그렇다면 아동들은 과연 창가를 학교에서 처음 배웠던 것일까? 그

에 국한되어 이루어지는 측면이 없지 않다. (중략) 교과서는 일제의 통치기와 관련해서 만들어졌기 때문에 교과과정을 넘어서는 범위에서 존재한 민간 신문 잡지 등의 매체를 분석하여 아동문학교육의 총체적인 양상을 고찰하고 있다.(주 3)과 같은 책, p.11)

9　金富子(2005)『植民地期朝鮮の教育とジェンダー』世織書房, p.75

10　일본인 아동의 소학교 취학은 식민지 조선에서도 중시되었다. 일본인 거류지에는 빠짐없이 소학교가 설치되어 또 학교 미설치 지역에 사는 아동에게는 아동기숙사가 준비되었다. 생도 수가 2명인 곳에도 소학교가 설치된 예가 있을 정도로 아무리 벽지라도 소학교는 설립되었다. 1920년 초 단계에서 이미「내지에 있어서는 학령아동이라도 취학하지 않은 자도 몇몇 있었지만 조선에서는 학교 조합원 중에는 불취학자는 거의 없는 모습」이라고 이야기 될 정도로 일본보다도 일본 아동의 취학률이 높았다.(주 9)와 같은 책, p.76)

11　이것에 대해 조선인은 일본인 아동과 대비적인 공교육기관의 적음을 비판하면서「의무교육 요구 적어도 1면 1교제」를 요구하고 총독부가 표방하는「일시동인」,「차별철폐」의 기만성을 지적했다.(주 9)와 같은 책, p.76)

12　강은영(1996)「1920년대 사립학교 음악교육 연구」목원대 석사논문 p.61 ; 천영주(1997)「일제 강점하 음악교과서 연구」한국교원대 석사논문 pp.121-122

기원은 일본에서 찾아 볼 수 있다. 1872년 학제가 공포되었던 시기, 소학교 교과과정 속에 '창가'가 있었다. 이후 문부성 편찬『소학교창가집초편小学校唱歌集初編』이 1882년에 출판되어 실질적으로 일본 아동들이 창가를 부르게 되었다. 1887년에는『유치원창가집幼稚園唱歌集』가 나오는데, 이는 당시 크게 유행했다. 그 후『명치창가明治唱歌』(1888),『제국창가帝国唱歌』(1891)을 거쳐, 청일전쟁 전후의 군가의 시대가 도래한다.[13] 그리고 오와다 다케키大和田建樹의 해외 확장 지향의 철도 창가인『지리교육 철도 창가地理教育唱歌』(1900)가 국민 애창가로서 대중적으로 향유되어, 이후 창가 전성시대를 이루게 된다.[14] 오와다는 교과서를 발행했던 출판사인 긴코도金港堂에서『만한철도창가満韓鉄道唱歌』(1906)를 간행하기도 했다. 여기에는 조선과 만주철도의 노래가 수록되어 있다. 당시의 철도는 문명을 상징하는 가장 막강한 요소였고, 이에 관한 간단하고 따라 부르기 쉬운 창가는 일본 국민들의 마음을 사로잡을 정도의 매력을 지녔다. 그리고 이것이 역으로 근대인이라면 '이런 노래쯤'은 이라는 의식을 심어 근대인의 조건으로 성립되어 갔다.

한국 최초의 창가는 최남선에 의한『경부철도가京釜鉄道歌』(1908)에서 볼 수 있다.[15] 1900년 이후 대중적 유행을 거둔 이러한 철도창가는, 1905년 경부선 개통과 함께 '근대인'의 정신을 획득해야 할 필요성이 조선에서도 요구되고, 이런 속에서『만한철도창가』가 만들어 졌던 것이다. 최남선의『경부철도창가』와『만한철도창가』를 비교하여 보면, 역시 조선을 바라보는 주체가 누구인가에 따라 같은 기술 대상이라도 다르

13 猪熊葉子 他(1974)『講座日本児童文学』明治書院 ; 藤田圭雄「詩と童謡の系譜」
    pp.49-52
14 大竹聖美(2008)『植民地朝鮮と児童文化』社会評論社, p.66
15 신현득(2001)「한국동시사 연구」단국대학교 박사논문(오다케 기요미 재인용,
    p.66)

게 그려진다는 것을 확연히 알 수 있다. 일본인은 확장해가는 일본 제 국을 상징하는 모습으로 철도와 그와 엮인 지역에 대해 노래하고 있고, 최남선의 그것은 철로에 따른 지역의 역사적 유래나 일화를 노래하면서도 일제에 의한 피해나 굴욕에 대한 내용도 담고 있다. 이들 창가에서 보이는 제국의 '확장'이라는 대전제는 가사를 웅대하고 활기차게 하며, 사회적 분위기를 반영해 갔다. 그리고 창가는 메이지기 이후 학교제도가 시작된 이래 '수신' '독본' '산술'과 함께 설치된 과목이기에 학교에서 부르는 교과서에 실리는 노래라는 이미지가 강했다.[16]

한국에서 창가는 『독립신문』, 『황성신문』, 『대한매일신보』 등에 널리 발표 되면서 종교적 교육적 목적에 부합하는 형태의 시가로 발전해 갔다. 1907년 이후 편찬된 개화기 교과서에는 신체시 형식은 보이지 않으며, 창가와 함께 가사체 형식의 시가가 다수 수록되어 있다. 병합 세달 전 출판하여 병합 후 사용된 음악교과서 『보통교육창가집』(1910)의 구성은, 오른 편에 창가 가사, 왼편에 근대식 악보가 그려졌고 대부분 일본의 창가교과서와 같은 방식으로 이루어져 있다. 음악사적으로 보면 창가는 1910년 이후, 학교 음악교육의 교과내용으로 완전히 자리 잡았으며, 대중가요, 국민가요, 예술가곡, 동요, 신민요 등으로 점차 분화의 과정을 겪으며 발전했다.[17] 그리고 1911년부터 1922년은 창가 교육의 전개기[18]로서, 이 시기 유일한 조선어 교과서인 『보통학교 조선어 및 한문독본』에 수록된 시가들은 경직된 일본식 창가로 통일되고

---

16 창가에 대한 갖가지 비판적인 시선도 피할 수 없었는데, '예술교육'을 담당해야할 창가가 '덕성의 함양'에 치우치면서 '아동이 존재하지 않는 아동노래'로 비판되기도 하였다.(滑川道夫·管忠道(1972) 『近代日本の児童文化』 新評論, pp.108-109)
17 김병선(2007) 『창가와 신시의 형성 연구』 소명출판, p.245
18 주 3)과 같은 책, p.103

단순화되었다.[19] 그러나 1922년부터 1938년 까지는 문화통치기로, 사
립학교용 창가 교과서가 다량으로 편찬되어 창가의 다양화가 이루어
진다.[20]

　시는 한정된 단어로 작자의 의도를 상징적이고 생동감 있게 재현해
야하는 문학이다. 근대 교과서에 실린 창가나 신체시의 경향은 역시
'계몽'이라는 단어로 대표될 것이다. 계몽을 위한 조건으로서 단시간
에 확실하게 대중에게 각인 시켜야 한다는 목적성이 전제되는데, 이는
창가에 관한 관련 법령에서도 확연히 드러난다.

　　평이한 가곡을 노래하게 하여 미감을 기르고 덕성을 함양하는 것을 요
　　지로 한다.
　　가사 및 악보는 평이하고 단정하게 하고 이해하기 쉽고 또 심정을 쾌활
　　순수 아름답게 하는 것을 선택할 것.[21]

　이상과 같이 짧은 문장 속에서 '평이'하다는 단어를 여러 번 반복하

19　한편 교과서 외 과외 독서 자료로서 아동을 위한 시가교육물로는『붉은 저고리』
　　(1913),『아이들보이』(1913),『청춘』(1914),『새별』(1914),『개벽』(1920),『학생
　　계』(1920) 등으로, 일본식 창가교육에 대항하는 형태로 우리말 창가를 선보
　　이기도 했다.

20　강은영(1996)「1920년대 사립학교 음악교육 연구」목원대 석사논문 pp.36-37 이
　　시기 조선총독부 발행 외에 조선에서 음악교과서로 사용된 창가집은『동서위인
　　창가』(정경운, 廣文書市,1921),『조선명승지리창가』(정경운, 廣文書市, 1921),
　　『최신중등창가집』(이상준, 博文書館, 1922),『신유행창가』(이상준, 三誠社, 1922),
　　『음악대해』(한영길 박경호, 耶蘇教書館, 1923),『풍금독습 음악창가집』(이상준,
　　博文書館, 1924),『조선지리경개창가』(정경운, 廣文書市, 1925),『소년소녀교육
　　유행창가집』(유석조, 以文堂, 1927),『나팔가곡집』(이상준, 三誠社, 1929),『신선
　　속곡집』(이상준, 匯東書館, 1929),『조선속곡집』(이상준, 三誠社, 1929),『신유행
　　창가』(이상준, 三誠社, 1929) 등이 있다

21　창가에 관한 법령(近代朝鮮의 唱歌教育), 1906년 8월 27일〈보통학교령시행규칙〉
　　칙령 제44호 공포〈보통학교령시행규칙〉〈학부령〉제23호 9조(주 9)와 같은 책,
　　p.288 부록)

여, 곡과 가사를 쉽게 만들어야 한다는 것을 강조한다. '평이'해야 이
해하기 쉽고 부르기 쉬운 노래가 되는데, 그래야 부르는 이의 마음에
순수한 아름다움과 건강한 마음이 싹튼다는 것이다. 이러한 내용은 일
본 내의 창가 교육에서도 동일하게 적용되고 있었다.

그러나 실제 교과서 내용을 들여다보면 '평이'라는 말에 걸맞지 않
는 내용들이 다수 존재함을 알 수 있다. 즉 어떠한 내용의 창가라도 교
사는 쉽게 가르쳐야 한다는 사명이 함께 부여되었던 것이다. 제국의
기능은 〈포괄-구별-관리〉라는 측면으로 이해할 수 있는데, 평이라는
것은 포괄에 해당될 것이고 이 포괄적인 문화에 수용되지 못하는 사람
들과 수용하는 사람들이 구별되고 관리 당하는 것이 제국주의가 지향
하는 대전제 중 하나였던 것이다. 그리고 교육 과정 내에서 이러한 시
스템을 통하여 보다 정제된 인물을 양성해 나갔다는 데 대하여는 의심
할 여지가 없다. 『보통학교창가집普通学校唱歌集』(1920년, 朝鮮總督府)의
내용을 분류 해보면 다음과 같다.

〈표 1〉 노래의 경향으로 본 『普通学校唱歌集』

노래의 경향	노래의 구체적 내용	노래 제목 예
일본 및 천황찬미 및 황실의 역사의식 조성	일본의 전통적 절기 기념, 천황의 위업, 천황의 말씀	〈君がよ〉 〈紀元節〉 〈天長節〉 〈勅語奉答〉
일본인 의식	상징적 요소를 들어 일본인으로서의 자긍심 이식	〈일장기〉 〈후지산〉
부지런한 근대인 양성	근면함, 질서의식	〈기러기〉
효도, 동무간의 우애	인간사이의 질서의식 강조	〈친구〉 〈학교〉
한국, 일본, 서구의 옛날 이야기	착한사람/나쁜 사람 게으른 사람/부지런한 사람 용감한 사람	〈토끼와 거북〉 〈모모타로〉
놀이	놀이감을 가지고 노는 장면	〈연〉
자연에 대한 관조	자연의 모습을 감정의 삽입 없이 읊음	〈피었네 피었네〉 〈벚꽃〉 〈봄이 왔네〉

이와 같은 창가 교과서 내용은, '황국신민 의식 고양'을 시작으로, 근대인의 근면함, 착한 아동에 대한 칭찬, 일본 자연에 대한 예찬으로 이어진다. 나아가 사람 사이의 '질서'를 익힘으로써 근대인으로서 자각을 요구한다. 이는 절도 있는 가사와 경쾌한 리듬을 가지고 있다.

당시 조선에서는 교육의 수혜를 받을 수 있었던 계층이 한정되었음을 감안할 때, 피교육자의 수업에 임하는 태도가 남달랐을 것임은 말할 필요도 없다. 그리고 아무리 교육을 통해 일제가 옳다고 강조할지라도 정당하지 못한 대우 앞에서는 그것을 인정하기 어려웠을 것이라는 것도 짐작할 수 있다. 때문에 획일적인 일제의 교육체제 안에 있으면서도 피교육자이자 주체적 정신을 소유한 아동들은 조선인의 방식으로 재해석을 하는 것이 당연하다. 그야 말로 아동의 발견은 인격체로서의 아동에 대한 발견이고, 그렇게 굳이 '발견'이라고 강조하지 않더라도 교육을 통해 아동은 스스로 생각하고 행동할 줄 아는 존재가 되어갔던 것이다. 이러한 속에서 위화감을 조성할 수 있는 제국주의 지향의 일본 찬미적인 교과서 창가는 어떻게 교육되고 받아들여졌을까?

3. 교과서 창가와 '군중심리'

근대 이전 아동은 작은 노동력 혹은 작은 어른에 지나지 않았다. 그러나 근대사회 성립 이후 이들은 노동으로부터 분리되어 학교제도 속에 들어가게 되기 때문에 독자적인 생애주기로서 아동들만의 '균질한 시기'를 겪게 된다. 그런데 실상 교육을 받는 조선아동은, 1920년대 기준으로 전체 아동의 20%에도 미치지 못했다. 그리고 1930년의 교육

통계 조사에 따르면 한글과 일본어 독서 가능자가 6.5%, 일본어만 가능한자가 1.7%, 한글만 독서 가능자가 15.7%, 한글과 일본어 독서 불능자 76.1%[22]였다고 한다. 결국 한국어건 일본어건 독서가능자의 수가 그리 많지 않았고, 때문에 글을 읽을 수 있는 아동들은 훗날 한국 사회의 주역이 될 가능성을 갖게 되었던 것이다. 글을 알고 교육현장에 앉아있을 수 있던 아이들은, 마냥 보호받고 놀이와 재미에 빠질 수만은 없었다. 즉 '배움'은 그들을 특별하게 만들어 주는 도구였다. 그러나 '배움'을 운영하는 주체가 일본이라는 사실이 아동들을 혼란스럽게 하는 주요 요인이었다. 일본에 의한 수동적인 근대화라는 상황은, 아동들로 하여금 일제 식민지 치하에 맞서기 위해 늘 깨어있게 하고, 새로운 지식을 습득하고 기술을 배우며 준비하게 했던 것이다. 주지의 사실처럼 일본 내지의 아동교육도, 전 세계에 맞서 제국을 이루기 위해 언제나 긴장하고 깨어 있으며 위인을 본받아 자기 스스로를 단련하고 수련해야 한다는 내용이 교과서에서 강조되었다. 교과서 내용을 통해 양육되는 아동은 미래의 군인이고, 이러한 군인의 현모양처이자 군인을 길러내는 어머니 혹은 아버지였다. 이 군인 정신은 천황을 신으로 섬기며 이를 위해 목숨까지도 아끼지 않는 존재여야 했기 때문에 어떤 상황에도 쉽게 굴복하지 않는 강인한 체력과 정신력의 소유자여야 했다.

교과서 내용을 살펴보면, 머리말에서는 제4항에 "노래에 대해 교수하기 전에는 반드시 가사의 의미를 요약하여 설명할 것"이라고 되어 있다. 때문에 창가를 부르기 전, 그 가사는 부르는 이에게 충분히 이해되어야 하고, 자기 것으로 만들어지지 않으면 안 되었던 것이었다. 그

---

22 이여성·김세용(1931) 『수자조선연구』 제4집, pp.110-111(조은숙(2009) 『한국아동문학의 형성』 소명출판, p.75 재인용)

러나 일제치하라는 상황이 만들어낸 아이러니한 교육적 환경 때문에, 억지로 내 것으로 해야 할 것과 편하게 그리고 즐겁게 내 것으로 만들 수 있는 두 가지의 요소가 교차하고 있었다. 그렇다면 이러한 장애를 어떻게 극복해 나갔을까?

　교과서의 과가 시작되기 전의 기본 노래는 모두 천황의 존재, 그리고 일본이라는 나라의 전통적 기원에 관한 노래가 담겨있다. 이는 '의식용 창가'라고 할 수 있는데, 1891년 문부성의 명령으로,

> "기원절, 천장절, 원시제, 간나메神嘗 및 니나메제新嘗祭 때에는 학교장 교원 및 생도일동이 식장에 참가하여 의식을 행해야 한다" 그리고 의식 중에서 "학교장 교원 및 생도는 그 축일 대제일에 상응하는 창가를 합창한다."고 문부성이 제출했다.[23]

고 한다. 이처럼 의식을 위한 퍼포먼스적인 창가가 '합창'된 다음 다른 노래들이 이어져 갔다. 예를 들어 천황을 신으로 추대하는 내용에 이어, 새해 첫날부터 천황의 은혜를 생각하며 우러러 숭상하는 마음을 기린 「기미가요君が代」가 불려진다. 그리고 「기원절紀元節」이라는 노래에서는 일본 국토의 생성에 대한 숭고함을 외친다. 이러한 노래 가사는 조선은 물론이거니와 일본인 아동들에게도 선명하게 내 것으로 와 닿지 않았을 것이라고 여겨진다. 노래가 사람을 감동시키는 순간은 그것이 자신의 이야기로 받아들여질 때일 것이다. 역사의 흐름과 기원이 다르다는 것을 알고 있는 조선아동들에게 전혀 재미있지도 않고 와 닿지도 않는 이러한 노래는 별로 감흥을 불러일으키지 못했을 것이라 여

23　주 16)과 같은 책, p.118

겨진다. 더구나 식민지기에 접어들어 얼마 되지 않는 시기에 황국신민주의의 주입은 반감을 불러일으키기에 적당했던 것은 아닐까? 때문에 이러한 반감을 없애는 작업으로 '군중의 외침'이라는 방법을 교육 현장에서 사용했다.

당시 학습자는 거의 교과서를 개인이 소지하고 있지 않았고 칠판이나 괘도를 이용한 교육을 받았다. 창가 수업의 진행 형태에 대해서 당시에 교육을 받았던 생존 학습자들의 증언[24]에 따르면, 1) 교과과정에 따라서 받았고, 2) 교사의 오르간 또는 피아노에 맞추어 노래하였으며, 3) 교사가 오르간에 맞추어 범창 하고 생도들이 한 소절씩 노래하는 형태로 배웠다. 그리고 4) 주로 가창이 중심이고 악보교육 같은 것은 없었고, 5) 모두 함께(제창) 노래를 불렀다고 한다. 또한 6) 칠판에 가사를 쓰고 오르간에 맞추어 노래를 불렀으며, 7) 음악적 교육은 거의 없었다고 한다. 스스로 특별하다고 생각하는 개개인 모두가 함께 무언가를 외침으로서 잘 받아들여지지 않는 것을 받아들이려 했던 것이다.

예를 들어 「천장절天長節」은 천황의 탄생을 기념하는 내용인데, 후렴부의 "모두 축하하라 모두 함께. 그 은혜 널리널리 천황의 치세, 모두 축하하라 모두 다함께."라는 가사처럼 모두 함께 부를 것을 강조한다. 이러한 노래들은 개인의 서정이 담기기보다는 군가나 합창의 형태로 제시되었다. 「칙어봉답勅語奉答」도 천황의 존귀한 뜻을 마음에 새기라는 노래이며 함께 부르는 노래였다. 그 외 일본의 절기와 천황의 치세를 찬양하는 노래들이 합창됨에 따라 위화감의 폭을 줄여나갈 수 있었다고 볼 수 있다. 그리고 마지막 부분에 주로 놓이게 되는 「졸업식」은 송별과 고별, 합창으로 이루어진다. 졸업을 다 함께 축하하는 마음과 스

---

24 高仁淑(2004)『近代朝鮮の唱歌教育』九州大学出版会, p.267

승의 가르침을 가슴에 새기고 친구들과 오랫동안 사이좋게 지낸 것을
회고한다. 그리고 후렴 부분에서는 모두가 한 학교에서 배운 사람들이
기 때문에 모두 같은 존재라는 것을 제창한다. 그 내용은 "머물러 있어
도 떠나도 <u>모두 같은 뜰에서 배운 동무들</u>"이라는 가사로, 졸업을 하지
만 그들이 소속했던 학교는 언제까지라도 그들을 결속시킬 것이라는
'단체'의 의미를 확고히 하는 합창을 하게 된다.

　이처럼 교실에서 불려졌던 창가는 제창의 형태로, 정신을 고무시키
기 위해 교육되었음을 알 수 있다. 즉 '함께 부르는 노래'였다. 당시의
아동들은 어떻게 '존재'해야 하는가를 혼자 고민하는 것이 아니라 다
함께 고민하고, 그러한 '우리들'을 특별한 사람으로 여겼다. 노래가 가
지는 고무적인 성격과 진보를 향한 열정에 감정을 이입하여 전투적으
로 흡수하고 불렀던 것이다. 이처럼 '소리'를 통해 함께 외쳤던 창가는
같은 교육을 받은 사람들에게 있어서 모두가 공유해야하는 요소로서
자리잡혀갔다. 가사가 사실이건 아니건 교육현장에 존재했던 이들에
게는 공감대를 형성하는 매개였던 것이다.

　앞서 언급했듯이 당시 공교육현장에 있을 수 있었던 아동들은 특별
한 존재였던 것만큼 창가 제창은 그들만의 특별한 문화이기도 했으며,
교육현장에서 그나마 반감을 줄일 수 있는 방법이기도 했다. 그러나
이것이 그들의 뇌리에 굳게 박혀 '황국신민화'에 까지 이르렀을 것이
라는 상상은 비약일 것이다. 민족 자체가 차별의 대상인 상황에서 어
느 누가 다른 민족을 위해 자신을 희생하고 싶을 것인가? 교육현장에
서 그들은 글이 아닌 소리를 통해 스스로에게 최면을 걸었을 것임에
분명하다.

　한편 당시 한국과 일본의 아동이 교과서 노래 이외에 학교나 집에서
자주 부르던 노래는 조선 동요, 찬미가, 조선의 노래 등이었다고 한

다.[25] 즐겨 부르던 대표적인 곡목으로는「반달」,「달아달아」,「새야새야」,「봉선화」,「삼천리강산」,「고향의 봄」,「설날」,「오빠생각」,「고드름」,「낮에 나온 반달」,「형제별」,「귀뚜라미」,「봄소식」,「흐르는 강물」 등으로, 이는 조선아동들뿐만 아니라 조선에 살았던 일본 아동들에게도 익숙한 노래였다. 이에 다음 절에서는 당시 학교교육 밖의 시와 노래를 통해 교과서 창가와의 거리를 살펴보고자 한다.

4. 스페셜리스트들이 처한 학교 밖의 문학적 상황

일제강점기 한국의 아동문학은 민족 사회운동의 하나인 소년운동의 한 방편으로 현실성을 주조로 하는 아동문학의 독특한 흐름을 형성했다. 한국의 경우 산문문학운동을 주도한 최남선의『소년』(1908-11),『붉은저고리』(1913),『아이들보이』(1913-14),『새별』(1913-15) 등을 거쳐 방정환의『어린이』(1923-34)가 존재 한다[26]. 방정환도 일본에 체류하는 동안 다이쇼大正기에 교육계 내부에서 각광을 받고 있던 일본의 아동중심교육의 영향을 받았다. 그가 다녔던 東洋대학에 어린이회와 정기 구연동화 행사가 있었다는 사실을 볼 때, 일본의 교육 사상계의 영향의 가능성이 높다. 때문에 그의 동경 유학기간인 1923년에 '색동회'가 조직되었다고 볼 수 있다.[27] 한편 당시는 일제강점기와 맞물려 있었기 때문에 이 시기의 아동문학은 일제 식민지기 정책에 대항하는 의미로 존재하는 경우가 많았다. 이 시기 한국 각지에서 실시된 동요

---

25 주 24)와 같은 책, p.269
26 주 1)과 같은 책, p.16
27 이윤미(2006)『한국의 근대와 교육』문음사, p.349

가창, 동화구연, 동극공연 등의 아동문학 활동은 민족 운동과 결합하
여 전개되기도 했다.[28] 그리고 이 시기 아동들은 생활에 직면해 있는
경우가 많았기에, 아동 관련 저작물에는 아동들의 상상력을 자극하는
흥겨운 요소 보다는 역경을 딛고 새로운 활력을 불어넣는 내용들이
주류를 차지했다.

　3·1운동 이후 전국적으로 전개된 소년운동과 더불어 아동잡지들
이 성황을 이루자 동요, 동화, 동극 등 갈래별 창작이 쏟아져 나오게 된
다.[29] 그런데 『어린이』지의 독자층을 살펴보면, 스스로를 아동이라고
생각하는 독자들의 연령대에 차가 있어서, 오늘날의 초등학생에 해당
하는 7-12세 사이의 아동 보다는 13-18세의 중고생 연령이 80% 이상
을 차지하고 있었다.[30] 즉 청소년과 청년에 해당하는 미성년자가 스스
로를 아동이라고 생각했던 것이다. 이렇게 본다면 『어린이』는 청소년
에 해당되는 이들에게 문학에 대한 관심과 열정을 이끌어 내는 장으로
사용되기 쉬웠다. 특히 일본식 교육을 받은 조선인들이 민족을 '고무'
시킬 수 있는 방법을 문학에 적용하기도 했을 것이라는 짐작을 할 수
있다. 권력은 '연쇄적인 변형의 힘'이라고 할 수 있다. 즉 권력을 행사
하는 장치로 교육이 이용되기도 하지만, 역으로 권력을 무화시키는 데
에도 작용할 수 있다는 것이다. 당시 조선의 아동들은 교과서의 요구
대로 만들어지는 조선인도 아니고 일본인도 아닌, 어른도 아니고 아이
도 아닌, 그리고 군인도 아니고 군인이 아닌 것도 아닌 잡종적 정체성
을 가진 존재였다. 이와 같은 과정에서 생성된 아동은 전근대를 근대
로 끌어오는 역할을 하는 한편 스스로를 '나'와 '다른 아동'을 구별 짓

28　주 1)과 같은 책, p.16
29　원종찬(2010)『아동문학의 어제와 오늘』돈암문학연구회 푸른사상, p.12
30　천정환(2003)『근대의 책읽기-독자의 탄생과 한국의 근대문학』푸른역사, p.216

는 경계 또한 만들어 갔다. 이를 통하여 새로운 '아동'이 창출되는 것이 '교육'을 통해 얻은 권력의 힘이라고 할 수 있다. 이는 제국이 판에 박은 듯이 찍어내는 '아동'도 아니고, 서당교육을 통해 사대주의적인 관념에 사로잡힌 '아동'도 아니며, 마냥 어른에 의해 소외받아야만 하는 작은 노동력이었던 '아동'도 아니다. 이는 근대 일본식 교육을 통해 조선의 민족성이 내재된, 그리고 배움이 없는 다른 조선아동들과 구별된 새로운 '아동'인 것이다.

1920년대는 한국인의 교육에 대한 기대가 상당히 높았다. 가난하지만 교육을 시키고자 하는 학생과 부모의 기대를, "집을 팔아가며 덤빈다"는 식으로 표현하기도 했는데, 이러한 교육열에는 전통적으로 존재하는 것으로 생각되는 '인문숭상'과는 다른 동기가 작용하고 있음을 알 수 있다. 즉 1920년대에 조선인들은 '졸업장'이 가져다 줄 이익을 상당히 기대하고 있었는데, 보통학교에서 고등보통학교로 진학하는 것이 자활의 지름길이라고 생각했다는 것을 알 수 있다.[31] 그러나 방정환은 학교교육이 실생활을 준비 시키지 못한다는 것을 비판하기도 했다.[32] 이렇게 아동관에 새로운 의미 부여가 근대 교육열을 반영한 공교육의 차원에서도 아동문학으로의 의미 부여의 측면에서도 동시에 전개된다.

1920년대는 방정환, 고한승, 마해송, 정순철, 연성흠 등의 명사가 주

31　주 27)과 같은 책, p.352
32　그는 학교교육을 논할 때마다 실생활과의 연관성을 자주 논하는데 1930년 『학생』지에 총독부 학무국의 통계 기사를 제시하면서 학교교육의 문제점을 지적한다. 그는 학교가 조선인의 집을 팔정도의 교육열을 흡수하지 못하고 있다는 점을 지적한다. 학생들은 '자기공부'를 할 수 있어야 한다고 주장했다. 이처럼 아동이 시대적인 유행어로 부상하고 새로운 의미와 가치를 구연하려고 했던 시기는 1920년대 방정환에 이르러서이다. '어린이'라는 말 자체는 해방의 말이며, 어른에 대등한 단어로 사용되었다.(조은숙(2009)『한국아동문학의 형성』소명출판, p.93)

도하는 동화회, 동화동요대회, 동화극대회 등 미성년 대상의 대중적
문화 공연들이 활발해 졌다.[33] 여기에는 계몽적인 연설과 동요, 동화,
아동극의 적절할 배합이 있었고, 이러한 현상은 아동 잡지, 소년회, 동
화회 등과 서로 밀착되어 1926-7년 그 정점을 이루게 된다.[34] 『어린이』
의 대표적인 작가들로 윤석중, 서덕출, 윤복진, 최순애, 신고송, 이원수
등이 좋은 창작 동요를 지어냈고, 이에 따라 각종 동요 지도론, 창작론
등이 쏟아져 나왔다. 또 각종 동요집의 출판과 동요단체의 결성은 동
요교육의 황금기가 열리는데 큰 역할을 했다.[35] 『어린이』는 아동의 글
을 게재하여 독자를 잡지 구성원으로 참가 시켜 어른과 아동의 관계를
재구축했으며, 색동회는 조국 독립의 일환으로 아동 예술운동과 계몽
운동 단체로서 구성원 개개인의 전문분야를 살리는 실천의 장이 되기
도 했다.[36] 이러한 아동잡지에 실린 시와 노래문학을 살펴보면 다음과
같다.

　『어린이』의 집필진으로 활동하던 고한승의 「우는 갈매기」와 「엄마
없는 작은 새」는 "둥근달 밝은 밤에 바다가에는 엄마를 찾으려고 우는
물새가" "엄마 없는 작은 새를 어찌할가요……사랑하는 엄마새가 찾
아옵니다"[37]라는 내용으로, 소중한 것(이것을 나라를 상징하는 것으로
여겨진다)을 잃어버린 아픔과 그것에 대한 회복을 노래하는 시이다.
한국인과 일본인이 자주 불렀다는 「반달」에서도 아동들에게 "멀리서

33　주 32)와 같은 책, p.172

34　주 32)와 같은 책, p.174

35　주 3)과 같은 책, pp.175-176. 이 시기에는 윤극영의 동요 작곡 1집 『반달』, 1929년 『홍난
　　　파 동요 백곡집』, 1928년에는 『조선동요집』 제1집이 출간되게 된다.

36　주 24)와 같은 책, p.251

37　류희정 편저(2000) 「1920년대 아동문학집(1)」 『현대조선문학선집18』 문예출판
　　　사, p.32(두 시 모두 1923년 『어린이』에 실림, 맞춤법은 이 책에 표기된 그대로 사용함,
　　　이하 동)

반짝반짝 비추이는 것 새별등대란다 길을 찾아라"[38]와 같이, 삶의 방
향을 적극적으로 찾으라는 의미를 내포하고 있다. 또 이원수의 「고향
의 봄」은, 고향을 그리며 "그 속에서 살던 때가 그립습니다"라고 외치
는 부분이 당시 고향 잃은 슬픔을 떠올린다. 그리고 최순애의 「오빠 생
각」은 "멀리가신 오빠는 소식도 없고 나뭇잎만 우수수 떨어집니다"라
는 표현으로 소중한 이에 대한 그리움 내지는 전장에 나간 오빠의 소
식을 기다리는 심정과 초조한 시간의 흐름을 노래한다.

방정환의 「형제별」은, "웬일인지 별하나 보이지 않고 남은별이 둘
이서 눈물흘리네"[39]라는 가사로, 별 삼형제 중 한 명이 사라져 그리워
하는 노래이다. 류지영의 「고드름」은, "고드름 고드름 녹지 말아요 각
시님 방안에 바람들면은 손시려 발시려 감기 드실라"[40]라는 가사이다.
이러한 자연을 노래한 것에도 자연 그대로를 만끽하기 보다는 슬픈 정
서가 포함되고 의인화되어 독자나 부르는 사람들의 눈물을 자아내는
것이 보통이다. 그나마 밝은 노래로는 윤석중의 「낮에 나온 반달」[41]이
나 「옹달샘」[42] 등으로, 반달의 형상을 통해 생겨나는 상상력을 표현했
다. 그리고 명절 특히 설을 맞이하는 노래가 아동들의 즐거움을 주는
내용으로 기술된다. 윤극영의 「설날」[43]이나 「꾀꼬리」,[44] 「할미꽃」,[45]
「옥토끼」, 그리고 밝은 노래로서 당시 아동시에는 봄을 노래하는 노래
가 상당히 많다. 고향의 봄을 비롯하여, 일본 아동들도 흥얼거렸다는

---

38 주 37)과 같은 책, p.59 1925년 『어린이』에 실림
39 주 37)과 같은 책, p.43 1925년 작
40 주 37)과 같은 책, p.66 1924년 『어린이』에 실림
41 주 37)과 같은 책, p.151
42 주 37)과 같은 책, p.156
43 주 37)과 같은 책, p.60 1924년 『어린이』에 실림
44 주 37)과 같은 책, p.61 1925년 『어린이』
45 주 37)과 같은 책, p.63

「봄소식」에서부터, 「봄노래」, 「가는 봄」, 「봄」, 「봄이 왔어요」, 「새 봄」, 「봄 꿈」, 「봄봄봄」, 「봄 비」, 「봄날의 선물」, 「봄맞이」, 「강촌의 봄」, 「봄놀이」, 「봄이 오면」,[46] 등 같은 제목의 다른 시인의 노래도 많다. 이는 새로운 시대를 기다리는 근대 한국인의 심정이 고스란히 드러나는 것이라고도 할 수 있다.

방정환은 당시 아동을 자연에 빗대며 천진난만한 이미지와 연관지어 '천사주의'를 형성해 내기도 했다. 그렇지만 주권을 빼앗긴 상황에서 동심을 자유롭게 펼칠 만한 문학적 환경은 마련되어 있지 못했다. 즉 나라를 찾아야 한다는 의식적 혹은 무의식적인 지향 때문에 동요에 있어서도 맘껏 즐거워하거나 자신의 창작정신을 발휘하지 못하고, 잃어버린 뭔가(아버지, 어머니, 오빠, 언니, 누이, 고향 등)를 계속 그리워하거나, 슬픔을 노래하고 있고, '눈물' '운다'는 단어가 들어간 시가 많다.(울지 마라, 우는 갈매기 등) 그리고 가난에 지친 일상을 그리거나(공장길, 퇴학, 공장간 엄마, 공장굴뚝, 소년공의 노래, 거지의 노래 등), 어린 노동자들의 슬픔을 그리기도 한다.

앞서 언급하였듯이 이러한 시들이 실리는 아동잡지 독자의 대부분은 청소년들이었다. 그리고 일본식 교육을 통하여 문학의 체계와 즐거움을 어느 정도 인식하고 있던 존재들이었다. 이들은 일본식 교육을 받았지만 이를 가지고 일본으로부터 벗어나려는 의지가 담긴 노래를 통해, 과거를 그리워하거나, 현재를 애통해 했다. 이처럼 아이들을 통해 새로운 미래를 내다보며 일제치하 현실과는 다른 것을 꿈꾸는 데에 그 노래의 대부분이 쓰이고 향유되었다고 봐도 과언이 아니다.

46　주 37)과 같은 책, 목차 참고

5. 교과서 창가의 또 하나의 전략 - '감정'의 배제 '현상'의 강조

이상과 같은 한국 근대의 운문문학 상황은 교과서 창가에 있어서도 새로운 기운을 불어넣게 된다. 조선에 사는 이들이 현실감을 갖고 부를 수 있는 노래가 필요하게 된 것이다. 아무래도 교육을 받는 아동들이 교육권 밖에 있는 문학을 접할 가능성이 높다. 때문에 그들은 학교 교육을 통해 받은 문학교육을 바탕으로, 방과 후 부모의 권유나 개인의 선택에 의해 문학을 접하게 되고, 문학에 대한 의미와 흥미를 일으켜 갔을 것이다. 이런 학교 밖의 사정은, 교과서에도 조선 내부의 상황을 반영한 노래가 삽입이 되어야할 필요성을 느끼게 했다.

이러한 필요성을 반영하며, 『보통학교보충창가집普通学校補充唱歌集』은 당시 유포되었던 일반인들의 시가 투고되어 교과서 노래로 만들어졌다. 여기에는 교과서가 주는 딱딱함을 완화시킴으로써 아동에게 창가 교육 시간에 흥미를 불러일으키려는 전략이 포함되어 있었다. 창가 교육의 중요한 골자는 제국의 아동 양성이겠지만, 창가 교육의 중요한 취지인 '효율적이고 받아들이기 쉬운' 창가를 만들어가기 위해서는 앞서 언급한 '합창'이라는 교수 방법과 함께 교과서 외의 창가, 즉 사람들에게 쉽게 흡수되는 장치를 마련해야 하는데 『보통학교보충창가집』은 기존의 일본사상을 밀어 넣는 식의 노래에서 숨을 돌릴 수 있는 장치로 마련되어 있었다.

〈표 2〉『普通学校補充唱歌集』(1926, 朝鮮総督府)에서 보이는 노래의 성향

제 목	가 사 내 용
1학년용	
ドンボ(잠자리)-일본어	잠자리 나는 모습
ふらんこ(그네)-일본어	그네 뛰는 모습
子りす(아기 다람쥐)-일본어	아기다람쥐의 모습
ギイッコンバッタン(널뛰기)-일본어	일본 노래로 사물(사람)이 오르락내리락 하는 모습을 역동적으로 그림
달	달 속의 계수나무를 가져와 집지어 부모와 오랫동안 살고 싶다는 이야기.
연	연 날리며 노는 모습
픠엿네 픠엿네	꽃이 피고 지는 모습
기럭이	기러기의 나는 모습--질서 정연한 모습보다는 사이좋은 모습 강조
토ㅅ1 와 거북	토끼와 거북 이야기를 노래화
팽이	팽이의 도는 모습을 생기 있게 그림
2학년용	
山にのぼっつり(산에 올라)-일본어	둥글게 부푼은 '흙만두'가 각 행마다 강조됨, 아동 노래 중 무덤이 강조되는 것은 특이
馬と月(말과 달)-일본어	말과 달의 모습
ぶらんこ(그네)-일본어	그네를 타며 높은 곳의 세계를 맛보고자하는 노래
牛飼い(소치기)-일본어	집과 나라의 보물인 소를 기르는 모습
자라난다	"자기 혼자 자라난다"라는 가사의 반복--배움을 통해 스스로 자라나는 모습 그림
나	나비를 부르며 나비와 노는 모습
登校	아침에 준비하여 학교 가는 모습, 열심히 공부하고 친구들과 우정을 쌓는 모습, 부모님이 걱정하니 얼른 집에 가서 집안일도 돌보자는 내용
물방아	물방아가 쉴 새 없이 움직여 흰쌀을 만들어내는 모습
토ㅅ1 놀음	용궁에 간 토끼 이야기를 배경으로 만든 노래
쌀악눈과닭	싸래기 눈이 오는 풍경과 닭의 모습
3학년용	
春わらい(봄의 웃음)-일본어	두더지가 땅을 파고 민들레 피며 종달새 지저귀고 농부가 노래하는 봄의 희망찬 모습을 그림
四十雀(박새)-일본어	박새를 의인화하여 노래함
石工(석공)-일본어	땀 흘리며 일하는 석공의 모습, '돌을 자른다'가 7번 반복
雉子うちじいさん(꿩 잡는 할아	꿩 잡는 할아버지가 꿩이 불쌍해서 잡지 못하고 빈

제 목	가 사 내 용
버지)-일본어	손으로 돌아온다는 이야기
お髭の長いおじいさん(수염이 긴 할아버지)-일본어	긴 수염을 가진 노인이 곰방대를 물고 뻐끔뻐끔 담배연기를 내뿜는 모습, 옛날이야기 들려주는 장면
運動会(운동회)-일본어	고대하던 운동회가 시작되었으니 모두 즐겁게 놀아보자
物言う龜(말하는 거북)-일본어	효행동자/불효동자 이야기를 노래함--말하는 거북을 주워 인기를 얻어 부자가 된 효행동자와 반대의 일이 벌어진 불효동자
나물 캐기	저녁상에 올릴 나물을 캐러가는 모습을 흥겹게 그려냄
배우는 바다	학교는 배요, 선생은 사공이요, 학생은 선원에 빗대어 문명을 배우는 학생들 항해에 비유하여 노래
四時景槪歌	사계절의 자연풍경을 노래
4학년용	
美しい角(아름다운 뿔)-일본어	아름다운 뿔을 가진 사슴이야기--뿔은 아름다우나 다리가 보기 싫다고 생각한 사슴이 결국 나뭇가지 얽힌 곳에 뿔이 걸려 불쌍한 신세가 되었다는 이야기
かめ(거북)-일본어	거북이가 무리를 지어 꽃과 달을 바라보는 모습
きぬた(다듬잇돌)-일본어	다듬잇돌로 백의를 두드리는 모습을 역동적으로 그려냄
牡丹臺(모란대)-일본어	평양의 최대 관광지인 모란대, 대동강, 능라도, 을밀대, 기자릉을 노래함.
長煙管(곰방대)-일본어	곰방대가 피워내는 연기에 비춰지는 풍경
朝日・夕日(아침해 저녁해)-일본어	아침 해와 저녁 해에 비친 자연의 모습
凧(연)-일본어	연이 하늘에 떠서 움직이는 모양
釜山港(부산항)-일본어	동아시아의 관문 부산항--화물과 사람으로 북적이는 부산의 모습, 용두산 절영도도 소개
갈지라도	배움이 망망대해와 같이 끝이 없는 것 같지만 모두 함께 열심히 배워가자는 이야기
白頭山	신비하고 웅장하고 숭고한 조선의 명산 백두산
5학년용	
鷄林(계림)-일본어	김알지가 태어난 숲이라는 계림 관련된 설화
がちの巢(까치둥지)-일본어	앙상하게 가지만 남은 까치둥지에 바람이 솔솔, 진눈깨비 흩날리는 쓸쓸한 밤
高麗の舊都(고려의 구도)-일본어	고려의 옛 수도에서 예전에는 영화로운 한 때가 있었지만 지금은 자취를 감추었다
木うゑ(식목)-일본어	소나무를 심자는 노래

제 목	가 사 내 용
鄭民赫(정민혁)-일본어	어머니를 극진히 모시고 가난하고 병든 사람을 보살피는 모범적인 인물인 정민혁
燕(제비)-일본어	흥부 놀부 이야기
鴨綠江(압록강)-일본어	청일 러일전쟁의 전적지로 유명한 백두산에서 뻗어져 나온 일본 제일의 압록강
遲刻마세	지각하여 두근거리는 심정, 다정한 친구들, 지각하지 말자
放學의 作別	방학하여 잠시 헤어져야하는 친구들
餘業의 滋味	여러 가지 부업을 통해 산업을 육성하고 가계살림을 일으키자는 내용
6학년용	
ぱかちの船(바가지 배)-일본어	바가지로 뱃놀이하는 모습
野邊の秋(들판의 가을)-일본어	누렇게 벼가 익어가는 가을 들판의 모습
百濟の舊都(백제의 구도)-일본어	백제의 옛 수도에 대한 노래--백제의 옛 수도를 보고 흥망성쇠를 생각하며, 각 지역에 남은 유적지에 대한 언급
成三問(성삼문)-일본어	한글을 만든 지식의 지팡이 성삼문
ぽぷら(포플러)-일본어	포플러 나무의 자라나는 모습
昔脫解(석탈해)-일본어	신라의 왕 석탈해의 전설
京城(경성)-일본어	교통의 요지이며 조선 제1의 도시 경성을 노래--주로 교통수단에 대한 내용이 많음
女の務(여자의 의무)-일본어	부지런히 일하기, 부모 봉양하기, 아이 잘 기르기는 여자의 의무
金剛山(금강산)-일본어	금강산의 절경을 예찬하고 근처 명소를 하나하나 이야기하며 노래함
冬季遠足	몸을 단련하여 두만강 백두산 등에 다녀와 보자

그러나 이상의 노래들은 1920년대 불리던 근대 아동시의 특징에서 본 삶의 애환이나, 가난이나, 조국을 그리워하거나 현실을 한탄하거나 조국을 탈환하고자 하는 의지에 대한 내용은 실려 있지 않다. 즉 감정은 삽입되지 않고 '현상' 특히 '자연의 흐름'이나 '조선(인)의 특징적 모습'을 주로 노래하고 있다. 이는 교과서 제작 주체의 또 하나의 전략이라고 할 수 있는데, 일반인의 노래를 삽입하여 독선적이지 않다는

이미지를 부여하면서도 결과적으로는 당시 한국 문학시의 큰 특징을 차지하는 피식민 상황의 안타까움을 노래했던 많은 시를 배제하고 자연현상의 시를 채택하여 게재했던 것이다. 투고용 시에는 이처럼 '의지'라는 것이 소거된 형태의 시들이 주로 게재되어 있는 것이다.

그 내용을 살펴보면, 저학년 노래에서는 생활과 자연 그리고 동화가 엮인 노래들이 중심이 된다. 여기에는 제국주의적 사상을 예찬하거나 직접적으로 이식하려는 노래는 거의 없으며, 근대적 사회 구현에 대한 예찬도 그다지 볼 수 없고, 그야말로 현상을 노래하는 내용이 중심이 된다. 오히려 조선 고유의 문화를 노래하는 내용이 섞여 들어간다. 한편 여기에는 나라를 잃은 설움도 염려도 없다.

3학년 이상의 창가는 거의 일본어 노래로 이루어져 있다. 창가에서는 하나씩 일본이라는 단어가 삽입되고, 노동에 대한 강조와 조선의 유명 관광지가 노래된다. 관광지는 옛 수도를 언급하면서 일본과의 역사적 관련성 등을 이야기하거나, 현재 대도시 경성이 조선의 모든 교통의 요충지임을 강조한다. 그리고 각 명승지에 대한 노래를 통해 그곳을 답사하고자 하는 의미도 품고 있다. 또한 이 『보통학교보충창가집』의 노래는 당시 조선을 대표하고 조선의 과거 역사를 상기시키는 노래들이 삽입되는 경향이 강하다. 저학년의 자연현상에서 고학년으로 가면 조선적 색채를 짙게 띤다. 여기에 '제국일본'이 소거 된 것은 아니다. 오히려 제국일본을 좀 더 유연하게 흡수하기 위한 장치라고 봐도 과언이 아닌 것이다. 억지로 부르지 않고 재미있게 부를 수 있는 창가의 구성, 동물과 착한 사람을 강조하는 구성, 풍경과 자연현상 묘사를 통해 제국신민 양성 이라는 위화감을 해소하는 완충작용을 했다고 볼 수 있다. 이러한 창가를 통해 흥미를 유발시키며, 조선의 사물에 대한 일본 이름을 익혀 가기도하고, 일본에 의해 정비된 부산항이나

백두산, 모란대, 경성, 금강산 등 조선의 관광지에 대하여도 알아 갈 것
이다. 고적지에 대한 노래는 과거에는 융성했으나 지금은 폐허가 되어
황폐한 모습을 강조함으로써 인생의 굴곡을 의미하기도 하지만, 개발
되어가는 다른 관광지와 비교의 대상이 되기도 한다.

이처럼 교과서 창가는 일본 정서를 기조로 했지만 당시 조선아동들
의 분위기와 시대상도 함께 담아갔다. 그리고 아동들은 졸업 후 주체
적으로 대응하고 이異문화를 수용하며 자신만의 특별한 문화들을 창
조해 갔다.[47] 특히 함께 부르는 것을 통해 공동체의 연대의식을 형성
하는 교육법은 아동운동 중 두드러진 항일소년운동의 방면에서 활용
되었다. 금지되어있는 조선의 노래를 제창하는 것을 통해 한국인의
마음의 공감대를 형성하고 민족적 아이덴티티를 확보하기도 했던 것
이다.

6. 근대 아동과 노래의 의미

오늘날 공교육의 권위가 실추되어가고 있는 상황 가운데 사교육을
통해 아동들에게 더 나은 무언가를 안겨주기 위한 '환상'이 떠돌고 있
는 것이 사실이다. 그러나 근대로 거슬러 올라가 보면 공교육은 '아무
나' 받을 수 있는 것이 아니었고, 지금의 사교육보다 더 강한 효과를 가
지고, 나름대로 자신이 특별하다고 느끼는 사람들이 집단을 형성한 시
공간에 존재했다. 혹은 특별하지 않지만 자기 자식만은 특별하게 길러
내기 위해 애쓰는 부모가 보내는 곳이 공교육의 현장이었던 것이다.

47 주 24)와 같은 책, p.275

따라서 스스로 특별하다고 느끼는 사람, 혹은 무리해서라도 특별해지고 싶은 사람이 당시 교육 현장에 있었을 것이 분명하다. 때문에 상상력을 자극하며 순수한 세계에 안주해 있거나 아동기를 즐기기 보다는 다른 이들 보다 좀 더 앞서가고 좀 더 진취적이며 좀 더 빨리 배우고자 하는 아동이 대부분이었을 것이다. 그리고 여기에는 음악교육도 한몫 했다고 볼 수 있다.

창가는 소리로 공유할 수 있었던 독특한 예술분야였다. 기본적으로 제국주의 지향노선에 있던 교과서 창가를 통해 조선아동들은 특별한 개인으로서 자신을 형상화하면서 그 다음 단계의 시문학으로 접근해 나갔을 것임이 분명하다. 교과서를 통해 천황과 일본의 절기 혹은 일제의 과업이 노래된다고 할지라도 학습자는 그것과 함께 엘리트 조선인으로서 자신만의 시를 구상을 했을 것이다. 때문에 『보통학교보충창가집』과 같은 완충작용을 위한 교재도 함께 마련되지 않으면 안 되었다. 함께 부르고, 함께 생각하고, 함께 행동함에 있어서 당시 창가의 역할은 적지 않았을 것이다. 그리고 문학 위에 작동하는 권력의 힘 아래에서도 시문학은 아동들의 각각의 상황을 반영하면서 변형되어 자리 잡아 갔을 것으로 여겨진다.

제4장

식민지 교과서의 연계성

제국의 식민지 창가

I. 〈唱歌書〉에 나타난 修身교육*

박제홍

1. 머리말

唱歌라는 단어가 처음으로 일본에 등장한 것은 헤이안平安 초기의
『竹取物語』와 중기의 『源氏物語』에서 부터이다. 『竹取物語』에서는
'しょうが'로, 『源氏物語』에서는 'そうが'로 기악곡의 선율을 흥얼거리는
것이었다. 무로마치室町시대 이후는 'はうた'(端唄 :三味線에 맞추어 부
르는 짧은 속요)의 가사를 가리키는 의미로 사용했다.[1] 한편 한국에서
의 唱歌는 갑오경장(1894) 이후 신시新詩로 된 최초의 洋式의 詩歌를 의
미한다. 時調나 재래의 歌詞 및 찬송가의 영향으로 4·4조가 주된 것

---

* 이글은 2010년 9월 30일 한국일본어교육학회『일본어교육』(ISSN : 2005-7016)
 제53집, pp.211-227에 실렸던 논문「일제강점기「唱歌」에 나타난 修身교육」을
 수정 보완 한 것임.
1 金田一春彦·安西愛子(1982)『日本の唱歌(下)』講談社文庫, p.356

이었으나, 그 후에는 7·5조, 8·5조 등으로 변하여 자유시로 발전하면서 나중에 新體詩로 연결되게 된다.

여하튼 唱歌는 신문학 태동기에 있어서 새로운 詩文學의 발전을 유도하는 계기로서의 의의가 컸다고 할 수 있다. 가사에 音曲을 붙여 부르면 노래로서의 唱歌로 정착되었다. 따라서 한국에서의 唱歌는 한국의 고유한 음악이아니라 외부로부터 들어온 음악 즉, 서양음악과 일본음악 등에 의하여 한국에서 정착된 용어이다.

한국에서 근대적인 성격을 띤 학교교육의 출발점은 1885년 전후 개교한 기독교 계통의 사립학교에서 비롯되었다. 그러나 이들 대부분의 학교는 校舍나 교구, 교과서 등 충분한 교육여건 등이 확보되지 않은 상태였다. 그 중에서 서양음악인 讚美歌(찬송가)는 주로 미션계학교의 학생들과 교회의 교인을 통해서 일반인들에게까지 퍼져나갔다. 서구의 열강 앞에 반강제적으로 문호를 개방하자 일본의 메이지정부는 부국강병을 내세우며 조선으로의 진출을 꾀했다. 청일, 러일전쟁의 승리로 말미암아 현실적으로 실현단계에까지 이르렀다. 통감부기에 들어오자 일제는 조선의 식민지화를 위해 이를 반대하는 민중들을 억압하였다. 탄압의 강도가 더 심해짐에 위험을 느낀 많은 민족계의 사립학교들은 애국구국운동의 일환으로 학교 자체적으로 교과서를 편찬하였다. 대한제국 학부를 장악한 일제는 교과서 검인정제도를 통해서 이들 학교의 통제를 강화하였다. 당시 〈唱歌書〉도 예외가 아니었다.[2] 당초 〈唱歌書〉는 대한제국 學部에서 직접 편찬하지 않고 일본에서 사용한 『尋常小學唱歌』(1906)를 수입하여 1908년 '학부인가교과도서'로

---

2 弓削幸太郎(1923) 『朝鮮の敎育』 自由討究社, p.118 학부차관 다와라 마고이치(俵孫一)는 1910년 6월 대신회의 강연에서 "일반사립학교의 불완전한 것은 이와 같다. (중략) 사용하는 교과서를 봐라, 시국을 분개하는 불온문자로 꽉 차있고, 창가는 학생을 선동하는 위험한 어조로 가득하다."

지정하여 사용하였다. 이를 통해 사립학교나 민간인들이 사용한〈唱歌
書〉는 발매 금지시켰다.

강점초기 조선아동을 동화시키기 위해 이데올로기 교육을 강조했
던 일제가 학교교육을 통해서 唱歌를 보급시킨 데에는 이와 같이 조
선의 정서를 말살하려는 의도가 숨어있었다. 「唱歌」과는 「修身」과와
순환과 반복교육을 통해 조선아동을 동화시키는 중요한 교과목이었
기 때문이다.

이에 본고는〈唱歌書〉와〈修身書〉에 기술되어 있는 가사의 분석을 통
해 일제가 조선아동을 어떻게 충량한 식민지인으로 만들어 갔는지에
대한 실상을 파악하고자 한다.

2. 唱歌 교육의 변천

2.1 일본의 唱歌교육과 교과서

일본에서 음악교육의 시작은 1872년〈学制〉가 공포되자 소학교에서
는 「唱歌」가, 중학교에서는 「奏楽」이라는 교과목이 설치되면서부터이
다. 하지만 이것은 당분간 이것을 실행하지 않는다는 정부의 방침으로
형식상의 교과목에 불과했다. 메이지정부는 서구의 문물을 받아들여
부국강병을 실현하기 위해서 교육의 필요성을 인식하고 교육에 힘을
쏟았다. 교육시스템 또한 서구의 교육과정을 그대로 받아들인 결과,
당시 필수과목이었던 「修身」, 「小学読本」 「國史」와는 달리, 「唱歌」는
필수과목이 아닌 「체조(체육)」, 「수예」, 「미술」 등과 같은 선택과목 중
의 하나에 불과했다. 또한 명목상의 과목으로 가르칠 교사나 교재는
전무한 상태였다. 더욱이 근세 이후 데라코야寺子屋 등의 교육기관에서

음악교육이라는 전통 또한 전무한 상태였다.

1878년, 東京女子師範学校가 유치원 아동의 교육용으로 宮内庁 雅楽課에 노래의 작성을 의뢰했다. 이것이 일본인의 音楽家가 만든 최초의 야동용 唱歌集이다. 다음해 1879년 10月 학교에서 사용할 教材를 만들기 위해 노래작성, 편찬, 교사양성 기관인 '음악교육양성소'[3]가 설치되었다.

초대소장인 이자와 슈지伊沢修二는 미국 유학당시 친분이 있는 루터 메이슨을 초빙하여 마침내 1881년에 일본 최초의 관제 唱歌集인『小学唱歌集』 1편(1-33), 1883년『小学唱歌集』 2편(34-49), 1884년『小学唱歌集』 3편(50-91)을 편찬하였다.

『小学唱歌集』에 수록된 노래는 스코틀랜드나 아일랜드의 스페인 민요 등이 약 30%를 차지하고 나머지는 일본의 작곡과 작사가들에 의해 만들어졌다.[4]

『小学唱歌集』에 이어『幼稚園唱歌集』(1887), 『中等唱歌集』(1889), 『中學唱歌』(1901), 『中等唱歌』(1909)가 차례대로 편찬되었다. 1903년 교과서 뇌물사건으로 말미암아 지금까지의 검정교과서제도를 국정교과서제도로 바꾸었다. 그러나 국정『唱歌』는『修身書』『小学讀本』 등과는 달리 즉시 국정교과서로 되지 않다가 마침내 1911년 국정교과서『尋常小學唱歌書』가 편찬되었다.

한편 학교 교육과정에서 「唱歌」과의 위치를 살펴보면, 1881년 제정된 〈소학교교칙강령〉에서 「修身」은 가장 중시한 과목으로 지정하여 문부성이『尋常小學修身書』를 간행했으나, 표현교과인 「唱歌」의 경우

---

3 원래의 명칭은 「音樂取締掛」이나 1887년 東京音楽学校로 바뀌지고, 패전 후 1949년 東京藝術大学 音楽学部로 존속되었다.
4 「螢」, 「富士山」, 「隅田川」, 「菊」, 「蝶々」 등이 실려 있다.

〈学制〉 이후 〈교육령〉(1879), 1880년 〈개정교육령〉(1880), 〈小学校令〉 (1886)에서도 과목은 개설 되었으나 지방의 사정에 따라서 가르치지 않아도 된다는 교과목으로 취급되어 전국적으로 확대되지 못했다.

그러나 〈教育勅語〉(1890) 발포와 함께 제정된 〈改訂小学校令〉에서 처음으로 『唱歌』는 高等小學校의 필수과목이 되었고, 尋常小學校에서도 「図画」·「手工」·「唱歌」 중에서 하나를 선택할 수 있는 선택과목이 되었다.

1900년 8월20일 勅令 제344호로 개정된 〈小学校令〉제19조에 "심상 소학교의 교과목은 수신, 국어, 산술, 체조로 한다. 지방의 정황에 따라서 미술, 창가, 수공의 한 과목 또는 수 과목을 넣고 여자아이를 위해서 재봉을 넣을 수 있다. 앞의 항에 따라서 넣을 수 있는 교과목은 이것을 수의과목(선택과목)으로 할 수 있다." 제20조 "고등소학교의 교과목은 수신, 국어, 산술, 일본역사, 지리, 이과, 미술, 창가, 체조로 하고 여자아이를 위해서는 재봉을 넣는다. 수업연한 2개년의 고등소학교에서는 이과, 창가의 한 과목 또는 두 과목을 빼고 수공을 넣을 수 있다. 수업연한 3개년 이상의 고등소학교에는 창가를 빼고 농업, 상업, 수공업의 한 과목 또는 수 교과목을 넣을 수 있다. 수업연한 4개년의 고등소학교에서는 영어를 넣을 수 있다." 제6장 직원 제39조 "소학교 교과를 교수할 자를 본과 正教員으로 한다. 그 교과목 중에서 미술, 창가, 체조, 재봉, 영어, 농업, 상업, 수공의 한 과목 또는 수 과목에 한에서 교수할 자를 専科 正教員으로 한다."고 규정하면서 정식교원이 아닌 전과교원이 가르치는 과목에 머물러 있었다.

1900년 8월21일 〈文部省令〉 제1장 교과 및 편제 제1절 교칙 제14호 〈小学校施行規則〉 제9조에 "唱歌는 평이한 가곡을 부르게 하고 또 美感을 기르고 德性의 함양에 이바지하는 것을 요지로 한다. 尋常小學校의 교과에 唱歌를 넣을 때는 樂譜를 사용하지 않고 평이한 單音唱歌를 가르칠 것. 高等小学校에서는 앞의 항에 준해서 점점 樂譜를 사용해서 單音唱歌를 가르칠 것. 가사 및 악보는 평이하고 올바르게 해서 아동의 심정을 快活純美 시키게 할 것." 또 제28조 "紀元節, 天長節 및 1월1일에는 직원 및 아동, 학교에 참석하여 아래의 식을 거행한다." 1항은 "직원 및 아동은 기미가요君ガ代를 합창한다." 제5호 "직원 및 아동은 祝日에 해당하는 唱歌를 합창한다. 唱歌를 배우지 않는 학교에서는 제1호 및 제5호를 하지 않을 수 있다." 제33조 "修身, 體操(체육), 唱歌, 재봉 또는 수공은 수 학급의 전부 또는 일부의 아동을 모아서 동시에 이것을 교수할 수 있다."는 「唱歌」과의 구체적인 학습목표를 처음으로 제시하였다. 또한 學校儀式이 제도로서 정착됨에 따라 「唱歌」과의 중요성이 점차 확대되었다.

　1903년 4월 29일 文部省令 제22호 〈小学校令 施行規則中 改正〉 제5절 교과용도서 제53조에는 "소학교 교과용도서는 수신, 국어, 산술, 일본역사, 지리, 미술을 빼고 그 밖의 도서에 한해서 문부성이 저작권을 가지고 文部大臣의 검정을 받기 때문에 府県知事가 이것을 채택하고 정한다. 단 體操(체육), 재봉, 수공, 이과 및 심상소학교의 唱歌에 관해서는 아동에게 사용할만한 도서를 채택할 수 있다. 또 국어 쓰기, 산술, 미술의 교과용도서는 학교장이 이것을 아동들에게 사용할 수 있게 한다."고 하면서 국정교과서 시대로 변했으나 『唱歌』는 문부성의 검정에 머물러 있었다. 1907년 3월21일 칙령 제52호 〈小学校令 改正〉의 제19조에서 "심상소학의 교과목은 수신, 국어, 산술, 일본역사, 지리, 이과, 미술, 창가, 체조로 하고 여자아이를 위해서는 재봉을 둔다. 지방의 정황에 의해서 수공을 둘 수 있다."라는 개정에 따른 시행규칙의 개정으로 1·2학년은 「唱歌」와 「體操(체육)」를 4시간, 제3·4학년은 「唱歌」

1시간, 제5·6학년은 「唱歌」2시간 씩 배당되었다. 1872년〈學制〉반포 이후 35년 만에 의무교육 연한이 4년에서 6년으로 연장된〈改正小学校令〉(1907)에 의해서 마침내 『図画』·『唱歌』가 학교교육에서 필수과목이 되었다.

이처럼 「唱歌」과는 「修身」, 「国語」, 「歴史」, 「地理」과목과는 달리 뒤늦게 필수과목이 되었고 교과서 또한 늦게 편찬되었으나 아동들의 정서와 국민국가형성에는 다른 교과목과 비교 할 수 없을 정도로 많은 영향을 끼쳤다.

이상과 같이 메이지 초기의 唱歌는 서구의 교육제도를 모방한 일본의 교육제도 속에서 명목적으로 학과목만 존재하였을 뿐, 실질적인 창가교육은 메이지 말기가 되어서야 시작되었다고 할 수 있다.

2.2 조선의 唱歌교육과 교과서

한국에서의 근대학교의 출발점은〈강화도조약〉(1876)에 따라 많은 서양열강의 문호개방압력에 직면하여 체결된〈조미수호통상조약〉(1882)으로 많은 서양의 학교들이 조선에 진출하면서부터이다. 특히 아펜젤러(배재학당), 언더우드(경신학당), 스크랜트 부인(이화학당) 등의 기독교학교에서의 기독교교육이념에 기초한 신교육과 음악교육이었다. 언더우드는 1884년 찬미가의 악보를 가지고 온 최초의 선교사이고, 스크랜트 부인은 영어로 찬미가를 가르치고 보급하였다.[5]

1880년데 후반부터 風琴(오르간)이 들어오자, 악기를 보기위해 많은 사람들이 모여들었다고 한다. 그리고 교회에서는 선교사를 중심으로 모여든 사람들에게 찬미가를 가르쳤다. 풍금이 들어오기 전에는 선

5   高仁淑(2004)『近代朝鮮の唱歌敎育』九州大學出版會, p.15

교사들이 구전방법으로 한사람이 찬미가를 선창하면 다른 신도들이
따라서 복창하였다고 한다.[6]

이처럼 학교교육 이외에서는 찬송가를 중심으로 일부의 국민들 사
이에 서양의 음악에 접하게 되며 보급되었다. 공교육에서 근대적인 학
교교육의 시작은 갑오경장 이후 고종의 〈교육입국조서〉(1895)이다. 이
어서 최초의 학교법령이라 할 수 있는 〈小學校令〉(1895.7.19)이 제정,
공포되면서 부터이다. 수업연한은 5~6년, 학령은 8~15세. 〈小學校令〉
에 의해 우리나라 근대교육 최초의 초등교육기관인 소학교가 만들어
졌다. 장동·매동·정동·계동·주동의 관립 소학교가 1895년 8월 문
을 열었다. 개교 때 학생 수는 장동소학교 23명, 정동소학교 76명, 계
동소학교 40명, 주동소학교 48명이었다. 〈小學校令〉 제2장 제6. 7. 8. 9
조를 살펴보면 아래와 같다.

〈第二章 : 小學校의 편제 및 남녀아동 취학〉

第六條 小學校를 나누어 尋常高等 2과로 한다.

第七條 小學校 수업연한은 尋常科를 3년, 高等科 2년 또는 3년으로 한다.

第八條 小學校 尋常科 교과목은 修身, 讀書, 作文, 習字, 算術, 體操로 한
        다. 상황에 따 라 體操를 제외할 수 있다. 本國地理, 本國歷史,
        圖畵, 外國語의 一과 혹은 數科 를 加할 수 있고 女兒를 위해서
        는 재봉을 加할 수 있다.

第九條 小學校 高等科 교과목은 修身, 讀書, 作文, 習字, 算術, 本國地理,
        本國歷史, 外國 地理, 外國歷史, 理科, 圖畵, 體操로 하고 女兒를
        위해서는 재봉을 加할 수 있다. 상황에 따라서 外國語의 一과

6 金永煥(1974)「洋樂百年」〈中央日報〉 1974.4.19~5.27. 재인용

를 가할 수 있고, 또는 外國地理, 外國歷史, 圖畵一과 혹은 數科
를 제외할 수 있다.[7]

위의 〈小學校令〉을 보면 「唱歌」과가 정식 교과목으로 지정되어 있지
않다는 것은 알 수 있다. 당시 〈小學校令〉은 1886년에 지정된 일본의
〈小學校令〉(1886)을 모방하여 만든 것으로 이 당시 까지만 해도 학교
교육으로서의 「唱歌」는 존재하지 않았고 그 필요성도 없었다고 할 수
있다. 반면 1900년 무렵이 되면서 사립학교를 중심으로 기독교학교나
조선인이 만든 학교에서 「唱歌」과가 먼저 도입되었던 것으로 파악할
수 있다.[8]

한국에서 '唱歌'라는 용어가 학교교육에 구체적으로 나타난 것은
1906년 8월27일에 공포된 〈보통학교령〉부터이다. 칙령44호 第6條 "보
통학교의 교과목은 修身, 國語 및 漢文, 日語, 算術, 地理歷史, 理科, 圖
畵, 體操로 한다. 여자를 위해서 手藝를 加하고 상황에 따라서 唱歌, 手
工, 農業, 商業중의 一과목 또는 數科目을 加할 수 있다."에서 학교의
정식 교과목으로 지정되었다. 그러나 같은 해 9월 4일 대한제국 「官報」
에 등장한 보통학교 각 학년 교과과정 및 매주 교수 시수표에 의하면
제1학년에 수신 1, 국어 6, 한문 4, 일어 6, 산술 6, 圖畵 2, 體操·手藝 3
시간 총28시간을 배정하였다. 또 〈學部令〉 제23호 〈보통학교령시행규
칙〉에 의하면 「唱歌」과는 아래와 같이 가르칠 것을 지시하고 있다.

7 金泰勳(1996) 『近代日韓敎育關係史硏究序設』 雄山閣, pp.49-50
8 俵孫一(1910) 「漢城府內基督敎學校現況一斑」 朝鮮總督府, 1907년부터 대한제국
   의 학부차관으로 부임하여 대한제국의 학교교육에 관여했던 인물인 다와라 마
   고이치(俵孫一)는 1910년 초 한성관내의 기독교학교의 현황조사를 실시하였다.
   그 중에서 각 학교에서 가르친 과목을 조사한 것을 살펴보면 경신소학교(1904년
   설립, 창가), 대동기독소학교(알렌이 설립, 찬미), 정신여자소학교(1904, 창가),
   기독여자소학교(존스가 설립, 찬송가)

〈第八條 : 普通學校의 각 교과목 교수의 요지〉

十. 唱歌는 平易한 가곡을 부를 수 있게 하고 더불어 美感을 길러 덕성
함양에 이바지하는 것 을 요지로 한다.

唱歌는 單音唱歌를 가르치고 歌詞, 樂譜는 平易雅正하게 해서 학도
의 심정을 快樂純美를 익히는 것을 요지로 한다.

아동들에게 唱歌를 통해 정서 순화와 덕성 함양에 목표를 두고 있음
을 알 수 있다. 그러나 「唱歌」과는 정식 교과목이 아니라 「手工」, 「農業」,
「商業」과 함께 각 학교의 사정에 따라 선택하는 선택과목에 불과하여
일본의『尋常小學唱歌』를 수입하여 가르쳤다.

이후 서양음악, 찬미가, 민족애국가 같은 종류를 '창가'로 불렀다.
나중에 일본의 창가 의미도 포함되어 '唱歌'라는 말로 통합되었다. 일
제에 의해서 唱歌는 학교의 교과목으로 자리 잡으면서 학교교육의 음
악 교과목의 하나를 가리키는 의미로 축소되었다. 특히 「唱歌」과는 조
선인의 일본, 일본인화 하는데 중요한 이데올로기 교과과목으로 위치
하여 조선의 전래 동요를 억제하는 역할까지 하였다.[9]

---

9 일제강점 직전 1910년 5월 20일 學部에서 편찬한『普通敎育唱歌集第一集』에는
1. 2.月 3.달 4.紙鳶과핑이 5.兎와龜 6.蝶 8.移秧 9.공부 10.나아가 11.學問歌 12.
四節歌 13.漂衣 14.지라도 15.親의恩 16.師의恩 17.善友 18.學徒歌 19.植松
20.四時景 21.春朝 22.勸學歌 23.農夫歌 24.修學旅行 25.公德歌 26.運動家
27.卒業式

3. 唱歌교과서 편찬과정

3.1 일본의 편찬과정

1871년 '문부성'이 만들어졌고 이어 다음해 〈學制〉가 반포되었으나 唱歌는 교과목의 이름으로 존재할 뿐 실제로는 유명무실하였다.[10] 메이지明治정부는 이자와 슈지伊沢修二를 1875년부터 78년까지 미국으로 유학시켜 미국의 음악교육을 견문하도록 하였다. 그는 귀국 후 동경사범학교장에 임명되어 唱歌가 교과과정에 빠져있는 원인이 가르칠 교재와 교사가 없다는 것을 인식하고 문부성에 건의하였다. 그 결과 1879년 10월 文部省 음악교육양성소(音楽取調掛 : 東京音楽学校 전신)를 설치하여 음악교사를 양성하고 최초의 관제 창가집(「小学唱歌集 初編」 1881, 「小学唱歌集 제2편」 1883, 「小学唱歌集 제3편」 1884)을 차례로 편찬하였다. 특히 初編이 출판되자 1년도 채 되지 않는 사이에 8천부를 중판하는 등 唱歌에 대한 국민들의 큰 관심을 불러일으켰다. 특히 이자와 슈지는 동양과 서양의 음악을 절충한 신곡을 만들어 장래 국악을 부흥시킬 인재를 양성하려는 이상을 가졌다. 그러나 처음에는 그러한 역량이 부족하여 주로 구미 특히 스코틀랜드민요, 아일랜드민요, 스페인민요, 독일 민요곡에 일본의 가사를 부쳐서 만들었다.

1885년 모리 아리노리森有礼가 文部大臣이 되어 〈小学校令〉을 공포하고 소학교육의 개혁을 단행하였다. 그리고 교과서 검정제도가 확립되면서 많은 민간 검정교과서 등이 차례로 등장하였다. 「明治唱歌」(1888), 「小学唱歌」(1892), 「幼年唱歌」(1900), 「幼稚園唱歌」(1901), 「少

10　海後宗臣・仲新『近代日本教科書 解説篇』講談社, 1969, p.617, 〈学制〉의 제27장 下等小學科에서 "綴字, 習字, 単語등 15개 과목이 나와 있지만 唱歌는 당분간 하지 않는다."고 되어 있다.

年唱歌」(1903년) 등 民間 唱歌集의 전성기였다.

1904년 국정교과서제도가 시행되자 修身, 歷史, 地理, 國語讀本은 국정교과서로 지정되어 문부성이 직접 편찬 하였지만 唱歌는 문부대신의 검정을 받아서 府県 지사가 선택하는 검정교과서에 머물렀다. 그러다가 마침내 문부성이 직접 편찬한 〈唱歌書〉인 『尋常小学読本唱歌』(1910)이 만들었는데 이것은 국정의 『尋常小学読本』 중에 운문으로 작곡한 것으로 각 학년의 교재를 모아서 한권으로 편찬한 것이었다.[11] 이 다음해 문부성은 각 학년에 1권씩 발행된 〈唱歌書〉인 『尋常小学唱歌』(1911-1914) 전6권을 편찬하여 1932년까지 사용하였다. 일제는 만주사변(1931)년 만주사변이 발발하자 국가주의, 군국주의 운동의 강화의 필요성이 대두되어 「新訂尋常小学唱歌」(1932) 전6권을 발행하였다. 이들의 대부분은 『尋常小学唱歌』의 내용에 약간을 신작하여 각 학년에 7곡 정도를 새로 첨가했다.

1941년 〈国民学校令〉이 시행되자 그 이전에는 문부성편찬 교과서와 문부대신 검정교과서 중에서 자유롭게 선택할 수 있었으나 国民学校 제도로 바꿔지자 국가에서 직접 통제하였다. 내용에서도 평화와 자연을 노래하는 가사는 점차 없어지고 尊王과 国家예찬 등의 가사가 중시되었다. 1932년 발행 『新訂尋常小学唱歌』와 다소는 관련이 있지만 대부분 신작이었다. 1941년 『ウタノホン(上, 下)』, 1942년 『初等科音楽 1, 2』, 1943년 『初等科音楽 3, 4』를 발행했다. 그러나 태평양전쟁의 패전으로 말미암아 唱歌는 1, 軍国主義적인 것 2, 超国家主義적인 것 3, 神道와 관계있는 것 등 세가지점을 배제한다는 방침에 제약을 받았다. 1947년 〈신헌법〉에 이어 〈학교교육법〉이 공포되자 종래의 〈国民学校令〉은 폐

11 海後宗臣・仲新(1965) 『日本教科書大系近代編第二十五巻唱歌』 講談社, p.652

지하고, 国民学校에서 小學校로 명칭이 바뀌고, 〈학교교육법시행규칙〉에 의해 새롭게 문부성 음악교과서를 편찬하였다. 1949년부터 민간의 검정교과서 제도가 실행되어 오늘에 이르렀다.

3.2 조선의 편찬과정

창가교과서는 직접 대한제국 學部에서 편찬하지 않고 일본에서 사용한 『尋常小學唱歌』[12](1906)를 수입하여 1908년 '학부인가교과도서'로 지정하여 사용하였다. 이를 통해 사립학교나 민간인들이 사용한 唱歌는 발매가 금지되어 통제했다.

『尋常小學唱歌』는 각 학년에 상중하 3권씩 총12권으로 되어있는데 대부분 『尋常小學讀本』의 내용 위주로 구성 되어있다.[13]

대한제국 學部는 조선에서 사용할 창가서의 편찬 작업에 들어가 1910년 5월 학부편찬 『普通敎育唱歌集 第一輯』을 최초로 발행하였다. 당시는 조선강점 이전이어서 일본 곡들을 아래와 같이 한글로 번역한 것이 대부분이었다.

學問歌가 『新編敎育唱歌集』의 金剛石, 學徒歌가 『鐵道唱歌』의 鐵道歌 그 밖의 農夫歌, 公德歌 등이 대부분의 곡들이 일본의 『唱歌』에서 곡을 가져와 가사만 달리하는 형식으로 포장하여 가르쳤다. 이와 같은 일제의 의도는 조선아동의 정서와 감정을 순화시켜 장차 천황의 신민

---

12 1905년 다무라 도라조(田村虎蔵) (1873—1943) 등이 1895年 東京音楽学校를 卒業하고 25年간 東京高等師範学校에서 教鞭을 잡았다. 특히 言文一致唱歌를 提唱하면서 『尋常小学唱歌』(1905), 『高等小学唱歌』(1906)를 편찬하였다.

13 제1학년 上에는 雛, 花咲爺, 桃太郎, 舌切雀, 제1학년 中에는 一寸法師, 浦島太郎, 才月サマ, 金太郎, 제1학년 下에는 タコ, 雛祭 등 주로 『尋常小學讀本』과 연관된 단원이 많이 수록되어있다. 그러나 제3학년 上에는 谷村計介, 제3학년 中에는 日淸戰爭, 勤勉正直, 貝原益軒 제3학년 下에는 豊臣秀吉, 恩知る犬 등 修身書와 연관된 단원도 함께 들어있다.

으로서 편입시키기 위함이었다고 할 수 있다. 또한 조선아동에게 직접
적인 가사로써 자극한다면 오히려 역작용을 초래할 염려가 숨어있다.
이 당시 일부 민족계 사립학교와 기독교를 중심으로 하는 애국계몽운
동을 저지하려는 목적으로 제목은 같으나 다른 곡을 보급시켜 운동을
약화시키려는 저의도 들어있었다.

　　마침내 일제는 강제병합 후 1911년 8월 〈제1차 조선교육령〉의 발포
에 따라 조선을 통치할 교육 방침이 새롭게 정해지자 새로운 교과서
편찬 작업에 착수하여 1903년부터『修身書』4권(권1과 권2 1903년, 권
3 1904년 10월, 권4 1905년 3월),『普通學校國語讀本』(권1 1912년 12
월, 권2 1913년 1월, 권3 1913년, 권4 1913년, 권5 1914년 3월, 권6 1914
년 12월, 권7 1915년, 3월, 권8 1915년 10월) 등을 편찬 하였다. 강점 이
후 조선총독부는 최초의 음악교과서인『新編唱歌集 全』[14](1914년 3월)
을 일본어가사와 한글가사를 섞어 아래와 같이 편찬하였다.

표 1 〈조선총독부편찬『新編唱歌集 全』〉

목차		창가명	출전	비고
第一篇	一	君がよ		
	二	一月一日		
	三	紀元節		일본 것과 다름
	四	天長節		
	五	勅語奉答		
	六	卒業式		
第二篇	一	雁	小學唱歌	학부 재수록
	二	オ月サマ		학부 재수록
	三	兎卜亀	幼年唱歌(1901)	학부 재수록
	四	ヒライタヒライタ	幼年唱歌(1901)	

14 1권으로 되어있으나 3편으로 나누어 졌다. 이와 같은 형식은 일본에서 國定敎科
　　書에 준하는『尋常小學唱歌』(1906)의 교과서 구성이 각 학년 상중하로 구성된 것
　　을 참고하여 편찬한 것으로 추정된다. 제1편은 學校儀式에 관한 唱歌, 제2편은 一
　　般唱歌, 제3편은 朝鮮唱歌로 구성되었다.

목차	창가명	출전	비고
五	タコ		
六	日ノ丸ノ旗	新訂尋常小學唱歌集	
七	モモタロウ	幼年唱歌(1901)	
八	サクラ	幼年唱歌(1901)	
九	花咲爺		
十	親の恩		곡명 동일 다름
十一	時計		
十二	富士山		
十三	春が来た		
十四	小馬		
十五	田植	新編敎育唱歌集(1896)	
十六	鶴	尋常小學唱歌	
十七	師の恩		곡명 동일 다름
十八	運動會(一)		
十九	運動會(二)		
二十	あさがお		
二十一	菊		
二十二	秋の山	高等小學唱歌	
二十三	雪の朝	少年唱歌	
二十四	正直	高等小學唱歌	
二十五	二宮金次郎		
二十六	職業		
二十七	勤儉		
二十八	養蠶		
二十九	同胞すべて七千萬		
第三篇 一	雁		雁 한글번역
二	달		한국 전래동요
三	兎와亀		兎ト亀 한글번역
四	피엿네피엿네		ヒライタ한글번역
五	紙鳶		タコ 한글번역
六	時計		時計 한글번역

위의 제1편에서 6곡의 儀式唱歌가 수록되어 있다는 점은 일제가 〈조선교육령〉(1911)에 따른 충량한 황국신민 양성에 역점을 두고 편찬했다는 것을 의미한다. 제1편과 2편은 모두 일본어로 되어있으나 제3편에서는 한국의 전래동요인 달을 제외하고는 모두 일본어를 한글로 번

역하여 한글로 싣고 있다. 이는 일본어에 익숙하지 않은 아동에게도 쉽게 일본의 정서를 심어주고자 하는 의도로 볼 수 있다. 곡명의 대부분은 〈修身書〉와 〈國語讀本〉에서 배운 내용을 재차 반복적으로 아동들에게 인식시켜 교육의 극대화를 꾀하고 있다.

통감부기 『唱歌』에 소극적인 자세를 취한 일제는 강점 이후 초등학교에서 필수과목은 아니었지만 학교에서 중요한 교과목으로 자리를 잡아가고 있었다. 구체적인 예는 아래의 통계를 통해 확인 할 수 있다. 전남과 함북을 제외한 1912년 신설공립보통학교에서 필수과목 이외의 교과(『理科』, 『體操』, 『書圖』, 『農業』)로 지정된 과목 중에서 강원도의 11개 학교를 빼고 총 102개 학교에서 91개가 『唱歌』를 선택과목으로 취급하고 있다.[15]

그러나 1919년 3·1운동으로 조선인의 저항에 직면한 일제는 강점 초기부터 유지해온 무단정치를 포기하고 유연한 정책인 소위 문화정치로 변화하기에 이른다. 특히 『唱歌』는 다음해 1920년 1월 각 학년에 1권씩 4권을 편찬하였다. 제 1학년 『보통학교창가서』에는 儀式唱歌로 「기미가요君が代」 하나만 들어있고, 비록 7곡은 일본어가사를 한글로 번역한 것이었지만 나머지는 모두 한글 가사로 8곡이 실려 있다. 제 1학년과정에서는 아직 일본어에 익숙하지 않는 아동을 배려한 것으로 볼 수 있다. 그러나 2학년에는 儀式唱歌로 「기미가요」 외에 「천장절天長節」이 추가되었고 나머지 단원은 모두 일본어 가사의 곡으로 구성되어 있다. 마지막과 17과 「모란대」는 평양의 경치를 노래하고 있다. 제3학년에는 儀式唱歌가 「기미가요」, 「1월 1일」, 「기원절」, 「천장절」, 「칙어봉답」, 「졸업식」으로 강점 초에 발행한 『新編唱歌集』의 儀式唱歌와 똑

---

15 朝鮮總督府(1912) 「신설공립보통학교의 상황」 朝鮮總督府 2권 10호 월보, pp.115-120

같았다. 2「압록강」, 8「경성」, 13「부산항」 등 3개 단원에서 조선과 관계된 단원을 싣고 있다. 제4학년에는 3학년과 같이 儀式唱歌 6개 단원이 『新編唱歌集』 제1편과 같이 등장하고 있다. 다른 점은 조선에 관한 10「정민혁」, 12「금강산」이 새롭게 들어있다는 것이다. 아시아에서 서구문명을 가장 먼저 받아들여 문명개화를 이룬 일본은 내적으로 국민 개개인을 결속시키기고, 또 외적으로 조선을 비롯한 식민지의 통솔을 위해 강력한 제국의 이미지 창출에 주력하였다. 이렇게 만들어진 제국의 이미지를 일본과 식민지 조선의 교과서에 담아 아동들에게 주지시켜 나갔다.

4. 儀式敎育을 통한 식민지 교육

일본에서의 學校 儀式敎育은 1890년 〈교육에 관한 칙어 : 이하 敎育勅語라 함〉의 발포와 함께 본격적으로 시작되었다. 메이지정부는 1873년의 太政官 포고로 오래 동안 민간인에게 전승된 전통적인 5節句[16]를 모두 없애고, 새롭게 元始祭(1월 3일), 紀元節(2월 11일), 天長節(11월 3일) 등으로 바꿔 지정했다. 文部省令 제4호 〈小学校 祝日大祭日 儀式 규정〉(1891. 6. 17) 제1조 4 "학교장, 교원 및 생도는 그 祝日大祭日에 상응하는 唱歌를 합창한다."고 『唱歌』가 학교의식 교육의 장치로 인식되기 시작했다. 1893년 文部省 고시로 '기미가요', '勅語奉答', '一月一日', '紀元節', '天長節' 元始祭, 神嘗祭, 新嘗祭 등 여덟 곡을 祝祭日의 儀式唱歌로 지정했다.

---

16 人日 : 1월 7일, 上巳 : 3월 3일, 端午 : 5월 5일, 七夕 : 7월 7일, 重陽 : 9월 9일

小學校 祝日의 식순은 1. 천황·황후 사진에 대한 경례 2. 兩 陛下에
대한 만세 봉축 3. 학교장의 勅語奉読 4. 교장 훈화 5. 式歌齊唱의 순서
로 진행했다. 그러나 1893년 문부성은 學校儀式이 빈번하면 아동에게
혐오감을 줄 염려가 있다고 판단하여 學校儀式은 3大節(紀元節, 天長
節, 一月一日)로 한정하고 그 밖의 다른 축일은 각 학교에서 임의대로
판단하여 시행하도록 완화했다.

1900년 3大節(1927년 明治節이 포함되어 4大節이 됨)의 學校儀式
순서는 1. '기미가요' 제창 2. '천황사진'에 대한 경례 3. 勅語奉読 4. 교
장 훈화 5. 式歌齊唱의 순서로 개정되어 정착되었다. 兩陛下에 대한 만
세 봉축이 없어지고 대신 唱歌인 '기미가요' 제창을 넣음으로써 아동
에게 唱歌의 중요성이 인식되었다. 특히 일사분란하게 노래를 합창함
으로써 천황과 국가에 대한 충성심을 불러일으키게 하였다. 1891년 최
초로 學校儀式敎育 시스템이 만들어 진 후, 청일·러일전쟁의 국가 위
기 상황과 겹치면서, 애국심이란 바로 국가와 천황에 충성하고 멸사봉
공하는 것을 의미하였다. 이를 위해 장차 충량한 신민으로 육성시키기
위해 학교를 중심으로 學校儀式 교육이 점차 정착되어 갔다.

이와 같은 學校儀式 교육은 일제가 조선을 강점한 이후 학교에서 가
장 빨리 도입하여 실행에 옮긴 정책 중의 하나였다. 1910년 8월 일제
강점 이후 조선총독부 내무부 학무국에서는 10월 '祝祭日略解'를 만들
어 전국의 학교에 배포하여 아동들에게 다음과 같이 가르칠 것을 아래
의 내용에서 확인 할 수 있다.

축제일에는 천황이 궁중에서 제사를 행하고 각종 관청과 학교에서는
휴업을 하고, 일반 인민은 집집마다 국기를 게양하여 예의를 표한다.
지금 조선에서도 내지(일본)와 동일하게 이 예와 같이 행할 것이나 병

합 후 시일이 얼마 안 되어서 제국 축제일의 의의에 대해 잘 알지 못 할 것이다. 이에 〈축제일약해〉를 제작하여 주의정정표에 첨부하여 학교직원의 참고에 도움이 되고자 하니, 직원은 이를 숙독하여 학원 학도에게 그 요령을 교수할 것은 물론이거니와 주위의 일반인들에게도 축제일의 의의를 설명하도록 하라.[17]

이처럼 일제강점 초기에는 일본의 축제일에 관한 아동과 일반국민의 인식은 매우 희박했다. 따라서 일제는 조선의 대대로 내려온 왕실이나 국가의 중요 행사를 일본 천황의 행사로 대치시키기 위해서 가장 빠른 방법으로 아직 조선의 풍습에 물이 덜든 아동을 교육시키는 것이 급선무로 판단하였다. 또한 성인들에게도 아동들의 학교교육을 통해 간접적으로 교육시키려는 의도아래, 일제는 덕육교육의 핵심 과목이라 할 수 있는 『普通學校修身書』와 『唱歌』를 양축으로 學校儀式教育을 정착시켜 나갔다. 이는 일제가 강점 이후 최초 편찬 음악교과서인 『新編唱歌集 全』에서 제1편이 1. 「기미가요」, 2. 「1월 1일」, 3. 「기원절」, 4. 「천장절」, 5. 「칙어봉답」, 6. 「졸업식」이 제일먼저 나와 있는 것에서도 확인 할 수 있다. 두 번째에 편찬된 『普通學校唱歌書』의 1, 2학년에서는 「기미가요」만 3, 4학년에서는 1. 「기미가요」, 2. 「1월 1일」, 3. 「기원절」, 4. 「천장절」, 5. 「칙어봉답」, 6. 「졸업식」이 그대로 들어있다는 것으로도 儀式教育의 중요성을 알 수 있다. 또한 4기에는 『미쿠니노우타 御国の歌』라는 단독 唱歌書를 편찬 할 정도로 일제는 조선아동의 儀式教育을 위해 가장 중심과목으로 『唱歌』를 위치시켰다.

그러나 일제는 조선아동에게 자국의 역사를 가르치는데 한계가 있

17 內務部學務局(1910) 「教授上ノ注意幷二字句訂正表 附錄 祝祭日略解」, pp.34-38

음을 깨닫고 「기원절」의 곡은 일본아동이 사용하는 가사내용을 아래
와 같이 달리하여 가르치는 치밀함을 나타내고 있다.

> 雲に聳ゆる 高千穂の、 高根おろしに、 草も木も、
> なびき伏しけん 大御世を、 仰ぐ今日こそ、 たのしけれ。
> 구름에 솟아오른 다카치호의 / 재 넘어 부는 바람에 풀도 나무도
> 나부껴 엎드리는 천황의 치세를 / 우러르는 오늘이야 말로 즐거워라
>
> 〈문부성편찬 창가〉

> 1. 천대만대에 걸쳐 흔들림 없이 / 나라의 근간을 세우셨네
>   드높은 위광을 우러러보며 / 축하하라 모든 이여, 오늘 이날을
>
> 〈(上)-「紀元節」, p.49〉

이와 같은 가사내용에서 알 수 있듯이 총독부편찬 『唱歌』의 가사는
기원절의 역사성이나 지명을 가능한 피해서 단순히 이날이 아동에게
즐겁고 축하하는 날임을 깨닫게 하고 있다. 일제의 식민지 교육정책은
세심한 부분까지도 철두철미하게 분석하고 계획을 세워서 조선 아동
의 정서와 역사까지도 고려하여 치밀하게 진행했음을 알 수 있다.

5. 인물중심의 修身敎育과 唱歌

메이지정부는 주도면밀한 계획아래 공교육을 통해 아동을 미래의
忠良한 臣民으로 육성하기 위해서 가장 모범적인 인물을 교과서에서
만들었다. 그 대표적인 인물이 바로 니노미야 긴지로二宮金次郞[18]이였다.

그는 부모에게 항상 순종하고 열심히 일하는 이상적인 臣民의 모습 즉 착한 어린이의 표상이었다.

일본아동의 모범적인 착한 어린상인 니노미야 긴지로를 그대로 식민지 조선에서도 우상으로 아동에게 인식시키기 위해, 통감부시대 學部에서 편찬한『보통학교수신서』에서 〈學部-(2)-13〉「尊德(一)」[19], 〈學部-(2)-14〉「尊德(二)」라는 단원명으로 등장시켰다. 이후 니노미야 긴지로는 조선총독부 편찬『보통학교수신서』에서 매 기수마다 한 번도 빠지지 않고 등장하는 일본인으로 메이지천황보다 오히려 많이 등장시켰다. 〈學部-(2)-13〉「尊德(一)」에서는 손토쿠가 12세 때 아버지를 대신하여 하천개수 공사에 나가서 마을 사람들에게 짚신을 나눠주는 내용이 삽화와 함께 기술되어 있다. 〈學部-(2)-14〉「尊德(二)」에서는 일하면서 공부하여 손토쿠가 훌륭한 유학자가 되었다고 삽화와 함께 다음과 같이 마무리 하고 있다.

尊德은 이와 又치 伯父의 家事를 助力호서 各種書冊을 닑으며 文字와 算術을 習호야 學問이 高明혼 碩儒가 되야 至今도 神社에 祭祀호나니라.

〈學部-(2)-14〉「尊德(二)」

---

18 大藤修(1995)「二宮尊德」『日本通史』제15권, p.336 니노미야 긴지로의 이름은 '金次郎'라고 알려졌으나 父親이 지어준 원래 이름은 '金治郎'이다. 오다와라(小田原)蕃에 등용할 때 관리가 잘못 기입하여 정착되었다. 즉 公人으로서의 이름은 '金次郎', 私人으로서의 이름은 '金治郎'라 불렸다. 후세에 '金次郎'라는 이름이 유포된 데에는 1883년 제자인 도미타 다카요시(富田高慶)가 쓴『報徳記』에서 불러지면서『小學唱歌』와『修身書』에 답습되었다. '尊德'라는 이름은 그가 57세에 幕府에 등용될 때 정식이름으로 '다카노리'로 썼지만 후세 사람들이 'そんとく'로 불렀다. 이는 마치 호와 같은 느낌이 들고「報徳」에 대응되는 단어로 정착되었다.

19 〈學部-(2)-13〉「尊德(一)」은 學部編纂 修身書-2학년-13과「단원명」을 나타낸다. I 는 朝鮮總督府編纂 普通學校修身書 제1기를 나타낸다.

이와 같이 '손토쿠가 니노미야 신사에 모셔져 있다'는 문장을 넣어
손토쿠처럼 열심히 일하면 아동에게 신사에 모셔질 수 있다고 기술하
고 있는데, 이는 이미 통감부기부터 아동에게 인식시켜왔던 것이다.
일제강점 이후 편찬된 『보통학교수신서』에서 손토쿠가 등장하는 마
지막에 단원에는 대부분 손토쿠를 니노미야 신사에 모셔졌다는 것으
로 마무리하고 있다.

일본문부성에서 편찬한 『尋常小學修身書』가 손토쿠의 어린 시절에
한정해서 기술하고 있는데 반해, 『普通學校修身書』 제Ⅰ기는 손토쿠
의 전기를 싣고 있는 점이 다른 점이다. 〈Ⅰ-(3)-3〉 「니노미야 손토쿠
(1)효행」에서는 손토쿠가 14살 때 어머니에게 효도를 다한 내용으로
등장하고, 〈Ⅰ-(3)-4〉 「니노미야 손토쿠(2) 근로」에서는 12살 때 부모
를 대신하여 하천개수공사에 나간 것을 기술하고 있다. 그리고 〈Ⅰ
-(3)-5〉 「니노미야 손토쿠(3) 수학」에서는 16살 때 백부 집에서 일을
끝내놓고 밤에 혼자 공부하는 내용과 삽화가 함께 나와 있으며, 〈Ⅰ
-(3)-6〉 「니노미야 손토쿠(4) 저축」에서는 손토쿠가 20세 때 고향집으
로 돌아와 자신의 집을 수리하고 열심히 일하여 조그마한 논을 구입하
여 혼자 자립한다는 내용이다. 〈Ⅰ-(3)-7〉 「니노미야 손토쿠(5)공익」에
서는 마지막 단원으로 손토쿠가 마침내 훌륭한 사람이 되었다는 것과
그를 기리기 위해서 니노미야 신사가 세워졌다는 것으로 마무리 하고
있다. 이를 강조하기위해서 니노미야 신사의 삽화와 함께 다음과 같이
기술하고 있다.

> 손토쿠(尊德)는 죽고 난 다음 메이지천황 시대에 이르러 조정으로부터
> 높은 지위를 받았습니다. 니노미야신사二宮神社는 손토쿠를 모신 신사입
> 니다.   〈Ⅰ-(3)-7〉 「니노미야 손토쿠(5)(공익)」

이처럼 조선아동에게 손토쿠처럼 근검하고 열심히 일하면 사후에
도 메이지천황으로부터 높은 지위를 받을 수 있다고 아동에게 주입시
켜 장차 조선아동의 모범상으로 만들려는 의도를 나타냈다.

니노미야 긴지로가 최초로 『唱歌』에 등장하는 것은 『新編唱歌集』
제2편 25의 「니노미야 긴지로」이다.

1. 땔나무하고 새끼를 꼬고 짚신을 삼아
   부모 일손 거들며 동생을 돌보며
   형제가 사이좋게 효행을 다하는
   모범은 니노미야 긴지로
2. 고생을 마다않고 일하는 데 힘쓰고
   밤일을 끝내고 습자와 독서를
   바쁜 중에도 꾸준히 공부하는
   모범은 니노미야 긴지로
3. 가업을 중히 하고 낭비를 줄여
   사소한 것이라도 소중히 여겨
   마침내 출세하여 백성까지 구제하는
   모범은 니노미야 긴지로   〈(上)-「二宮金次郎」, p.109〉

이처럼 일제는 『普通學校修身書』에서 배운 니노미야 긴지로를 바람
직한 인물상으로 조선아동에게 확실하게 인식시키기 위해 『唱歌』를
통해 반복해서 가르치고 있다. 니노미야 긴지로와 가장 유사한 조선인
물을 설정하여 조선아동에게 각인시키기 위해 교과서에 등장한 인물
이 바로 정민혁이다. 그는 조선총독부편찬 『普通學校唱歌書』(1920)에
서 조선인으로는 최초로 「정민혁」을 다음과 노래로 가르치고 있다.

1. 아침에는 산에서 땔감을 하고 / 저녁에는 마을에서 짐을 나르며
   어린 몸으로 일하여 / 어머니를 봉양하는 기특함이여
2. 부유해지고 가문이 번창해져도 / 부모가 살아계시던 그 시절을
   언제나 잊지 않고 검소하게 / 살아가는 마음의 단정함이여
3. 가난한 자나 병든 자를 / 위로하고 도와주려고 물품을 건네니
   타의 모범으로 지금도 여전히 / 존경받고 있는 고귀함이여

〈(上)-「鄭民赫」, p.319〉

　정민혁이 최초로 등장하는 것은『普通學校唱歌書』이전에『普通學校修身書』에 먼저 등장하였다. 〈Ⅰ-(4)-12〉「정민혁(1)(효행)」, 〈Ⅰ-(4)-13〉「정민혁(2)(근검)」으로 제Ⅰ기에 등장하는 전체 3명(정민혁, 강호선, 여동현의 처)의 조선인 중에서 가장 대표적인 인물이라 할 수 있다. 3학년에서 3·4·5·6·7과 연속해서 등장하는 니노미야 긴지로와 가장 유사한 인물인 정민혁을 선택하여 일본아동과 동질성을 꾀하고자 했다.
　이와 같은 형태는 일제가『보통학교수신서』에 등장하는 조선의 인물을 가르칠 때, 이해를 돕기 위해 같은 덕목으로 나오는 일본인을 매개로 하여 아동에게 가르치는 예를 교사용에서 찾을 수 있다. 〈Ⅱ-(4)-2(교사용)〉「공부」에 나오는 주인공은 이율곡이지만 전에 학습한 니노미야 긴지로를 상기시켜 아동들에게 아래와 같이 재인식시키고 있다.

　긴지로는 여러분이 아는 것처럼 대단히 효행이 있는 사람이지만 지금 이야기 하려고 하는 이율곡도 대단히 부모에게 효행한 사람입니다. 율곡은 5살 때부터 어머니가 중병에 걸려서 대단히 걱정하여 몰래 사당에 가서 어머니 병이 낫도록 빌었습니다. 〈Ⅱ-(4)-3(교사용)〉「효행」

지금 이야기 하고자 하는 김종린도 긴지로처럼 매우 열심히 일하여 마
침내 입신출세하여 집안을 일으켰습니다.   〈Ⅱ-(4)-7(교사용)〉「자조」

니노미야 긴지로와 어떤 점이 닮았습니까? 또 박운암이 서당에 가서 학
문을 할 때, 친구가 여러 가지로 시기하여 운암이 열심히 공부하는 방
해했지만 운암은 이것을 피해서 산 속으로 들어가서 열심히 독서를 하
였다.   〈Ⅱ-(6)-18(교사용)〉「학문」

니노미야 긴지로와 강호선이 비슷한 점을 이야기 하여라
                                   〈Ⅰ-(3)-19(교사용)〉「강호선(근검)」

이상과 같이 일본인의 모델인 니노미야 긴지로를 통해서 이율곡(공
부, 효행), 김종린(자조), 박운암(학문), 강호선(근검)의 조선인 4명의
인물을 형상화하고 있다. 이처럼『보통학교수신서』에서는 니노미야
긴지로를 모델로 하여 니노미야와 같은 덕목을 가진 조선의 인물을 오
버랩 시킴으로서 아동에게 예화를 쉽게 이해시키고 있다. 따라서 아동
은 부모에게 효도하는 사람하면, 이율곡과 동시에 긴지로의 모습이 겹
쳐지게 됨으로서 아동의 일본인화가 자연적으로 진행되게 했다는 것
을 알 수 있다.
  이처럼 일제는『唱歌』와『修身書』에 등장하는 니노미야 긴지로와
유사한 정민혁을 통해서 식민지 조선아동의 우상을 창출하여 장차 많
은 신민으로 육성하고자 했다.

6. 결론

「唱歌」는 일본의 근대화의 과정에서 다른 교과에 비해 상당히 늦게 정착하였다. 국민을 빠른 시일에 근대국가의 국민으로 양성하고자 국어 습득(읽기, 쓰기, 말하기, 듣기)에 중점을 둔 「國語」와 천황의 충량한 신민양성을 위한 이데올로기 교재인 「修身」에 치우쳐 있었기 때문이다. 메이지 초기의 「唱歌」는 교과목으로 편성되었을 뿐 실제로 학교교육에서 주목을 받지 못한 과목이었다. 그러나 〈教育勅語〉(1890)의 발포에 따른 學校儀式教育의 행사로서 정착되어 「唱歌」의 중요성이 점점 인식되기 시작하였다. 이후 청일과 러일전쟁의 승리 후 1904년 마침내 국정교과서가 발행되자 「唱歌」에 대한 인식이 달라지면서 『尋常小学唱歌』(1906)를 편찬하였다. 이를 통해 「唱歌」는 예능과목의 하나가 아니라 전체 교과목을 마무리하는 중요한 과목으로 자리 잡게 되었다. 시대의 변천에 따라 단원이 새롭게 첨가되었으나 가능한 기존의 「唱歌」는 그대로 싣고 있다는 것이 특징이라 할 수 있다.

한편 조선에서의 창가는 개화기 서양의 음악과 교회를 중심으로 하는 讃美歌(찬송가)의 보급에 의해 국민들 사이에 퍼져나갔다. 그러나 일제의 강점에 따라 창가는 다양한 음악 장르의 형태에서 분리되어 학교교육의 「唱歌」과목으로 축소되어 갔다. 또한 일제는 「唱歌」를 「修身」, 「國語」 등 교과목을 이해시키는데 가장 긴요한 과목으로 변용시켰다. 특히 일제강점 초기 일제는 「唱歌」를 독립적인 과목으로 존재한 것 보다 조선인을 일본으로 빨리 동화시키기 위한 보조수단으로 일본의 정서를 심는데 주력하였다. 이를 통해 조선인의 정서를 없애고 일본, 일본인으로 바꾸려는 의도에서 學校儀式教育을 철저하게 실시하였다.

일제의 동화정책의 핵심은 니노미야 긴지로와 같이 일에만 몰두하면서 공부하는 근로를 강조하는 것이었다. 또한 조선아동과 동등한 아이덴티티를 가지는 정민혁을 등장시켜 조선아동의 이해를 촉진시켜 나갔다. 일제는 강점초기부터 철저한 동화주의 정책을 보통학교의 조선아동에게 실시했고 그 중심에선 과목이 〈修身書〉와 〈唱歌書〉였음을 본 연구를 통해 확인 할 수 있었다.

제국의 식민지 창가

II. 1940년대 〈國語〉〈修身〉〈音樂〉의 식민화 교육 연계성 考察*

사희영

1. 序論

교과서란 학교에서 교과 과정에 따라 학생들을 가르치는데 주된 교재로 사용하기 위해 편찬한 책을 의미하는 것으로, 교과서를 매개체로 하여 교사의 주도하에 학습목표를 달성하는 중요한 수단이라 할 수 있다.

고구려의 경당局堂에서 천자문을 교재로 사용한 것을 시작으로 교과서는 교육정책에 따라 변화를 거듭하며 변천되어 왔다. 최초의 근대 교과서로는 1895년에 편찬된 『국민소학독본國民小學讀本』을 들 수 있다. 이후 1908년 학부에서 〈교과용 도서 검정규정〉을 공포하고 교과서를

* 이 글은 2012년 12월 한국일본어교육학회 『日本語敎育』(ISSN : 2005-7016) 제62집, pp.311-328에 실렸던 논문 「1940년대 초등교과서의 식민화 교육 연계성 考察 -朝鮮總督府 編纂〈國語〉·〈修身〉·〈音樂〉을 중심으로-」를 수정 보완한 것임.

통제하면서 조선총독부 학무국이 주관하여 국정교과서를 편찬하였
고, 교육정책 변화와 함께 교과서도 내용을 달리하며 편찬되었다.

한국에서 발간된 1940년대 조선총독부 편찬 초등학교 교과서는 문부
성 편찬 교과서를 기준으로 하여 상당부분 동일한 단원이 자리하고 있다.
이시기의 초등학교 교육은 계열을 중심으로 한 통합교과과정으로 나눠
져 있었다. 그러나 각 과목들은 타 교과목들과 연계되어 교육되었다.

지금까지의 근대 교과서 연구를 살펴보면 교육제도를 통사적으로
다룬 연구[1], 식민지 교육정책에 대한 연구와 교육령 중심의 연구[2] 그리
고 식민지 교육정책에 대항해 이루어진 민족 민중교육 연구[3]가 대부분
이다. 한편 최근의 연구로서 괄목할만한 것으로는 일본 학술진흥회의
지원으로 이뤄진 일본의 식민지와 점령지 교과서를 비교하는 연구를
들 수 있다. 동시기 여러 나라 교과서의 비교연구로서는 큰 의미가 있
으나, 조선 외에 6개국 교과서 전체를 연구대상으로 하다 보니 교과서
내용의 구체적인 분석에는 미치지 못하고 있으며 각 교과목간의 비교
연구도 이뤄져 있지 않다.[4] 동시기에 발간되어 사용된 타 교과목 교과
서들과의 비교연구는 전무하다고 할 수 있다.

논자는 1940년대 발간된 〈音樂〉 교과서를 살펴본 결과 〈國語〉 및 〈修
身〉 과목교과서와 공통된 단원이 상당수 배치되어 있는 것을 확인하게

---

1 김봉수(1984) 「한국 근대학교 성립이후 초등교원 양성 교육과정 변천에 관한 연
   구」, 서울교육대학 및 박인규(1993) 「근대적 초등교원양성제도의 연구」, 경성대
   학교 교육대학원 석사논문 외 다수
2 김재우(1987) 「조선총독부의 교육정책에 관한 분석적 연구」 한양대학교 대학원
   박사논문 및 박건영(1990) 「일제 식민지하의 초등교육정책에 관한 연구」 부산대
   학교 교육대학원 석사논문 외 다수.
3 김응수(1990) 「일제식민지 교육정책과 민족교육운동 연구」 인천대학교 교육대
   학원 석사 청구.
4 정재철(2009) 「일본 식민지·점령지 교과서에 관한 종합적 비교 연구」 韓國敎育
   史學. 제31권 제2호

되었는데, 공통단원이 존재한다는 것은 이 시기의 교과서들이 서로 연관성을 갖고 있다는 것을 의미하는 것이다. 동시기에 발행된 〈音樂〉과 〈國語〉 및 〈修身〉 과목과의 연계성을 살펴보는 작업은 당대의 교육목적을 보다 명확히 파악하는 필요한 작업이라 할 수 있을 것이다.

따라서 본고에서는 1940년대 조선총독부 편찬 〈音樂〉과 〈國語〉 그리고 〈修身〉교과단원의 내용을 비교 고찰하여, 공통된 단원을 통해 구축하고자 한 교육의도와 세 교과목에서 중점을 두었던 부분을 살펴봄으로써 세 교과목의 연계성을 파악해보고자 한다. 이러한 작업을 통해 그간 명확하게 제시하지 못했던 일제강점기 식민지교육 담론을 구체적으로 뒷받침하는 또 다른 실증적 자료로 제시하고자 한다.

2. 朝鮮總督府 편찬 〈音樂〉·〈國語〉·〈修身〉 교과서 구성

당시 國民學校라 칭해지던 초등학교의 교육은 계열을 중심으로 國民科, 理數科, 體鍊科, 藝能科, 職業科 등 5개과의 통합교과과정으로 나눠졌으며 이는 다시 관련된 몇 개의 과목으로 세분되어있었다.[5] 이러한 각 교과들은 다른 교과와 연계성을 맺으며 같은 학년의 각각의 교과서 단원으로 설정되어, 수업시간을 통해 타교과목의 보조적이거나 혹은 병행적 수업으로 이루어 졌다. 특히 國民科와 관련한 藝能科의 수업에 대해 서술한 것을 살펴보면,

---

5 國民科는 修身·國語·國史·地理로, 理數科는 算數·理科, 體鍊科는 體操·武道, 藝能科는 音樂·習字·圖畵·工作·家事·裁縫, 職業科는 農業·工業·商業·水産의 과목으로 구성되어 있었다.

藝能科는 국민적 정조를 순화하여 고아한 취미를 함양하는 것을 목적으로 한다. 따라서 국민적 감동을 통해 국민정신을 함양하는 國民科와는 무엇보다 밀접한 관계가 있다. 특히 도덕적 정조를 도야陶冶하여 국민의 품위를 높이고, 또 가정생활의 미풍양속을 선양하여 부덕婦德 함양에 이바지하는 점에 있어서 관계가 깊은 것이다. 더욱이 國民科의 교과내용을 작업화 하여 체득하게 함으로써, 그 감상이나 이해를 철저히 하고 表現力을 정련하는데 공헌하는 점이 크다.[6]

고 적고 있다. 이 서술은 국민정신을 함양시키는데 목적을 둔 國民科에 해당된 〈國語〉와 〈修身〉 과목이 〈音樂〉과 얼마나 밀접한 관계가 있는지를 확인할 수 있는 부분이다. 결국 〈國語〉와 〈修身〉에서 배운 내용을 내면으로 체득화 시키는데 이용된 교과가 〈音樂〉이라는 결론을 얻을 수 있는 것이다.

세 과목의 연계성을 보다 정확히 파악하기 위해 제Ⅴ기에 해당하는 〈音樂〉·〈國語〉·〈修身〉의 구성과 출판시기는 〈표1〉과 같다.

〈표 1〉 조선총독부 편찬 제Ⅴ기 〈音樂〉·〈國語〉·〈修身〉 교과서 구성

학년	학기	창가서명	단원수	國 語	단원수	修 身	단원수
1학년	1	ウタノホン一年 (1942)	20	よみかた一年(上) (1942)		ヨイコドモ 一年(1942)	21
	2			よみかた一年(下) (1942)	25		
2학년	1	ウタノホン二年 (1942)	20	よみかた二年(上) (1942)		ヨイコドモ 二年(1942)	20
	2			よみかた二年(下) (1942)	25		

6　朝鮮總督府編纂(1942)『ウタノホン』二年 敎師用, p.11

학년	학기	창가서명	단원수	國語	단원수	修身	단원수
3학년	1	初等音楽三年 (1943)	22	『初等國語』三年 (上)(1943)	24	初等修身 三年(1943)	20
	2			『初等國語』三年 (下)(1944)	24		
4학년	1	初等音楽四年 (1943)	22	『初等國語』四年 (上) (1943)	23	初等修身 四年(1943)	21
	2			『初等國語』四年 (下)(1943)	24		
5학년	1	初等音楽五年 (1944)	22	『初等國語』五年 (上)(1944)	20	初等修身 五年(1944)	22
	2			『初等國語』五年 (下)(1944)	21		
6학년	1	初等音楽六年 (1944)	22	『初等國語』六年 (上)(1944)	20	初等修身 六年(1944)	22
	2			『初等國語』六年 (下)(1944)	22		
합계			128		228		126

먼저 세 교과목 중 조선총독부 편찬 제Ⅴ기 〈國語〉교과서의 경우는 1942년에『よみかた』一年・二年(下) 2권[7]을 시작으로 모두 10권으로 출판되었으며, 총228단원으로 구성되어 있다. 1940년대에 조선에서 이뤄진 〈國語〉교육은 일본어를 國語化한 일본어교육으로, 당시의 〈國語〉교육은 조선(인)을 일본(인)화 하기위해 다양한 장르의 문체를 이용하여 황국신민의 마음가짐을 주지시킴으로써 황국군인으로 성장시키는 교육[8]이었다.

다음으로 도덕교과서에 해당하는 조선총독부 편찬 〈修身〉 교과서는

---

7 다른 시기에 발행된 교과서를 기준으로 볼 경우 一年(上)은 목차가 없이 삽화가 곁들어진 가나 입문 교과서일 것으로 추정되나 수합하지 못한 상태이고, 二(上)도 누락된 상태로 제Ⅴ에 발행된 1, 2학년 국어 교과서는 총4권으로 추정된다.

8 사희영・김순전(2011)「1940년대 '皇軍' 養成을 위한 한일「國語」교과서」「日本研究」제16집, p.247

1942년 「ヨイコドモ」一年, 二年 2권을 비롯해 총 6권으로 출판되었으며, 단원구성을 살펴보면 총 126단원이다. 이시기에 간행된 〈修身〉교과서는 국가에 대한 국민의 의무와 같은 국가주의 담론이 담겨져 식민지인의 사상을 통제하는 수단[9]으로서 이용되었는데, 특히 황국신민다운 덕성을 함양하고 황국의 도의적 사명을 자각하여 일제를 위해 충성하게 하는 메시지[10]를 담고 있다.

마지막으로 조선총독부 편찬 제Ⅴ기 〈音樂〉교과서는 1942년에 『ウタ ノホン』一年・二年을 시작으로 모두 6권으로 출판되었다. 구성을 보면 의식창가[11]를 제외하면 전체 128단원으로 되어있다.

다른 시기에 편찬된 음악교과서인 〈唱歌〉교과서의 경우도 그렇지만, 특히 이시기에 발간된 〈音樂〉교과서는 다른 교과 과목과 연계하여 지도할 것을 명시하고 있기도 하다. 이와 관련된 부분을 교사용 지침서에서 찾아보면 다음과 같다.

음악지도의 목적을 달성하기 위해서는 藝能科 음악의 독자적인 특색을 충분히 발휘함과 함께 한편으로는 타 교과 및 교과목과의 관련을 충분히 중시하여 아동의 실제생활에 적합하도록 신경을 써야한다. (중략) 國民科 修身・國語, 藝能科 圖畫・工作 등은 직간접으로 관계가 깊으므로 항상 이것들과의 관련을 중시하여 철저를 기하는 것이 중요하다. (중략) 창가 유희로서, 혹은 행진 등의 단체행동에 음악을 이용하는 등

9 구자황(2004) 「'讀本'을 통해본 근대적 텍스트의 형성과 변화」 상허학보 13집, p.232
10 김순전 외(2009) 『제국의 식민지수신』 제이앤씨, p.334
11 의식창가로 3・4학년은 「君が代」, 「勅語奉答」, 「天長節」, 「明治節」, 「一月一日」, 「紀元節」가 있으며, 5학년은 앞의 의식창가 6곡에 「昭憲皇太后御歌」와 「金剛石・水は器」가 추가되어 있으며, 6학년은 의식창가 6곡에 「明治天皇御製」가 추가되어 있다.

體鍊科 체조와 藝能科 음악을 종합적으로 다루는 경우가 매우 많으므로, 이방면에 대해서는 특히 주의하지 않으면 안 된다. 특히 학교에서의 의식, 행사와의 관련을 중시하여 음악을 학교에서 이뤄지는 아동의 실제생활과 종합하여 철저를 기하는 것이 중요하다.[12]

위에서 알 수 있듯이 〈音樂〉 수업은 음악적인 특색을 가르치는 것과 함께 國民科 및 藝能科 등 다른 교과와 관련한 교육을 시키도록 하고 있으며, 體鍊科의 체조와 함께 음악을 병합해서 지도함으로써 학교에서 행해지는 의식행사와 연관된 교육을 실시하도록 언급하고 있다. 이 시기의 體鍊科의 체조는 신체의 성장·발달을 조장하고 건강과 체력을 증진시키는 체조가 아닌 군대식 전투훈련과 같이 목검을 들고 하는 일본 무사도를 강조한 학교검도이거나 황국신민체조[13]였다. 일제의 교육시책으로 태평양전쟁에 맞춰 아동에게 실시된 집단적인 이러한 군대식체조는 음악과 결합되어 조직력과 규율성을 강화시키는데 이용된 것으로 볼 수 있다.

위에서 살펴보았던 體鍊科의 체조가 〈音樂〉과 결합되어 외적인 부분을 통제하는 양상으로 표출되었다면, 〈音樂〉은 國民科의 〈國語〉와 〈修身〉 교과서의 보조적 자료로서 내적인 부분인 정신적 세계를 통제하는 양상으로 표출되었다고 할 수 있다. 실제 이 시기에 발간된 세 교과서는 일제의 조선교육정책에 맞추어 동시기에 간행된 교과서로 음악과 음악적 경험들이 아동에게 미치는 영향력[14]을 의식한 것이라고 생각된다.

---

12 朝鮮總督府編纂(1942)『ウタノホン』一年 敎師用, p.50
13 조선총독부가 1937년 8월 제정한 것으로, 학생뿐만 아니라 전 국민에게 실시하도록 하였다. 라디오 시보에 맞춘 라디오체조와 유사한 체조로 맨손체조, 職業科의 실습시간에 만들도록 하여 이용한 목검체조 등이 있다. 강영심외5인(2008)『일제시기 근대적 일상과 식민지 문화』이화여자대학교 출판부, p.117 참조.
14 플라톤은 음악적 경험들을 국가와 사회가 필요로 하는 합리적인 인간이 되도록

동시기에 간행된 세 교과서를 비교하여 공통된 단원을 분석해봄으로써 〈音樂〉 교육의 실체를 보다 명확하게 파악할 수 있을 것으로 사료되어, 위의 세 교과서의 공통된 단원을 도출한 것이 〈표 2〉이다.

〈표 2〉 조선총독부 편찬 〈音樂〉·〈國語〉·〈修身〉 공통단원

학년	音樂	단원수	과목	단원	단원수	공통단원	공통
1학년	ウタノホン一年 (1942)	20	國語	「기차놀이キシャゴッコ」, 「희미한 저녁놀ユウヤケコヤケ」, 「병사놀이ヘイタイゴッコ」	6/25	「일장기ヒノマル」, 17과 「정월正月」, 20과 「비행기ヒカウキ」	3
			修身	「학교ガクカウ」, 「병아리ヒヨコ」	5/21		
2학년	ウタノホン二年 (1942)	20	國語	「후지산富士ノ山」, 20과 「날개옷羽衣」	2/25		X
			修身	「나는 2학년ワタシハ二年生, 3과 「오월명절五月ノセック」, 11과 「소풍エンソク」, 17과 「병사兵たいさん」	4/20		
3학년	初等音樂三年 (1943)	22	國語	「하늘의 동굴天の岩屋」, 8과 「군견 도네軍犬利根」, 9과 「가을秋」, 11과 「마을축제村祭」, 13과 「다지마모리田道間守」, 14과 「잠수함潜水艦」, 16과 「군기軍旗」, 18과 「얼음지치기氷すべり」, 22과 「세용사三勇士」	9/48		X
			修身		0/20		
4학년	初等音樂四年 (1943)	22	國語	「기차놀이機械」, 5과 「지하야성千早城」, 9과 「가을하늘秋の空」, 13과 「히요도리고에ひよどり越」, 18과 「히로세 중령廣瀬中佐」	6/47	「야스쿠니신사靖国神社」	1
			修身	「노구치 히데요野口英世」, 8과 「야마다 나가마사山田長政」, 20과 「아홉 용사九勇士」	4/21		

하는 교육적 매개물로 보고, 인간사회의 도덕적 윤리적인 면에서 지대한 영향력을 발휘하는 것으로 간주하고 있다. 민경훈 외 11인(2010) 『음악교육학 총론』, 학지사, pp.47-50.

학년	音樂	단원수	과목	단 원	단원수	공통단원	공통
5 학 년	初等音樂五年(1944)	22	國語	「대일본大八洲」	1/41		X
			修身	「다치바나 중령橘中佐」과 22과 「야마모토 원수山本元帥」	2/22		
6 학 년	初等音樂六年(1944)	22	國語	「누나姉」, 4과 「일본해 해전日本海海戰」, 5과 「맑음晴れ間」, 12과 「우리 백성들御民われ」, 13과 「금강산金剛山」, 21과 「태평양太平洋」	6/42		X
			修身	「소년산업전사少年産業戰士」, 20과 「일본도日本刀」	2/22		
계		128		國語	30/228		4
		128		修身	17/126		
합계		128			47/354		4

위의 표를 참고해 보면 3학년 〈音樂〉과 〈國語〉의 공통단원은 9/22단원이나 차지하고 있으며, 〈修身〉과의 공통단원은 1학년이 가장 많은 5/20단원을 차지하고 있다. 세 과목에 공통으로 들어있는 단원은 1학년이 3단원, 4학년이 1단원이다.

1학년 공통단원들을 살펴보면 『ウタノホン』一年은 〈國語〉와 6단원, 〈修身〉과 5단원으로, 세과목 모두 공통인 단원은 3단원이다. 1학년의 경우는 지식적인 관념과 도덕적인 관념에 거의 같은 비중을 두고 있다. 1학년 아동을 교육하는데 사용된 세 교과서는 학교와 놀이에 관한 단원을 서로 연계시켜 교육하고 있었다. 또 같은 학년은 아니지만 1학년 8과의 「씨뿌리기タネマキ」가 〈修身〉 2학년 6과 「이웃사람ギンジョノ人」에도 등장하는 등 〈音樂〉교육은 〈國語〉 및 〈修身〉과 병행하는 교육을 실시하고 있었음을 알 수 있다.

2학년 공통단원들을 살펴보면 『ウタノホン』二年은 〈國語〉와 2단원, 〈修身〉과 4단원이며 세과목 모두 공통인 단원은 없다. 같은 학년의 공통된 단원외에도 2학년 8과 「불꽃놀이花火」와 12과 「토끼ウサギ」도 〈國語〉 교과서와 공통된 단원으로, 『よみかた』三에 나온 단원을 일부분 수정하거나 그대로 취하여 만든 곡이라고 명시되어 있다. 그러나 『よみかた』三의 경우 텍스트의 결본으로 단원 파악에 어려움이 있어 횟수에는 포함시키지 않았다. 따라서 〈國語〉와의 공통단원은 더 많을 것으로 유추된다. 2학년 교과서를 비교해보면 〈修身〉의 단원의 분량이 많이 공통되는데 이는 어린아동의 성장과 함께 자신이 속한 집단의 문화를 내면화시키기 위한 정신교육으로, 충량한 황민의식과 황국병사로서의 마음가짐을 갖게 하기 위해서라고 여겨진다.

3학년 공통단원들을 살펴보면 『初等音楽』三年은 〈國語〉와 9단원이 공통이며, 〈修身〉과의 공통단원은 없다. 〈修身〉과 같은 학년에서 공통된 단원은 없지만, 〈音樂〉 3학년 단원과 〈修身〉 2학년 단원이 공통된 단원도 있는데 이는 5과 「모내기田植」이다. 〈修身〉에서는 서로 도와가며 모내기를 하는 모습을 삽화와 함께 제시하고 있으나, 〈音樂〉에서는 나라를 위해 모내기를 하자고 노래하고 있기도 하다.

4학년의 경우 『初等音楽』四年은 〈國語〉와 6단원, 〈修身〉과 4단원이 같고, 세과목 모두 공통인 단원은 1단원으로 「야스쿠니 신사靖国神社」이다.

또 5학년 공통단원들을 살펴보면 『初等音楽』五年은 〈國語〉와 1단원, 〈修身〉과 2단원이 공통이며 세과목 모두 공통인 단원은 없다. 5학년은 공통된 단원이 가장적은 학년으로 〈音樂〉과 〈國語〉 연관성이 가장 낮은 학년이라 하겠다.

6학년 공통단원들을 살펴보면 『初等音楽』六年은 〈國語〉와 6단원, 〈修身〉과 2단원이 공통이며 세과목 모두 공통인 단원은 없다.

세 교과서의 연계성을 살펴보았을 때 〈音樂〉과 〈國語〉의 공통단원은 30/228단원이며, 〈音樂〉과 〈修身〉의 공통단원은 17/126이며, 세 과목에

공통으로 들어있는 단원은 4단원이다. 특히 〈國語〉단원과 공통된 단원
이 더 많이 분포되어 있으나 국어의 단원수가 많은 것을 비교한다면
〈修身〉과 거의 같은 비율임을 알 수 있다. 세과목에 공통되는 단원이
극히 적은 것을 볼때 특정된 단원을 강조하기보다는 〈國語〉와 〈修身〉
교과서 단원을 이해할 수 있도록 도와주는 보조적 교과서로서 활용되
고 있음을 확인할 수 있다.

구체적인 실제 예를 공통된 단원을 중심으로 살펴보기로 하자.

3. 조선총독부 편찬 〈音樂〉·〈國語〉·〈修身〉 공통단원 비교

3.1 운문으로 엮어낸 군국주의-〈音樂〉·〈國語〉

앞서 언급한 것처럼 타 교과목들도 서로 연관되어 있겠지만, 〈音樂〉
과 〈國語〉에 공통단원들을 배치하여 상호 교육함으로써 교육효과를
증대시키고 있다. 〈音樂〉 총 128단원 중 〈國語〉와 같은 단원은 총 30단
원(23%)이다. 먼저 〈音樂〉과 〈國語〉의 공통단원을 주제별로 분류하면
다음 〈표 3〉과 같다.

〈표 3〉 〈音樂〉·〈國語〉 공통단원 내용 분석[15]

구 분	1	2	3	4	5	6	합계	%
세계 및 지리						2(1/1)	2(1/1)	6.7
국가 및 국민	1(1/0)	2(2/0)	3(1/2)	2(0/2)	1(1/0)	1(1/0)	10(6/4)	33.3
학교생활			1(0/1)				1(0/1)	3.3
가정생활						1(0/1)	1(0/1)	3.3
전쟁 관련	1(0/1)		4(3/1)	2(2/0)		1(0/1)	8(5/3)	26.7

15 공통된 단원의 출처 횟수를 표기한 것이며 (운문/ 산문)으로 표기하였다.

구 분	1	2	3	4	5	6	합계	%
자연·과학	1(0/1)		1(1/0)	2(2/0)		1(1/0)	5(4/1)	16.7
놀이	2(1/1)						2(1/1)	6.7
풍속	1(0/1)						1(0/1)	3.3
합 계	6(2/4)	2(2/0)	9(5/4)	6(4/2)	1(1/0)	6(3/3)	30(17/13)	100.0

위의 표를 형식적인 면에서 살펴보면 산문 13단원 보다 운문이 17
단원으로 더 많은 비중을 차지하고 있는 것을 알 수 있다. 운문은 산문
에 대조되는 말로 좁은 의미로는 시와 같은 뜻으로 쓰이고, 넓은 의미
로는 운율에 따른 작문 자체나 특정한 시의 시적 기법을 가리키는 말로
사용된다. 운문은 내용에 해당되는 '의미'와 형식에 해당되는 '소리'의
결합체라고 할 수 있으며, 후자에 해당하는 소리가 잘 결합되어 예술적
효과를 거둔 것을 음악이라고 할 수 있을 것이다.[16] 따라서 〈國語〉의 운
문이 〈音樂〉과 연관성을 갖고 있는 것은 당연한 것인지도 모른다.

1940년대 발간한 두 교과서를 살펴보면 〈國語〉에 실린 운문이 상당
수 〈音樂〉에 실려 있음을 알 수 있다. 이는 언어의 운율을 적절히 활용하
고 압축해 전달 효과가 뛰어난 운문을 음악적 요소와 결합시킨 것으로
글자에 함축된 의미들을 사용하여 그 효과를 높인 것으로 볼 수 있다.

운문이 등장한 단원 들을 중점적으로 살펴보면 국가 및 국민을 소재
로 한 단원들이 많은데, 2학년 〈國語〉단원에서는 「후지산」을 들 수 있
다. 이를 〈音樂〉과 비교해 보면 다음과 같다.

어디에서 보아도, 언제 보아도
후지산은 아름답다. (중략)

---

16 이형기(2003) 『시 창작 강의』 문학사상사, p.163참조

부드러운 듯 용감하게
존엄한 산, 신의 산
일본 제일의 이 산을
세계의 사람들이 올려다본다.   〈『よみかた』二年(下), 「富士山」〉

1. 오랜 옛날부터 구름 위 / 눈을 받들고 있는 후지산
    수천만 국민의 / 마음을 정결케 한 신의 산
2. 지금 일본에 찾아오는 / 외국인들도 우러르는 산
    수 만년 미래까지라도 / 세계 제일의 신의 산

〈(下)-「富士山」, p.117〉

인용문에 나타나 있듯이 두 교과서에 공통으로 나타난 후지산의 이미지는 존엄함이다. 일본국민 뿐만이 아니라 세계 모든 사람들이 추앙하는 산으로 그려내고 있다. 후지산은 일본을 상징하는 것으로, 후지산의 신격화는 곧 천황을 중심으로 하는 일본의 신국神國화[17]를 의미하는 것이다. 이는 일본을 신의 나라이자, 세계 제일의 나라로 형상화하고 여러 과목을 통해 아동에게 각인시킴으로써 일본인으로써의 긍지를 주입하고 있다.

이외에도 선녀 옷을 소재로 한 「날개옷羽衣」에서도 '선녀'와 '후지산'을 접목시키고 있다. 〈國語〉에서는 선녀의 날개옷을 주운 어부의 이야기를 산문과 운문을 섞어서 기술하고 있다. 「날개옷」은 〈國語〉의 「날개옷」에서 운문만을 가져와 일부를 수정하여 노래로 만든 것이다. 2학

---

17 13세기 몽고가 일본을 침략했을 때 때마침 불어온 폭풍 가미카제(神風)로 격퇴했다는 일본인의 생각이 신의 나라라는 신국관(神國觀)으로 자리하게 되었고, 근대에 이르러 신국(神國), 신병(神兵) 등과 같이 나타났다. 최관(1999) 『일본문화의 이해』 학문사, p.295

년의 〈音樂〉과 〈國語〉의 공통단원은 '후지산'을 소재로 미화하여 신의 나라 일본의 이미지를 상징적으로 표출하고 있음을 알 수 있다.

5학년에서는 2과 「대일본大八洲」[18]은 여러 섬으로 된 나라라는 또 다른 일본의 칭호에 대한 의미를 〈國語〉에서 운문으로, 〈音樂〉에서는 노래로 담고 있다.

> 이 나라를 신이 만드시고
> 이 나라를 신이 다스리시고
> 이 나라를 신이 지키십니다.
> 섬들의 숫자 많지만
> 커다란 섬 8개 있으니
> 나라 이름은 일본국
> 엄연히 동해에 있어
> 해 떠오르는 나라이므로
> 해 뜨는 나라라고 칭송한다.
> 섬이라 산이 아름답고
> 섬이라 바다로 둘러싸여
> 산의 산물 바다의 산물이 많다.
> 넓은 바다에 일본국
> 청산에 담긴 야마토
> 춘추의 경치 끝없네.
> 오오카미 받들어 모셔
> 벼 이삭이 바람에 흔들리는 끝

---

18 일본을 상징하는 미칭으로 '大八洲' 외에도 '大和', '扶桑', '瑞穂', '秋津洲', '敷島' 등이 있는데 교과서에서도 다양한 명칭으로 표현되어 있다.

갈대밭의 중앙에 있는 나라 (중략)

평화롭고 태평함으로

천지는 끝닿은데 없네

일본은   〈『初等國語』五年(上)「大八洲」〉

1. 신이 손수 빚으신 이 나라는 / 산천이 정갈한 대일본

　　드넓은 바다 멀리 끝까지 / 천황의 위세 두루 미치네! 대동아

2. 신께서 다스리시는 이 나라는 / 풍요로운 세상의 중심

　　탐스런 벼이삭 살랑거려, 넘치는 / 은혜 우러르세 대동아

3. 신께서 돌보시는 이 나라는 / 가이없어라, 평안한 일본의

　　커다란 배 빈번한 왕래도 / 영원히 평안토다 대동아

〈(下)-「大八洲」, p.313〉

〈國語〉에서 8연에 걸친 운문으로 되어있는 것과 달리 〈音樂〉에서는 3절로 이루어져 있다. 그러나 인용에서 알 수 있듯이 〈國語〉에 나타난 일본이 신의 나라로 이루어져 있다는 것과 일본의 특징들을 읊고 있다면, 〈音樂〉에서는 단순히 일본에 국한하지 않고 공간적 영역을 일본에서 동아시아로 확대시키고 있음을 알 수 있다.

4학년 9과의 「가을하늘秋の空」은 〈國語〉에서 어디서든 볼 수 있는 맑은 가을 하늘을 시로 표현했다면, 〈音樂〉에서는 맑은 가을 하늘을 일본을 상징하는 단어들과 결부시켜 노래하고 있다. "일장기 물들인 글라이더", "마음도 상쾌한 쾌청한 일본 날씨" 등에서 '日の丸'와 '日本晴' 등과 같은 단어를 첨가함으로써 훨씬 일본적 색채를 가미하고 있음을 알 수 있다.

6학년에서도 12과 「우리 백성들御民われ」[19]은 〈國語〉의 6학년 1학기 마

지막 단원에서 국민정신함양과 관련된 와카和歌를 삽입한 것에서 가장
먼저 서술된 「만요슈万葉集」에 실린 아마노이누카이노오카마로海犬養岡麿
가 읊은 와카를 노래한 곡이다. 이를 〈音樂〉에서는 황국신민으로 살아
가는 보람과 기쁨을 노래한 와카를 노래로 만들어 부르게 함으로써 황
국신민으로서의 긍지를 갖도록 교육시키고 있다.

운문에서 두 번째를 차지한 주제는 전쟁과 관련한 내용으로 1학년
11과 「병정놀이ヘイタイゴッコ」를 들 수 있다. 이 곡은 〈國語〉의 「병정놀이」
에 서술된 운문을 가져다가 일부분을 덧붙여 만든 곡이다.

> 1. 따따따따 따따따따 / 빵 빵 피융 피융
>   병정놀이 (중략)
> 2. 따따따따 따따따따 / 빵 빵 피융 피융
>   적병은 도망가네   〈(下)-「ヘイタイゴッコ」, p.161〉

두 단원을 비교해 보면 〈音樂〉의 「병정놀이」 단원은 〈國語〉에 서술된
3연의 운문을 가져와 4절을 덧붙인 것이다. 기관총과 총포의 의성어
표현은 물론 용감한 병사의 모습을 그린 운문에 도망가는 적군의 모습
까지 포함시켜 노래로 만들어 부르게 함으로써 승리하는 아군의 이미
지를 형상화하고 있다.

---

19 「우리 백성들(御民われ)」은 1943년 1월 대정익찬회가 국민의 노래로서 결전 하
   의 전 국민이 모든 장소에서 부르게 하기 위해 일본음악문화협회와 아사히신문
   사가 공동으로 작곡을 일반 공모하여 선정한 곡이다. '성전(聖戰) 하의 국민정신
   작흥'을 목적으로 에도시대까지의 와카 중에서 애국 정신이 표현된 와카(和歌)
   100수를 선정하여 정보국의 검열을 거쳐 1942년 11월 20일 발표하였다. 「国民歌
   "みたみわれ"作曲募集」, 「朝日新聞」 1943. 1. 15, 「旋律に乗る百人一首」, 「朝日新
   聞」 1943. 1. 21, 「「み民われ」の曲成る 歌はん哉"われらの歌"」, 「朝日新聞」 1943. 4.
   27 「제국 일본과 식민지 조선의 음악정책 2」

3학년 「군기軍旗」는 〈國語〉의 4연으로 된 운문에서 각 1, 2연을 가져다가 천황과 연관시켜 군기의 존엄성을 노래한 것이다. 또 11과 「마을축제村祭」에서는 풍년을 맞아 신사에 가서 천황과 신에게 감사하는 모습을 담은 〈國語〉의 운문을 가져다 노래로 만들었다. 한편 4학년의 18과 「히로세 중령廣瀨中佐」은 〈國語〉교과서에 있는 운문을 그대로 곡으로 만든 것이다.

6학년 21과 「태평양太平洋」에서는 태평양과 연결된 지역적인 설명의 〈國語〉 운문과는 달리 그 소재만을 취해서 동아시아를 이끌어 가야할 일본인의 사명감을 담아내며 태평양으로 나아가자는 제국주의 확대를 의도하는 가사를 노래에 담고 있다.

그 외 산문의 경우도 3학년의 13과 「다지마모리田道間守」에서는 조선에서 건너와 스이닌垂仁천황의 명을 받아 외국에 귤을 찾아 나선 다지마모리가 십년동안 찾아 헤매다 겨우 구해서 고국으로 돌아오지만 천황은 이미 죽은 후였고, 이 사실을 안 다지마모리는 귤을 천황의 묘에 가져다 바치고 슬퍼하다 죽었다는 이야기를 노래로 담고 있다. 〈國語〉에서 이미 다지마모리에 대한 학습이 선행되었기에, 〈音樂〉에서는 1절에 다지마모리가 귤을 가지고 배를 타고 돌아오는 장면만을 노래에 담고 있으며, 2절은 천황의 묘지 앞에서 죽은 다지마모리의 모습을 통해 조선인의 천황에 대한 충성을 귤의 향기에 담아내고 있다. 이러한 작업을 통해 조선아동에게 천황에 대한 충성심을 갖도록 유도하고 있다.

4학년 5과 「지하야성千早城」은 천황에게 충성을 다했던 무사 구스노키 마사시게楠木正成가 반란군을 맞아 지하야성에서 전투를 벌인 일화를 그려내고 있으며, 〈音樂〉은 천황에 대한 충성의 마음을 더욱 강조하여 "충의의 마음은 철보다 단단하고", "천황의 위광에 빛나는

물위에 뜬 국화문양의 깃발" 이라며 노래하고 있다. 이 단원은 구스
노키 마사시게의 일화를 통해 충의의 마음을 〈國語〉에서 가르치고
난후 〈音樂〉 교과서에서 리듬을 달아 노래하게 함으로써 아동들에게
천황에 대한 충성을 더욱 각인시키고 있다고 할 수 있다.

또한 전쟁과 관련된 산문을 곡으로 만든 단원들은 먼저 「군견 도네
軍犬利根」를 살펴보면 〈國語〉에서는 文字가 어린 강아지 도네를 데리고
와 잘 돌봐주고 키워서 군견반에 보내어, 군에서 통신병으로 활동하
다가 총알이 빗발치는 전쟁터에서 통신임무를 완수하고 장렬하게 전
사하는 내용을 담고 있다. 이러한 내용을 〈音樂〉에서는 도네의 성장과
정을 빼어버리고 적진에서 통신병으로 활동하는 부분만을 노래하고
있다.

1. 가라는 명령에 쏜살같이 / 사랑스러운 군견 쏜살같이
   따따따따 따따따따 따따따따 / 탕 탕 탕 빗발치는 탄환 속
2. 저 개, 쏴라 쏴 마구 쏘아라 / 놓치지 마라 놓치지 마, 마구 쏘아라
   따따따따 따따따따 따따따따 / 탕 탕 탕 빗발치는 적의 탄환

〈(下)-「軍犬利根」, p.175〉

위의 인용에서 알 수 있듯이 아동들에게 동물을 사랑하는 마음을 심
어주기 위해 개를 소재로 개의 귀여운 모습을 그린 것이 아니라, 적진
에서 활약하는 군견의 모습을 재현하고 있다. 동물이지만 용맹하게 전
쟁에 임하는 모습을 묘사함으로써 어린 아동에게 전쟁에 임하는 마음
가짐을 심어주고 있다.

또한 전쟁에서 활약을 펼친 전쟁영웅들을 담은 단원들도 있다. 22과
「삼용사三勇士」의 경우를 보면 〈國語〉에서는 1932년 1월 제1차 상하이

사변에서 있었던 중일간의 무력충돌에서 파괴통을 들고 적의 철조망을 뚫은 세 공병의 이야기를 감동적으로 서술하고 있다. 이를 〈音樂〉에서는 천황과 나라를 위해 파괴통을 들었다고 노래하며 마지막 3절에서는 "그 몸은 탄환과 함께 부서져도 명예는 남는다 묘항진廟巷鎭"이라고 노래하고 있다. 세명의 공병이 목숨을 바쳐 싸움으로써 영웅으로 오랫동안 이름이 남게된 것을 예시하며 아동들로 하여금 영웅이 될 수 있다는 희망을 품게 하고 있다. 또 6학년에서는 4과「일본해 해전日本海海戰」은 쓰시마에서 벌어진 러시아의 발트함대와의 전투를 생생하게 묘사하고 있으며, 이를 〈音樂〉에서는 적 함대를 발견하고 공격하여 이후 러시아 함대를 전멸시키고 만세를 부르는 내용의 가사로 1, 2, 3절을 채우고 있다.

이외에도 전쟁 무기에 관한 단원으로는 14과「잠수함潜水艦」이 있다. 〈國語〉단원에서는 삼촌이 하루오春雄에게 보내는 서간문 형식으로 잠수함에 대한 원리와 잠망경 그리고 잠수함의 무기 등에 대해 설명하며 하루오에게 미래 잠수함을 타는 해병이 될 것을 권유하고 있는 내용을 담고 있다. 이 단원에 맞추어 〈音樂〉에서도 1절에는 어뢰를 장착한 잠수함이 바닷속으로 잠수하는 모습을 2절은 잠망경으로 발견한 적함의 모습을 그리고 3절에서는 바닷속에서 적 함대를 겨누는 모습을 노래에 담고 있다. 〈國語〉에서 잠수함에 대한 궁금증과 호기심을 자극하며 잠수함을 설명했던 것을, 〈音樂〉단원에서 잠수함을 타고 전투에 임하는 자랑스러운 해병의 모습으로 완성시킴으로써 아동에게 잠수함과 해병에 대한 동경을 심어주고 있다고 하겠다.

3.2 國民道德 강조와 전쟁수행의 정신수양 - 〈音樂〉·〈修身〉

〈修身〉교육은 몸을 닦는 다는 것을 의미하는 것으로 1890년 교육칙

어 발포 때부터 패전된 1945년까지 초등학교 과목 중 하나로 도덕교육
에 해당하는 과목이다. 일반적으로 이시기의 도덕교육은 개인도덕을
비롯해, 가족, 사회, 국민 도덕 등으로 나누어 졌다. 〈敎育勅語〉의 덕목
을 보아도 "부모에게 효도하고 형제에게 우애하고 부부간에 서로 화
합하여父母ニ孝ニ兄弟ニ友ニ夫婦相和シ"를 가족도덕으로, "공익을 넓혀 세상의
책무를 펼치고公益ヲ広メ世務ヲ開キ"를 사회도덕으로, "배움을 익히고 기예
를 익혀서 지능을 계발하고 덕과 재능을 성취하여学ヲ修メ業ヲ習ヒ以テ智能ヲ
啓発シ德器ヲ成就シ"를 개인도덕으로 제시하고 있다. 또 국민도덕은 "평소
에 헌법을 중시해 국법에 따르고 일단 유사시에는 국가나 사회를 위하
여 자기의 몸을 희생하여 있는 힘을 다하고常ニ国憲ヲ重シ国法ニ遵ヒ一旦緩急アレ
ハ義勇公ニ奉シ"로 적고 있다. 이러한 도덕들을 바탕으로 수신과목은 이루
어져 있다.[20]

그렇다면 〈音樂〉과 〈修身〉과의 공통단원은 어떠한 덕목이 강조되어
있는 것일까? 〈音樂〉과 〈修身〉과의 공통단원의 내용을 분석하여 도표
화 한 것이 〈표 4〉이다.

〈표 4〉 〈音樂〉〈修身〉 공통단원 내용 분석

구 분	1	2	3	4	5	6	합계	%
철학				1			1	5.9
국가 및 국민	1	1					2	11.8
학교생활	1	2					3	17.5
전쟁 관련	1			3	2	2	8	47.1
자연·과학	1						1	5.9
풍속	1	1					2	11.8
합 계	5	4		4	2	2	17	100.0

20 亘理章三郎(1940)『国民道徳要義』目黒書店, pp.19-20

〈修身〉과의 공통단원을 살펴보면 17단원(13%)이며, 전쟁관련 단원이 가장 많이 등장한다. 이는 여러 도덕 중에서 국민도덕에 해당하는 부분이기도 하다.

먼저 17과 「병사兵たいさん」를 살펴보면 〈修身〉에서는 서간문체로 병사에게 일장기를 넣은 위문품을 보내는 것을 서술하며, 비행기와 전차의 삽화와 함께 제시하고 있다. 〈音樂〉은 〈修身〉보다 더욱 구체적으로 "대포를 짊어진 병사", "말을 탄 병사"등 용맹스런 병사의 모습을 노래하고 있다. 또 20과 「아홉 용사九勇士」는 하와이 해전에 투입된 특별대원 아홉 명의 전투장면을 자세하게 묘사하며 전투에 목숨을 바친 아홉명을 제국해군의 자랑이라고 서술한 〈修身〉 내용을 요약하여 곡으로 만든 것이다. 특히 〈音樂〉에서는 전투에 임했던 아홉 명의 용맹스런 마음가짐까지 노래하고 있다. 〈修身〉에는 서술되어 있지 않았던 특별공격대원의 마음을 "살아 돌아오지 않을 결심"으로 그 표현을 덧붙이고 마지막 3절에서는 그 죽음을 "꽃과 같이 졌지만 타오르는 그 마음은 언제까지나 우리들 가슴에 살아 조국을 지킨다 아홉 용사"라고 미화함으로써 영웅화하고 있다.

또한 전투에서 활약한 인물로는 13과 「다치바나 중령橘中佐」을 제시하고 있는데, 이를 〈修身〉에서는 「군신의 모습」이라는 제목으로 다치바나 중령과 가토 다테오加藤建夫 소장의 무용담으로 채워놓고 있다. 20세기의 대전투 중 최초의 전투로 기록된 랴오량遼陽전투에서 슈잔보首山堡를 공격했던 다치바나의 전사 장면을 자세하게 그리고 있다. 이를 〈音樂〉에서도 "수치를 생각하라. 병사들이여. 죽을 때는 지금이다" "나라를 위해서이고, 육군의 명예를 위해서다"라는 다치바나 중령의 마지막 유언을 노래 가사로 하고 있다. 또 22과 「야마모토 원수山本元帥」는 〈修身〉에서 야마모토 원수의 출생에서 전사할 때까지를 서술한 것을 바탕으로, "아아—남태평양 하늘의 끝에서 다홍빛에 물들어 떨어진 무인의 거울 군신軍神"이라는 가사로 노래를 마무리하고 있다. 군신으로 추앙받고 있는 인물을 〈修身〉에서 배우고, 〈音樂〉에서 리듬에 맞춰 노래하며 칭송함으로써 전쟁영웅의 모습을 어린 아동에게 각인시키고 있다.

한편 20과 「일본도日本刀」의 경우는 〈修身〉에서 일본 칼의 견고함과 예리함을 역사적 일화로 예시하고 있는데, 일본 칼의 종류와 문양에 대해서 설명하면서 "평화를 사랑하고 아름다움을 즐기는 우리나라 국민의 우아한 천성과 선을 사랑하고 사악함을 미워하는 도의심은 일본도에 너무나 잘 구현되어 있다"고 서술하고 있다. 〈音樂〉의 동일 단원에서는 서술된 내용을 요약하여 일본 칼날의 아름다움을 단순한 국민의 정서가 아닌 천황의 국민으로서의 정기가 담겨 있다고 노래하고 있다.

한편 직접적인 전쟁 묘사는 아니지만, 후방에서의 활동을 묘사한 단원으로 「소년산업전사少年産業戦士」가 있다. 먼저 〈修身〉을 살펴보면, 공장에서 일하는 동생 지로와 농촌에서 일하는 누나가 서로 편지를 주고받은 내용을 담고 있다.

공장장님은 우리 소년 산업전사의 마음가짐에 대해서 "제일선의 군인들에게 지지 않도록 일하자. 모두의 직장은 그대로 전선에 연결되어 있는 것이다."라며 격려하셨습니다. (중략) 전쟁이 길어짐에 따라 더욱 생산 증가가 중요해졌습니다. 지금이야말로 모든 사람이 있는 힘을 다하여 맡은 임무를 충실히 수행하는 데 노력하지 않으면 안될 때입니다. 나는 더욱더 몸을 단련하고 실력을 쌓아서 훌륭한 공원이 될 생각입니다.　　　〈第Ⅴ期『初等修身』六年「産業戦士の手紙」〉

2. 기름투성이가 되고 이마에 땀범벅으로
   흩어지는 불꽃에 반짝이는 눈동자여
   생산 증산 우리들의 소임으로
   쇠붙이 두드리며 단련하는 소년전사
3. 이 솜씨 이 기술 황국에 바쳐서
   더욱 더 일으키세 동아의 산업
   생산 증산 우리들의 소임으로
   웃으며 일하는 소년전사   〈(下)-「少年産業戰士」, p.421〉

〈修身〉의 열심히 산업전사가 될 것을 다짐하는 아동의 편지를 기반으로 〈音樂〉에서는 열심히 증산에 힘쓰는 모습을 노래함으로써 의지를 행동으로 실천하는 모습까지를 연결시키고 있다고 하겠다.

〈修身〉과 공통된 단원에서 두 번째로 많은 주제는 학교생활과 관련된 내용이다. 〈修身〉에서는 입학식에 참가하는 아동을 시작으로 운동장에서 선생님과 함께 동무들과 즐겁게 노는 모습 등을 삽화만으로 제시하고 있으며, 〈音樂〉에서는 공부하거나 체조하는 장면을 노래하고 있다. 이는 문장 기술이 없이 삽화만으로 제시했던 〈修身〉단원을 〈音樂〉의 노래를 통해 표현한 것으로, 학교는 즐겁게 공부하는 곳이며 운동을 통해 신체를 단련하는 곳임을 그려내고 있다. 이제 막 학교에 입학하게 된 아동에게 가정과 개인에서 학교라는 집단에 소속되게 된 것을 의식하게 하고 있는 단원이라 하겠다. 2학년에서는 〈修身〉과 〈音樂〉단원이 연계하여 2학년이 된 기쁨 속에 2학년으로서의 책임감을 아동들에게 가르치고 있다. 이는 개인도덕을 사회도덕으로 확대하여 배치하여 개인보다는 사회속의 개인의 존재를 부각시키고 있는 부분이라 할 수 있다.

이외에 풍속과 관련된 단원으로 「오월명절正月ノセック」은 〈修身〉의 고이노보리鯉のぼり를 소재로 하고 있으며, 〈音樂〉에서는 고이노보리를 달고 무사인형을 장식하는 아동들은 "일본의 남아"라고 강조하고 있다. 이렇게 고이노보리를 통한 건강한 남자아이의 이미지는 무사놀이를 통해 무사도의 이미지를 생성하게 되고, 무사도는 다시 군인정신으로, 용맹한 군인정신은 죽음을 각오한 병사의 모습으로 자연스럽게 아동들에게 연상시키고 있다고 할 수 있다. 이러한 연상 작용을 통해 일본이라는 국가에 소속된 일본남자로서의 각오를 다지도록 노래하고 있다. 그 외에 「노구치 히데요野口英世」, 「야마다 나가마사山田長政」 등의 인물을 통해 조선의 남자아동에게 일본남아로서의 긍지와 자부심을 갖도록 조장하고 있다.

〈音樂〉과 〈修身〉과의 공통단원에는 국가와 국민을 강조하는 국민도덕 관념이 가장 많은 부분을 점유하고 있어, 두 교과서를 통해 일제의 이미지와 신민으로서의 마음가짐을 가지고 전쟁에 임하도록 하는 교육에 치중했다고 할 수 있겠다.

3.3 皇國·皇民의 의용봉공-〈音樂〉·〈國語〉·〈修身〉

〈音樂〉과 〈國語〉 및 〈修身〉과의 공통단원은 4단원(3.1%)에 불과하다. 공통단원을 내용별로 분석해 도표화 해본 것이 〈표 5〉이다.

〈표 5〉 〈音樂〉·〈國語〉·〈修身〉 공통단원 내용 분석

구 분	1	2	3	4	5	6	합계	%
국가 및 국민	1						1	25%
전쟁 관련	1			1			2	50%
풍속	1						1	25%
합 계	3			1			4	100%

세과목 모두 공통된 단원의 내용을 살펴보면 전쟁관련의 주제가 2
단원을 차지하고 있다. 직접적인 전쟁묘사는 아니지만 전쟁에서 죽은
병사를 모신 신사를 묘사한 11과 「야스쿠니 신사」가 있다. 〈修身〉에서
야스쿠니 신사의 위치와 특징 그리고 매년 행해지는 행사들을 서술하
며 천황에 대한 충성을 다짐하고 있다. 이에 비해 〈國語〉에서는 야스쿠
니 신사의 풍경과 그곳에 참배하러 온 사람들의 모습을 운문으로 적고
있다. 그러나 〈音樂〉에서는 천황을 위해 목숨을 바친 병사들을 찬양하
는 내용을 담고 있다.

> 도쿄 구단자카 언덕위에 큰 청동의 도리이가 높이 세워져 있습니다. 그
> 뒤로 멋진 신사가 보입니다. 이것이 야스쿠니신사입니다. 야스쿠니신
> 사에는 천황을 위해 또 나라를 위해 목숨을 바쳐 충성을 다한 많은 사
> 람들이 모셔져 있습니다.   〈『初等修身』四年「靖国神社」, p.125〉

> 봄은 구단 신사에
> 벚꽃이 피어 있었습니다.
> 일본의 제일 큰 도리이鳥居
> 청동으로 된 도리이가 있었습니다.
> 문은 금으로 된 문양
> 문을 지나갔습니다.
> 손바닥을 마주쳐 배례하면 맑게
> 마음속까지 울려 퍼집니다.
> 벚꽃 유족장遺族章
> 여자들도 보였습니다.
> 유슈칸遊就館의 입구에

사람들이 줄서 있었습니다.　　　　〈『初等國語』四年(上)「靖国神社」〉

1. 아 고귀하여라 천황께 / 목숨을 바치고 황국을 위해
    세운 공적은 영원토록 / 빛나리라 야스쿠니의 신
2. 아 황공하여라 벚나무 / 꽃으로 산화하여도 충의의
    용맹스런 영혼은 영원토록 / 나라를 지키는 야스쿠니의 신

〈(下)-「靖国神社」, p.257〉

위의 인용문에서 볼 수 있듯이 〈修身〉에서 자세하게 야스쿠니 신사에 대해 설명하며 아동들에게 천황에 대한 충성의 덕목을 가르치고 있다면, 〈國語〉에서는 야스쿠니 신사가 있는 '구단자카九段坂', 천황가를 상징하는 국화문양인 '금문양金の御紋章', 죽은 병사들의 가족에게 하사했던 '벚꽃 유족장桜の花の遺族章' 등 함축된 단어를 사용한 운문으로 상징적으로 나타내고 있으며, 〈音樂〉에서는 두 교과목의 완성물이라 할 수 있는 운율과 내용을 포함하여 야스쿠니를 노래하고 있다. 세과목은 각각 교과목의 특성을 나타내면서도 서로 보충적으로 연계되어 있음을 확인할 수 있다.

전시체제하에 전쟁과 연관된 '야스쿠니 신사' 혹은 '비행기'와 같은 소재들을 이용해 전쟁을 홍보하고 '충군' '애국' '의용' 등을 연결시키며 국민의 의무로서 전쟁에 참가할 수 있는 충성된 마음을 가지도록 교육하고 있다고 하겠다.

이상에서 살펴본바 세 교과서에 공통으로 추구한 교육 내용은 일제를 중심으로 한 황국사상과 황국민으로서의 의용봉공하는 마음가짐이었으며, 이를 반복적으로 시행함으로써 어린 아동의 뇌리에 주입시키는 교육을 실시하고 있음을 파악할 수 있었다.

4. 結論

지금까지 1940년대 〈音樂〉와 〈國語〉 그리고 〈修身〉 교과서를 비교해 보았다. 〈音樂〉 교과서가 〈國語〉 및 〈修身〉 교과서의 단원들과 공통된 단원은 총 128단원에 47단원으로 36.7%을 차지하고 있었다.

이는 일제가 의도하는 교육을 〈國語〉를 통해 그 이미지를 형성하는 1차 교육을 시행한 후, 〈音樂〉를 통한 반복 교육으로 1차 교육의 이미지를 더욱 각인 시키는 2차 교육을 병행했음을 확인할 수 있었다. 특히 곡으로 만들기 쉬운 〈國語〉의 운문을 가져다가 노래로 만든 곡이 많이 차지하고 있음을 알 수 있었다. 운문을 가져다가 기분과 느낌을 표현하는 〈音樂〉과 결부시킴으로써 노래를 통해 어린이들에게 의식을 심어줄 뿐만 아니라 사회적 공감대를 넓혀나가는 교육 수단으로 이용하고 있었던 것이다. 곡에 있어서 가장 중요한 요소인 가사에 〈國語〉단원의 소재들을 이용하여 많은 국가적 덕목을 강조하는 가사로 발현되어 있음을 확인할 수 있었다. 문자로 표현된 國民科 텍스트에서 전달하고자 하거나 혹은 강조하고자 하는 메시지를 노래로 축약하여 담아내어 그 교육효과를 증폭시키고 있음을 알 수 있었다. 결국 당시의 〈音樂〉 교육은 타 교과목의 반복학습 및 강조하여 그 내용을 각인시키기 위한 것임을 포착할 수 있었다.

조선에서 이뤄진 〈音樂〉 교육은 〈國語〉와 〈修身〉 교과목과의 연계성을 통해 일본문화를 이입시키고 황국신민으로 양성하고자 하였을 뿐만 아니라 국가 간의 무력투쟁인 태평양전쟁을 대동아전쟁으로 정당화하며 장래 아동들에게 전쟁에 참여할 수 있도록 세뇌하고 유도하려했던 교육이었음을 파악할 수 있었다.

본 연구를 통해 교육이란 제도장치 속에 여러 교과목을 유기적으로 활용하여 조선아동에게 천황의 신민이자 천황의 병사로 양성하고 있었음을 알 수 있었다. 또 음악의 행동 형성과 교육적 영향을 이용하여 일본제국이 필요로 하는 조선아동의 식민화 교육이었음을 다시 한 번 확인할 수 있었다.

III. 〈修身書〉와 〈唱歌書〉에 서사된 性像*

장미경

1. 일제가 중요시 한 '修身書'와 '唱歌書'

일제강점기 조선총독부 편찬초등학교용 '修身書'와 '唱歌書'는 일제가 중요시 한 교과서로, 학습자료로 이용되는 도서이기도 하지만 일제의 교육이념과 정책을 반영하고 있었다.

일제는 식민지 조선에서 초등교육을 최종교육으로 의도하였기에 초등교육 정책을 매우 중요시하였다. 당시 절대적인 교과서인 '수신서'는 식민지 조선의 지배체제에 자리매김하는 역할을 하였으며, '창가서'는 빠른 시간 안에 커다란 학습효과를 볼 수 있어, '혼의 양육'이

---

* 이 글은 2013년 8월 대한일어일문학회 『日語日文學』(ISSN : 1226-4660) 제 59 집. pp.389-407에 실렸던 논문 「일제강점기 초등 '修身書'와 '唱歌書'에 서사된 性像」을 수정 보완한 것임.

라는 전제 아래 식민지 지배 강화를 위한 수단으로 활용한 것이다.

따라서 〈초등학교수신서〉(이하, '수신서')와 〈초등학교창가서〉(이하, '창가서')에서 공통으로 제시된 어른(男性과 女性), 어린이(男兒와 女兒)를 고찰하여, 식민지 조선의 초등교과서에서, 성별의 제시와 역할을 담당을 조사하여 보았다.

어른은 현재 식민지국가의 구성원이고, 아동은 미래의 식민지인이기에 성별 담당역할 분석으로, 일제의 교육의도를 조명해 볼 수 있을 것이다.

남성과 여성이라는 생물학적인 차이가 하나의 규제로 사회에 제약을 받고 있기는 하지만, 긍정적이든 부정적이든 교과서에 나타난 성별의 역할이 사회에 나가서도 학생들의 생각을 좌우하기 때문이다. 아동은 나중에 성장하여 가정을 꾸리고 부모가 되기에 성역할은 자신이 살고 있는 사회와 문화를 고려하여 여성과 남성에 관한 정상적이고 적절한 태도와 행동에 대한 총체적인 면을 반영한다.[1]

일제의 조선인에 대한 성차별적 적용과 역할의 양상을, 산문적인 '수신서'와 운문적인 '창가서'를 통해 본 것은 '수신서'의 등장인물이 '창가서'에서 노래로 다시 불린다는 것은, 음과 선율, 가사의 호소력으로 그만큼 부담 없이 받아들일 수 있는 교육적인 효과가 크기 때문이다.

따라서 '수신서'와 '창가서'에 공통으로 나온 남성 / 여성 / 부모의 역할, 男兒 / 女兒의 이미지를 역추적 함으로, 일제가 교과서를 통해 구현하고자 했던 식민지 조선에 대한 교육목표 상황과 조선에서 시행하고자 하였던 식민지 교육정책을 보다 정확하게 파악할 수 있을 것이다.

---

1 박진숙(2008)『성역할의 현대적 관점을 통해 본 초등교과서 분석』부산교육대학교 석사논문, p.9

2. '修身書'와 '唱歌書'에 나와 있는 性別 분류

조선총독부는 1911년 학도용『보통학교수신서』를 만든 이후 해방
에 이르기까지 관공립 학교교육을 통해 천황숭배 사상과 봉건적 유교
윤리를 바탕으로 황국식민화 정책을 실시하였다. 1906년 공립학교와
관립사범학교에서 창가와 음악을 교과목으로 개설하였고, 1910년 학
부에서 처음으로『보통교육창가집』을 편찬 발행하여 관공립학교, 사
립학교 등 전학교의 음악교과서를 통일시켰다.

다음은 '수신서'와 '창가서'에 나와 있는 어른의 성별 횟수와, 인물
중에서도 일본인 / 조선인을 조사한 것이다.

〈표 1〉 일제강점기 초등교과서 '수신서'에 나오는 性別의 분포[2]

도 서 명	남성(일본인 / 조선인)	비율(%)	여성(일본인 / 조선인)	비율(%)
보통학교수신서 생도용 (권1~4)	11(10 / 1)	90/10	6(4 / 2)	66 / 34
보통학교수신서 아동용 (권1~6)(1922)	43(26 / 17)	60/40	10(9 / 1)	90 / 10
보통학교수신서 (권1~6)(1930)	44(28 / 16)	63/37	10(8 / 2)	80 / 20
초등수신(권1~6) (권1~6)(1939)	76(73 / 3)	96/4	11(11 / 0)	100 / 0
착한어린이(권1 · 2), 초등수신(권3~6)(1942)	65(65 / 0)	100/0	12(12 / 0)	100 / 0
총	239(202/37)	85/15	49(44/5)	85 / 15

위의 표를 보면 여성보다는 남성, 그 중에서도 조선인보다는 일본인
이 훨씬 많이 등장하고 있음을 알 수가 있다. '수신서'에는 아주 많은

---

2 〈표1〉〈표2〉에서 여성과 남성은 개개인의 성별로 나타내는 것뿐만 아니라 일반적
   으로 느껴지는 부분도 포함시켰다.

인물이 나오는데,[3] 남성의 수는 기수가 늘어남에 따라 점점 늘어갔고, 여성의 경우는 거의 변화 없이 아주 극소수로 나오고 있음을 알 수 있었다.[4]

〈표 2〉 일제강점기초등교과서 '창가서'에 나오는 성별의 분포

도 서 명	남성(일본인/ 조선인)	비율(%)	여성	비율(%)
신편창가집(1914)				
보통학교창가서 (권1~4)1920	2(1/1)	50/50	2	
보충창가집(1920)	2(0/2)	0/100	1	
みくにのうた(1939)			1	
초등창가(1939-1941)	7(6/0)	85	3(일본인1)	33
ウタノホン(1942)	1		1	
초등음악(1942-43)	7(7/0)	100	3(일본인 2)	75
총	19(14/3)		11(일본인 3)	

'수신서'에 나온 많은 등장인물이, '창가서'에서는 급격히 적어지는데, '수신서'에는 여성이 21명(일본인:16명)이 나오나[5] '창가서'에는 개인으로는 한 명도 등장하지 않는다. 물론 노래라는 한정된 면도 있지만 성별의 차이가 이렇게 심하다는 것은 당시의 사회 흐름과 성별에 대한 일제의 역할 부가 때문인 것으로 여겨진다.[6]

---

3 김순전・박선희(2004) 「일본 메이지(明治)・다이쇼(大正)기의 「修身」교과서 연구 -「修身」교과서에 나타난'영웅의 유형'-」『일어일문학』제22호, 대한일어일문학회 참조
4 『보통학교수신서』에 등장하는 인물의 전체 등장 횟수는 463회로 한사람이 평균 2.3회 등장한다.『보통학교수신서』가 조선아동이 배우는 교과서임에도 불구하고, 조선인은 약 15%이고 대부분 일본인이 등장하고 있다.(박제홍(2008)『近代韓日 教科書의 登場人物을 통해 본 日帝의 植民地 教育』전남대 박사논문, pp.233-235)
5 박제홍(2008) 위의 논문, p.140 참조
6 장미경(2008) 「근대한일 여성교육과 소설 연구」 전남대 박사논문, p.38

국적을 보면 성별 구별 없이 일본인이 85% 정도로 대부분을 차지하고 있는데, 조선인은 적절한 모범인물로서 채택할 만한 이가 드물어, 일본인이 많은 부분을 차지하였다는 합리성을 제기하기도 하였다.[7]

3. 成人의 역할 변화와 제시

3.1 국가가 원하는 국민

부계혈통을 이어가는 호주제도가 우리나라에 정착되면서 18세기 이후에 가부장권이 보다 강화되는 시기였고, 남성은 집안의 가장으로 모든 권한을 갖고 있었다. 일반적인 가정의 모든 일들은 호주를 중심으로 이루어졌으며, 일제는 1922년 〈조선호적령〉을 공포하여 1914년 개정된 일본 호적법을 표방하였다.[8]

〈표 1〉과 〈표 2〉에서 본 것처럼, '수신서'와 '창가서'에 등장한 인물은 대부분 남성이라 할 수 있다. '수신서'에 나와 있는 남성 중 '창가서'에 가장 많이 등장하는 사람은 니노미아 긴지로二宮金次郎이다.

> 손토쿠는 마침내 훌륭한 사람이 되어 세상으로부터 존경받을 수 있게 되었는데, 점점 힘을 다하고 곳곳의 황무지를 개간하여 훌륭하게 세상을 위한 발전을 도모하였습니다. 그리하여 한평생 동안 일에 전념하고 검약을 하여 타인의 모범이 되었습니다.
>
> 〈KⅠ-(3)-7〉[9] 「니노미아 손토쿠」(5) 〈공익〉

---

7 朝鮮總督府 學務局(1921)『現行敎科書の方針』, pp.4-6
8 한국여성연구소 여성사연구회(1999)『우리 여성의 역사』청년사, p.276
9 〈KⅠ-(3)-7〉에서 K는 조선총독부『보통학교수신서』를, 권3의 7과를 의미하고, 〈권-과-「목차」〉의 순서로 나열한다. 이후의 인용은 이의 번역서인 '김순전 외 (2007)『조선총독부 초등학교수신서』, 제이앤씨'를 텍스트로 하였다.

1. 땔나무하고 새끼꼬고 짚신을 삼아 / 부모 일손 거들며 동생을 돌보
   며 / 형제가 사이좋게 효행을 다하는 / 모범은 니노미야 긴지로
2. 고생을 마다않고 일하는 데 힘쓰고 / 밤일을 끝내고 습자와 독서를 /
   바쁜 중에도 꾸준히 공부하는 / 모범은 니노미야 긴지로

《(上)-「二宮金次郞」, p.243》

일제는 '수신서'에 순종적이며 진취적인 농촌마을에 근로의욕을 고
취시키기 위해 가장 적절한 남성으로 니노미야 긴지로二宮金次郞를 내세
웠다. '창가서'에서 조선아동에게 저항감 없이 반복해서 가창하여, 니
노미야를 조선인에게 강하게 인식시키고 있다. 일본의 니노미아 긴지
로에 비교될 만한 인물로 조선인 정민혁鄭民赫이 나온다.

정민혁은 자신은 검약을 실천하고 있으면서도 가난한 이들에게는 자주
자비를 베풀었습니다. 특히 흉년이 들어 사람들이 어려움에 처해 있을
때는 많은 곡식을 내어 도와주었습니다. 정민혁이 죽은 뒤에 보니 빈
구석에 상자 몇 개 있었습니다. 정민혁은 그런 하찮은 것까지도 헛되이
하지 않고 모아 두어 썼던 것입니다. 《KⅠ-(4)-13》「정민혁(2) 〈근검〉」

1. 아침에는 산에서 땔감을 하고 / 저녁에는 마을에서 짐을 나르며
   어린 몸으로 일하여 / 어머니를 봉양하는 기특함이어
3. 가난한 자나 병든 자를 위로하고 / 도와주려고 물품을 건네니
   타의 모범으로 지금도 여전히 / 존경받고 있는 고귀함이여.

《(上)-「鄭民赫」, p.435》

'창가서'에 나온 몇 안 되는 조선 남성 중의 하나인 정민혁은 '수신

서'에서는 "씀씀이를 줄여 이웃을 사랑하라"는 구절까지 나와 이웃을 사랑하는 성실한 본보기로 소개되었으며, '창가서'에서도 근검하고 남을 돌보는 사람으로 노래하고 있다. 특히 평범한 농민 정민혁이 '수신서'와 '창가서'에 동시에 나왔다는 것은, 조선인 중에서는 노래로 불릴만한 인물이 없다는 일제의 지론과 관련이 있을 것이다. 이외에 『보충창가집』에서 성삼문이 나오는데 한글창제의 인물이 나온 것은 1920년대의 회유적인 문화정책의 하나로 여겨진다.[10] 니노미아 긴지로나 정민혁은 자신뿐이 아니라 주변 사람에게도 귀감이 되는 남성으로 나와 있는데, 이외에도 '창가서'에 자기 일을 묵묵하게 수행하는 보통사람이 등장을 한다.

> 일본 제일로 선택된 칼은 요시히로의 것이 아니라, 가마쿠라의 주인 오카자키 마사무네라는 사람이 만들었던 칼이었습니다. (중략) 작업장에는 금줄을 둘러치고, 마사무네와 제자들도 단정한 옷매무새를 하고 열심히 칼을 만들고 있지 않습니까? (중략) "과연 이렇게 몸과 혼을 담는 것이야말로, 일본 제일의 명도를 만들 수 있는 것이다."
>
> 〈KV-4-19〉「오카자키 마사무네」

> 1. 잠시도 쉬지 않고 두드리는 소리 / 튀는 불꽃, 끓는 물방울
>   풀무바람조차 숨도 돌리지 않고 / 일에 온 힘 쏟는 마을의 대장장이
> 2. 주인은 소문난 고집불통이요 / 일찍 자고 일찍 일어나 병도 모르네
>   쇠보다 단단하다고 뽐내는 팔로 / 두드리는 쇠붙이에 정성 다하네
>
> 〈(下)-「村の鍛冶屋」, p.259〉

---

10 장미경·김순전(2013)「3·1운동 이후 日帝의 문화정책 -『普通學校唱歌書』와 『普通學校補充唱歌集』을 중심으로-」『일본어문학』제57집 한국일본어문학회, p.202

자신이 하는 일에 최선을 다하는 대장장이가 '수신서'에서는 오카
자키 마사무네로 구체적으로 언급되었지만, 「마을의 대장장이」라는
노래로 개인을 내세운 게 아니고 자기 일에 몰두하는 남성의 이야기가
삽화와 함께 나왔다. 이렇게 철저하게 자기 일에 열심히 하는 남성들
은 국가가 원하는 국민이었던 것이다. 이러한 성실함으로 인하여 해외
까지 결국 이름을 알리는 일본 국민이 나오는데, 먼저 노구치 히데요野
口英世를 살펴보자.

> 히데요는 의사가 사람을 도와주는 아주 고마운 직업이라는 것을 알게
> 되자 자신도 의사가 되어 사람들에게 헌신해야겠다고 생각했습니다.
> (중략) 잇달아 의학계에서 새로운 발견을 하여 어려운 병을 고치는 방
> 법을 생각해 내 많은 사람을 구했습니다. 1928년 히데요는 아프리카로
> 가서 무서운 열병연구를 했습니다. 아쉽게도 히데요도 그 병에 걸려 마
> 침내 거기에서 죽었습니다.　　　　　　〈KⅤ-(4)-7〉「野口英世」

> 1.　반다이산磐梯山의 흔들림 없는 / 모습을 닮은 그 마음
> 　　괴로운 일이 생겨도 / 끝까지 이루어 낸 강인한 사람
> 3.　뱃길도 먼 아프리카에 / 일본의 명예를 빛내고
> 　　사람들의 생명을 구하려고 / 자신은 목숨을 버린 사람
> 　　　　　　　　　　　　　　　　　〈(下)-「野口英世」, p.245〉

세균학자인 노구치 히데요는 어렸을 때 심한 화상으로 다섯 손가락
이 붙은 장애를 가졌지만 친절한 사람들 덕분에 불편했던 손이 조금이
나마 쓸 수 있게 되었다. 그래서 자신도 의사가 되어 다른 사람들에게
헌신해야겠다고 생각했다. "일본의 명예"를 빛내고 "세계에 이름을 알

린" 그의 삶은 학생들에게 강한 감동을 주었을 것이다.

노구치 히데요에 이어서 일본을 세계에 알린 사람으로는 야마다 나가마사山田長政가 역시 '수신서'와 '창가서'에 나와 있다. 야마다 나가마사는 에도 초기의 해외 도항자로 1612년 태국으로 건너가 태국의 내란을 진정시키며 일본과의 통로를 꾀한 '일본남자'의 대표자였다.

> 지금부터 320년 전쯤에 야마다 나가마사는 샴으로 갔습니다. (중략) 나가마사가 샴에 간 지 20여 년의 세월이 지났습니다. 명망이 높았던 손탐왕도 죽고 젊은 왕자가 뒤를 이어 국왕이 되었습니다. 이러한 틈을 타 그 당시 샴의 속지였던 나콘이라는 지방의 정세가 불안했습니다. 그래서 국왕은 나가마사를 새로 나콘왕으로 임명했습니다.
>
> 〈KⅤ-(4)-11〉「山田長政」

> 1. 구로시오 밀려오는 드넓은 바다도 / 건너보니 가깝구나 샴이라는 나라 / 남쪽으로 남쪽으로, 항해하네 항해해 / 야마다 나가마사 일본남자
> 2. 정의로운 전투에 힘을 더해 / 공적은 드높구나 나콘왕 남쪽으로 남쪽으로 국위를 펼쳐가네 / 야마다 나가마사 일본남자
>
> 〈(下)-「山田長政」, p.251〉

'창가서'에서 노래한 남성은 모범적인 인물도 있지만 시대 흐름에 따라 나라를 위해 싸우다 죽은 개인들이 등장을 한다. 이렇게 남성들은 근검하거나 노력으로 부를 이루거나, 의학 봉사로 귀감이 되었고, 해외에 이름을 알렸는데 전시체제로 들어감에 따라 국가가 원하는 남성은 군인으로 바뀌어간다.

특히 러일전쟁에서 싸운 일본 최초의 해군 군신인 히로세 다케오廣瀨武夫 중령의 희생정신을 노래로 교육시키고 있다. 부하사랑을 실천한 히로세 중령의 군인정신을 '수신서'에서는 한 아이와 약속한 것을 반드시 지키기 위하여 최선을 다하고 신의가 두터운 인물로서 다음과 같이 기술하고 있다.

> 히로세 다케오는 러일전쟁 때 뤼순 항구를 폐쇄하고 명예롭게 전사한 충성스럽고 용맹한 군인입니다. (중략) "만약 도중에 뜻밖의 재난이 생겨 죽게 되는 일이 생기면 우표를 기다리고 있던 아이는 얼마나 실망할 것인가."하고 예전의 약속이 마음에 걸렸습니다. 그래서 고향의 형에게 편지를 써 그 속에 미리 준비해 두었던 많은 우표를 넣어 "만약 이 편지가 도착하면 안에 있는 우표를 몇 해 전에 약속한 아이에게 전해주십시오."라고 부탁했습니다. 〈KⅢ-(5)-9〉「신의」

1. 울려 퍼지는 포성 / 날아오는 탄환 / 거친 파도 철썩이는 / 갑판 위에 / 어둠을 찌르는 중령의 고함소리 / "스기노는 어디에, 스기노는 없느냐."
2. 배 안 구석 구석 / 찾기를 세 번 / 불러도 대답 없고 / 찾아도 보이지 않네 / 배는 서서히 파도속으로 가라앉고 / 적탄은 점점 가까이 쏟아지네
3. 하는 수 없이 보트에 / 옮겨 타는 중령 / 날아오는 탄환에 / 홀연히 전사했네 / 여순旅順항의 원한은 깊어라 / 군신 히로세 그 이름 남았지만 〈(下)-「廣瀨中佐」, p.273〉

부하의 생사를 걱정하면서 애쓰는 모습이나 소녀와의 약속을 끝까

지 지키는 인간적인 모습이 '수신서'에 나오지만 '창가서'에서는 모범적 해군의 군신으로 등장을 했다. 영웅이지만 따뜻한 마음을 가진 상징적인 인물로 만들어진 것이다. 해군의 군신으로 히로세가 있다면 육군의 군신으로는 요동대전에서 전사한 다치바나 슈타橘周太 중령이 있다.

> "오늘은 황태자 전하께서 태어나신 날이다. 경사스러운 이 날에 이 한 몸을 천황폐하와 나라에 바치는 것은 진정한 군인의 바램이다." (중략) 다치바나 중령은 평소에 뜻을 굳게 먹고 용기 넘치는 군인으로 윗사람을 정중히 모시고 부하를 아끼는 사려 깊은 사람이었습니다. 이런 평소의 행동이 있었기에 장렬한 전사를 할 수 있었던 것입니다. 중령을 많은 전사자들 중에서 특히 군신으로 우러러보는 것은 당연한 것입니다.
>
> 〈KⅤ-(5)-9〉「軍神의 모습」

> 1. 시체는 쌓여서 산을 이루고 / 선혈은 흘러서 강을 이루네 / 지옥의 아수라장인가 샤온즈이向陽寺 / 구름 사이로 흐르는 달빛 푸르구나
> 2. "아군은 대부분 공격 당했으니 / 잠시 동안 여기를 후퇴하라"고 충고했지만 / "수치스럽게 생각하라 병사들이여! / 죽어야 할 때는 바로 지금이로다
> 3. 황국을 위함이고, 육군의 / 명예를 위함" 이라 일깨워 준 / 말씀 중에 산화한 / 꽃다운 다치바나 중령이여 존엄하도다
>
> 〈(下)-「橘中佐」, p.335〉

"나라를 위해" "명예를 위해" 산화한 다치바나를 노래로 만들어져 창가서에 나온 것은 장차 천황에게 충성을 다하는 황국신민을 양성하

기 위함으로 교과서가 바로 국본주의적 성격을 갖고 있다고 할 수 있다.[11]

'수신서'에서 〈KⅤ-(4)-15〉「화와이 해전의 아홉 용사」에 "바다로 가면 물에 잠긴 시체"라는 구절이 등장을 한다. 이것은 아홉 병사의 훌륭한 희생정신이야말로 천황에 대한 절대적인 충성심이라 하였다. 이 노래는 『만요슈萬葉集』에 수록된 "바다에 가면 물에 잠긴 시체, 산에 가면 풀에 무성한 시체, 천황 곁에서 죽을 수 있다면, 이 한 세상 뒤돌아보지 않으리."를 이용하였는데 훌륭한 희생정신은 천황에 대한 절대적인 충성심에서 나오게 된다고 아동들에게 가르치고 있다.[12] 이 아홉 용사 이야기는 '창가서'에 그대로 노래로 나온다.

> 1. 살아서 돌아오지 않을 결심을 / 시나 글로 써 남기고
>   6천 킬로의 바다를 건너 / 기습하는 하와이 진주만
> 3. 몸은 벚꽃으로 산화됐지만 / 타오르는 충심은 영원토록 / …
>
> 〈(下)-「九勇士」, p.279〉

'수신서'에 나온 내용을 '창가서'에 압축시켰다고도 할 수 있지만 초등학생을 대상으로 하는 노래 가사에 "시체는 쌓여 산을 만들고, 핏물은 흘러 강을 이루네,"라든지 "수라의 갈림길" "벚꽃으로 그 몸은 산화되었지만"이라는 직설적인 구절은 전쟁에 광분한 일본의 다급함을 심어주는 모습이라 여겨진다. 또한 아동들의 병사양육이라는 이미지가 제시되기도 하였다. 이처럼 대부분 『初等音樂』에 나온 남성은 근면한 인간으로도 등장했지만 아주 일부에 그쳤고, 일본을 해외에 알리거나

11 윤상인·박규태(2006) 『'일본'의 발명과 근대』 이산, p.199
12 김순전 외(2006) 『제국의 식민지 수신』 제이앤씨, p.97

대부분은 전쟁을 승리로 이끈 군인으로 이동하고 있음을 알 수 있다. 전기적인 이야기를 노래로 만들었지만 역사적 배경이 전혀 다른 조선 아동들에게 일본 역사에 기술된 남성 소재의 노래가 대다수라는 것은 일본정신을 주입하려는 의도 중의 하나였다고 생각한다.

　가정의 근대적 변형은, 가족을 최소한의 부양체계를 만들면서, 어린이의 위치는 근대 가정의 개념과 함께 탄생했다. 근대국민의 육성에 맞춰진 어린이라는 개념이 형성되었는데 두 교과서에서는 장차 臣民이 될 남자 어린이를 중요시하였다.

　　5월의 명절이 되었습니다. 학교 지붕 위에는 고이노보리가 힘차게 펄럭이고 있습니다. 선생님이 "잉어는 씩씩한 물고기입니다. 고이노보리를 세우는 것은 어린이가 씩씩해지도록 축원하기 위해서입니다."라고 말씀하셨습니다.　　　　　　　　　　　〈KⅤ-(2)-3〉「5월의 명절」

　　1. 기와의 물결과 구름의 물결 / 겹쳐져 물결치는 공중을
　　　　홍귤 향내 나는 아침바람에 / 높이 높이 헤엄치네 고이노보리
　　2. 크게 벌린 그 입으로 / 배라도 삼킬 듯이 보여서
　　　　힘차게 흔드는 꼬리는 / 세파에 흔들리지 않는 모습이어라
　　3. 수많은 폭포를 올라가면 / 곧바로 용이 될 텐데
　　　　"아이야 나를 닮아라"고 / 하늘에서 춤추네 고이노보리
　　　　　　　　　　　　　　　　　　　〈(下)-「鯉のぼり」, p.315〉

　　1. 오늘은 즐거운 / 5월 단오 / 세워 놓았어요 고이노보리
　　　　나는 일본 남아랍니다.　　　　　〈(下)-「五月ノセック」, p.97〉

푸른 하늘에 유유히 휘날리는 고이노보리鯉(こひ)のぼり를 찬양하고, 장식해 놓은 무사인형을 보고 일본남자로 성장한다는 기쁨과 각오를 노래하고 있다.

교육은 식민지 조선아동 교육에 그대로 적용되어, 학교가 교육기관이기에 앞서 언제라도 전쟁에 동원되는 인력을 양성하는 훈련소로 변용되기에 이른다. 미래의 인적 자원인 초등학교 남학생의 교육을 통해 장차 천황을 위해 멸사봉공하는 군인을 양성해야 할 필요성을 '수신서'와 '창가서'에서 구현하였던 것임을 알 수 있다.

3.2 복합적인 역할의 수행자

남성이나 여성이라고 하는 생물학적 차이가 가정이나 사회에서 하나의 제약장치로 되어 가고 있다. 일제가 여성 정책의 목표로 삼는 여성상은 식민통치에 순응하고 가부장적 사회체제에 적합한 여성이었다. 일제는 이러한 여성을 현모양처주의 교육을 통해 양성하려고 하였다.[13]

이러한 정책에 맞게 '수신서'에 나온 여성이 과연 '창가서'에서는 어떠한 모습으로 나와 있을까 살펴보기로 하겠다.

남자는 성장하여 일가의 주인이 되어 직업에 종사하며 가족을 부양하고, 여자는 아내로서 남편을 내조하여 일가를 돌봐야 합니다. (중략) 남자는 여자보다도 몸이 건강하고, 대부분 지식도 뛰어나므로 여자를 돌보지 않으면 안 됩니다. 여자는 남자의 아내가 되어 남편을 따르고 부모를 잘 봉양하며 자식을 낳아 기르며 그 외에 갖가지 집안일을 하지

---

13 한국여성연구소 여성사연구실(1999) 『우리 여성의 역사』 청년사, p.284

않으면 안 됩니다.　　　　〈KⅠ-(6)-22〉「남자의 의무와 여자의 의무」

1. 아침 저녁으로 지칠 줄 모르고 일하며 / 고운 옷도 차려 입지 않고
세탁과 재봉으로 쉴 새도 없이 / 여자의 본분은 다망하여라

2. 순종함을 마음가짐으로 / 순량의 덕 바르게 몸에 갖추어
부모님과 지아비에게 성심을 다하는 / 여자의 본분은 아름다워라

3. 참으로 드높은 현모의 가르침 / 철저히 지켜서 자녀를 양육하고
씀씀이를 줄이고 집안을 바로잡는 / 여자의 본분은 소중하여라
〈(上)-「女の努」, p.271〉

'수신서'에 나와 있는 여성에 대한 교육 제시는 '창가서'에 그대로 압축되어 나와 초등학교 때부터 남자와 여자의 확실한 역할담당을 인식시켰다. 물론 가정 생활모습을 통해서 여성의 일과를 알 수 있었겠지만 교과서로도 역할 제시를 가르쳤던 것이다. 이와 같이 여성은 부모와 남편과 자식들의 뒷바라지뿐만 아니라 많은 가사노동을 당연하게 담당하고 있다는 것이 노래에도 나온다. 여자의 본분에 대한 이야기는 「부덕」이라는 노래에서 다시 한 번 나오는데, 부덕과 계율을 소개하고 가정에서의 여성의 본분을 상기시키는 내용이다.

1. 저기 보세요 버드나무 / 유연하게 늘어진 가지의 / 자태는 온순하여
거센 바람에도 / 거스르지 않는 것이야말로 여성의 본보기 / 모두
다 마음을 / 상냥하게 하고 / 몸가짐 조신하게 하세

2. 저기 보세요 소나무 / 줄기도 곧게 자란 가지와 잎의 / 자세 올곧게
온갖 풍설에도 / 푸른빛 변치않는 여성의 본보기 / 모두 다 마음을 /

바르게 가지고 / 절개를 지키세   〈(上)-「婦德」, p.337〉

「여자의 본분女の努」에서 '현모양처'의 생활상을 노래했다면 「부덕」
에서는 기본적인 역할보다는 여성의 '수양' 쪽에 비중을 두었다. 여성
을 버드나무에 비교하여 온화함과 정숙함을 교육시키려 하였으며, 나
무에 비교하여 언제나 변함없는 정조관을 갖도록 강조하였다. 고이노
보리가 남아를 위한 명절이라면 여아를 위한 축제로는 '히나마쓰리ひな
まつり'가 있다.

1. 히나마쓰리 히나마쓰리 / 오늘은 즐거운 히나마쓰리 / 모두다 즐겁
   게 놀아보아요
2. 천황님 천황님 / 가장 존귀한 천황님 / 모두 다함께 축하합시다
3. 황후님 황후님 / 나란히 늘어선 황후님 / 방긋 웃어 주세요

〈(中)-「ひなまつり」, p.207〉

교사지도서에 나온 「히나마쓰리」를 보면 제1절은 간소하게 장식된
것을 노래하고 있고, 2절에서는 히나단雛壇 가장 위에는 천황폐하부부
가 계시고 뒤에는 금종이로 붙인 병풍이 있음을, 3절에서는 5인의 시
종들과 궁녀가 모두 나란히 웃고 있는 모습을 설명하라고 되어 있다.
   이 노래의 지도 요목은 "일본 고유의 히나마쓰리를 노래로 부르고,
우아의 정을 쌓으며, 국민적 정서를 순화하는데 있다."[14]고 하였다. 가
사에서 등장하는 '고이노보리'나 '히나마쓰리'는 한국 정서와는 상관
없이 일본적인 내용으로 일제가 의도한 황국신민화를 강제적으로 주

---

14 朝鮮總督府(1942)『ウタノホン』조선서적인쇄주식회사, p.140

입하였음을 보여 주고 있다. 히나인형은 1930년대 후방의 전신무장이
강화될 때 대량으로 조선에 보급하는 정책을 내렸는데 후방교육의 문
화정치의 일환으로 볼 수 있다.

> 동경시내의 녀학생일동은 이번 조선어린이들에게 히나인형을 증정하
> 기로 되어 있어 지금 동경의 히나인형 제조상조합에서대대적으로 제작
> 하는중이라 한다. 제조가 긋나면 오늘 二월一일동경서 증정식을 거행
> 하고— 경성에 건너와서 각도로 분배할 작정이라고 한다.[15]

국민국가 형성에 발맞춘 어린이라는 개념의 탄생과, 가정에서 이루
어진 히나마쓰리는 신민으로서 여자 어린이에게 보여줄 교육관을 심
어준 것이다. 위의 인용에서 보듯이 당시 히나마쓰리의 보급에는 일본
정부의 주도하에 의도적으로 이루어졌다는 것이 여실히 드러나 있다.
또 여자 어린이들의 놀이인 하네쓰키羽根つき에 대한 노래가 (『ウタノホン』
-2-16.「羽根つき」) 나와 있다. 이런 노래가 조선 어린이들에게 일본적
인 정서에 은연중 동화하는 역할을 부여하고 있다.[16] 이렇게 여자 어린
이는 히나인형을 가지고 논다는 부분이 있는가 하면, 엄마를 도와주는
역할을 하고 있음도 노래에 나와 있다.

> 1. 자장 자장 잘 자라 잘 자거라 아가는 착한 아이 잘 자거라
> 2. 아기보기는 어디에 갔나? 저 산 너머 고향에 갔다
>
> 〈(下)-「子守歌」, p.283〉

---

15 〈동아일보〉 1931년 1월 18일
16 장미경・김순전(2013) 「3.1운동 이후 日帝의 문화정책 -『普通學校唱歌書』와 『普
    通學校補充唱歌集』을 중심으로-」 「일본어문학」 한국일본어문학회 57집, p.199

이 노래는 단발머리에 교복을 입은 아이를 업은 누나의 모습이 삽화로 들어 있다. 여자 어린이는 당시의 모든 누나들처럼 남동생을 돌보는 역할을 수행하고 있었다. 이런 모습은 다른 노래에도 나와 있다.

1. 우리집에 갓 피어난 흰 백합 같은 / 아름다운 누이가 시집을 가네
   경사스런 날인데 왠지 모르게 / 쓸쓸함 가득한 검붉은 구름
2. 우리집에 향기로운 흰 국화처럼 / 고상한 누이가 시집을 가네

〈(下)-「姉」, p.387〉

동생들을 업고 기른 누나들은 결혼을 하여 아내가 되고 엄마가 된다. 한 가정의 딸들은 '좋은 아내, 좋은 어머니'로서 '남자를 위해 가장 명랑한 휴양 위안소'로서의 역할로 이어질 것이다. 신민으로서 여성이 여자어린이에게 보여 주어야 할 교육관, 국민으로서 의무인 미래 병사가 될 어린이를 낳고 키워야 하는 여성으로서 유기적 관계로 이루어졌다는 것을 상기시키고 있다.[17]

이처럼 아내의 역할은 '내조' 즉 '안쪽에서 주는 도움'이었다. 이런 여성론은 정숙과 덕의 함양을 기본으로 삼고 부덕을 갖춘 식민지여성을 길러내는 것으로 규정하고 있다.

어머니는 노고를 아끼지 않고 히데요를 잘 보살펴 주었습니다. 이 어머니를 위해서라도 다른 아이들처럼 놀고 싶은 생각이 없었습니다.

〈KV-(4)-7〉「노구치 히데요」

---

17 장미경(2009) 「〈修身書〉로 본 조선총독부의 '식민지 여성교육'」 「일본어문학」제
   41집, p.381

2. 다정하게 어머니를 돌보고 / 옛 스승을 공경하며 / 의학의 길에 정
   진하여 / 세계에 그 이름을 떨친 사람

   〈(下)-「野口英世」, p.245〉

노구치 히데요가 다른 아이들처럼 놀고 싶은 마음이 들어도 자신을
돌보아 준 어머니를 생각해서 열심히 최선을 다했다는 내용에 초점이
맞추어졌다.

전쟁이 막바지로 치닫자 교과서에서는 천황을 위한 용감한 군인이
되기에는 엄마의 애국심이 절대적으로 필요하다는 인식을 심어주려
하였고, 또한 적극 협력할 것을 암시하였다.

"천황폐하 만세, 대일본제국만세, 전사한 아들 다쓰오를 대신해 어머니
야스가 삼가 노래합니다. (중략) 나 역시 남자아이 셋을 키우는 어머니
로서 씩씩하게 잘 키워서 나라를 위해 최선을 다하고자 합니다."라고
하셨습니다. 이 시를 읽은 사람은 누구나 감동받지 않은 자가 없었습
니다. 일본 장병이 어느 날 유사시에 기뻐하며 나라를 지키는 호국신이
되어 황공하게도 천황폐하의 행차까지 따라갔다는 이면에는 이와 같이
어머니의 나라를 존경하는 마음도 깊게 작용했다는 것을 잊어서는 안
됩니다.   〈KⅣ-(6)-22〉「국방」

1. 황국을 수호하는 큰 임무를 / 짊어진 남아 / 내 아들이지만 / 내 아들
   이 아닌 황국의 아들 / 참되고 용감한 대장부로 / 길러낸 어머니야
   말로 장하도다
2. 그 어머니에 그 아들이라네 / 죽어서도 멈추지 않는 드높은 기상 /
   웃으면서 돌진하는 적의 기지 / 구용句容 하늘에서 생을 마감한 / 해

군 대위 야마노우치

3. 호국의 꽃으로 산화한 / 내 아들을 대신하여 삼가 / "천황폐하 만세"
하고 / …   ⟨(中)-「山內大尉の母」, p.547⟩

중일전쟁 때 죽은 아들의 죽음을 헛되이 하지 말고, 천황을 위해 힘
껏 싸우라고 아들 부대로 보내는 어머니의 편지가 나온 '수신서'의 내
용이 「야마노우치 대위의 어머니」라는 제목으로 '창가서'에 나온다.
나가서 죽는 것도 결국 천황폐하를 위한 황국신민의 영광이라는 식으
로, 조선여성을 황국여성으로 동일시하여 은연중 의식화 교육을 심어
놓았다. 아들은 이제 '내 아이'가 아닌, '황국의 아이'로 변용된 것이다.
'수신서'에서는 대부분 일본여성이 나왔지만 '창가서'는 그런 개개인
의 모습마저 언급이 되지 않은 채, 간접적으로 보조로만 서사되었다.

> 일본의 어머니는 자기 자식을 강하고 바르게 길러 나라에 바치려고 염
> 원하고 있습니다. 바람이 불거나 비가 오거나 자식을 생각하고 계속 기
> 도하는 어머니 마음의 고마움은 우리가 언제나 몸소 절실히 느끼고 있
> 는 바입니다. (중략) 어느 비행사는 날개를 관통당해 부상을 입으면서
> 도 조상신에게 비는 어머니의 환영에 힘을 얻어서 기지로 생환했다고
> 도 합니다.   ⟨KV-(6)-19⟩ 「일본의 어머니」

1. 어머니야말로 생명의 샘 / 소중한 자식을 품에 안고 / 미소 지으며
생기 있게 / 아름답도다 어머니의 모습
2. 어머니야말로 황국의 힘 / 아들들을 전쟁터에 / 멀리 보낸 용기여 /
용감하도다 어머니의 모습
3. 어머니야말로 영원한 빛 / 이 세상이 존재하는 한 / 대지에 빛나는

하늘의 태양이어라 / 거룩하도다 어머니의 모습

〈(下)-「母の歌」, p.345〉

　　전쟁의 승리 뒤나 죽음의 문턱에서 살아 돌아오는 것도 어머니가 있기에 가능한 것임을 강조한다. 남편의 전사 후 여자 혼자의 힘으로도 가난한 가정을 지키고 자식들을 훌륭하게 양육하여 군인으로 키우는 '일본의 어머니'가 진정한 어머니라고 규정하였다.[18] 당시 여성은 가족을 위해, 남성은 주군을 위해 목숨을 바치는 것이 일반적인 기조基調이었다. 자식을 강하게 길러 나라에 바치려는 어머니의 강한 의지가 군신을 만들어내는데 큰 역할을 했으며 자식을 호국의 신으로 길러낸 훌륭한 어머니가 많이 있다는 것을 강조하고 있다. '창가서'에 나온 여성은 내조와 황국신민을 만들기 위한 정신을 가진 여성을 요구하고 있다. 특히 황국신민이란 용어는 조선에서 일본으로 역수입 되었으며,[19] 이런 황국신민을 받드는 것이야말로 나라를 지키는 초석이며 역사를 구축하는 저력이라고 '수신서'와 '창가서'에서는 말하고 있다. 하지만 '창가서'에서는 여성을 개인으로 인정하지 않는 "무인의 어머니", "일본의 어머니"란 존재로만 노래하고 있다. 여성은 당당한 국민의 존재라기보다 남성의 뒤에서 뒷받침 해주는 보조인으로 설정되어 현모양처 사상이 서로 다른 목적을 위해 복합적으로 이용했다고 볼 수 있다.[20]

18　김순전 · 장미경(2006) 「보통학교수신서」를 통해본 조선총독부 여성교육」「일본어문학」 제28집 일본어문학회, p.211
19　渡部學 · 김성환 역(1984) 『한국근대사』 동녘신서, p.187 재인용
20　윤택림(2001) 『한국의 모성』 미래인력연구소, p.44

3.3 국가 형성의 기본 구조

인간관계에 있어서는 사회형성의 기본 단위가 가정인데, 가정의 시작은 남성과 여성이 부부가 되는 것에서 시작되고 있다. 가정이야말로 한 집안을 일으키는 기둥이고, 이 가정이 모이면 작은 사회, 더 나아가 국가가 되는 것이다. 이것은 부부에서 출발하여 국가, 그리고 황실로 이어진다. 국민형성은 부부를 단위로 한 '이에家'의 개념을 주축으로 하는 호적제도를 통해 시작된다. 국가의 주도하에 가정이 존속됨에 따라 국가가 어떠한 목적을 갖느냐에 의해 가정의 존재감이 영향을 받을 수밖에 없다. 부모의 역할에 의해 가족의 질서가 형성되기도 한다.

> 우리의 부모가 가정에서 실제로 하고 있는 것은, 바로 이 남자의 의무와 여자의 의무의 주된 것입니다. 아버지는 한 집안의 가장으로서 가족을 이끌고 가계를 유지하며, 또한 밖에서 여러 가지 일을 하고 있습니다. 남자와 여자가 잘 조화를 이뤄 각각의 의무를 다해 간다면, 집안도 번성하고 따라서 나라도 부강해 질 것입니다.
>
> 〈K Ⅱ-6-6〉 「남자의 의무와 여자의 의무」

> 노기대장은 어렸을 때 몸이 약한 데다 겁쟁이였습니다. (중략) 아버지는 조후長府번의 번사로, 에도에 있었지만 자기 아들이 이렇게 겁쟁이어서는 안되니 어떻게 해서든 아들의 몸을 튼튼하게 하고 마음이 강한 사람으로 만들어야겠다고 생각했습니다. (중략) 어머니 역시 대단한 사람이었습니다. (중략) 이런 부모님 밑에서 이런 집에서 자란 노기대장이 평생을 충성과 검소함으로 끝까지 살면서 무인의 모범으로 추앙을 받

게 된 것은 이와 같은 이유가 있는 것입니다.

〈KⅤ-4-18〉「노기대장의 소년시대」

　'수신서'에서 나오는 「남자의 의무와 여자의 의무」나 「노기대장의 소년시대」를 보면 부모야말로 아동들의 살아있는 교훈이다. '수신서'에 나오는 노기대장도, "부모님의 교육 아래 훌륭한 군인이 되었다."고 부모의 교육과 가정의 중요함이 강조되고 있다. 남성이나 아버지는 강한 사람으로, 여성이나 어머니는 현명한 사람으로 묘사되고 있다. 이런 내용과 꼭 합치되는 것은 아니지만 '창가서'에 화목한 가정의 모습이 제시되었다.

　1. 햇님이 서쪽으로 기울어가네 / 지금쯤 아버지가 돌아오시겠지 / 마
　　당을 쓸고 물을 뿌려서 / 정말로 시원해졌습니다
　2. 평소처럼 다리까지 가보자 / 포플러 가로수 나무 그늘에 / 아버지를
　　발견한 누이동생은 / 두 손 높이 들고 달려갑니다

〈(中)-「おとうさん」, p.203〉

　1. 어머니는 툇마루에서 / 바느질하시고 / 나는 곁에서 책을 읽네
　2. 큰 소리로 읽고 있네 / 어머니는 그 소리를 / 듣고 계시네

〈(中)-「オカアサン」, p.139〉

　'창가서'의 「아버지」라는 노래에서는, 집으로 돌아오는 아버지를 마중 나가 기다리는 설렘이, 아버지가 보이자 반가워하는 누이동생의 모습이 그림처럼 떠올려진다. 「어머니」라는 노래에서는, 바느질하는 어머니 옆에서 책을 읽는 아이와의 가정적 정겨움으로 따뜻한 가정의

모습이 묘사되었다.

(「ウタノホン」〈1-16〉「어머니」)에서는, 일본의 전래동화인 모모타로 이야기를 해달라고 어머니에게 조르는 노래가 있다. 더 나아가 가정의 평온한 모습이 좀 더 구체적으로 묘사된 것이 「즐거운 우리집」이다.

1. 반짝이는 포플러나무 아래 / 부엌 창가에서 어머니 / 나의 귀가를 기다리고 있네 / 서둘러 돌아오는 논길 / 제비가 휙휙 날아가네
3. 흔들리는 포플러나무 아래 / 달빛어린 툇마루에서 아버지 / 옛이야기를 들려주시네 / 어느새 어린 여동생은 / 사랑스럽게 새근거리고 있네
〈(中)-「楽しい我が家」, p.527〉

언제나 따뜻한 존재로서 각인되어 있는 부모마저, 「숫자의 노래」에서는 천황의 아래에 존재함을 노래하고 있다.

1. 하나하면, 한 사람 한 사람의 충의를 제일로 / 우러르세 높은 천황의 은혜 나라의 은혜
2. 둘하면, 두 분 부모님을 소중하게 / 새겨두세 깊은 아버지의 사랑 어머니의 사랑
〈(上)-「かぞえ歌」, p.312〉

전시동원체제와 함께 가정은 총동원의 기초단위로 선언되는데, 가정은 국가의 기조이며, 이에家의 존재를 자각하는 것을 개인과 국가의 연쇄라고 해석함으로써, 일본을 '황실 중심으로 한 단일민족국가'라고 생각하는 듯하다. 국민의 정체성은 같은 조상에서 이어지는 하나의 큰집이 되므로 국가는 '이에家'의 이에가 되는 것이다.[21] 1898년에 시행된 舊 민법의 가족법은 이에의 연속성을 법적으로 보장한 것이다. 일

본정부는 이에를 국가의 기본 단위로 삼으며, 천황을 살아 있는 조상 즉 현인신現人神으로 섬기게 하는 것이다. 이에는 개인과 국가를 결합시키는 매개체가 된다는 것을 강조하는데, 개인과 조상의 관계가 개인과 국가의 관계로 치환된다고 이어지고 있다. 남성과 여성으로 이루어진 가정은 새로운 시대에 걸맞은 인간을 기르고, 국가의 단위로서 재연되어야 하는 장소이기도 했다.[22] 결국 가족은 『초등창가』〈2-23〉「히나마쓰리」에 나와 있는 것처럼 천황의 아래에 놓여지는 사회로 인식하고 있었고, 부모 위에는 천황이 존재한다는 것을 각인시키고자 했던 것이다.

4. 교과서에 반영된 지배 이데올로기

한국 근대의 역사는 간접적이기는 해도 일제강점기와 맞물려 있으며, 식민지 조선인 형성에 초등학교는 중요한 교육기관이었다. 교육과정의 지배 이데올로기는 교과서에도 그대로 반영되어 있는데 성차별적 구조도 '수신서'와 '창가서'에 그대로 적용되었다. 일제는 표면적으로는 교육을 통하여 아동들의 정서를 순화시키고 덕성을 함양시키는 것이 목적이라고 하였지만, 남성과 여성의 역할도 일제의 이익과 관련하여 입안되고 시행되었다고 할 수 있을 것이다.

일제는 음악을 '혼의 양육'으로 보고 평상시에는 국가사상의 통일면에, 戰時에는 전쟁수단의 도구로서 교육하였다. 그런 이유로 창가교육을 통하여 국민정서를 통제하고 특수한 사상을 주입시키겠다는 생

21 酒井直樹(1992)「文化的差異の分析論と日本という內部性」『情況』, p.105
22 김수진(2009)『신여성, 근대의 과잉』소명출판, p.345

각으로 활용한 것이다.

'수신서'에는 수많은 사람이 나오지만 '창가서'에는 아주 적은 사람이 노래로 불려졌다.

두 교재에 등장하는 어른을 일단 남성 / 여성으로 성별을 분석해 보니 대부분 남성이었음을 알 수 있다. 물론 노래에 나온 조선인 정민혁은 평범한 농부였으며, 일본의 니노미야 긴지로의 이미지와 비슷한 모범인물로 형상화하였다. 또 성삼문은 3·1운동 후의 일제의 회유정책의 하나로 『보충창가집』에 나오기도 하였다.

'수신서'에서는 상황에 따라 인물상이 강조되거나 소외되기도 하는데, 해외에 이름을 알린 일본남자를 강조하였다. 전쟁 시기에 출판된 교과서에서는 대부분 충군애국과 관계된 인물이 점점 많이 등장하기 시작하여 국가에서 필요로 하는 역할담당자로 변용되었다.

사회를 이끌어가는 주도적 인물이 아이들보다는 어른 중에서도 남성이어서, '창가서'에서도 남성이 여성보다 주도적 역할을 더 많이 담당하고 있음을 알 수 있다. 기수마다 차이는 있지만 전체적인 면에서 종합하면 남성 / 여성 비율이, '수신서'에서는 83 / 17(%)이었고, '창가서'에서는 63 / 36(%)이었다. 얼핏 보면 노래로 더 많은 여성이 불려진 것 같지만 사실상으로는 적었으며, '수신서'와 '창가서'에 나온 「야마노우치의 어머니」 마저 기존의 사상 그대로 여성의 역할에 후방적 역할만을 덧붙여 노래로 강조하였다. 물론 전통적인 가족주의에 입각하고 있기에 남녀의 성역할이 고정적으로 표현되어 있는 것은 어찌보면 당연할 것이다. 하지만 '수신서'에 개인으로 나온 여성마저 '창가서'에서는 여성 그 자체가 인정되기보다 남성을 위한, 아들을 위한 보조적, 간접적인 역할로만 제시되었음이 확인된 것이다.

어린이의 경우에도 남자아이는 미래의 식민지인, 일본 남아로만 노

래하였고, 여자아이는 가정 안의 범위 내에서의 역할로만 한정시켜 놓
았다.

　남성과 여성의 결합체인 가정에 대한 내용은 '수신서'에서 부모의
교육과 가정의 중요함이 제시되었으며, '창가서'에서도 화목한 가정
의 모습이 노래로 불려졌다. 그러나 따뜻한 존재로서의 부모가 이룬
가정이, 천황의 아래에 위치하고 있음을 암시하고 있다. 가정 마저 천
황의 아래에 위치하는 사회로 설정되어, 부모 위에는 천황이 존재한다
는 것을 교과서에서조차 말하려 했던 것이다.

제국의 식민지 창가

Ⅳ. 군국주의의 교화장치 독본창가*

유 철

1. 서론

현재 대한민국 국군은 규정상 명시되어있지 않으나 육 · 해 · 공군을 막론하고, 모든 훈육부대에서는 '10대 군가'¹를 부르도록 병 기본훈련의 일환으로 가르치고 있다. 창군 초기에는 외국행진곡들이 주로 연주되었고, 일본 음악풍이거나 獨立軍 軍歌에 가사를 바꾸어 부른 경우가 많았다. 그 후 6 · 25전쟁 중 많은 부대들이 창설되면서 군을 상징하

---

* 이 글은 2013년 12월 한국일본어문학회 『日本語文學』(ISSN : 1226-0576) 제59집, pp.269-289에 실렸던 논문 「日帝末期 軍國主義 敎化에 利用된 讀本唱歌」를 수정 보완한 것임.
1 현재 대한민국 국군에서는 「전우」, 「전선을 간다」, 「용사의 다짐」, 「멸공의 횃불」, 「진군가」, 「최후의 5분」, 「아리랑 겨레」, 「팔도사나이」, 「행군의 아침」, 「진짜 사나이」 등의 곡은 통상적으로 '10대 군가'라 칭하며 대한민국 국군에 속하는 모든 신병교육부대에서는 이 10대 군가를 필수적으로 가르치고 있다.

는 군가가 생겨났다.[2] 군은 특수기관이기 때문에 이러한 교육체계가 필요한 것은 누구나 공감하는 부분이다. 그러나 약 70년 전 아동들은 초등교육기관에서부터 이와 버금가는 교육을 받으며 자라왔으며, 오늘날 이러한 사실을 아는 이는 극소수에 불과하다.[3]

일제강점말기 조선에서의 학교교육은 군국주의적인 성격이 강한 분위기 속에서 일부 교과서에도 이데올로기가 투영될 수밖에 없었다. 당시 일본어國語, 창가 수업에서도 교과 내용과 더불어 노래를 통해 수업을 진행하였으며, 체조시간에도 축음기 소리를 들으며 구호를 외치면서 달리도록 하였다. 이렇듯 학교교육과 매우 밀접한 관계를 가지고 있는 軍歌 그리고 이를 비롯한 모든 음악은 인간의 '감성'을 듣고, 부르고, 연주하는데 그치는 것이 아니라 다양한 음악적 행위를 통해서 사람의 감성변화를 이끌어내는 예술로써도 해석[4]되어 군사교육뿐만 아니라 모든 인간생활에 있어서 매우 중요한 요소로써 자리매김 하고 있는 것을 알 수 있다.

따라서 본 논문에서는 이와 같은 문제의식에 기초하여 일제말기 초등학교에서 조선인 아동들에게 가르친 다양한 교과목 중 일본어와 창가 교과서[5]에서, 단원의 내용 일부와 그 속에 나타난 노래의 가사를 발

2 황승주(2008)「군악대가 군의 사기에 미치는 영향과 발전방향 연구」강원대학교 교육대학원 석사학위논문, p.1
3 최근 창가와 관련된 선행연구는 박제홍(2012)「일제강점기 창가에 나타난 수신교육」; 김주연(2013)「일제강점기 초등학교 창가에 투영된 식민지교육」; 박경수(2013)「일제강점기 초등학교 창가와 의식의 상관성」; 유철·김순전(2013)「일제말기 도구화된 초등음악교육」등이 있으며, 기타 대부분의 연구는 음악학적 접근하고 있었다. 이 선행연구들은 창가(음악)교과서만을 주 텍스트로 연구하였으며, 본 논문과 같이 일제강점기 일본어교과서인『國語讀本』의 운문을 창가로 만든 '讀本唱歌'를 통한 연구는 전무하다고 할 수 있다.
4 김승일(2006)『서양음악사』예일출판사, p.23
5 본 논문은, 1940년대 편찬된 당시 일본어 교과서인『初等國語』총 10권, 같은 시기에 편찬된 당시 음악교과서『初等音樂』총 6권을 텍스트로 선정 하였다.

췌하여, 당시 아동들에게 군국주의의 일환으로 부르도록 한 讀本唱歌[6]
에는 어떠한 곡들이 있는지를 밝혀내고자 한다. 또한 가사의 내용을
통해 일제가 얻고자 하였던 것은 무엇이었는지, 그리고 일본군의 사기
증진과 황군을 양성하기 위해 당시 아동에게 실시한 구체적인 교육의
실상을 확인하고자 한다.

2. 일제말기 학교교육의 흐름

2.1 조선의 교육시스템을 장악한 일제의 군국주의

조선총독부는 1939년 4월 〈朝鮮軍事後援聯盟〉을 발족하여 『軍事後
援聯盟事業要覽』을 편찬하면서 군인 후원에 관한 내각총리대신의 勅
語 내용을 기술하고, 미나미 지로南次郎 총독의 訓令에서 '國體의 국민',
'국군의 사기', '후방에서의 결의' 등을 거듭 강조한다. 그리고 이와 더
불어 황후가 조선인 참전용사나 군 소집에 응한 군인가족들에게 깊은
감사의 뜻을 다음과 같이 전하고 있었다.

> 황후폐하께옵서는 금번의 사변에 임하여, 출정하거나 소집에 응한 군
> 인과 그 가족에게 깊은 감사의 뜻을 전하시며, 1937년 9월21일 특별한
> 온정으로 노래和歌 한수를 하사하시고, 동시에 후방에서의 후원사업을
> 위하여 내탕금 하사의 뜻이 전해졌기에, 미나미 총독은 즉시 관리와 백
> 성들에게 이 높고 깊은 뜻을 전함과 동시에 하사금은 신중하게 고려한

---

6 『國語讀本』(일본어교과서)에 수록된 운문을 唱歌로 만든 것으로, 당시 주당 12시
간을 배정한 「國語讀本」 수업 중에 일부 시간을 할애하여 가르친 것을 '讀本唱歌'
라 한다.

끝에 군사후원연맹으로..[7]

위 내용을 비롯하여 조선인의 전쟁 참전 용사, 징병소집에 응한 자들의 가족이나 유족들에게 위문을 어떤 방법으로 시행할 것인지, 또한 참전군인 유가족들로 구성된 위문회의 운영방안, 부상병사 위문, 부상군인들의 보호 및 현지·현품 위문 등에 대한 다양한 지원방법과 내역 등을 상세히 기술하여 조선인들에게 군 징병에 대한 내용을 직간접적으로 홍보하고 있다.

1942년 8월 1일부로 조선인에 대한 징병제도가 시행되는 징병법이 통과되기 이전부터 이미 조선총독부와, 국민총력조선연맹에서는 『朝鮮徵兵準備讀本[8]』이라는 조선인용 교범을 제작하였으며, 이를 바탕으로 1943년 11월에는 조선인 정식군사교범인 『朝鮮徵兵讀本』을 편찬하였다. 이는 조선인들을 징병에 응하도록 하여 부족한 병력동원을 용이하도록 하기 위한 수단으로서 교범 내용을 조선인들도 쉽게 읽게 하기 위해 한자에 일일이 히라가나로 덧말을 달아주는 등 심혈을 기울여 제작한 것을 엿 볼 수 있다. 이 교범이 제작될 무렵 조선총독부에서는 1942년 5월 학교와 청년훈련소에서 군사예비훈련을 강화하기로 결정[9]한다. 그리고 조선총독인 고이소 구니아키小磯国昭도 1943년 시무식에서 "도의조선의 확립"을 위해 '수양 연성의 철저한 실천' 3대 시정의

---

7 皇后陛下に於かせられては今次事変に際し、出征及應召軍人遺族並御に家族に對し深く御心を垂れさせ給ひ、昭和十二年九月二十一日特別の御思召を以て御歌を御下賜あらせられ、同時に銃後の援護事業に對し、御内帑金を御下賜の旨沙汰あらせられたので南總督は直ちに彊内官民に對し御慈旨の存するところを示すと、共に御下賜金は鎮重考究の結果軍事後援聯盟をして…朝鮮軍事後援聯盟(1939)『軍事後援聯盟事業要覽』, p.2
8 杉浦洋(1942)『朝鮮徵兵準備讀本』朝鮮總督府・國民總力朝鮮聯盟
9 신주백(2004) 「日帝末期 朝鮮人 軍事敎育」한국사회사학회 정기학술대회, p.160에서 「甲委員會打合決定事項」(1942.4.24) 재인용

하나로 내세¹⁰우면서, 1943년 9월 "絕代國防圈"을 설정하며 국방태세
를 강화하려고 한다.

그리고 1943년에는 청년훈련소와 조선청년특별연성소를 늘렸을
뿐만 아니라, 1944~5년에 청년훈련소 별과의 군무상 포 훈련소, 그리
고 청년훈련소와 '청년훈련소 별과'의 合同訓鍊所를 설치하였으며, 젊
은 청년들을 군인 양성기관에 입소시키기 위해 다음과 같은 내용들을
홍보하고 적극 동참시키고자 하였다.

> 강인한 어머니야 말로 건군 일본의 초석이다!!
> 경성 사단사령부 후쿠나가 소령은 1944년 1월 22일 오전9시, 후방에
> 위치한 가정의 주부들에게 호소하기 위해 경성 중앙방송국 마이크를
> 잡아 "강한 어머니야 말로 건군 일본의 초석이다."라며 열렬한 뜻을 조
> 선인 어머니들에게 호소하며 "전시생활의 고난을 극복해야만 훌륭히
> 전투를 수행하는 모성으로서의 면목이 선다"며 약 20분에 걸쳐 방송하
> 였다.¹¹

이러한 사회배경을 바탕으로 강점말기에는 군사교육기관이 거듭
생겨날 수밖에 없었고, 군사교육의 대상층이 좁혀지는 것은 물론, 노
무관리차원의 교육을 배제시키는 동시에, 정신수양교육이 중심이 된
군사교련으로부터 기초 군사훈련을 통해 전투병사로서의 자질을 기

---

10 水野直樹(2001)『昭和18年御用始める於ける總督訓示』綠陰書房, pp.181-182
11 强き母こそ建兵日本の礎石である。京城師團司令部福永少佐は 1944年 1月22日
    午前9時銃後にある家庭の主婦へよびかけるべく京城中央放送局のマイクに起っ
    たが"强き母こそ建兵日本の礎石である"と烈々たる宿志を逑べて半島の母に訴え
    へ"戰時生活の苦難を克服してこそあっぱれ戰ふ母性としての面目がある"とやく
    二十分間にわたって放送した。杉浦洋(1943)『朝鮮徵兵讀本』第二障, p.114

르는 쪽에 비중을 두는 조기교육을 강화할 수밖에 없었다.

2.2 군사양성기관으로 변용된 초등학교

교육기관에서 군사교육의 색채가 짙어지기 시작한 것은 만주사변 이후 서서히 드러나게 되는데, 1938년 〈3차 조선교육령〉을 통해서 학교 단위가, '普通學校'에서 '小學校'로 개칭되고 모든 학교교육에 있어서 '황국신민의 자각', '내선일체 신념의 확립', '단련주의 교육의 철저'라는 三大綱領이 강조된다. 조선총독부는 동년 11월에 '朝鮮初等教育研究大會'를 개최하여 '조선교육의 三大綱領(國體明徵, 內鮮一體, 忍苦鍛鍊)을 통한 소학교 교육을 철저히 하기 위한 구체적 방안'을 다음과 같이 자문하였다.

第1 國體明徵에 관한사항

첫째, 나라의 이상을 천명하여 황국의 체제가 만방에 비할 바 없음을 알게 하여 황국신민의 자각을 철저히 하게 할 것

둘째, 황실의 존엄함을 알게 하여 至誠으로 尊崇하는 정신태도를 확립시킬 것

셋째, 献身崇祖의관념을 배양하고 선조의 은혜에 보답하는 마음을 배양하여 경건한 정신을 함양 할 것

第2 內鮮一體에 관한사항

첫째, 합병의 유래를 깊이 성찰케 하여 一視同仁의 聖旨를 확실시하여 제국의 통치 방침을 천명하고 內地와 朝鮮이 한 가족 한 몸이라는 신념을 확립케 할 것

넷째, 정확한 일본어를 보급하여 이를 상용하게 하고 일본어존중 애용정신을 드높일 것

第3 忍苦鍛鍊에 관한사항

첫째, 각종행사의 훈련을 중시하여 一事貫行을 堅忍持久와 自彊不身의
정신을 진작케 할 것[12]

이러한 내용들은 초등교육을 위해 밝힌 것이기는 하나, 당시 조선
전역에 존재하는 모든 교육기관으로 배부된 자료이다. 따라서 이 三大
綱領을 근간으로 한 학교교육의 배경은 황국신민에 관련된 서사는 물
론이거니와, 군사교육적인 내용이 투영된 것임을 짐작할 수 있다. 그
리고 초등학생을 강인한 無形戰力으로 육성하는 것을 매우 중요시 여
긴 일본으로서는 '내선일체'에 입각한 후방에서의 정신적 통합 측면
을 강조한다. 특히 위의 第2의 내용 중 '내지와 조선은 한 가족 한 몸'
이라고 언급했듯이, 확립하고자 하는 궁극적인 목적은, 조선아동에게
일본의 황국신민임을 확고히 인식시켜, 전장에서 조선인의 총구가 일
본인에게 겨누어질지도 모른다는 우려를 해소하려는 숨은 의도로서
도 해석할 수 있다.

일제는 태평양전쟁이 점차 확대되자 황국신민화 교육의 군사체제
화를 급속히 추진하였다. 일본은 조선인을 군사적 목적으로 동원, 전
시에 대비한 교육을 효과적으로 추진하기 위해 1943년 〈조선교육령〉

12　第一　国体明徴ニ関スル事項　一、肇國ノ理想ヲ闡明シ皇國ノ體制萬邦無此ナル所以
　　ヲ体認セシメ皇国臣民タルノ自覺ヲ徹底セシムルコト　二、皇室ノ尊嚴ナル所以ヲ体認
　　シ至誠尊崇ノ精神態度ヲ確立セシムルコト　三、獻身崇祖ノ觀念ヲ培養シ報本反始ノ至
　　念ヲ培ヒ敬虔ナル精神ヲ涵養スルコト　第二內鮮一體二関スル事項　一、倂合ノ由来ヲ深
　　省セシメ一視同仁ノ聖旨ヲ徹下シテ帝国ノ統治方針ヲ闡明シ內鮮一身一家タルノ信念
　　ヲ確立セシムルコト　四、純正ナル国語ヲ普及シ之ガ常用ニ努メシメテ国語尊重愛用精
　　神ヲ高ムルコト　第三忍苦鍛鍊ニ関スル事項　一、各種ノ行事訓練ヲ重視シ一事貫行堅
　　忍持久自彊不息ノ精神ヲ作興セシムルコト　八木信雄(1938),「学制改革と義務教育の
　　問題」(綠旗連盟編(1939),『今日の朝鮮問題講座』第三冊, 綠旗連盟, pp.26-28(밑
　　줄은 필자, 이하 동)

을 재차 개정·보완 하였으며, 곧이어 〈교육에 관한 전시 비상조치령〉
을 발표하여 학교교육을 완전히 전시교육체제로 전환하였다. 또한 군
국주의적 국가체제에 따라 "교육이라기보다는 군사 능력의 배양이라
는 방향으로 추진되었다.[13]"고 한다.

그리고 1943년 10월 20일 〈陸軍特別志願兵臨時採用規則〉을 공포하
였으며, 아래와 같이 학생이 군에 입소하는 모습을 미화하고, 장려하
고 있었다.

> 일부 이과계열 학생을 제외한 젊은이들은 즉각 노트를 총으로 바꿔 쥐
> 고 학교에서 전장터로 곧바로 출전하여 간다. 이것은 용감하다기보다
> 더없이 아름답고 성스러운 전투의 노래라 할 수 있을 것이다. 이렇게
> 용감하게 결전의 전장터에 떨쳐나선 일본인 학우들의 뒷모습을 쓸쓸하
> 게 전송하던 조선인 학도들에게도 뒤이어 굉대무변한 은혜로운 천황의
> 명령이 동일하게 하달되니, 이로써 법문계열의 조선인학생들도 일본인
> 학우들과 당당히 어깨를 나란히 즉시 戰列에 합류할 수 있는 영광이 주
> 어진 것이다.[14]

이렇듯 일제강점말기에는 교육의 밑거름이 되는 조선의 어린아동
으로부터 그 이상의 교육기관을 수학하고 있는 청년들에게까지 '천황
을 위하여', '황국신민을 만들기 위하여'라는 목적 아래 조선총독이 결

---

13 장재철(1985)「日帝의 大韓國植民地 敎育政策史」일지사, p.463
14 一部理科系學徒を除いた若者達は直にノートを銃にもちかへて學園から戰地へと
    ましぐらに出陣してゆく。それは勇壯といふより、この上ない美はしいそして聖
    なる戰ひの詩といへよう。かくて勇躍して決戰の庭に出て立つ内地人學友達の後
    姿を淋しく見送る半島人學徒達にも、續いて宏大無邊の恩命は齊しく下り、ここ
    に法文系半島人學徒も内地人學友達と堂々肩を並べて直に戰列につくの光榮が與
    へられたのである。朝鮮行政學會(1944)「新しき朝鮮」朝鮮總督府, p.53

의한 두 가지 목표 '첫째 조선에 천황의 행복을 받들게 하는 것'과 '둘째 조선에 징병제도를 실시하게 하는 것'을 실행하기 위해 교육뿐만 아니라 조선의 모든 교육 시스템을 탈바꿈 시켰다[15]고 할 수 있을 것이다. 따라서 당시 주당 가장 많은 시수를 할애한 교과목인 『國語讀本』교과서의 운문으로 만들어진 창가라는 시간이 별도로 존재한 것도 일본어 수업의 시간이 대폭 증가하게 된 요인이라 생각된다.

3. 군국주의 사상이 투영된 독본창가

중일전쟁 이후 모든 분야에 군국주의 정책이 급격하게 내재되었다고는 하나, 정식 군사교육 기관도 아닌 초등교육기관에서부터 군가를 부르게 했다는 것은 군인을 양성하기 위해, 나아가 일본군의 사기증진을 위해 교육이라는 시스템을 변용했다고 할 수 있을 것이다. 일제강점말기 초등학교에서는 일본어뿐만 아니라 수신, 역사, 지리, 체조, 창가 등 이밖에도 많은 교과목이 존재하였는데, 이 속에 군국주의 사상이 저절로 투영되었던 것이다. 이러한 사실은 1940년대 당시 초등학교 음악교사이자 한국 최초 동요작곡가 박재훈씨의 인터뷰내용을 통해서 조선아동들에게 얼마나 많은 군가를 부르게 하였는지를 확인할 수 있었다.

일제시대에 제 또래 청년들은 모두 징용, 징병 다 걸렸는데 저는 학교 선생님이라고 하니까 군을 면제해주더라고요. 그러던 중 일본에서 우

15　宮田節子(1997) 『朝鮮民衆と「皇民化」政策』 未來社, p.94

리나라가 해방이 됐어요. 막상 해방 이후에는 아이들에게 가르칠 우리 말 노래가 없는 상황이 된 거에요. 해방 전까지는 일제시대이다 보니 일본 군가만 불렀어요.[16]

위 내용과 같이 강점말기 군사교육정책을 바탕으로 모든 교육기관에 종사하는 교사들은 교육의 본뜻을 저버리고 교육 아닌 교육을 핑계 삼아 학교라는 매개체를 활용하여 조선인 아동들에게 다양한 이데올로기를 주입시켰을 것이며, 이러한 사실을 모른 채 또는 알면서도 어린 조선아동들은 일본을 찬양하는 군가를 배우며 부를 수밖에 없었을 것이다.

따라서 본 장에서는 당시 초등학교에서 부른 독본창가를 통해서 군가 또는 군가와 같은 어떠한 노래들을 가르쳤는지, 또한 군의 사기를 높이기 위해 조선아동들이 군가를 즐겨 부를 수밖에 없었던 구체적인 실상을 파악해보고자 한다.

3.1 일상생활에 투영된 군대식 창가

일제말기 편찬된 모든 교과서는 황국신민화를 강조하는 서사, 군사교육적인 내용이 가장 많이 수록되어있다.[17] 이는 조선인들에게 작전 수행에 필요한 일본어 보급이라는 궁극적인 목적을 달성해야만 했기 때문이다. 그리고 이미 〈청일전쟁〉, 〈러일전쟁〉, 〈만주사변〉 등을 치러본 경험이 있는 일본인들에게는 이러한 내용은 이미 생활의 일부로 익

---

16 박재훈(1922~) : 토론토 은빛장로 교회 목사, 2011.10. 세계한인의 날에 국민훈장 모란장을 수여 받았다. 한국 최초 동요작가로 '엄마, 엄마, 이리와', '산골짝의 다람쥐' 등의 작곡가로 널리 알려져 있다.
17 유철 · 김순전(2012)「일제강점기『國語讀本』에 투영된 軍事敎育」일본어문학 제56집 pp.340-352 참조

숙해져 있으나, 조선인들에게는 자식을 사지에 내몰아야하는 상황을
하루빨리 납득시켜야 했기 때문이다. 따라서 초등교과서는 자연스레
군사교범과 같은 군국주의적인 성향이 짙어질 수밖에 없었고, 이 교과
서를 통해 교육받은 아동들의 일상에는 군가라는 장치가 자리잡을 수
밖에 없었을 것이다. 다음은 이렇게 거부감 없이 아동들에게 접근하고
있는 단원의 내용과 해당되는 군가를 정리해보았다.

> 하늘은 매우 맑고, 군데군데 하얀 구름이 떠있습니다. 우리들은 군가를
> 부르면서 돌아갔습니다.　　　　　　〈『よみかた』二年「をばさんのうち」〉

> 바람이 불고 있는 듯이, 벚꽃나무가 흔들리고 있습니다. 꽃과 꽃 사이
> 에서 크나큰 도리이가 보입니다. 그리고 바로 정면에 야스쿠니신사가
> 비춰졌습니다. '바다에 가니海ゆかば'의 음악이 엄숙히 울리기 시작했습
> 니다. 국화문양이 달린 휘장이 바람에 흔들리고 있었습니다.
> 　　　　　　　　　　　　　　〈『初等國語』三年(下),「東京」〉

> 바다에 가니 물에 잠긴 시체 / 산으로 가니 잡초 우거진 시체
> 천황 곁에서 죽을 수만 있다면 / 후회하지 않으리
> 　　　　　　　　　　　　　　〈(中)-「海ゆかば」, p.61〉

　먼저 「をばさんのうち」의 단원에서는 어떠한 노래를 불렀는지에 대해
서는 문맥상 정확히 확인할 수 없으나, 형제가 '군가를 즐겨 부르는 모
습'을 담고 있다. 내용 속 두 형제는 '군가를 흥얼거리면서 집으로 돌
아간다'고 설명되어 있듯이, 이미 아동들에게 있어 군가는 생활의 일
부로 친숙해져 있음을 시사하고 있다.

다음 「東京」의 단원에서는 야스쿠니신사 주변 환경을 벚꽃으로 미화하고, 신사입구에 휘날리는 휘장 속 菊花문양을 통해 황실의 상징임을 강조하고, 흘러나오는 배경음악으로 '海ゆかば'라는 군가를 언급하고 있다. 이 군가는 1937년 '國民精神強調週間'이라는 정신운동을 시행하기 위해, 그리고 국민의 전투의욕고양을 의도하여 제정된 곡으로서 출정병사를 배웅할 때 애호하던 대표적인 군가이다.[18] 따라서 이 군가의 작곡 의도를 보면 이 단원에서 야스쿠니신사 앞을 지날 때 배경음악으로 이 곡이 흘러나오는지를 아동들은 자연스레 알게 된다. 즉 이러한 내용을 통해 장차 황군으로서 징병되기 위한 발판으로 아동들에게 국민정신을 함양함과 동시에 벚꽃이 휘날리는 모습이 참으로 아름다운 이 곳 야스쿠니신사에 신으로 모셔질 수 있다는 내용을 암시하고 있는 것이다.

다음 「支那の春」의 곡은 당시 중국支那에서 전투수행 중 모처럼 휴식을 취하고 있는 군인들과 아이들이 다정다감한 대화를 나누고, 어린 아동들의 흥미의 대상인 무기를 다룬 내용이다. 비록 휴식 중이라 비무장으로서 총은 쥐고 있지는 않지만, 허리춤에 대검을 만져보게 하고 과자를 나누어 먹는 등 전우애로 뭉쳐진 일본군의 이미지를 그려내고 있었으며, 전승으로 새로운 점령지에서도 일본군은 어린이들의 영웅으로 상징하여 미화하고 있다. 이어 아이들은 이렇게 만난 군인아저씨에게 군가를 배우며 함께 즐겁게 부르고 있는 모습을 다음과 같이 묘사하고 있었다.

과자를 먹으면서 노래를 부르기 시작했습니다. 아직 잘 부르지는 못하

---

18 진주만전투 승리 시에는 戰勝歌로서 유일하게 방송과 언론에서 이 군가를 내보내기도 하였다.

지만, 군인아저씨에게 배운 '애국행진곡'입니다.[19] 「중국의 봄」

〈『初等國語』三年(上), 「支那の春」〉

보라 동해의 하늘이 밝아오고 / 아침 해 드높게 빛나니

천지의 정기 발랄하고 / 희망은 약동한다. 대일본

오- 청명한 아침 구름에 / 우뚝 솟은 후지산의 자태야말로

금구무결의 흔들림 없는 / 우리 일본의 자랑이어라

〈(中)-「愛國行進曲」, p.67〉

위 내용에 나타나 있는 「愛國行進曲」[20]은 1937년 8월에 결정된 〈國民精神總動員〉의 방침으로써 '국민이 영원히 애창해야하는 국민노래'로서 같은 해 조직된 내각정보부에 의해 가사가 공모되어 전시체제기에 널리 불려진 국민애창가 중 한 곡이다. 이 곡은 현재 「日本軍歌大全集」에서도 '銃後(후방)의 部'로 분류되어 수록되어 있다. 여기서 일제가 '후방'에서 부르는 군가를 별도로 분류해 놓은 데는 그만한 이유가 존재한다. 우선 병참기지로써의 한반도가 후방에 속하며, 어린 아동, 즉 '少國民'이랄 수 있는 초등학생 역시 후방의 주요 자산이 된다. 그리고 장차 어린 아동들을 전쟁터에 보내야만 하는 부모의 역할 또한 후방의 주요 책무 중 하나이기 때문이다. 따라서 '일본의 진정한 모습을 알리고 영원한 제국의 생명과 이상을 상징하여, 국민정신을 부흥하도

19 お菓子をたべながら、歌を歌ひ始めました。まだ上手には歌へませんが、兵隊さんに教えてもらった「愛國行進曲」です。　朝鮮總督府(1943), 『初等國語』, 三學年上 四課

20 愛國行進曲은 당시 공모한 결과 57,000여 통의 공모자가 발생하여 23세인 청년이 당선되었다. 또한 작곡은 공모자 9,500여 통의 공모자 중 軍艦行進曲을 작곡자로서 유명한 퇴역 해군군악대장인 세도구치 도키치(瀨戶口藤吉)의 곡이 당선되었다.

록 할 것'을 도모하기 위해 제작된 '애국행진곡'을 독본창가를 통해 언급했다는 것은 당시 아동들에게 가르쳤을 가능성이 높을 것으로 생각된다.

이어지는 「君が代少年」[21]에서는 1935년 4월 21일 대만중북부 대지진에서 중상을 입게 되어 병상에 누워서, 간호 중인 아버지와 함께 기미가요를 부르며 황국신민으로서의 자긍심을 강조하고 있었다. 특히 기미가요는 이 단원뿐만 아니라 다양한 내용을 통해서 일상생활 깊이 투영되어 있었는데 그 내용들을 보면 다음과 같다.

> 신사참배하고, 학교에 가서 '기미가요'를 부르고
> 〈『よみかた』二年「新年」〉

> 천황폐하께서 계시는 궁전이 있다고 생각하니 저절로 고개가 숙여졌습니다. '기미가요'의 음악소리가 흘러나왔습니다. 우리들은 자세를 가다듬고 고개 숙여 절하였습니다. 〈「『初等國語』三年(下)「東京」〉

> "아버지 저 기미가요 부를게요" 소년은 잠시 눈을 감고 무언가 생각하는 듯하였으나, 숨을 깊이 쉬고 조용히 부르기 시작했습니다. "천황의 성대는 천대 만대에" 도쿠켄이 마음을 담아 부르는 노랫소리는 같은 병실에 있는 사람들 마음에 스며들 듯이 들렸습니다. "조약돌이" 작으면서도 또렷하게 노래는 이어졌습니다. 여기저기서 흐느끼는 소리가 들려옵니다. "바위가 되어 이끼가 낄 때까지" 노래가 끝날 때쯤 목소리는

---

21 村上政彦(2002)「『君が代少年』を探して」平凡社新書, p.32 實話인지 神話인지 여부에 대해 다양한 견해가 많으나 당시 주인공의 담임선생님이 병문안을 오자 부상으로 정신이 없었던 주인공은 아침 조례시간으로 착각하여 기미가요를 불렀다고 한다.

점점 가늘어져갔습니다. 그래도 끝까지 훌륭하게 불러내었습니다. 기미가요를 끝까지 노래한 도쿠켄은 그날 아침, 아버지와 어머니, 사람들이 눈물로 지켜보는 가운데 평온히 긴 잠에 들었습니다.

〈『初等國語』, 六年「기미가요 소년」〉

부대장은 트럭위에 올라서서 온화하게 노고를 위로하는 마음이 깃든 말투로 훈시하였다. 사람들 사이에서는 나지막이 흐느끼는 소리가 새어나왔다. 부대장의 훈시가 끝나자 숲처럼 조용하던 중국인들 사이에서 장엄하게 기미가요의 합창이 시작되었다.

〈『初等國語』, 六年「타바오에게」〉

기미가요는 당시 모든 학교에서 주요행사에서 필수적으로 불러야 하는 儀式唱歌이며, 군부에서는 육·해·공군을 대표하는 군가로서 陸·海軍礼式歌로 지정되어있었다. 특히 이 곡의 중요성은 모든 일상생활과 연계되어있는 만큼 매우 중요하고 특별하다. 위 내용과 같이 다양한 단원을 통해서 기미가요의 일상화를 그려내고 있었는데, 그 중「君が代少年」에서는 본문 내용 속에서 유일하게 '기미가요'의 歌詞 전부를 기술하여 읽는 형식으로 되어있다. 이는 배우는 아동들로 하여금 대만인이지만, 황국신민 일본의 남아로서 감동을 주고자 노래가사를 행간에 나타내어 부르는 아이가 힘겨워도 끝까지 자신의 생을 마감하기 직전까지 혼신을 다해 노래 부르는 모습을 강조하고 있다. 이 단원의 내용은 당시 일본에서도 '대만 소년이 이렇게까지 하는데 너희들이라면 더더욱'이라는 무언의 압박을 가하고 있는 것으로 해석하고 있었다.[22] 당시 4학년 과정의 일본어·수신·창가 교과서에 모두 '기미가요'가 기술되어 있어 각기 다른 수업시간을 통해서도 반복적으로 교수하여 아동들에게 쉽게 접하게 함은 물론 무의식적으로 부를 수 있도록 유도하는 일제의 치밀한 교육의도를 엿 볼 수 있다. 즉 이 시기의 교육 내용은 일본인들과 비슷한 내용을 가르쳤다고는 하나, 조선인들의 일본군에 대한 긍정적인 인식으로 전환시키기 위해 더욱 많은 독본창가와 관련된 내용을 할애했다고 볼 수 있다.

3.2 전쟁영웅화로 군을 찬양하는 초등교과서

전쟁영웅이란 전쟁에서 나라와 국민을 지키기 위해 자신을 다 바쳐서 싸운 인물들을 일컫는다. "이들의 공통점은 늠름하고 활달한 기상으로 적을 물리치고, 뛰어난 지략으로 위기에 처한 나라를 구하며, 불의에 맞서 의로운 뜻을 펼치는 영웅들의 모습은 역사 속 어떤 인물보다 빛나는 영웅들로서 우리에게 다가온다."[23]고 했듯이, 전쟁영웅은 언제나 아동을 설레게 하는 것이다.

일제는 1910년부터 1938년까지, 당시 창가교육의 궁극적인 목표를 '심정을 순정하게 하고 미감을 양하여 덕성의 함양에 자함'으로 강조해왔으나, 1939년 〈조선교육령〉 개정 이후, 전시체제기와 맞물리면서 '미감을 양하고 덕성의 함양에 자함'과 '황국신민으로서의 정조를 순화 시킬 것'으로 교육목표가 일부 바뀌었다.[24] 이러한 일제의 확고한 군사적 교육의지를 주입하는 데에는 다양한 방법론을 제시할 수 있으나, 교재를 통한 이론중심의 교육방식만으로는 동심을 교화하는 데는 충분치 못했을 것이다. 따라서 놀이를 겸한 유희의 일부로 저항 없이

---

22 自由のための「不定期便」『「日の丸・君が代の強制」と闘う人たちと勝手に連帯するレジスタンスの会』http://adat.blog3.fc2.com/blog-entry-469.html(2012. 4. 3 검색)

23 박윤규(2009)『전쟁영웅이야기(인물로 보는 우리역사3)』보물창고, p.1

24 민경찬(1996)「조선총독부의 음악교육과 일제강점기 때 부산에서 발간된『창가교재찬집』에 관하여」「계간 낭만음악』제9권 1호, pp.69-70

부르는 '노래'라는 연결고리를 통해 아동들에게 쉽게 접근하며, 가사를 통한 일본군의 상징적인 우월성과 황군의 중요성을 동시에 알려, 아동을 교화하는 데는 대단히 효과적인 충분조건을 구성하였을 것이다. 강점말기 편찬된 일본어와 창가 교과서에서는 영웅담이 자세히 다루어지고 있다. 이들의 업적을 상세히 기술해놓은 것을 확인할 수 있을 뿐만 아니라 노래를 통해서도 다양하게 나타내고 있는 것을 확인할 수 있다.

울려 퍼지는 포성 날아오는 탄환 / 거친 파도 철썩이는 갑판 위에
어둠을 찌르는 중령의 고함소리 / "스기노는 어디에 스기노는 없느냐"
〈(下)-「廣瀬中佐」, p.273〉

시체는 쌓여서 산을 이루고 / 선혈은 흘러서 강을 이루네
지옥의 아수라장인가 샤온즈이 / 구름 사이로 흐르는 달빛 푸르구나
〈(下)-「橘中佐」, p.385〉

살아 돌아오지 않을 결심을 / 시나 글로 써남기고
육천 킬로의 바다를 건너 / 기습하는 하와이 진주만
〈(下)-「九勇士」, p.279〉

어느 날 여순항 폐색에 내 생명 / 다 바친 조상의 피를 연이어 잠수한 진주만 / 아아 1억 국민 모두 눈물 흘려 / 돌아오지 않는 다섯 척 아홉 기둥 포탄 함께 부서지는 군신[25] 「대동아전쟁 해군의 노래」

---

[25] あの日旅順の閉塞(へいそく)命捧げた父祖(ふそ)の血を継いで潜(くぐ)った真珠湾　ああ一億はみな泣けり帰らぬ五隻九柱(くはしら)の　弾と砕けし軍神(いくさがみ),「大東亞

라디오를 들어보세요 / 아버지 무릎을 치며 말씀하신 / 그 12월 8일 날
태평양 한가운데서 / 크나큰 공을 세운 것은 / 젊은 아홉 명의 용사입니
다.[26]   「아- 아홉용사」『陸·海軍礼式歌』

　일본에서는 러일전쟁 당시 전장에서 전사한 두 군인을 軍神으로 추
앙하게 되는데 육군에서는 다치바나 슈타橘周太, 해군에서는 히로세 다
케오廣瀨武夫이다. 일제말기에는 이 두 사람을 군신軍神으로 추앙하며 전
투의식 고양과 군국주의 강화의 근본으로 唱歌와 軍歌로 널리 애창되
었다. 특히 일본어 교과서에서 「君が代」를 비롯하여 「紀元節」, 「天長節」
등의 의식창가를 제외하고, 교과서에 군가로서는 유일하게 이들의 노
래가사 전부가 기술되어 있으며, 가사를 보면 굳이 내용을 교육받지
않아도 노래만 부를 수 있다면 가사만으로도 이들이 언제 어디서 전사
하였는지, 당시 상황은 어떠하였는지 등, 노래 한 곡을 통하여 저절로
파악할 수 있도록 구성되어 있는 것이 특징이다. 당시 위 영웅들의 영
혼을 달래고 모든 백성들의 교화를 위해 매년 위령제를 실시하였으며,
아군을 위해서라면 자기 자신은 얼마든지 희생할 수 있다는 일본군의
바람직한 임전 태세를, 일본어시간에는 詩로서 서사하고 창가시간에
는 가사와 음율로 가창케 하여, 아동을 교화하고 있다.[27]
　다음 「九勇士」의 내용은 1941년 진주만전투에 참전한 소형잠수부
대 9명[28]을 주인공으로 다루고 있는 내용이다. 이들은 최초 10명이 작

戰爭海軍の歌」 이하 필자 번역
26　ラジオを聞いてお父様 膝を正して仰った あの十二月八日の日 太平洋の真ん中で 大き
　　な手柄を立てたのは 若い九人の勇士です 「ああ九勇士」『陸·海軍礼式歌』
27　유철·김순전(2012) 앞의 논문, p.348 참조
28　당시 작전수행시 실제 계급은 사관 5명(현재의 장교후보생), 하사 5명 총10명이
　　다. 이들 중 포로로 미군에게 붙잡힌 1명에 대해서는 당시 언론에서 일체 공개하
　　지 않아 포로로서 생존했다는 사실은 해방 이후 공개되었다고 한다.

전에 투입되었으나, 미군에게 포로로 붙잡힌 1명을 제외하고, 전사한
9명만이 2계급 특진하여 軍神이자 전쟁영웅으로 추대되었다. 이 내용
은 일본어교과서의 단원 「特別攻擊隊」를 통해서 이들에 대해 자세히
언급하고 있으며, 창가 교과서에서도 동일한 제목으로, 이 노래를 가
르치고 있다. 이 九勇士는 당시 국민들의 성원과 관심이 대단했는데,
아래 내용은 1942년 3월 6일 大本營海軍部에서 라디오방송과 신문기
사를 통해 ‘軍神’으로 대서특필된 보도자료이다.

> “아아 군신 · 특별공격대 아홉 용사, 진주만에서 불멸의 무훈 · 황송하
> 게도 하늘에서 천황께 아뢰다”
> 아아 尽忠報国의 아홉 군신, 하와이 진주만에서 잠수함 돌격 적 주력함
> 격침, 散華, 신의 경지 · 특별공격대, 공훈을 천황께 아룀, 특히 2계급 특
> 진, 특수전법을 구상, 귀환은 염두안함. 천황과 조국에 몸과 마음을 다
> 바치다. 호국의 신, 특별공격대[29]

이처럼 널리 알려진 영웅들은 당시 조선에서 발행된 신문기사의 제
목을 ‘軍神’으로 표현하며, 이들의 생가에는 ‘軍神之家’라는 비단 표찰
(標札; 錦繪)이 게시되어, 전국 각지에서 참배객들이 몰려왔다는 내용을
전하고 있다. 감격스러운 소식을 알림과 동시에 조국을 위해, 호국의
신 등의 표현으로 극찬하는 것으로 보아 당시 아동들에게도 이 노래를
통해서 영웅심과 전투의식을 고취시키는데 크게 작용하였으리라 생

---

29 「あ丶軍神・特別攻擊隊九勇士　真珠湾に不滅の武勲・畏 [おそれおお] くも上聞に達
す.「嗚呼・尽忠報国の九軍神　布哇真珠湾に潜航突撃　敵主力艦を轟沈、散華　神
の境地・特別攻擊隊」「感状、上聞に達す特に二階級進級」「特殊戦法を着想　帰還の
如き念頭に無し」「大君 [おおきみ] と祖国に全身全霊捧ぐ　護国の神、特別攻擊隊
《大阪毎日新聞》1942.3.7. 一面

각된다.

　이 밖에도 전쟁영웅으로서 찬양했을 것으로 생각되는 곡은 러일전쟁의 승리 배경을 담은「日本海海戰」,「空の勇士」등이 있다. 이 두 군가는 일본어와 창가 교과서에 모두 실려 있는 곡으로,「일본해 해전」은 해전역사상 일반적인 대승리로서 기록되어있는 자세한 내용과 함께 현재까지 전해져 내려오는 군가와 동일하다.「空の勇士」는 일본공군 낙하산부대의 우월성을 노래하는 내용으로, 군가와 다소 다르나 낙하산부대에 대한 내용은 일본어 교과서에서「空の神兵」,「空の軍神」등과 같이 공수훈련을 받는 모습, 전투기를 정비하는 모습, 일상 내무생활에 대한 설명, 그리고 어린 아동들이 공군부대를 견학하여 전투기를 보며 환호하는 모습 등 다양하게 서사하고 있다. 단원마다 내용 속 주인공 어린이는 '나는 커서 공군조종사가 될 거야'라는 기술을 통해 아동들의 미래를 공군조종사로 유도하고 있다.

　이렇듯 일제는 전쟁영웅들을 일본어·수신·창가 등의 교과서에서 단원명과 노래제목을 일치시켜 각기 다른 수업시간에 상호보완적인 교육을 실시하였으며, 저항없이 수시로 가창할 수 있는 '노래'라는 유희적 장치를 통해 아동들을 교화시켰다는 것을 알 수 있다. 따라서 일본어 수업에서는 영웅들의 업적과 활약상이 서사되었고 독본창가를 통하여, 내용을 암기하였다면, 창가 수업에서 가사와 악보를 통해 반복학습을 시킴으로써 저절로 유희화 되었을 것이다. 그밖에도「軍犬利根」,「軍旗」,「少年戰車兵」,「体錬の歌」,「少年産業戰士」,「太平洋」등의 군가적인 성향이 짙은 唱歌들을 교과서를 통해서 찾아 낼 수 있었는데, 이들 내용 또한 앞서 언급한 대표적인 내용들과 교육 의도는 모두 일치한다.

　당시 한 예로 초등교사가 졸업을 앞둔 학생들에게 중학교 진학시험을 대비하여 '자네는 장래 어떻게 충의를 다할 것인가[30]'라는 식의 내용을 예상문제로서 질의하였다고 한다. 이는 즉 일제가 바라보는 조선인 아동들은 향후 전투에 나서는 皇軍의 가용병력으로서 인식하고 있다는 것을 유추해낼 수 있는 대목이라 할 수 있겠다. 그리고 위 내용과 같은 다양한 영웅들을 통해 나라와 천황을 위한 희생정신과 임전태세의 굳은 의지를 아동들에게 심어줌으로써 軍國少年으로 양성하기 위한 학교교육을 더욱 확고히 다지고자 했을 것이다.

4. 결론

이상과 같이 일제강점말기 편찬된 일본어 교재인 『國語讀本』의 「讀本唱歌」와 음악 교재인 『唱歌』교과서에 나타난 노래와 가사 속에서 조선인들에게 주입시키고자 하는 군국주의적인 장치를 살펴보았다.

강점말기 일제의 교육정책은 조선인들을 징용하여 전투에 투입할 병사로서, 나아가 일본어로 하달되는 작전명령을 원활하게 이해시키기 위해 일본어 수업을 강화하였으며, 군가 혹은 군가적 성격의 창가를 황국신민으로서의 아동양성에 이용하였던 것이다.

이러한 1940년대의 초등교육은 일제강점기간 여느 때보다 군국주의 성향이 짙을 수밖에 없었고, 이러한 군사적인 정책으로, 유희적으로 저항 없이 노래할 수 있는 창가의 '音'이라는 '遊戲的' 매개 고리를 통해 아동들에게 보다 쉽게 접근하여, 皇國臣民과 皇軍으로 교화하려는 교육정책을 펼친 것으로 사료된다.

---

30 帖佐勉(2009) 『軍國少年はこうして作られた』南方新社, p.82 中學入試に備えた模擬口頭試問で教師は問うた「君は將來どんなにして忠義を盡くすか」

앞서 다양한 단원의 내용을 통해서 볼 수 있었듯이, 아동의 모든 일상에 군가가 투영되어 있었다. 그리고 아동들에게 자신의 죽음으로 조국을 지켰던 여러 영웅들을 軍神으로 추앙하면서, 이들의 충군애국의 군인정신을 기리는 과정에서, 『國語讀本』의 '讀本唱歌'와 『唱歌』는 아동을 부지불식간에 충성스런 皇軍으로 양성해가는 장치였음을 확인할 수 있었다.

특히 『國語讀本』(일본어 교과서)의 韻文을 창가로 만든 「讀本唱歌」에, 『唱歌』교과서에 들어있지 않은 노래가 많이 포함되어 있었으며, 단원에는 이러한 군가들을 모든 아동들이 즐겨 부르는 내용으로 서사하고 있다. 그리고 교과서에 서사된 전쟁의 다양한 '영웅전'이나 '전투'를 『國語讀本』 수업에서 '文語'로 감동깊게 읽은 내용을, 『창가』 수업에서 유희적으로 저항없이 '音'과 '旋律'에 덧입혀 '歌唱'함으로써 상호보완적이면서 역학적 관계를 긴밀하게 유지하였던 것은 일제의 치밀한 교육적 효과를 노린 교화사업이었다 할 수 있을 것이다.

이로 인한 당시 조선아동들의 음악적인 경험은, 자연스레 『讀本唱歌』를 통해 배우는 노래를 듣고 부르며, 아동으로서의 정서를 조종당하면서 영웅들의 영웅담을 통해 자신의 미래에 대한 선택의 폭이 군인으로 좁혀질 수밖에 없었을 것이다.

일본군의 인적자원으로 육성시키기 위해, 초등교육부터 '완전한 황국신민화' 즉 '천황의 사람이 되는 것'을 강조하고 전쟁영웅들을 추앙하는 모든 讀本唱歌들은 당시 아동들에게는 군가였던 셈이다. 본 연구는 식민지조선의 시각에서 바라보면 당연한 결과라 할 수 있으나, 본 논문을 통해서 일제가 조선의 아동들을 교육으로 교화하고자했던 실질적이고 구체적인 실상을 조명하는데 의의가 있다고 생각된다.

제5장

문명개화를 위한 지리교육

제국의 식민지 창가

Ⅰ. 일제의 식민지기획과 鐵道唱歌*

박경수 · 김순전

1. 식민지철도와 동북아의 향방

1825년 최초로 영국에 부설된 이래 문명의 총아로 다가온 철도는 삽시간에 사람들의 시공간에 대한 인식을 바꾸어 놓았다. 철도의 이같은 엄청난 위력에 열강들은 앞다투어 철도부설에 진력하여 국가부흥의 기틀로 삼았으며, 19세기 말 제국帝國을 열망하던 일본 역시 철도부설에 진력한 결과 지역개발과 국민경제 부흥을 촉발함은 물론 그것을 제국의 연장선, 즉 식민지 경영의 기반으로 활용하기에 이르렀다.

실로 1900년 전후의 철도문제는 제국주의 체제형성과 밀접한 연관

* 이 글은 2013년 8월 일본어문학회 『日本語文學』(ISSN : 1226-9301) 제62집, pp.389-410에 실렸던 논문 「일제의 식민지구도와 鐵道唱歌의 연계성」을 수정 보완한 것임.

성을 지니고 있었다. 때문에 영국, 프랑스, 독일, 미국, 러시아 등 서양
열강들은 동아시아에서의 헤게모니 장악을 위하여 철도부설권 탈취
에 혈안이 되어 있었으며, 특히 일본의 경우 지정학적 요충지인 한국
의 철도부설권 획득을 위하여 정치·군사·경제적 역량을 총동원하
였다. 필사적인 노력 끝에 마침내 한국철도부설권을 차지하게 된 일본
은 즉각 철도건설에 착수하여 1899년 경인철도, 1905년 경부철도,
1906년 경의철도를 개통하는 등, 한일합방 이전에 이미 1천여km에 달
하는 한반도 종관철도를 개통하였고, 이를 러시아로부터 양도받은 남
만주철도와 연계하여 제국의 밑그림을 그려가고 있었다.

  이러한 기획은 차후 식민지경영의 주역이 될 소년층을 상대로 제작
한 '식민지철도창가'에서 엿볼 수 있는데, 당시 '창가'라는 장르가 주
는 무저항성의 절묘함과 전파성 영속성 등을 감안한다면 그 효용성은
대단히 크다 할 것이다. 이에 본고는 소년층을 대상으로 근대 한국철
도를 노래한 '창가'에서 제국 일본이 꿈꾸었던 세계에 대한 기획에 접
근해보려고 한다. 이와 관련된 기존의 연구로는 오타케 기요미(大竹聖
美, 2003)의 「근대 한일『철도창가』」,[1] 구인모(2009)의 「일본의 식민지
철도여행과 창가」,[2] 최현식(2010)의 「철도창가와 문명의 향방」,[3]에서
『滿韓鐵道唱歌』(1906)[4]를 중심으로『경부텰도노래(1908)』와 대비, 혹
은 계몽성과 심미성의 관점에서 고찰하고 있어 본 연구의 토대가 되었
다. 그러나 이들 연구는 모두 한일합방 이전의 텍스트였다는 점에서

1 大竹聖美(2003)「근대 한일『철도창가』」「연구논문집」제38집 성신여자대학교,
   pp.73-93
2 구인모(2009)「일본의 식민지 철도여행과 창가」「정신문화연구」제32권 정신문
   화연구원, pp.195-223
3 최현식(2010)「철도창가와 문명의 향방」「민족문학사연구」제43집 민족문학사
   학회, pp.189-221
4 大和田建樹(1906)『滿韓鐵道唱歌』. 東京: 金港當

시기적 공간적인 한계성을 드러낸다. 따라서 식민지구도와의 연계성
으로 가기에는 미흡하다.

이에 본고는 합방 이후 조선총독부 편찬 『朝鮮鐵道唱歌』(1941)를 포
함한 식민지철도창가 3편[5]으로 범위를 확장하여 침략과 지배를 위한
路程, 즉 근대철도의 이기적인 측면에서부터 일제말기 군국일본의 식
민지기획까지 고찰하려고 한다. 근대국민국가에 있어서 철도소유권
의 중차대함과, 또 철도가 식민국의 식민지 영역에 대한 표상이었음을
감안할 때, 철도와 식민지구도와의 관계성에 대한 연구는 필연적인 것
이라 사료되기 때문이다.

2. 근대 식민지철도의 전개

철도는 복잡다단한 한국근대사의 한 축도라 할 것이다. 그것은 철도
의 부설과 개통과정에서 보여준 열강들의 각축과 암투, 청일전쟁 이후
줄곧 한국철도 장악을 위한 일본의 정치적 책략에 속수무책일 수밖에
없었던 등 철도의 역사 속에는 파란만장한 한국 근대사의 모습이 잘
반영되어 있다는 점에서이다.

한국인 중 최초로 철도를 경험한 사람은 1876년 修信使 자격으로 일
본을 둘러보고 귀국한 김기수金綺秀였다. 당시 김기수의 첫 경험은 경이
로움의 연속이었다.

---

5 본고의 텍스트를 '大和田建樹 作·渡辺官造 編(1906)『滿韓鐵道唱歌』, 金港堂書
籍(株) ; 최남선 作(1908)·태학사 편(1997) 「경부텰도노래」『한국현대시자료집
성43-시집편』, 태학사 ; 朝鮮總督府 편(1941) 「朝鮮鐵道唱歌-京釜線」『初等唱歌』,
朝鮮書籍印刷(株)'로 함에 있어, 텍스트의 서지사항은 이로써 대체하며, 텍스트
의 인용문은 절수 표기만 하기로 한다.

車마다 모두 바퀴가 있어 앞차에 火輪이 한번 구르면 여러 車의 바퀴가 따라서 구르게 되니 우뢰와 번개처럼 달리고 바람처럼 비처럼 날뛰었다. 한 시간에 三四百里를 달린다고 하는데 차체는 安穩하여 조곰도 요동하지 않으며 다만 左右에 山川, 草木, 屋宅, 人物이 보이기는 하나 앞에 번쩍 뒤에 번쩍하므로 도저히 걷잡을 수가 없었다. <u>담배 한 대 피울 동안에 벌써 新橋에 도착되엿으니 즉 九十里나 왔든 것이다.</u>[6] (밑줄필자, 以下 同)

그러나 김기수는 요코하마橫浜에서 신바시新橋 까지 90里 길을 "담배한 대 피울 사이"에 주파한 놀라운 기계문명에 경탄만 했을 뿐 철도를 건설할 의욕에 접근조차 하지 못했다. 당시 조선은 철도를 부설할만한 기술도 재력도 전무했기 때문이다.

그로부터 5년이 지나서야 조선정부는 일본에 조사시찰단을 파견하여 실상을 파악케 하였지만 철도건설에 소요되는 막대한 자본과 기술 문제는 난제중의 난제였다. 국채를 얻어서라도 철도를 부설하여야 한다는 개화파와 그렇게 하여 얻은 수익으로는 국채이자도 갚아나가기 어렵다는 보수파와의 갈등 속에서 자력으로의 철도 건설은 끝내 좌절되었다. 이러한 상황 가운데 일본은 조선에 대한 기득권을 내세우던 청나라를 물리치고 조선정부를 압박하여 마침내 경인·경부철도부설권을 손에 넣게 되었다. 이에 미국, 영국, 독일, 러시아가 일본의 독주에 제동을 걸고 나섰다. 일시적인 균형 상태를 틈타 조선정부는 1896년 경인선과 경의선 부설권을 각각 미국인과 프랑스 회사에 넘겨버렸다. 잠시 주춤하던 일본은 정치력을 총동원하여 집요하게 조선철도 경

---

6   김기수 저·부산대 한일문화연구소 옮김(1962)『日東記遊』부산대 한일문화연구소, p.63 (김동식(2002)「철도의 근대성」「돈암어문학」제15집, 돈암어문학회, pp.41-42에서 재인용)

영에 매달린 결과 1898년 자금부족에 고전하던 미국인 모스로부터 경인철도 부설권을 매수하여 이듬해 9월 노량진과 제물포간 경인선 33.2km를 개통하기에 이르렀다.

일제의 한국 식민지화는 철도부설의 연장에 따라 급진전되어 갔다. 1899년 경인선을 시작으로 경부선의 개통(1905. 1), 경성과 신의주를 잇는 경의선(1906)에 이어 압록강철교의 개통(1911)으로 대륙과의 거리를 더욱 단축시켰다. 그리고 1914년 '경성↔원산' 간을 잇는 경원선을 개통하여 한반도의 동쪽까지 이어나갔다. 이로써 부산에서 경성, 신의주를 거쳐 만주에까지 이르는 철도가 한반도의 서쪽을 가로지르고, 한반도의 동쪽은 경원선이 가로지르는 구도의 철도가 강점초기에 완성되었다. 뒤이어 원산에서부터 함경남북도의 해안을 따라 회령에 이르는 함경철도 부설에 착수한 일제는 러일전쟁기에 일부 개통한 병참수송용 輕便鐵道와 연계하여 함경선철도를 착공하여 15년 만에 완공을 보게 되었다. 〈그림 1〉은 강점초기에 완성된 한반도 철도노선이며, 〈그림 2〉는 함경철도부설이 완공된 1926년의 철도노선이다.

〈그림 1〉 1914년 3월 철도노선도 　　　〈그림 2〉 1926년 12월 철도노선도

위에서 보듯 大正기에서 昭和기로 이양되는 1926년에 이르는 한반
도 철도망은 식민통치의 본거지인 경성을 중심으로 한반도의 사방으
로 펴져가는 형태의 5대 간선철도(경부선, 경의선, 호남선, 경원선, 함
경선)의 골격을 갖추게 되었다. 이 5대 간선철도는 대대적으로 확충된
진남포, 인천, 군산, 목포, 마산, 부산, 원산 등 종단역 항구를 통해 일본
과 직결되어 있는가 하면, 또 신의주, 회령 등 국경 종단역을 통해 만주
철도와도 동일궤도상에서 접속하게 되어 있어 제국의 식민지경영을
더욱 용이하게 하였다. 조선총독부는 이같은 철도망을 기반으로 하여
1927년 8월 〈조선철도 12년 계획〉을 확정 공포하였는데, 1938년까지
완공할 구체적인 노선은 대대적인 산업정책의 일환으로 5대 간선철도
의 支線망을 지방 곳곳까지 연계하려는 계획이었다. 이렇듯 이어 식민
지철도부설은 끊임없이 지속되어 한반도 전역에 걸쳐 〈그림 3〉과 같은
철도망을 형성하였다.

〈그림 3〉 1945년 8월 당시의 철도노선도

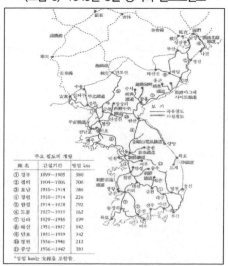

일제가 식민지 정책의 일환으로 한반도에 부설한 철도는 실로 해방 이전까지 총 6,362킬로미터에 달하였으며, 위의 〈그림 3〉[7]에서 보듯 거의 조선의 전 지역 곳곳을 연결할 수 있는 방대한 산업 인프라를 구축하기에 이르렀다. 제국의 식민지경영이 이 같은 철도망을 기반으로 치밀하게 진행되고 있었던 것이다.

3. 침략과 지배를 위한 路程

근대철도가 국민국가 수립과 국민경제 형성의 토대가 되었고, 제국주의 침략과 지배의 노정이 되었음은 앞서 살핀 바 있다. 일본은 일찍이 서구열강의 그것을 받아들여 자국의 국민국가 수립에 반영하였고 동아시아권역의 식민지화에도 그대로 적용하였다. 초기 일제의 식민지 구도에 대한 기획은 경부선과 경의선 개통과 더불어 구체적으로 실현되어가고 있었다. 이러한 기획은 오와다 다케키大和田建樹[8]의 『滿韓鐵道唱歌』에서 선명하게 드러난다. 그리고 이로부터 35년 후 조선총독부가 발간한 〈唱歌〉교과서에 수록된 「朝鮮鐵道唱歌」(1941)는 보다 확장된 식민지구도가 펼쳐져 있어 주목된다. 여기서 빼놓을 수 없는 것

---

7 〈그림 1, 2〉와 다음페이지의 〈그림 3〉은 朝鮮總督府鐵道國의 朝鮮鐵道略圖(정재정(999) 『일제침략과 한국철도』 서울대출판부, p.144이하에서 재인용)에 의거한다.

8 오와다 다케키(大和田建樹, 1857.5~1910.12)는 도쿄대학(東京大學) 문과대학 고전과 강사와 東京高等師範學校 교수를 역임하였으며, 일본의 국문학자 겸 和歌 歌人이자 唱歌 작사가이다. 1888년『明治唱歌』,『尋常小學帝國唱歌』(1888),『高等小學帝國唱歌』(1892), 1900년『地理教育世界唱歌』와『海士教育航海唱歌』(전3권), 1901년『地理唱歌海國少年』『春夏秋冬花鳥唱歌』『春夏秋冬散步唱歌』등 많은 창가 가사를 작사했다. 특히 1900년에 발표한 모두 5권으로 된『地理教育鐵道唱歌』는 일본 전역에 널리 전파 보급되어 일본국민의 근대정신형성에 큰 역할을 하였다. 日本近代文學館 編(1977)『日本近代文學大事典(1)』講談社, pp.282-283 참조)

은『滿韓鐵道唱歌』의 대응작으로 평가되는 최남선의「경부텰도노래」
(1908)이다. 이들 철도창가 3곡에 대한 기초사항을 간략하게 〈표 1〉로
정리해 보았다.

〈표 1〉 경부선을 노래한 식민지철도창가

구분\창가명		滿韓鐵道唱歌(1906)	경부텰도노래(1908)	朝鮮鐵道唱歌(1941)
작자		오와다 다케키	최남선	조선총독부
대상		일본 초등 5, 6학년	한국 소년 층	식민지 조선 초등 5학년
총 절수/행		60/240	67/268	12/48
발착지	현해탄	下關→釜山〈선박〉	------	------
	한반도	釜山→京城〈경부선〉 鷺梁津→仁川〈경인선〉 京城→新義州〈경의선〉→압록강渡江	京城→釜山〈경부선〉	釜山→京城〈경부선〉 영등포→仁川〈경인선〉
	만주	安東→奉天(撫順)〈安奉線〉 奉天(撫順)→大連〈本線〉 周水子→旅順〈奉山線〉 周水子→旅順〈旅順線〉	------	------
악보		(악보 이미지)	(악보 이미지)	(악보 이미지)
주요 리듬		♪♪♪♪/♪♪♪♪/♪ ♪♪♪/♩ ♩	♪♪♪/♪♪♪♪/♪ ♪♪♪/♩ ♩	♪♪♪♪/♪♪♩♪/♪ ♪♪/♩♩

본 장에서는 한국 대표철도인 경부선을 노래한 철도창가 3곡에서
일제의 침략과 지배를 위한 路程을 살펴보고, 철도를 기반으로 상상
혹은 실현되었던 식민지정책과 시기에 따른 식민지 구도의 변화까지
유추해보려고 한다.

3.1 제국의 식민지 기획 - 『滿韓鐵道唱歌』

1900년 오와다 다케키에 의해 제작된 『地理教育鐵道唱歌』(전5권)는
근대적 여행에 대한 상상을 배가함은 물론, 지리교육 측면과 아울러
국민이라는 공통감각을 유발하게 하면서 삽시간에 일본 전역으로 전
파되어 범국민적인 애창곡이 되었다. 그로부터 5년 후인 1905년 한국
에 통감부를 설치한 후 본격적인 내정간섭의 시대를 예고한 일본에 있
어 이의 연장선에서 제작한 『滿韓鐵道唱歌』(1906)의 의미는 상당하다
할 것이다. 국민국가나 식민지경영을 위한 이데올로기의 미화를 꾀하
면서 수많은 가창자들에게 미래지향적 식민지의 비전을 제시하고 있
기 때문이다.

일본에 있어 1905년은 동북아 식민지의 기반을 갖춘 해였다. 1월에
개통한 경부선이 그것인데, 한반도 남부를 관통하는 경부선은 동년 9
월 개설된 관부關釜연락선에 의해 고베, 도쿄를 잇는 산요선山陽線과 도
카이도선東海道線으로 연결되어 한일 교통의 일원화에 박차를 가하였다.
여기에 1906년 4월 경의선의 개통은 한반도 북부를 관통하여 대륙으
로 가는 식민지철도의 대동맥을 형성하였고, 7월에는 통감부 철도관
리국이 설치되어 이의 운영을 주관하였다. 이어 11월은 러일전쟁의 승
리로 얻어낸 다렌大連~창춘長春 구간을 운영하는 남만주철도주식회사
가 출범하였다. 이러한 상황에서 만들어진 『滿韓鐵道唱歌』의 의미가
앞서 보급된 『地理教育鐵道唱歌』를 훨씬 상회하고 있음은 말할 나위

도 없을 것이다.

무엇보다 중요한 것은 속표지에 "明治三十九年十二月四日 <u>高等小學</u><u>校唱歌科兒童用</u> 文部省檢定濟"라 명기하고 있는바, 『滿韓鐵道唱歌』는 당시 高等小學校[9] 아동을 대상으로 정부가 발행한 교과서라는 것이다. 이 창가서의 의의를 편자의 서문에서 살펴보자.

> 러일전쟁은 우리 제국의 신기원으로서 滿韓의 경영은 새로운 日本의 가장 핵심적인 국시이다. 오늘날의 年少子弟로 하여금 서둘러 滿韓地理에 익숙하도록 해야 하는 것은 눈앞에 직면한 급선무라는 것을 인식해야 한다.[10]

러일전쟁의 승리로 만주를 손에 넣은 일본에 있어서 만주와 한국을 경영하는 일은 당면한 필수과제였다. 그래서 이 철도창가의 편자 와타나베 간조渡辺官造는 장차 제국을 이끌어 갈 자국 소년들에게 "滿韓地理에 익숙"하게 함은 물론, 국민교화에 의한 결속과 대륙진출의 당위성을 도모하고, 나아가서는 滿韓 경영에 대한 포부를 품게 하려는 의도를 서문에 담았던 것이다. 이는 창가의 서사체계가 침략전쟁에 대한 기억과 이의 재현을 통한 기념비 구축에 집중되어 있다는데서 쉽게 파악되는 부분이기도 하다.

따라서 『滿韓鐵道唱歌』의 출발점은 일본 본토이며, 그 노정은 시모노세키에서 배로 현해탄을 건너 부산에 도착하여 경부선과 경의선 기

---

9 당시 일본의 초등학교제도는 현재의 초등학교 1학년부터 4학년에 해당되는 초등교육기관을 〈尋常小學校〉, 초등학교 5, 6학년에 해당되는 초등교육기관을 〈高等小學校〉라 하였다. 따라서 "高等小學校兒童用"이라 함은 초등학교 5, 6학년 대상으로 편찬된 창가집이라 할 수 있다.
10 渡辺官造 編(1906)『滿韓鐵道唱歌』金港堂書籍(株), p.3 序文

차를 타고 만주를 거쳐 뤼순旅順에 이르기까지이다. 대륙을 향해 나아
가는 첫 절은 출발의 감개로 시작된다.

一. 汽笛の響いさましく / 馬関を跡に漕ぎ出でて
　　蹴破る荒波百海里 / 鶏林八道いづかたぞ
　　　　뱃고동 힘차게 울리며 / 시모노세키 뒤로 저어 나서
　　　　박차고 온 거친파도 일백해리 / 계림팔도 어디메뇨!
二. 日本海の海戦に / 大捷得たりし対馬沖
　　あれよと指さす程もなく / 船は釜山に着きにけり
　　　　일본해(동해) 해전에서 / 크게 승리하였네 대마도 앞바다
　　　　저기라 가리킬 겨를도 없이 / 배는 부산에 다다랐네

　　출발점에서부터 한국을 굳이 "계림팔도"로 서사한 것은 원시성(야
만성)과 식민성을 강조하려 함이었을 것이다. 또한 대마도 앞바다를
지나면서 "일본해 해전"에서 러시아에 대승한 자긍심을 내세우며 滿
韓의 실질적인 소유권과 경영권이 일본에 있음을 인식시키려 하고 있
다. 때문에 이 창가는 한국과 만주라는 이향離鄕의 풍경 서사보다는 침
략전쟁의 자취를 더듬는 여정으로 이어진다.

七. 勿禁駅の甑城は / 威風草木を靡かせて
　　鬼と呼ばれし清正が / 敵を防ぎし蹟とかや
　　　　물금역의 증성甑城은 / 위엄있는 초목을 복종케 하니
　　　　귀신이라 불리던 기요마사가 / 적을 물리친 자취이런가
十. 豊太閤の征韓軍 / 暫くここに留まりて
　　其名を残す倭館駅 / 偉志千年に朽ちもせず

　　　도요토미 각하의 정한군 / 잠시 여기에 머물며
　　　그 이름 남긴 왜관역 / 위대한 뜻 영원하리라
五五. 乃木将軍が苦戦し / 名誉の陸はここなるぞ
　　　廣瀬中佐が戦死せし / 名誉の海はここなるぞ
　　　노기장군 분전하던 / 명예의 땅은 이곳이라네
　　　히로세 중령 전사케 했던 / 명예의 바다는 이곳이라네

　가사 내용에 임진왜란(1592)의 전적지와 도요토미 히데요시豊臣秀吉 이하 유명장수들을 상기시키고, 청일·러일전쟁의 전적지와 전쟁관련 인물들을 일일이 거론하였다는 것은 일본의 대륙진출은 임진왜란 이전부터 계획되었고, 그것이 최근의 전쟁으로 이어진 것이라는 것을 내포하는 의미일 것이다. 요컨대 일본에 있어 滿韓의 식민지배란 이미 삼백여년 전부터 진행되어온 역사적 운명이라는 것을 암시하고 있다 하겠다. 그러나 철도부설권 쟁취과정에서 맞닥뜨린 국가 간의 분쟁과 식민지철도부설과정에서 겪었던 숱한 난관의 역사를 돌이켜 볼 때, 일본이 역사적 운명이라고 여기는 3국의 통합이 결코 쉽지 않은 난제임을 잘 알고 있기에 이 창가의 마지막 절은 이렇게 토로하고 있다.

六〇. ああ清国も韓国も / 共に親しき隣国ぞ
　　　互いに近く行きかひて / 研かん問題数多し
　　　아아 청국도 한국도 / 모두 친근한 이웃 나라라네
　　　서로 가깝게 왕래하여서 / 풀어야할 문제 많고 많도다.

　삼국간의 수많은 갈등과 풀어야 할 난제를 이처럼 "친근한 이웃나라"라는 대단히 역설적인 정서와 행진곡 풍의 경쾌한 악곡으로 무마

하려 하고 있는 것이다. 이 노래를 가르치면서 교사는 조선과 만주를 야만의 지대로 끊임없이 타자화하는 한편, 곳곳에 아로새겨진 일본의 전적과 문명을 재빨리 복기하면서 선민의식을 부추겼을 것[11]이며, 이를 배우고 따라 부르는 학생들은 부지불식간에 대륙진출의 당위성을 내면화하며, 장차 滿韓의 경영에 대한 포부와 일본국민이라는 선민의식을 다져갔을 것임은 자명한 일일 것이다.

이러한 역사적 전적과 현재의 점령과정을 들어 제국의 드넓은 경계와 정체성 확대에 대한 무한한 상상력을 제공하였다는 점에서 『滿韓鐵道唱歌』는 당시 일제의 식민지경영에 대한 기획을 엿보게 한다. 일본의 오랜 대륙진출의 욕망을 담아낸 『滿韓鐵道唱歌』가 제국의 심상지리를 교육하는 교과서의 성격을 훨씬 능가하여 본격적인 식민지구도를 기획하고 있다고 여겨지는 것은 바로 이러한 까닭인 것이다.

3.2 동형이몽同形異夢의 여로 - 「경부텰도노래」

일제의 滿韓경영과 전쟁에 대한 기념비 구축을 노래한 『滿韓鐵道唱歌』에 대비되는 것은 그로부터 2년 후인 1908년 육당 최남선이 작사한 「경부텰도노래」[12]이다. 조선황실 파견 유학생으로 일본에 건너간 최남선은 당시 유행하던 오와타의 철도창가를 접한 후 경부선 개통을 위한 철도노래를 만들고자 하였다.

> 1905년 1월에 京釜線이 개통된 것을 보고, 『京釜鐵道歌』를 만들고 싶었다. 이것은 내가 일본 유학시, 일본에서 기차 계통에 대한 노래가 많이

---

11 최현식(2010) 앞의 논문, pp.200-201
12 최남선(1908) 「경부텰도노래」 (태학사 편(1997) 『한국현대시자료집성 ; 시집편 43』 태학사, pp.523-559)

유행했던 것을 보았기 때문이다.[13]

이렇게 작시에 착수한지 3년 만에 드디어 완성을 보게 된 「경부텰도노래」는 스코틀랜드 민요 '밀밭에서'의 곡조에 맞추어 노래로 불리기에 이르렀다. 철도의 위용이 처음부터 조선 사람에게 친근하게 다가온 것은 아니었지만, 새로운 시대를 수용하고자 했던 지식인 최남선에게는 강렬한 문명의 상징으로 다가왔다. 때문에 그는 이 대단한 기계문명이 노소와 내외의 소통을 가능케 하고 새로운 세상을 열어줄 것이라는 기대와 희망을 서두에 담아내었다.

一. 우렁탸게 吐하난 汽笛소리에 / 南大門을 등디고 써나나가서
　　샐니부난 바람의 형세갓흐니 / 날개가딘 새라도 못짜르겠네
二. 늘근이와 졂은이 석겨안젓고 / 우리네와 외국인 갓티탓스나
　　內外親疎다같이 익히디닉니 / 조그마한 짠세상 멸노일웠네

이렇게 시작되는 「경부텰도노래」는 철도 연선에 따른 지리와 명승고적을 일본 근대창가 양식인 7·5조 율격으로 노래하고 있어 일련의 철도창가와 같은 컨셉을 취하고 있다. 그러나 최남선의 그것이 오와타의 『滿韓鐵道唱歌』의 대응작[14]으로 평가되고 있는 것은 동일한 철도를

---

13 한용희(1994)『동요 70년사, 한국의 동요』세광음악출판사, p.32
14 신현득(2003)은 최남선의 「경부텰도노래」를 시모노세키에서부터 시작하여 부산, 서울, 평양, 신의주를 지나, 만주 安東에서 러일전쟁으로 철도부설권을 얻어 만든 남만철도로 奉天을 거쳐 關東州 大連까지의 여정에서 임진왜란, 청일전쟁, 러일전쟁 등 침략전쟁의 역사를 더듬으며 전쟁영웅과 승리를 찬양하고 있는『滿韓鐵道唱歌』의 내용에 격분하여 동포에게 애국심을 호소하기 위한 대응작으로 규정하였다. (申鉉得(2003)「崔南善의 唱歌研究 -創作童謠에 미친 영향을 中心으로-」「國文學論集」19輯 단국대 국어국문학과 편, p.128 참조)

바라보는 시각이 전혀 달랐기 때문일 것이다. 그 대상부터가 달랐으며, 각 지역의 역사에 대한 시각과 느낌이 달랐다. 또 그 출발선이 달랐으며, 민족 계몽을 위한 마음가짐 또한 달랐다.

먼저 그 대상을 보면, 『滿韓鐵道唱歌』가 일본 소년층을 대상으로 하고 있는데 반해 「경부텰도노래」는 식민지 되기 일보직전에 처한 한국의 소년층을 대상으로 하고 있어 대립각을 예시하고 있다. 『滿韓鐵道唱歌』가 전면 속표지에 당당하게 "高等小學校兒童用"이라 표기한 반면 「경부텰도노래」는 마지막 67절 옆에 "삼가 이 노래를 어린 학생 여러분에게 드리옵네다."라는 문구를 곁들이고 있어 피차 자국의 소년들을 대상으로 하고 있지만 대상을 표기한 위치에서 최남선은 소극성을 드러내고 있었다.

둘째로 경부선 연선에 소재한 도시의 풍물과 각 지역의 역사에 대한 시각이다. 먼저 청일전쟁 당시 일본군이 가장 고전했던 지역 성환에서 아산으로 가는 노정에 대한 오와타의 시선을 살펴보자.

十七. かしこに見ゆる牙山まで / 過ぎし日淸戰役の
　　　面影みゆる苦戰の地 / 思へば夢か夢ならず
　　　　저기 보이는 아산까지 / 지난날 청일전쟁의
　　　　모습 선하다 분전했던 땅 / 생각하니 꿈만같구나

오와타는 성환에서 아산까지를 청일전쟁 시작점에서 대승의 격전지로 묘사하였다. 그런데 최남선은 그 지역에 이르자 청일전쟁 당시 억울하게 희생된 조선노파의 아들을 떠올렸으며,[15] 이어지는 16절에

15　신현득은 오와타의 『滿韓鐵道唱歌』 17절에 대한 對應句는 「경부텰도노래」 15절이며(성환역 부분), 이 대목에서 청일전쟁에서 억울하게 희생된 조선노파의 아

서는 남의 땅을 빌어 전쟁을 치른 상황에서 그들의 일본정신大和魂에 자긍심을 운운하는 것을 썩 곱지 않은 시선으로 묘사하는 대조를 보인다.

> 十五. 게서쎠나 成歡驛 다달아서는/ 해가발써 앗탐때 훨씬기웟네
> 十五年前 日淸戰 생각해보니 / 여기옴에 옛일이 더욱새로워
> 十六. 일본사람 저희들 디뎌귀면서 / 그째일이 쾌하다 서로일커러
> 얼골마다 깃분빗 가득하여서 / 일본남뎌 대화혼 자랑하난듸

또한 온양 근처에서 오와타가 "온양온천 이름도 높구나/ 목욕이라도 해볼까나溫陽溫泉名も高し/浴みでも見ばや"라 노래했던 부분에서 최남선의 탄식은 고조되고 있다.

> 二二. 인력거와 교자가 準備해잇서 / 가고옴에 됴곰도 어려움업고
> 淨潔하게 숨여논 旅館잇스나 / 이는대개 일본인 營業이라니
> 二四. 百濟째에 이地名 湯井이라니 / 그때부터 안것이 분명하도다
> 數千年간 면하던 이러한것을 / 남을주고 객홈되니 앏흐디안소

이는 백제시대의 보물이며 조선시대에 임금의 휴양지로 사용되었던 온양온천을 일본인에 점령당한 억울함과, 오히려 주객이 전도된 것에 대한 분노의 서사였음을 알 수 있다.

경부선의 支線인 경인선 노선도 살펴볼 부분이다. 경부선을 노래하는「경부텰도노래」의 노정이 오십 여리 정도밖에 안 되는 인천을 다음으로 미루고 직로直路로 부산을 향하고 있는 반면, 『滿韓鐵道唱歌』는 3

들을 내세운 것이라 하였다. (申鉉得(2003) 앞의 논문, p.127)

절이나 할애하여 인천과 인천항을 노래하였다.

六. 浩浩洋洋 흐르는 漢江물소리 / 아직까지 귀속에 텨뎌있거늘
　　어늬틈에 永登浦 이르러서는 / 仁川車와 釜山車 서로갈니네

七. 예서붓터 仁川이 五十餘里니 / 오류소사부평녁 디나간다네
　　이다음에 틈을타 다시 갈탸로 / 이번에는 直路로 釜山가려네

二十. 仁川港(じんせんこー)在留 / 邦人一万三千余
　　　日露の役の手始に / 敵艦沈めし浦なるぞ
　　　인천항 거류하는 / 일본인 일만 삼천 여
　　　러일전쟁 나자마자 / 적함 침몰시킨 포구라네

二一. 港の賑ひ見物し / 要務終りて余暇あらば
　　　日本公園月尾島 / ついでにそれも行きて見ん
　　　항구의 번성함은 구경거리라 / 볼일 마치고 한가하거든
　　　일본공원 월미도 / 가는김에 그곳도 가보시구려

　경부선과 경의선 노선이 주가 되는 만주행 연선은 실상 경인선이나 인천과는 관계없는 지역이다. 그럼에도 『滿韓鐵道唱歌』가 굳이 3절이나 할애한 까닭은 러일전쟁의 전적지인 인천 앞바다와 점점 일본화 되어가고 있는 인천항을 자랑하기 위함이었다. 그러기에 최남선의 「경부텰도노래」는 일본인들이 흥청거리고 있는 인천을 애써 외면하려는 서사구도를 취하고 있는 것이다.

　최남선은 서울에서 부산까지를 하루에 도착할 수 있는 철도에 매우 감탄하였고, 일본의 선진문명을 인정하고 있었기에 유학시절 접했던

그 문명을 조국에 전하기 위한 노력을 아끼지 않았다. 그러나 시작부
터 식민성을 지니고 탄생한 기차의 이력 때문인지 최남선의 「경부텰
도노래」는 선진기계문명을 예찬하면서도 내내 조바심을 감추지 못했
던 흔적을 곳곳에서 드러내고 있다.

> 五六. 輸入輸出통액이 一天餘萬圓 / 入港出港선박이 일백여만톤
>   行政事務處理는 府尹이하고/ 物貨出入監督은 해관圍旬이하네
> 六四. 우리들도여늬째 새긔운나서 / 곳곳마다일흔것 탸다들이어
>   우리댱사우리가 듀당해보고 / 내나라쌍니것과 갓터보일가
> 六六. 식뎐부터밤까디, 타고온기탸 / 내것갓텨안뎌도, 실상남의것
>   어늬째나우리힘, 굿세게되야 / 내팔쑥을가디고, 구을녀보나

제국 일본의 군사력이 이미 조국을 점령해버린 상황에서 성장해가
는 식민지문명이란 내 것처럼 앉아 있어도 "실상 남의 것"의 범주를
초월하기는 어려웠다. 그 때문에 마지막 67절은 "이런생각뎌생각 하
랴고보면/ 한이없이뒤대여 연속나오니/ 텬리길을하루에 다다른것만/
긔이하게생각코 그만둡시다."로 마무리하고 있는 것이다.
  셋째, 두 창가의 출발선이 달랐다는 것에 상당한 의미가 있다는 점
이다.『滿韓鐵道唱歌』의 한국 내 출발지점은 부산이지만 최남선의「경
부텰도노래는」한국정부가 소재한 경성(남대문역)이 출발지점이다.
식민지 조선에서 철도는 경성을 기점으로 남행과 북행으로 나뉜다. 경
성을 출발해 관부연락선을 통하여 오사카 요코하마로부터 도쿄까지
의 여로가 남행열차이며, 남대문을 출발해 한반도의 북부지역을 통과
하면서 압록강철교를 건너 봉천역까지가 북행열차이다.[16] 대체적으로
남행열차가 유학생 혹은 개화를 추구하는 정치인 경제인들의 여로였

다면, 북행열차는 정치적 망명처를 찾아 떠나거나 혹은 먹고 살길을 찾아 남부여대男負女戴하여 떠나는 안타까운 여로였다. 최남선의 「경부 텰도노래」가 경성에서 시작하여 부산에서 종착한 것은 한국 측에서 보면 지극히 자연스런 일일 것이다. 그러나 당시 정치적 상황을 감안한다면『滿韓鐵道唱歌』의 여로를 역행하는 구도의 「경부텰도노래」는 한국중심의 철도노선을 구축하였다는데서 나름대로의 의미가 있다 하겠다.

마지막으로 살펴볼 수 있는 것은 힘찬 출발을 알리는 기적소리이다. 기차의 출발점에서 울려 퍼지는 기적소리는 철도가 목표하는 지점까지의 장도를 여는 힘찬 에너지의 표상이다. 따라서 「경부텰도노래」 출발점에서의 "우렁차게 토하는 긔적汽笛소리"는 물밀듯이 밀려오는 근대문명에 대한 예찬이기 이전에 봉건적 미몽에 빠져있는 구세대의 변화를 촉구하는 에너지의 포효였으며, 장차 국운을 짊어질 소년들에게 조국의 실상을 알리는 각성의 소리이기도 했다. 당시 최남선은 이 기적소리와 함께 질주하는 기차의 속력을 사회변혁의 에너지로 치환하고픈 열망을 담고 있지는 않았을까?

동일한 철로를 같은 모습으로 달리는 기차를 바라보는 최남선의 시각이 오와타의 그것과 사뭇 다를 수밖에 없었던 까닭은 바로 이러한 점에서였으리라 여겨지는 것이다.

3.3 식민지구도의 재편 - 「朝鮮鐵道唱歌」

실로 철도에 대한 사회적 인식이 제고된 계기는 경부선 부설시기와 맞물린 러일전쟁(1905) 즈음이었다. 그 전쟁이 만주와 한국의 배타적

---

16   차혜영(2004) 「1920년대 해외기행문을 통해 본 식민지 근대의 내면 형성경로」
　　 국어국문학회, pp.415-417

인 지배권을 둘러싸고 벌인 제국주의 전쟁이었던 만큼 이의 승리는 이미 계획되어 있는 제국의 식민지구도를 실천에 옮기기 위한 시작점이 되었다.

滿韓의 식민지 경영을 꿈꾸었던 초기의 노정은 1905년 1월 경부선 철도가 개통되고 동년 9월 관부연락선 운행 개설에 이어 1906년 경의선 철도의 개통으로 일원화 구도를 갖추게 되었다. 한반도를 종관하는 경부·경의선 철도는 동북아와 유럽을 연결하는 중요 교통로가 되었다. 요동반도 남단의 관동주와 장춘長春을 잇는 남만주철도와의 접속을 가능케 하였으며, 장춘에서는 러시아까지 연결되는 시베리아철도와도 접속을 가능하게 하였다. 식민지철도는 이처럼 제국의 침략통로를 최단거리로 축지縮地하여 동아시아에 대한 공간적 상상력을 유라시아로까지 펼쳐가게 하였다.

강점이후에도 철도부설로 대표되는 사회적 군사적 인프라 구축은 끊임없이 지속되어 유라시아에 대한 공간적 상상력을 거의 실현단계로 이끌어 갔다. 이는 강점 직후 원산과 회령을 잇는 함경선 철도를 구상하였다는 것과 일본과 조선 만주를 잇는 국제적 수준의 경성역사 신축을 구상하였다는데서 파악되는 부분이다. 경성역을 제국주의 확대를 위한 창구로 규정하고, 도쿄역사에 버금가는 규모로 신축하기로 한 것은 경성을 출발점으로 한 동북부노선(경원선 함경선)이 블라디보스톡을 거쳐 시베리아철도로 연결되며, 서북부노선(경의선)은 남만주철도를 통하여 하얼빈으로, 거기서 시베리아철도와 연계하여 모스크바와 베를린까지도 가능하였기 때문이다. 경성역이 제국의 지배자들을 해외로 향하게 하는 기착지였다는 점은 경성역의 간판이 '경성', '京城', 'ケイジョウ', 'KEIZYO' 등 다국적 문자로 표기되었다.[17]는 점에서도 파악되는 부분이다.

이러한 경성역의 의미는 「朝鮮鐵道唱歌」(1941.3)에서 두드러진다. 1941년 조선총독부가 새로 제작하여 5학년 과정에 투입한 총12절의 「朝鮮鐵道唱歌」는 부산에서 출발하여 경성에 도착하는 일본중심의 식민지철도창가 노정을 취하고 있다.[18] 대부분의 철도창가가 그렇듯이 출발부분은 희망과 감개를 서사하는 장면으로 시작된다.

　一.　興亞日本のあかつきに、/ 大陸さすやまつしぐら、

　　　のぞみを乗せてひた走る / ひかりもすがし京釜線。

　　　홍아 일본의 새벽녘에 / 대륙을 향해서 쏜살같이

　　　희망 신고 질주하는 / 광채도 찬연한 경부선

　여기서 주목되는 것은 경부선의 목적지가 분명 경성임에도 대륙을 향하고 있어 경성역의 의미를 다시금 상고하게 하고 있다는 점이다. 이는 단순히 경부선 종착지로서의 경성역이 아니라 유라시아 대륙으로 향하고 있는 제2의 국제도시 경성에서 또 다른 출발을 의미하는 경성역에 의미를 두고 있기 때문일 것이다.

　그런 까닭에 2절 부산에서 8절 수원에 이르기까지의 내용은 철도연선을 따라 각 지역의 풍물을 서정적으로 서사하거나 소개하는데 그치

17　이용선(1985)「경성역 잡감」「교통안전」 제35호, p.48.

18　살펴본바 여기서 거론된 지명은 ②부산항 ③낙동강→구포→삼랑진 ④진해→마산→진주→밀양→대구 ⑤⑥경주(금관총→첨성대→석굴암) ⑦김천→추풍령→대전 ⑧천안→온양온천→수원에 이어 ⑨인천항 ⑩한강교→용산역→경성역 등 20곳에 불과하다. 이는『滿韓鐵道唱歌』의 경부선노선에서 거론된 ③釜山 ④草梁·釜山鎭 ⑥東萊府·東萊溫川·梵魚寺 ⑦勿禁驛·甌城 ⑧院洞·三浪津·馬山浦·密陽 ⑨大邱 ⑩倭館驛 ⑪金泉·秋風嶺 ⑫永洞驛·落花臺·錦城山 ⑬深川驛·大田驛·鷄籠山 ⑭錦江·芙江驛 ⑮葛巨里·全義·小井里·天安驛·溫陽溫泉 ⑯穀山·成歡·安城川 ⑰牙山 ⑱烏山 ⑲水原·富谷·始興·永登浦 ⑳仁川港 ㉑月尾島 ㉒漢江 ㉓龍山·南大門·京城 등 43곳에 비하면 절반정도에 해당된다.

고 있어, 지역적 임팩트를 강하게 어필하려고 했던 이전의 철도창가와
는 약간의 대조를 보인다. 그런데 노선을 경인선 쪽으로 돌려 인천에
닿으면서부터는 사뭇 다른 분위기를 연출한다.

九. うなるモーター飛ぶ火華、/ 近代都市の名を負ひて、

南京城工業地、/ 仁川港に連なりぬ。

울부짖는 모터소리 튀는 불꽃 / 근대도시의 이름에 걸맞게

남경성 공업지역 / 인천항에 다다랐구려.

十. 銀翼のかげ仰ぎつつ / とどろとわたる漢江橋、

龍山驛をいま過ぎて、/ ああ、あこがれの大京城。

비행기 그림자 우러르면서 / 쿠르르르 건너가네 한강교

용산역을 바로 지나니 / 아아 동경하던 대경성.

인천은 실상 경인선에 속해있어 경부선의 支線에 불과하다. 그러기
에 최남선의 「경부텰도노래」는 영등포에서 直路로 부산을 향했다. 그
런데 앞서 오와타가 경부선 노정에서 인천을 3절이나 할애하여 노래
한 것이나, 또 「朝鮮鐵道唱歌」에서도 굳이 인천으로 회선하여 노래한
것은 고려해 볼 문제인 듯하다. 여기에는 물론 강화도조약 이후 일본
에 의해 근대화 된 인천, 러일전쟁의 전적지로서의 인천항을 부각시키
려 한 점도 있었겠지만, 이 시점에 와서는 차후의 전쟁을 위한 군사적
요충지로서 인천을 부각하려는 의도를 담고 있음이 훨씬 명확해진다.
인천을 "모터소리 요란한 남경성"이라 명명한 것도 대동아의 중심도
시 경성을 뒷받침하는 공업도시로서의 역할을 강조하는데 있다고 할
것이다.

한편 「朝鮮鐵道唱歌」는 조선아동의 황민화를 위한 정신적 계몽도

빼놓지 않는다. 출발이란 도착을 전제하고 있기에 가장 중요한 의미는
목적지에서 드러난다. 때문에 「朝鮮鐵道唱歌」는 목적지 경성에 도착
하여 조선신궁참배를 우선할 것을 먼저 계몽한 후 대동아 요충지로서
의 경성을 자리매김 하는 것으로 일단락하고 있다.

十一. 朝鮮神宮伏し拜(をが)み、/ みいつを仰ぐ宮柱。

昌慶苑や德壽宮、/ 石のきざはし、蔦青し。

조선신궁 참배하네 / 천황 위광 받드는 신전의 기둥

창경원과 덕수궁 / 돌계단엔 담쟁이덩굴 푸르구나

十二. 東亞連鎖の要衝と / 今こそ誇れ、百萬の

大都のすがた晴れやかに、/ 飛躍の力溢れたり。

동아연대의 요충지라 / 이제야말로 자랑하세, 백만의

대도시 위용 찬란하니 / 비약의 힘 넘치네.

여기서 경성을 "동아연대의 요충지"로 규정하였다는 것은 경성을
중심으로 또 다른 식민지 구도를 구상하고 있음을 엿보게 한다. 여기
에서의 파장은 끝부분의 "백만 대도시"와 "비약의 힘 넘친다."는 대목
으로 연결되는데, 예로부터 일본이 자국의 전쟁터로 줄곧 한반도를 이
용하였던 만큼 이제는 물론 인적 물적 자원의 공급지로서 한반도의 중
심도시 경성을 재조명하고 있는 것이다. "백만 대도시" 경성의 잠재력
을 "비약의 힘"으로 치환하여 대동아의 맹주로서 세계를 상대하는 제
국의 위상을 드러내고자 함이었을 것이다.

『滿韓鐵道唱歌』이후 35년의 세월이 흘러 '태평양전쟁'을 앞둔 시점
에서 조선총독부가 「朝鮮鐵道唱歌」를 통하여 재현하고자 했던 것은
군국 일본 제2의 도시 경성을 중심으로 한 식민지구도의 재편이 아니

었을까 여겨지는 것이다.

4. 식민지철도의 명암

일제의 식민지에 대한 기획은 철도의 연장선에서 구체화되었으며,
식민지 경영에 대한 사항은 식민지철도를 노래한 창가에서 진행되고
있었다. 오와타의『滿韓鐵道唱歌』가 자국소년들에게 동아시아 식민지
구도를 상상케 하며 과거 침략역사에 대한 자부심과 동북아지배에 대
한 확신을 심어주었던데 비해, 최남선의 「경부텰도노래」(1908)는 철
도라는 선진문명을 수용하면서도 일본에 잠식되어가는 근대도시의
모습을 탄식하며, 제도적 폭력의 상징으로 다가온 철도에 대하여 소극
적이나마 저항적인 측면을 보여주고 있었다.

제국 일본의 자부심과 향후 또 다른 세계를 향한 비전은 이로부터
삼십 수년이 지난 1941년 조선총독부가 제작하여 식민지교과서에 수
록한 「朝鮮鐵道唱歌」에 또 다른 모습으로 제시되었다. 경성을 중심으
로 세계를 향한 새로운 도약을 꿈꾸며『滿韓鐵道唱歌』에서의 상상력
을 훨씬 초월하는 큰 그림을 그리고 있었다.

이처럼 식민지철도창가는 일제의 국민국가주의가 국경을 넘어 식
민주의로 성장해 가는 정치적 지평의 확장을 꾀하고 있었다. 이들 식
민지철도창가는 모두 초등교과과정에서 교육되었기에 여럿이 반복
가창하는 과정에서 저항감 없이 일체감과 의식화를 유발하였을 것이
며, 국정방향에 따라 일종의 진군가로 확장되어갔을 것이다.

오와타가 제작 보급한 철도창가는 현재까지도 일본 열차의 차내방
송 전에 흘러나오는 차임벨로, 혹은 발차 멜로디로 사용되고 있어 끈

질긴 생명력을 유지하고 있다. 그 연장선에서 제작 보급된 식민지철도 창가야말로 지리교육차원을 초월하여 제국의 확장에 대한 정당성과 필연성을 내포하고 있었기에 과거 화려했던 시절에 대한 향수를 현대의 철도에서나마 회상하고 싶은 듯하다. 그러나 그 세월을 겪으면서 무심코 그것을 따라 불렀을 당시의 식민지인들과 그 후예들이 느끼는 향수의 의미가 일본인의 그것과는 전혀 다르리라는 것도 한번쯤 제고해보아야 할 문제가 아닐까 생각된다.

제국의 식민지 창가

II. 복합적 교육미디어자료
『地理教育鐵道唱歌』*

사희영

1. 철도창가에 담긴 일본의 시공간

　'唱歌'는 음악교육을 위해 일본 小學校나 中学校에서 歌唱을 위해 만든 노래를 말한다. 1879년 학교교재로 사용할 노래를 만들거나 편집하기 위한 연구기관이자 음악교사 양성기관인 '음악담당과音楽取調掛'가 문부성내에 설치되면서 국가에서 필요한 정조情操교육을 위해 '唱歌'를 가르치게 되었고, 『小学唱歌集』 출판을 시작으로 여러 종류의 창가집이 출판되며 창가는 더욱 다양한 형태로 발전하였다. 어린 아동을 교육시키는 〈學校唱歌〉를 비롯해, 국가의식을 고양하는 〈儀式唱歌〉, 군국

＊ 이 글은 2013년 6월 한국일본어문학회 『日本語文學』(ISSN : 1226-0576) 제57집, pp.171-193에 실렸던 논문 「복합적 교육미디어자료 『地理教育 鐵道唱歌』」를 수정 보완한 것임.

주의 색채를 담은 창가를 모아 군인들의 사기진작에 사용한 〈軍歌〉 그리고 근대의 산물인 철도를 이용하여 시간의 개념을 인식시키며 지리적 공간의 특성을 하나로 연결시켰던 〈鐵道唱歌〉에 이르기까지 다양한 창가들이 만들어지고 불려졌다.

특히 1900년에 만들어진 〈鐵道唱歌〉는 지금도 차내車內 방송을 하기 전에 틀어주는 차임벨의 하나로서 사용되는 등 다양한 장소에서 사용되고 있다. 근대에 만들어진 〈鐵道唱歌〉가 현재에도 불려지는 그 이면에는 과거와 현재를 연결하는 지명이라는 공통점이 있기도 하지만, 가사에서 얻어지는 공감대가 형성되기 때문이라고 여겨진다.

철도창가를 중심으로 한 국내연구는 구인모의 「일본의 식민지 철도여행과 창가」,[1] 오타케 기요미大竹聖美의 「근대 한일『철도창가』」[2]의 연구가 있다. 이 연구들은 『滿韓鐵道唱歌』[3]를 중심으로 하여 제국의 식민주의와 제국 팽창에 대한 욕망을 잘 분석하고 있는 논문이다. 그러나 조선에서 불려진 『滿韓鐵道唱歌』의 전신이라 할 수 있는 일본의 『地理敎育鐵道唱歌』에 대한 연구는 폭넓게 이뤄져있지 않다. 이는 『地理敎育鐵道唱歌』가 공교육에서 조금은 동떨어진 자리에 위치해 있었던 탓이기도 하고, 일본학과는 무관하다고 여겨지는 철도와 창가라는 특성 때문이라고 생각된다. 그러나 아동들의 지리교육을 담당하는 부

---

1 구인모(2009) 「일본의 식민지 철도여행과 창가」 『정신문화연구』 제32권
2 大竹聖美(2003) 「근대 한일『철도창가』」 『誠信女子大學校 硏究論文集』 제38집
3 문부성의 검정을 거쳐 일본 고등소학교 창가과의 아동용 교재로 사용되었다. 시모노세키부터 부산을 거쳐 뤼순에 이르는 경부선과 경의선 그리고 남만주철도의 연선을 따라 각 지역을 노래하고 있다. 국문학자 신현득은 「한국아동문학 100년의 회고와 전망」이라는 논문에서 일본의 오와다 다케키의 『滿韓鐵道唱歌』의 대응작으로서 최남선이 1908년 3월 『경부텰도노래』를 만들었다고 논하고 있기도 하다. 신현득(2008) 「한국아동문학100년의 회고와 전망 : 한국동시(韓國童詩)100년(年) -정형동시(定型童詩)(동요(童謠)를 중심(中心)으로-」 한국아동문학연구 제15권, pp.29-52

교재이자, 또 일반인에게는 유행가처럼 불려졌던『地理敎育鐵道唱歌』
를 분석하는 것은, 근대의 다양한 특징들을 파악할 수 있는 중요한
연구라고 생각된다.

　이에 철도 선로를 중심으로 일본인에게 인식되어진 공간에 대한 지
리적 관념을 담은 철도창가의 효시『地理敎育鐵道唱歌』[4]를 분석하여
봄으로써, 철도창가에 함의된 근대일본의 시공간을 살펴보고, 이를 국
민국가 형성의 연결고리로 이용하고자 도입한 지리공간 개념과 지리
교육을 통한 국민교화 양상을 파악해 보고자 한다.

2. 『地理敎育鐵道唱歌』의 구성과 변화

　일본철도는 130년이 넘는 역사를 통해 일본의 근대화를 추진하는데
큰 역할을 수행하였다. 철도의 도입은 서구의 근대문명 섭취와 모방을
축으로, 사회시스템의 변혁은 물론 이용자의 의식까지 변화시켰다.[5]

　일본의 철도 역사를 살펴보면 1872년 도쿄東京와 요코하마橫浜 간의
철도가 처음 개통된 이후 각 지방을 연결시킨 철도가 개통되면서, 철
도는 사람들의 장소이동은 물론 대량의 물자를 빠르게 운반하는 획기
적 운송수단으로 사용되었고, 각 지역의 정보와 문화를 다른 지역에
전파시키는 매개체 역할을 하였다. 물론 이 시기 철도정책의 이면에는
신구新舊의 정치적 중심도시를 연결하여 중앙집권을 강화하려는 극히
정치적인 색채를 담고 있기도 하였다.[6] 또한 그동안 지속돼오던 자연

4　텍스트는 철도창가에 관련된 전 곡을 수록한『鐵道唱歌』(松本仁・野ばら社編集
　部編(2000),『鐵道唱歌』, 野ばら社)로 하겠다.
5　한국철도기술연구원 編(2005)『일본 철도의 역사와 발전』-하라다 가쓰마사「일
　본에 있어서 철도의 특성과 그 발달」 북갤러리, p.43

적인 공간과 시간의 관념을 철도는 통일된 하나의 공간과 시간으로 만들며 사람들의 생각과 행동을 바꾸었다. 1883년에 미국과 캐나다 철도에 의해 채택된 공통된 시간의 개념은 시나가와와 요코하마 사이에 개통된 철도를 시작으로 일본의 근대를 바꾸었다.

> 우편과 철도의 시간, 학교와 공장과 군대에서 흐르는 시간이 그때까지의 시간과는 다른 새로운 근대적 시간임은 말할 것도 없다. 진무 천황 즉위일의 결정은 천황제에 기초한 새로운 축제일의 제정과 동시에 근대적 시간이 먼 과거적 신화적 시간도 지배하기 시작했다는 것을 의미한다.[7]

이렇듯 근대적 시간은 철도에 의해 도입되고 정착되면서 기존과는 다른 시간의 개념을 형성시켰다고 할 수 있다. 철도는 인간에게 기계적 시간을 인식하게 했다. 철도시간표는 지역적 시간을 해체하고 통일적인 시간을 만들고, 지역적 공간을 관통하며 연결하여 경제체제를 변화시켰고, 또 변화된 경제체제는 사회적 문화적 변화를 동반하였다.

이렇듯 근대교통수단이자 문명의 시간이자 통로였던 철도를 노래한『地理教育鐵道唱歌』는 1900년 5월~11월에 걸쳐 만들어진 곡으로, 가창자의 입장에서 보면 지리적인 안내는 물론이고, 리듬을 통한 지역의 이미지화를 덧붙여 총체적인 '가상체험 철도여행 안내서'[8]에 해당한다고 할 수 있다.

---

6 박천홍(2002) 『매혹의 질주, 근대의 횡단』 도서출판 산처럼, p.82
7 니시카와 나가오 著·윤대석 譯(2002) 『국민이라는 괴물』 소명출판사, p.69
8 『滿韓鐵道唱歌』(1910)와 『臺灣周遊唱歌』를 지리교과서의 부교재로서의 역할 뿐만아니라 이미지와 음악까지 덧붙여진 가상체험적 여정의 시공간으로 구인모는 정의하고 있다. 구인모(2009), 「일본의 식민지 철도여행과 창가」, 정신문화연구 제32권 p.213 참조. 논자는 앞의 두 창가 뿐만아니라 『地理教育鐵道唱歌』의 경우도 같은 개념으로 파악하였기에 사용하였다.

『地理教育鐵道唱歌』는 昇文館출판사를 주재하였던 이치다 겐조市田元蔵가 기획하고, 오와다 다케키大和田建樹가 작사를 맡아, 오노 우메와카多梅稚와 우에 사네미치上眞行에게 작곡을 의뢰한 것이었다. 작사를 담당한 오와다 다케키[9]는 교육가이자 작사가로 뱃놀이(舟あそび, 曲 : 奥好義)를 비롯한 많은 창가를 남기고 있으며, 일본해군가(日本海軍, 曲 : 小山作之助)외에도 많은 군가들을 만들기도 하였다.[10]

『地理教育鉄道唱歌』는 실제로 취재여행을 하면서 가사를 쓴 것으로, 철도 노선에 따른 주변지리 교육을 목적으로 하여 1900년에 만들어진 곡이다. 지명이나 현지의 토산물 및 고적이 언급되어 있어, 지리역사 교육에 알맞은 가사로 되어있음을 알 수 있다.

『地理教育鉄道唱歌』에 실려있는 지명들을 정리해 보면 아래 〈표 1〉과 같다.

9　오와다 다케키(大和田建樹, 1857~1910) 시인이자 작사가 국문학자로 에히메현(愛媛県) 宇和島市의 무사집안에서 태어났으며, 도쿄대학(東京大学) 서기로서 박물관에 근무하였으며, 도쿄대학 고전강습과(古典講習課) 강사를 거쳐 도쿄고등사범학교(東京高等師範学校) 교수가 되기도 하였다. 국문학, 수필, 기행문, 시가에 이르는 97종 150권을 남기고 있다고 알려져 있다.

10　대표적 창가로『故郷の空』(曲:スコットランド民謡),『青葉の笛』(曲:田村虎蔵),『暁起』(曲:田中銀之助),『あわれ少女』(曲:フォスター),『地理教育 鉄道唱歌』(作曲:上真行・多梅稚・田村虎蔵・納所弁次郎・吉田信太),『地理教育 世界唱歌』(作曲:納所弁次郎・多梅稚・山田源一郎・田村虎蔵),『海事教育 航海唱歌』(作曲:田村虎蔵・多梅稚・小山作之助・納所弁次郎),『明治文典唱歌』(作曲:小山作之助),『国民教育 忠勇唱歌1~5』(作曲:小山作之助외 牛銀子, 多梅稚, 納所弁次郎 등),『春夏秋冬 花鳥唱歌』(作曲:本元子),『春夏秋冬 散歩唱歌』(作曲:多梅稚),『満韓鉄道唱歌』(作曲:天谷秀),『戦争唱歌』(作曲:田村虎蔵),『戦争地理 満州唱歌』(作曲:田村虎蔵),『日露開戦唱歌』,『国民唱歌』,『日本海軍』,『家庭教育 運動唱歌』,『地理歴史教育 東京名所唱歌』,『地理教育 物産唱歌』,『地理教育 東洋一週唱歌』,『修身唱歌 二宮金次郎』,『詔書 勤倹の歌』,『堺市水道唱歌』,『家庭運動唱歌』,『摘草』가 있으며, 軍歌로는『日本陸軍』(曲:"開成館"深澤登代吉),『日本海軍』(曲:小山作之助),『黄海海戦』(曲:瀬戸口藤吉),『威海衛襲撃』,『閉塞隊』,『日本海海戦』,『日本海夜戦』,『第六潜水艇の遭難』,『国旗軍艦旗』,『艦船勤務』,『日露軍歌』,『日露軍歌第弐集・旅順口大海戦』,『征露軍歌 橘大佐』등 다수이다.

〈표 1〉『地理教育 鉄道唱歌』의 구성[11]

순	권	발행일	작곡	노선	절수
1	東海道篇	1900년 5월 10일	多梅稚·上真行	신바시新橋-시나가와品川-오모리大森-가와사키川崎-쓰루미鶴見-가나가와神奈川-요코하마横浜-오후나大船-가마쿠라鎌倉-즈시逗子-요코스카横須賀-오이소大磯-고우즈国府津-야마기타山北-오야마小山-고텐바御殿場-미시마三島-누마즈沼津-스즈가와鈴川-오키쓰興津-에지리江尻-시즈오카静岡-야이즈焼津-후지에다藤枝-시마다島田-가케가와掛川-후쿠로이袋井-나카이즈미中泉-덴류가와天龍川-하마마쓰濱松-오카자키舞坂-도요하시豊橋-가마고리蒲郡-오카자키岡崎-오다카大高-아쓰다熱田-나고야名古屋-기후岐阜-오가키大垣-세키가하라關が原-마이바라米原-히코네彦根-구사즈草津-야마시나山科-교토京都-야마자키山崎-이바라키茨木-수이타吹田-오사카大阪-간자키神崎-고베神戸	66
2	山陽·九州篇	1900년 9월 3일	多梅稚·上真行	고베神戸-효고兵庫-다카토리鷹取-스마須磨-마이코舞子-아카시明石-가코가와加古川-아미다阿弥陀-히메지姫路-쇼우노生野-나와那波-오카야마岡山-쓰야마津山-후쿠야마福山-오노미치尾道-이토자키糸崎-미하라三原-가이타시海田市-히로시마広島-우지나宇品-고이즈斐-미야지마宮島-이와쿠니岩国-야나이즈柳井津-미타지리三田尻-도쿠야마徳山-모지門司-바칸馬関-모지門司-오사토大里-고쿠라小倉-조노城野-유쿠하시行橋-우노지마宇島-나카쓰中津-우사宇佐-오리오折尾-와카마쓰若松-노오가타直方-하코자키箱崎-하카타博多-후쓰카이치二日市-도스鳥栖-구루메久留米-고노하木葉-구마모토熊本-가와시리川尻-우토宇土-미스미三角-마쓰바세松橋-야쓰시로八代-사가佐賀-다케오武雄-아리타有田-하이키早岐-사세보佐世保-하에노사키南風の崎-가와타나川棚-소노기彼杵-마쓰바라松原-이사하야諫早-기기쓰喜々津-오쿠사大草-나가요長与-미치노오道ノ尾-나가사키長崎	68

11 松本仁·野ばら社編集部編(2000)『鉄道唱歌』, 野ばら社를 참고하여 작성한 것임.

순	권	발행일	작곡	노선	절수
3	奥州·磐城篇	1900년 10월13일	多梅稚·田村虎蔵	우에노上野-오지王子-아카바네赤羽-우라와浦和-오미야大宮-하스다蓮田-구키久喜-구리하시栗橋-고가古河-마마다間々田-오야마小山-유키結城-이와세岩瀬-아시카가足利-기류桐生-이세자키伊勢崎-고가네이小金井-이시바시石橋-스즈메미야雀宮-우쓰노미야宇都宮-닛코日光-니시나스노西那須野-히가시나스노東那須野-구로이소黒磯-구로다하라黒田原-시라카와白河-이즈미자키泉崎-야부키矢吹-스카가와須賀川-고리야마郡山-와카마쓰若松-히와다日和田-모토미야本宮-니혼마쓰二本松-마쓰카와松川-후쿠시마福島-요네자와米澤-나가오카長岡-고스고越河-시로이시白石-이와누마岩沼-센다이仙台-시오가마鹽釜-마쓰시마松島-가시마다이鹿島台-고고타小牛田-닛타新田-이시코시石越-하나이즈미花泉-이치노세키一ノ關-히라이즈미平泉-모리오카盛岡-고우마好摩-가와구치川口-누마쿠나이沼宮内-나카야마中山-고즈야小島谷-이치노헤一戸-시리우치尻内-후루마키古間木-노헤지野邊地-노나이野内-아오모리青森-히로사키弘前-센다이仙台-이와누마岩沼-나카무라中村-하라노마치原ノ町-나미에浪江-나가쓰카長塚-도미오카富岡-기도木戸-히로노廣野-히사노하마久ノ濱-다이라平-쓰즈라綴-유모토湯本-이즈미泉-나코소勿來-세키모토關本-이소하라磯原-다카하기高萩-스케가와助川-시모마고下孫-미토水戸-도모베友部-이시오카石岡-쓰치우라土浦-마쓰도松戸-기타센주北千住-미나미센주南千住-다바타田端-우에노上野	64
4	北陸篇	1900년 10월15일	納所辨次郎·吉田信太	우에노上野-다바타田端-오지王子-아카바네赤羽-와라비蕨-우라와浦和-오미야大宮-무사시노武蔵-요시미吉見-후키아게吹上-구마가야熊谷-신마치新町-구라가노倉賀野-다카사키高崎-안나카安中-이소베磯部-요코카와横川-가루이자와軽井沢-미요타御代田-고로모小諸-우에다上田-사카키坂城-야시로屋代-시노노이篠ノ井-나가노長野-나오에쓰直江津-가키자키柿崎-오우미가와青海川-나가오카長岡-산조三条-가모加茂-늣타리沼垂-니가타新潟-사도佐渡-도야마富山-다카오카高岡-후쿠오카福岡-이스루기石動-쓰바타津幡-가나자와金沢-도키와常磐-고마쓰小松-가나쓰金津-후쿠이福井-이마조우今庄-스이즈杉津-쓰루가敦賀-나가하마長浜-마이바라米原-신바시新橋	72

순	권	발행일	작곡	노선	절수
5	関西・参宮・南海篇	1900년 11월 3일	多梅稚	아미지마網島-하나데放出-도쿠안德庵-시조나와테四条畷-호시다星田-쓰다津田-나가오長尾-호소노祝園-신코쓰新木津-나라奈良-교토京都-다마미즈玉水-우지宇治-고와타木幡-가모加茂-가사기笠置-오카와라大河原-시마바라島原-우에노上野-사나구佐那具-쓰게柘植-구사쓰草津-가부토加太-기산亀山-나고야名古屋-욧카이치四日市-시모노쇼下庄-이신덴一身田-쓰津-아코기阿漕-다카차야高茶屋-롯켄六軒-마쓰자카松坂-도쿠와德和-오카相可-다마루田丸-미야가와宮川-스지카이바시筋向橋-야마다山田-나라奈良-구누기노키櫟ノ木-단바시丹波市-야나기모토柳本-미와三輪-사쿠라이櫻井-우네비畝傍-다카다高田-오지王子-가시와라柏原-신조新庄-고쇼御所-와키가미掖上-구즈葛-기타우치北宇智-고조五條-스다隅田-고카와粉河-우치타打田-후나토船戸-후세야布施屋-다이노세田井ノ瀬-와카야마和歌山-무코마치向日町-후케深日-하코쓰쿠리箱作-다루이樽井-사노佐野-가이즈카貝塚-기시와다岸和田-오쓰大津-하마데라濱寺-미나토湊-사카이堺-야마토가와大和川-스미요시住吉-덴가차야天下茶屋-난바難波	64

『地理教育鉄道唱歌』는 앞서 언급한 것처럼 1900년 5월 10일에 제1편 도카이도東海道 편을 昇文館에서 발매하였다. 그러나 인쇄부수가 3,000부에 지나지 않았고 선전자금 부족으로 거의 팔리지 않은 채 출판사는 도산하고 만다. 이 판권을 악기상인 미키 사스케三木佐助가 사들여 제1편 도카이도편을 다시 출판하였고, 서양식 군악대[12]를 꾸려 열차역이나 혹은 열차안에서 연주하게 하는 광고전략으로 전국적으로 알려지게 되었다. 제5편 간사이關西·산구參宮·난카이南海 편까지 출판하

---

12 서양식 군악대를 모델로 하여 1885년 동경 긴자(銀座)의 히로메야(廣目屋)가 만든 '동경시중음악대'가 최초의 민간 음악대로 선전 광고를 목적으로 하였는데, 이후 민간음악대인 시중음악대(市中音樂隊)가 만들어지거나 백화점에서도 음악대가 만들어지는 등 러일전쟁까지 이러한 음악대는 크게 유행하였다. 石川弘義編(1991)『大衆文化事典』弘文堂

게 되었다. 작사는 5편 모두 오와타다케키大和田建樹가 맡았으나, 작곡은
오노 우메와카多梅稚와 우에 사네미치上眞行에게 각각 의뢰하여 가창자
로 하여금 자신이 좋아하는 곡을 선택할 수 있도록 하였다. 대중들에
게 오노 우메와카의 곡은 서정적인 우에 사네미치 곡보다 인기가 있었
는데, 그 이유는 요나누케 음계의 뽕코부시ピョンコ節[13]멜로디가 익히기
쉬웠고, 강약의 리듬감이 여행의 정취를 잘 살렸기 때문이었다.

이들 노선도를 간략하게 지도로 나타내보면 아래와 같다.

〈그림 1〉 일본전도

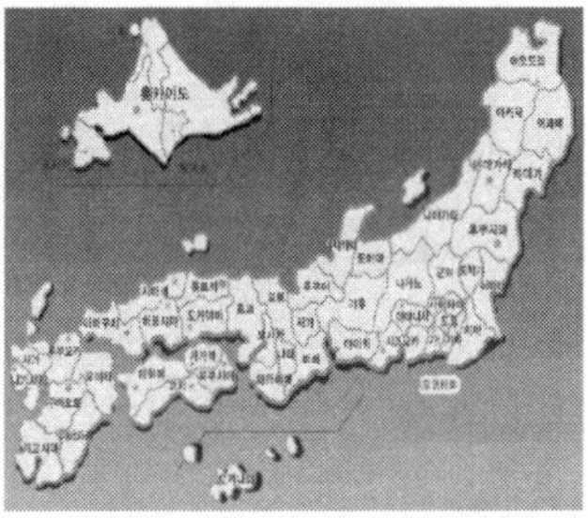

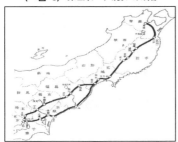

〈그림 2〉 第1集　東海道編

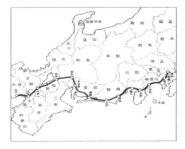

〈그림 3〉 第2集　山陽九州編

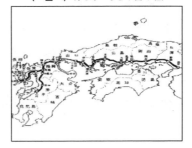

〈그림 4〉 第3集　奧州·磐城編

13　4분의 2박자 또는 4분의 4박자의 곡으로, 1박을 4분음표와 8분음표 혹은 8분음
　　표와 16분음표로 하여 튕기거나 혹은 멈춰있는 듯한 딴딴딴 하는 리듬 및 그러한
　　리듬을 중심으로 구성되어 있는 악곡.

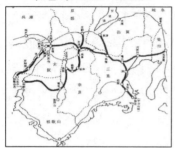 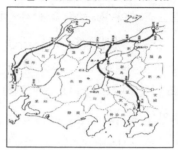

〈그림 5〉 第4集　北陸編　　　〈그림 6〉 第5集　関西·参宮·南海編

도카이도東海道 노선을 담은 제1집 도카이도 편의 경우는 66절, 산요선山陽線을 담은 제2집 산요-규슈山陽·九州편은 68절, 도호쿠선東北線을 담은 제3집 오슈-이와키奧州·磐城편은 64절, 다카자키선高崎線을 비롯 나나오선七尾線을 담은 제4집 호쿠리쿠北陸편은 72절, 가타마치선片町線에서 난카이선南海線 까지의 노선을 담은 간사이-산구-난카이関西·参宮·南海편은 64절 등 총 334절의 가사로 되어있다. 이렇듯 일본열도를 관통하는 노선을 담은 『地理教育鉄道唱歌』는 전국적으로 파급[14]되면서 영향력이 컸다고 할 수 있다.

이후 『地理教育鉄道唱歌』의 뒤를 이어 많은 〈鐵道唱歌〉들이 출판되었는데[15], 『地理教育鉄道唱歌』 노선과 같은 철도창가로는 1909년의 『東海道唱歌汽車』, 『山陽線唱歌汽車』, 『九州線唱歌汽車』가 있으며, 1928년 철도성에서 가사 및 작곡을 공모하여 편찬한 『新鐵道唱歌』, 1937년

14　山口幸男(2003) 「百年前の郷土との出会い」 群馬大学教育学部紀要 人文社会科学編 第52巻 pp.208-210를 참조해 보면 철도창가의 영향으로 각 지역을 노래한 철도창가 종류의 창가가 123여편이 넘게 만들어 진 것으로 확인 됨.

15　1906년 『満韓鉄道唱歌』, 1906·7년 『北海道唱歌』, 1907년 『内地旅行唱歌』, 『韓国旅行唱歌』, 『満洲旅行唱歌』, 『汽車汽船日本一周唱歌』, 『地理教育東洋一周唱歌』, 1908년 『伊予旅行唱歌』, 『大阪市街電車唱歌』, 1909년 『阪神電車唱歌』, 『名古屋唱歌』, 1911년 『訂正鉄道唱歌』(鉄道唱歌の改訂版) 등이 출판되었다.

에는 일본방송협회에서 〈國民歌謠〉로서 라디오를 통해 전국의 가정에 보급시키기 위해 편찬한 『新鐵道唱歌』 등이 있다.

도카이도선을 중심으로 그 변화를 살펴보면 아래의 표와 같다.

〈표 2〉 **東海道篇** 철도창가의 변화

순	창가서명	발행 년도	출판사항	작사/작곡자	노선	지명 횟수	절 수
①	『地理敎育鐵道 唱歌』 -第1集東 海道篇	1900년	昇文館	大和田建樹/ 多梅稚·上真行	신바시新橋 ~고베神戸	51	66
②	『東海道唱歌汽車』	1909년		大和田建樹/ 田村虎蔵	신바시新橋 ~교토京都	81	50
③	『新鐵道唱歌』- 第1集東海道線	1928년	大阪毎日 新聞, 東京日日 新聞 공동 출판	鐵道省/ 鐵道省	도쿄東京 ~고베神戸	43	62
④	『新鐵道唱歌』 -東海道1. 東海 道2	1937년	NHK	土岐善麿/ 堀内敬三	도쿄東京~ 시즈오카静岡	6	5
				西条八十/ 堀内敬三	시즈오카静岡 ~나고야名古屋	11	5

위의 표를 보면 초기에 발행된 ①(이후 창가서명을 생략하고 앞에 명기된 숫자로 나타냄)은 지명이 51개, ②는 81개, ③은 43개, ④는 17개가 포함되어 있음을 알 수 있다. 초기철도창가가 노선에 충실하여 나타내려고 했다면, 시간의 변화와 함께 ②는 지역에 위치된 신사들을 중심으로 역사적 사실에 작자의 감상이 덧붙여 있다. ③은 지명 언급이 줄어들고, 도쿄나 교토의 유적들과 산업발전의 모습을 많이 담고 있으며 천황치세를 찬양하고 있다. 또한 ④는 당시의 전시상태를 배경으로 "과학의 힘"으로 진보해 간다거나 "세계제일", "육군 비행대"와 같은 가사를 담고 있다. 특히 마지막에 〈國民歌謠〉로서 출판된 ④는 초

기 철도창가를 요약하여 도카이도 Ⅰ·Ⅱ로 66절의 가사를 각각 5절
씩 압축시켜 총 10절로 만들어 기억하기 쉽도록 해놓았다. 또한 이를
라디오 방송에서 특정된 시간에 반복해서 들려줌으로써 대중들에게
익숙하도록 하고 있다. 초기 철도창가가 개인적 의지아래 만들어진 것
이라면 후기 철도창가는 노선보다는 국가통제에 따라 국가이념을 담
아 방송이라는 미디어를 이용해 교화시키고 있다.

한편 초기 철도창가를 작사한 오와다 다케키는 ①을 완전히 개사하
여 ②를 발표하였는데, 노선에 지명의 특징을 나타내는 삽화를 추가하
였고 지명에 대한 보충설명까지 삽입시켜놓는 등 한 단계 업그레이드
된 새로운 버전의 철도창가였다.

〈그림 7〉『地理敎育鐵道唱歌』
－第1集東海道篇[16]

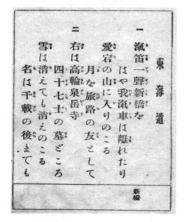

〈그림 8〉『東海道唱歌汽車』

---

16 제시된 〈그림 7〉과 〈그림 8〉은 大悟法利雄著(1969), 『なつかしの鉄道唱歌』, 講談社
를 저본으로 작성되어 있는 http://www.tanken.com/tetudosyoka.html에서 첨부
함. 2012. 2. 25

그러나 어느 철도창가든 가사는 모두 초기의 7·5/7·5/7·5/7·5조의 음수를 따르고 있는데, 이는 와카와 같은 일본 시가詩歌에서 보이는 일본인과 친숙한 음수율이기 때문이며, 쿵짝의 리드미컬한 박자감과 부드럽게 이어지는 쉬운 리듬이 대중들의 마음을 끌기 쉬웠기 때문이라 여겨진다.

또한 50절 이상의 가사로 되어있어 곡을 끊어서 듣거나 도중에 듣는 것이 어려운 점을 보완하여『新鐵道唱歌』의 경우는 5절 2개의 파트로 만들어 진 것을 알 수 있다.

1905년 만들어진『地理敎育鉄道唱歌』는 니혼텔레비젼日本テレビ에서 1997년 10월에 '노선별 철도창가 여행路線別鉄道唱歌の旅'이라는 코너를 만들어 철도창가의 가사와 같은 여행일정을 만들어 여행하는 특집을 방영하기도 하였다. 또한 친숙한 애니메이션 "크레용신짱(クレヨンしんちゃん-한국에서는 '짱구는 못말려'로 번역되어 방송됨)"에서 등장인물이 즐겨 부르는 노래로 사용되기도 하였다. 그렇다면 100여년을 통해 불려지고 있는 철도창가에 담겨진 내용은 무엇인지 가사를 중심으로 살펴보기로 하자.

3. 교육미디어로서의『地理敎育鉄道唱歌』

일반적인 지리학이 물리적 실재로서의 지리와 인간들이 재창출하는 지리를 대상으로 하여 과학적으로 탐구하는 학문이라면, 심상지리는 객관적이고 과학적인 실재의 지리를 인간주체가 심미적구조로 재인식한 공간을 탐구하는 것을 말한다.[17] 이러한 심상지리관념[18]이

---

17 구보학회(2009)『환상성과 문학의 미래』깊은샘, -1930년대 식민지와 미궁의 심상지리- 오현숙 p.183

담겨진『地理教育鉄道唱歌』는 학생들의 지리교육 목적으로 만들어졌
지만, 당시의 통합교과를 강조하던 사회교육상을 반영하듯 노선을 따
라 배치된 공간을 통해 지리교육 뿐만 아니라 역사, 문학교육, 그리고
국가와 관련된 사회교육에 이르기까지 다양한 내용을 포괄하고 있다.
본 장에서는 이를 구체적으로 살펴보기로 하자.

3.1 과거와 현재를 잇는 역사적 공간

근대 일본은 부국강병을 기치로 자본주의 성립과 입헌정치 그리고
사회 문화적으로 근대화를 추진하면서 국민교화로 사상을 통제하려
하였고, 청일전쟁 이후 한반도에서 주도권을 장악하며 제국주의로 나
아가게 되었다.

오와다 다케키는 교육계에 종사하고 있었기에 국가주의적 경향
이 더욱 강화된 당시의 사회적 변화와 관념을 철도라는 매개체를
이용하여『地理教育鉄道唱歌』에 담았다고 할 수 있을 것이다.

〈唱歌〉이지만 지리교육의 부교재로서 만들어진『地理教育鉄道唱歌』
라는 것에서 볼 수 있듯이, 특히 이시기의 일본 교육사의 흐름을 살펴
보면 교육심리학자 헤르베르트Herbart, Johann Friedrich의 교육학에 의해
각 과목의 연계성을 강조하였고, 그 일환으로 교과통합창가가 많이 만
들어지게 되는데 이와 연관이 있다고 하겠다. 그러나『地理教育鉄道唱
歌』는 단순히 지리교육에 그치는 것이 아니라 보다 다양한 분야를 함
유하고 있음을 알 수 있다.

---

18   심상지리(imaginative geogrphy)는 어떤 공간을 상상하여 획득된 현상이 마음
    속에서 재생산된 후 인식되어 규정된 공간개념을 의미한다. 심상지리는 탈식민
    주의 이론 중의 하나로, 에드워드 사이드의 '오리엔탈리즘'에서 서구인들이 동
    양을 전통과 비과학적인 공간으로 정형화하고 비하했던 인식과 편견 또한 여기
    에 근거를 둘 수 있다.

가사에 나타난 지명을 살펴보면, 시공을 초월한 가사들이 상재해 있는데, 일본의 역사적 사실과 관련한 내용을 많이 담고 있는 것을 알 수 있다. 과거여정이나, 역사적 전쟁터 등을 소개하거나 그러한 지명을 담음으로써 시공간을 넘나들며 철도창가를 부르거나 듣는 이들에게 일체감을 형성하고 있다.

『地理教育鉄道唱歌』가 시작되는 제1절에의 기차여행의 설레임에 이은 제2절을 살펴보면 좌석에 앉아 차창 오른쪽으로 다카나와의 센가쿠지를 보고 있는 장면을 연상시키는 가사를 담고 있다.

  二. 右は高輪泉岳寺　四十七士の墓どころ
　　雪は消えても消えのこる　名は千載の後までも
　　　오른쪽은 다카나와의 센가쿠지 / 47인 용사의 무덤있는 곳
　　　눈녹아 사라져도 끝내 남을 / 그 이름 먼 훗날까지도

이 부분은 센가쿠지 공간에 모셔진, 자결한 47명의 무사를 클로즈업시키고 있는 장면이다. 여기에서 말하는 47명의 용사는 에도시대 중기에 주군의 명예를 회복하고자 기라 요시히사吉良義央에게 복수한 겐로쿠아코사건元禄赤穂事件[19]으로 가부키의 추신구라忠臣藏로 잘 알려진 사건이다. 에도시대의 여러 번藩의 별저가 있었고 또 메이지시대에는 황족들의 저택이 늘어섰던 다카나와와 47명의 무사를 모신 센가쿠지를 배경

---

19 1701년(元禄14년) 하리마(播磨)의 아코(赤穂) 번주인 아사노 나가노리(浅野長矩))가 중신 기라 요시히사에게 에도성안에서 칼을 뽑아 상처를 입힌 죄로 쇼군으로부터 할복을 명받고 죽는다. 이에 2년 후에 오이시 요시오(大石良雄)를 비롯한 아코의 무사 47명이 심야에 기라 저택을 습격해 기라 요시히사를 살해하여 주군의 복수를 한 사건을 말한다. 이후 조정으로부터 전원 할복의 명령을 받고 자결한 것으로 알려져 있다.

으로 하여, 오랜 시간이 흐른다 해도 무사들의 이름은 오래도록 전해
질 것이라는 가사를 넣음으로써 주군이 죽은 후에도 충성하는 무
사도의 모습을 각인시키며 일본인에게 역사적 사실을 인지시키고
있다고 하겠다.

또 제6절에서는 가마쿠라의 쓰루가오카의 지명에 정이대장군征夷大
将軍으로 가마쿠라 막부鎌倉幕府를 열고 무장들을 많이 배출한 겐지 집안
을 언급하고 있다.

> 六. 横須賀行きは乗替と　呼ばれて降るる大船の
> 　　次は鎌倉鶴が岡　源氏の古跡や尋ねみん
> 　　　요코스카로 가는 사람은 환승하기 위해 / 내리는 오후나역
> 　　　다음은 가마쿠라 쓰루가오카 / 겐지의 고적이로다 방문해볼까나

제6절의 가마쿠라 쓰루가오카에서 찾는 겐지의 고적이란 하치만구
鶴岡八幡宮를 말한다. 이곳은 가마쿠라 막부를 창시한 미나모토노요리토
모源頼朝에 의해 설립된 신사인데 겐지 무가武家와 가마쿠라 무사들의 수
호신을 모시고 있는 곳으로 가마쿠라의 상징이기도 하다. 즉 제6절 또
한 역사적 사실을 연상시키고 있다고 볼 수 있다.

> 七. 八幡宮の石段に　立てる一木の大鴨脚樹
> 　　別当公暁の隠れしと　歴史にあるはこの蔭よ
> 　　　하치만구의 돌계단에 / 세워진 한그루 커다란 은행나무
> 　　　벳토인 구교가 숨었다는 / 역사가 있는 이 그늘이여

제7절은 벳토別当인 구교公暁가 가마쿠라 3대 장군인 미나모토노사네

토모源実朝를 암살했다는 전설이 있는 커다란 은행나무를 노래함으로써 가마쿠라 막부의 멸망의 역사를 담고 있다. 그런가하면, 제8절에서는 요리토모賴朝의 막부 흔적을 노래하고 있으며, 제18절에서는 헤이케平家의 후지가와 전투[20]를 담고 있다.

이외에도 "보라 도쿠가와 이에야스德川家康가 세운 땅 오카자키岡崎를"이라며 도요토미 히데요시豊臣秀吉까지 언급하고 있다 또한 제 36절에도 도쿠가와 이에야스德川家康의 동군과 이시다 미쓰나리石田三成의 서군이 격돌한 세키가하라전투를 "천하의 깃발은 도쿠가와에 돌아가게 한 세키가하라"라는 가사를 담고 있다. 또한 제41절에서는 "아침해 장군 요시나카"라며 이치하라전투市原合戦에서 병사를 일으켜 아와즈粟津에서 사망한 미나모토노요시나카源義仲에 대해 노래하고 있다. 군키모노가타리軍記物語인『헤이케 모노가타리平家物語』에 아사히 쇼군朝日將軍으로도 등장한 인물을 가사에 삽입함으로써 역사교육에 문학교육을 덧붙이고 있기도 하다.

이처럼 철도라는 매체를 이용해 과거의 공간을 근대로 재배치하고, 무가나 무사와 연관 있는 사건이나 전투자취를 더듬는 철도창가의 여정을 통해 시공간의 경계를 초월하여 과거와 현재를 이어가는 역사교과서의 역할도 수행하고 있음을 확인할 수 있었다.

3.2 근대문명이 구현된 과학적 공간

근대문명의 이기인 철도에 대한 충격은 "화륜거火輪車 구르는 소리가 우레와 같아 천지가 진동하는 듯"하고, "산천 초목이 모두 움직이는 듯"하며 "나는 새도 미처 따르지 못하더라"고 실린 1899년 9월『獨立

---

20 다이라 씨가 밤에 가마우지 떼를 미나모토 군의 기습으로 오인하고 전투가 시작되기 전에 도주하여 전투는 벌어지지 않았다.

新聞』 기사에도 잘 나타나 있다. 1877년 일본을 다녀온 김기수를 비롯해 1881년에 파견된 시찰단원들도 근대 문물로 인식하며 도입하였을 만큼 철도는 경이와 전율로 다가왔을 것이다.

철도망이 형성되면서 자연적으로 형성된 전통공간이 철도 기점인 종점이나 교차지점으로 인구와 물자가 몰려들면서 전통적 도시를 몰락시키고 새로운 신흥도시로 변화시켰다. 또한 기차 시간표는 전통적 날짜 대신 획일적이고 기계적인 산업적 시간관념을 생성하였다. 또한 성별이나 나이, 신분을 따지지 않고 승차권만 있으면 탈 수 있는 기차는 유교적 전통사회의 풍속도 변화시켰고, 1등칸, 3등칸 등 경제력에 따른 차별을 낳았다. 당시 철도의 평균속도는 20~40km로 현재와 비교해 본다면 터무니없이 느린 속도지만, 당시 사람들이 체감하는 속도는 기존의 교통에서 느끼는 속도감과는 차원이 다른 상상이상으로 빠른 것이었다. 이렇듯 근대국가를 형성하는 산업구조 변화 속에서 철도는 근대문명을 대표하는 가장 편리한 문물로서 가창자들에게 와 닿았을 것이다.

근대문명으로 철도의 속도감을 노래한 대표적 절로는 제9절과 제65절을 들 수 있다.

九. 北は円覚 建長寺 南は大仏星月夜
片瀬 腰越 江の島も ただ半日の道ぞかし
북쪽은 엔가쿠 겐초지 / 남쪽은 대불 달빛처럼 밝은 밤
가타세 고시고에 에노시마도 / 고작 반나절 길이로세

六五. おもえば夢か時のまに 五十三次はしりきて
神戸のやどに身をおくも 人に翼の汽車の恩

생각하니 꿈이런가 순식간에 / 53개 역참 달려와

고베 숙소에 몸을 푸는 것도 / 사람에게 날개 같은 기차의 은혜

가타세에서 에노시마까지 가는 거리도 반나절 밖에 걸리지 않는 **빠**른 속도임을 자랑하는가 하면, 제65절에서는 꿈처럼 순식간에 도쿄에서 고베까지 이동을 가능하게 한 기차는 날개와 같다며 고마움을 표시하고 있기도 하다.

『地理教育鐵道唱歌』는 이러한 속도감을 반영하듯 하나의 절에서 많은 노선의 변화를 보여주고 있으며, 과학 발달의 문명국임을 대표적으로 나타낼 수 있는 공장을 "검은 연기를 내뿜는 공장"으로 표현하며 노래하고 있다.

十. 汽車より逗子を眺めつつ　はや橫須賀に着きにけり

見よやドックに集まりし　我が軍艦の壯大を

기차에서 즈시를 바라보며 / 벌써 요코스카에 도착했네

보라 도크에 정박한 / 우리 군함의 장대함을

기차 창에서 내려다보고 있는 사이에 순식간에 요코스카에 당도했다는 위의 제10절 표현은 과학 문명을 도입한 근대의 시간을 대변하는 가사이다. 특히 위 인용에 등장하는 요코스카역은 요코스카항에 주둔하는 해군 관계시설에 물자운송을 하기위한 목적으로 개설된 역이다. "보라 도크에 정박한 우리군함의 장대함"이란 가사는 근대식 서양함선을 만들고 함포기술을 습득하며 해군전습소를 설치해 해군력 증강에 힘썼던 근대일본의 해군 모습을 형상화하여, 과학문명과 더불어 일본인으로서의 자긍심을 나타내고 있다.

이러한 표현은 오와다 다케키의 인식 근저에 있는 제국확대의 욕망과도 연관이 있다고 볼 수 있다. 『地理教育鐵道唱歌』를 작사한 이후 오와다 다케키는 『滿韓鐵道唱歌』를 작사하였는데, 그 내용을 살펴보면 한반도를 무대로 하여 도요토미 히데요시豊臣秀吉나 고니시 유키나가小西行長, 가토 기요마사加藤淸政를 역사적 영웅으로 그렸고, 청일전쟁, 러일전쟁의 승리를 자랑하고 있기도 하기 때문이다.[21] 이외에도 근대 과학문명을 나타낸 가사를 인용해 보면 아래와 같다.

一三. 出でてはくぐるトンネルの　前後は山北小山駅
　　　今も忘れぬ鉄橋の　下ゆく水のおもしろさ
　　　　나왔다 들어가는 터널의 / 전후는 야마기타 오야마역
　　　　지금도 잊지 못할 철교 / 아래를 흐르는 물의 흥미로움이여

산을 뚫어 길을 만든 터널이 연속되어 있는 묘사는 "나왔다 들어가는 터널"로 표현되어 있다. 기계를 이용하거나 화약 발파를 이용해야 하고 또 지지대를 사용하거나 내벽을 안전하게 유지하여 만든 터널과 그 속을 통과하는 철도는 근대를 상징하는 것이며, 오야마역小山駅도 1898년에 후지富士 방적공장이 건설되어 방적 마을로 발전한 근대도시를 나타내고 있는 것이라 할 수 있다.

또한 제51절을 살펴보면 관개수로 공사에 대해 극찬하고 있기도 하다.

五一. 琵琶湖を引きて通したる　疏水の工事は南禅寺
　　　岩切り抜きて舟をやる　知識の進歩もみられたり

21　大竹聖美(2003)「근대 한일『철도창가』-大和田建樹『滿韓鐵道唱歌』(1906)와 崔南善『京釜鐵道歌』(1908)-」『성신여자대학교 연구논문집』제38집, p.90

비와호 호수를 끌어 통과시킨 / 관개수로공사의 난젠지
바위를 잘라내어 배를 통과시키는 / 지식의 진보도 눈부시다

1885년 일본에서 처음으로 제1 水路 건설을 시작하여, 1890년 완공한 난젠지의 관개수로공사는 근대 일본의 토목 기술이 더 두드러지게 발전시켰다고 말할 정도로 새로운 시도를 한 것이었다. 특히 공사 감독을 맡았던 다나베 사쿠로田辺朔郎는 1888년 미국에 수력발전소를 시찰한 후 계획을 바꾸어 게아게疏上에 일본 최초로 수력발전소를 세우기도 하였다. 이러한 일본의 과학기술 및 발전을 철도창가에 에스컬레이트업시키고 있다. 또한 상업이 번영한 도시의 예로서 오사카를 제57절에서 노래하고 있기도 하다.

전차가 달리고, 거리에 전등이 밝혀지고, 산업이 발전하게 되는 등 변화되어 가는 근대 문명의 모습을 상징적으로 제시하며 과학적 문명을 노래하고 있다고 하겠다.

이렇듯 철도를 노래한 철도창가는 아동들의 지리교육을 뛰어넘어 근대 과학문명을 대변하는 국민애창가로서 일본국민의 근대정신 형성에 영향을 미쳤다고 할 수 있다.

3.3 제국의 이념을 담은 국가윤리 공간

메이지유신明治維新이후 일본의 사회적 상황은 천황을 중심으로 한 국민국가 체제로 전환하였고, 청일전쟁 후에는 '제국만세'를 외치며 국가주의적 경향이 강해지는 제국화 시기였다. 국민의 개념을 만들어가면서 국어 확립에 힘썼으며 국토를 재정비하여 부현府県을 중심으로 한 일본지리 확충에 노력하며 제국 일본을 만들어갔다.

노선에 따라 장소를 달리한 풍경이 파노라마처럼 펼쳐지는『地理教

育鉄道唱歌』도 도쿄와 부현府県을 중심으로 뻗어나가는 중앙집권적 지리공간이 표현되어 있다. 특히 기차 창을 통해 보여지는 풍경에 대한 아름다운 자연묘사를 통해 제국일본의 지리를 표현하고 있다. 이러한 묘사는 마치 스크린을 통해 보여지는 풍경처럼 관객이 되어 감상하고, 마치 자신이 여행을 하고 있는 듯한 착각마저 일게 한다. 1871년에 발간된 여행문예지『철도생활』편집자인 벤자민 가스티노Benjamin Gastineau가 공간을 축소시키는 열차의 속도는 서로 다른 영역들에 속해 있던 대상들과 장면들을 직접적으로 연결된 하나의 연쇄 속에 등장하도록 한다"[22]고 표현한 것처럼 차창을 통해 만들어지는 장면들은 파노라마로 펼쳐진다. 『地理教育鉄道唱歌』가 시작되는 제1절에는 기적소리와 함께 출발하는 기차여행의 설레임을 담고 있다.

一. 汽笛一声新橋を　はや我が汽車は離れたり
　　愛宕の山に入り残る　月を旅路の友として
　　　기적소리 울리며 신바시를 / 어느새 기차는 떠났네
　　　아타고산에 걸친 / 달을 여행길 동무삼아

　힘찬 기적소리를 울리며 신바시를 떠난 기차는 보여지는 기차가 아닌 내가 탄 기차로 설정되어 있다. 마찬가지로 저물어가는 아타고산 또한 차창을 통해 내가 본 풍경으로 묘사되어 있다. 승객들을 묘사하거나, 차창에서 보이는 사람들의 모습을 노래하기 보다 오와다 다케키는 많은 풍경들 중에 아타고산을 노래하였다. 아타고산은 도쿄 미나토쿠都港区에 위치한 높이 25.7미터의 산으로 도쿄내에 있는 산중에 제일

22　볼프강 쉬벨부쉬 著 · 박진희 譯(1999)『철도여행의 역사』궁리, p.82

높은 산이다. 당시 이 산이 도쿄를 내려다 볼 수 있는 '랜드마크'이기에 출발지의 지명으로 일본의 수도 도쿄를 상징하며 등장하게 되었다고 볼 수 있다.

여정을 통해 제시된 파노라마의 한 컷으로 일본의 또 다른 자연경관이 제시되는데 그것이 후지산이다. 이를 인용해 보면 다음과 같다.

一四. はるかにみえし富士の嶺(ね)は　はや我(わが)そばに来りたり
　　　雪の冠 雲の帯 いつもけだかき姿(すがた)にて
　　　　멀리 보이는 후지산 봉우리는 / 어느새 우리 옆에 와있네
　　　　눈 삿갓에 구름 띠 / 항상 고귀한 모습으로

철도의 움직임에 따라 멀리 보이던 후지산이 바로 앞으로 나타난 장면을 묘사한 것인데, 당시 국어 교과서 등에서 표현하고 있는 것처럼 눈에 덮인 고귀한 모습으로 노래하며 일본의 지리이미지를 만들고 있다. 또한 제15절을 보면 후지산을 중심으로 각 지방을 연결하고 있다.

一五. ここぞ御殿場夏ならば　我も登山を試みん
　　　高さは一万数千尺　十三州もただ一目(ひとめ)
　　　　여기로구나 고텐바 여름이면 / 우리도 등산을 가보자
　　　　높이는 일만 수천 척 / 13개 지방도 바로 한눈에

여름이면 후지산 등반을 하고 싶다며 후지산 높이와 함께 13개 지방[23]을 후지산이 올려다 보인다는 공통된 지리적 특징으로 묶고 있다.

23　上野(群馬県)、下野(栃木県)、常陸(茨城県)、下総(千葉県北部)、上総(千葉県中部)、安房(千葉県南部)、武蔵(東京都・埼玉県・神奈川県北東部)、相模(神奈川

즉, 이는 일본을 상징하는 후지산을 중심으로 일본전체를 상징적으로 표현한다고 볼 수 있다.

한편 보이는 풍경속에 근대 일본의 상징인 천황을 덧붙여 노래한 부분도 적지 않다.

> 一六. 三島は近年ひらけたる 豆相(ずそう)線路のわかれみち
>
>> 駅には此地(このち)の名をえたる 官幣(かんぺい)大社の宮居(みやい)あり
>>
>> 미시마는 근래 개통된 / 즈소 선로의 갈림길
>>
>> 역에는 지역 이름을 딴 / 간페이[24] 큰 신사의 궁이 있네

천황이나 황실을 위해 제사하는 간페이신사를 언급할 뿐만 아니라 구체적으로 "천황의 거처"라고 노래하고 있는데, 이는 천황을 정점으로 가족주의 국민국가관을 부르짖었던 근대 일본의 천황신격화를 반영한 부분이라 할 수 있다.

이외에도 천황가와 관련한 고지키古事記 설화 내용을 지명이름과 연관하여 노래하고 있기도 하다.

> 二二. 鞘より抜けておのずから 草なぎはらいし御剣(みつるぎ)の
>
>> 御威(みいつ)は千代に燃ゆる火の 焼津の原はここなれや
>>
>> 칼집에서 빠져 스스로 / 풀을 쳐 베어낸 어검
>>
>> 천황의 위광은 영원히 타오르는 불의 / 야이즈 벌판 이곳이더냐

県)、信濃(長野県)、伊豆(静岡県伊豆半島・東京都伊豆諸島)、甲斐(山梨県)、駿河(静岡県中部~北東部)、遠江(静岡県西部)를 말한다.
24 예전에 특정 제일(祭日)에, 神祇官(じんぎかん)이 일정한 신사(神社)에 바쳤던 공물(供物).

제22절은 야마토타케루노미코토日本武尊가 초원에서 화염에 휩싸이게 되었을 때 검으로 주위의 풀들을 베어내어 화염속에서 살아나게 된 것을 노래하고 있는 것으로, 3종의 신기神器 중 하나로 전해져 내려오는 구사나기 검草薙劍을 소재로 하고 있는 것이다.

구사나기 검은 제33절에 다시 등장하는 데 인용하여보면 다음과 같다.

　三三. めぐみ熱田の御(み)やしろは　三種の神器の一つなる
　　　　その草薙の神つるぎ　あおげや同胞四千万(しせんまん)
　　　　자비로운 아쓰다 신사는 / 3종의 신기神器 중 하나인
　　　　그 구사나기 신검 / 우러르네 동포 사천만

제22절에서 구사나기검과 연관한 설화를 소개하는 정도였다면 제33절에서는 보다 구체적으로 세가지 신기중의 하나임을 거론하며 그 검을 사천만 동포가 우러러본다고 노래하고 있다. 검을 우러러보는 것은 곧 구사나기 검의 소유자인 황자 야마토다케루노미코토를 공경하며 떠받드는 것을 의미하며 이는 곧 일본국민 사천만이 모두 숭상하는 천황으로 귀결되는 것이다.

이외에도 제47절에서는 "간무천황으로부터 천년 남짓한 도읍의 고장"이라고 간무桓武천황을 직접 언급하는가 하면, 제49절에서는 "천황치세 지키는 가모의 궁", 제64절에서는 "일곱번 다시 태어나도 천황을 소중히 지키는"이라는 가사로 천황의 치세를 기원하는 기미가요를 내용에 담고 있다.

철도창가는 각 노선을 중심으로 지역을 소개함으로써 간접적인 철도여행 체험을 가능하게 하는 한편, 여정 속에 천황이나 후지산과 같이 일본을 상징하는 가사를 담고 있음을 알 수 있다. 그리고 이러한 철도창가를 통해 세대를 초월한 신의 나라 일본이라는 공감대를 형성하고 있다.

그런가 하면 노선에 있는 지명과 관련된 과거의 역사적 사실을 가사에 담아 과거로의 여행을 연상케 하기도 한다. 노선을 따라 펼쳐지는 자연경관을 역사적 사실과 결합시켜 풍경만이 아닌 시공을 넘나드는 다양한 파노라마를 펼쳐 보임으로써 가창자로 하여금 마치 기차에 타 있는 승객이 된 것 같은 착각이 일게 하고 있다.

4. 종합적 교육 융합체 『地理敎育鐵道唱歌』

철도가 있었기에 인류는 급속히 발달할 수 있었고 도시화를 진행시켜 문명을 획기적으로 발전시켰다. 근대문명을 상징하는 철도를 노래한 철도창가는 '철도'라는 신문물과 함께 사람의 마음을 움직이는 음악이라는 요소가 더해져서 대중들에게 큰 호응을 받으며 100여년이 지난 지금도 불리고 있다.

철도의 개통과 함께 서구문물 수용을 홍보하기 위해 만들어진 〈鐵道唱歌〉는 여러 역을 차례로 열거하면서 그 지역에서 연상되는 사건이나 토산품 등을 서술해나가는 형식을 취하고 있다.

그중 『地理敎育鐵道唱歌』는 국토지리에 대한 교양과 지식 고취를 목적으로 전체5편, 334절이라는 긴 가사로 구성하여 가히 '일본의 재발견'이라 할 수 있을 정도이다. 또 7·5조의 음수율을 지닌 정형시이자 장시長詩의 형태로 만들어져 가창자에게 익숙한 리듬으로 다가가고 있다. 그러나 가사를 살펴보면 각각의 절은 내용의 연계성이 없이 노선에 따라 배열되어 있다. 『地理敎育鐵道唱歌』의 가사를 살펴보면 서정적 풍경에 일본을 상징하는 후지산이나 천황을 담아 일본제국을 표현하고 있는가하면, 공간의 균질성을 만들어내면서 일본이라는 전체 속의 부분으로서 각 지명을 위치시키고 있다. 또한 시공간을 초월한 역사적 사실을, 철도를 매체로 연결하여 근대일본인에게 인식시키고 있으며, 서구에 비견할 만한 근대문명을 창가가사에 나타냄으로써 일본제국의 이미지를 근대문명으로 대변하고 있다. 〈鐵道唱歌〉임에도 불구하고 철도에 관한 묘사가 거의 없는 것도 특징이라 할 수 있다.

지금도 불리고 들려지는 『地理敎育鐵道唱歌』는 당시 철도의 개통과 함께 근대문물을 매개체로 지리교육 뿐만 아니라 각 노선이나 정차역을 중심으로 한 역사교육, 근대문물을 내세운 과학 교육, 국가 상징물 제시를 통한 국가이념 교화까지 병행한 복합적 교육미디어 역할을 수행하고 있다고 할 수 있을 것이다. 음악에 의한 지식 습득 효과를 노린 『地理敎育鐵道唱歌』의 보급과 확산으로 인해, 근대 일본인의 국민적 정서에 영향을 끼치며 아동뿐만 아니라 일반인까지 포함한 종합적인 교육미디어로서 활용된 효과를 얻었다고 할 수 있을 것이다.

제국의 식민지 창가

Ⅲ. 세계철도, 한일작가의 시각적 발현*

박경수·김순전

1. 지리교육과 세계철도를 노래한 唱歌

　　근대 들어 시각(눈)은 급변하는 세상을 수용하고 감지하는데 가장 큰 비중을 갖는 오감 중의 하나로 부상하였다. 선진 강국을 중심으로 산업화 문명화가 급속히 이루어져가던 근대는 이전에 볼 수 없었던 새롭고 다양한 많은 시각적 이미지들을 만들어가기 시작하였는데, 그 시각능력을 가장 현저하게 변화시킨 사건은 '철도'라는 새로운 교통수단의 출현이라 하겠다.

　　근대일본에 있어서도 '鐵道'는 이전까지 자연적 흐름과 조건에 결박

*　이 글은 2014년 3월 한국일본어문학회 『日本語文學』(ISSN : 1226-0576) 제60집, pp.203-224에 실렸던 논문 「세계철도, 한일작가의 시각적 발현 -'세계지리를 노래한 唱歌'를 중심으로-」를 수정 보완한 것임.

되어 있던 시공간에 대한 지각知覺을 완전히 무너뜨리고 새로운 인식체계와 감각을 창출해 내었고, 이를 토대로 만들어진 숱한 기획물과 문예물은 당시의 유행을 주도하며 새로운 시대를 열어갔다. 그 중에서도 가장 주목되는 것은 바로 1900년 벽두부터 대거 보급되기 시작한 '지리교육창가'일 것이다.

　야마구치 유키오山口幸男는 이러한 '지리교육창가'를 ① 철도노선에 따른 지명과 그 역사를 노래한 '鐵道唱歌', ② 지방제도의 확립에 의해 지방의 특색을 노래한 '鄕土唱歌', ③ 소풍이나 유람에 따른 지명을 노래한 '風景・野外唱歌', ④ 세계지리와 그 지명의 유래나 문명의 발전상을 노래한 '外國・世界唱歌' 등으로 분류[1]하고 있는데, 당시 일본정부의 정책방향과 근대화의 해법을 '탈아脫亞'라는 키워드로 집약하고 있었음을 감안한다면, 세계의 여러 사정을 노래한 ④ '外國・世界唱歌'를 통하여 작가의 시각적 발상에 접근해보는 것은 중요한 일이라고 본다. 唱歌라는 장르가 주는 미디어적 효과 또한 이에 대한 연구를 시급하게 한다. 그럼에도 현재까지의 연구는, 인근국가나 동양에 한정된 것을 제하면 극소수의 관련논문[2]에서 단편적으로 언급한 내용이 있을 뿐, '세계지리를 노래한 창가'(이하 세계지리창가)에 대한 연구는 거의 접근조차 하지 못하고 있는 실정이다.

　이에 본고는 같은 시기에 간행된 '세계지리창가' 4편, 즉 오와다 다케키大和田建樹(이하 오와타)의 『地理敎育世界唱歌』(1900), 오타 라카이太田樂海(이하 오타)의 『地理敎育世界漫遊唱歌』(1900), 이케베 요시가타池辺義象(이하 이케베)의 『世界一周唱歌』(1901), 아라호 반지新保磐次(이하

1　山口幸男(2003)「百年前の鄕土と出會い -明治期鄕土唱歌の地理敎育的・總合學習的考察-」群馬大學校育學部紀要 人文・社會科學編 第53卷, p.209
2　山口幸男(2003)의「百年前の鄕土と出会い -明治期鄕土唱歌の地理敎育的・総合学習的考察-」와 由村尚樹(2004)「六堂 최남선 文学研究」충남대 박사논문 등

아라호)의 『外國地理唱歌』(1902)를 한 축으로 하고, 이에 대응되는
최남선의 『世界一周歌』(1914)를 대칭축으로 하여, 이들의 계몽적,
교화적 견지와 아울러 근대철도로 인해 축지된 세계를 바라보는
한일 양국 작가의 글로벌적 시각에 대한 발현 양상을 고찰해 보고
자 한다. 텍스트는 한일양국작가의 '세계지리창가서' 5편[3]으로 하
겠다.

2. '세계지리창가'의 창작배경

2.1 시대적 사회적 배경

'세계지리창가'의 창작 배경을 크게 자리하고 있는 것은 무엇보다
도 1900년대 정책적 교육적 측면에서 대거 양산된 '지리교육창가'의
확장적 측면에서 보는 문명과 자긍심의 발로에 있다 할 것이다.

청일전쟁이 일본의 승리로 종결되고 사회가 다소 안정을 찾게 되면
서 일본정부의 국민교육 방향은 종전의 '국민교화'에 더하여 '노래에

---

3 본고의 텍스트를 한일 '세계지리창가' 5편으로 함에 있어 그 서지사항은 아래와
같으며, 인용문의 출처는 인용문 말미에 〈작가-『곡명』〉으로만 표기하기로 한다.

구분	곡 명 (발행년월)	절/행		작사 / 작곡	발행처
일본	『地理教育世界唱歌』 (1900.10)	上卷	67/268	大和田建樹/ 納所弁次郎, 多梅稚	東京賣捌所 (東京)
		下卷	66/264	大和田建樹/ 山田原一郎, 田村虎藏	
	『地理教育世界漫遊唱歌』 (1900.12)	53/232 (부록:6/24)		太田樂海/山田武城	正文堂(東京)
	『世界一周唱歌』(1901. 8)	?		池辺義象/田村虎藏	金港堂(東京)
	『外國地理唱歌』(1902. 1)	44/176		新保磐次/田村虎藏	金港堂(東京)
조선	『世界一周歌』(1914. 10)	133/532		최남선/미상	新文館(京城)

의한 지식 얻기'를 지향하게 되었다. '노래 부르기'라는 일종의 유희遊
戱에 학습할 내용을 접목시키는 교육은 자국은 물론, 인접국과 세계 각
지의 지리, 역사, 자연에 관한 내용을 암기하기 쉽도록 노랫말로 엮어
낸, 이른바 '지리교육창가'의 양산을 초래하게 되었다. 그 대표적인 것
이 본격적인 철도운송 시대의 도래와 함께 만들어진 '철도창가'임은
말할 나위도 없을 것이다. 당시 일본에서 '철도창가'는 허다한 '지리교
육창가'를 주도하며 배움 중에 있는 학생에게는 교과내용으로 적용되
었고, 일반인에게도 유행가流行歌로서 일대 붐을 일으켰다. 그 요인을
집약해보면, 첫째, 1880년대 후반부터 일본 지리교과서에서 이미 선행
되고 있던 7·5조로 정형화된 '여행체 기술'을 들 수 있다. 이러한 율
격을 지닌 '여행체 기술'은 그 문언에 멜로디를 붙이기만 하면 바로 唱
歌형식으로 발전할 수 있었기 때문이다. 둘째, 청일전쟁을 전후하여
교육현장에서 시행되었던 軍歌교육의 영향도 빼놓을 수 없다. 상당수
의 '지리교육창가'가 이전의 軍歌선율을 그대로 차용하여 가사내용만
바꾸어 부르는 형식으로 되어 있었는데, 이는 당시 작곡이 감당하기
어려우리만치 가사가 양산되었던 측면도 있겠지만, 그보다도 이전의
軍歌에서 이미 익숙해진 음악적 형식이 그대로 유지되어 더욱 쉽게
받아들여졌다고 볼 수 있다. 마지막으로 살펴볼 수 있는 것은 당시
일본 교육계의 동향이다. 이 시기 일본 교육계는 세계적인 교육학자
헬버트(1776~1841, Herbart, Johann Friedrich)[4]의 교육학 이론을 받

---

4 Herbart, Johann Friedrich(1776~1841) 독일의 철학자, 심리학자, 교육학자. 교
육의 목적을 윤리학에서 방법을 심리학에서 찾아 교육을 체계화 했다. 교육의 방
법으로서 '관리' '교수' '훈련'의 3요소(교육적 교수)를 제창하였고, 교육의 목표
는 견고한 도덕적 품성과 관심의 다면성의 도야에 두었다. 메이지기 일본에서도
이러한 학설과 함께 5단계 교수이론(예비-제시-비교-총괄-응용)이 전해져 당시
교육계에 크게 영향을 끼친바 있다. (http://search.yahoo.co.jp/ 참조, 2013. 7. 10)

아들여 교과통합이 이루어지고 있었는데, 그 영향이 唱歌의 내용에도 적잖이 반영되고 있었다. 국정 음악교과서나 '지리교육창가'는 물론이려니와, 창가교과서에 수록된 곡도 대부분이 「수신」 「국어」 「역사」 「지리」 등 주요 교과목과 연관성 있는 제재題材를 선정하여 교육의 연계성을 도모[5]하였음이 그것이라 하겠다.

개화된 근대지식의 보급을 위한 문자행위 중에서 이러한 노래체 형식의 글이 주목되는 것은 그 안에 본질적으로 내재되어 있는 반복성에 있다 할 것이다. 서양 행진곡풍의 용장쾌활한 리듬에 일본전통의 7·5조 율격을 접합시킨 일련의 '지리교육창가'는 학교와 가정을 오가는 아동의 입을 통하여, 혹은 근대문명의 메신저였던 '철도'를 통하여 일파만파 전파되어 갔다. 상징성 있는 증기기관차의 빠르고 강력한 모습에서, 이전의 자유민권운동이나 청일전쟁 이후 양분되어 있던 민중들의 심리적인 거리의 축지縮地까지도 도모하지 않았나 싶은 것이다. 그러니까 '세계지리창가'는 근대철도를 바라보는 시각능력과 함께 이러한 교육목적의 연장선에서 인접국을 넘어 전 지구적 차원으로 확장된 케이스라 할 수 있겠다.

2.2 '세계지리창가'와 그 자원

'철도창가'가 만들어지고 급속히 파급되던 1900년 첫 선을 보인 '세계지리창가'의 지적 기반은 단연 후쿠자와 유기치(福沢諭吉, 이하 후쿠자와)의 세계지리 입문서 「世界國盡せかいぐにづくし」(1869)에 있다 할 것이다.

실로 일본에서 서구세계를 안다는 것, 서구세계로 떠나는 것만이 인

---

5 海後宗臣(1965) 『日本敎科書大系』 25卷, 講談社(山口幸男(2003) 앞의 논문, p.208 에서 재인용)

식의 지평을 넓힐 수 있다는 신념을 가진 최초의 인간이 탄생한 것은
근대 전환기, 즉 미국과의 〈開國條約〉(1854)을 전후한 시기였다. 당시
일본사회에서는 서구세계에 존재하는 여러 나라에 대한 호기심이 생
성되기 시작하였는데, 외부세계의 어디에 어떤 나라가 존재하며, 각국
의 민족은 어떻게 구성되어 있으며, 어떤 문명을 향유하고 있으며, 또
생활양식이나 종교 등은 어떠한가? 등이 호기심의 주된 대상이었다.
그럼에도 그간 에도시대의 쇄국정책은 국제관계를 지극히 제한하였
던 탓에 서양에 대한 경험은커녕 이를 충족시킬만한 자료조차 없었다.
이러한 상황에서 발간된 후쿠자와의 「世界國盡」은 무엇보다도 배움
중에 있는 아동에게 세계사정을 교육하는 것이 필연적 사항임을 그
〈發端〉에 강조하고 있어 주목된다.

> 세계는 넓고 만국은 많다 해도 대략 다섯으로 나뉘고 그 이름은 아시아,
> 아프리카, 유럽, 남 북아메리카의 5대주, 또 별도의 大洋州는 남쪽 섬들
> 의 명칭이다. 토지의 풍속이나 인정도 지역이 바뀜에 따라 변한다. 그
> 갖가지 지식을 알지 못한다면 인간된 보람도 없다. 배워서 얻어야 할
> 것이라면 뛰노는 아이들에게 배움터에서 문자로 가르치는 것이 첫째
> 라.[6] (번역 필자, 이하 동)

세계를 크게 5대주 다섯 지역(아시아, 아프리카, 유럽, 남·북아메

---

6 世界は広し万国は、おほしといへど大凡、五に分けし名目は、亜細亜(アジア)、阿弗
利加(アフリカ)、欧羅巴(ヨーロツパ)、北と南の亜米利加(アメリカ)に、堺かぎりて五大
洲、太洋洲は別にまた、南の島の名称なり。土地の風俗人情も處變はれば品變春。
基樣々を知らざるは人のひとたる甲斐藻亡し。学びて得べきことなれば文字に遊ぶ童
子へ庭の訓の事がはじめ。(筑波書房編(1966)『明治文學全集』8, 福沢諭吉集, 筑波
書房, p.3)

리카)과 大洋州(호주를 비롯한 주변의 섬)로 구분하여 각지의 사정을
기술한 「世界國盡」은 일본 전통시가의 음수율인 7ㆍ5조 율격을 취하
고 있어 운율에 따라 쉽고 재미있게 암기할 수 있도록 구성되어 있다.
이는 앞서 언급한 1880년대 후반 일본 지리교과서에 사용된 '여행체
기술'보다도 훨씬 앞선 것으로, 비록 악보나 멜로디는 없지만 형식면
에서나 내용면에서도 1900년대에 발간된 '세계지리창가'의 원천이 되
었음을 알 수 있다. 이를 확증하는 예로서 『外國地理唱歌』의 序言에 다
음과 같은 글이 실려 있다.

　　후쿠자와옹의 『世界國盡』을 베껴 외운 자가 훗날 세계지리를 배우거나,
　　장차 또는 이미 배운 지명을 기억하는데 적잖은 도움을 얻었던 일은 메
　　이지 초기 학교에 다닌 자와 마찬가지로 수긍할 것이다. 대저, 지리적
　　명칭, 역사상의 사실 등 (중략) 이제 이 唱歌, 원래 하나의 소책자에 불
　　과하다지만, 이 같은 준비를 기초로 성취할 자, 다소나마 기초의 어려
　　운 점을 능히 극복하리라는 것을 자신한다.[7]

　이는 당시 서구에 대한 직접적인 경험이 없는 작가는 물론, 실제로
유학경험이 있었던 이케베도 '세계지리창가서'를 출간할 수 있었던
자원이나 컨셉을 후쿠자와의 「世界國盡」에서 취하였음[8]을 짐작케 하

7　福沢翁の世界國盡を記誦したる者が、他日世界地理を學ぶ上に於て將た又旣に學び
　たる地名を記憶する上に於て、少なからざる裨益を得たる事は、明治の初年學校に在
　り者や、一様に首肯する所なるべし。盖し。地理上の名稱、歴史上の事實等、〈略〉
　今この唱歌、固より一小冊子に過ぎずと雖も、斯る用意に基きて成れる者、聊か基の
　至難とする所の打ち勝ちたるを自信す。(新保磐次(1902) 『外國地理唱歌』 序言, pp.1-2)
8　특히 아라호의 경우가 그렇다. 악보하나 첨부하였을 뿐, 아시아, 아프리카, 유럽,
　남북 아메리카, 대양주로 구분하는 방식으로 「世界國盡」의 기술방식을 그대로
　따르고 있었다. 『外國地理唱歌』에서 인용한 절수표기는 필자가 임의로 붙였음을
　밝혀둔다.

는 부분이다. 다만 이들 작가들의 '세계지리창가'는 근대철도와 선박을 수단으로 여행체식 기술을 하였다는 점에서 시대적인 차이를 보여주고 있다 하겠다.

단 한 번도 서양을 직접 방문한 적이 없었던 최남선으로서도 「世界一周歌」(1914)를 간행하기까지는 일본유학에서 얻은 지식에 더하여 후쿠자와의 「世界國盡」과 1900년대 '세계지리창가서'의 영향이 상당했다. 그가 일본유학시절 철도창가의 유행을 지켜보고 「경부텰도노래」를 구상하였고, 1908년 「少年」誌에 소개하면서, 차후 「世界一周歌」의 창작을 예고하였던 것에서 알 수 있듯이 「世界一周歌」는 이들 '세계지리창가서'에 대한 자극과 대응이었다. 그 중에서도 특히 오와타의 『지리교육세계창가』에 대응되는 점은 공히 133절이나 되는 분량면에서나 2곡씩 제시한 악보에서 확인할 수 있다.

〈악보 1〉 『地理敎育世界唱歌』(1900.10)   〈악보 2〉 「世界一周歌」(1914.10)

위 악보에서 본바 오와타의 『地理敎育世界唱歌』는 2곡 모두 2/4박자에 ♪ ♪ ♪ ♪/♪ ♪ ♪ ♪/♪ ♪ ♪ ♪/ ♩ ♪ 로 대표되는 전형적인 進軍歌 형식을 취하고 있다. 오타, 이케베, 아라호의 노랫말에 붙인 악곡도 동

일한 형식이다. 이에 비해 최남선의 『世界一周歌』(작곡자 미상)의 제1
곡은 4/4박자 다장조의 동일한 리듬의 곡이지만, 제2곡은 6/8박자 단
음계의 애절한 느낌을 주고 있어, 이와는 상반된 면을 보여주고 있다.
이를 토대로 한일 양국작가의 세계를 바라보는 시각과 계몽적 발상에
구체적으로 접근해 보려고 한다.

3. 세계철도에 대한 시각과 계몽적 발상

3.1 '脫亞' 그리고 제국을 향한 열망

일본작가의 '세계지리창가'는 후쿠자와 이래 수많은 선각자들이 선
망하였던 서양열강의 모든 문명적 요소를 두루 살핀 후, 태평양을 건
너 일본으로 돌아가는 감개를 서사한 컨셉으로 되어 있다. 이들은 특
히 선진강국으로 대표되는 러시아, 독일, 프랑스, 영국, 미국에 상당분
량을 할애하여 기술하였는데, 이는 당시 제국을 열망하던 일본의 롤모
델로서 유효했기 때문일 것이다. 먼저 일본과 첨예하게 대치하고 있는
러시아로 들어가 보겠다.

> 五. 獨逸の東、露西亞の國 / 入りて先づ訪ふ莫斯科府(モスコーふ)
>   さすがは國の舊都とて / 名所遺物もいと多し
>   독일의 동쪽 러시아 / 입국하여 먼저 방문한 모스크바
>   과연 나라의 옛 도읍이라 / 명소 유물 많기도 하다
> 八. フィンランド灣にいと近き / 聖彼得堡(セントビータース)は
>   彼得帝(ペートルテイ)のさだめたる / 國の首府なる繁華の地
>   핀란드만에 더 가까운 곳 / 상트페테르부르크는

표트르 대제가 정해주신 / 나라의 수도라네 번영의 땅

〈大和田建樹-『地理教育世界唱歌』(下)〉

러시아에서는 옛 도읍 모스크바의 명소와 유물을 언급하면서도, 러시아를 서양열강의 대열에 올려놓은 표트르 대제를 노래함으로써 개혁과 혁신을 이끌어낸 강력한 지도자에 대한 긍정적인 면을 부각하고 있다. 반면 독일을 바라보는 시선은 학문, 의학, 병학 등 문명적인 부분과, 예의바르고 정직한 '독일어린이'를 올바른 어린이상을 제시하며 계몽하고 있다.

　三.　首府伯林(ベルリン)は學術の / 中心なりと世に知られ
　　　わが國よりもはるばると / 來りて學ぶ者おほし
　　　　수도 베를린은 학술의 / 중심이라고 세상에 알려져
　　　　머나먼 우리나라에서도 / 건너와 배우는 사람 많다네

〈大和田建樹-『地理教育世界唱歌』(下)〉

　三〇.　隣る日耳曼(じえるまん)聯邦は / 文明開化日に月に
　　　進みて今はたぐひなく / 醫術は國の大長技
　　　　인접한 독일연방은 / 문명개화 나날이
　　　　발전하여 지금은 비할데 없고 / 의술은 국가의 큰 자랑이라네

〈太田樂海-『地理教育世界漫遊唱歌』〉

　二四.　佛(ふつ)の東は獨逸國(どいつこく) / 文武兼備の國柄にて
　　　醫學兵學、其の外に / 獨逸(どいつ)子ル亦有名なり
　　　　프랑스 동쪽은 독일 / 문무겸비한 나라로서

의학 병학 그밖에도 / '독일어린이'로 유명하다네

〈新保磐次-『外國地理唱歌』〉

이처럼 가장 현실적이고 실질적인 선진학문의 모델로서 독일을 부각한 데 비해 프랑스에서는 파리의 미관에서 프랑스인의 예술성과 문명적인 부분을 취하는 한편, 열국을 정복하였던 명예의 상징으로 건축된 개선문에서 그 옛날 프랑스를 제국의 반열에 올려놓은 나폴레옹을 상상케 함으로써 제국을 향한 자국의 부흥을 서사하였다. 영국으로 가면 유서 깊은 전통과 문화에 대한 선망 보다는 의회 민주정치와 상공업의 번창, 그리고 대영제국을 이루어 낸 군사력과 곳곳에 부설한 식민지철도에 대한 시각이 주도적이다. 더욱이 이집트와 남아공화국(희망봉)을 연결하는 아프리카대륙의 종관철도부설 계획까지 기술하였다는 점은 식민지철도야말로 선진제국을 향한 필수불가결한 과제임을 암시하고 있는 부분이라 하겠다.

二三. 商業、鐵器、紡績業 / 海軍ともに世界一

リバプールの港より / 西は渺渺大西洋

상업 철기 방적업 / 해군과 함께 세계 제일!

리버풀 항구에서 / 서쪽은 망망대해 대서양

三四. 英吉利國の勢力は / 埃及(えじぶと)地方と喜望峰

南北かけて盛んにて / 縱貫鐵道計劃中

영국의 세력은 / 이집트 지방과 희망봉까지

남북에 걸쳐 번창하여 / 종관철도 계획중이네

〈新保磐次-『外國地理唱歌』〉

　　대서양을 횡단하여 미국에 이르면 이들의 시선은 '철도'로서 광대
한 국토를 입체적으로 운용하여 단기간에 획기적인 산업발전을 이루
어 낸 지역에 집중되는 가운데 오와타는 자국의 근대화에 큰 영향을
끼친 미국의 발전상을 일일이 언급하며 계몽적 시각을 드러내었다.

　　三九. ボストン出でゝ八時間 / 西へ走れば紐育(ニユーヨルク) /

　　　　　ハドスン河の河口を / 占めて栄ゆる大都會

　　　　　　보스턴을 나서서 여덟시간여 / 서쪽으로 달리니 뉴-욕

　　　　　　허드슨강의 어귀를 / 끼고 번영하는 대도시

　　四〇. 海には世界各國の / 汽船の出入絶え間なく /

　　　　　陸には內地にゆきかよう / 汽車)の煙はいと繁し

　　　　　　바다로는 세계각국의 / 기선의 출입 그치지 않고

　　　　　　육지로는 내지로 왕래하는 / 기차의 연기는 더욱 자욱하네

　　　　　　　　　　　　　　　〈大和田建樹-『地理敎育世界唱歌』(下)〉

　　오와타가 보는 미국의 기반은 단연 '철도'였다. 개척시대에 영국,
멕시코와 싸우면서도 볼티모어 · 오하이오철도를 개통한(1830) 이
래, 명실공히 세계 으뜸가는 철도왕국을 이룩해낸 미국이야말로 당
시 '철도'로서 국가의 대동맥을 형성하여, 식민지철도의 밑그림을
그려가고 있던 일본에게는 좋은 아이템을 제공하였다. 오와타가 이
처럼 미국의 철도교통의 편리를 찬양하며, 각지의 역사와 문명을 노
래한데 비해, 아라호의 시선은 그 철도를 기반으로 부흥하는 산업발
전에 포커스를 두었다.

　　三五. 大西洋を横ぎれば / 北亞米利加の合衆國 /

紐育(にゅーよーく)なる東河橋 / 石油會社世界一

　　대서양을 횡단하니 / 북아메리카 합중국

　　뉴욕에 있는 동하교東河橋 / 석유회사는 세계 제일

三六. 音に聞ゆるナイヤガラ / 北に見なしてワシントン /

シカゴを過ぎて、ミシシッピ / 流るる地方は農産地

　　소리로 들리는 나이아가라 / 북쪽으로 보이는 워싱턴

　　시카고를 지나 미시시피강 / 흐르는 지역은 농산지

三七. ローツキイ山脈横ぐりて / 黃金鑛に名も高き /

カリホルニヤのサンプランシスコノ港ニ至ル迄

　　록키산맥 가로질러서 / 황금광산으로 이름도 드높은

　　캘리포니아의 샌프란시스코의 / 항구에 이르기까지

三八. 橫斷鐵道一千里 / 北にはカナダ、アラスカあり /

クロンダイクの金鑛は / 一時人氣を集めたり

　　횡단철도 일만리 북쪽으로는 / 캐나다와 알라스카가 있고

　　그론다이크 금광은 / 한 때 인기를 끌었다네

〈新保磐次-『外國地理唱歌』〉

　　일만리나 되는 광활한 미국의 동서부를 최단거리로 축지한 것도, 황무지에 대규모 개척을 가능케 한 것도, 록키산맥을 가로지르는 것도, 인접국가로의 연계성을 도모한 것도 역시 '철도'였다. 이러한 철도가 기반이 되어 산업발전은 물론, 이와 연계하는 자동차, 항공기 등 또 다른 운송수단의 발전을 촉진하였음은 말할 나위도 없었을 것이다. 전 북미지역과 중남미지역 교통의 중심지로서 뿐 아니라, 그것을 원천으로 축적된 경제력과 정치력으로 세계를 주도하는 대강국으로 부상한 미국이야말로 당시 일본에 있어 롤모델로 삼기에 가장 적합하지 않았

나 싶은 것이다.

발행년도(1900.10~1902.1)에서 알 수 있듯이 일본에서 '세계지리창가'는 '국내지리창가'의 연장선에서 세계지리를 쉽게 이해시키기위함이었다. 그런데 일본작가들의 그것은 일본역사상 대대적으로 급변하던 20여년의 시간차가 있었음에도 컨셉면에서나 내용면에서도후쿠자와의 시선에서 크게 벗어나지 못한 면을 보여준다. 그 가운데이들이 唱歌라는 반복성 기제를 통하여 애써 표현하고자 한 것은 서양강국의 문명과 산업 발전상을 통하여 '脫亞의 비전'과 '제국을 향한 열망'이었음을 알 수 있다.

3.2 내면적 시각의 확장 염원

최남선의 「世界一周歌」(1914) 가사내용은 서울(한양)을 기점으로중국 → 러시아 → 서유럽 여러나라 → 미국 → 일본을 둘러보고 돌아오는 여정 안에서 서양의 문명부국을 중심으로 펼쳐진다. 儒學 전통이흔들리던 과도기 최남선의 서양입문은 "鴨綠江 큰쇠다리(1절)"를 건너 만주와 상하이를 경유하여 시베리아철도로 모스크바에 도달하는행로이다.

11. 긴등우에境界標 얼는뵈더니 / 넘어서서유로파 땅이라하고
       볼가강얼는지나 모쓰크바에 / 二萬里이鐵路를 다왓다하네

12. 크레믈린언덕에 石築큰집은 / 八百年넷都邑을 表하는宮城
       市內外에散在한 四百餘寺院 / 이나라에聖地ㅁ을 可히알네라

13. 武器庫담을둘은 大砲九百門 / 夕陽에지나는손 눈물이지고
       우쓰펜쓰키寺의 世界最大鍾 / 짠고장구경군이 혀를쎄무네

2만리 시베리아철도를 달려온 최남선의 시선은 800년 옛 도성인 크레믈린 궁성과 수많은 寺院에 집중되는 한편 무기고 담벼락의 9백여 포문을 언급하는 것으로 러시아를 서구열강에 합류하게 한 요소에 방점을 찍는다.

우랄산 서편의 독일에 이르면 전 세계 학문의 연수淵藪가 되는 뛰어난 학문과 눈부신 공업발전을 언급하는 중에 신흥부국의 해법이 부지런한 국민성에 있음을 강조한다. 프랑스에서는 파리의 예술적인 미관과 멋과 낭만의 프랑스인에 감탄하며, 이탈리아를 거쳐 스위스에 이르면 천혜의 관광자원을 일궈낸 스위스인의 국민성에 찬사를 보내기도 한다.

39. 아모런窮峽에도 놀이터잇고 / 아모리놉흔山도 鐵路로昇降
　　遊覽上利便이 이리가지니 / 天下사람모여듬 偶然아닐세

특유의 정밀한 기계문명을 관광자원으로 활용하는 스위스를 거쳐 다시 예술과 낭만의 나라이자 환락적인 서구 문화가 만연했던 프랑스, 좁디좁은 땅에서도 특징적인 전략산업으로 못지않은 부를 이룩해 낸 베네룩스 3국을 경유하여 영국에 이르면, 최남선의 시선은 온통 부러움으로 가득 차 있다.

72. 北海를건너서니 쓰리텐帝國 / 뎀쓰江흘니져어 런돈城으로
　　旗발알에해지지 아니한다는 / 큰나라서울구경 들어가도다

73. 쓰리텐나라第一로 오랜城으로 / 世界最大都會요 最大港兼해
　　晝夜兼行하야도 一年넘어야 / 다돌아본다하니 큼을알네라

"晝夜兼行하야도 一年넘어야" 돌아볼 수 있는 세계최대의 도회지를 소유한 나라, "旗발(영국 국기, 필자 주)아래 해가 지지 않"을만큼 많은 식민지를 확보하고 있는 강력한 나라, 문명의 산물이 넘쳐나고 의회민주주의가 잘 행해지고 있는 영국은 최남선의 상상 속에서 단연 세계제일의 문명국이었다. 특히 교양과 예절로 대표되는 영국의 '신사도'를 조선인들이 본받아야할 내면적 가치로 강조하였던 점은 그의 계몽관이 드러난 부분이라 하겠다.

대서양을 횡단하여 북미대륙 미국땅에 진입한 최남선의 시선은 최단기간에 완벽하게 근대화를 이루어낸 세계의 중심도시 뉴욕에 집중된다.

> 89. 어느덧배를대니 분명新世界 / 女神像屹立한곳 늬유욕이라
>   스카이쓰크레피 저놉흔집들 / 하늘쑬코말려는 形勢잇도다
> 100. 오던길을北으로 도로올라가 / 北美大陸文化의 本源이라는
>   보스턴을차지니 여러設備가 / 智識崇尙하는줄 과연알네라
> 104. 五湖를두로보고 치마코오니 / 三百万里大市街 大工業地라
>   늬유욕의盛大를 본눈이언만 / 오히려커보이는 製造와貿易
> 105. 市內電車延長이 上下九千里 / 晝夜奔馳自動車 二萬餘채오
>   兼하야아메리카 鐵道大中心 / 貿遷의興旺함이 이를길업네

철도중심의 사회간접자본과 이를 기반으로 급성장한 산업과 무역 금융 등 근대도시 뉴욕의 면모를 상상케 함으로써, 식민지 상황에서나마 조국 근대화의 열망을 심어주려 하고 있음을 알 수 있다. 광활한 북미대륙의 동서 9천리를 직로로 이어준 것도 '철도'이다.

106. 예서부터快速力 汽車를타고 / 긋없는中美平野 줄다름하니
     十里百里千里식 몃치나온고 / 가고가고또가도 들이요또들

111. 싸마타九千里길 나흘에와서 / 싼프란시쓰코에 다다름이여
     이곳은北美大陸 西편짝關門 / 交通도便하거냐 風光이絶勝

114. 二層倉庫大棧橋 마흔네군데 / 水陸連絡設備 完全한中에
     배씩어라나가자 꼴든쎄이트 / 저녁해의湧金이 奇壯하도다

"西편짝關門" 샌프란시스코의 "水陸連絡"이 완비된 항만시설에 감
탄하며, 수많은 인종들 가운데서 꿋꿋이 살아가고 있는 "그립고도 든
든한 우리兄弟"(113절)와 동포애를 나누는 상상을 유도하기도 한다.
그러나 "꼴든쎄이트(금문교)"에 걸쳐있는 석양과 드넓은 태평양 바다
를 상상하는 그의 심정이 편치 않았음은, 한 치 앞도 내다볼 수 없는 조
국의 암담한 현실을 서사한 "도모지물결(115절)"이라는 표현에서 충
분히 유추할 수 있다 하겠다.

「世界一周歌」의 마지막 방문국은 일본이다. 일본의 여정 역시 도쿄
에서 오사카, 나라奈良, 고베神戶를 거쳐 시모노세키로 가는 동→서 횡단
철도로 이어지는 여정이다.

121. 둥그런히물하늘 맛단속으로 / 山가든鯨波鱉浪 씨름하면서
     열흘동안온길이 一萬三千里 / 반갑다東洋風物 橫濱港이라

122. 구루야마다리를 잠시비러서 / 올나가는汽車에 몸을 던지니
     品川灣싸혀잇는 武蔵野한귀 / 瞬息間東京市가 여긔로구나

123. 그윽할사二重橋 「호리」도깁고 / 繁華하다「銀座通」 저자도크다
     本鄉大三田언덕 早稲田숩에 / 濟濟하다多士는 學問의權威

128. 淀川의긴다리를 얼는건너니 / 日本商業中樞의 大坂港이라

城은疊壁이나마 巍然하고나 / 當年志業뒤슷이 넘어도寂寞
129. 숩풀가치촘촘히 들어선烟筒 / 製造工業盛大를 說明함이오
　　　內外貿易輻湊의 要地인것은 / 築港의큰規模를 보아알겠네

　도쿄에서는 그가 유학했던 와세다대학과 그 주변의 경관에 잠시 눈
길을 두다가, 오사카로 가서는 촘촘히 늘어선 공장굴뚝에서 제조업의
융성과 항구의 규모에서 일본의 경제력을 가늠하기도 한다.

　최남선에 있어 세계철도는 경험적인 현실이라기보다는 상상력 그
자체였다. 따라서 상상으로나마 세계여행을 가능케 한 '철도'에 대한
감각이 각별할 수밖에 없었는데, 그것이 '철도'와 관련해서 기념할 수
있는 항목에 어김없이 주석을 붙여 부연설명을 하고 있는데서 두드러
진다. 이를테면 벨기에 관련부분에 "가진 交通機關이 정제도하다"는
노랫말의 '가진 交通機關'이라는 평범한 용어에조차 "鐵道의 延長만으
로 보아도 面積에 比하여 世界의 第一이라"는 부연설명을 하였으며,[9]
그밖에도 '세계 최대 규모의 정거장'이랄지, '뉴욕-철도의 대중심 쾌
속력기차, 솨미驛-록키산에 위치한 세계 最高地의 철도역, 新橋一일본
최초의 기차역' 등등 철도와 관련해서 기념할 수 있는 항목에 여지없
이 주석으로 부연설명을 하고 있음이 그것이다.

　이러한 양상이 과연 세계에 대한 단편적인 지식이나마 대중들에게
제공하고자 노력하였던 계몽가적 입장에서의 서술만은 아닐 것이다.
장차 국운을 짊어질 조선의 아동에게 단순히 세계의 지리와 선진문명
을 알려주는 차원을 넘어서 서구제국의 '세계'를 움직이는 힘은 무엇
에 있는지, 또 그것을 배우고 익혀야 하는 목적이 무엇인지를 지속적

9　김동식(2002) 「철도의 근대성-「경부철도노래」와 「세계일주가」를 중심으로」 「돈
　　암어문학」 제15집, p.60 참조

으로 암시하는 가운데, 내면적 시각이나마 세계로의 확장을 염원하는
차원의 서사였으리라 여겨지는 것이다.

3.3 양국작가의 글로벌리즘적 상상

지리교육이라는 기획하에 만들어진 '세계지리창가'를 세심히 살펴
보면 '철도'를 기반으로 그 안에 한일양국작가의 글로벌리즘적 상상
이 펼쳐져 있어 주목된다. 일본에 있어 이에 대한 상상은 일찍이 후쿠
자와가 차후 일본이 지향해야 할 구체적인 좌표로서 제시한 '탈아론脫
亞論'에서 싹트기 시작하였는데, 그것이 오타의『地理敎育世界漫遊唱歌』
(1910)에서 재현되고 있음은 아래의 내용에서 확인할 수 있다.

> 六. 迎ふ鶏林(けいりん)釜山浦に / 上陸(あが)りて北に進みなば
> 豊太閤のその時に / あげし勲功し今もなほ
> 　건너편 계림의 부산포구로 / 상륙하여 북쪽으로 나아가면서
> 　도요토미 각하의 그 시절을 / 떠올리네. 공적은 지금도 여전히
> 七. たゝへられたり彼の國に / 蔚山(うるさん)城地碧蹄館
> 加藤小西を追慕して / 漢江(かんこう)渡らば京城(けいじょう)ぞ
> 　칭송받고 있는 저 나라로 / 울산 성지 벽제관
> 　가토, 고니시를 추모하고 / 한강을 건너니 경성이로다
> 〈太田樂海-『地理敎育世界漫遊唱歌』〉

일본을 출발하여 한반도를 지나는 과정에서 한국을 굳이 신라의 옛
이름인 '계림'으로 표기하여 원시성(야만성)을 부각시켰다거나, 300
여 년 전 임진왜란을 일으킨 토요토미 히데요시豊臣秀吉에 이어 가토 기
요마사加藤清正, 고니시 유키나가小西行長를 추모하는 내용으로 엮어갔다

는 것은 이에 대한 원초적 기반을 한반도의 식민지화에 두고 있었음을 말해준다. 이러한 부류의 내용이 1900년대 중반 일련의 식민지철도창가[10]에 제시되어 하나하나 실현되어 갔던 일은 역사를 통해 주지하고 있는 사실일 것이다. 때문에 오타의 '탈아'는 한반도를 거쳐 유럽으로 가는 직로가 되는 시베리아철도의 기착지인 블라디보스톡에서 시작된다.

八. 平壌(へいじよう)過ぎて北方の / 露領(ろれう)のはての浦鹽(うらしお)は
       東洋艦隊いかめしく / こゝより起る鐵道は
         평양을 지나 북방의 / 러시아령 끝의 블라디보스톡은
         동양함대 삼엄하고나 / 여기서 시작되는 철도는
                                    〈太田樂海-『地理敎育世界漫遊唱歌』〉

오타가 시베리아철도를 보는 시선을 '동(아시아)→서(유럽)'에 두고 있을 때, 오와타는 '서→동'의 시선으로 바라보고 있었다. 오타의 '탈아', 즉 서양을 향한 행로가 한반도와 만주를 지나 블라디보스톡에서 시작되었다면, 오와타는 러시아 모스크바에서 시작하고 있음이 그것이다.

十. 福島中佐の名を留めし / 烏拉(ウラル)の山のあなたなる
       露(ㅁ)領亞細亞(アジア)の西比利亞を / 見れば空まで果もなし
         후쿠시마 중령이 이름을 남긴 / 우랄산이 저기로구나
         러시아령 아시아의 시베리아를 / 바라보니 하늘까지 끝도없구나

---

10 이후 발간된 오와타의 『戰爭地理滿州唱歌』(1904), 『滿韓鉄道唱歌』(1906), 『地理敎育東洋一週唱歌』(1908), 宇井英 작사 高橋二三四 작곡의 『臺灣周遊唱歌』(1910) 등을 말함.

十二. やがて開くる鐵道は / 一瞬千里こゝに來(こ)ん

　　　つとめよはげめわが民よ / 鷲の翼に風さむし

　　　드디어 개통된 철도는 / 일순간 일만리, 여기로 왔네

　　　일하세 노력하세 우리백성이여 / 독수리 날개에 바람차고나

〈大和田建樹-『地理敎育世界唱歌』(下)〉

　유럽지역을 벗어나 아시아를 향하는 그의 시선이 시베리아철도부
설에 관한 정보를 얻기 위해 1만 8천㎞ 광야를 단기單騎로 횡단하였던
육군정보장교 후쿠시마 야스마사福島安正의 자취를 기리고 있었다는 것
은 '탈아'의 가장 지름길이 될 시베리아철도를 기반으로 자국중심의
글로벌리즘을 상상하였음을 엿보게 한다. 이를 위하여 오와타는 "일
하세 노력하세"라는 노랫말로 온 국민의 분발을 촉구하였고, 이케
베는 그의『世界一週唱歌』(1901) 마지막 절에 '皇統一系'를 언급하면
서 "찬란하게 떠오르는 일장기/ 머리위로 번쩍 치켜들고"라며 세계를
향한 전진을 서사하였다.

　이처럼 일본작가의 시각은 자국의 힘으로 건설한 철도에 대한 자부
심과 함께 세계 곳곳을 최단거리로 이어주는 철도에서 제국주의적 패
러다임을 드러내며 자국중심의 글로벌리즘을 상상하고 있었다. 당시
로선 비록 상상단계에 불과하였지만, 머잖아 이를 기반으로 동양의 헤
게모니를 장악하였고, 그로부터 40여년 후 세계 최강국이었던 미국과
영국을 상대로 전쟁을 일으켰던 점을 감안한다면, 당시의 상상이야말
로 차후 자국중심의 글로벌리즘을 위한 첫 단계였던 셈이라 할 수 있
을 것이다.

　이에 대응되는 최남선의 글로벌적인 시각은 '철도'로 연결되는 세
계의 루트 안에서 결코 조선의 중요성을 배제할 수 없음을 표명한「世

界一周歌」의 간행 목적에서 찾아볼 수 있다.

> ○此篇은趣味로써世界地理歷史上要緊한智識을得하며아울너<u>朝鮮의世</u>
> <u>界交通上樞要한部分임을認識케할主旨로排次함</u>.[11](밑줄 필자)

이야말로 세계지리에 대한 지식의 습득과 더불어 지구상에 존재조
차 미미했던 朝鮮을 세계 유명 선진국들과 동일선상에 두고자 한 최남
선의 독자적 시각을 극명하게 보여주는 부분이라 하겠다. 이러한 시각
은 출발선에서부터 다소 도발적으로 보여지는 '漢陽'이라는 지명표기
에서 두드러진다.

> 1. 漢陽아잘잇거라 갓다오리라 / 앞길이 질편하다
>   四千年넷도읍 平壤지나니 / 宏壯할사鴨綠江 큰쇠다리여

이는 앞서 오타가 '계림'으로 표기한 것에 대비되는 부분으로, 이미
식민지가 되어버린 상황에서 통감부시절부터 공공연히 통용되었던
식민지식 지명 '京城' 대신 조선의 옛 도읍인 '漢陽'을 고집하였다는
것은, 식민지임을 거부하고 독자적인 세계를 구축하고자 하는 심중을
드러낸 부분이라 하겠다.

「世界一周歌」는 한반도를 출발하여 중국대륙과 러시아 대륙을 거쳐
유럽 각국을, 그리고 미국을 주유한 후 태평양을 건너 마지막으로 일
본을 둘러보고 다시 한반도로 들어오는, 즉 지구의 동쪽에서 출발하여
서쪽으로 이동하는 여정이다. 그 여정 안에서 최남선의 가장 큰 목적

---

11 崔南善(1914)「世界一周歌」「靑春」創刊號〈附錄〉新文館, p.37

은 식민지에 처한 후학과 아동들에게 더 큰 세계에 대한 지식과 글로벌적인 비전을 심어주기 위함이었다. 그러기에 최남선은 당시 그가 가진 지식으로 상상할 수 있는 모든 것을 가사내용에 담으려 했고, 7·5조 짧은 운율의 한계에 부딪혔을 때에는 주석으로 설명하는 컨셉을 취하였다. 그리고 "그 지역을 유력遊歷하는 것만으로도 세계 각지의 사람들이 힘써 이룩한 것들이 인류의 삶을 풍요롭게 만들고, 아울러 세계 전체의 발전을 도모하는"[12] 세계인의 자율적인 긍정의식을 내면화 시키고자 하였다.

그러나 이같은 근대적 평등과 박애정신은 어디까지나 제국의 권리였을 뿐, 현실적으로 식민지인 최남선의 이상은 되지 못했다. 때문에 광대한 태평양을 바라보는 내내 혼란스러웠고, 일본 땅에 들어서면서부터는 신생제국 일본의 위상에 짓눌린 나머지 점점 위축되어가는 형국이 되어버린다.

133. 그립다南大門아 너잘잇더냐 / 아모래도볼수록 깃븐제고장
　　坤輿를두로돌제 만흔늣김은 / 말슴할날잇기로 아즉은이만

이는 상상 속에서나마 그가 접했던 세계 곳곳의 선진문명에 대한 그 "만흔늣김"을 이야기하기에는 조국의 현상에 비추어 볼 때 너무도 요원하였음을 말해주는 부분이라 하겠다. 때문에 그것을 "말슴할날잇기로 아즉은이만"이라는 어정쩡한 표현으로 마무리하는 소극성을 「경부텰도노래」(1908)에 이어 재차 연출하고 만 것이다.

「世界一周歌」는 이후 장장 6년을 야심차게 준비한 끝에 내놓은 최남

12　이경현(2008)「『靑春』을 통해 본 최남선의 세계인식과 文學」「한국문화」, p.332

선의 역작이었음에도 "지브랄타 천험(天險)도 못 삷혀보고/ 아프리카 探檢(탐검)도 겨를못하(50절)"는 지구 북반구 일원에 한정되어 있었기에, "此篇(차편)에 見漏(견루)한部分(부분)은他日(타일)題(제)를改(개)하야別篇(별편)을作(작)하려함."[13]이라는 문구로 세계 전 지역을 기술하기 위한 후속편을 예고하기도 하였다. 그런데 이러한 야심찬 계획이 끝내 무산되었던 것은 앞서 『소년』지에 『경의철도가』의 출간을 지속적으로 예고하였음에도 『경부텰도노래』(1908)이후 더 이상의 철도관련 후속작을 낼 수 없었던 것과 같은 맥락으로 볼 수 있겠다.

살펴본바 오와타를 비롯한 일본작가들과 최남선의 경우도 피차 자국중심의 관점에서 글로벌리즘을 상상하였음이 파악된다. 다만 동양 강국의 국민임을 자부하며 한껏 자긍심을 내세우는 일본작가군에 비해 식민지 지식인의 야심찬 계몽기획이 암담한 현실에 부딪혀 매번 위축되어가는 차이가 있을 뿐이다. 비록 현실에 좌절하여 더 이상의 진보는 불가능했지만, 당시 조선이 세계 철도교통의 주요한 요지라는 것과, 그 루트 안에서 존재조차 미미하였던 조선의 중요성을 드러내었다는 측면에서 본다면, 비록 상상단계였으나마 최남선의 그것이 더 글로벌적이었다 여겨지는 것이다.

4. 세계지리창가의 대중성

한일양국작가의 '세계지리창가'는 지리교육 이면에 후쿠자와 이래 수많은 선각자들이 선망하였던 서양열강의 문명적 요소를 두루 살핀 후 고국으로 돌아가는 감개를 서사하고 있었다.

---

13   崔南善(1914) 앞의 책, 같은 면

그러나 일본작가의 그것은 별다른 기획이 없이 '지리교과서'나 '지리교육창가'의 연장선에서 진행되었던 까닭인지 일본역사상 대대적으로 급변하던 20여년의 시간차가 있었음에도 컨셉면에서나 내용면에서 「世界國盡」과 『地理教育鐵道唱歌』의 시스템을 차용하며 공간만을 국외로 확장했다고 할 수 있을 것이다. 이에 반해 최남선의 「世界一周歌」는 스스로가 중요하다고 생각되는 부분에 꼼꼼히 주석을 붙여 설명하거나, 사진을 곁들이는 등 진보를 위해 애쓴 흔적이 역력하여 일본작가군의 그것보다는 사뭇 발전된 면을 보여주고 있었다. 그 가운데 일본작가군의 시각이 서양강국의 문명과 경제력과 정치력에 집중하여 제국을 향한 열망에 중점을 두고 있는 반면, 최남선의 그것은 식민지인의 내면적 확장에 중점을 두었음을 알 수 있다.

이들 양국 작가에 있어 근대철도는 근대 이전엔 상상조차 할 수 없었던 서구세계를 상상 가능케 하였으며, 양국의 '세계지리창가'는 그 구체적인 길을 안내해준 길잡이가 되어, 이를 통한 각각의 글로벌리즘을 상상케 하였다.

개화된 근대지식을 보급하기 위한 문자행위 중에서 이러한 노래체 형식의 글이 주목되는 것은 그 안에 본질적으로 내재되어 있는 반복성과 전파성에 있다 할 것이다. 그럼에도 양국의 '세계지리창가'가 국내 지리를 노래한 '철도창가'류에 비해 붐을 일으키기는커녕 민중에게 그다지 어필되지 못했던 것은 당시 일부 특권층을 제외하고 세계를 바라보는 시각의 확충이 현실적으로 요원했던 까닭이었을 것이다. 이러한 점에서 볼 때, 양국작가의 '세계지리창가'는 전체적인 공감대의 형성을 이끌어내기에는 시기적으로나 사회적인 면에서도 다소 역부족이지 않았나 싶은 것이다.

제국의 식민지 창가

참 고 문 헌

① 텍스트

大韓帝國 學部(1910)『普通敎育唱歌集』(全一卷)

朝鮮総督府(1910)『新編唱歌集』(全一卷)

朝鮮総督府(1920)『普通學校唱歌書』(全四卷)

朝鮮総督府(1926)『普通學校補充唱歌集』(全一卷)

朝鮮總督府(1939)『みくにのうた』(全一卷)

朝鮮總督府(1939-41)『初等唱歌』(全六卷)

朝鮮總督府(1942)『ウタノホン』(全二卷)

朝鮮總督府(1943-4)『初等音樂』(全四卷)

김순전 외(2013)『조선총독부 편찬 초등학교 〈唱歌〉교과서 대조번역(上)』, 제
         이앤씨

김순전 외(2013)『조선총독부 편찬 초등학교 〈唱歌〉교과서 대조번역(中)』, 제
         이앤씨

김순전 외(2013)『조선총독부 편찬 초등학교 〈唱歌〉교과서 대조번역(下)』, 제
         이앤씨

② 컨텍스트

大韓帝國 學部(1907-08)『日語讀本』(全八卷)

朝鮮總督府(1911)『訂正普通學校學徒用國語讀本』(全八卷)

朝鮮總督府(1912-15) 第Ⅰ期『普通學校國語讀本』(全八卷)

朝鮮總督府(1923-24) 第Ⅱ期『普通學校國語讀本』(全八卷)

日本文部省(1921-23) 第Ⅲ期『尋常小學國語讀本』(全四卷)

朝鮮總督府(1930-35) 第Ⅲ期『普通學校國語讀本』(全十二卷)

朝鮮總督府(1939-41) 第Ⅳ期『初等國語讀本』(全六卷)

日本文部省(1933-40) 第Ⅳ期『尋常小學國語讀本』(全六卷)

朝鮮總督府(1942) 第Ⅴ期『ヨミカタ』(全二卷)

朝鮮總督府(1942) 第Ⅴ期『よみかた』(全二卷)

朝鮮總督府(1942~1944) 第Ⅴ期『初等國語』(全八卷)

大和田建樹(1900)『地理敎育世界唱歌』上下, 東京賣捌所(東京)

太田樂海(1900)『地理敎育世界漫遊唱歌』, 正文堂(東京)

池辺義象(1901)『世界一周唱歌』, 金港堂(東京)

新保磐次(1902)『外國地理唱歌』, 金港堂書籍(東京)

崔南善(1914)「世界一周歌」, 新文館(京城)

大和田建樹 作・渡辺官造 編(1906)『滿韓鐵道唱歌』, 金港堂書籍(株)

渡辺官造 編(1906)『滿韓鐵道唱歌』, 金港堂書籍(株)

朝鮮總督府(1941)『ヨミカタ』, 一・二學年用

朝鮮總督府(1942)『ウタノホン教師用』朝鮮書籍印刷株式會社

朝鮮總督府(1943)『初等國語』, 三,四,五,六學年用

김순전 외(2007)『조선총독부 초등학교 수신서 1913 제Ⅰ기』, 제이앤씨

김순전 외(2007)『조선총독부 초등학교 수신서 1922 제Ⅱ기』, 제이앤씨

김순전 외(2007)『조선총독부 초등학교 수신서 1928 제Ⅲ기』, 제이앤씨

김순전 외(2007)『조선총독부 초등학교 수신서 1939 제Ⅳ기』, 제이앤씨

김순전 외(2007)『조선총독부 초등학교 수신서 1942 제Ⅴ기』, 제이앤씨

③ 한국 논문 (가나다순)

강은영(1996)「1920년대 사립학교 음악교육 연구」, 목원대 석사논문

구인모(2009)「일본의 식민지 철도여행과 창가」『정신문화연구』제32권, 정신
　　　　　문화연구원

구자황(2004)「『讀本』을 통해본 근대적 텍스트의 형성과 변화」,「상허학보」

13집

권혜근(2010) 「韓國 近·現代의 音樂敎育 硏究-韓·日 音樂 敎育課程의 比較」, 성균관대 박사논문

김기수 著·부산대 한일문화연구소 옮김(1962) 『日東記遊』, 부산대 한일문화 연구소

김동식(2002) 「철도의 근대성」, 「돈암어문학」 제15집, 돈암어문학회

김미경(2008) 「노랫말과 그림카드 매칭이 언어발달지체아의 어휘력에 미치는 영향」, 한국언어치료학회

김순전·장미경(2006) 「『보통학교수신서』를 통해본 조선총독부 여성교육」, 「일본어문학」 제28집

김순전·박경수(2007) 「동화장치로서『普通學校修身書』의 '祝祭日' 서사」, 「日本硏究」, 한국외국어대 일본연구소

김재훈(1941) 「銃後의 건전한 음악」, 《매일신보》 1941.7.2, 4면

김정현(1994) 「일제의 대동아공영권 논리와 실제」, 「역사비평」

노동은(1976) 『한국근대음악사』, 한길사

大竹聖美(2003) 「근대 한일『철도창가』」, 「연구논문집」 제38집, 성신여자대학교

민경찬(2001) 「조선총독부의 음악교육과 일제강점기 때 부산에서 발간된『창가교재찬집』에 관하여」, 「계간낭만음악」 제9권 제1호

박경수·김순전(2008) 「普通學校國語讀本」의 神話에 應用된〈日鮮同祖論〉導入樣相『일본어문학』 제42집, 일본어문학회

박재권(2001) 「구 일본 및 한국 軍歌의 인물, 국가 관련 표현 비교 분석」 「일어일문학연구」 제39집, 한국일어일문학회

박제홍(2008) 『近代韓日 敎科書의 登場人物을 통해 본 日帝의 植民地 敎育』 전남대 박사논문

박진숙(2008) 『성역할의 현대적 관점을 통해 본 초등교과서 분석』 부산교육대학교 석사논문

배연형(2006) 「창가음반의 유통」 「한국어문학연구」 제51집, 한국어문학회

사희영·김순전(2011) 「1940년대 '皇軍' 養成을 위한 한일 「國語」교과서」, 日本硏究 제16집

신현득(2003) 「崔南善의 唱歌 硏究 -創作童謠에 미친 영향을 中心으로-」 「國文學論集」 19輯, 단국대 국어국문학과 편

_____(2008) 「한국아동문학100년의 회고와 전망 : 한국동시(韓國童詩)100년(年) -정형동시(定型童詩)(동요(童謠))를 중심(中心)으로-」,

한국아동문학연구 제15권

여선정(1999)「무성영화시대 식민도시 서울의 영화관람성 연구」중앙대 석사
　　　　논문

유　　철・김순전(2012)「일제강점기『국어독본』에 투영된 군사교육」, 일본어
　　　　문학 제56집

由村尙樹(2004)「六堂 최남선 文學硏究」충남대 박사논문

윤성원(2010)「음악교과교육의 영역과 역할 탐색을 통한 음악과 교육과정 성
　　　　격 항의」,「음악교육공학」제11호

이경현(2008)「『靑春』을 통해 본 최남선의 세계인식과 文學」「한국문화」

이병담・김혜경(2007)「조선총독부 초등학교『창가』에 나타난 음악교육과 식
　　　　민성」,「일본어문학」37집

이용선(1985)「경성역 잡감」「교통안전」제35호

장미경(2008)「근대한일 여성교육과 소설 연구」전남대 박사논문

_____(2009)『〈修身書〉로 본 조선총독부의 '식민지 여성 교육'」, 일본어문학
　　　　41집

장미경・김순전(2013)『3.1운동 이후 日帝의 문화정책-『普通學校唱歌書』와
　　　　『普通學校補充唱歌集』을 중심으로-」「일본어문학」제57집,
　　　　한국일본어문학회

정우택(2004)「아리랑 노래의 정전화 과정 연구」,「大東文化硏究」第57輯

정혜정・배영희(2004)「일제강점기 보통학교 교육정책연구」『교육사학연구』
　　　　제14집, 서울대학교 교육사학회

차혜영(2004)「1920년대 해외기행문을 통해 본 식민지 근대의 내면 형성경로」,
　　　　국어국문학회

천영주(1997)「일제강점기 음악교과서 연구」, 한국교원대학교 석사논문

최현식(2010)「철도창가와 문명의 향방」「민족문학사연구」제43집, 민족문학
　　　　사학회

황승주(2008)「군악대가 군의 사기에 미치는 영향과 발전방향 연구」, 강원대
　　　　학교 교육대학원 석사학위논문

④ 일본논문 (アイウ순)

上田崇仁(1999)「植民地朝鮮における言語政策と『國語』普及に關する硏究」廣島
　　　　大學 博士學位論文

坪田信子(2010)「日本歌曲・歌詞背景の硏究」仁愛大學校人間生活學部 編 第2號

山口幸男(2003)「百年前の鄕土と出會い-明治期鄕土唱歌の地理敎育的・總合學習
　　　　的考察-」群馬大學校育學部紀要 人文・社會科學編, 第53卷

⑤ 한국 단행본 (가나다순)

강만길 외(2004)『일본과 서구의 식민통치 비교』, 도서출판 선인

강영심 외(2008)『일제시기 근대적 일상과 식민지 문화』, 이화여대 출판부

강창동(2002)『한국의 교육 문화사』, 문음사

강창일(1995)「일제의 조선지배정책과 군사동원」『일제식민지정책연구논문
　　　　집』, 학술진흥재단

공제욱・정근식편(2006)『식민지의 일상과 지배와 균열』, 문화과학사

곽건홍(2001)『日帝의 勞動政策과 朝鮮勞動者』, 신서원

구보학회 편(2009)『환상성과 문학의 미래』, 깊은샘

기타자와 마사쿠니著・김용의 譯(2011)『일본사상의 감성전통』, 민속원

김갑의 편저(2001)『춘사 나운규 전집』, 집문당

김경자(2005)『한국근대초등교육의 좌절』, 교육과학사

김미현 편(2006)『한국영화사 : 開化期에서 開花期까지』, 커뮤니케이션북스

김병선(2007)『창가와 신시의 형성 연구』, 소명출판

김성규(1984)『유아음악세계』, 세광음악출판사

김수진(2009)『신여성, 근대의 과잉』, 소명출판

김순전 외(2006)『제국의 식민지 수신』, 제이앤씨

김승일(2006)『서양음악사』, 예일출판사

김영우(1999)『한국초등교육사』, 한국교육사학회

김인호(2000)『식민지 조선경제의 종말』, 신서원

김종욱 편저(2002)『춘사탄생100주년기념 춘사 나운규영화전작집』, 국학자료원

김효순(2005)『일본의 근대화와 일본인의 문화관』, 보고사

노동은(1995)『한국근대음악사』, 한길사

노동은(2002)『한국음악론』, 한국학술정보(주)

니시카와 나가오 著・윤대석 譯(2002)『국민이라는 괴물』, 소명출판사

渡部學 著・김성환 譯(1984)『한국근대사』, 동녘신서

루스 베네딕트 著・박규태 譯(2008)『국화와 칼』, 문예출판사

민경훈 외 11인(2010)『음악교육학 총론』, 학지사

박경수(2011)『정인택, 그 생존의 방정식』, 제이앤씨

박영기(2010)『한국 근대 아동문학 교육사』, 한국문화사

박윤규(2009)『전쟁영웅이야기(인물로 보는 우리역사3)』, 보물창고

박천홍(2002)『매혹의 질주, 근대의 횡단』, 도서출판 산처럼

방중기(2004)『일제 파시즘 지배정책과 민중생활』, 연세국학총서

변태섭(1986)『한국사통론』, 삼영사

볼프강 쉬벨부쉬 著・박진희 譯(1999)『철도여행의 역사』, 궁리

星旭 著・최재윤 譯(1994)『日本音樂의 歷史와 鑑賞』, 현대음악출판사

송방송(1989)『동양음악개론』, 세광음악출판사

若槻泰雄 著・김광식 譯(1996)『일본 군국주의를 벗긴다』, 화산문화

오오누키 에미코 著・이향철 譯(2004)『사쿠라가 지다 젊음도 지다』, 모멘토

_____(2007)『죽으면 죽으리라』, 우물이 있는 집

오지선(2003)『한국근대음악교육』, 예솔출판사

오천석(1964)『한국신교육사』, 현대교육총서출판사

원종찬(2010)『아동문학의 어제와 오늘』, 푸른사상

_____(2010)『한국 아동문학의 쟁점』, 창비

윤상인・박규태(2006)『일본의 발명과 근대성』, 이산

이윤미(2006)『한국의 근대와 교육』, 문음사

이종국(2002)『한국의 교과서 변천에 관한 연구』, 일진사

이진경(2002)『근대적・시공간의 탄생』, 푸른숲

이형기(2003)『시 창작 강의』, 문학사상사

이혜영(1997)『한국근대학교교육 100년사 연구(Ⅱ)-일제시대의 학교교육』,
          한국교육개발원

정재정(999)『일제침략과 한국철도』, 서울대출판부

정재철(1985)『日帝의 對韓國植民地 敎育政策史』, 일지사

정혜정(2005)『한국교육사상』, 문음사

조은숙(2009)『한국아동문학의 형성』, 소명출판

진영은(2003)『교육과정-이론과 실제』, 학지사

천정환(2003)『근대의 책읽기-독자의 탄생과 한국의 근대문학』, 푸른역사

최관(1999)『일본문화의 이해』, 학문사

최종진(1984)『음악과 교육론』, 선일문화사

태학사 편(1997)『한국현대시자료집성 ; 시집편, 43』, 태학사

한국여성연구소(1999)『우리 여성의 역사』, 청년사

한국철도기술연구원 編(2005)『일본 철도의 역사와 발전』, 북갤러리

한용희(1994)『동요 70년사, 한국의 동요』, 세광음악출판사

호현찬(2007)『한국영화 100년』, 문학사상사

홍기돈(2006)『인공낙원의 뒷골목』, 실천문학사

황영식(2003)『맨눈으로 보는 일본』, 모티브

⑥ 일본 단행본 (アイウ순)

伊澤修二(1971)「音樂と敎育との關係」,『洋樂事始』, 平凡社

井上武士(1940)『國民學校藝能科音樂情義』, 敎育科社

大竹聖美(2008)『植民地朝鮮と児童文化』, 社会評論社

小田省吾(1917)『朝鮮總督府編纂敎科書槪要』, 朝鮮總督府

海後宗臣 編(1978)『日本敎科書大系』第25卷, 講談社

柄谷行人(1985)『日本近代文学の起源』, 講談社

金富子(2005)『植民地期朝鮮の敎育とジェンダー』, 世織書房

久保田優子(2005)『植民地朝鮮の日本語敎育』, 九州大学出版会

高仁淑(2004)『近代朝鮮의 唱歌敎育』, 九州大學出版會

新保磐次(1902)『外國地理唱歌』序言, 金港堂

豊川熊夫(1926)『小學校・普通學校に於ける唱歌敎育の実際』, 大邱印刷合資會社

帖佐勉(2009)『軍国少年はこうして作られた』, 南方新社

朝鮮敎育會(1943)『文教の朝鮮』,『學徒戰時動員體制確立要綱ニ関する件統將』

筑波書房編(1966)『明治文學全集』8, 福沢諭吉集 筑波書房

中村紀久二 外(1982)『復核国定教科書(国民学校期)解説』, ほるぷ出版

滑川道夫(1971)『桃太郎像の變容』, 東京書籍

滑川道夫・管忠道(1972)『近代日本の児童文化』, 新評論

日本近代文學館 編(1977)『日本近代文學大事典⑴』, 講談社

堀內敬三(1977)『定本日本の軍歌』, 實業之日本社

堀內敬三・井上武士 編(1999)『日本唱歌集』, 岩波書店

水野直樹(2001)『昭和18年御用始める於ける總督訓示』, 綠陰書房

宮田節子(1997)『朝鮮民衆と「皇民化」政策』, 未来社

村上政彦(2002)「『君が代少年』を探して」, 平凡社新書

亘理章三郎(1940)『国民道徳要義』, 目黒書店

⑦ 한국 잡지 및 신문(가나다순)

매일신보사(1911)「敎授上의注意」〈每日申報〉1911.2.26, 3면

_____(1911)「敎授上の注意幷字句訂正表」〈附錄〉祝祭日略解,〈每日申

報)1911.3.2. 3면
崔南善(1914)「世界一周歌」,「靑春」創刊號 〈附錄〉 新文館
방정환(1924)「어린이 찬미」『신여성』, 2권 6호
朝鮮總督府(1943)「관보」 제4825호, 1943.4.7.

⑧ 일본 잡지 및 신문(アイウ순)
高橋健二(1943),「國民皆唱運動の實踐」,「音樂之友」1943.3

⑨ 기타
朝鮮總督府令 第110號(1911. 10月 20日)
朝鮮總督府令 第8號(1922. 2月 5日)
朝鮮總督府 學務局(1921)『現行敎科書の方針』
朝鮮總督府(1944)『朝鮮徵兵讀本』
http://search.yahoo.co.jp/(검색일 : 2013. 7. 10)
http://gunka.xii.jp/gunka/(검색일 : 2011.2.11)

부 록

朝鮮總督府 編纂 〈唱歌〉 敎科書 유사단원

기호	교 과 서 명	학년(권수)	발행년도	〈唱歌〉대조번역서 해당권수
a	新編唱歌集	전학년(1권)	1914	上卷
b	普通學校唱歌書	1-4學年(4권)	1920	
c	普通學校補充唱歌集	1-6학년(1권)	1926	
d	みくにのうた	전학년(1권)	1939	中卷
e	初等唱歌	1-6學年(6권)	1939-41	
f	ウタノホン	1-2學年(2권)	1942	下卷
g	初等音樂	3-6學年(4권)	1943-44	

『新編唱歌集』(1914, 全1卷)

편	과	단원명	유사단원	유사유형
第一編	一	君(キミ)がよ	b-1-의1 君(キミ)ガヨ b-2-의1 君(キミ)ガヨ	표기 다름(가타카나)
			b-3-의1 君(きみ)がよ b-4-의1 君(きみ)がよ d-전-1 君が代 g-3-의1 君が代 g-4-의1 君が代 g-5-의1 君が代 g-6-의1 君が代	동일
	二	一月一日 (イチガツイチジツ)	b-3-의2 一月一日(いちがついちじつ) b-4-의2 一月一日(いちがついちじつ) d-전-3 一月一日 g-3-의5 一月一日 g-4-의5 一月一日 g-5-의5 一月一日 g-6-의5 一月一日	동일
	三	紀元節 (キゲンセツ)	b-3-의3 紀元節(きげんせつ) b-4-의3 紀元節(きげんせつ) d-전-4 紀元節 g-3-의6 紀元節 g-4-의6 紀元節 g-5-의6 紀元節 g-6-의6 紀元節	동일
	四	天長節 (テンチョウセツ)	b-2-의2 天長節(テンチョウセツ)	표기 다름(가타카나)
			b-3-의4 天長節(てんちようせつ) b-4-의4 天長節(てんちようせつ) d-전-5 天長節 g-3-의3 天長節 g-4-의3 天長節 g-5-의3 天長節 g-6-의3 天長節	동일
	五	勅語奉答 (チョクゴホウトウ)	b-3-의5 勅語奉答(ちよくごほうとう) b-4-의5 勅語奉答(ちよくごほうとう) d-전-3 勅語奉答	동일
			g-3-의2 勅語奉答 g-4-의2 勅語奉答 g-5-의2 勅語奉答 g-6-의2 勅語奉答	내용 다름
	六	卒業式 (ソツギョウシキ)	b-3-의6 卒業式(そつぎようしき) b-4-의6 卒業式(そつぎようしき)	동일

편	과	단원명	유사단원	유사유형
第二編	一	雁(カリ)	a-3-1 雁 b-1-5 기럭이 c-1-8 기럭이	표기 다름(한글 역)
			b-1-12 雁(ガン)	동일
	二	オ月(ツキ)サマ	a-3-2 달 b-1-3 달 c-1-5 달	한국 전래동요
			b-1-13 お月(ツキ)サマ	동일
			e-1-16 つき f-1-12 オツキサマ	내용 다름
	三	兎(ウサギ)ト龜(カメ)	a-3-3 兎와龜 b-1-7 톡기와거북 c-1-9 토끼와거북	표기 다름(한글 역)
			b-1-15 兎(ウサギ)ト龜(カメ)	동일
	四	ヒライタヒライタ	a-3-4 피엿네피엿네 b-1-6 픠엿네픠엿네 c-1-7 픠엿네픠엿네	표기 다름(한글 역)
			b-1-14 ヒライタヒライタ	동일
	五	タコ	a-3-5 紙鳶 b-1-4 연 c-1-6 연	표기 다름(한글 역)
			b-1-18 タコ	동일
			c-4-7 たこ(凧) e-1-22 タコアゲ g-2-18 タコアゲ	내용 다름
	六	日(ヒ)ノ丸(マル)ノ旗(ハタ)	b-1-17 日(ヒ)ノマルノハタ e-1-1 ヒノマルノハタ	동일
			f-1-2 ヒノマル	1절 서두만 조금 다름
	七	モモタロウ	b-1-19 桃太郎(モモタロウ)	
			e-1-12 f-1-10	내용 다름
	八	サクラ	b-2-2	동일
			e-2-3 e-6-2 さくら g-3-21 さくらさくら	내용 다름
	九	花咲爺(ハナサカセジジイ)	b-2-4 花(ハナ)サカセジジイ e-1-25 ハナサカセジジイ	동일
				내용 일부 다름
	十	親(オヤ)の恩(オン)	b-1-16 親(オヤ)ノ恩(オン)	동일

편	과	단원명	유사단원	유사유형
第二編	十一	時計(トケイ)	a-3-6 時計 b-1-8 시계	표기 다름(한글 역)
			b-2-11 時計(とけい) e-2-20 時計の歌	동일
	十二	富士山(フジサン)	b-2-16 富士山(ふじさん) e-2-25 富士の山	동일
			f-2-13 富士ノ山	내용 다름
	十三	春(ハル)が来(キ)た	b-3-1 春(はる)が来(き)た e-2-2 春が来た f-2-1 春ガ来タ	동일
	十四	小馬(コウマ)	b-2-8 小馬(コウマ)	
			f-1-14 オウマ	내용 다름
	十五	田植(タウエ)	b-2-9 田植(タウエ)	
			e-4-6 田植 g-3-5 田植	내용 다름
	十六	鶴(ツル)	b-3-7 鶴(つる)	동일
	十七	師(シ)の恩(オン)	b-3-14 師(し)の恩(おん)	동일
	十八	運動会(ウンドウカイ)(一)	b-2-14 運動会(うんどうかい) c-3-6 運動会(うんどうかい)	동일
	十九	運動会(ウンドウカイ)(二)	b-3-11 運動会(うんどうかい)	동일
	二十	あさがお	b-3-6 あさがお	동일
	二十一	菊(キク)	b-3-10 菊(きく)	동일
			e-1-19 キクノハナ f-2-14 菊ノ花	내용 다름
	二十二	秋(アキ)の山(ヤマ)	b-3-12 秋(あき)の山(やま)	동일
	二十三	雪(ユキ)の朝(アシタ)	b-3-16 雪(ゆき)の朝(あした)	동일
			e-2-22 雪 f-1-18 ユキ	내용 다름
	二十四	正直(ショウジキ)	b-4-16 正直(しようじき)	동일
	二十五	二宮金次郎(ニノミヤキンジロウ)	b-3-4 二宮金次郎(にのみやきんじろう) e-3-3 二宮金次郎	동일
	二十六	職業(ショクギョウ)	b-4-7 職業(しよくぎよう)	동일
	二十七	勤儉(キンケン)	b-4-11 勤儉(きんけん)	동일
	二十八	養蠶(ヨウサン)	b-4-3 養蠶(ようさん)	동일
			e-4-4 蠶	내용 다름
	二十九	同胞(ドウホウ)すべて七千萬(シチセンマン)		

편	과	단원명	유사단원	유사유형
第三編	一	雁	a-2-1 雁(カリ) b-1-12 雁(ガン)	표기 다름(일본어 역)
			b-1-5 기러이 c-1-8 기러이	동일
	二	달	b-1-3 달 c-1-5 달	동일
			a-2-2 オ月(ツキ)サマ b-1-13 お月(ツキ)サマ e-1-16 つき f-1-12 オツキサマ	내용 다름
	三	兎와龜	a-2-3 兎(ウサギ)ト龜(カメ) b-1-15 兎(ウサギ)ト龜(カメ)	표기 다름(일본어 역)
			b-1-7 톡기와거북 c-1-9 토끼와거북	동일
	四	피엿네피엿네	a-2-4 ヒライタヒライタ b-1-14 ヒライタヒライタ	표기 다름(일본어 역)
			b-1-6 픠엿네픠엿네 c-1-7 픠엿네픠엿네	동일
	五	紙鳶	a-2-5 タコ b-1-18 タコ	표기 다름(일본어 역)
			b-1-4 연 c-1-6 연	동일
			c-4-7 たこ(凧) e-1-22 タコアゲ g-2-18 たこあげ	내용 다름
	六	時計	a-2-11 時計(トケイ) b-2-11 時計(とけい) e-2-20 時計の歌	표기 다름(일본어 역)
			b-1-8 시계	

『普通學校唱歌書』(1920, 全4卷)

第一學年用

과	단원명	유사단원	유사유형
儀式に関する唱歌	君(キミ)ガヨ	b-2-의1 君(キミ)ガヨ	동일
		a-1-의1 君(キミ)がよ b-3-의1 君(きみ)がよ b-4-의1 君(きみ)がよ d-전-1 君が代 g-3-의1 君が代 g-4-의1 君が代 g-5-의1 君が代 g-6-의1 君が代	표기 다름(히라가나)
一	학교	b-1-9 ガツコウ	표기 다름(일본어 역)
		f-1-1 ガクカウ	내용 다름
二	동모	b-1-10 トモダチ	표기 다름(일본어 역)
三	달	a-3-2 달 c-1-5 달	동일
		a-2-2 オ月(ツキ)サマ b-1-13 お月(ツキ)サマ e-1-16 つき f-1-12 オツキサマ	내용 다름
四	연	a-2-5 タコ b-1-18 タコ	표기 다름(일본어 역)
		a-3-5 紙鳶 c-1-6 연	동일
		c-4-7 たこ(凧) e-1-22 タコアゲ g-2-18 たこあげ	내용 다름
五	기러이	a-2-1 雁(カリ) b-1-12 雁(ガン)	표기 다름(일본어 역)
		a-3-1 雁 c-1-8 기러이	동일
六	픠엿네픠엿네	a-2-4 ヒライタヒライタ b-1-14 ヒライタヒライタ	표기 다름(일본어 역)
		a-3-4 픠엿네픠엿네 c-1-7 픠엿네픠엿네	동일
七	톡기와거북	a-2-3 兎(ウサギ)ト龜(カメ) b-1-15 兎(ウサギ)ト龜(カメ)	표기 다름(일본어 역)
		a-3-3 兎와龜 c-1-9 토끼와거북	동일

과	단원명	유사단원	유사유형
八	시계	a-3-6 時計	동일
		a-2-11 時計(トケイ) b-2-11 時計(とけい) e-2-20 時計の歌	표기 다름(일본어 역)
九	ガツコウ	b-1-1 학교	동일
一0	トモダチ	b-1-2 동모	표기 다름(한글 역)
一一	鳩(ハト)	f-1-4 ハト　ポッポ	내용 다름(마지막 절)
一二	雁(ガン)	a-2-1 雁(カリ)	동일
		a-3-1 雁 b-1-5 기력이 c-1-8 기력이	표기 다름(한글 역)
一三	お月(ツキ)サマ	a-2-2 オ月(ツキ)サマ	동일
		a-3-2 달 b-1-3 달 c-1-5 달	내용 다름 (한국 전래동요)
		e-1-16 つき f-1-12 オツキサマ	내용 다름
一四	ヒライタ ヒライタ	a-2-4 ヒライタヒライタ	동일
		a-3-4 피엿네피엿네 b-1-6 픠엿네픠엿네 c-1-7 픠엿네픠엿네	표기 다름(한글 역)
一五	兎(ウサギ)ト亀(カメ)	a-2-3 兎(ウサギ)ト龜(カメ)	동일
		a-3-3 兎와龜 b-1-7 톡기와거북 c-1-9 토끼와거북	표기 다름(한글 역)
一六	親(オヤ)ノ恩(オン)	a-2-10 親(オヤ)の恩(オン)	동일
一七	日(ヒ)ノマルノハタ	a-1-6 日(ヒ)ノ丸(マル)ノ旗(ハタ) e-1-1 ヒノマルノハタ	동일
		f-1-2 ヒノマル	1절 서두만 조금 다름
一八	タコ	a-2-5 タコ c-4-7 たこ(凧)	동일
		a-3-5 紙鳶 b-1-4 연 c-1-6 연	표기 다름(한글 역)
		e-1-22 タコアゲ g-2-18 たこあげ	내용 다름
一九	桃太郎(モモタロウ)	a-1-7 モモタロウ	동일
		e-1-12 モモタラウ f-1-10 モモタラウ	내용 다름

第二學年用

과	단원명	유사단원	유사유형
儀式에 関する 唱歌	君(キミ)ガヨ	b-1-의1 君(キミ)ガヨ	동일
		a-1-의1 君(キミ)がよ b-3-의1 君(きみ)がよ b-4-의1 君(きみ)がよ d-전-1 君が代 g-3-의1 君が代 g-4-의1 君が代 g-5-의1 君が代 g-6-의1 君が代	표기 다름(히라가나)
	天長節(テンチョウセツ)	a-1-의4 天長節(テンチョウセツ) b-3-의4 天長節(てんちようせつ) b-4-의4 天長節(てんちようせつ) d-전-5 天長節 g-3-의3 天長節 g-4-의3 天長節 g-5-의3 天長節 g-6-의3 天長節	표기 다름(히라가나)
一	木(キ)ウエ	c-5-4 木(き)うゑ	동일
二	サクラ	a-2-8 サクラ	동일
		e-2-3 サクラ e-6-2 さくら g-3-21 さくらさくら	내용 다름
三	ヨク學(マナ)ビヨク遊(アソ)べ		
四	花(ハナ)サカセジジイ	a-2-9 花咲爺(ハナサカセジジイ)	동일
		e-1-25 ハナサカセジジイ	내용 조금 다름
五	カタツムリ	e-1-9 カタツムリ	동일
六	池(イケ)ノ鯉(コイ)		
七	ヒヨコ	e-1-5 ヒヨコ f-1-13 ヒヨコ	동일
八	小馬(コウマ)	a-2-14 小馬(コウマ)	동일
		f-1-14 オウマ	내용 다름
九	田植(タウ)エ	a-2-15 田植(タウエ)	동일
		e-4-6 田植 g-3-5 田植	내용 다름
一0	雨(あめ)		
一一	時計(とけい)	a-2-11 時計(トケイ) e-2-20 時計の歌	동일
		a-3-6 時計 b-1-8 시계	표기 다름(한글 역)

과	단원명	유사단원	유사유형
一二	物言(ものいう)亀(かめ)	c-3-7 物言(ものいう)亀(がめ)	동일
一三	汽車(きしゃ)	e-3-7 汽車	동일
一四	運動會(うんどうかい)	a-2-18 運動会(ウンドウカイ)(一) c-3-6 運動会(うんどうかい)	동일
		a-2-19 運動会(ウンドウカイ)(二) b-3-11 運動会(うんどうかい)	내용 다름
一五	兎(うさぎ)	f-2-13 ウサギ	내용 다름
一六	富士山(ふじさん)	a-2-12 富士山(フジサン) e-2-25 富士の山	동일
		f-2-13 富士ノ山	내용 다름
一七	牡丹臺(ぼたんだい)	c-4-4 牡丹臺(ぼたんだい)	동일

第三學年用

과	단원명	유사단원	유사유형
儀式に関する唱歌	君(きみ)がよ	b-1-의1 君(キミ)ガヨ b-2-의1 君(キミ)ガヨ	표기 다름(가타카나)
		a-1-의1 君(キミ)がよ b-4-의1 君(きみ)がよ d-전-1 君が代 g-3-1 의1 君が代 g-4-1 의1 君が代 g-5-1 의1 君が代 g-6-1 의1 君が代	동일
	一月一日(いちがついちじつ)	a-1-의2 一月一日(いちがついちじつ) b-4-의2 一月一日(いちがついちじつ) d-전-3 一月一日 g-3-의5 一月一日 g-4-의5 一月一日 g-5-의5 一月一日 g-6-의5 一月一日	동일
	紀元節(きげんせつ)	a-1-의3 紀元節(キゲンセツ) b-4-의3 紀元節(きげんせつ) d-전-4 紀元節 g-3-의6 紀元節 g-4-의6 紀元節 g-5-의6 紀元節 g-6-의6 紀元節	내용 다름

과	단원명	유사단원	유사유형
儀式에 關한 唱歌	天長節(てんちようせつ)	b-2-의4 天長節(テンチョウセツ)	표기 다름(가타카나)
		a-1-의4 天長節(テンチョウセツ) b-4-의4 天長節(てんちようせつ) d-전-5 天長節 g-3-의3 天長節 g-4-의3 天長節 g-5-의3 天長節 g-6-의3 天長節	동일
	勅語奉答 (ちよくごほうとう)	a-1-의5 勅語奉答(チョクゴホウトウ) b-4-의5 勅語奉答(ちよくごほうとう) d-전-3 勅語奉答	동일
		g-3-의2 勅語奉答 g-4-의2 勅語奉答 g-5-의2 勅語奉答 g-6-의2 勅語奉答	내용 다름
	卒業式(そつぎようしき)	a-1-의6 卒業式(ソツギョシキ) b-4-의6 卒業式(そつぎようしき)	동일
一	春(はる)が来(き)た	a-1-13 春(はる)が来(き)た e-2-2 春が来た	동일
		f-2-1 春ガ来タ	2절까지만 있음
二	鴨綠江(おうりよつこう)	c-5-7 鴨綠江(おふりよくこう)	동일
三	雲雀(ひばり)	e-2-7 ひばり	동일
四	二宮金次郎 (にのみやきんじろう)	a-2-25 二宮金次郎(ニノミヤキンジロウ) e-3-3 二宮金次郎	동일
五	燕(つばめ)	c-5-6 燕(つばめ)	동일
六	あさがお	a-2-20 あさがお	동일
七	鶴(つる)	a-2-16 鶴(ツル)	동일
八	京城(けいじよう)	c-6-7 京城(けいじよう)	내용 일부 다름
九	取入(とりい)れ	e-4-14 とりいれの歌	동일
一0	菊(きく)	a-2-21 菊(キク)	동일
		e-1-19 キクノハナ f-2-14 菊ノ花	내용 다름
一一	運動會(うんどうかい)	a-2-18 運動会(ウンドウカイ)(一) b-2-14 運動会(うんどうかい) c-3-6 運動会(うんどうかい)	내용 다름
		a-2-19 運動会(ウンドウカイ)(二)	동일
一二	秋(あき)の山(やま)	a-2-22 秋(アキ)の山(ヤマ)	동일
一三	釜山港(ふさんこう)	c-4-8 釜山港(さんこう)	동일
一四	師(し)の恩(おん)	a-2-17 師(シ)の恩(オン)	동일

과	단원명	유사단원	유사유형
一五	おもいやり		
一六	雪(ゆき)の朝(あした)	a-2-23 雪(ユキ)の朝(アシタ)	동일
		e-2-22 雪 f-1-18 ユキ	내용 다름
一七	女子(じょし)の努(つとめ)	c-6-8 女子(ぢょし)の務(つとめ)	동일

第四學年用

과	단원명	유사단원	유사유형
儀式に 関する 唱歌	君(きみ)がよ	b-1-의1 君(キミ)ガヨ b-2-의1 君(キミ)ガヨ	표기 다름(가타카나)
		a-1-1 君(キミ)がよ b-3-의1 君(きみ)がよ d-전-1 君が代 g-3-1 의1 君が代 g-4-1 의1 君が代 g-5-1 의1 君が代 g-6-1 의1 君が代	동일
	一月一日 (いちがついちじつ)	a-1-의2 一月一日(いちがついちじつ) b-3-의2 一月一日(いちがついちじつ) d-전-3 一月一日 g-3-의5 一月一日 g-4-의5 一月一日 g-5-의5 一月一日 g-6-의5 一月一日	동일
	紀元節(きげんせつ)	a-1-의3 紀元節(キゲンセツ) b-3-의3 紀元節(きげんせつ)	동일
		d-전-4 紀元節 g-3-의6 紀元節 g-4-의6 紀元節 g-5-의6 紀元節 g-6-의6 紀元節	내용 다름
	天長節(てんちょうせつ)	b-2-의4 天長節(テンチョウセツ)	표기 다름(가타카나)
		a-1-의4 天長節(テンチョウセツ) b-3-의4 天長節(てんちょうせつ) d-전-5 天長節 g-3-의3 天長節 g-4-의3 天長節 g-5-의3 天長節 g-6-의3 天長節	동일

과	단원명	유사단원	유사유형
儀式에 관하는 唱歌	勅語奉答(ちょくごほうとう)	a-1-의5 勅語奉答(チョクゴホウトウ) b-3-의5 勅語奉答(ちょくごほうとう) d-전-3 勅語奉答	동일
		g-3-의2 勅語奉答 g-4-의2 勅語奉答 g-5-의2 勅語奉答 g-6-의2 勅語奉答	내용 다름
	卒業式(そつぎようしき)	a-1-의6 卒業式(ソツギョシキ) b-3-의6 卒業式(そつぎようしき)	동일
一	明治天皇御製 (めいじてんのうぎよせい)	e-5-1 明治天皇御製 g-6-의7 明治天皇御製	동일
二	みがかずば		
三	養蠶(ようさん)	a-2-28 養蠶(ヨウサン)	동일
		e-4-4 蠶	내용 다름
四	日本(にほん)の國(くに)		
五	開校記念日 (かいこうきねんび)		
六	水師營(すいしえい)の 會見(かいけん)	e-6-20 水師營の會見 g-6-18 水師營の會見	동일
七	職業(しよくぎよう)	a-2-26 職業(ショクギョウ)	동일
八	つとめてやまず		
九	かぞへ歌(うた)	e-3-24 かぞへ歌	동일
		g-4-17 かぞへ歌	내용 다름
一０	鄭民赫(ていみんかく)	c-5-5 鄭民赫(みんかく)	동일
一一	勤儉(きんけん)	a-2-27 勤儉(キンケン)	동일
一二	金剛山(こんこうさん)	c-6-9 金剛山(こんがうさん)	동일
		e-5-15 金剛山	내용 다름
一三	日本海海戰(にほんか いかいせん)	e-5-7 日本海海戰 g-6-4 日本海海戰	동일
一四	冬景色(ふゆげしき)	e-6-19 冬景色	동일
一五	金剛石(こんごうせき) 水(みず)は器(うつわ)	g-5-의7 昭憲皇太后御歌 (金剛石・水は器)	동일
一六	正直(しようじき)		
一七	婦德(ふとく)		

『普通學校補充唱歌集』(1926, 全1卷)

학년	과	단원명	유사단원	유사유형
第一学年用	一	トンボ	e-3-12 とんぼ	내용 다름
	二	ブランコ		
	三	子(こ)リス		
	四	ギイッコンバッタン		
	五	달	a-3-2 달 b-1-3 달	동일
			a-2-2 オ月(ツキ)サマ b-1-13 お月(ツキ)サマ e-1-16 つき f-1-12 オツキサマ	내용 다름
	六	연	a-3-5 紙鳶 b-1-4 연	동일
			a-2-5 タコ b-1-18 タコ c-4-7 たこ(凧)	표기 다름(일본어 역)
			e-1-22 タコアゲ g-1-18 タコアゲ	내용 다름
	七	픠엿네픠엿네	a-2-4 ヒライタヒライタ b-1-14 ヒライタヒライタ	표기 다름(일본어 역)
			a-3-4 피엿네피엿네 b-1-6 피엿네피엿네	동일
	八	기러기	a-2-1 雁(カリ) b-1-12 雁(ガン)	표기 다름(일본어 역)
			a-3-1 雁 b-1-5 기러기	동일
	九	토끼와거북	a-2-3 兎(ウサギ)ト龜(カメ) b-1-15 兎(ウサギ)ト龜(カメ)	표기 다름(일본어 역)
			a-3-3 兎와龜 b-1-7 톡기와 거북	동일
	一0	팽이		
第二学年用	一	山(やま)にほっつり		
	二	馬(うま)と月(つき)		
	三	ぶらんこ		
	四	牛伺(かい)		
	五	자라난다		

학년	과	단원명	유사단원	유사유형
第二学年用	六	나븨		
	七	登校		
	八	물방아		
	九	토세놀음		
	一0	쌀악눈과닭		
第三学年用	一	春(はる)のわらい		
	二	四十雀(しじうから)		
	三	石工(せきく)		
	四	稚子(きこ)うちじいさん		
	五	お髯(ひげ)の長(なが)いおじいさん		
	六	運動會(うんどうかい)	a-2-18 運動會(ウントウカイ)(一) b-2-14 運動会(うんどうかい)	동일
			a-2-19 運動會(ウントウカイ)(二) b-3-11 運動會(ウントウカイ)	내용 다름
	七	物言(ものいふ)龜(がめ)	b-2-12物言(ものいふ)龜(がめ)	동일
	八	나물캐기		
	九	배우는바다		
	一0	四時景槪歌		
第四学年用	一	美(うつく)しい角(との)		
	二	甕(がめ)		
	三	きぬた		
	四	牡丹臺(きたんだい)	b-2-1 7牡丹臺(ぼたんだい)	동일
	五	長煙管(なかきせる)		
	六	朝日(あさひ)·夕日(ゆうひ)		
	七	凧(たこ)	a-3-5 紙鳶 b-1-4 연	표기 다름(한글 역)
			b-1-18 タコ c-4-7 たこ(凧)	동일
			e-1-22 タコアゲ g-1-18 タコアゲ	내용 다름
	八	釜山港(さんこう)	b-3-13釜山港(さんこう)	동일
	九	갈지라도		
	一0	白頭山		

학년	과	단원명	유사단원	유사유형
第五學年用	一	鷄林(もり)		
	二	がちの巢		
	三	高麗(こよ)の舊都(くど)		
	四	木(き)うゑ	b-2-1 木(キ)ウエ	동일
			f-2-4 木ウエ	내용 다름
	五	鄭民赫(みんがく)	b-4-10 鄭民赫(ていみんがく)	동일
	六	燕(つばめ)	b-3-5 燕(つばめ)	동일
	七	鴨綠江(あふろよくかう)	b-3-2 鴨綠江(おうりょつうう)	동일
	八	遲刻마세		
	九	放學의作別		
	一0	餘業의滋味		
第六學年用	一	ばかちの船(ふね)		
	二	野邊(のべ)の秋(あき)		
	三	百濟(くだら)の舊都(くど)		
	四	成三問(せふさんもんど)		
	五	ぽぷら	g-3-2 ポプラ	내용 다름
	六	昔脫解(せきだつかい)		
	七	京城(けいじょう)	b-3-8 京城(けいじょう)	내용 일부 다름
	八	女子(ぢょし)の務(つとめ)	b-3-17 女子(ぢょし)の務(つとめ)	동일
	九	金剛山(こんがうさん)	b-4-12 金剛山(こんこうさん)	동일
			e-5-15 金剛山	내용 다름
	一0	冬季遠足		

『みくにのうた』(1939, 全學年用)			
과	단원명	동일 및 유사단원	유사유형
一	君が代	b-1-의1 君(キミ)ガヨ b-2-의1 君(キミ)ガヨ	표기 다름(가타카나)
		a-1-의1 君(キミ)がよ b-3-의1 君(きみ)がよ b-4-의4 君(きみ)がよ g-3-1 의1 君が代 g-4-1 의1 君が代 g-5-1 의1 君が代 g-6-1 의1 君が代	동일
二	勅語奉答	a-1-의5 勅語奉答(チョクゴホウトウ) b-3-의5 勅語奉答(ちょくごほうとう) b-4-의5 勅語奉答(ちょくごほうとう)	동일
		g-3-의2 勅語奉答 g-4-의2 勅語奉答 g-5-의2 勅語奉答 g-6-의2 勅語奉答	내용 다름
三	一月一日	a-1-2 一月一日(イチガツイチジツ) b-3-의2 一月一日(いちがついちじつ) b-4-의2 一月一日(いちがついちじつ) g-3-의5 一月一日 g-4-의5 一月一日 g-5-의5 一月一日 g-6-의5 一月一日	동일
四	紀元節	a-1-의3 紀元節(キゲンセツ) b-3-의3 紀元節(きげんせつ) b-4-의3 紀元節(きげんせつ)	내용 다름
		g-3-의6 紀元節 g-4-의6 紀元節 g-5-의6 紀元節 g-6-의6 紀元節	동일
五	天長節	b-2-의4 天長節(テンチョウセツ)	표기 다름(가타카나)
		a-1-의4 天長節(テンチョウセツ) b-3-의4 天長節(てんちようせつ) b-4-의4 天長節(てんちようせつ) d-전-5 天長節 g-3-의3 天長節 g-5-의3 天長節 g-6-의3 天長節	동일
六	明治節		

과	단원명	동일 및 유사단원	유사유형
七	神社參拜唱歌		
八	海ゆかば		
九	仰げば尊し		
一0	螢の光		
一一	愛國行進曲		

『初等唱歌』(1939~1941, 全6巻)

第一學年用

과	단원명	유사단원	유사유형
一	ヒノマル ノ ハタ	a-2-6 日(ヒ)ノ丸(マル)ノ旗(ハタ) b-1-17 日(ヒ)ノマルノハタ	동일
		f-1-2 ヒノマル	내용 일부 다름
二	ハル		
三	ワタシ ハ 一ネンセイ		
四	シロ		
五	ヒヨコ	b-2-7 ヒヨコ f-1-13 ヒヨコ	동일
六	ヘイタイサン		
七	ニンギャウ		
八	スナバ ホリマセウ		
九	カタツムリ	b-2-5 カタツムリ	동일
一0	カヘル		
一一	ミズアソビ		
一二	モモタラウ	a-2-7 モモタロウ b-1-19 桃太郎(モモタロウ) f-1-10 モモタラウ	내용 다름
一三	ユフヤケ コヤケ		
一四	スズメ		
一五	ワタシ ノ オウチ		
一六	ツキ	a-3-2 달 b-1-3 달 c-1-5 달	내용 다름 (한국 전래동요)
		a-2-2 オ月(ツキ)サマ b-1-13 お月(ツキ)サマ f-1-12 オツキサマ	내용 다름
一七	オハヤウ		
一八	ヒカウキ		
一九	キク ノ ハナ	b-3-10 菊(きく) a-2-21 菊(キク) f-2-14 菊 ノ 花	내용 다름
二0	ネズミ ノ モチヒキ		
二一	大サム 小サム		

과	단원명	유사단원	유사유형
二二	タコアゲ	a-3-5 紙鳶 b-1-4 연 c-1-6 연	내용 다름(한글)
		a-2-5 タコ b-1-18 タコ c-4-7 たこ(凧)	내용 다름
		g-2-18 たこあげ	동일, 표기다름(히라가나)
二三	雪ダツマ		
二四	オカアサン		
二五	ハナサカセヂイイ	a-2-9 花咲爺(ハナサカセジジイ)	동일
		b-2-4 花(ハナ)サカセジジイ	내용 일부 다름

第二學年用

과	단원명	유사단원	유사유형
一	ワタシ ハ 二年生	f-2-2 ワタシ ハ 二年生	동일
二	春 が 來た	a-2-13 春(ハル)が来(キ)た	표기 일부 다름
		b-3-1 春(はる)が来(き)た	동일
		f-2-1 春ガ来タ	2절까지만 수록
三	サクラ	a-2-8 サクラ b-2-2 サクラ e-6-2 さくら g-3-21 さくらさくら	내용 다름
四	五月 ノ セック	f-2-3 五月 ノ セック	동일
五	ハヤオキ		
六	オタマジャクシ		
七	ひばり	b-3-3 雲雀(ひばり)	표기 일부 다름
八	おにごっこ	f-2-9 オニゴッコ	표기 다름(가타카나)
九	てつかぶと	f-2-6 テツカブト	표기 다름(가타카나)
一0	せみ		
一一	さゝ舟	c-6-1 ぱかちの船	내용 다름
一二	十五や		
一三	ラジオ		
一四	かゝし		
一五	子牛		
一六	すゐへいさん		
一七	ゐんそく		

과	단원명	유사단원	유사유형
一八	もみぢ		
一九	浦島太郎		
二0	時計の歌	a-2-11 時計(トケイ)	표기 다름(가타카나)
		a-3-6 時計 b-1-8 시계	표기 다름(한글 역)
		b-2-11 時計(とけい)	동일
二一	おとうさん		
二二	雪	a-2-23 雪(ユキ)の朝(アシタ) b-3-16 雪(ゆき)の朝(あした) f-1-18 ユキ	내용 다름
二三	ひなまつり		
二四	那須餘一		
二五	冨士 の 山	a-2-12 富士山(フジサン) b-2-16 富士山(ふじさん)	동일
		f-2-13 富士ノ山	내용 다름

第三學年用

과	단원명	유사단원	유사유형
一	れんげふ		
二	木の芽		
三	二宮金次郎	a-2-25 二宮金次郎(ニノミヤキンジロウ) b-3-4 二宮金次郎(にのみやきんじろう)	동일
四	青葉		
五	ぶらんこ		
六	茶摘		
七	汽車		
八	とんび		
九	白帆		
一0	ラジオ體操の歌		
一一	虹		
一二	とんぼ		
一三	栗ひろひ		
一四	きのことり		
一五	村祭	g-3-11 村祭	후렴구 일부 첨가
一六	俵の山		
一七	雁がわたる		
一八	軍旗	g-3-16 軍旗	내용 다름

과	단원명	유사단원	유사유형
一九	お正月		
二0	氷すべり		
二一	ちくおんき		
二二	やさしい心		
二三	千早城	g-4-5 千早城	내용 다름
二四	かぞへ歌	b-4-9 かぞへ歌(うた) g-4-17 かぞへ歌	내용 다름
二五	日本の子供		

第四學年用

과	단원명	유사단원	유사유형
一	春の小川	g-3-1 春の小川	내용 유사, 2절까지만 수록
二	港		
三	靖國神社	g-4-11 靖國神社	내용 다름
四	蠶	a-2-28 養蠶(ヨウサン) b-4-3 養蠶(ようさん)	내용 다름
五	村の鍛冶屋		
六	田植	a-2-15 田植(タウエ) b-2-9 田植(タウエ) g-3-5 田植	내용 다름
七	相撲		
八	ゐなかの四季		
九	水泳ぎ	g-4-7 水泳の歌	내용 다름
一0	せみとり		
一一	花火		
一二	ポプラ		
一三	愛馬進軍歌		
一四	山の秋		
一五	綱引		
一六	鳴子		
一七	とりいれの歌	b-3-9 取入(とりいれ)	내용 다름
一八	今朝の霜		
一九	漁船		
二0	初氷		
二一	雪合戰		
二二	軍神西住大尉		

과	단원명	유사단원	유사유형
二三	なはとび		
二四	廣瀨中佐	g-4-18 廣瀨中佐	
二五	梅に鶯		

第五學年用

과	단원명	유사단원	유사유형
一	明治天皇御製	b-4-1 明治天皇御製	2절의 내용이 다름
		g-6-의7 明治天皇御製	내용 다름
二	子守歌		
三	朧月夜	g-6-2 おぼろ月夜	동일
四	汽車の旅		
五	國民進軍歌		
六	四季の雨		
七	日本海海戰	b-4-13 日本海海戰(にほんかいかいせん) g-6-4 日本海海戰	동일
八	夏の曙		
九	我は海の子	g-6-7 われは海の子	동일
一0	キヤンプ		
一一	空ノ勇士		
一二	小鳥は歌ふ		
一三	朝鮮鐵道唱歌		
一四	鎌倉		
一五	金剛山	b-4-12 金剛山(こんこうさん) c-6-9 金剛山(こんがうさん)	내용 다름
一六	大東京		
一七	故鄕		
一八	曉景		
一九	荒城の月		
二0	北滿の野		
二一	萬里の長城		
二二	冬木立		
二三	すめらみくに		
二四	花		
二五	アジヤの光	g-6-22 アジヤの光	동일

第六學年用

과	단원명	유사단원	유사유형
一	春の野		
二	さくら	a-2-8 さくら b-2-2 さくら e-2-3 さくら g-3-21 さくらさくら	내용 다름
三	鯉のぼり	g-5-3 鯉のぼり	동일
四	海	g-5-7 海	동일
		f-1-7 海	내용 다름
五	譲れ大空		
六	麥打		
七	朝日は昇りぬ		
八	軍艦		
九	霧		
一0	沖の白帆	e-3-9 白帆	내용 다름
一一	萩		
一二	揚子江	g-5-9 揚子江	내용 다름
一三	志氣		
一四	皇國の民		
一五	秋曉		
一六	興亞行進曲		
一七	スキー		
一八	楽しい我が家	e-1-15 ワタシノオウチ	내용 다름
一九	冬景色	b-4-14 g-5-18	
二0	水師營の會見	b-4-6 g-6-18	
二一	兒島高德		
二二	水がめ		
二三	山内大尉の母		
二四	四季	e-4-8 ゐなかの四季 e-5-6 四季の雨	내용 다름
二五	太平洋行進曲	g-6-21 太平洋	내용 다름

『ウタノホン』(1942, 全2巻)

第一學年用

과	단원명	동일 및 유사단원	유사유형
儀式に関する唱歌	君が代	a-1-1 君(キミ)がよ b-1-의1 君(キミ)ガヨ b-2-의1 君(キミ)ガヨ b-3-의1 君(きみ)がよ b-4-의1 君(きみ)がよ d-전-1 君が代 g-4-의1 君が代 g-5-의1 君が代 g-6-의1 君が代	동일
一	ガクカウ	b-1-1학교	내용 다름(한글)
		b-1-9ガツコウ	내용 다름
二	ヒノマル	a-2-6 日(ヒ)ノ丸(マル)ノ旗(ハタ) b-1-17 日(ヒ)ノマルノハタ e-1-1 ヒノマルノハタ	내용 일부 다름
三	カクレンボ		
四	ハト ポッポ	b-1-11鳩(ハト)	내용 유사
五	キシャゴッコ		
六	カヘル	e-1-10 カヘル	동일
七	ウミ	g-5-7 海	내용 다름
八	タネマキ		
九	ユフヤケ コヤケ	e-1-13 ユフヤケ コヤケ	내용 다름
十	モモタラウ	a-1-7 モモタロウ b-1-19 桃太郎(モモタロウ) e-1-12 モモタラウ	내용 다름
十一	ヘイタイゴッコ	e-1-6 ヘイタイサン	내용 다름
十二	オ月サマ	a-2-2 オ月(ツキ)サマ b-1-13 お月(ツキ)サマ	내용 다름
		a-3-2 달 b-1-3 달 c-1-5 달	내용 다름 (한국 전래동요)
		e-1-16 ツキ	동일
十三	ヒヨコ	b-2-7 ヒヨコ e-1-5 ヒヨコ	동일
十四	オウマ	a-2-14 子馬(コウマ) b-2-8 子馬(コウマ)	내용 다름
十五	子牛	e-2-15 子牛	4절까지임

十六	オカアサン	e-1-24 オカアサン g-5-17 母の歌	내용 다름
十七	オ正月	e-3-19 お正月	내용 다름
十八	ユキ	a-2-23 雪(ユキ)の朝(アシタ) b-3-16 雪(ゆき)の朝(あした) e-2-22 雪	내용 다름
十九	スズメ	e-1-14 スズメ	동일
二十	ヒカウキ	e-1-18 ヒカウキ	내용 다름

第二學年用

과	단원명	동일 및 유사단원	유사유형
儀式に関する唱歌	君が代	b-1-의1 君(キミ)ガヨ b-2-의1 君(キミ)ガヨ	표기 다름(가타카나)
		a-1-의1 君(キミ)がよ b-3-의1 君(きみ)がよ b-4-의1 君(きみ)がよ d-전-1 君が代 g-4-의1 君が代 g-5-의1 君が代 g-6-의1 君が代	동일
	紀元節	a-1-의3 紀元節(キゲンセツ) b-3-의3 紀元節(きげんせつ) b-4-의3 紀元節(きげんせつ)	내용 다름
		d-전-4 紀元節 g-4-의6 紀元節 g-5-의6 紀元節 g-6-의6 紀元節	동일
一	春ガ 來タ	a-2-13 春(ハル)が来(キ)た b-3-1 春(はる)が来(き)た e-2-2 春が来た	3절까지임
二	ワタシハ 二年生	e-2-1 ワタシハ 二年生	동일
三	正月ノ セック		
四	木ウエ	b-2-1 木(キ)ウエ c-5-4 木(きうゑ)	내용 다름
五	軍カン		
六	テツカブト	e-2-9 てつかぶと	표기 다름(히라가나)
七	タナバタサマ		
八	花火	e-4-11 花火	동일
九	オニゴッコ	e-2-8 おにごっこ	표기 다름(히라가나)
十	朝ノ歌		

과	단원명	동일 및 유사단원	유사유형
十一	エンソク	c-6-10 冬季遠足	내용 다름
十二	ウサギ	b-2-15 兎(うさぎ)	내용 다름
十三	富士ノ山	a-2-12 富士山(フジサン) b-2-16 富士山(ふじさん) e-2-25 富士の山	내용 다름
十四	菊ノ花	a-2-21 菊(キク) b-3-10 菊(きく) e-1-19 キク ノ ハナ	내용 다름
十五	おもちゃの 戦車		
十六	羽根つき		
十七	兵たいさん	e-1-6 ヘイタイサン	내용 유사
十八	たこあげ	a-3-5 紙鳶 b-1-4 연 c-1-6 연	내용 다름, 표기 다름(한글 역)
		a-2-5 タコ b-1-18 タコ c-4-7 たこ(凧)	내용 다름
		e-1-22 タコアゲ	표기 다름(가타카나)
十九	ひな祭	e-2-23 ひなまつり	내용 유사
二十	羽衣		

『初等音樂』(1943~1944, 全4卷)

第三學年用

과	단원명	동일 및 유사단원	유사유형
儀式に関する唱歌	君が代	b-1-의1 君(キミ)ガヨ b-2-의1 君(キミ)ガヨ	표기 다름(가타카나)
		a-1-의1 君(キミ)がよ b-3-의1 君(きみ)がよ b-4-의1 君(きみ)がよ d-전-1 君が代 g-4-의1 君が代 g-5-의1 君が代 g-6-의1 君が代	동일
	勅語奉答	a-1-의5 勅語奉答(チョクゴホウトウ) b-3-의5 勅語奉答(ちょくごほうとう) b-4-의5 勅語奉答(ちょくごほうとう) d-전-3 勅語奉答	내용 다름
		g-4-의2 勅語奉答 g-5-의2 勅語奉答 g-6-의2 勅語奉答	동일
	天長節	b-2-의2 天長節(テンチョウセツ)	표기 다름(가타카나)
		a-1-의4 天長節(テンチョウセツ) b-3-의4 天長節(てんちようせつ) b-4-의4 天長節(てんちようせつ) d-전-5 天長節 g-4-의3 天長節 g-5-의3 天長節 g-6-의3 天長節	동일
	明治節	d-전-6 明治節 g-4-의4 明治節 g-5-의4 明治節 g-6-의4 明治節	동일
	一月一日	a-1-의2 一月一日(いちがついちじつ) b-3-의2 一月一日(いちがついちじつ) b-4-의2 一月一日(いちがついちじつ) d-전-3 一月一日 g-4-의5 一月一日 g-5-의5 一月一日 g-6-의5 一月一日	동일
	紀元節	a-1-의3 紀元節(キゲンセツ) b-3-의3 紀元節(きげんせつ) b-4-의3 紀元節(きげんせつ)	내용 다름
		d-전-4 紀元節 g-4-의6 紀元節 g-5-의6 紀元節 g-6-의6 紀元節	동일

과	단원명	동일 및 유사단원	유사유형
一	春の小川	e-4-1 春の小川	동일
二	ポプラ	c-6-5 ぽぷら e-4-12 ポプラ	내용 다름
三	天の岩屋		
四	山の歌		
五	田植	a-2-15 田植(タウエ) b-2-9 田植(タウエ) e-4-6 田植	동일
六	なはとび	e-4-23 なはとび	동일
七	こども愛国班		
八	軍犬利根		
九	秋		
十	稲刈		
十一	村祭	e-3-15 村祭	동일
十二	野菊		
十三	田道間守		
十四	潜水艦		
十五	餅つき		
十六	軍旗	e-3-18 軍旗	내용 다름, 1절만 유사
十七	手まり歌		
十八	氷すべり	e-3-20 氷すべり	내용 다름
十九	ゐもん袋		
二十	梅の花		
二十一	さくらさくら	a-2-8 サクラ b-2-2 サクラ e-2-3 サクラ	내용 다름
		e-6-2 さくら	내용 유사
二十二	三勇士		

第四學年用

과	단원명	동일 및 유사단원	유사유형
儀式に関する唱歌	君が代	b-1-의1 君(キミ)ガヨ b-2-의1 君(キミ)ガヨ	표기 다름(가타카나)
		a-1-의1 君(キミ)がよ b-3-의1 君(きみ)がよ b-4-의1 君(きみ)がよ d-전-1 君が代 g-3-의1 君が代 g-4-의1 君が代 g-6-의1 君が代	동일

과	단원명	동일 및 유사단원	유사유형
儀式に関する唱歌	勅語奉答	a-1-의5 勅語奉答(チョクゴホウトウ) b-3-의5 勅語奉答(ちよくごほうとう) b-4-의5 勅語奉答(ちよくごほうとう) d-전-3 勅語奉答	내용 다름
		g-3-의2 勅語奉答 g-4-의2 勅語奉答 g-6-의2 勅語奉答	동일
	天長節	b-2-의2 天長節(テンチョウセツ)	표기 다름(가타카나)
		a-1-의4 天長節(テンチョウセツ) b-3-의4 天長節(てんちようせつ) b-4-의4 天長節(てんちようせつ) d-전-5 天長節 g-3-의3 天長節 g-5-의3 天長節 g-6-의3 天長節	동일
	明治節	d-전-6 明治節 g-3-의4 明治節 g-4-의4 明治節 g-6-의4 明治節	동일
	一月一日	a-1-의2 一月一日(いちがついちじつ) b-3-의2 一月一日(いちがついちじつ) b-4-의2 一月一日(いちがついちじつ) d-전-3 一月一日 g-3-의5 一月一日 g-4-의5 一月一日 g-6-의5 一月一日	동일
	紀元節	a-1-의3 紀元節(キゲンセツ) b-3-의3 紀元節(きげんせつ) b-4-의3 紀元節(きげんせつ)	내용 다름
		d-전-4 紀元節 g-3-의6 紀元節 g-4-의6 紀元節 g-6-의6 紀元節	동일
	昭憲皇太后御歌 金剛石・水は器	b-4-15 金剛石(こんごうせき) 水(みず)は器(うつわ)	동일
一	朝禮の歌		
二	大八洲		
三	鯉のぼり	e-6-3 鯉のぼり	동일
四	忠靈塔		
五	赤道越えて		
六	麥刈		
七	海		
八	戰友		

과	단원명	동일 및 유사단원	유사유형
九	揚子江	e-6-12 揚子江	내용 다름
十	大東亜		
十一	牧場の朝		
十二	聖徳太子		
十三	橘中佐		
十四	紅葉		
十五	捕鯨船		
十六	空の勇士		
十七	母の歌		
十八	冬景色	b-4-14 冬景色(ふゆげしき) e-6-19 冬景色	동일
十九	小楠公		
二十	白衣の勤め		
二十一	桃山		
二十二	山本元師		
	練習題		

第五學年用

과	단원명		동일 및 유사단원	유사유형
儀式に関する唱歌	君が代		b-1-의1 君(キミ)ガヨ b-2-의1 君(キミ)ガヨ	표기 다름(가타카나)
			a-1-의1 君(キミ)がよ b-3-의1 君(きみ)がよ b-4-의1 君(きみ)がよ d-전-1 君が代 g-3-의1 君が代 g-5-의1 君が代 g-6-의1 君が代	동일
	勅語奉答		a-1-의5 勅語奉答(チョクゴホウトウ) b-3-의5 勅語奉答(ちょくごほうとう) b-4-의5 勅語奉答(ちょくごほうとう) d-전-3 勅語奉答	내용 다름
			g-3-의2 勅語奉答 g-5-의2 勅語奉答 g-6-의2 勅語奉答	동일

과	단원명	동일 및 유사단원	유사유형
儀式に関する唱歌	天長節	b-2-의2 天長節(テンチョウセツ)	표기 다름(가타카나)
		a-1-의4 天長節(テンチョウセツ) b-3-의4 天長節(てんちようせつ) b-4-의4 天長節(てんちようせつ) d-전-5 天長節 g-3-의3 天長節 g-5-의3 天長節 g-6-의3 天長節	동일
	明治節	d-전-6 明治節 g-3-의4 明治節 g-5-의4 明治節 g-6-의4 明治節	동일
	一月一日	a-1-2 一月一日(いちがついちじつ) b-3-의2 一月一日(いちがついちじつ) b-4-의2 一月一日(いちがついちじつ) d-전-3 一月一日 g-3-의5 一月一日 g-5-의5 一月一日 g-6-의5 一月一日	동일
	紀元節	a-1-3 紀元節(キゲンセツ) b-3-의3 紀元節(きげんせつ) b-4-의3 紀元節(きげんせつ)	내용 다름
		d-전-4 紀元節 g-3-의6 紀元節 g-5-의6 紀元節 g-6-의6 紀元節	동일
一	春の海		
二	作業の歌		
三	若菜		
四	機械		
五	千早城		
六	野口英世		
七	水泳の歌		
八	山田長政		
九	秋の空		
十	船は帆船よ		
十一	靖國神社	e-4-3 靖國神社	내용 다름
十二	村の鍛冶屋		
十三	ひよどり越		
十四	入営		

과	단원명	동일 및 유사단원	유사유형
十五	グライダー		
十六	きたへる足		
十七	かぞへ歌	b-4-9 かぞへ歌(うた) e-3-24 かぞへ歌	내용 다름
十八	廣瀬中佐	e-4-24 廣瀬中佐	동일
十九	少年戦車兵		
二十	九勇士		
二十一	子守歌	e-5-2 子守歌	동일
二十二	北のまもり		
	おけいこ		

第六學年用

과	단원명	동일 및 유사단원	유사유형
儀式に関する唱歌	君が代	b-1-의1 君(キミ)ガヨ b-2-의1 君(キミ)ガヨ	표기 다름(가타카나)
		a-1-의1 君(キミ)がよ b-3-의1 君(きみ)がよ b-4-의1 君(きみ)がよ d-전-1 君が代 g-3-의1 君が代 g-4-의1 君が代 g-5-의1 君が代	동일
	勅語奉答	a-1-의5 勅語奉答(チョクゴホウトウ) b-3-의5 勅語奉答(ちよくごほうとう) b-4-의5 勅語奉答(ちよくごほうとう) d-전-3 勅語奉答	내용 다름
		g-3-의2 勅語奉答 g-4-의2 勅語奉答 g-5-의2 勅語奉答	동일
	天長節	b-2-의2 天長節(テンチョウセツ)	표기 다름(가타카나)
		a-1-의4 天長節(テンチョウセツ) b-3-의4 天長節(てんちようせつ) b-4-의4 天長節(てんちようせつ) d-전-5 天長節 g-3-의3 天長節 g-5-의3 天長節 g-6-의3 天長節	동일

과	단원명	동일 및 유사단원	유사유형
儀式に関する唱歌	明治節	d-전-6 明治節 g-3-의4 明治節 g-4-의4 明治節 g-5-의4 明治節	동일
	一月一日	a-1-의2 一月一日(いちがついちじつ) b-3-의2 一月一日(いちがついちじつ) b-4-의2 一月一日(いちがついちじつ) d-전-3 一月一日 g-3-의5 一月一日 g-4-의5 一月一日 g-5-의5 一月一日	동일
	紀元節	a-1-의3 紀元節(キゲンセツ) b-3-의3 紀元節(きげんせつ) b-4-의3 紀元節(きげんせつ)	내용 다름
		d-전-4 紀元節 g-3-의6 紀元節 g-4-의6 紀元節 g-5-의6 紀元節	동일
	明治天皇御製	b-4-1 明治天皇御製(めいじてんのうぎよせい)	내용 다름
		e-5-1 明治天皇御製	3절까지임. e-5-1의 1절을 빼고 2,3절을 1,2절로 수록
一	敷島の		
二	おぼろ月夜		
三	姉		
四	日本海海戰	b-4-13 日本海海戰(にほんかいかいせん) e-5-7 日本海海戰	동일
五	晴れ間		
六	四季の雨	e-5-6 四季の雨	동일
七	われは海の子	e-5-9 われは海の子	동일
八	満洲のひろ野		
九	肇國の歌		
十	體錬の歌		
十一	落下傘部隊		
十二	御民われ		
十三	金剛山	b-4-12 金剛山(こんこうさん) c-6-9 金剛山(こんがうさん)	내용 다름
		e-5-15 金剛山	동일

과	단원명	동일 및 유사단원	유사유형
十四	渡り鳥		
十五	船出		
十六	今日よりは		
十七	少年産業戰士		
十八	水師營の會見	b-4-6 水師營(すいしえい)の會見(かいけん) e-6-20 水師營の會見	동일
十九	早春		
二十	日本刀		
二十一	太平洋		
二十二	アジヤの光	e-5-25 アジヤの光	동일
	練習題		

찾아보기

(ㄴ)

(일본어)

저 자 약 력

김순전 | 전남대 일어일문학과 교수
박경수 | 전남대 일어일문학과 강사
사희영 | 전남대 일어일문학과 강사
박제홍 | 전남대 일어일문학과 강사
장미경 | 전남대 일어일문학과 강사
김서은 | 전남대 대학원 일어일문학과 문학박사
유 철 | 전남대 대학원 일어일문학과 박사과정 수료
서기재 | 건국대학교 아시아디아스포라연구소 조교수
김경인 | 전남대 대학원 일어일문학과 박사과정

제국의 식민지 창가
-일제강점기 〈唱歌〉 교과서 연구-

초 판 인 쇄	2014년 08월 05일
초 판 발 행	2014년 08월 15일
저 자	김순전·박경수·사희영·박제홍·장미경· 김서은·유 철·서기재·김경인
발 행 인	윤 석 현
발 행 처	제이앤씨
책 임 편 집	최인노·김선은
등 록 번 호	제7-220호
우 편 주 소	⑦ 132-702 서울시 도봉구 창동 624-1 북한산 현대홈시티 102-1106
대 표 전 화	02) 992 / 3253
전 송	02) 991 / 1285
홈 페 이 지	http://www.jncbms.co.kr
전 자 우 편	bakmunsa@hanmail.net

ⓒ 김순전 외 2014 All rights reserved. Printed in KOREA

ISBN 978-89-5668-409-3 93830   정가 37,000원

* 이 책의 내용을 사전 허가 없이 전재하거나 복제할 경우 법적인 제재를 받게 됨을 알려드립니다.
** 잘못된 책은 구입하신 서점이나 본사에서 교환해 드립니다.